얀 마텔
101통의
문학 편지

———————

101
Letters to
a Prime
Minister

———————

얀 마텔
101통의
문학 편지

101
Letters to
a Prime
Minister

얀 마텔 지음
강주헌 옮김

작가
정신

contents

서문

이 책은 책에 대한 책이다. 일련의 편지 형식을 띠는 책으로, 여기에 담긴 편지들은 한 캐나다 작가, 즉 내가 캐나다 수상 스티븐 하퍼에게 쓴 것이다. 편지마다 나는 문학 작품 하나를 다루었다. 소설, 희곡, 시집, 종교서, 그래픽 노블, 아동서 등 분야를 가리지 않았다. 나는 책에 날짜를 기록하고 일련번호를 매긴 뒤, 깔끔하게 접은 편지를 표지 안쪽에 넣어 오타와에 있는 캐나다 수상의 집무실로 보냈다.

나는 2007년 4월 16일부터 2011년 2월 28일까지 어김없이 격주로, 그러나 정중하게 편지와 그 편지에서 언급한 문학 작품을 캐나다 수상에게 보냈다. 총 101통의 편지였고, 101권을 조금 넘는 책이 선물로 더해졌다. 내가 보낸 많은 책, 많은 편지에는 '우리 지도자들이 무엇에서 마음의 양식을 얻고 어떤 마음을 품기를 바라는가?'라는 하나의 본질적인 의문이 담겨 있었다. 복잡한 21세기에 깊이 생각하고 충분히 공감하는 마음을 갖기 위해서는 사실에 근거한 논픽션보다 문학이 더 절실히 필요하다는 게 내 생각이다. 소설과 희곡과 시라는, 사색이 더해진 산물에서 배움을 얻지 않은 지도자라도 사람들의 문제를 처리하고 현상을 유지할 수는 있지만 국민을 진정으로 이끌 수는 없을 것이다. 국민을 효과적으로 이끌기 위해서는 세상이 실제로 돌아가는 이치를 이해하는 능력만이 아니라, 세상이 어떤 모습으로 바뀌면 좋겠다고 꿈꾸는 능력까지 갖추어야 한다. 세상을 이해하고 꿈꾸는 데 문학 작품만큼 좋은 것이 없다. 이 것은 순전히 내 생각이다. 여하튼 문학 작품을 규칙적으로 읽든, 읽지 않든 간에 이 문제에 대해 어떤 입장을 취하느냐를 결정하는 것은 독자의 몫이다.

문학 작품은 인격 향상을 위한 것인가, 아니면 단순히 즐거움을 얻기 위한 것인가? 그것이 문제다.

나는 총 일곱 통의 답장을 받았다. 첫 답장은 첫 편지를 보내고 얼마 지나지 않아 받았다.

2007년 5월 8일
마텔 씨에게,

스티븐 하퍼 수상님을 대신해서 제가 선생의 편지와 톨스토이의 『이반 일리치의 죽음』에 감사의 뜻을 전합니다. 그 소설에 대한 선생의 견해를 즐겁게 읽었습니다.

일부러 시간을 내어 편지를 보내주신 것에 거듭 감사드립니다.

안녕히 계십시오.

수전 I. 로스

수상 보좌관

그 후로 거의 이 년 동안 긴 침묵이 이어졌다. 그리고 느닷없이 뒤죽박죽인 순서로 네 통의 답장을 연이어 받았다.

처음엔 53번과 54번 책이었던 체스터 브라운의 『루이 리엘: 만화로 읽는 전기』, 미시마 유키오의 『오후의 예항』에 대한 답장을 받았다.

2009년 4월 29일

마텔 씨에게,

스티븐 하퍼 수상님을 대신해서 제가 선생의 편지를 받았음을 알려드립니다. 물론 동봉하신 미시마 유키오의 『오후의 예항』과 체스터 브라운의 『루이 리엘: 만화로 읽는 전기』도 잘 받았습니다. 수상님께서는 이 책들을 보내주신 선생에게 감사의 뜻을 전하라고 말씀하셨습니다. 선생의 사려 깊은 행동에 저희 모두가 깊이 감사하고 있다는 말씀을 드립니다.

고맙습니다.

다음 답장은 51번 책, 윌리엄 셰익스피어의 『줄리어스 시저』에 대한 것이었다.

2009년 5월 1일

마텔 씨에게,

스티븐 하퍼 수상님을 대신해서 제가 사회과학·인문학 연구협의회(SSHRC)와 캐나다 정기간행물 기금에 대한 선생의 편지를 받았음을 알려드립니다. 물론 윌리엄 셰익스피어의 『줄리어스 시저』를 보내주신 것에도 감사드립니다.

아울러 선생의 의견도 신중하게 고려하고 있음을 알려드립니다. 제가 실례를 무릅쓰고 선생의 편지를 토니 클레멘트 산업부 장관과 제임스 무어 문화유산부 장관에게 전달했습니다. 따라서 두 장관께서도 선생의 우려를 잘 알고 계실 겁니다.

일부러 시간을 내어 편지를 보내주신 것에 거듭 감사드립니다.

안녕히 계십시오.

S. 러셀

문서 담당관

세 번째로 받은 답장은 55번 책, 루이스 하이드의『선물』에 대한 답장이었다.

2009년 5월 22일
마텔 씨에게,

스티븐 하퍼 수상님을 대신해서 제가 선생의 편지를 받았음을 알려드립니다.

선생의 생각을 수상님께 전하려고 편지까지 보내주신 것에 깊이 감사드립니다. 아울러 선생의 의견을 신중하게 검토하고 있다는 것도 알려드리고 싶습니다. 정부의 계획을 더 깊이 알고 싶으면 수상님의 웹사이트(www.pm.gc.ca)를 방문해보시기 바랍니다.

감사합니다.
L. A. 라벨
문서 담당관

52번 책, 데이비드 버클랜드와 케이프 페어웰 재단이 편집한『불타는 얼음: 예술과 기후변화』에 대한 답장은 그 후에야 받았다.

2009년 6월 24일

마텔 씨에게,

스티븐 하퍼 수상님을 대신해서 제가 선생이 5월 30일에『불타는 얼음: 예술과 기후변화』와 함께 보낸 편지를 받았음을 알려드립니다.

수상님께 이 소중한 자료를 보내주셔서 정말 감사드립니다. 이런 정보를 수상님께 전달하려는 선생의 호의에도 감사드립니다.

건강하십시오.

P. 몬테이스

문서 담당관

게다가 내가 직접 편지를 쓸 수 없을 때 수상에게 편지와 책을 보낸 작가들 중 두 명, 찰스 포란과 앨리스 카이퍼즈가 각각 한 번씩 답장을 받았다.

81번 책, 루쉰의『광인일기』에 대한 답장으로,

2010년 5월 20일

포란 씨에게,

스티븐 하퍼 수상님을 대신해서 제가 선생이 최근에 보낸 편지들과, 동봉하신 레이 스미스의 『센추리』와 루쉰의 『광인일기』를 받았음을 알려드립니다.

수상님께서는 제게 이 책들을 보내주신 선생에게 감사의 뜻을 전하라고 말씀하셨습니다. 아울러 선생의 사려 깊은 행동에 저희 모두가 깊이 감사하고 있다는 것도 알려드리고 싶습니다.

고맙습니다.
S. 러셀
문서 담당관

85번 책인 멕 로소프의 『내가 사는 이유』에 대한 답장으로,

2010년 9월 3일
카이퍼즈 씨에게,

스티븐 하퍼 수상님을 대신해서 제가 선생의 편지와 동봉하신 『내가 사는 이유』라는 책을 받았음을 알려드립니다.

수상님께 이 책을 보내주셔서 진심으로 감사드립니다. 선생의 사려 깊은 행동에도 깊이 감사드립니다.

건강하십시오.

T. 레프코비치

문서 담당관

나는 이 답장들에서 수상 보좌관인 수전 I. 로스를 제외하고 모든 문서 담당관이 일관되게 이니셜을 사용한 것에 주목했다. 문서 담당관이란 직함을 뒤에 덧붙이기는 했지만, 나에게 답장을 보낸 사람은 사라도 아니었고 로렌스 앤드루도 아니었으며, 페니도 아니었다. 그저 S., L., A. 혹은 P.일 뿐이었다. 이처럼 남성인지 여성인지 밝히지 않는 것은 캐나다인들의 감성을 고려한 것이었다. 캐나다인들에게는 수상에게 보낸 자신의 편지에 대신 답장을 쓴 사람이 남자인지 여자인지에 따라 의미가 달라지니까! 여하튼 그런 수법에서 나는 내게 답장을 쓴 미지의 인물이 영원히 미지의 인물로 남기를 원하는 듯한 느낌을 받았다. 물론 모든 편지가 일정한 틀에서 벗어나지 않았다. 따라서 답장이라기보다는 감사의 표시에 불과했다.

대리인이 형식적으로 쓴 일곱 통의 답장이 있었을 뿐, 나머지 아흔네 통의 편지에는 아무런 응답이 없었다. 내가 책을 함께 읽고 싶었던 독자로부터는 한마디도 듣지 못했다. 그야말로 나만의 외로운 북클럽이었다. 내가 수상에게 편지를 쓰기 시작한 건 깊은 좌절에 빠졌을 때였다. 2007년 3월 말, 나는 캐나다 국민의 문화적 정체성을 고양하는 데 많은 역할을 해온 훌륭한 정부 기관, '캐나다 예술위원회'의 창립 오십 주년 기념행사에 참석해달라는 초대를 받고 오타와에 갔다. 기념행사는 무척 즐거웠지만, 그건 행사에 참여한 각 분야의 동료 예술가들 덕분이었다. 저마다 독특한 경향을 뽐내는 작가와 화가, 작곡가와 연주가, 안무가 등은 창립 오십 주년을 맞은 캐나다 예술위원회에서 2007년을 대표하는 예술가로 선정한 이들이었다. 나는 1991년에 대표로 선정되었고, 그해에 캐나다 예술위원회로부터 지원금을 받아 첫 소설 『셀프』를 쓸 수 있었다. 당시 나는 스물일곱 살에 불과해서, 그 돈은 하늘에서 떨어진 만나와 다를 바가 없었다. 지원금으로 받은 만 팔천 달러로 나는 일 년 반을 그럭저럭 지낼 수 있었다(두 번째 소설 『파이 이야기』의 성공으로 내가 납세한 소득세를 고려하면, 캐나다의 납세자들이 내게 투자한 돈은 그만한 가치가 있었다). 기념행사에 참석한 예술가 중 가장 연로한 이는 1957년의 대표였던 연극계의 대부 장 루이 루였고, 가장 젊은 예술가는 원주민 힙합 댄서이자 안무가로 그해 처음 지원금을 받은 트레이시 스미스였다. 이런 다양한 '창조자'들과 함께 어울리는 것만으로도 가슴이 두근거리고 즐거웠다.

기념행사에서 결정적인 순간은 3월 28일 오후 세 시에 시작되었다. 우리는 하원의사당의 방청인석에 앉아 있었다. 말하자면, 기다리고 있었다. 하원의사당, 정확히 말해서 '팔러먼트 힐'은 무척 인상적인 공간이었다. 의사당의 웅장한 규모와 설계, 멋들어진 장식 때문만은 아니었다. 그곳이 가진 상징적인 의미도 컸다. 캐나다 역사의 대부분이 결정된 공간이기 때문이었다. 기능적인 책상, 선택식 마이크, 텔레비전 카메라가 갖추어진 현실적인 공간이었지만, 캐나다 사람이라면 누구나 원하는 인물과 지위가 있는 꿈과 환상의 공간이기도 했다. 나는 두근대는 가슴을 억누르며 그곳, 하원의사당에 앉아 있었다. 그리고 갑자기 머릿속에 '고요'란 단어가 떠올랐다. 지금 생각해보면, 질의응답 시간의 아슬아슬한 입씨름이 막 끝나가고 있었기 때문에 그 단어가 느닷없이 떠오른 듯하다. 책을 읽기 위해서는 주변이 조용해야 한다. 연주회, 연극, 영화를 감상하거나 그림을 보는 데도 조용한 분위기가 더 낫다. 종교도 고요한 분위기를 반긴다. 특히 기도하고 묵상할 때는 더더욱 조용해야한다. 가을에 호수를 바라보거나 적막한 겨울 풍경을 바라보고 있노라면 우리 마음도 차분해진다. 삶은 우리 인식의 언저리에 고요한 순간이 찾아와 "나, 여기에 있는데. 너는 무슨 생각을 하니?"라고 속삭이는 걸 좋아하는 듯하다. 곧 우리는 분주해지고 고요함은 사라지지만, 이런 변화를 거의 인지하지 못한다. 우리가 바쁘게 살아야 한다는 착각에 너무나도 쉽게 빠져들어, 우리를 바쁘게 하는 것일수록 더 중요한 거라고 생각하기 때문이다. 우리는 일하고 또 일해야 하고, 달리고 또 달려야 한다. 가끔씩 숨을 헐떡이며 혼잣말로 "아이쿠, 삶이 정신없이 달리고 있군"이라며 투덜대지만 진실은 정반대이다. 삶은 조용한 것이다. 정신없이 달리는 건 우리뿐이다.

얀 마텔
101통의
문학 편지

마침내 결정적인 순간이 닥쳤다. 당시 캐나다 문화유산부 장관이던 베브 오다가 일어나 우리에게 참석해주어 고맙다고 말하고는 연설을 시작했다. 우리 예술가들도 따라 일어섰지만 자발적으로 일어선 것은 아니었다. 캐나다 예술위원회와, 그 위원회가 의미하는 것을 위해서 일어선 것이었다. 문화유산부 장관의 연설은 길지 않았다. 정확히 말하면, 오다 장관은 연설을 시작하기 무섭게 끝내고는 자기 자리로 돌아가 앉았다. 요란한 박수가 있었고, 곧이어 하원의원들은 다른 의제로 넘어갔다. 우리는 어리둥절해서 그대로 서 있었다. '대체 뭐 하는 거야?' 눈부시게 다양한 캐나다의 문화를 구축해온 지난 오십 년을 오 분도 안 되는 시간에 끝내겠다는 건가? 시인 니콜 브로사르가 어이없다는 듯 웃고는 고개를 절레절레 흔들며 자리에 앉았다.

나는 웃을 수조차 없었다. 프랑스에서 중요한 문화기관이 창립 오십 주년을 맞았다면 어떤 기념행사가 치러졌을까? 세련된 전시회가 일 년 내내 이어졌을 것이고, 대통령까지 언론의 조명을 받으려고 발버둥쳤을 것이다. 구차하게 더 이야기할 필요도 없다. 유럽인들이 문화를 어떻게 대하는지 모르는 사람이 없지 않은가. 그들에게 문화는 아주 매력적이고 중요한 것이다. 세계 여기저기에서 유럽을 방문하는 이유가 무엇이겠는가? 유럽이 문화적으로 눈부시게 빛나기 때문이다. 그에 반해 캐나다 예술가들은 하원의사당의 방청인석에 얼간이처럼 멍청하게 서서, 더 중요한 일을 논의하려는 이들을 방해하는 훼방꾼 취급을 받고 있었다. 그렇다고 우리가 그곳에 있게 해달라고 부탁한 것도 아니었다. 우리는 초대받은 사람들이었다.

우리는 그렇게 어둠 속에 내던져졌지만, 나는 그런 어둠 속에서도 한 남자를 유심히 살펴보았다. 우리를 위한 짧은 행사가 진행되는 동안, 수상은 한마디도 하지 않았다. 아니, 고개조차 들지 않았다. 언뜻 보기에 그는 우리가 그곳에 있는 것조차 모르는 것 같았다. '대체 저 남자는 누구야? 어떻게 해야 고개라도 움직이게 만들 수 있을까?' 나는 이런 생각에 잠겼다. 그는 바쁜 게 분명했다. 자신이 캐나다 수상이란 걸 한순간도 잊지 않는 듯했다. 하지만 스티븐 하퍼 수상에게도 자신의 삶을 돌이켜보며 혼자서 빈둥대는 시간이 있어야 했다. '이 일을 어떻게 처리할까? 이 문제는 어떻게 처리해야 할까?'라는 기능적인 문제보다, '이것은 왜 이렇고, 저것은 왜 저럴까?'라는 근본적인 문제를 생각하는 시간이 있어야 했다. 나는 책과 관련된 직업에 종사하고 책을 읽고 쓰는 사람이기 때문에, 또 책과 고요함은 잘 어울리는 한 쌍이기 때문에, 좋은 책을 통해서 스티븐 하퍼 수상에게 조용한 시간의 중요성을 깨닫게 해주기로 결심했다.

그래서 그 후로 거의 사 년 동안 책을 읽고 사색하며, 편지를 쓰고 편지에서 언급한 책을 수상에게 보내는 작업을 계속했다. 그 책들은 지금 오타와 어딘가의 사무실 책꽂이에 꽂혀 있겠지만, 그 편지들은 지금 여러분의 손에 있다.

나는 무엇을 기대하고 그 작업을 시작했을까? 내가 책을 읽고 편지를 쓰는 것만큼 수상도 빨리 책을 읽고 답장해주기를 바랐던 것일까? 그런 바람은 눈곱만큼도 없었다. 나는 수상에게 그런 부지런을 기대하지 않았다. 항상 누구에게나 책을 읽을 시간보다는 읽고 싶은 책이 더 많은 법이다. 이것도 하느님에게 감사할 일이다. 누군가 지금까지 출간된 모든 책을 읽었다면 그것만큼 서글픈 일이 있겠는가! 지구가 오그라들었다는 징조가 아니겠는가! 하지만 나는 가뭄에 콩 나듯 받았던 기계적인 답장보다, 한층 충실한 답장을 언젠가는 받기를 바랐다. 민주주의가 무엇이고, 지도자의 책무가 무엇이겠는가? 예술계에 몸담은 시민으로서 나에게는 내 조국을 다스리는 수상이 독서에 대해 어떻게 생각하는지 알고 싶어 할 권리가 있지 않은가. 또 어떤 책이 그에게 영향을 주었는지 알 권리가 있지 않은가.

예컨대 나는 내 의문의 핵심을 짚은 다음과 같은 답장들을 상상했다.

도도한 답장.

마텔 씨에게,

나폴레옹이 책을 들고 전쟁터에 뛰어들지는 않았습니다. 정치는 행동입니다. 내가 정치라는 전투에서 승리를 거둔 후에는 선생이 추천한 책들을 두고 신중하게 고려해보겠습니다.

고맙습니다.
스티븐 하퍼

원칙론적인 답장.

마텔 씨에게,

내가 한가한 시간에 무엇을 해야 하는지 선생이 참견할 일은 아닌 듯합니다. 더구나 당신이 선물이라며 보낸 책도 받아들일 수 없습니다. 그 선물로 인해 다른 캐나다 작가들과의 이해관계가 상충될 수 있기 때문입니다. 따라서 선생이 나에게 보낸 책들을 세계문맹퇴치단체 캐나다 지부에 기증하라고 보좌관들에게 지시했습니다.

고맙습니다.
스티븐 하퍼

교활한 답장.

마텔 씨에게,

선생이 나에게 보내주는 멋진 책들에 대해 어떻게 감사의 뜻을 전해야 할지 모르겠습니다. 덕분에 책을 읽는 즐거움을 다시 만끽하고 있지만 충분한 시간을 낼 수 없어 안타깝습니다. 톨스토이의 책을 읽으면서는 삶에 대한 우리의 이해가 보잘것없다는 걸 새삼스레 절감했습니다. 오웰의 책에서는 부패한 사람들의 사악함에 치를 떨었고, 애거서 크리스티의 소설을 읽으면서는 긴장감에 심장이 두근거렸습니다. 엘리자베스 스마트의 소설을 읽을 때는 가슴이 찢어지도록 아팠습니다. 한 권 한 권을 읽을 때마다 롤러코스터를 타는 듯 격한 감정이 밀려옵니다. 더 많은 책을 추천해주십시오. 요즘에는 사흘에 한 권을 그런대로 읽고 있습니다.

선생의 편지는 나에게 큰 즐거움을 주는 샘입니다. 하지만 편지가 너무 짧지 않았으면 좋겠습니다. 선생의 편지가 조금만 더 길고 자세하다면 나는 진정으로 만족하는 캐나다 독자가 될 수 있을 겁니다.

고맙습니다.
스티븐 하퍼

• 추신:『파이 이야기』를 재미있게 읽었습니다. 그런데 그 이상한 섬은 무엇을 상징한 것입니까? 요즘에는 어떤 소설을 쓰고 있는지요?

정직한 답장.

마텔 씨에게,

솔직히 말해서 취미로 책을 읽을 시간이 없습니다. 보좌관들이 준비한 보고서를 읽는 데도 시간이 부족할 지경입니다. 그래도 가끔 짬을 내어 정치나 경제에 관련된 책을 읽습니다. 하지만, 물론 먼 훗날이 되기를 바라지만, 여하튼 수상직을 그만두게 되면 마음에 드는 책을 선택해서 읽을 작정입니다.

고맙습니다.
스티븐 하퍼

야멸치게 정직한 답장.

마텔 씨에게,

나는 소설이나 시, 희곡을 읽는 걸 좋아하지 않습니다. 시간을 낭비하는 기분입니다. 선생에게는 달갑지 않게 들리겠지만 내가 알 바는 아닙니다.

고맙습니다.
스티븐 하퍼

숨김없이 정직한 답장.

마텔 씨에게,

나는 지금껏 소설을 많이 읽지 않았지만 그래도 별문제 없이 지냈습니다. 하지만 지난주, 선생이 보내준 책들이 보관된 상자 앞에 우연히 서 있게 되었고, 오랜만에 한가한 시간을 잠시 즐겼습니다. 선생이 보내준 책들을 잠시 들춰보니 무척 다양하더군요. 문득 책이 연장과 비슷하다는 생각이 들었습니다. 어떤 책은 쟁기, 어떤 책은 망치, 어떤 책은 기포수준기에 비교되는 듯합니다. 나는 상자에서 책 두 권을 집어 들었습니다. 『바가바드 기타』와 『쥐』였습니다. 짬이 나면 읽어보겠습니다. 아쉽지만 당장에는 두 권으로 만족하렵니다.

고맙습니다.
스티븐 하퍼

이 중 어떤 답장이라도 받았더라면 수상의 독서 습관에 대해 알고 싶었던 내 의문이 조금이나마 풀렸을 것이다.

나는 왜 스티븐 하퍼 수상이 문학 작품을 즐기지 않을 거라고 생각하게 됐을까? 내가 근거 없이 억측한 것은 아닐까? 수상이 고등학교를 졸업한 후로 소설을 읽지 않았다고 나에게 실제로 말했던가? 그런 적은 없었다. 스티븐 하퍼는 자신의 독서 습관에 대해서 나에게는 물론이고, 2004년 선거 기간에 좋아하는 책이 『기네스북』이라고 말한 것 이외에는 어떤 기자에게도 말한 적이 없었다. 수상이 지금 무슨 책을 읽는지, 여하튼 책을 읽기는 하는지, 또 과거에는 어떤 책을 읽었는지는 여전히 미스터리이다. 그러나 나는 말을 매섭게 때리는 사람을 보면, 그 사람이 애너 슈얼의 『검은 말 뷰티』를 읽지 않았을 거라고 자신 있게 결론지을 수 있다. 스티븐 하퍼 수상이 문학 작품에서 뭔가를 배우고 영향을 받았다면, 그래서 지금도 장·단편소설, 희곡과 시를 읽는다면 여전히 문학을 사랑하고 문학을 아끼며 문학을 널리 알리려 할 것이다. 또한 캐나다의 예술 문화를 떠받치는 공적 수단들이 정치적으로 쓸모 있을 때는 유지하는 척하고, 쓸모가 없어지면 그런 수단을 폐지하려고 애쓰지 않을 것이다. 스티븐 하퍼 수상의 말과 행동에서는 문학, 더 나아가 문화 전반을 중요하게 생각하는 모습이 전혀 보이지 않는다. 외무부는 해외 예술 활동을 지원하는 예산을 폐지했고, 국영방송국인 CBC라디오 오케스트라를 해산하는 데 그치지 않고 뼈다귀만 남겨놓았으며, 캐나다의 소규모 문학 및 예술 잡지를 지원하는 기금을 없앴고, 저작권 보호를 완화하려는 법안을 시행하지 않았는가. 안타깝게도 이런 사례를 들자면 끝도 없다. 스티븐 하퍼 수상이 소수당 정권의 지도자로 있을 때 이런 조치가 대부분 시행되었다. 이제 그가 다수당이 되었으니 무슨 짓을 할지 자못 걱정스럽다.*

『검은 말 뷰티』를 읽었더라도 여전히 말을 때리고 싶어 하는 사람이 있을 수 있다. 말은 두들겨 맞더라도 충성을 다할 거라고 생각할지도 모른다. 심지어 말을 위해 때리는 거라고 우길지도 모른다. 그렇다면 더더욱 그에게 좋은 책을 권하며, 그의 마음이 바뀌기를 바랄 수밖에 없다.

그러나 어떻게든 답을 구해야 할 꺼림칙한 의문이 남아 있다. 스티븐 하퍼 수상이 지금 어떤 책을 읽고, 과거에는 어떤 책을 읽었는지, 대체 그가 책을 읽기나 하는 건지에 대해 우리가 관심을 가져야 하는 것일까? 독서는 우표수집이나 아이스하키 관람처럼 전적으로 삶의 개인적인 영역에 속하는 행위이지 않은가? 하기야 내가 수상에게 편지를 보내기 시작한 지 얼마 지나지 않아, 누군가 내게 넌지시 그런 반응을 보였다. 정확히 말하자면, 그는 내 면전에서 소리쳤다. 내가 사는 새스커툰에서도 점잖기로 유명한 신사였던 그는 화를 내며 펄펄 뛰었다. 그는 내가 하는 짓이 무례한 '인신공격'(ad hominem attack)이라고 거듭해서 말했다. 그가 고리타분한 보수주의자여서 나를 나무라는 것은 아니었다. 그 역시 누구에게도 뒤지지 않는 열렬한 독서가였다. 솔직히 말해서, 나는 그가 내 편일 거라고 생각했다. 그의 지적에 충격을 받은 나는 집에 돌아와 'ad hominem'을 사전에서 찾아보았다. 상대의 의견이나 신념이 아

* 2011년 5월 캐나다 총선에서 스티븐 하퍼의 보수당은 308석 중 166석을 획득하여 다수당이 되었다.

닌 상대의 인격을 공격한다는 뜻인 라틴어였다. 스티븐 하퍼 수상에게 그의 독서 습관에 대해 알려달라고 요구하는 것이 잘못된 것일까? 그가 내세운 공공정책에 대한 공격보다, 한 사람으로서의 개인적 성향에 대한 공격이 더 부적절하고 불명예스러운 짓일까?

이런 의문에는 간단히 답할 수 있다. 나보다 높은 지위에 있지 않은 사람이라면 그가 어떤 책을 읽는지, 책을 읽기나 하는 건지 신경 쓰지 않을 것이다. 인간이라면 어떤 삶을 살아야 하는 거라고 판정할 위치에 내가 있지도 않다. 그러나 나를 지배하는 위치에 있는 사람이라면 이야기가 달라진다. 그가 어떤 책을 읽는지가 나에게는 무척 중요하다. 그가 선택한 책을 근거로 그의 생각과 행동을 짐작할 수 있기 때문이다. 예컨대 스티븐 하퍼 수상이 『이반 일리치의 죽음』이나 다른 러시아 소설을 전혀 읽지 않았다면, 『줄리 아씨』나 다른 스칸디나비아 희곡을 전혀 읽지 않았다면, 『변신』이나 다른 독일 소설을 전혀 읽지 않았다면, 『고도를 기다리며』와 『등대로』 등과 같은 실험 희곡이나 실험소설을 전혀 읽지 않았다면, 또 마르쿠스 아우렐리우스의 『명상록』과 노드롭 프라이의 『문학의 구조와 상상력』 같은 철학적 탐구서를 전혀 읽지 않았다면, 『밀크우드 아래에서』나 그 밖의 시적 산문을 전혀 읽지 않았다면, 『그들의 눈은 신을 보고 있었다』와 『드라운』 및 다른 미국 소설을 전혀 읽지 않았다면, 『사라예보의 첼리스트』 『섬은 미나고를 뜻한다』『시쿠티미의 잠자리』 등과 같은 캐나다 소설과 시와 희곡을 전혀 읽지 않았다면, 요컨대 스티븐 하퍼 수상이 이런 문학 작품이나 그에 버금가는 문학 작품을 전혀 읽지 않았다면, 그의 마음속에는 대체 무엇이 있겠는가? 인간 조건에 대한 통찰력을 어디에서 얻었겠는가? 인간다운 감성을 어떻게 구축했겠는가? 무엇을 근거로 상상하고, 그 상상의 색깔과 무늬는 무엇이겠는가? 물론 이런 질문을 누구에게나 물을 수는 없다. 일반 시민이 상상하는 미래는 그의 재산 상황과 마찬가지로 우리가 참견할 바가 아니다. 그러나 그 시민이 선거를 통해 공직에 취임하면, 그의 재산 상황은 우리의 관심사가 된다. 정치인이라면 우리에게 자신의 이익만을 위해 행동하지 않을 거라는 믿음을 주기 위해서 재산 상황을 밝히는 것이 원칙이다. 정치인이 가진 상상력이라는 자산의 경우도 마찬가지이다. 나 자신을 위해서라도 스티븐 하퍼 수상처럼 나를 지배하는 사람이 어떤 방향으로 무엇을 상상하는지 알아야 한다. 그의 꿈이 자칫하면 나에게는 악몽이 될 수 있기 때문이다. 소설과 희곡과 시는 인간과 세계와 삶을 탐구하는 가공할 만한 도구이다. 지도자라면 인간과 세계와 삶에 대해 당연히 알아야 한다. 따라서 나는 열렬하게 성공을 바라는 지도자에게 "국민을 효과적으로 이끌고 싶다면 책을 광범위하게 읽으십시오!"라고 말해주고 싶다.

이 게릴라 책 캠페인에 나만이 외롭게 참가한 것은 아니다.

책 캠페인에 관련된 모든 기록은 인터넷에 영어와 프랑스어로 공개되었다. 스티브 즈두니치는 나를 대신해 블로그를 만들어 오랫동안 운영해주었고, 그 후에는 데니스 두로가 나에게 혼자서 블로그를 운영하는 방법을 가르쳐주었다. 아무런 대가도 바라지 않고 나를 헌신적으로 도와준 그들에게 깊이 감사한다. 나의 부모님, 에밀 마텔과 니콜 마텔께도 고맙다는 말을 전하고 싶다. 두 분은 촉박한 마감 시한에 쫓기면서도 모든 편지를 프랑스어로 번역하는 수고를 마다하지 않으셨다. 두 분은 진정으로 예술을 사랑하는 시민으로서 나에게 사랑과 감사하는 마음이 무엇인지 가르쳐주셨다. 내가 책 읽기와 글쓰기를 좋아하는 이유는 두 분께서 나에게 모범을 보여주셨기 때문이다. 나에게 작업하기에 이상적인 공간을 제공해준 서스캐처원 대학교 영어과에도 감사의 뜻을 전한다. 끝으로, 내가 책의 홍보 때문에 수상에게 편지를 쓸 수 없을 때 나를 대신해서 수상에게 편지를 썼던 작가들, 스티븐 갤러웨이, 찰스 포란, 앨리스 카이퍼즈, 돈 맥케이, 르네 다니엘 뒤부아 그리고 다시 에밀 마텔에게도 감사의 말을 전하고 싶다.

이 책에서 소개되는 편지들에는 한 사람의 취향과 선택 및 그 한계가 고스란히 녹아 있다. 내가 수상에게 편지 보내는 것을 시작하기 오래전부터 마음에 품었던 책들도 있지만, 캐나다를 비롯한 세계 전역의 독자들이 내게 제안한 책들도 있다. 또한 내가 오래전에 읽었던 책들도 있고, 편지를 쓰는 과정에서 새롭게 찾아낸 책들도 있다. 나는 국경과 언어의 장벽을 넘나들며 책을 선택했다. 물론 내가 현명하고 통찰력 있는 심판관이라고 주장할 생각은 없다. 다만, 문학 작품은 무척 풍요롭고 다양해서 우리 마음의 양식이 되고 삶에 깊은 영향을 준다는 걸 수상에게 보여주고 싶었을 뿐이다.

내가 스티븐 하퍼 수상에게 책을 소개하던 긴 여정은 이제 끝났지만, 내 뒤를 이어 자신의 의견을 더해서 수상에게 책을 소개하고 싶은 독자가 있다면, 기꺼이 그렇게 해보길 권하고 싶다. 책은 물고기와 같아서 이리저리 돌아다니는 걸 좋아한다. 책을 공유할 때 모임이 만들어지고 서로가 얻는 것이 생긴다. 북클럽 회원이라면 자신이 책에서 얻은 즐거움을 다른 회원들에게 전해줘야 한다. 따라서 스티븐 하퍼 수상이 반드시 읽어야 한다고 생각되는 책이 있다면, 부디 그 책을 아래의 주소로 보내주기 바란다.

스티븐 하퍼 수상

캐나다 수상 집무실

웰링턴가 80번지

오타와, K1A 0A2

책은 우리를 더 높은 곳에 오르게 해준다. 그래서 나는 항상 책을 계단의 난간 잡듯 손에 꼭 쥐고 있다. 그러나 계단을 한껴

번에 네 단씩 올라가고 숨을 고르기 위해 쉬는 일도 없는 일부 독자와 달리, 나는 느릿하게 올라간다. 『파이 이야기』에서 나와 비슷한 등장인물이 있다면, 파이가 아니라 나무늘보이다. 나에게 좋은 책이란 잎사귀가 무성한 나무와도 같다. 나는 지칠 때까지 책을 읽은 후에야 배가 불러 잠자리에 든다. 계단의 난간은 나뭇가지에 비교된다. 책을 가슴에 품고 거기에 거꾸로 매달려 꿈을 꾼다. 나는 느릿하지만 꾸준히 읽는다. 그렇지 않으면 나는 굶주려 죽을 것이다.

예술은 물이다. 인간은 항상 물 가까이에서 살아간다. 마시고, 씻고, 성장하기 위해서 물이 필요하기도 하지만 물놀이를 하고 물가에서 휴식을 취하고, 뱃놀이를 하며 즐거움을 얻기 위한 목적도 있다. 이와 마찬가지로 인간은 하찮은 것부터 본질적인 것까지 온갖 형태로 구현된 예술과도 항상 가까이 지내야 한다. 그렇지 않으면 우리 정서는 메말라버릴 것이다.

따라서 나는 다음과 같은 모습을 머릿속에 그리며 서문을 끝내고 싶다. 바로 고요의 전형으로, 내가 정중한 편지와 좋은 책을 통해 스티븐 하퍼 수상에게 전하려고 했던 것을 시각적으로 요약한 모습이기도 하다.

열대성 폭우가 쏟아지는 푸른 정글 한가운데, 나무늘보가 나뭇가지에 매달려 있는 모습을 상상해보라. 귀가 먹먹해지는 폭우에도 나무늘보는 개의치 않는다. 폭포수처럼 쏟아지는 빗물에 만물은 다시 소생하고 동물들도 폭우를 고맙게 생각한다.

그 와중에 나무늘보는 책을 가슴에 품고 빗물에 젖지 않도록 보호한다. 나무늘보는 한 단락을 겨우 읽었다. 마음에 든다. 그래서 나무늘보는 그 단락을 다시 읽는다. 나무늘보는 그 단락에서 하나의 이미지를 마음속에 떠올린다. 나무늘보는 그 이미지를 되새긴다. 아름다운 이미지이다. 나무늘보는 주변을 둘러본다. 나무늘보는 아주 높은 가지에 매달려 있어서, 정글의 아름다운 정경이 한눈에 들어온다. 빗줄기 사이로 다른 나뭇가지들에 맺힌 밝은 점들이 보인다. 예쁜 새들이다. 아래에서는 화난 재규어가 앞만 쳐다보며 맹렬하게 달리지만, 나무늘보는 다시 책으로 눈길을 돌린다. 자족의 한숨을 내쉬며 나무늘보는 온 정글이 자신과 함께 호흡한다고 생각한다. 폭우는 여전히 계속된다. 나무늘보는 느긋하게 잠든다.

Book 1

『이반 일리치의 죽음』

레프 톨스토이
2007년 4월 16일

*

캐나다 수상 스티븐 하퍼 님께,
캐나다 작가 얀 마텔이 보냅니다.

하퍼 수상님께,

수상님께 제가 보내는 첫 책은 레프 톨스토이의 『이반 일리치의 죽음』입니다. 처음에는 캐나다 작가의 작품을 첫 책으로 보내야 한다고 생각했습니다. 수상님과 저, 우리 둘 모두 캐나다 사람이니 상징적인 의미도 있을 테고요. 그러나 저는 어떠한 형태로도 정치적 이념에 휘둘리고 싶지 않았습니다. 게다가 위대한 문학의 힘과 깊이를 이 소설만큼 설득력 있게 보여주는 다른 짤막한 작품을 제 머리로는 생각해낼 수 없었습니다. 『이반 일리치의 죽음』은 누구도 부인할 수 없는 걸작입니다. 이 소설에는 허세도 없고 천박함도 없으며 가식도 없고 거짓도 없습니다. 쓸데없는 표현도 없고 지루하다고 느낄 틈도 없습니다. 그렇다고 싸구려처럼 줄거리가 빨리 진행된다는 뜻은 아닙니다. 한 남자와 그의 평범한 죽음을 꾸밈없이, 그러나 무척 설득력 있게 써내려간 중편소설입니다.

몸과 마음의 변화에서 아주 사소한 부분까지도 놓치지 않는 톨스토이의 눈은 섬뜩할 정도입니다. 슈바르츠를 보십시오. 그는 죽은 이반 일리치의 집에 방문해서 이반 일리치의 아내에게 위로의 말을 건네지만, 머릿속으로는 그날 밤에 있을 카드놀이를 생각합니다. 표트르 이바노비치는 어떻습니까? 그는 이반 일리치의 아내와 어색한 대화를 이어가는 와중에도 낮은 의자와, 또 그 의자의 고장 난 스프링과 씨름합니다. 또 남편 이반 일리치를 잃은 아내, 프라스코비야 표도르브나조차 우리 눈앞에서는 눈물짓고 슬퍼하지만, 사리사욕에 젖어 남편의 연금을 세세하게 따지고 정부로부터 조금이라도 더 많은 돈을 받고 싶어 합니다. 이반 일리치가 처음 의사를 찾아갔을 때를 보십시오. 의사는 거드름을 피우며 냉담하게 이반 일리치를 진료합니다. 이반 일리치는 의사의 그런 태도가 자신이 법정에서 피고를 대하던 태도와 닮았다고 생각합니다. 또 이반 일리치와 그의 아내 사이에 대한 섬세한 묘사를 보십시오. 그야말로 지옥이 따로 없습니다. 이반 일리치의 친구들과 동료들은 또 어떻습니까? 그들 모두는 단단한 둑에 서 있는데, 어리석게도 흐르는 강물에 몸을 던지는 쪽을 선택한 사람인 양 이반 일리치를 대하지 않습니까. 끝으로 이반 일리치와 그의 서럽고 외로운 몸부림을 눈여겨보십시오.

덧없는 것에 열중하고, 매정하게 살아가는 우리 모습을 명쾌하고도 간결하게 보여주는 작품입니다. 톨스토이는 삶의 천박한 외면만이 아니라 은밀한 내면까지도 파헤칩니다. 이 소설은 인간의 사악함과 시대에 뒤떨어진 지혜를 늘어놓은 듯하지만, 그렇다고 따분한 도덕 교과서처럼 다가오지는 않습니다. 오히려 우리 삶의 어둠과 빛을 생생하게 표현한 듯합니다. 누군가 우리를 『이반 일리치의 죽음』의 등장인물처럼 바라본다는 걸 깨닫는 날, 우리 눈에도 이반 일리치의 잘못들이 분명하게 보일 겁니다. 그 잘못들이 너무나 명확해서, 우리도 똑같은 실수를 저지르고 있다는 걸 절감하게 될 겁니다.

여기에 문학의 위대함이 있습니다. 그리고 모순되게 들리겠지만, 소설 속 등장인물들에 대해 읽어갈 때 우리는 결국 우리 자신에 대해 읽는 것입니다. 이런 부지불식간의 자기점검에서 때때로 우리는 어쩔 수 없이 미소를 지으며 인정하게 됩니다. 이 소설의 경우에서 그렇듯이, 때로는 불안감에 싸여 부인하고 싶은 마음에 몸서리를 치기도 합니다. 어느 쪽이든 우리는 더 현명해지고 존재론적으로 더 단단해집니다.

수상님께서도 눈치채셨겠지만, 이 소설의 배경인 1882년과 오늘날의 시간적 격차에도 불구하고, 또 고루하던 전제군주 시대의 러시아와 현대 캐나다 사이의 거대한 문화적 거리에도 불구하고 이 소설은 우리에게 조금도 어색하게 느껴지지 않습니다. 철저하게 그 시대에 살면서 뼛속까지 러시아인이던 사람이 지역적 한계를 훌쩍 뛰어넘어 보편적인 울림을 이루어낸 다른 소설을 제 머리로는 생각해낼 수 없습니다. 중국의 농부, 쿠웨이트의 이민 노동자, 아프리카의 목동, 플로리다의 엔지니어, 오타와의 수상 등 누구라도 『이반 일리치의 죽음』을 읽을 때면 절로 고개를 끄덕일 거라고 생각합니다.

무엇보다 저는 수상님께 게라심이란 인물을 추천하고 싶습니다. 우리의 모습이라고 여기기는 힘들지만 우리 모두가 가장 닮고 싶은 인물이 바로 게라심이라 생각하기 때문입니다. 언젠가 때가 되면, 게라심 같은 사람이 옆에 있기를 바라지 않는 사람이 있겠습니까.

수상님께서 무척 바쁘다는 것은 잘 알고 있습니다. 우리 모두가 바쁘게 살아갑니다. 심지어 수도원에서 묵상하는 수사들도 바쁩니다. 천장까지 해야 할 일로 채워진 삶이 바로 어른의 삶입니다(어린아이와 노인만이 시간의 부족에 시달리지 않는 듯합니다. 그들이 어떻게 책을 읽고, 그들의 눈동자에는 어떤 삶이 채워져 있는지 눈여겨보십시오). 그러나 노숙자든 부자든 누구에게나 잠자리 옆에 작은 공간이 있습니다. 그 공간에서 밤이면 책이 빛날 수 있습니다. 우리가 하루를 내려놓기 시작하며 마음

얀 마텔
101통의
문학 편지

이 차분해지는 순간, 잠들기 전에 책을 집어 들고 잠시 몇 쪽이라도 읽는 그 순간이, 다른 사람이 되어 다른 곳에 있기에 가장 완벽한 시간입니다. 물론 다른 시간에도 가능합니다. 단편소설집 『와인즈버그 오하이오』로 유명한 미국 작가, 셔우드 앤더슨은 기차로 출퇴근하는 시간에 글을 썼다고 합니다. 스티븐 킹은 좋아하는 야구 경기장에 가서도 쉬는 시간에 책을 읽었답니다. 결국 선택의 문제지요.

따라서 수상님께 하루에 몇 분이라도 짬을 내어 『이반 일리치의 죽음』을 읽어보시라고 권하는 바입니다.

안녕히 계십시오.
얀 마텔 드림

답장:

2007년 5월 8일
마텔 씨에게,

스티븐 하퍼 수상님을 대신해서 제가 선생의 편지와 톨스토이의 『이반 일리치의 죽음』에 감사의 뜻을 전합니다. 그 소설에 대한 선생의 견해를 즐겁게 읽었습니다.

일부러 시간을 내어 편지를 보내주신 것에 거듭 감사드립니다.

안녕히 계십시오.

수전 I. 로스

수상 보좌관

레프 톨스토이(Leo Tolstoy, 1828-1910)는 많은 작품을 남긴 작가, 수필가, 극작가이자 철학자, 교육 개혁가이기도 했다. 러시아 귀족 가문에서 태어난 톨스토이는 러시아의 삶에 초점을 맞춘 사실주의적 작품을 쓴 것으로 유명하며, 19세기 러시아 문학의 발달에 크게 기여한 작가로 여겨진다. 소피아 안드레예브나 베르스와 결혼해서 열세 명의 자녀를 두었지만, 여덟 명만이 성년까지 살아남았다. 톨스토이는 열네 편의 장편소설(『안나 카레니나』와 『전쟁과 평화』가 대표작), 여러 편의 수필과 논픽션, 세 편의 희곡, 삼십 편이 넘는 단편소설을 썼다.

• 레프 톨스토이는 저작권이 소멸된 작가여서 우리나라에서는 여러 출판사에서 출간되었다.

Book 2

『동물농장』

조지 오웰
2007년 4월 30일

✳

캐나다 수상 스티븐 하퍼 님께,
캐나다 작가 얀 마텔이 보냅니다.

• 추신: 생신을 축하드립니다.

하퍼 수상님께,

수상님이 응원하는 아이스하키팀, '캘거리 플레임스'가 플레이오프에서 떨어졌으니 이제 시간이 좀 여유로워지셨을 듯합니다.

제가 수상님께 보내는 두 번째 책이 조지 오웰의 『동물농장』인 것을 두고 저를 나무랄 사람들이 있을까 두렵습니다. 그래도 이 소설은 상당히 유명하며, 톨스토이처럼 백인 남성인데다 상류층 출신이라는 이유로 과대평가됐다는 작가가 쓴 소설이기도 합니다. 하지만 수상님이 다음 선거에서 패하지 않는다면, 언어를 사용해서 자신의 생각을 표현해온 모든 사람의 목소리를 대변할 시간이 있습니다. 그런 사람들은 정말이지 무척 많고 다양한 분야에서 활동합니다. 만약 수상님께서 다음 선거에 패한다면 책을 읽는 데 지금보다 훨씬 많은 시간을 할애할 수 있겠지만, 안타깝게도 그럴 가능성은 거의 없어 보입니다.

많은 사람이 어렸을 때 『동물농장』을 읽었습니다. 아마 수상님께서도 읽으셨을 겁니다. 동물들이 등장하는 데다 재미도 있는 이 소설을 많은 사람이 사랑했습니다. 그러나 한층 성숙해진 지금 다시 읽는다면, 이 소설의 의미를 더 깊이 이해할 수 있을 겁니다.

『동물농장』은 『이반 일리치의 죽음』과 적잖은 공통점이 있습니다. 둘 모두 짤막하며, 위대한 문학 작품답게 현실을 변화시키는 힘을 지녔습니다. 또 두 소설 모두 인간의 사악함과 착각을 다루고 있습니다. 그러나 『이반 일리치의 죽음』이 개인의 사악함, 따라서 진정한 삶을 영위하지 못하는 인간의 실패를 다뤘다면 『동물농장』은 집단 광기를 고발하는 소설입니다. 『동물농장』은 정치적 색채를 띤 소설이어서, 수상님 주변 사람들에게서는 이해를 얻기가 쉽지 않을 겁니다. 그래도 우리 모두가 동의할 수 있는 문제, 즉 폭압의 폐해를 다룬 소설입니다. 물론 어떤 책이든 하나의 주제로 축약할 수는 없습니다. 책의 위대함은 읽는 행위 자체에 있는 것이지, 그 책이 어떤 문제를 다루려고 하느냐에 있는 게 아니니까요.

그렇지만 제가 『동물농장』을 선택한 데는 개인적인 이유도 있습니다. 저도 비슷한 책을 쓰고 싶기 때문입니다.

먼저 『동물농장』에 대해 말해보겠습니다. 수상님께서도 이 소설의 문체가 명쾌하고 꾸밈없다는 것을 즉시 알아볼 수 있을 겁니다. 오웰의 특징이지요. 그런 문장, 그런 단락을 쓰는 게 세상에서 가장 쉽고 가장 자연스런 것인 양 표현 하나하나가 상황에 딱 맞아떨어진다는 인상을 받으실 겁니다. 하지만 그렇게 쓰는 게 쉬운 일은 아닙니다. 명쾌하게 생각하는 것도 어렵지만, 생각을 명쾌하게 표현하는 것도 무척 어렵습니다. 수상님께서도 연설문과 각종 문서를 작성하면서 그것이 얼마나 어려운 일인지 경험하셨을 겁니다.

줄거리는 간단합니다. 매너 농장의 동물들은 농장 주인 존스의 착취적 행동에 불만을 품고 반란을 일으켜서 존스를 쫓아냅니다. 그리고 자기들만의 공동체를 세워서 가장 숭고하고, 가장 평등한 원칙에 따라 운영하기로 약속합니다. 그러나 부패한 돼지 나폴레옹과, 나폴레옹의 충복으로 말솜씨가 뛰어난 스퀼러라는 돼지가 있습니다. 이 두 돼지는 또 다른 돼지, 용감한 스노볼의 노력과 농장 동물들의 유순한 선의에도 불구하고 '동물농장'—농장 동물들은 존스를 쫓아낸 후 매너 농장의 이름을 '동물농장'이라고 바꾸었습니다—의 꿈을 파괴하는 악몽 같은 존재입니다.

저는 두 번째 장 끝부분이 무척 감동적이라 생각합니다. 젖소에게서 짜낸 다섯 통의 우유를 어떻게 처리하느냐가 문제로 대두됩니다. 존스가 쫓겨나고 없어 우유를 팔지 못하니 어떻게든 우유를 처리해야 합니다. 닭이 우유를 사료에 섞어 모두가 함께 먹자고 제안합니다. 그러나 나폴레옹은 "동무들, 우유는 걱정하지 마십시오! 수확이 더 중요합니다. 스노볼 동무가 여러분을 안내할 것입니다. 나는 곧 뒤따라가겠습니다!"라고 소리칩니다. 그래서 동물들은 건초를 수확하려고 모두 자리를 떠납니다. 과연 우유는 어떻게 됐을까요? '……저녁에 동물들이 돌아왔을 때 우유는 사라지고 없었습니다.'

다섯 통의 흰 우유와 함께, 갓 피어나기 시작한 동물농장의 이상도 사라지기 시작합니다. 나폴레옹의 욕심 때문에 말입니다. 수상님께서도 읽어보면 아시겠지만, 상황은 점점 악화되어갈 뿐입니다.

『동물농장』은 문학 작품이 지향할 수 있는 목표의 하나, 즉 '휴대용 역사책'의 표본입니다. 20세기 역사에 대해 아무것도 모르는 독자라면 어떻게 하느냐고요? 이시오프 스탈린, 레프 트로츠키, 시월혁명에 대해 아무것도 모르는 독자라면 어떻게 하느냐고요? 그런 것은 전혀 문제가 되지 않습니다. 『동물농장』은 그런 독자에게도 북극권 너머의 우리 이웃에게 일어났던 사건의 핵심을 정확히 전달할 수 있습니다. 이상의 왜곡, 권력의 부패, 언어의 남용, 국가의 파멸이 백이십 쪽에 불과한 책에 모두 담겨 있습니다. 이 책을 읽고 나면 어떤 독자라도 사악한 정치인들의 교묘한 수법을 알아차릴 수 있을 겁니다. 이것도 문학 작품에서 기대할 수 있는 효과, 즉 예방접종입니다.

이제 제가 수상님께 『동물농장』을 보내는 개인적인 이유에 대해 말씀드리겠습니다. 유럽에서 나치스의 손에 학살당한 유대인들도 그들의 역사를 휴대용으로 만들 필요가 있습니다. 그래서 저는 이 문제를 다음 작품에서 다룰 생각입니다. 그러나 역사의 파편들―수많은 눈물과 수많은 학살―을 취해서 우아하고도 압축된 글로 표현해내고, 두렵고 무서운 사건을 밝은 글로 바꿔놓는 것은 쉬운 일이 아닙니다.

독서의 위대함과 더불어 제가 지향하는 문학적 이상이 수상님께도 함께하기를 바랍니다.

안녕히 계십시오.
얀 마텔 드림

• 추신: 생신을 축하드립니다.

조지 오웰(George Orwell, 1903-1950)의 본명은 에릭 아서 블레어이다. 영국의 소설가이자 수필가였고, 언론인과 문학평론가로도 활동했다. 오웰은 인도에서 태어났고, 자신의 집안을 '상류 중산층의 하급 계층'이란 말로 소개했다. 스페인 내전에 참전해 부상을 당했다. 가장 유명한 두 작품, 『동물농장』과 『1984』에서 오웰은 자신만의 고유한 문체를 유감없이 보여주었을 뿐 아니라, 그가 가장 집중했던 두 문제, 즉 사회적 불평등에 대한 의식과 전체주의에 대한 반감을 드러냈다. 또한 언어가 정치에 미치는 힘과 세상을 보는 관점에 미치는 영향에도 관심을 가졌던 것으로도 유명하다. 오웰은 마흔여섯 살의 나이에 결핵으로 세상을 떠났다.

• 우리나라에서는 1998년 8월, 『동물농장』(도정일 옮김/민음사)으로 출간되었다.

Book 3

『애크로이드 살인사건』

애거서 크리스티
2007년 5월 14일

∗

캐나다 수상 스티븐 하퍼 님께,
캐나다 작가 얀 마텔이 보냅니다.

하퍼 수상님께,

애거서 크리스티의 소설 중 좋아하지 않을 만한 게 있을까요? 그녀의 소설들은 죄의식을 동반한 즐거움을 줍니다. 살인이 그렇게 즐거운 이야기일 거라고 누군들 생각했겠습니까? 저는 수상님께 추천할 책으로 『애크로이드 살인사건』을 선택했습니다. 은퇴한 벨기에의 유명한 탐정, 에르퀼 푸아로는 어울리지 않게 호박이나 재배하겠다며 킹스애벗 마을로 향합니다. 그러나 그곳에서 충격적인 살인 사건이 벌어지면서 조용히 살겠다던 그의 계획은 어긋납니다. 누가 살인을 저질렀을까요? 모든 상황이 너무나 기묘합니다.

애거서 크리스티(재미있게도 이 작가는 간단히 줄여서 '크리스티'라고 지칭되는 경우가 전혀 없습니다)의 소설에서 가장 눈에 띄는 특징 중 하나라면, 어떤 소설을 쓸 것인지에 대한 그녀 자신의 열망과 그녀가 가졌던 재능이 완벽하게 맞아떨어진다는 것입니다. 팔십 편이 넘는 소설에서, 그녀는 마음에 품었던 것을 정확히 구현해냈습니다. 문학에서 그렇게 해내기 위해서는, 물론 재능과 인간의 몸에 대한 견고한 지식도 필요하지만, 자기자신에 대해서 깊이 알아야 합니다. 시신에 남겨진 단서 이외에, 그녀의 소설들은 예술적으로도 완벽했기에 수세대가 지난뒤에도 독자들에게 사랑받는 것입니다.

삼십팔 쪽에 조지 엘리엇에 대해 언급한 구절이 나옵니다. 저는 개인적으로 이 구절이 마음에 들었습니다. "조지 엘리엇이『플로스 강의 물방앗간』을 썼던 펜은 그저 펜에 불과합니다. 당신이 조지 엘리엇을 그렇게 좋아한다면『플로스 강의 물방앗간』을 보급판이라도 구해서 읽지 않는 이유가 무엇입니까?"

제가 중고책을 보냈다는 걸 수상님께서도 눈치채셨을 겁니다. 돈을 절약하려고 중고책을 보낸 것은 아닙니다. 중고차와달리 중고책은 원래의 가치를 조금도 잃지 않는다는 점을 알려드리고 싶었습니다. 좋은 책은 처음 쓰였던 때만큼이나 부드럽게 새로운 독자의 손에 흘러듭니다.

새 책도 얼마 비싸지 않은 책을 중고책으로 보낸 데는 또 다른 이유가 있습니다. 저는 다른 사람의 손에 쥐어졌던 책을 제 손에 쥐고, 다른 사람의 눈빛이 스쳐갔던 구절들을 제 눈으로 다시 읽는다는 것 자체가 좋습니다. 책 읽는 사람들이 한데 뭉쳐 교감하는 그림이 머릿속에 그려지지 않습니까.

저는 얼마 전에 오타와에 다녀왔습니다. 오타와에 머무는 동안, 위대한 전임 수상 두 분, 윌프리드 로리에와 윌리엄 라이언 매켄지 킹이 일하며 살았던 로리에하우스를 찾아갔습니다. 짙은 벽판, 푹신한 카펫, 묵직한 가구, 보이지 않게 감추어진 엘리베이터 등이 인상적인 저택이었습니다. 애거서 크리스티 소설에서 읽었던 미스터리한 살인 사건이 일어나기에 완벽한 무대라는 생각마저 들었습니다. 그래서 수상님께 그녀의 소설을 보내는 것이기도 합니다.

수상님께서는 로리에와 킹이 열렬한 독서광이었다는 사실을 알고 계셨습니까? 제가 킹의 서재에서 찍은 사진을 동봉합니다. 킹은 이 서재에서 일하면서 캐나다를 대공황과 2차 대전에서 구해냈고, 오늘날 다른 나라에서 부러워 마지않는 복지체계의 기초를 놓았습니다. 책꽂이를 보건대, 킹은 분야를 가리지 않고 많은 책을 읽었습니다. 그중에는 제가 좋아하는 작품, 인류 역사상 가장 위대한 작품 중 하나로 손꼽히는 단테의 『신곡』도 있었습니다. 또 키플링과 셰익스피어의 모든 작품도, 루이 파스퇴르의 전기도 있었습니다. 예술에 관련된 책들도 눈에

킹의 서재

킹은 피아니스트이기도 했다.

띄었고요. 책꽂이를 채운 역사책과 전기물은 무척 다양했습니다. 심지어 스스로 건강을 관리하기 위한 책들도 있었습니다. 굉장히 매력적인 서재였습니다. 아, 그의 피아노도 잊어서는 안 됩니다.

자치적인 식민지를 어엿한 국가로 키워낸 로리에는 훨씬 헌신적인 지도자였습니다. 로리에의 장서는 무척 방대해서, 킹이 관저에 들어올 때 자신의 장서를 위한 공간을 마련하기 위해 로리에의 장서를 비워내야 했습니다. 로리에가 소장했던 책들은 지금 국가기록원에 보관되어 있습니다.

두 전임 수상은 어떻게 그처럼 많은 책을 읽었을까요? 로리에와 킹은 시간관리에 무척 뛰어났던 것으로 보입니다. 그곳에 텔레비전은 없었습니다. 정보를 얻기 위해서는 텔레비전이 어느 정도 필요하지만, 그렇지 않은 경우에는 쓸데없이 시간을 좀먹는 상자에 불과합니다. 독서야말로 전인격을 갖춘 존경할 만한 신사가 되기 위한 자연스럽고 본질적인 조건이 아닐까요? 두 수상이 책을 읽는 데 그렇게 많은 시간을 할애했던 것은 이미 독서가 몸에 밴 습관이었던 까닭이 아닐까요?

당시 독서는 특혜 받은 사람들에게나 가능한 행위였을 겁니다. 그러나 지금은 아닙니다. 아직도 적잖은 사람이 책 읽는 걸 힘들어하며 도움을 필요로 하긴 하지만, 식자율이 높고 어디에나 공공도서관이 있는 캐나다처럼 풍요롭고 평등한 국가에서, 이제 독서는 엘리트 계급만의 취미가 아닙니다. 말하자면, 이

제 좋은 책은 계급을 가리지 않습니다. 누구라도 좋은 책을 소장하고 읽을 수 있습니다. 제가 살고 있는 아름다운 이곳, 서스캐처원의 경이로운 점 하나를 꼽으라면, 인구가 백이십육 명에 불과한 조그만 마을 헤이즐럿에도 공공도서관이 있다는 것입니다. 그리고 굳이 비싼 책일 필요도 없습니다. 오십 센트에 불과한 중고책에서도 금광을 찾아낼 수 있습니다. 그런 투자의 대가를 얻기 위해서 필요한 것은 약간의 시간뿐이지요.

킹은 서둘러 잠자리에 들면서 혼잣말로 이렇게 중얼거렸을 겁니다. "범인은 집사인 파커였어. 확실해!"

안녕히 계십시오.
얀 마텔 드림

애거서 크리스티(Dame Agatha Christie, 1890-1976)는 '추리소설의 여왕'으로 일컬어지는 영국 작가로 역대 베스트셀러 작가 중 한 명이다. 대영제국 훈장을 받았다. 애거서 크리스티는 추리소설로 세계 전역에 널리 알려졌으며, 추리소설의 역사에서 우상으로 여겨지는 두 인물, 에르퀼 푸아로와 제인 마플을 창조해냈다. 1차 대전 동안 간호사로 일하면서 얻은 독과 질병에 대한 지식이 훗날 미스터리한 살인 사건이 얽힌 추리소설을 쓰는 데 큰 도움이 되었다. 애거서 크리스티는 팔십 편 이상의 장편소설 이외에 서너 편의 희곡, 단편소설과 연애소설도 썼다. 많은 작품이 영화로 만들어지기도 했다.

• 우리나라에서는 2003년 6월, 『애크로이드 살인사건』(김남주 옮김/황금가지)으로 출간되었다.

Book 4

『나는 그랜드센트럴역 옆에 주저앉아 울었다』

엘리자베스 스마트
2007년 5월 28일

∗

캐나다 수상 스티븐 하퍼 님께,
캐나다 작가 얀 마텔이 보냅니다.

하퍼 수상님께,

오늘은 소리 내어 읽으면 좋은 책을 소개해드리겠습니다.
제 생각이지만, 엘리자베스 스마트의 『나는 그랜드센트럴역
옆에 주저앉아 울었다』를 읽는 데는 그보다 좋은 방법이 없습
니다. 이 책은 언어를 위한 책입니다. 언어가 줄거리이자 등장
인물이며 무대인 소설이니까요. 물론 다른 것, 말하자면 주제
는 따로 있습니다. 이 소설의 주제는 먼 옛날부터 문학의 영원
한 주제였던 사랑입니다.

이런 점에서 하루가 끝날 때 잠자리에서 소리 내어 읽기에 안성맞춤인 책입니다. 또 옆에 누군가를 두고 함께해야 할 책입니다.

예술과 삶을 이어주는 고리들은 단순하게 설명될 수도 있지만, 이 소설은 수상님이 언어의 파도에 몸을 맡기고 그 흐름에 흠뻑 젖는 데 도움이 될 것입니다. 어느 날, 엘리자베스 스마트는 서점에서 시를 읽다가 조지 바커라는 시인과—저는 "사랑에 빠지기로 결심했다"라고 말하고 싶습니다만—사랑에 빠졌습니다. 조지 바커에게는 더없이 좋은 일이었을 겁니다. 그는 후대에 자신의 시보다는 '시인 엘리자베스 스마트가 사랑에 빠진 남자'로 기억될 테니까요. 스마트와 조지 바커는 결국 캘리포니아에서 만났고, 그들은 연인이 되었습니다. 그때부터 그녀의 삶에 천국과 지옥이 함께 시작되었습니다. 조지 바커는 유부남이었던 데다 원래 부인과 스마트 말고도 다른 여자들과 지속적인 관계를 맺었으니까요. 조지 바커는 많은 자식을 두었습니다. 스마트와의 사이에서 낳은 네 명을 포함해서 모두 열한 명을 두었습니다. 이 숫자에서, 조지 바커가 사랑의 감정만큼이나 사랑의 결실 또한 진지하게 받아들였다고 생각할 수 있겠지만, 저는 그가 아버지 역할을 제대로 했을지 의문입니다. 이야기가 딴 데로 흘렀군요. 어쨌든 엘리자베스 스마트는 조지 바커와 사랑에 빠졌습니다. 그녀의 마음을 갉아먹는 사랑이었지만, 그래도 이 보석 같은 책을 잉태시킨 사랑이었습니다. 어떤 점에서, 스마트는 또 하나의 단테였고, 『나는 그랜드센트럴역 옆에 주저앉아 울었다』는 또 다른 『신곡』입니다. 다만 스마트는 천국에서 시작해 지옥으로 떨어졌다는 점에서 여행의 방향이 반대일 뿐입니다.

따라서 몇 겹의 우회적인 암시와 은유적인 비약이 있지만, 이 소설의 한가운데에는 격정적인 연애라는 단단한 다이아몬드가 박혀 있습니다.

그 연애에 대해서는 수상님께서 나름대로 생각하고 결론 내리시기 바랍니다. 더 쉽게 말할 수 있는 것은 언어의 아름다움입니다. 언어는 가장 자연스러운 은유입니다. 언어는 세련된 소리들로 이루어진 시스템입니다. 따라서 공동의 합의에 따라, 우리가 어떤 소리, 예컨대 '시금치'라는 소리를 내면 '먹기에 좋은, 잎이 푸른 채소'를 표현하는 걸로 인정합니다. 이런 언어 덕분에 의사소통이 훨씬 더 쉽고 효과적이며, 우리가 뭔가를 말하고 싶을 때마다 눈을 크게 뜨고 그 대상을 가리킬 필요가 없습니다. 저는 동굴인들이 언어라는 걸 처음 생각해냈을 때 머리를 위아래로 크게 끄덕이며 기쁨에 겨워 꿀꿀거리고 소리치는 모습을 상상할 수 있을 뿐입니다. 언어는 기막힌 생각이어서 신속하게 퍼져나갔습니다. 치열한 싸움도 많이 치렀겠지만, 자신이 바라본 세상을 단어로 표현해낸 최초의 인간들은 정말 황홀한 기분이었을 겁니다. 각양각색의 인간 무리들이 각자 자신들만의 소리로 합의를 이루어냈습니다. 그래도 괜찮습니다. 다른 것은 좋은 것이니까요. 다름이여, 만세!

그렇게 해서 하나의 대상을 가리키는 많은 소리가 생겨났습니다. 시금치, 에피나르, 에스파나카스, 스피나치, 에스피나프르, 스피나트, 스페나트, 피나티, 시피나크, 스페노트, 슈피나트, 싸바네흐……. 오히려 그 때문에 더 낫습니다. 이런 실용적인 소리들이 예기치 않게 그 자체로 하나의 세계가 되며, 그런 소리들만의 존재 가능성을 보여주기 때문입니다. 우리는 언어가 우리에게 직접적으로 세상을 전달하는 도구라고 단순하게 생각했습니다. 하지만 그 도구는 어느새 그 자체로 하나의 세계가 되었고 여전히 외부 세계를 전달하긴 하지만, 이제는 간접적인 방식이 되었지요. 이제는 단어가 있고 세계가 있습니다. 게다가 두 세계가 서로에게 마음을 빼앗겨 포로가 되었습니다. 사랑에 빠진 연인처럼 말입니다.

소설 속 연인은 국경을 넘으려다 체포됩니다. 소설 속 시대에서 불륜이란 관습의 위배였으니까요. 사 부의 앞부분에서는 때때로 세상이 사랑에 대해 보이는 거친 반응을 아름답게도 담아냅니다.

처음에 저는 수상님의 손에 쥐어진 소설이 얼마나 사실적인지를 보여주기 위해서 몇 구절을 인용할 생각이었습니다. 하지만 그런 구절이 너무 많았습니다. 차라리 소설 전부를 인용하는 편이 낫겠다는 생각마저 들었습니다. 게다가 맥락을 무시하고 특정한 구절을 빼내는 것도 외람된 짓인 것 같았고요.

수상님께서도 기억하시겠지만 저는 『이반 일리치의 죽음』에서 게라심이라는 인물을 추천했습니다. 이 소설에도 게라심처럼 집사 역할을 하지만, 옹졸하다는 점에서는 대조적인 인물, 워틀 씨가 등장합니다.

워틀 씨 같은 인물을 조심하십시오, 수상님.

그래도 다음 구절은 인용하지 않을 수가 없었습니다. 삼십 쪽에서,

그러나 사랑에 대한 나의 확신은, 신중하게 생각하거나 연민을 가지면 머릿속에 떠오르는 불미스런 사태에도 사그러들지 않는다. 결국 우리가 할 수 있는 것이라고는 식탁에 마주보고 앉아 서로 손을 맞잡고, 들려오는 오르간 선율에 귀를 기울이는 게 전부일 테니까. 우리 사이에는 단순하지만 한없는 사랑이 있어 아무 말도 필요하지 않다.

사십사 쪽에서는

오 분(오 년) 후에 포드 자동차가 덜거덕거리며 현관 앞에 멈춘다. 그리고 그는 잔디밭을 가로질러 후추나무 아래를 지나온다. 나는 얇은 커튼 뒤에 서서 꼼짝할 수가 없다. 그를 반기려고 발걸음을 뗄 수 없고 말조차 할 수 없다. 그가 현관문을 열면, 그의 몸 모든 구멍에 스며들어갈 액체에 눈길을 돌린다.

정말 낭만적이지 않습니까? 그렇습니다, 정말 낭만적입니다. 그런데 너무 비현실적이라고요? 맞습니다. 하지만 오십오쪽에서 그녀가 자신을 체포한 경찰관에게 던지는 질문을 보십시오.

그럼 경관님은 무엇 때문에 사시죠?
경관이 대답했다. 나는 그런 짓을 하지 않았다고, 나는 가족이 있다고, 또 로타리클럽 회원이라고.

그녀는 예수가 되는 편이 더 나았을 겁니다. 나중에는 경관도 가버나움의 겸손한 백부장처럼 행동했더라면 좋았을 거라고 후회했을 테고요.
혼외정사로 버림을 받았던 고향, 오타와에 돌아온 그녀가 육십오 쪽에서 다음과 같이 말합니다.

색 바랜 목조주택들을 바라보면, 나는 개척자들의 열정이 추억처럼 새록새록 떠오르는 듯하고, 온유하지만 독특했던, 느릅나무 아래에서 정치 문제를 토론하면서도 셰익스피어를 인용할 줄 알았던 초기 정치인들의 투지가 느껴진다.

그녀가 로리에하우스를 방문했는지는 모르겠습니다.
『나는 그랜드센트럴역 옆에 주저앉아 울었다』는 사랑이 무

얀 마텔
101통의
문학 편지

엇인지 일깨워주는 걸작입니다. 엘리자베스 스마트의 뜨거운 사랑에 마음이 흔들리지 않는 삶이라면 충만하게 산 삶이라 할 수 없을 겁니다. 사랑에 대해서라면 그녀의 말을 믿을 수 있습니다.

언어에 이런 힘이 있을 거라고 누가 생각했겠습니까? 푸념처럼 들리는 소리가 세상에 기적을 되살려내리라고 누가 생각했겠습니까?

안녕히 계십시오.

얀 마텔 드림

• 추신: 제가 보내드린 첫 책에 대해 수상님을 대신해서 답장을 보내주신 수전 로스 보좌관에게 감사의 뜻을 전하고 싶습니다. 혹시 『이반 일리치의 죽음』을 다 읽으셨다면 그 책을 로스 보좌관에게 빌려주실 수 있겠습니까?

엘리자베스 스마트(Elizabeth Smart, 1913-1986)는 캐나다 소설가이자 시인이다. 오타와의 영향력 있는 집안에서 태어나 세계 전역을 여행했고, 미국과 영국에서 일하기도 했다. 런던에 머무는 동안 조지 바커의 시집을 읽었고 처음에는 그의 글을 사랑했지만, 나중에는 조지 바커 본인과 사랑에 빠졌다. 스마트는 브리티시컬럼비아에서 그와의 관계를 바탕으로 대표작 『나는 그랜드센트럴역 옆에 주저앉아 울었다』를 썼다. 나중에는 아예 영국으로 이주해서 유부남인 조지 바커와의 불륜을 이어갔고, 바커와의 사이에 네 자녀를 두었다. 스마트는 잡지 《퀸》에서 십삼 년 동안 카피라이터로 일했고, 나중에는 편집자가 되었다. 그 후에 은퇴하여 서쪽의 작은 오두막 집에서 지냈다.

· 원제는 『By Grand Central Station I Sat Down and Wept』이다.

Book 5

『바가바드 기타』

2007년 6월 11일

＊

캐나다 수상 스티븐 하퍼 님께,
힌두교의 지혜서를
캐나다 작가 얀 마텔이 보냅니다.

하퍼 수상님께,

다섯 번째 책으로는 수상님이 의외라고 생각하실 만한 책을 소개하려 합니다. 힌두교 경전입니다. 우리 주변에 힌두교 경전은 많습니다. 수천 쪽에 이르는 경전도 있습니다. 수상님께서도 『베다』, 특히 『리그베다』에 대해서는 들어보셨을 겁니다. 『우파니샤드』에 대해서도, 또 산스크리트어로 쓰인 위대한 두 대서사시, 『마하바라타』와 『라마야나』에 대해서도 들어보셨을 겁니다. 지루할 정도로 긴 데다 전체적으로 다채롭기도 한 힌두교 경전들은 지금도 여전히 존재하는 문명, 즉 오늘날 우리가 인도라고 일컫는 인더스 계곡에서 시작된 고대 문명의 삶에 대한 모든 사색을 모아놓은 집결판입니다. 모든 구절이 머리가 어지럽도록 난해합니다. 읽고 또 읽어도 무슨 뜻인지 도무지 모르시겠더라도, 그리하여 두려움과 무지함에 무력감이 엄습하더라도 걱정하실 필요는 없습니다. 이 책을 읽는 누구라도 그렇게 느낄 테니까요. 제 생각에는 독실한 힌두교도라도 때로는 그렇게 느낄 겁니다.

두려움과 무지라는 느낌은, 사실 이 책을 읽는 출발점으로 아주 좋습니다. 지금 수상님께서 손에 쥐고 있는 『바가바드 기타』의 앞부분에서 아르주나도 정확히 그런 느낌이었으니까요. 『바가바드 기타』는 훨씬 긴 경전인 『마하바라타』의 한 부분이며, 힌두교 경전 중에서 가장 널리 알려지고 가장 널리 읽히는 경전입니다. 아마도 가장 중요한 경전이기 때문일 것입니다. 아르주나에게 필요한 것, 저에게 필요한 것, 수상님께 필요한 것, 결국 우리 모두에게 필요한 것은 '다르마', 즉 사회적·정치적으로 올바르게 행동하기 위한 교훈입니다. 그 교훈은 아르주나가 크리슈나에게 배운 것입니다. 크리슈나는 만물의 최고신이지만 아르주나의 마부이자 친구이기도 합니다.

아르주나는 대격전을 앞두고 있습니다. 아르주나는 크리슈나에게 서로 대치한 두 군대 사이로 전차를 몰라고 지시합니다. 그리고 양쪽에 집결한 군인들을 살펴봅니다. 양쪽에 친구들과 적들이 있다는 걸 확인하고는 많은 사람이 죽을 거라는 생각에 아르주나는 가슴 아파합니다.

아르주나의 전투는 실제로 존재한 역사적 사건을 바탕으로 한 듯합니다. 그러나 우리는 그 전투를 은유로 읽어야 합니다. 『바가바드 기타』에서 말하는 것은 삶의 전투입니다. 우리 모두가 대담하게 자신의 삶에 맞서 싸워야 하는 아르주나입니다.

수상님께 감히 말씀드리지만, 학자와 번역자가 쓴 서문을 읽지 마십시오. 그러나 후안 마스카로의 번역은 훌륭합니다. 그래서 후안 마스카로가 번역한『바가바드 기타』를 선택한 것입니다. 전문용어와 현학적인 냄새를 최대한 배제하여 명쾌하고 시적입니다. 소리 내어 읽어보십시오. 그럼 단어들 사이로 불어오는 우주의 바람을 느낄 수 있을 겁니다. 그러나 서문은 제쳐두십시오. 모든 종교가 그렇듯이 힌두교에도 역사적 사실이 있고 신앙이 있습니다. 역사 속의 예수와 신앙의 대상으로서의 예수는 별개입니다. 역사 속의 예수를 지나치게 파고들면 인류학에 빠져들어 핵심을 놓치게 됩니다. 신앙의 예수가 그렇듯이, 수상님께서『바가바드 기타』를 온전히 신앙의 가르침으로 받아들여 그 안에 담긴 원대한 명령들과 당혹스런 의문들을 헤치고 나아간다면 이 책에서 많은 감화를 받을 것입니다.『바가바드 기타』는 한 인간과 신의 대화입니다. 최소한 처음에는 독자와 경전 간의 대화로 읽어가는 것이 이 책을 읽는 가장 좋은 방법입니다. 원하시면, 그런 첫 만남 뒤에 학자들의 해설서로부터 도움을 받을 수 있겠지요.

이 경전에는 수상님을 짜증나게 할 만한 개념들이 좀 있습니다. 서구의 기준에서 보자면, 힌두교를 관통하는 한 줄기의 운명론이 짜증스럽게 여겨질 수 있으니까요. 우리는 고도로 개인주의화된 문화에서 살며 자아를 실현하는 데 진력하고 있지 않습니까. 『바가바드 기타』의 핵심적인 교훈들 중 하나, '초연하게 행동하라'를 마음에 새긴다면 우리는 좀 더 차분하게 일하며, 실제로는 자아가 보잘것없고 덧없는 것이란 걸 깨닫게 될 것입니다.

조용한 시간에 열린 마음으로 『바가바드 기타』을 읽어보십시오. 그럼 수상님께서도 변하실 겁니다. 실로 장중한 경전이어서 그 자체로도 고결하지만 우리 마음도 고결하게 해줍니다. 수상님께서도 아르주나처럼 크리슈나와의 대화를 통하여 더 현명하고 차분한 사람으로 거듭나서, 언제든 어떤 행동이라도 취할 수 있게 준비되어 있지만 그 내면에는 평화와 자애심이 가득찰 것입니다.

힌디어로 끝인사를 대신하렵니다.

옴 샨티(수상님께 평화가 함께하기를).

안녕히 계십시오.

얀 마텔 드림

Book 6

『슬픔이여 안녕』

프랑수아즈 사강
2007년 6월 25일

✳

캐나다 수상 스티븐 하퍼 님께,
캐나다 작가 얀 마텔이 보냅니다.

하퍼 수상님께,

영어로 번역된 프랑스 소설을 영국 런던에서 보냅니다. 이
소설 속 등장인물들은 담배를 뻑뻑 피워대고 툭하면 따귀를 얻
어맞습니다. 또 술을 취하도록 마시고는 직접 운전해서 집으로
갑니다. 게다가 아침식사로 쓰디쓴 블랙커피만을 마시고, 항상
사랑에만 골몰합니다. 어떤 시대의 지극히 프랑스적인 모습입
니다.

『슬픔이여 안녕』은 1954년, 프랑스에서 출간되었습니다. 이

소설의 저자 프랑수아즈 사강은 당시 열아홉 살이었습니다. 소설이 발표되자마자 사강은 유명인사가 되었고, 이 책은 베스트셀러가 되었습니다.

게다가 저자와 소설은 하나의 상징이 되었습니다.

『슬픔이여 안녕』은 열일곱 살인 여주인공 세실의 입을 빌린 일인칭 소설입니다. 세실은 아버지 레이몽을 '사업 수완이 뛰어나고 무엇이든 알고 싶어 하지만 금세 싫증을 내고, 여자들에게 인기가 많은 경박한 남자'라고 묘사합니다. 그 이후로 사업 수완은 다시 언급되지 않지만 레이몽이 자신의 다른 특성들, 즉 마음과 생식기의 희롱을 중심으로 돌아가는 경박스런 행동, 호기심과 권태, 여자들과의 만남을 마음껏 즐길 수 있는 건 뛰어난 사업 수완 덕분인 게 분명합니다. 레이몽과 그의 사랑스런 딸은 똑같은 기질을 지녔습니다. 부녀는 레이몽의 젊은 애인인 엘자와 함께 프랑스 남부에서 여름휴가를 보냅니다. 셋의 이런 관계에 완벽하게 적응한 세실은 해변에서 한가로움을 만끽합니다. 그리고 해변의 즐거움에는 세실에게 푹 빠진 잘생긴 청년 시릴이 끼어듭니다.

그러나 레이몽이 안느를 초대해서 함께 지내게 되는 순간부터 모든 것이 허물어집니다. 안느는 가족의 오랜 친구로 레이몽과 비슷한 나이지만 더 도덕적이고 진지한, 매력적인 여자입니다. 안느는 세실의 삶에 간섭하기 시작합니다. 더구나 안느와 몇 주를 보낸 뒤에는 레이몽이 재밌는 엘자를 버리고 안느와 관계를 맺기 시작합니다. 결국 오래지 않아 안느는 레이몽과 결혼할 계획이라고 발표합니다. 세실은 아연실색하지요. 그녀를 항상 재밌게 해주던 아버지와 안느가 부부가 된다니? 그럼 세실은 안느의 의붓딸이 될 것이고, 안느는 세실을 신중하고 근면한 딸로 바꿔놓으려고 애쓰지 않겠습니까? 세실에게는 그야말로 악몽입니다! 세실은 엘자와 시릴을 이용해서 아버지와 안느의 결혼을 방해하려는 계획을 짭니다. 그리고 비극적인 결과가 닥칩니다.

2차 대전이란 잔혹한 역사와 전후 재건을 위한 힘겨운 노동이 있은 후, 『슬픔이여 안녕』은 프랑스 문학계에 혜성처럼 등장해서 새로운 종(new species), 즉 젊음이 무엇인지 알렸습니다. 젊은이들에게는 오로지 하나의 메시지만이 있었지요. '우리와 재밌게 놀든지 아니면 꺼져라. 재즈클럽에서 함께 밤을 새우든지 아니면 다시는 우리와 함께할 생각을 버려라. 결혼 같은 따분한 관습 따위는 우리에게 거론조차 하지 마라. 담배나 피우고 빈둥거리면서 지내자. 미래는 잊어라. 새 애인은 누구야?' 결국 제목의 '슬픔'은 현실에 대한 불만을 터뜨리기 위한 구실이었습니다.

이처럼 건방지고 나태한 태도와 전통적인 가치에 대한 노골적인 경멸이 부르주아들에게 폭탄처럼 떨어졌습니다. 프랑수아즈 사강은 가톨릭교회의 비난을 받았지만, 그녀는 그 비난마저 즐겁게 받아들였을 것입니다.

사회를 폭넓게 관통하는 표현을 담은 한 권의 책은 시간과 영혼까지도 사로잡을 수 있습니다. 이 소설을 읽어보십시오. 그럼 등장인물들만이 아니라 시대정신까지 이해하게 될 것입니다. 미국 젊은이들이 잭 케루악의 『길 위에서』에 열광하듯 이 책이 자신들의 정체성을 강력하게 대변해준다고 생각하는 사람들이 있는 반면에, 일부 무슬림이 살만 루시디의 『악마의 시』에 반발하듯 자신들의 정체성과 완전히 배치된다고 생각하는 사람들도 있습니다.

이런 반응도 한 권의 책이 지닐 수 있는 모습입니다. 열기를 측정하는 온도계처럼 말입니다.

안녕히 계십시오.
얀 마텔 드림

프랑수아즈 사강(Françoise Sagan, 1935-2004)의 본명은 프랑수아즈 쿠아레이다. 소설가, 극작가, 시나리오 작가로 활동했다. 사강의 소설들은 환멸에 빠진 부르주아(주로 십 대)가 주된 등장인물이었고, 주로 낭만적인 사랑을 다루었다. 이런 점에서 사강의 작품은 제롬 데이비드 샐린저의 소설과 비교되었다. 작가 프랑수아 모리악은 사강을 두고 '작고 매력적인 악마'라고 말하기도 했다. 사강은 수십 편의 판화를 남기기도 했다. 1957년 교통사고를 당한 뒤, 진통제와 마약에 의존하는 삶을 살았다.

• 우리나라에서는 2007년 3월, 『슬픔이여 안녕』(노재연 옮김/상서각)으로 출간되었다.

Book 7

『캉디드』

볼테르
2007년 7월 9일

✳

캐나다 수상 스티븐 하퍼 님께,
악에 대한 재기 넘치는 책을
캐나다 작가 얀 마텔이 보냅니다.

하퍼 수상님께,

수상님께서도 틀림없이 6단계 분리이론에 대해 들어보셨을
겁니다. 지구에 사는 모든 사람이 다섯 사람만 거치면 서로 연
결된다는 이론입니다. 이 이론이 맞다면, 제가 오늘 보내는 일
곱 번째 책, 볼테르의 『캉디드』를 통해 수상님과 저도 어떤 점
에서 연결되는 셈입니다. 그 이유를 설명해보겠습니다. 이십삼
장의 백십 쪽과 백십일 쪽을 보면, 캉디드가 영국 포츠머스에
도착한 직후 영국 제독의 처형을 목격하는 짧은 장면이 있습니

다. 캉디드가 묻습니다. "왜 저 제독을 처형하는 겁니까?" 누군가 이렇게 대답합니다. "저 제독이 자신의 명예를 위해서 많은 사람을 죽이지 않았기 때문입니다."

이 사건은 볼테르가 꾸며낸 것이 아닙니다. 미노르카 섬에서 프랑스군과 해전을 벌이는 동안 전력을 다하지 않았다는 이유로 처형당한 영국 제독이 정말로 있었습니다. 그 제독은 대영제국에서 그렇게 처형당한 최초이자 유일한 제독이었고, 그의 이름은 존 빙이었습니다.

그 제독의 이름에서 뭔가 떠오르지 않습니까? 그렇습니다. '킹-빙 사건'*의 주역이었던 비미의 빙 경입니다. 1921년부터 1926년까지 캐나다 총독을 지낸 분으로 불운한 빙 제독의 직계 후손입니다. 아마 수상님께서는 빙 경의 현 후임자, 미카엘 장 총독과 정기적으로 만나실 겁니다. 이제 우리의 분리이론에서 마지막 단계를 말씀드리겠습니다. 두 빙 경의 직계 후손, 제이미 빙은 저의 절친한 친구이자 제 책을 영국에서 출간한 발행인입니다. 따라서 6단계 분리이론에 따르면, 저—볼테르—빙—빙—빙—장—수상님이 됩니다.

『캉디드』의 이십삼 장에서, 정확히 말해서 실제로 있었던

---

* 1926년 의회를 해산하고 총선거를 실시하자는 윌리엄 라이언 매켄지 킹 수상의 요구를 캐나다 총독이던 빙 경이 거부한 사건.

빙 제독의 처형 장면에 관련된 구절에서 볼테르는 캐나다를 '눈에 덮인 작은 땅'이라고 비하했습니다. 놀랍지 않습니까? 볼테르는 캐나다에 대해 언급하고는 곧바로 저와 수상님이 함께 알고 있는 바로 그 지인에 대한 이야기를 시작합니다. 하퍼 수상님, 수상님과 저를 잇는 연결 고리가 이보다 더 확실하게 예정될 수 있겠습니까!

마지막으로 일화 하나를 말씀드리겠습니다. 제게는 『캉디드』와 관련해서 이런 일도 있었습니다. 저는 사람들이 어떤 책을 읽는 모습을 한 번이 아니라 두 번이나 보았고 그 제목이 눈에 익다고 생각해서, 불쌍한 캉디드가 견뎌야 했던 끔찍하면서도 기이한 재앙들에 대한 멋진 이야기를 떠올리며 정말 대단한 소설이지 않냐고 탄성을 질렀습니다. 하지만 그 책을 읽는 사람들에게서─두 경우 모두 여성이었습니다─끝 글자가 'e'가 아니라 'a'이며, 그들이 읽는 책은 볼테르의 탁월한 풍자소설이 아니라 끔찍하게 근질거리는 질 감염증의 원인인 칸디다균에 대한 책이라는 말을 들었습니다. 예상하시겠지만, 그 후 그들과의 대화는 약간 어색해지고 말았습니다.

다시 본론으로 돌아가겠습니다. 1759년에 발표된 『캉디드』는 악과 그 악에서 비롯되는 고통이란 심각한 문제에 대한 짧막하면서도 재미있고 매력적인 이야기입니다. 볼테르는 1694년에 태어나 1778년에 세상을 떠났고, 그가 살던 시대의 가장 위대한 잔소리꾼 중 하나였습니다. 『캉디드』에서 그는 그 시대의 안이한 낙관주의를 풍자했습니다. 철학자 고트프리트 라이프니츠가 "모든 가능한 세상 중에서 가장 좋은 세상"이라고 노골적으로 표현했던 바로 그 낙관주의지요.(수상님께서도 크리스 크리스토퍼슨이 자신의 노래에서 인용한 그 구절을 기억하실 겁니다.) 하느님은 선하고 전지전능한 분이기 때문에 우리 세상은 모든 요소가 최적으로 조합되어 더 나은 것은 생각할 수 없는 세상일 수밖에 없다는 추론으로 이런 결론에 이른 것입니다. 따라서 오류에 빠지기 쉬운 인간인 우리는 선과 악 사이에서 선택을 거듭하며 조금씩 나아지고 선한 존재가 될 수 있기 때문에 악은 선을 극대화하기 위한 목적으로 존재하는 것이 됩니다.

그렇다면 역경은 우리에게 최상의 능력을 끌어낼 수 있다고 말할 수 있을 겁니다. 하기야 기독교에서는 고난을 통하여 완전해진다고 가르치지요. 그러나 악의 존재를 이처럼 안이하게 정당화하는 접근 방법에는 분명한 한계가 있습니다. 이런 접근법은 뒤에서 비겁하게 가한 공격이나 문제됐던 것이 뜻밖의 좋은 결과로 나타나는 것을 정당화하는 데까지도 악용될 수 있습니다. 그러나 극악무도한 악행과 터무니없는 불행까지도 이런 식으로 설명할 수 있을까요?

볼테르가 『캉디드』를 쓴 데는 이런 불행에 대한 반발심이 어느 정도는 있었을 겁니다. 1755년 11월 1일 아침, 엄청난 지진이 리스본을 때렸습니다. 곧바로 리스본의 거의 모든 성당이 허물어졌고, 그 안에 있던 수천 명이 목숨을 잃었습니다. 다른 공공건물들도 맥없이 무너졌고, 만 이천 채가 넘는 주택이 주저앉았습니다. 진동이 멈추자마자 이번에는 쓰나미가 리스본을 덮쳤습니다. 그 후에는 화재로 더 큰 혼란이 닥쳤습니다. 현대식 폭탄의 파괴력이 아직 등장하지 않았던 시대에, 육만 명이 넘는 사람이 죽었고 물질적인 피해는 전례가 없을 정도였습니다. 리스본 지진은 그 시대의 사람들에게 우리 시대의 홀로코스트만큼이나 엄청난 충격을 안겼습니다. 그러나 나치스의 잔혹행위는 우리에게 인간의 본성에 대해 의문을 품게 만들었던 반면에, 리스본 지진은 하느님의 성품에 대해 의문을 품게 만들었습니다. 어떻게 하느님이 리스본처럼 자신을 신실하게 섬기는 도시에, 그것도 모든 성자를 기리는 만성절에 그처럼 잔혹한 자연현상이 덮치도록 허락하실 수 있단 말입니까? 한 번의 타격으로 그렇게 많은 사람을 죽이면서 대체 어떤 방법으로 이 세상의 선을 극대화할 수 있다는 것일까요?

악의 존재를 신의 섭리로 보는 데서 비롯되는 이런 골치 아픈 질문들에 대답하기는 당시나 지금이나 여전히 곤란합니다. 우리에게 멀리 보는 시야가 부족하다고, 보잘것없는 우리 인간들은 이해할 수 없지만 악은 하느님 계획 중 일부로 어떤 궁극적인 의미가 있다고 대답하는 게 고작일 겁니다.

그사이에, 그러니까 하느님이 이 땅에 내려와서 자신의 계획을 충분히 설명할 때까지 악은 끝없이 우리를 괴롭힙니다.

볼테르는 종교적인 관점에서 리스본의 지진에 격노했습니다. 그의 결론은 명확했습니다. 신의 섭리라는 것은 없었습니다. 하느님도 없었습니다. 엄청난 악과 고통 앞에서도 변함없이 낙관적인 태도를 보인다면, 그것은 피해자들의 심정을 헤아리지 못하는 짓일 뿐 아니라 도덕적으로나 지적으로 용납할 수 없는 짓이었습니다. 그래서 볼테르는 캉디드의 이야기로 그런 판단을 입증하기 시작했습니다. 캉디드는 베스트팔렌의 툰더 텐 트롱크 남작의 성에서 태어났고, '모든 것은 신의 뜻이다'라는 말을 좌우명으로 삼을 정도로 순진한 낙관주의자였습니다. 하지만 그에게 닥친 온갖 재앙을 읽어보십시오. 캉디드가 온갖 고난을 겪은 후에 "우리는 이제 우리의 밭을 가꾸어야 한다"라며 조용하고도 평화롭고 집단적인 일을 소박하게 촉구하는 것으로 소설은 끝납니다.

지금도 이 촉구가 악에 맞서 우리가 할 수 있는 유일하게 현실적인 해결책인 듯합니다. 우리 시간을 소박하고 보람있게 다른 사람들과 함께 보내자는 것입니다.

안녕히 계십시오.
얀 마텔 드림

볼테르(Voltaire, 1694-1778)의 본명은 프랑수아 마리 아루에다. 프랑스 계몽주의 시대를 대표하는 작가이자 철학자로, 무척 많은 작품을 남겼다. 소설만이 아니라 시와 희곡과 수필을 썼고, 과학 논문과 역사서도 발표했다. 볼테르는 사회개혁과 자유무역, 시민의 자유와 종교의 자유를 옹호하며 정치 활동도 했다. 가톨릭교회를 신랄하게 비판하고 풍자해서 곤경에 빠지기도 했다. 1717년 그는 프랑스 정부를 비판한 죄목으로 바스티유 감옥에 십일 개월 동안 투옥되었고, 1726년에는 한 귀족을 모욕한 죄로 프랑스에서 삼 년 동안 추방되기도 했다. 그는 현재 파리 팡테옹에 묻혀 있다.

• 볼테르는 저작권이 소멸된 작가여서 우리나라에서는 여러 출판사에서 출간되었다.

Book 8

『짧지만 즐겁게: 101편의 매우 짧은 시』

사이먼 아미티지 편집
2007년 7월 23일

∗

캐나다 수상 스티븐 하퍼 님께,
사랑을 간결하게 축약한 책을
캐나다 작가 얀 마텔이 보냅니다.

하퍼 수상님께,

수년 전 수상님께서는 가장 좋아하는 책이 『기네스북』이라 말씀하셨습니다. 매년 발간되는 그 책을 열심히 읽는 독자라면, 적어도 한때에는 수상님께서도 시를 읽었다는 뜻일 겁니다. 제가 오늘 수상님께 보내는 『짧지만 즐겁게: 101편의 매우 짧은 시』를 편집한 사이먼 아미티지는 서문에서, 십 대 때 『기네스북』이 세계에서 가장 짧은 시라고 주장하는 시를 읽었다고 합니다. 그리고 그 후로 '무척 짧은' 시에 관심을 갖게 됐다고 말합니다.

벼룩

아담에게도
벼룩이 있었다
(Adam
'ad'em)

걸작이지 않습니까? 네 음절로 이루어진 운을 맞춘 이 행 시에서, 인간과 동물 간의 오래되고 친밀한 관계, 작아서 경시되는 것들의 오래된 역사, 우리 존재는 천박하더라도 기원만은 신성하다는 믿음, 이 세상만이 아니라 에덴 동산에도 내재했던 부패 같은 것이 암시된 듯합니다. 더 있습니다. "아담아, 아담아"처럼 들리는 저 압운시에서는 한탄까지 느껴지지 않습니까? 아니면 비난에 불과한 것일까요? 어느 쪽이든 문제의 벼룩이 바로 우리인 것은 아닐까요?

무척 짧은 시에 너무 많은 내용을 함축한다고 나무랄 수는 없지요.

바쁘십니까? 피곤하십니까? 하찮은 존재로 전락한 듯한 기분이십니까? 저 밖에 있는 심오한 삶이 그립지만 두툼한 소설을 읽기에는 시간이 부족하십니까? 그럼 스코틀랜드 시인 조지 맥케이 브라운의 다음 시를 읽어보십시오.

세무징수원

벽에 비스듬히 기대놓은 일곱 자루의 낫.

황금빛 턱수염 위에 또 턱수염

마지막 보릿단이

마당을 휩쓸고 지나갔다.

소녀들이 맥주병 마개를 땄다.

바이올린과 발들이 함께 움직였다.

그루터기와 들꽃 사이로

한 사람이 말을 타고 다녔다.

간결하고 절제된 이야기 구조이지만 이 시를 읽은 사람의
마음에 감상적인 의문과 가능성이 잔물결처럼 퍼져나가는 것
같지 않습니까? 시의 경이로움은 질문처럼 짧지만 대답처럼
강력하다는 데 있습니다. 미국 시인 스티븐 크레인의 다음 시
를 예로 들어보겠습니다.

사막에서

사막에서

얀 마텔
101통의
문학 편지

짐승처럼 발가벗은 생물을 만났다

땅 위에 웅크리고

손에 자기 심장을 들고는

그것을 먹고 있었다. "맛이 있나, 친구?"라고 물었더니

"쓰지. 몹시 쓰지"라고 대답했다.

"하지만 쓰기 때문에,

좋아하지. 그리고 내 심장이기 때문에."

저는 시인들의 이런 능력, 작지만 완벽하게 느껴지는 것을 창조해내는 능력, 동전 지갑보다도 작은 것에 거대한 존재를 끼워 넣는 능력이 부럽습니다. 이번에는 영국 시인 휴고 월리엄스의 다음 시를 보십시오.

소등 나팔

그날 있었던 일들에 대해

십 분 동안 말하는 게 허락되는 시간,

그리고 우리는 꿈나라에 들어야 한다.

무슨 꿈을 꾸는지는 중요하지 않다.

시는 반복이 중요합니다. 위의 시들을 여러 번 반복해서 읽어보십시오. 그럼 점점 더 멋지게 와 닿는 걸 느낄 수 있을 겁

니다. 말하자면, 익숙함이 존경심을 불러온다고 해두지요.

마지막으로 영국 시인 웬디 코프의 아름다운 시를 소개드리겠습니다.

꽃

전혀 생각하지 않는 사람들도 있지만

그대는 생각했네. 내게 오면서 줄곧 생각했다고.

가까스로 꽃을 갖고 왔다고 말하네.

하지만 뭔가 잘못되었던지 꽃가게가

문을 닫았다고. 그래서 그대는 잠시 의심했었네—

우리 같은 사람들이 성급히 상상해내는 그런 운명을.

내가 그대의 꽃을 좋아하지 않을지도 모른다고.

그 꽃에 나는 미소짓고 그대를 껴안네.

하기야 미소지을 일밖에 더 있겠는가.

그대가 가까스로 가져온 꽃들은

오랫동안 지지 않으리라.

짧은 시들이지만 저라면 이 시들을 몰아치듯 읽지 않을 겁니다. 서둘러 읽으면 시에 담긴 고요한 여운을 맛보기 어렵습니다. 소리 내어 읽는 게 가장 좋습니다. 운율을 정확히 맞추어 읽으며 입에 걸리는 부분들을 매끄럽게 다듬어간다면 시에 담

얀 마텔
101통의
문학 편지

긴 의미를 조금씩 이해하게 될 겁니다.

어떤 부분에서, 그러니까 인간이 되어가는 부분에서 시는 기막히게 좋은 훈련인 듯합니다.

안녕히 계십시오.
얀 마텔 드림

사이먼 아미티지(Simon Armitage, 1963년생)는 영국의 시인이자 소설가, 극작가다. 감정이 섞이지 않은 위트와 평이한 문체로 유명하다. 아홉 권의 시집을 냈고, 라디오와 텔레비전용 작품을 썼다. 《선데이 타임스》의 올해의 작가상, 포워드 시집상, 래난 문학상(시 부문), 아이버 노벨로 문학상 등 많은 상을 받았다. 2000년에는 「킬링 타임」으로 영국 밀레니엄 시인으로 선정되었다. 아미티지는 그리핀 시문학상과 맨부커상 픽션 부문의 심사위원을 지냈다.

• 원제는 『Short and Sweet: 101 Very Short Poems』이다.

Book 9

『예고된 죽음의 연대기』

가브리엘 가르시아 마르케스
2007년 8월 6일

∗

캐나다 수상 스티븐 하퍼 님께,
캐나다 작가 얀 마텔이 보냅니다.

하퍼 수상님께,

중고서점에서 오늘 수상님께 보내는 소설의 양장본을 찾아
냈을 때 무척 기뻤습니다. 문고본이 여덟 권이면 양장본은 한
권이 있을까 말까 하니까요. 하지만 겉표지를 보고는 실망하고
말았습니다.[+] 위대한 소설가 가브리엘 가르시아 마르케스의
단편소설, 『예고된 죽음의 연대기』는 그런 어쭙잖은 겉표지보
다 훨씬 훌륭하게 포장되어야 마땅합니다. 대체 누가 자주색을
선택한 걸까요? 정말 끔찍합니다. 하지만 겉표지만으로 책의

가치를 판단해서는 안 됩니다. 그렇지 않습니까?

그래도 제가 진부한 주제를 그런대로 멋지게 시작하지 않았습니까.

수상님께서도 아시겠지만 진부하다는 것은 주로 새롭지 못한 상투적 표현과 의견을 가리킵니다. 일찍이 중세시대에 수도원에서 느릿하게 책을 필사하던 수사들에게는 종이들을 하나로 묶고 단단한 껍데기를 보호막으로 씌운 겉모습으로는 그 내용을 전혀 판단할 수 없다는 생각이 팽배했던 모양입니다. 그런 생각은 자신들에게도 놀라운 깨달음이었던지, 수사들은 감격에 찬 표정으로 서로 얼굴을 바라보았고 온 세상 사람들에게 목청껏 노래했습니다. "하느님께 찬송을! 겉표지로 책을 판단하지 말지어다! 할렐루야, 할렐루야!"

그러나 일 년에 책 한 권도 읽지 않는 요즘 사람들에게는 이런 말도 진부하게 여겨질 따름입니다. 자신을 표현하는 나태하고 사려 깊지 못한 방법이란 것입니다.

하지만 때로는 진부한 표현을 피할 수 없습니다. "나는 당신을 사랑합니다"는 인간의 행복을 위해 반드시 필요한 문장이지만 진부한 표현입니다. 여기에서 '당신'은 다른 사람, 뭇사

+ 겉표지에는 어떤 신부를 무덤덤하게 그려놓았다. 신부는 무표정한 도자기 인형처럼 보인다.

람, 원대한 사상이나 대의, 신, 심지어 거울에 비친 자신의 모습을 가리킬 수도 있습니다. 배우는 이 진부한 말을 시도 때도 없이 해야 하지만, 아담이 이브에게 처음 이 말을 했을 때처럼 참신하게 들리도록 애씁니다. 그러나 이 말을 다른 식으로 표현할 방법은 없습니다. 게다가 다른 표현을 찾아내려고 안달하는 사람도 없습니다. 우리는 "나는 당신을 사랑합니다"라는 진부한 문장만으로도 서로의 마음을 주고받으며 잘 살아갑니다. 주어와 동사와 목적어가 하나씩이고 다른 군더더기가 없이 간결한 문장이어서 마음속의 진실과 완벽하게 맞아떨어집니다. 따라서 우리는 그 진부한 표현을 기분좋게 불쑥 내뱉고, 강조하고 싶은 심정에 몇 번이고 반복하는 사람들도 있습니다. 심지어 가족과 전화를 끝낼 때마다 이 말을 습관적으로 덧붙이는 사람도 있습니다. 발코니에 함께 서 있는 연인들, 사이가 좋지 않은 형제들, 황홀경에 빠져 빙글빙글 돌며 춤을 추는 수피 등 우리 모두가 "나는 당신을 사랑합니다"라고 말하며 살아가지만, 결코 진부한 표현이 아니라 우리 삶에 없어서는 안 될 말입니다.

그러나 그렇지 않은 경우에는 진부한 표현을 웨스트나일 바이러스*처럼 멀리해야 합니다. 왜일까요? 진부한 표현은 신선

* 뇌에 치명적인 손상을 입히는 뇌염의 일종을 일으키는 바이러스.

한 맛이 없고 따분하기 때문입니다. 게다가 진부한 표현은 전염되기 때문입니다. 재촉받아 쓴 듯한, 편한 지름길을 택한 글은, '내가 의도하는 바를 당신도 아마 알 것이다'란 뜻을 전달한 것에 불과합니다. 진부한 표현은 처음에는 펜촉에 묻은 작고 하얀 바이러스 거품에 불과하지만, 바이러스는 글쓴이의 나태한 손가락에서 전해지는 온기에 의해 천천히 부화합니다. 여기까지는 글에 미치는 해도 미약하고, 독자들도 용서합니다. 그러나 편리함, 지름길, 서두름은 진실한 글을 쓰는 방법이 아닙니다. 글을 쓸 때 신중하지 않으면—물론 신중하기가 쉽지는 않습니다—, 바이러스가 점점 증식해서 글쓴이의 핏줄 깊숙이 파고듭니다.

이쯤 되면 피해가 심각해집니다. 눈과 코, 혀와 귀, 피부까지 감염이 확대되고, 더 나아가서는 뇌와 심장까지 감염될 수 있습니다. 이 지경이 되면, 글과 말만이 상투적이고 형식적이며 모방적이고 따분한 것이 아닙니다. 생각과 감정까지 본래의 박동을 잃어버립니다. 정말 심각한 경우에는 세상을 자기 눈으로 보지도 느끼지도 못합니다. '진부함'이라는 지나치게 단순화되고 억압적인 여과지를 통해서만 세상을 인식할 뿐입니다.

이 단계에서 진부한 표현은 독단주의라는 정치적 색채까지 띱니다. 독단주의가 정치에 미치는 영향은 진부한 표현이 글쓰기에 미치는 영향과 조금도 다르지 않습니다. 진부한 표현은 열린 마음으로 진솔하게 세상과 교감하려는, 삶 속에 뒤범벅된 모든 아름답고 다양한 것들에 새로운 기운을 불어넣으려는 우리 영혼을 가로막습니다.

진부한 표현과 독단주의, 이 둘은 작가와 정치인 모두가 독자와 유권자에게 제대로 봉사하려면 반드시 피해야 할 골칫거리입니다.

제가 가르시아 마르케스의 소설을 선택한 이유는 수상님께서 최근에 라틴아메리카를 순방했다는 소식을 들었기 때문입니다. 라틴아메리카에 다시 관심을 가지셨다는 뜻일 테니까요. 가르시아 마르케스는 천재입니다.

안녕히 계십시오.

얀 마텔 드림

가브리엘 가르시아 마르케스(Gabriel García Márquez, 1927-2014)는 세계적으로 유명한 작가이며, 시나리오 작가이자 언론인으로도 활동했다. 문학가로 활동하는 동안, '마술적 사실주의' 기법으로 대중적인 인기를 얻었다. '가보'라는 애칭으로 불리는 마르케스는 라틴아메리카를 배경으로 소외와 사랑과 기억이란 주제를 주로 다루었다. 가장 널리 알려진 작품은 『백 년 동안의 고독』과 『콜레라 시대의 사랑』이다. 마르케스는 정치적 행동주의자로도 유명하다. 그는 1982년 노벨 문학상을 받았다.

• 우리나라에서는 2008년 8월, 『예고된 죽음의 연대기』(조구호 옮김/민음사)로 출간되었다.

Book 10

『줄리 아씨』

아우구스트 스트린드베리
2007년 8월 20일

*

캐나다 수상 스티븐 하퍼 님께,
캐나다 작가 얀 마텔이 보냅니다.

하퍼 수상님께,

움살라 대학교의 학생이던 시절, 아우구스트 스트린드베리는 뜻밖의 소환을 받았습니다. 스웨덴 왕이던 칼 15세가 그를 보고 싶어 한다는 겁니다. 스트린드베리는 가장 좋은 옷을 입고 스톡홀름의 왕궁까지 단숨에 달려갔습니다. 평범한 가정에서 태어난 스물두 살의 청년, 스트린드베리는 무척 가난했고, 학업 성적은 평균 정도에 불과했지만 스웨덴 왕이 그를 만나고 싶어 한 데는 이유가 있었습니다. 왕이 예술을 무척 사랑해서,

스트린드베리가 쓴 역사극 『범법자들』(Den fredlöse)의 공연을 보고 크게 기뻐했던 겁니다. 칼 15세는 그 공연이 어찌나 마음에 들었던지 스트린드베리에게 대학 공부를 끝낼 수 있도록 분기별로 장학금까지 주겠다고 약속했습니다. 스트린드베리는 당연히 기뻐했지요. 그러나 안타깝게도 왕의 하사금은 두 번만 내려진 뒤 아무런 설명도 없이 끊어졌습니다. 결국 스트린드베리는 대학을 중도하차할 수밖에 없었습니다.

풍문에 따르면 스트린드베리는 불쌍할 정도로 재수가 없는 사람이었습니다. 무척 불행한 삶을 살았고, 특히 여자와의 관계는 끔찍할 정도로 불행했습니다. 그러나 지적 능력과 독창성만은 엄청나서 뛰어난 희곡들을 써냈습니다.

뛰어난 희곡을 만나기는 무척 어렵습니다. 희곡은 가장 구어적 형태를 띤 문학으로 단편소설이나 장편소설 혹은 시보다 훨씬 덜 기교적이고, 그 자체로 완성되는 출판물에 훨씬 덜 의존합니다. 희곡에서 정말로 중요한 것은 읽히는 것이 아니라, 실제로 보여지는 것입니다. 우리 삶은 많은 부분에서 희곡이 공연되는 현장과 닮았습니다. 하퍼 수상님, 예컨대 수상님께서는 하원의사당에 들어가서 연단에 오릅니다. 수상님이 연단에 오르는 이유는 어떤 역할, 즉 주인공 역할을 하기 위함입니다. 그리고 다음 날, 의회 의사록에서 수상님의 연설 과정은 한 편의 희곡처럼 읽힙니다. 우리 모두의 삶이 똑같습니다. 우리는 여러 무대에서 분주하게 움직이며, 다양한 역할을 하고, 이런저런 말을 합니다. 그러나 예술의 중심에는 중대한 차이가 있습니다. 희곡에는 극작가가 부여하는 구조와 의미가 있는 반면에, 우리 삶에서는 많은 행위가 있은 후에도 구조와 의미를 찾기가 어렵습니다. 어떤 이들은 우리 삶을 희곡으로 표현해낸 위대한 극작가들이 있지 않느냐고 목소리를 높이지만, 그 위대한 극작가들에게도 구조와 의미는 여전히 풀어야 할 숙제입니다.

따라서 희곡이 상당한 정도로 우리 삶에 근접한 것은 사실이지만 또 많은 점에서는 전혀 삶과 같지 않습니다. 누구도 희곡에 등장하는 인물들처럼 간결하고 완벽하게 말하지 않습니다. 또 등장인물의 성격을 신속하지만 미묘하게 드러내는 방식으로 말하지도 않고, 클라이맥스에 이를 때까지 등락을 거듭하며 속도감 있게 말하지도 않습니다. 물론 연극 무대처럼 한정된 공간에서 움직이는 사람도 없습니다. 한마디로, 삶은 앞뒤가 맞지 않는 희곡이지만 희곡은 앞뒤가 맞아떨어지는 삶입니다(삶의 앞뒤가 정확히 맞아떨어지는 사람들이 있기는 합니다. 그들의 세계관은 의혹에 전혀 영향을 받지 않고, 시간의 불확실성이 얼굴을 부드럽게 때리는 산들바람만큼도 그들에게는 영향을 미치지 못하는 듯합니다. 그들은 희곡 같은 삶, 정확히 말해서 위대한 예술 같은 삶에 전혀 의문을 품지 않습니다. 그러나 이것은 별개의 문제입니다).

제게는 희곡을 쓰는 재주가 없습니다. 저도 대화로만 이야기를 끌어가려 해보았습니다. 삶에 대한 제 생각들을 대화의 틀 내에서 엄격하게 표현하려고도 노력해보았고, 사람들이 말하는 방법을 듣는 능력을 키워보려고도 해보았지만, 결국 출판물로 발표하기에는 턱없이 부족하다는 결론에 이르렀습니다. 글이 어떻게 희곡으로 '다듬어지는지'(wright) 잠깐 살펴보겠습니다. '다듬다'는 말이 '쓴다'(write)는 뜻으로 들릴 수 있지만, 원래 영국인들은 희곡을 쓰는 행위를 작가의 작업보다는 목수의 작업과 유사하다고 생각했습니다. 문자의 세계는 쓰는 사람과 다듬는 사람으로 쉽게 나뉩니다. 물론 사무엘 베케트 같은 예외적인 인물들도 있지만, 양쪽 모두에서 성공한 사람은 많지 않습니다.

제가 수상님께 보낸 스트린드베리의 책에는 세 편의 희곡이 실려 있습니다. 중간에 실린 『줄리 아씨』를 수상님께 추천하고 싶습니다. 그 희곡에서 수상님께서는 보석처럼 반짝이는 대화를 읽을 수 있을 겁니다. 대화가 긴장감으로 우지직거리고, 겉으로는 직설적이지만 내적으로는 엄청난 혼란과 복잡함이 감춰져 있어, 역설적으로 들리시겠지만 모든 대화가 수상님의 심정을 고스란히 담아낸 듯할 겁니다. 이런 면이 전통적으로 위대한 자연주의 희곡의 조건입니다. 무척 편안하게 읽힙니다. 스트린드베리는 소박하고 괜찮은 생각을 품고 앉아 있을 뿐이고, 그 모든 것이 나른한 오후의 시간이 흐르는 것처럼 느껴질 정도입니다. 미켈란젤로가 대리석 덩어리에서 다윗과 닮지 않은 모든 부분을 깎아냈을 뿐이라고 생각하는 것과 비슷한 셈입니다.

1889년 처음 공연된 『줄리 아씨』의 주제는 '제약'입니다. 더 구체적으로 말하면 성적 역할의 제약, 계급에 따른 제약입니다. 줄리 아씨와 하인 장이 만나서 서로 즐겁게 어울리다가 결국 비극적인 결말을 맞습니다. 저는 그 희곡이 무대에서 직접 공연되는 순간을 만나고 싶습니다. 위대한 희곡, 위대한 연출가, 위대한 배우들이 결합되는 경우는 무척 드물지만, 그런 결합이 어떻게든 이루어진다면—오래전에 스트랫퍼드에서 흄 크로닌과 제시카 탠디가 주역을 맡은 유진 오닐의 『밤으로의 긴 여로』를 감동적으로 보았던 기억이 아직도 생생합니다—, 제 판단에는 문학예술계에서 필적할 것 없는 강렬한 경험을 맛볼 수 있을 것입니다.

수상님께서도 곧 보시겠지만, 제가 수상님께 보낸 이 책의 전 주인은 여백에 많은 생각을 써놓았습니다. 처음에는 저도 『줄리 아씨』를 훼손했다는 생각에 불쾌했습니다. 하지만 결국에는 그 난입자의 생각에 푹 빠져들고 말았습니다. 필체가 큼직하고 진하고 꾸불꾸불합니다. 그래서 젊은 사람, 십중팔구 젊은 여자가 쓴 거라고 생각합니다. "돌아가던 길에 헛간을 들여다보았고 춤판에 끼어들었습니다"라는 장의 대사 위에 그 가상의 젊은 여자는 '삶의 환희'라고 써두었습니다. 요리사인 크리스틴이 잠꼬대한다는 걸 들었다며 장이 줄리 아씨에게 경솔하게 말하는 대사 옆에, 우리의 젊은 여자는 '크리스틴은 장의 애인이다'라고 추정합니다. 그 젊은 여자는 장이 '실리적인 현실주의자'인 반면에 줄리 아씨는 '현실을 몰라도 너무 모르는 여자'라고 생각합니다. 그 밖에도 그녀는 '극적인 순간' '불장난' '부르주아' '그녀에게 주어진 경고' '유혹' '비극, 모든 것이 무너짐'이라는 짤막한 평가를 남겨놓았습니다.

끝으로, 놓치기 쉬운 점 하나를 말씀드리겠습니다. 구십 쪽에서 장이 어렸을 때 몰래 들어갔다고 말하는 '터키풍의 별관'입니다. 장은 "내가 그때까지 보았던 가장 아름다운 건물"이었고, 벽들이 "왕과 황제의 초상화들로 뒤덮이고", 처음으로 "성에 들어간" 기분이었다고 말하지만, 그 별관은 화려한 옥외 화장실에 불과합니다. 누군가 다가오는 소리를 듣고 장은 부랴부랴 그곳을 떠나지만, 수상님이라면 옥외 화장실에서 그런 식으로 떼밀려 나가고 싶지는 않을 것입니다.

안녕히 계십시오.

얀 마텔 드림

아우구스트 스트린드베리(August Strindberg, 1849-1912)는 희곡으로 가장 많이 알려졌지만 단편소설과 장편소설, 시와 자서전도 썼다. 스트린드베리는 화가와 사진작가로도 활동했고, 연금술을 탐닉하기도 했다. 개인적인 삶과 예술 활동에서 비관적이었던 까닭에 그의 작품은 스웨덴 사회를 공공연히 풍자하는 특징을 띤다. 스트린드베리의 희곡들은 자연주의와 표현주의라는 두 가지 유형으로 나뉘는데, 특히 그는 표현주의의 선구자로 불린다. 그는 수십 편의 희곡을 썼다. 가장 유명한 작품은 자연주의적 색채를 띤 『줄리

아씨』와 『아버지』(Fadren)이다.

• 우리나라에서는 2000년 5월, 『줄리 아씨』(오세곤 옮김/예니)로 출간되었다.

Book 11

『왓슨가 사람들』

제인 오스틴
2007년 9월 3일

∗

캐나다 수상 스티븐 하퍼 님께,
캐나다 작가 얀 마텔이 보냅니다.

하퍼 수상님께,

위대한 제인 오스틴! 그녀는 어떻게 예술이 정치처럼 거의 가능성이 보이지 않는 원석을 최고의 금속으로 바꿔놓을 수 있는지를 보여주는 찬란한 본보기입니다. 오스틴은 세 가지 불리한 조건을 이겨냈습니다. 그녀는 영국의 시골 마을에서 중산층으로 살았고, 중산층에게도 성공의 가능성이 허락되기 전의 시대에 살았으며, 여자였습니다. 다시 말하면, 그녀의 삶은 온갖 제약에 에워싸여 있었습니다.

오스틴의 시대, 즉 1775년부터 1817년까지 영국은 한창 산업혁명에 박차를 가하던 때였습니다. 혁명은 언제나 예술계와 정치계 모두에서 큰 격변과 부흥의 기회입니다. 그러나 오스틴은 그런 혁명의 중심지였던 도심에서 멀리 떨어진 곳에 살았기 때문에 혁명의 혜택을 누리지 못했습니다. 그녀는 고풍스럽고 따분한 마을에서 그야말로 불안한 계급, 즉 땅 없는 중산계급의 자식으로 자랐습니다. 그들보다 아래에서 허우적대는 노동자계급으로 전락하지 않기를 바랐고, 위로 상승해서 귀족계급에 올라가기를 바랐던, 바로 그 중산계급의 일원이었습니다. 그녀가 여성으로서 성장하면서 이런 불안정성은 더욱 심화되었습니다. 그 때문에 중산계급의 일원이라면 그런대로 해낼 수 있었던 성직자, 의료인, 군인 같은 일자리마저도 그녀에게는 허락되지 않았습니다. 따라서 오스틴의 소설에 등장하는 모든 여성은 끝없이 경제적 안정을 걱정하지만, 그 목적을 이룰 수 있는 유일한 방법은 결혼입니다. 사회적 지위와 물질적인 안정을 향한 갈망, 돈을 벌 수 없기 때문에, 아니 마지못해 돈을 벌어야 했기 때문에 부자인 남자를 호시탐탐 노립니다. 하지만 숨 막히게 답답한 엄숙함과 가식만이 필요조건으로 내세워집니다. 오늘날 우리가 요즘의 감성으로 제인 오스틴 소설의 여주인공들을 만난다면 무척 까다로운 여자라고 생각하지 않을까 싶습니다. 제가 오늘 보내드리는 소설, 『왓슨가 사람들』에서 두 여주인공은 다음과 같은 대화를 나눕니다.

"여자들이 너무 결혼에 집착하고, 그저 상황에 떠밀려서 결혼할 남자를 찾으려고 안달하는 걸 보면 정말 충격이야. 도무지 이해할 수가 없어. 가난은 큰 죄악이긴 하지만, 교육을 받았고 감정이 있는 여자에게 가난은 결코 큰 죄악이어서도 안 되고, 큰 죄악일 수도 없어. 나라면 차라리 학교 선생이 되겠어. 내가 좋아하지도 않는 남자랑 결혼하는 것보다 끔찍한 일은 생각할 수도 없거든."

그녀의 언니가 말합니다.

"나는 학교 선생이 아니라면 어떤 짓이라도 하겠어. 난 학교에 있어봤잖아, 에마. 그래서 학교 선생이 어떻게 사는지 잘 알아. 넌 절대 학교 선생을 못 할 거야. 너도 그렇지만 나도 못난 남자랑 결혼하고 싶지는 않아. 하지만 세상에 못난 남자만 있는 건 아니야. 수입도 괜찮고 다정한 남자라면 좋아할 수 있을 것 같아."

차라리 우스갯소리로 세상에서 가장 오래된 직업이라고 말하는 게 낫겠습니다. 세상에서 가장 중요한 직업이 죄악으로 여겨지다니, 서글프기 한량없습니다. 다행히 세상이 바뀌었습니다. 오늘날 캐나다에서는 중산층이 확대되어 다른 모든 계급을 삼켜버릴 정도가 되었습니다. 따라서 현실적으로는 모두가 노동자계급, 즉 일하는 계급에 속하며, 전락하고 상승하는 현상은 사회적 유동성이라 불립니다. 이제 여자도 이런 유동성에 얼마

얀 마텔
101통의
문학 편지

든지 끼어들 수 있다는 건 우리 시대가 이룬 업적입니다(하지만 아직 남자만큼은 아니어서, 개선할 필요가 있는 부분입니다).

다시 제인 오스틴으로 돌아가겠습니다. 푸른 초원과 구불구불한 언덕에 에워싸인 집에 갇혀 카드놀이나 하면서 다음 무도회를 기대하고, 그럴듯한 남자를 몰래 훔쳐보아야 했던 환경이 위대한 예술을 잉태하기에 적합한 조건이라고 생각하십니까?

제인 오스틴의 경우에는 그랬습니다. 사랑이 충분하고 지적 기질이 넘치는 가정에서 자라는 커다란 행운을 누렸고, 날카롭고 비판적인 관찰력과 긍정적인 천성을 타고났기 때문입니다.

제인 오스틴은 계급과 여성이란 한계를 모두 이겨냈습니다. 그녀의 소설에는 기지와 통찰력이 넘칩니다. 소설에서 그녀는 영국 사회를 참신한 시각으로 바라보며 가감 없이 매혹적으로 써내려갔습니다. 그녀 이후로 영국 소설은 꾸준히 바뀌었습니다.

『왓슨가 사람들』은 제인 오스틴의 작품 중에서 거의 알려지지 않은 소설일 겁니다. 그런데도 저는 두 가지 이유에서 이 소설을 수상님께 추천합니다. 하나는 짧다는 것이고, 다른 하나는 미완성이기 때문입니다. 이 짧은 소설을 읽고 수상님께 오스틴의 더 긴 소설, 예컨대 『오만과 편견』이나 『에마』를 읽고 싶다는 욕심이 생긴다면 더는 바랄 게 없겠습니다.

『왓슨가 사람들』은 미완성으로 폐기된 원고이지만, 완성된 소설보다도 더 깊은 완성미가 있습니다. 오스틴은 개인적인 어려움들이 겹치면서 1805년에 이 소설의 집필을 포기했습니다.

절친한 친구의 죽음이 있었고, 곧이어 친아버지의 투병과 죽음이 닥치면서 그녀의 가족은 불안정한 상황에 처하고 말았습니다. 마침내 사 년 후, 오빠 에드워드가 가족을 위한 조그만 오두막을 마련했고, 제인 오스틴은 다시 글을 쓰기 시작했습니다.

제인 오스틴은 마음의 짐을 덜고 다시 글을 시작하며, 영국 소설계에 영원한 족적을 남긴 작품들을 창작할 수 있었습니다. 여기에서 우리가 배울 것이 있습니다. 때로는 미완성으로 남겨두어야 하는 것이 있다는 것입니다. 하기야, 무언가를 내려놓기는 무척 어렵습니다.

안녕히 계십시오.
얀 마텔 드림

제인 오스틴(Jane Austen, 1775-1817)은 영국의 소설가이다. 사실주의적인 그녀의 소설에는 강인한 여성이 등장하며, 차별적인 사회를 신랄하게 비판한다. 제인 오스틴은 평생 독신으로 지냈고, 마흔한 살의 나이로 세상을 떠날 때까지 가족과 함께 살았다. 그녀의 소설은 지금도 여전히 많이 읽힌다. 특히 『오만과 편견』은 헬렌 필딩의 『브리짓 존스의 일기』, 세스 그레이엄 스미스의 『오만과 편견 그리고 좀비』, 거린더 차다가 감독한 발리우드 영화 〈신부와 편견〉을 비롯해 많은 패러디물을 낳았다.

• 원제는 『The Watsons』이다.

Book 12

『쥐』

아트 슈피겔만
2007년 9월 17일

*

캐나다 수상 스티븐 하퍼 님께,
불온하지만 반드시 필요한 책을
캐나다 작가 얀 마텔이 보냅니다.

하퍼 수상님께,

대단히 죄송하지만 이번에는 제가 악필로 쓴 편지를 견뎌주
셔야겠습니다. 지금 제가 있는 폴란드의 작은 도시, 오시비엥
침에서는 도저히 프린터를 구할 수 없었기 때문입니다.

오시비엥침은 독일이 붙인 이름, '아우슈비츠'로 더 많이 알
려져 있습니다. 이곳에 와보신 적이 있으십니까? 저는 다음 책
을 마무리하려고 이곳에 왔습니다. 제가 오늘 수상님께 보내
는 책으로 아트 슈피겔만의 그래픽 노블 『쥐』를 선택한 이유도

아울러 설명됩니다. 만화라는 형식에 속지 마십시오. 만화라는 형식을 띠었지만 '진정한' 문학 작품입니다.

어떤 이야기는 다양한 방식으로 전달되어야 합니다. 그래야 새로운 세대들을 위한 새로운 글쓰기 방식으로 접근하는 이야기들이 존재할 수 있을 테니까요. 할아버지가 매번 똑같은 방식으로 들려주는 옛날이야기에 꾸벅꾸벅 조는 손자들처럼 독자들이 책을 읽다가 줄기를 원치 않는다면, 유럽에 살던 약 육백만 명의 유대인이 나치스와 그들의 공범들에게 학살된 이야기는 항상 다시 쓰여져야 할 이야기입니다.

제가 수상님께 '마음의 평온'을 더해주는 책들을 보내겠다고 약속했던 걸로 기억합니다. 그러나 마음의 평온과 평정, 불교도들이 말하는 '해탈'은 자기만족이나 자아도취에 빠지는 게 아닙니다. 따라서 마음의 동요는 평온을 새롭게 다잡기 위한 적절한 방법일 수 있습니다. 아우슈비츠는 우리 마음을 완전히 뒤집어놓기에 충분합니다.

『쥐』는 걸작입니다. 슈피겔만은 자신의 경험담, 더 정확히 말하면 그의 부모가 겪은 이야기를 대담하고 거침없이 쏟아냅니다. 그는 적잖은 사람이 어린이를 위한 매체라 생각하는 만화를 새롭고 고상한 예술로 승화시킨 데 그치지 않고 한 종족을 말살하려던 대량학살이라는 중대한 사건을 주제로 내세웠습니다. 예술 그 이상이었지요. 그가 이야기를 끌어가는 방법은 놀랍기 그지없습니다. 수상님께서도 직접 음미해보시기 바랍니다. 이야기가 자연스럽게 전개되지만, 속도감도 잃지 않습니다. 한 장면 한 장면이 큰 여운을 남깁니다. 그림이 작은 데다 흑백이지만, 저명한 화가의 커다란 대작, 혹은 블록버스터 영화로부터나 받을 수 있는 충격이 있습니다.

이 책이 주제를 풀어낸 수법에 대해서는 언급하지 않겠습니다. 책의 제목이 모든 것을 설명하고 있기 때문입니다. 모든 등장인물의 얼굴은 동물의 모습을 띱니다. 유대인은 쥐의 얼굴로, 독일인은 고양이의 얼굴로, 폴란드인은 돼지의 얼굴로, 미국인은 개의 얼굴로 표현됩니다.

뛰어난 작품입니다. 수상님께서는 이 책에 완전히 빠져들어 온 마음이 갈가리 찢어질지도 모릅니다. 그런 상태에서, 인간으로서 존재한다는 것의 의미로 되돌아오기는 꽤 까다롭고 힘든 길일 것입니다.

안녕히 계십시오.
얀 마텔 드림

아트 슈피겔만(Art Spiegelman, 1948년생)은 스웨덴 태생의 미국 만화가이다. 1960~70년대에 실험적인 만화 운동에 참여했고, 만화잡지《아케이드》(Arcade)와《로》(Raw)를 공동으로 창간했다. 가비지 페일 키즈라는 트레이딩 카드의 공동 창업자이기도 하다.《타임》에서 2005년 '세계에서 가장 영향력 있는 100인'에 선정된 슈피겔만은 많은 상을 수상하기도 했다. 1992년에는『쥐』와 그 후속편『쥐2』로 퓰리처상을 받았다. 그는 지금도 새로운 작품을 꾸준히 발표하며 만화라는 매체의 활성화를 위해 노력하고 있다. 2004년에는 9·11테러를 다룬 『사라진 타워의 그림자에서』(In the Shadow of No Towers)를 발표했다.

• 우리나라에서는 1994년 9월, 『쥐』(권희종·권희섭 옮김/아름드리미디어)로 출간되었다.

Book 13

『앵무새 죽이기』

하퍼 리
2007년 10월 1일

*

캐나다 수상 스티븐 하퍼 님께,
캐나다 작가 얀 마텔이 보냅니다.

하퍼 수상님께,

수년 전, 캐나다 작가 메이비스 갤런트는 한 인터뷰에서 자신이 받은 수술에 대해 언급했습니다. 전신마취에서 깨어났을 때였습니다. 정신은 혼란스러웠고, 잠깐 동안이었지만 그녀는 자신의 신분은 물론이고 어떤 삶을 살았는지도 기억할 수 없었습니다. 이름과 나이와 직업, 당시 자신이 어디에 있고, 왜 그곳에 있는지도 기억하지 못했습니다. 자신이 여자이고 영어로 생각한다는 것만 알았을 뿐, 그것을 제외하면 완전한 기억상실이었습니다. 의식이 지극히 희미하게 깜빡거리는 순간에도 성과 언어라는 정체성의 두 가지 특징은 끊어지지 않는 듯합니다.

이것은 언어가 우리 내면에 깊이 내재해 있다는 증거이기도 합니다. 언어는 우리에게 있어 생명작용과도 같은 삶의 일부입니다. 폐는 공기를 위해 필요하고 공기를 위해 존재합니다. 입과 위는 영양 섭취를 위해 필요하고 영양 섭취를 위해 존재합니다. 귀와 코는 듣고 냄새를 맡을 수 있습니다. 앗! 듣고 냄새를 맡아야 할 것은 많습니다. 마음도 마찬가지입니다. 마음은 언어를 위해 필요하고 언어를 위해 만들어졌습니다. 그리고 말해지고 이해되어야 할 것은 많습니다.

저는 어떤 특정한 언어를 옹호하지는 않습니다. 아프리칸스어부터 줄루어까지 모든 언어가 언어로서의 마땅한 역할, 즉 물질적인 대상과 추상적인 개념을 이어주는 소리로 세상의 지도를 그리는 역할을 합니다. 약간의 시간만 주어지면, 모든 살아 있는 언어는 새로이 생겨난 대상이나 개념에 새로운 단어로 짝을 맞춥니다. 이누이트족에게는 하얗게 내리는 눈을 뜻하는 단어가 무려 스물여섯 개나 되는 반면에 영어를 사용하는 우리는 오로지 '눈'(snow)이라고만 한다는 걸 들어본 적이 있습니까? 허튼소리라고요? 그럼, 영어를 사용하는 열렬한 스키광에게 물어보십시오. 그들이라면 눈을 가리키는 스물여섯 개의 단어나 복합어를 생각해낼 겁니다.

위를 채워주고 몸을 요령 있게 감싸며 영혼을 영원한 것에 맞추기 위해, 이 땅에 많은 요리와 많은 형태의 옷 그리고 신성을 이해하는 많은 방법이 있듯이, 우리 의사를 타인에게 전달하기 위한 다양한 유형의 소리들이 있습니다. 모든 언어가 저마다 고유한 울림과 억양 및 어휘를 갖습니다. 그러나 모든 언어가 결국에는 똑같습니다. 어떤 언어에서나 우리는 충분히 인간이 될 수 있으니까요.

하지만 수상님께서는 영어 사용자이므로 제가 수상님께 책을 소개하는 이 '격주 편지'에서는 영어를 옹호해볼까 합니다. 영어는 이 땅에 존재하는 어떤 언어보다 풍부한 어휘를 자랑합니다. 무려 육십만 단어가 넘으니까요. 그에 비해서 프랑스어에는 삼십오만 단어, 이탈리아어에는 이십오만 단어가 있는 걸로 알려져 있습니다. 제가 태어난 고향, 스페인 사람들이나 이탈리아어를 말하는 제 친구들에게 면박을 당하기 전에 미리 말씀드릴 게 있습니다. 어휘의 풍부함은 생각을 표현하는 데 별로 관계가 없다는 것입니다. 보통 영어 사용자가 말하는 어휘는 칠천 단어에 불과합니다.

게다가 잊지 말아야 할 게 있습니다. 입심 좋은 이탈리아 사람들은 적은 단어로도 '리나시멘토'(Renascimento)를 시작해서 철저하게 즐기는 데 거리낌이 없었습니다. 그러나 과묵한 영국인들은 어둡고 축축한 섬에 앉아 추적추적 내리는 비를 바라보며, 낙관적 생각과 찬란한 햇빛이 폭발한 현상을 뜻하는 이 이탈리아 단어를 그대로 받아들여야 하는지, 아니면 '리버스'(Rebirth)라고 칭해야 하는지 '르네상스'(Renaissance)라고 칭해야 하는지를 고심하며 헛되이 시간을 보냈습니다.

작은 섬에서 사용되던 시골뜨기 언어, 섬나라에서 사용하던 편협한 언어가 어떻게 전 세계를 휩쓸게 되었을까요? 그 이유는 두 단어로 설명됩니다. 하나는 침입이고, 다른 하나는 침입의 반대말, 즉 식민주의입니다. 앵글로색슨인의 게르만어는 수차례의 침략으로 엄청나게 풍요로워졌습니다. 언어학적으로 말하면, 브리타니아의 기독교화가 출발점이었고, 1066년 노르만족의 침략은 홍수였으며, 르네상스는 번영의 시기였습니다. 그 후, 언어적으로 힘을 비축한 영어는 세계 정복에 나섰습니다. 영어를 쓰는 이들은 엄청난 약탈로 부자가 되었습니다. 다른 민족의 황금뿐만이 아니라 그들의 언어까지 약탈했습니다.

영어는 많은 재료가 들어간 뜨거운 스튜입니다. 영어에서는 아랍어, 브르타뉴어, 체코어, 덴마크어, 핀란드어, 게일어, 인도어, 이누이트어, 일본어, 라틴어, 말레이어, 노르웨이어, 폴란드어, 러시아어, 스페인어, 터키어, 웨일스어에 어원을 둔 단어들이 곧잘 눈에 띕니다. 물론 그 밖에도 많은 언어에서 많은 단어를 차용했습니다. 어휘만이 그런 것은 아닙니다. 영어의 사용법, 즉 영어를 말하는 방법도 무척 다양합니다.

바로 이런 이유에서 이번에 수상님께 하퍼 리의 『앵무새 죽이기』를 보냅니다. 이 소설은 현대판 고전입니다. 읽고 나면 변호사들을 사랑할 수밖에 없게 만드는 위대한 소설이지요. 그러나 제가 이 소설을 선택한 이유는 영어의 색다른 어법 때문입니다. 1950년대 앨라배마의 시골에서 어린아이들이 사용하던 영어는 지금과 조금 다릅니다. 어쨌든 영어는 영어지요. 그래서 수상님께서도 문제없이 이해하실 수 있을 것입니다. 그것이 영어를 사용하는 사람들의 진귀한 특권 아니겠습니까. 온 대륙에서 출간된, 미처 번역되지 않은 책들을 읽을 때 우리는 고향과 타국에 동시에 있는 기분을 느낄 수 있으니까요.

재밌게 읽으십시오!

안녕히 계십시오.

얀 마텔 드림

하퍼 리(Harper Lee, 1926-2016)는 미국 작가로 퓰리처상을 수상한 『앵무새 죽이기』의 저자로 널리 알려졌다. 지금도 많은 학교에서 교재로 채택되는 이 소설은 영화로도 만들어졌다. 그레고리 펙이 변호사 애티커스 핀치 역을 맡은 영화는 아카데미상을 수상했다. 이 소설에는 자전적인 요소가 많이 포함되어 있다. 미시시피 출신인 딜이란 등장인물은 하퍼 리의 평생지기였던 미국 소설가, 트루먼 커포티를 그린 것이었다. 하퍼 리는 『앵무새 죽이기』를 발표한 직후 커다란 찬사를 받았고, 그 후에도 성공적인 삶을 꾸려가다가 은퇴했다. 그녀는 잡지에 간혹 글을 발표하기는 했지만, 독립된 출판물로 발표한 소설은 지금까지 『앵무새 죽이기』가 유일하다.[*]

• 우리나라에서는 2002년 9월, 『앵무새 죽이기』(김욱동 옮김/문예출판사)로 출간되었다.

[*] 2015년 『앵무새 죽이기』의 초석과도 같은 작품인 장편소설 『파수꾼』이 출간되었다.

Book 14

『어린 왕자』

앙투안 드 생텍쥐페리
2007년 10월 15일

✳

캐나다 수상 스티븐 하퍼 님께,
프랑스어로 쓰인 소설을
캐나다 작가 얀 마텔이 보냅니다.

• 이 편지는 프랑스어로 쓰였다.

하퍼 수상님께,

수상님께서는 프랑스어를 아실 겁니다. 수상에 취임하신 이후로 프랑스어를 배우려고 많은 노력을 기울였고 상당한 성과를 거두셨잖습니까. 그렇게라도 퀘벡 사람들을 길들일 수 있기를 바라는 심정, 이해합니다.

지난 편지에서 저는 영어에 대해 말씀드렸습니다. 그래서 이번에는 프랑스어로 쓰인 책을 보내드립니다. 아주 유명한 책입니다. 프랑스 작가 앙투안 드 생텍쥐페리가 쓴 『어린 왕자』

입니다. 수상님께서도 프랑스어를 공부하는 동안 아마 이 책을 읽으셨을 겁니다. 하지만 수상님의 프랑스어 실력을 유지하기 위해서만이 아니라 퀘벡 사람들을 적절히 상대하기 위해서도 이 책이 도움이 될 거라고 확신합니다. 『어린 왕자』는 길들임에 대한 이야기이기 때문입니다. 소설에서는 여우가 그 대상입니다.

여우는 어린 왕자에게 무척 중요한 삶의 교훈을 가르쳐줍니다. 그러나 그 교훈을 여기에서 밝히지는 않으렵니다. 수상님께서 직접 찾아보십시오. 문장들은 단순하고, 장면들도 이해하기 쉽습니다. 도덕적 교훈도 명확하게 마음에 와 닿습니다. 엄격하게 말하면, 기독교적 우화라 할 수 있습니다.

소설을 읽고 나면 수상님께서는 이렇게 한숨지을지도 모르겠습니다. "퀘벡 사람들을 이 여우만큼 쉽게 길들일 수 있다면!"

그러나 우리 퀘벡 사람들은 오히려 어린 왕자가 가꾸던 꽃과 비슷합니다. 우리도 자존심이 강하고 네 개의 가시가 있으니까요.

안녕히 계십시오.
얀 마텔 드림

앙투안 드 생텍쥐페리(Antoine de Saint-Exupéry, 1900-1944)는 프랑스 소설가이자 화가이다. 삽화가 있는 철학적 중편소설 『어린 왕자』의 저자로 널리 알려졌다. 프랑스에서 많은 사랑을 받은 덕분에, 생텍쥐페리가 그린 어린 왕자의 모습은 오십 프랑 지폐에 인쇄되기도 했다. 그는 비행사여서, 『야간비행』과 『인간의 대지』를 비롯해 대부분의 작품에서 조종사로서 겪은 경험을 활용했다. 그는 수년 동안 항공우편물 수송을 위해 일하기도 했다. 2차 대전 때는 연합군의 정찰기 조종사가 되었고, 결국 정찰 임무를 수행하던 중 실종되어 사망한 것으로 추정된다.

• 생텍쥐페리는 저작권이 소멸된 작가여서 우리나라에서는 여러 출판사에서 출간되었다.

Book 15

『오렌지만이 과일은 아니다』

지닛 윈터슨

2007년 10월 29일

✳

스티븐 하퍼 님께,

영국 작가 지닛 윈터슨 드림

(저를 대신해서, 캐나다 작가 얀 마텔이 수상님께 보냅니다)

하퍼 수상님께,

우리가 책을 읽어서 좋은 점은 고양이보다 더 많은 삶을 살게 해준다는 것입니다. 고양이는 목숨이 아홉 개라고 알려져 있습니다. 책을 읽는 사람에 비교하면 아홉 번을 사는 게 대수겠습니까? 어떤 책이든 한 번 읽을 때마다 한 번의 삶이 더해집니다. 따라서 고양이가 우리를 부러운 눈으로 바라보게 만들려면 아홉 권의 책으로도 충분할 것입니다.

그렇다고 '좋은' 책만을 말하는 것은 아닙니다. 시시한 작품부터 훌륭한 고전까지 어떤 책이든 우리에게 다른 삶을 살게 해주며, 다른 이의 지혜와 어리석음을 가르쳐줍니다. 어떤 책의 마지막 장을 넘기는 순간, 우리는 가공되지 않은 지식—가령 총의 이름—을 얻거나 깊은 깨달음을 얻어 더 많은 것을 알게 됩니다. 이처럼 책을 통해 간접적으로 경험하게 되는 삶의 가치를 과소평가해서는 안 됩니다. 현실이나 소설을 통해 다른 사람들의 경험을 얻어 넓혀지지 않은 삶, 오직 자기 자신의 한정된 삶만을 사는 사람만큼 애처롭고 위험한 사람도 없을 것입니다.

제가 오늘 보내는 책은 수상님께 또 다른 삶을 보여주는 소설의 완벽한 예입니다. 독일어로 말하면 '빌둥스로만', 직역하면 '교육 소설'이며 주인공의 정서적인 성장을 추적하는 소설입니다. 일인칭으로 쓰였기 때문에 독자는 화자의 내면에 미끄러지듯 들어가 쉽게 동화될 수 있습니다. 지닛 윈터슨의 『오렌지만이 과일은 아니다』는 백칠십 쪽으로 비교적 짧지만, 소설을 읽는 동안 수상님께서는 주인공 '지닛'이 됩니다. 지닛은 영국의 작은 도시에서 살아가는 젊은 여자입니다. 그녀의 어머니는 자신의 목숨보다 하느님을 더 사랑합니다. 물론 지닛도 하느님을 무척 사랑합니다. 그러나 지닛은 여자도 한없이 사랑합니다. 결국 이것이 문제가 됩니다. 하느님을 사랑하면서, 여자도 사랑하는 건 양립할 수 없습니다. 적어도 하느님을 사랑하며 하느님의 이름으로 심판하는 역할을 맡은 사람에게는 용서

할 수 없는 일입니다.

 탄산음료처럼 번뜩이는 문체로 쓰인 이 소설은 양립되지 않는 두 세계에 뛰어들어가 자신이 원하는 쪽을 선택하려는 젊은 여성의 애처로우면서도 감미로운 이야기입니다. 어려운 선택을 해야 하기 때문에, 양립될 수 없는 사랑과 삶을 두고 선택해야 하기 때문에, 자아를 발견하기 위해서는 자신을 버려야 하기 때문에, 랭커셔의 젊은 레즈비언들에게만이 아니라 저와 수상님 그리고 삶을 최대한 활용하고 싶은 모든 사람에게 교훈적이고 유익한 소설입니다. 물론 무척 재미있기도 합니다.

 이런 이유에서 열다섯 번째 책, 열다섯 번째 삶을 동봉합니다.

안녕히 계십시오.

얀 마텔 드림

• 추신: 헌사를 읽어보십시오. 저자가 직접 서명한 책입니다. 저는 얼마 전에 영국에서 지닛 윈터슨을 만나는 행운을 누렸습니다. 친절하게도 지닛 윈터슨은 기꺼이 수상님께 자신의 책을 증정해주었습니다.

지닛 윈터슨(Jeanette Winterson, 1959년생)은 영국의 작가이자 언론인이다. 첫 소설 『오렌지만이 과일은 아니다』를 발표하면서 곧바로 명성을 얻었다. 이 소설은 1985년 그해 가장 주목할 만한 신인 작가에게 수여하는 휘트브레드상을 수상했다. 이후에 발표한 소설들에서도 그녀는 성의 역할과 성 정체성 및 상상력의 경계를 넓히는 작업을 꾸준히 시도했다. 영국 문학에 미친 공로로 대영제국 훈장을 받았으며 런던에서 유기농식품을 판매하는 상점 '베르데스'도 운영하고 있다.

• 우리나라에서는 2009년 11월, 『오렌지만이 과일은 아니다』(김은정 옮김/민음사)로 출간되었다.

Book 16

『젊은 시인에게 보내는 편지』

라이너 마리아 릴케

2007년 11월 12일

*

캐나다 수상 스티븐 하퍼 님께,
현명하고 너그러운 작가의 가르침이 담긴 책을
캐나다 작가 얀 마텔이 보냅니다.

하퍼 수상님께,

제가 수상님께 열여섯 번째로 보내드리는 책, 라이너 마리아 릴케의 『젊은 시인에게 보내는 편지』는 그야말로 문학의 옥토입니다. 이 책에 담긴 열 통의 편지는 1903년부터 1908년까지 독일의 위대한 시인 릴케가 프란츠 크사버 카푸스라는 젊은 이에게 쓴 것으로, 창조적인 글쓰기 방법의 원조로 여겨지기에 부족함이 없습니다. 열 통의 편지는 글쓰기를 열망하는 우리 모두에게 도움이 됩니다. 물론 저에게도 도움이 되었습니다.

따라서 저는 언젠가 수상님께서 아이스하키에 대한 책을 쓰고자 할 때 이 편지들로부터 많은 도움을 받을 거라고 믿어 의심치 않습니다.

예를 들어보겠습니다. 첫 편지에서 릴케는 젊은 시인에게 '나는 써야만 하는가?'라는 중요한 질문을 자신에게 던지라고 조언합니다. 그런 억누를 수 없는 내적 필연성이 없다면, 굳이 글을 쓰려고 시도할 필요조차 없다는 이야기를 릴케는 완곡하게 전합니다. 또 릴케는 혼자만의 시간을 무척 중요하게 생각합니다. 감성의 조용한 변화는 혼자 있을 때에만 가능하며, 그런 변화가 있을 때 진실하고 좋은 글을 쓸 수 있기 때문입니다.

하지만 릴케의 편지들이 예술적인 글쓰기에 대한 기술적 조언에 불과하다면, 제가 이 책을 수상님께 보내려고 생각지도 않았을 것입니다. 가령 무역과 전혀 관계가 없는 사람에게 무역 관련 입문서를 준다 한들 무슨 소용이 있겠습니까? 그러나 이 편지들은 단순히 글쓰기만을 위한 조언이 아닙니다. 예술에 적용되는 조언은 삶에도 그대로 적용되기 때문입니다. 예술을 밝히는 등불은 삶의 등불이기도 합니다. 따라서 자신을 아는 것—나는 써야만 하는가?—이 글쓰기에서나 삶에서나 똑같이 유익합니다. 혼자 있는 시간은 시 쓰기를 열망하는 사람에게는 물론이고 무언가를 열망하는 모든 이에게 도움이 됩니다. 하지만 반례를 들면, 기업 경영에 관련된 조언이 경영 너머의 분야까지 효과 있는 경우는 무척 드물다는 게 제 생각입니다.

예술적인 것을 통해서야 우리는 삶을 깊이 있게 살펴보고 우리 존재의 핵심까지 이를 수 있습니다. 자기 조사를 제대로 하려면 거의 종교적이기까지 한 자세를 지녀야 하지요.

이제 네 번째 편지의 끝부분에서 릴케가 젊은 시인에게 혼자 있는 시간, 즉 고독의 시간을 가지라고 조언하는 구절을 인용해보려 합니다.

그러므로 고독을 사랑하고, 그로 인한 고통을 아름다운 사랑의 노래로 참고 견디십시오. 당신 편지에 따르면, 가까이 지내던 사람들이 멀어져간다고 했는데, 그것은 당신의 주변이 넓어지기 시작했다는 증거입니다. 당신 가까이에 있는 것이 멀어질 때 당신의 공간은 거대해지고 별들이 들어섭니다. 당신의 성장을 오히려 기뻐하십시오. 필연적으로 누구와도 함께 갈 수 없는 길입니다. 그리고 뒤처진 사람들을 관대하게 대하고, 그들의 앞에서 확고하고 침착한 태도를 취하며, 당신의 회의로 그들을 괴롭히지 말고, 그들로서는 이해할 수 없는 당신의 확신이나 즐거움으로 그들을 놀라게 하지 마십시오. 설령 당신이 달라지고 또 달라지더라도 굳이 그들과 단순하면서도 충실하게 어우러지려 노력하는 마음까지 변할 것은 없습니다. 당신에게는 낯선 형태를 띨 그들의 삶을 사랑하고, 당신은 혼자 있는 시간을 신뢰하더라도 혼자 있는 시간을 두려워하는 노인들에게 관대하십시오. 부모와 자식 사이에 팽팽히 맞서는 관계를 자극하지 않도록 조심하십시오. 그 관계는 자식들의 힘을 크게 소진시키고, 노인들의 사랑까지도 말려버리기 때문입니다. 비록 자식을 이해하지 못하더라도 노인들의 사랑은 감동적이고 따뜻하지 않습니까. 노인들에게 충고를 바라거나, 이해를 구하지 마십시오. 그러나 당신을 위해 쌓인 사랑을 믿고, 그 사랑에 힘과 축복이 있다는 것도 믿으십시오…….

사도 바울이 고린도 사람들에게 보낸 편지에서 썼던 구절과 비슷하다는 생각이 들지 않습니까?

릴케의 편지들에는 이해심과 너그러움, 현명한 조언이 넘쳐흐릅니다. 이 애정 어린 편지들은 자상함으로 찬란히 빛납니다. 그러니 프란츠 크사버 카푸스가 이 편지들을 후세에 전하려고 했던 것이 조금도 놀랍지 않습니다.

안녕히 계십시오.

얀 마텔 드림

라이너 마리아 릴케(Rainer Maria Rilke, 1875-1926)는 독일 시인으로 서정적 산문작가이다. 프라하에서 태어나 독일에서 공부했다. 릴케의 작품 세계는 철학과 고전문학에서 많은 영향을 받았고, 고독과 불안이란 주제를 주로 다룬다. 가장 유명한 작품으로는 『오르페우스에게 바치는 소네트』 『두이노의 비가』 『젊은 시인에게 보내는 편지』 『말테의 수기』 등이 있다. 릴케는 여행을 좋아해서 프랑스, 스웨덴, 러시아 등을 여행했다. 여행하며 맺은 인간관계가 그의 작품에 드러난다. 그는 백혈병으로 세상을 떠났다.

• 라이너 마리아 릴케는 저작권이 소멸된 작가여서 우리나라에서는 여러 출판사에서 출간되었다.

Book 17

『섬은 미나고를 뜻한다』

밀턴 에이콘
2007년 11월 26일

*

캐나다 수상 스티븐 하퍼 님께,
혁명적인 섬에서 태어난 시집을
캐나다 작가 얀 마텔이 보냅니다.

하퍼 수상님께,

철이 들면서 저는 밀턴 에이콘이 '민중의 시인'이라고 불리는 걸 알게 되었습니다. 그의 시가 현실적인 문제를 다루고 평이한 언어로 쓰였기 때문에, 또 공통된 경험의 의미를 깊이 있지만 누구나 이해할 수 있게 표현하고 있기 때문에 그렇게 불린다고 생각했습니다. 훨씬 나중에야 저는 그 민중의 시인이 정치적인 통렬함도 갖추었다는 걸 깨달았습니다. 그 통렬함은 이 편지에 동봉한 책, 『섬은 미나고를 뜻한다』에서 선명하게 드러납니다. 이 책은 그의 시와 수필 및 짤막한 희곡을 모은 것입니다. 이 책의 말미에는 출판사에 대한 정보가 실려 있습니다.

엔시 프레스는 캐나다의 해방을 위한 출판사이다. 엔시 프레스는 캐나다를 비롯해 세계 전역에서 국가의 독립과 사회주의 성취를 위한 투쟁과 관련된 책들을 배포하는 진정으로 민중을 위한 출판사이다.

뒷장의 하단에도 다음과 같은 정보가 덧붙여져 있습니다.

엔시 프레스는 캐나다 인민 공화국에서 발간되는 단행본, 정기간행물, 레코드를 배포하는 캐나다에서 가장 큰 유통회사이다.

엔시 프레스와 자매 신문《뉴 캐나다》의 지원을 위한 주소까지 있습니다.

캐나다 해방 운동
사서함 41호, 스테이션 E, 토론토 4. 온타리오

혁명적인 캐나다가 정말로 가능했을까요? 이 책이 처음 출간된 1975년으로 되돌아가자면, 일부 사람들은 그렇다고 생각했습니다. 그 이후로 캐나다 해방 운동은, 적어도 그 이름만은 소멸된 듯합니다. 설령 아직 존재하더라도 사서함 41호는 쓸쓸한 공간을 들여다보는 구멍에 불과할 것입니다.

그러나 무기의 하나로 시를 사용한 혁명이라면, 적어도 그 점에서는 올바른 방향을 선택한 것입니다. 민중을 끌어가는 데 예술적 표현이 중요하다는 걸 인식한 것이니까요. 프레이저 인스티튜트*가 그들의 주장을 전달하기 위해서 시를 출간할 생각은 해봤는지 궁금합니다. 안 해봤다면, 대체 왜일까요?

밀턴 에이콘이 캐나다의 역사를 읽어가는 관점도 그렇겠지만, 자신의 고향, 프린스에드워드 섬을 묘사한 모습도 수상님께는 아마 생소할 겁니다. 우리가 과거를 바탕으로 만들어낸 것, 즉 우리가 과거로부터 끌어낸 결과와 실제 과거는 별개라는 걸 수상님께 다시 한번 일깨워준다고 생각하시면 될 겁니다. 우리가 역사를 어떻게 읽느냐에 따라 역사는 다양한 얼굴을 띨 수 있습니다. 이와 마찬가지로 우리가 미래에 어떻게 사느냐에 따라 미래도 다양한 얼굴을 띨 수 있겠지요. 역사적 사건에서 필연성이란 없습니다. 우리가 그런 사건이 일어나도록 허락하는 것일 뿐입니다. 그래도 먼저 꿈을 꾸어야 새로운 세계로 나아갈 수 있습니다. 바로 그 역할을 위해 시인이 필요한 것입니다.

* 보수 성향의 캐나다 싱크탱크.

밀턴 에이콘은 시인이었던 까닭에 필연적으로 꿈을 꾸는 사람이었습니다. 말하자면 급진적인 꿈을 꾸는 사람이었습니다. 그는 더 공정하고 더 자유로운 캐나다, 한마디로 더 나은 캐나다를 꿈꾸었습니다. 그는 우리 캐나다가 미국의 자본주의에 예속되어 경제 식민지가 되었다고 생각했고, 그런 현실을 묵과할 수 없었던 것입니다. 그는 섬의 혁명가였습니다. 그런 꿈을 망상이라며 비웃던 사람도 있었겠지만, 그저 참고 견디는 것보다는 꿈을 꾸는 편이 더 낫습니다. 말없이 듣고 넘어가는 것보다 대담하게 목소리를 높이는 것이 더 낫습니다. 제 안으로 움츠리고 뒷걸음치는 것보다 많은 현실을 생각하고 가장 나은 세상을 위해 싸우는 편이 더 낫습니다.

『섬은 미나고를 뜻한다』는 책이기에 가능한 것을 보여줍니다. 다시 말하면, 책은 과거에 꿈꾸었지만 실현되지 않은 미래를 다시 되새기게 해주는 타임캡슐이고 순간적인 장면이며, 오랜 꿈이 저장된 박물관입니다(그러나 그 꿈은 지금도 꿈꿀 만한 가치가 있는 것입니다).

제가 『섬은 미나고를 뜻한다』를 정치적인 책자인 것처럼 말하고 있지만(캐나다 원주민 미크매크족은 프린스에드워드 섬을 '미나고'라고 부릅니다), 실제로는 그렇지 않습니다. 이 책은 시집입니다. 정치적인 책자보다 훨씬 깊은 의미가 담긴 절규입니다. 이런 의미에서, 저는 에이콘의 시 한 편으로 이 편지를 끝내고자 합니다.

쿵, 쿵, 쿵 작은 가슴으로

쿵, 쿵, 쿵, 작은 가슴으로
우리가 함께한
이번 여행 내내,
그대는 용기를 북돋워주네.
주먹만 한 크기에 꽉 쥔 주먹처럼 생긴
그대, 주먹을 쥐었다 펴고,
주먹을 쥐었다 펴며
고개를 똑바로 들고
이 시대의 벽을 뚫고
우리의 길을 줄기차게 가기 위해서.

안녕히 계십시오.
얀 마텔 드림

밀턴 에이콘(Milton Acorn, 1923-1986)은 민중의 시인으로 알려졌으며, 캐나다 문학에 중대한 영향을 미쳤다. 그는 프린스에드워드 섬의 샬럿타운에서 태어났지만 당시 몬트리올, 토론토, 밴쿠버 등지에서 활성화되었던 문학계를 여행하며 거의 평생을 보냈다. 어빙 레이턴, 빌 비셋, 알 퍼디, 도로시 리브세이, 마거릿 애트우드 등 캐나다의 저명한 작가들과도 함께 작업했다. 에이콘은 시작법을 위한 워크숍에서 강사로 활동했고, 브리티시 컬럼비아에서 발간되는 주간 무가지 《조지아 스트레이트》를 창간했다.

『섬은 미나고를 뜻한다』로 캐나다 시인상과 총독 문학상을 수상했다. 그 밖의 유명한 작품으로는 『내 마음을 뒤엎고』(Dig Up My Heart)와 『광석 파쇄기』(Jawbreakers)가 있다.

• 원제는「The Island Means Minago」이다.

Book 18

『변신』

프란츠 카프카
2007년 12월 10일

✳

캐나다 수상 스티븐 하퍼 님께,
경고성 교훈이 담긴 이야기책을
캐나다 작가 얀 마텔이 보냅니다.

하퍼 수상님께,

이 편지에 동봉한 책은 20세기 위대한 문학 아이콘 중 하나
입니다. 아직 이 소설을 읽지 않으셨더라도 제목은 틀림없이
들어보셨을 겁니다. 어느 날 아침, 잠에서 깨어 눈을 떠보니 커
다란 벌레로 변해 있었다는 부지런한 방문판매원의 이야기는
무척 호기심을 자극하며, 따라서 흥미롭습니다. 이 변화에는
당연히 새로운 변화가 뒤따릅니다. 식성이 바뀌고, 가족 간의
관계도 달라지며 일자리도 잃습니다. 현실적으로 생각해도 이

런 변화들은 당연한 것입니다. 그러나 문제의 방문판매원, 그레고르 잠자의 내면은 과거와 똑같은 사람이고, 여전히 여동생의 바이올린 연주에 흠뻑 취하고 감동받습니다. 그리고 자고 일어나니 자신이 벌레로 변했다는 이 사건을 어떻게 해석할지는 전적으로 독자의 몫이 되어 남겨집니다.

프란츠 카프카는 1915년에 『변신』을 발표했습니다. 이 소설은 자신의 글솜씨에 대해 확신을 갖지 못했던 카프카가 생전에 발표한 몇 안 되는 작품 중 하나입니다. 1924년, 결핵으로 숨을 거두기 직전, 카프카는 친구이자 유고 관리자이던 막스 브로트에게 미발표 작품을 모두 없애달라고 부탁했습니다. 그러나 브로트는 카프카의 바람을 무시하고 정반대의 길을 선택하며 카프카의 미발표 작품을 모두 공개했습니다. 덕분에 세 편의 미완성 소설, 『심판』과 『성』과 『실종자』도 빛을 보게 되었습니다. 그러나 제 생각에는 그가 남긴 많은 단편이 훨씬 뛰어납니다. 단지 카프카의 손으로 완결된 작품이기 때문만은 아닙니다.

카프카의 삶, 나중에는 그의 일까지를 한 명의 인물이 지배합니다. 바로 고압적인 그의 아버지입니다. 물질적인 성공만을 높게 평가했던 그의 아버지는 아들의 문학적 성향을 이해하지 못했습니다. 그래도 카프카는 아버지가 강요한 틀에 맞추려고 애썼습니다. 그는 거의 평생을 일하며, 보헤미아왕국 노동자 상해보험회사(그런데 이것 참, 왠지 카프카에게 어울리지 않습니까?)에서 직업적으로 상당한 성공을 거두었습니다. 그러나 먹고살기 위해서 낮에는 일하고, 진정으로 살아 있다는 기분을 느끼기 위해서 밤에는 글쓰기에 몰두한 까닭에 카프카는 진이 빠졌고 결국 목숨까지 잃고 말았습니다. 그때가 겨우 마흔 살이었습니다.

카프카가 보여준 감정은 여전히 우리 시대에도 남아 있습니다. 그 이전까지 가난은 물질적인 것이었고 몸으로 느끼는 것이었습니다. 찰스 디킨스가 가난을 어떻게 묘사했는지 생각해보십시오. 물질적인 성공이 가난을 벗어나는 길이었습니다. 그러나 카프카 덕분에 우리는 정신의 빈곤, 즉 일자리가 있더라도 내면에서 시작되어 좀처럼 사라지지 않는 불안감을 의식하게 되었습니다. 20세기의 역기능, 머리를 쓸 필요가 없는 일과 억압적이고 좀스런 규제에서 비롯되는 불안감, 우리 모두가 거대한 기계의 외딴 톱니바퀴에 불과한 듯한 자본주의와 잿빛 도시에서 비롯되는 두려움, 이런 것들을 카프카는 폭로했습니다. 이제 우리는 이런 걱정거리들을 떨쳐냈을까요? 그동안 열심히 노력한 끝에 이런 불안감과 소외감에서 벗어났을까요? 안타깝지만 저는 그렇게 생각하지 않습니다. 따라서 카프카의 목소리는 여전히 살아 있습니다.

카프카는 아돌프 히틀러가 공직에 등장하기 일곱 달 전에 삶을 마감했습니다. 1923년 11월, 그 못난 오스트리아 출신의 상등병은 뮌헨 맥주홀 폭동으로 조급하게 정권을 잡으려 시도했지만 실패하지 않았습니까. 카프카는 직감했을지 모르지만

얀 마텔
101통의
문학 편지

히틀러가 남긴 그림자에는 불길한 기운이 감돌았습니다. 그리고 그 그림자는 예상보다 훨씬 짙었습니다. 카프카의 세 누이가 나치스의 강제수용소에서 죽었으니까요.

『변신』은 매혹적이지만 암울하기도 합니다. 앞부분은 우리 얼굴에 씁쓰레한 미소를 짓게 하는 정도지만, 이야기 전체는 그 미소마저 지워버립니다. 『변신』은 경고성 교훈이 담긴 이야기로도 읽을 수 있습니다. 소설 곳곳에서 드러나는 소외와 단절이 우리로 하여금 삶에서 진정성을 염원하게 만들기 때문입니다.

크리스마스가 빠르게 다가오고 있습니다. 다음 편지에서는 축제의 기간에 완벽하게 어울리는, 신나는 책으로 찾아뵙도록 하겠습니다.

안녕히 계십시오.

얀 마텔 드림

프란츠 카프카(Franz Kafka, 1883-1924)는 현재 체코 공화국인 보헤미아의 프라하에서 태어났다. 20세기의 가장 영향력 있는 작가 중 한 명으로 평가된다. 카프카의 작품은 대부분 소외와 인간성 말살 및 전체주의를 비롯한 암울한 주제와 악몽 같은 상황을 다루기 때문에 충격적이고 혼란스럽다. 이런 문학적 양식은 '캐프커에스크'(kafkaesque)라 일컬어지며 '부조리하고 암울하다'는 뜻으로 해석된다. 카프카의 작품으로는 중편소설인 『변신』과 사후에 발표된 『심판』과 『성』이 가장 유명하다. 그는 법학박사 학위를 받았고, 보험회사에서 일하며 짬짬이 글을 썼다.

• 프란츠 카프카는 저작권이 소멸된 작가여서 우리나라에서는 여러 출판사에서 출간되었다.

Book 19

『사자왕 형제의 모험』

아스트리드 린드그렌

『상상 속의 하루』

사라 L. 톰슨, 롭 곤살베스

『해리스 버딕의 미스터리』

크리스 반 알스버그

2007년 12월 24일

*

캐나다 수상 스티븐 하퍼 님께,

수상님과 수상님 가족을 꿈꾸게 할 세 권의 책을

캐나다 작가 얀 마텔이 보냅니다.

• 추신: 메리 크리스마스.

하퍼 수상님께,

내일이면 크리스마스입니다. 우리는 권리와 자유헌장*에

가장 먼저 언급된 자유가 양심과 종교의 자유인 나라에서 살고

있습니다. 축하해야 마땅할 시간입니다. 그런데 이상하게도 우리는 법적으로는 막대한 자유를 누리면서 종교적 표현에서는 상당히 조심하는 편입니다. 그래서 '메리 크리스마스!'라는 말이 하루가 다르게 사라지고, 대신 '연말연시를 즐겁게 보내세요'('Happy Holidays', 'Holiday Greetings')가 그 자리를 차지하고 있습니다. 편리하게도 '홀리데이'(holiday)의 원래 의미가 '거룩한 날'(holy day)이라는 걸 잊어버린 채, 종교와 관련없이 무난하고 일반적인 인사말이라고 여겨지는 셈입니다.

하지만 사실 '메리 크리스마스'는 그저 상대에게 던지는 축복의 말에 불과합니다. 그런데 이 말을 듣고 기분이 나쁠 사람이 있을까요? 누군가 미소 띤 얼굴로 손을 흔들며 우리에게 '해피 디왈리!'**나, '해피 하누카!'*** 혹은 '해피 이드!'****라고 소리치면, 수상님이나 제가 정말 기분이 나쁠까요? 우리가 힌두교나, 유대인, 무슬림이 아닌데도 우리에게 행운을 빌어주려는 사람의 선의에 감사해야 하지 않겠습니까? 이와 마찬가지로, 우리가 낯선 사람에게 '메리 크리스마스!'라고 말하면 우리 의도는 선하지 않은 것입니까? 낯선 사람에게 그렇게 말하는

---

*   캐나다 헌법에 명시된 권리장전.
**   힌두교의 등명제라는 종교 축제.
***   유대교의 축제.
****   이슬람교에서 라마단의 마지막 날을 뜻하는 축제.

것만으로도 선한 행동이 아니겠습니까? 말하자면 우리는 영적인 포만감을 느끼고 남들에게도 행복한 마음을 전하려는 것입니다. 만약 그 사람이 "고맙습니다! 당신의 아기 예수에게도 축복이 있기를 빕니다. 내가 믿는 예언자께서도 그분을 무척 존경했습니다"라고 대답한다면, 그가 이미 영적으로 충만하다고 우리 기분이 상하지는 않을 겁니다. 오히려 그런 반응이 반가울 겁니다. 무엇이든 부족한 것보다는 넘치도록 많은 것이 더 낫지 않습니까?

저는 한 종교 집단이 일하기를 멈추고, 돈 버는 것마저 중단하며 한 아기의 탄생을 축하한다는 게 정말 좋습니다. 사실 우리는 아기들을 너무 잊고 사는 경향이 있습니다. 또 마법적이고 신비로운 생각을 무시하는 경향도 있습니다.

대부분의 캐나다인은 종교의 자유를 어떤 종교 행위도 하지 않을 자유라고 생각합니다. 그들은 이곳저곳으로부터 들리는 근거 없는 말들을 믿고 삶의 중대한 문제들을 처리합니다. 그래도 상관없습니다. 나름대로 자신들만의 길을 만들어가고 있으니까요.

그러나 거듭 말씀드리지만 내일이 크리스마스입니다. 주변에서 들리는 말에 따르면, 수상님께서는 기독교인이십니다. 따라서 '메리 크리스마스'라고 말할 자격과 권리가 있습니다. 하지만 수상님에 앞서 전임 보수당 당수를 지낸 스톡웰 데이에 비하면, 수상님께서는 자신이 기독교인이라는 걸 드러내는 데 지나치게 신중하신 것 같습니다. 물론 데이 당수님은 헌법에서 보장된 종교의 자유를 남용해서 국민을 불편하게 만들었지요. 그 때문인지 수상님께서는 지나치게 조심스럽습니다. 나사렛 예수에 대해 별로 언급하지도 않고, 그분이 오신 기쁨을 국민들과 함께하지도 않아 벽장 속의 캐나다인처럼 느껴질 지경입니다.

내일이면 크리스마스입니다. 모두가 축하해야 할 아기가 탄생한 날입니다.

그날을 기념하는 뜻에서, 이번에는 한 권이 아니라 세 권을 수상님께 보냅니다. 혼자 읽지 않고 아이들과 함께 읽으면 좋은 책들입니다. 크리스 반 알스버그의 『해리스 버딕의 미스터리』와, 사라 L. 톰슨이 쓰고 롭 곤살베스가 그림을 그린 『상상 속의 하루』는 전염성이 강한 그림책입니다. 그림 하나하나를 눈여겨보면 감탄사가 저절로 나올 것입니다. 유명한 '말괄량이 삐삐' 시리즈의 작가 아스트리드 린드그렌의 『사자왕 형제의 모험』(겉표지가 촌스러워 유감입니다. 이 판본밖에 구할 수 없었습니다)은 삽화가 거의 없는 아동소설입니다. 그 삽화마저 흑백이지만 무척 매혹적입니다. 수상님과 수상님 가족이 세 권의 책 모두를 재밌게 읽기를 바랍니다.

메리 크리스마스, 하퍼 수상님. 수상님의 마음이 아기 예수가 누워 있는 구유와 같기를…….

안녕히 계십시오.

얀 마텔 드림

아스트리드 린드그렌(Astrid Lindgren, 1907-2002)은 아동문학에 기여한 공로가 상당한 스웨덴의 동화작가이다. 특히 전 세계에서 사랑받은 '말괄량이 삐삐'와 '지붕 위의 칼손'(Karlsson-on-the-Roof) 시리즈가 가장 유명하다. 린드그렌의 작품들은 수십 개의 언어로 번역되어 지금도 전 세계에서 읽히고 있다. 생전에 한스 크리스티안 안데르센상, 바른생활상을 받았고, 사후에는 아동문학에 남긴 업적을 기념하기 위해 스웨덴 정부에서 그녀의 이름으로 국제 아동문학상을 제정했다.

사라 L. 톰슨(Sarah L. Thomson)은 하퍼콜린스 출판사 아동 부문 편집장을 지냈다. 첫 책 『용의 아들』(The Dragon's Son)을 발표한 후에 출판사를 퇴직하고 전업 작가가 되었다. 지금까지 스무 권의 아동서적을 발표했다. 2005년 『경이로운 호랑이』(Amazing Tigers!)로 오펜하임 토이 포트폴리오 황금상을 받았고, 『경이로운 고릴라』(Amazing Gorillas!)로 뱅크 스트리트 교육대학에서 올해의 최고 양서상을 받았다.

롭 곤살베스(Rob Gonsalves, 1959-2017)는 캐나다의 화가이다. 화풍은 초현실주의와 마술적 사실주의로 평가된다. 곤살베스의 예술 세계는 환상적이고 착시를 유발하는 특징을 띠며, 평범한 것을 특별한 것으로 바꿔놓는다. 건축가, 벽화가, 무대예술가로도 활동했으며, 이런 경험들이 그의 그림 속 건물과 풍경에서 느껴진다. 아동서적 삽화가로 많이 활동하지는 않았지만 『상상 속의 하루』『상상 속의 밤』(Imagine a Night)『상상 속의 공간』(Imagine a Place)의 삽화를 그렸다.

크리스 반 알스버그(Chris Van Allsburg, 1949년생)는 미국의 아동작가이자 삽화가이다. 대표작으로는 『주만지』『북극으로 가는 기차』가 있다. 반 알스버그의 환상적인 이야기들은 믿어지지 않은 장소들에서 벌어지며, 마법적이고 위험하며 신비로운 물건들이 등장한다. 반 알스버그는 다소 어두운 주제를 다루는 것으로 알려져 있다. 다른 작가의 삽화가로도 일하며 C. S. 루이스의 『나니아 연대기』의 삽화를 그렸다. 칼데콧상을 여러 번 수상했다.

• 우리나라에서 『사자왕 형제의 모험』(김경희 옮김/창비)은 2000년 12월, 『해리스 버딕의 미스터리』(김서정 옮김/문학과지성사)는 2009년 1월에 출간되었다. 『상상 속의 하루』의 원제는 『Imagine a Day』이다.

Book 20

『문학의 구조와 상상력』

노드롭 프라이
2008년 1월 7일

＊

캐나다 수상 스티븐 하퍼 님께,
본질적인 것을 옹호하는 책을
캐나다 작가 얀 마텔이 보냅니다.

하퍼 수상님께,

수상님과 수상님 가족이 크리스마스를 즐겁게 보내셨기를
바랍니다. 아울러 수상님이 새로운 정신과 마음으로 업무에 복
귀하셨기를 바랍니다. 2008년은 우리 모두에게 바쁜 한 해가
될 것 같습니다. 저는 마무리 지어야 할 책이 있고, 수상님께서
는 정부를 운영하셔야 할 테니까요. 수상님이나 저에게 아무쪼
록 좋은 결실이 있기를 바라는 마음입니다.

저는 노드롭 프라이 문학 페스티벌이 주최한 특별 행사에

참석하려고 작년 11월 말에 멍크턴에 있었습니다. 수상님께서도 아시겠지만, 프라이 페스티벌의 본 행사는 매년 4월에 열립니다. 여하튼 누군가 저에게 아름다운 아카디아 지방 억양으로 물었습니다. "혹시 노드롭 프라이의 『문학의 구조와 상상력』을 읽어봤습니까?"

저는 프라이의 『문학의 구조와 상상력』을 읽은 적이 없었습니다. 아니, 프라이가 쓴 어떤 책도 읽은 적이 없었습니다. 그래서 지금부터 수상님께 말씀드리는 모든 것은 요즘에 혼자 공부한 것입니다. 노드롭 프라이는 1912년에 태어나 1991년에 세상을 떠났습니다. 어렸을 때 멍크턴에서 교육을 받았지만, 성인이 된 후에는 대부분의 시간을 토론토 대학교에서 보냈습니다. 그 시절, 프라이는 토론토 대학교를 빛내는 위대한 빛이었습니다. 세계적인 문학평론가로 『놀라운 대칭: 윌리엄 블레이크 연구』(Fearful Symmetry: A Study of William Blake) 『비평의 해부』 『성서와 문학』을 썼습니다. 프라이는 정신적으로 신명나는 삶을 살았고, 그 대부분이 문학에서 영향을 받은 것이었습니다. 그는 학생들과 독자들에게 많은 것을 남겼습니다. 그는 위대한 사상가였고, 교사였으며, 자랑스러운 캐나다인이었습니다.

제가 지금까지 프라이를 읽지 않았던 이유를 말씀드려야겠군요. 지적인 게으름 때문은 아니었습니다. 오히려 의식적인 결정이었습니다. 앞에서도 말씀드렸듯이, 프라이는 문학평론가였습니다. 그는 문학을 관찰했고 문학을 통하여 보았으며,

문학에서 반복되는 상징과 근원적인 구조 및 중요한 은유를 찾아냈습니다. 그 모든 작업이 매력적이긴 하지만, 글을 쓰기 시작했던 젊은 시절의 저에게는 조금도 그렇게 보이지 않았습니다. 자신을 아는 것이 때로는 좋습니다. 스스로의 한계를 가르쳐주니까요. 하지만 좋은 것도 지나치면 갓 싹을 틔운 예술가를 좌절에 빠뜨릴 수 있습니다. 내가 쓴 작품이 독창성이라고는 없고, 기존의 틀로 찍어낸 밀가루 반죽에 불과하다는 기분을 안겨줄 수 있기 때문입니다. 지금도 그렇지만, 당시 저는 글을 쓰고 새로운 이야기를 만들어내고 창조해내고 싶었습니다. 제가 무엇을 하고, 제가 누구를 흉내 내고, 제가 어떤 관례에 집착하는지 듣고 싶지 않았습니다. 저한테 글을 쓰겠다는 꿈을 버리라고 꾸짖는 비평에 굳이 관심을 가져야 할 이유가 있었을까요? 이런 이유에서 저는 문학비평을 멀리했습니다. 제 내면에 타오르는 창작의 열기를 꺼뜨릴지도 모를 말과 글을 멀리했습니다. 문학비평은 저에게 허튼소리일 뿐이었습니다.

하지만 아름다운 아카디아 지방 억양을 지닌 사람에게 질문 받은 후, 저는 그 사람에게서 문제의 책, 즉 노드롭 프라이의 『문학의 구조와 상상력』을 선물 받았습니다. 수상님과 제가 둘만의 북클럽을 한다는 걸 알고 그 사람은 이 책을 떠올린 모양입니다. 그 사람은 수상님이 이 책을 좋아하지 않을지도 모르겠다고 염려했습니다(제가 수상님께 어떤 책을 보내면 좋겠는지 항상 많은 사람에게 의견을 구한다는 걸 알면 재미있으실 겁니다).

여하튼 저는 이처럼 사려 깊은 선물을 읽지 않는다면 예의가 아니라는 생각이 들었습니다. 게다가 당시 세 권의 문학평론서를 읽고, 네 번째 평론서를 거의 다 읽어가고 있었기 때문에 저는 문학평론가가 저에게 거울을 돌려대는 걸 그런대로 견딜 수 있었습니다.

제가 이 책을 다 읽고도 이처럼 너끈하게 견뎌내고 있다는 걸 수상님께 알려드릴 수 있어 기쁩니다. 사실 『문학의 구조와 상상력』은 무척 재밌었습니다. 수상님에게 훨씬 더 재밌을 거라는 생각마저 듭니다. 이 책은 프라이가 1962년 매시 특강*에서 연이어 이뤄진 여섯 번의 강연을 묶은 것입니다. 따라서 짤막하고 구어체로 쓰였습니다. 이 책에서 프라이는 교육과 사회에서의 문학의 역할, 즉 교육과 사회에 문학이 필요한 것인지에 대해 말하고 있습니다.

프라이는 교육과 사회에 문학이 필요한 이유를 설득력 있게 주장합니다. 그 모든 것이 언어와 상상력으로 귀결됩니다. 프라이의 설명에 따르면, 우리가 언어를 어떤 용도에서 사용하더라도, 예컨대 자기표현을 위해서, 정보를 전달하기 위해서, 혹은 창조적인 작업을 위해서 사용하더라도 상상력을 동원해야

---

* 캐나다 총독을 지낸 빈센트 매시를 기념해서 1961년부터 매년 일주일 동안 계속되는 강연.

합니다. 그래서 프라이는 이렇게 말합니다. "문학은 상상의 언어로 말한다. 문학을 공부하는 목적은 상상력을 훈련하고 향상시키는 것이다. 그러나 우리는 매 순간 상상력을 사용한다. 상상력은 모든 대화에 끼어들고 현실의 삶에도 개입한다. 우리가 잠자는 동안에도 상상력은 꿈을 만들어낸다. 따라서 우리는 시를 읽든 읽지 않든 간에 잘못 훈련된 상상력과 제대로 훈련된 상상력, 둘 중 하나를 선택하는 수밖에 없다." 상상력은 작가만을 위해 존재하는 것이 아닙니다. 모두를 위해 존재하는 것입니다. 프라이도 이 점을 지적하고 있습니다. "일상의 삶에서 상상력의 기본적인 역할은 (······) 우리가 살고 있는 사회에서 우리가 살고 싶은 사회를 꿈꾸도록 돕는 것이다." 이 말에는 정치적인 함의가 담겨 있습니다. 이 책이 수상님께 흥미로울 거라고 제가 말한 이유를 이제는 짐작하시겠지요.

고전적인 이분법에 따르면 우리 존재는 머리와 가슴, 생각과 느낌, 이성과 감성으로 나뉩니다. 틀린 것은 아닙니다. 그러나 저는 이런 구분이 얼마나 유용한지 의문입니다. 연구에 열중하는 수학자는 철저하게 이성적이지만, 끔찍한 사고 장면을 보고 비명을 지르는 사람은 전적으로 감정적이라고 말할 수 있겠지만, 다른 경우에는 이성과 감성을 명확하게 구분 지을 수 있을까요? 오히려 프라이는 상상력을 활용하는 다양한 방법들이 바로 이성과 감성이며, 상상력이 이성과 감성 모두의 토대라고 믿었습니다. 상상력이 바람직한 방향으로 풍부해질수록 우리는 이성과 감성 모두에서 유능할 수 있습니다. 우리가 폭넓고 깊이 있게 꿈을 꾼다면 우리의 현실도 그렇게 바뀌어갈 수 있습니다. 문학을 통해 우리에게 반드시 필요한 부분, 즉 상상력을 훈련하는 것보다 더 나은 방법은 없습니다.

요컨대 상상력은 수상님에게나 저에게나 모든 것이 시작되는 출발점입니다.

새해 복 많이 받으십시오.

안녕히 계십시오.
얀 마텔 드림

노드롭 프라이(Northrop Frye, 1912-1991)는 캐나다에서 가장 존경받는 문학 평론가이자 문학 이론가였다. 그는 첫 저서 『놀라운 대칭』으로 세계적인 명성을 얻었고, 후속작인 『비평의 해부』와 『엄격한 구조: 비평과 사회에 관한 에세이』(The Stubborn Structure: Essays on Criticism and Society)로 명성을 굳건히 했다. 프라이는 캐나다 학술원 회원이었고, 캐나다에서 민간인이 받을 수 있는 최고위의 훈장, 캐나다 훈장을 받았다. 캐나다 문학의 발전에 지대한 공헌을 한 공로로 생전에 론 피어스 메달, 피에르 쇼보 메달, 캐나다 총독 문학상 등 많은 상을 수상했다. 그의 이름은 크로스워드 퍼즐의 힌트로도 자주 언급되며, 멍크턴에서는 매년 그의 업적을 기리기 위한 문학 페스티벌이 열린다.

• 우리나라에서는 1987년 10월, 『문학의 구조와 상상력』(이상우 옮김/집문당)으로 출간되었다.

Book 21

『사라예보의 첼리스트』

스티븐 갤러웨이

2008년 1월 21일

＊

캐나다 수상 스티븐 하퍼 님께,
전인격적인 작품을
캐나다 작가 얀 마텔이 보냅니다.

하퍼 수상님께,

제가 어떤 책을 보낼지 결정하기 위해서 어떤 과정을 거치는지 수상님께서도 가끔 궁금하실 겁니다. 이번 편지에서는 그 질문에 답해보려 합니다.

책이라면 소설의 형식이든 전기의 형식이든 하나의 형식을 고수합니다. 또 모든 문장이 관례적으로 문법적이거나 관례적으로 비문법적입니다. 진정으로 관례를 파기하며 관례에서 벗어난 작가는 무척 드뭅니다. 대체로 작가의 혁명은 한 차원, 말하자면 관점에 변화를 주는 정도이고, 구두법에 관한 한 일반화된 원칙을 따릅니다. 많은 차원에서 관례를 파기하는 작가는 독자를 잃을 위험을 무릅써야 합니다. 독자는 한꺼번에 많은 새로운 영역에 발을 내딛기 힘들어, 파격적인 작가를 이해하려는 노력을 포기하기 때문입니다. 아일랜드 작가 제임스 조이스의 『피네간의 경야』가 이처럼 급진적인 새로움을 추구한 대표적인 작품입니다.

책은 일종의 관례입니다. 책을 만들어내는 사고의 틀도 마찬가지여서 관례적으로 예술서, 역사서, 지리서, 과학서 등으로 분류됩니다. 우리 인간은 이런 관례를 좋아합니다. 우리는 질서정연한 도로와 법을 지키는 정부를 선호하듯이 반듯한 문장과 관례에 따른 책을 좋아합니다. 그렇다고 우리가 대담하고 도전적인 창조물이 아니라는 뜻은 아닙니다. 사실 우리는 대담하기 이를 데 없는 창조물입니다. 이 땅에 우리보다 대담한 창조물은 없습니다. 문학 밖에서 예를 들어보겠습니다. 1960년대 말, 미국인들은 과학과 공학, 경영과 재정 등의 관례들을 정비했고, 그 결과로 두 번이나 달을 밟는 쾌거를 이루어냈습니다.

다시 책 이야기로 돌아가지요. 책은 관례의 산물이지만, 많은 관례가 있습니다. 저는 이미 두 가지 관례, 즉 소설과 전기를 언급했습니다. 이 둘은 다시 픽션과 논픽션이란 다른 두 관례에서 파생됩니다. 이 두 관례는 다시 하위 관례인 장르 등으로 분류됩니다. 저는 지금까지 수상님께 논픽션보다 픽션을 보냈습니다. 픽션이 우리 삶을 더 치밀하게 해석하기 때문입니다. 제가 무슨 뜻으로 이런 이야기를 하는 것일까요? 픽션이 논픽션보다 더 개인적이면서도 더 종합적이란 걸 말씀드리고 싶은 것입니다. 픽션이 더 전인격적입니다. 소설은 삶 자체를 다룹니다. 반면에 역사서는 삶의 특정한 사례만을 다룹니다. 위대한 러시아 소설 한 편—제가 보낸 톨스토이의 소설을 기억해보십시오—이 러시아의 역사를 다룬 어떤 위대한 책보다도 보편적인 여운을 남길 것입니다. 수상님께서도 어떤 면에서는 수상님을 먼저 생각하고 다른 사람은 나중이지 않습니까?

따라서 책을 선정하는 첫 번째 기준은 픽션 작품이 먼저라는 것입니다. 그런데 픽션에도 많은 '종류'가 있습니다. 문학 소설, 스릴러 소설, 불가사의한 살인을 다루는 미스터리 소설, 풍자 소설 등등. 수상님이 아직 저에게 문학적 취향에 대해 말씀하신 적이 없기 때문에, 또 수상님이 어떤 책을 읽어야 한다고 제가 판단할 입장이 아니기 때문에 저는 어떤 장르도 배제하지 않았습니다. 분명한 것은 제가 수상님께 보내는 책은 좋은 책이어야 한다는 것입니다. 다시 말하면, 그 책을 읽고 나면 더 현명해졌다는 기분, 적어도 뭔가를 얻었다는 기분을 느낄 수 있어야 한다는 것입니다. 다른 식으로 표현하면, 제가 몇 달 전에 말했듯이, 수상님께 정적감을 더해줄 수 있어야 합니다.

그 밖에 고려하는 사항들은 간단합니다.

1. 대체로 이백 쪽 이하의 짧은 책이어야 한다는 것입니다. 수상님께서는 캐나다의 누구보다 바쁘신 분입니다. 따라서 책을 읽는 것보다 더 바쁘고 중요한 일이 있다는 생각을 떨치기 힘드실 겁니다. 제 생각이지만 그것은 착각입니다. 언젠가 한 친구가 저에게 이렇게 말했습니다. 역사에는 우리가 자식들을 어떻게 키웠냐는 것만이 기록될 거라고! 캐나다 국민의 삶은 캐나다 국민 하나하나에 의해서 결정됩니다. 한 번에 작은 행동이 하나씩 쌓여서 말입니다. 하루에는 스물네 시간이 있고, 우리 각자가 그 시간을 나름의 방식대로 채웁니다. 누구의 시간이 특별하게 중요하지는 않습니다. 하지만 십오 분 만에 훑어보기에는 얇은 소설보다 팔백 쪽의 두툼한 책이 훨씬 더 어렵습니다.

2. 수상님이 복잡하게 뒤얽힌 이야기에 몇 시간이나 골머리를 썩이고 싶어 하지 않을 것 같아, 평이하고 간결하게 쓰인 책들을 고릅니다.

3. 저는 수상님께 다양한 책들을 보내려고 노력합니다. 언어로 표현할 수 있는 모든 것을 수상님께 알려드리고 싶기 때문입니다. 이 주에 한 권을 보내드리기 때문에 만족시키기에 쉽지 않은 조건입니다. 세상에는 좋은 책들이 넘쳐납니다, 하퍼 수상님. 그렇다고 속도를 높이지는 않으렵니다. 짐작하셨겠지

만 저는 기초부터 시작하고 싶은 마음에 상대적으로 오래된 책부터 시작했습니다. 거기에서부터 캐나다와 퀘벡이 낳은 비교적 젊은 작가들의 작품을 차근차근 소개하려 합니다.

이런 개괄적인 기준에서 저는 수상님께 보내는 책들을 충동적으로, 거의 무작위로, 물론 제 생각이지만 수상님에게 흥미로울 듯한 책으로 선택합니다. 보름 전에 프라이의 『문학의 구조와 상상력』을 보내면서 말씀드렸듯이, 다른 사람들의 제안에도 귀를 기울입니다(그런데, 재미있게 읽으셨습니까?).

그렇다고 규칙에 얽매일 필요는 없을 겁니다. 이번 주에 선택한 책이 그런 경우입니다. 스티븐 갤러웨이의 소설 『사라예보의 첼리스트』는 평이하게 쓰였지만 우리 기준에는 조금 깁니다. 한계에서 오십팔 쪽이나 초과하니까요. 캐나다 작가의 작품이고, 아직 출생 전인 최근작입니다. 달리 말하면, 세상에 아직 출간되지도 않은 작품입니다. 올해 4월경에야 출간된다고 합니다. 지금 수상님 손에 쥐어진, 아무런 장식도 없는 문고본을 '갤리'라고 합니다. 정식으로 출판하기 전에 책에 대한 관심과 호기심을 자극하려고 서점과 출판전문기자와 북클럽에 보내지는 것입니다. 선거가 있기 전에 정치인들이 지역을 순례하며 바비큐 파티를 여는 것과 비슷하다고 생각하시면 됩니다. 일반 독자들은 이런 갤리를 거의 만나지 못합니다. 따라서 지금 수상님께서는 무척 진귀한 것을 손에 쥐고 있는 셈입니다.

인간이 극단적인 두려움에 짓눌릴 때도 인간성을 어떻게 유지하고, 더 나아가 어떻게 되찾는지 설득력 있게 보여주는 뛰어난 소설입니다. 앞으로 다른 사람들에게서도 『사라예보의 첼리스트』에 대한 말을 자주 듣게 되실 겁니다. 1990년대 초 보스니아의 사라예보가 야만적으로 포위 공격을 당할 때가 주된 배경입니다. 뉴스에서도 이 이야기를 수년 동안 다루었지만, 우리 대부분은 그 사건을 무덤덤하게 받아들이며 사람들이 어떻게 서로 그런 짓을 할 수 있는지 의아하게 생각했을 뿐입니다. 갤러웨이의 소설이 그 과정을 자세히 설명하고 있습니다. 그야말로 좋은 픽션의 본보기입니다. 수상님을 생경한 상황으로 옮겨놓고 그 상황을 둘러보며 이해하게 만드는 게 픽션의 목적입니다. 제가 픽션을 전인격적이라 말한 이유가 여기에 있습니다. 『사라예보의 첼리스트』를 읽는 동안 수상님께서는 상상 속에서 그곳, 사라예보에 있게 됩니다. 박격포가 떨어지고, 수상님이 길을 건널 때면 저격수들이 수상님을 죽이려고 합니다. 수상님께서는 정신의 눈으로 세상을 다시 보게 될 것이고, 마치 도덕관이 능욕당한 듯한 기분이 들 것입니다. 한마디로, 수상님의 인간성 전체가 시험받습니다.

하지만 『사라예보의 첼리스트』는 현실을 일정한 방향으로 소화한 소설이지, 언론 보도가 아닙니다. 세 주인공을 내세워 사실적으로 꾸며낸 이야기 속에 미묘하게 감추어진 의도가 있습니다. 소설의 장렬한 마지막 줄을 읽으시면 그 의도가 뭔지

얀 마텔
101통의
문학 편지

짐작하실 수 있을 겁니다.

안녕히 계십시오.
얀 마텔 드림

스티븐 갤러웨이(Steven Galloway, 1975년생)는 캐나다 작가이다. 그의 작품은 스무 개 이상의 언어로 번역되었다. 『사라예보의 첼리스트』 이외에 『상승』과 『피니 월시』(Finnie Walsh)를 썼다. 갤러웨이는 사이먼 프레이저 대학교와 브리티시컬럼비아 대학교에서 창조적 글쓰기를 가르치고 있다.

• 우리나라에서는 2008년 12월, 『사라예보의 첼리스트』(우달임 옮김/문학동네)로 출간되었다.

Book 22

『명상록』

마르쿠스 아우렐리우스
2008년 2월 4일

＊

캐나다 수상 스티븐 하퍼 님께,
국가수반이 쓴 책을
캐나다 작가 얀 마텔이 보냅니다.

하퍼 수상님께,

수상님처럼 마르쿠스 아우렐리우스도 국가수반이었습니다. 기원후 161년 그는 로마 황제가 되었습니다. 기원후 96년부터 180년까지 팔십사 년 동안 평화와 번영의 시기, 즉 로마제국의 황금기를 지배했던 '오현제'—네르바, 트라야누스, 하드리아누스, 안토니누스 피우스, 마르쿠스 아우렐리우스—의 마지막 황제였습니다.

로마는 연구할 만한 가치가 있습니다. 강변에 위치한 조그만 도시가 어떻게 세계에서 가장 강력한 제국의 중심이 되어, 역시 강변에 있는 수많은 도시들을 지배할 수 있었을까요? 로마의 성장 과정에는 많은 교훈이 담겨 있습니다. 로마가 강력했다는 건 의문의 여지가 없습니다. 로마가 이루어낸 제국의 면적은 실로 어마어마합니다. 스코틀랜드의 포스 만부터 유프라테스 강까지, 타구스 강부터 라인 강까지 세력을 뻗쳤고, 북아프리카에도 발을 디뎠습니다. 한동안 로마는 자신들에게 알려진 세계의 대부분을 지배했습니다. 로마가 지배하지 않은 곳은 굳이 지배할 가치가 없는 땅이었습니다. 그들의 경계 밖에 있는 것은 '야만인'들에게 넘겼습니다.

로마의 위대함을 가늠할 수 있는 또 하나의 척도는 오늘날까지도 계속되는 로마의 영향에서 찾아볼 수 있습니다. 로마가 사용한 언어, 라틴어는 유럽에서 사용되는 대부분 언어의 모어가 되었고, 지금 이탈리아어, 프랑스어, 스페인어, 포르투갈어는 세계 전역에서 사용되고 있습니다. (한편 라인 강 반대편에서 사용하는 독일어는 성공한 언어이긴 하지만 유일한 국제어, 즉 영어를 보조하는 역할을 벗어나지 못했습니다.) 지금 우리가 사용하는 달력도 로마인들에게 빚진 것입니다. 일 년을 열두 달로 나누고, 365.25일로 나눈 것이나, 일주일에서 사흘도 로마인들의 사흘—달의 날, 토성의 날, 태양의 날—을 빌려온 것입니다. 물론 가끔이지만 로마의 숫자체계(i, ii, iii, iv, v……)까지 사용하고, 영어의 스물여섯 개 문자도 로마 문자와 똑같습니다.

로마 제국에서 우리가 배울 또 다른 교훈이 있다면, 막강했던 힘과 권세에도 불구하고 결국 사라졌다는 것입니다. 로마 제국은 왜 멸망했을까요? 로마인들은 수세기 동안 드넓은 지역을 지배했지만, 이제 그들의 제국은 완전히 사라졌습니다. 오늘날 로마인은 여기저기에 흩어진 유적들로 아름다운 도시, 로마라는 도시에 사는 사람을 가리킬 뿐입니다. 모든 제국의 운명이 그랬습니다. 유럽에 존재했던 제국들만을 거론해도 로마 제국, 오스만 제국, 대영제국, 소비에트 제국이 그렇게 사라졌습니다. 다음에 몰락할 제국은 어디이고, 새롭게 부상할 제국은 무엇일지 궁금하지 않으십니까?

제가 이번에 수상님께 보내는 책, 마르쿠스 아우렐리우스의 『명상록』을 읽어야 하는 이유는 이 책에 담긴 내용에도 있지만, 이 책을 쓴 사람이 누구인지 알아야 할 필요가 있기 때문입니다. 유럽의 역사는 직접적인 혈연관계 이외에 별다른 이유도 없이 권좌를 물려받는 군주들을 중심으로 쓰였습니다. 그 역할을 맡을 만한 능력과 재능은 고려사항이 아니었습니다. 따라서 아무리 너그럽게 보더라도 유럽에서는 평범한 사람이 권좌를 물려받으며 국가를 잘못 통치하는 사례가 많았습니다. 그러나 마르쿠스 아우렐리우스가 권좌에 오른 과정은 달랐습니다. 안토니누스 피우스 황제에게 권좌를 물려받았지만 아우렐리우스는 피우스의 생물학적 아들이 아니었습니다.

그렇다고 그가 선거로 황제가 된 것도 아닙니다. 그는 선택

얀 마텔
101통의
문학 편지

받았습니다. 로마 황제들은 황제직을 아들에게 물려주긴 했지만, 생물학적으로 직계인 아들에게 물려주는 경우는 드물었습니다. 로마 황제들은 권위주의적이지만 융통성 있는 방식, 즉 입양을 통해 후계자를 지명했습니다. 마르쿠스 아우렐리우스는 안토니누스 피우스 황제의 양자로 선택된 덕분에 황제가 되었습니다. 로마 황제들은 로마의 엘리트 계급에서 능력과 재능을 지닌 유능한 젊은이들 가운데 원하는 사람을 후계자로 선택했습니다. 물론 엘리트 계급에 속한 젊은이들은 대체로 인척 관계였지만, 세상에서 웅비하고 싶으면 자신의 능력을 입증해 보여야 했습니다.

이런 점에서 로마 사회는 요즘의 민주주의와 무척 유사했습니다. 교육받은 엘리트 계급이 원칙을 준수하며 기존의 시스템을 고수하려는 것도 그렇습니다. 당시의 로마는 여러 면에서 지금의 오타와, 워싱턴, 런던과 크게 다르지 않은 듯합니다. 솔직히 말해서, 현재의 기준에서는 짐작조차 할 수 없는 방법으로 생각하고 행동하며 유럽 역사의 대부분을 차지한 혼란스런 사건들이 있었지만, 거의 이천 년이 지난 후에도 유럽인들, 겉으로는 우리와 똑같은 사람들이 자신들을 혼란에 몰아넣었던 원칙을 그대로 유지하며, 그 원칙을 지키고자 싸우고 승강질하는 걸 보면 놀랍기만 합니다. 그래서 로마의 역사에 끝없이 관심을 갖는 것입니다.

마르쿠스 아우렐리우스는 로마 황제로 선택받을 정도로 뛰어난 능력을 지닌 사람이었습니다. 달리 말하면, 그는 정치가였습니다. 수상님처럼 바쁜 사람이었습니다. 그는 제국의 변방에 기생하는 야만인들과 싸우며 많은 시간을 보냈습니다. 그러나 그는 철학적 성향을 지닌 사상가이기도 했으며, 자신의 생각을 글로 옮겼습니다. 따라서 그는 작가이기도 했습니다.

마르쿠스 아우렐리우스는 스토아 철학자여서, 그의 생각은 때때로 음울한 색을 띱니다. "곧 그대가 세상을 잊을 것이고, 곧 세상이 그대를 잊을 것이다"라는 말에서 그의 전형적인 생각이 드러납니다. 육체와 명성, 제국은 물론이고 대부분의 것이 덧없다는 생각이 담긴 말들을 많이 남겼습니다. 마르쿠스 아우렐리우스는 더 높은 수준의 생각과 행동을 위해 끊임없이 자신을 채찍질했습니다. 건전하고 유익한 교훈이 담긴 책입니다. 많은 점에서 수상님에게 꼭 필요한 책입니다. 철학자이기도 한 황제가 생각하고 행동하는 방법에 대해 우리에게 전해주는 교훈서입니다.

첫 장부터 마지막 장까지 순서대로 읽어야 할 책은 아닙니다. 연속되는 이야기도 아니고, 논리를 전개한 책도 아닙니다. 『명상록』은 열두 장으로 나뉜 묵상집입니다. 각 장은 한 문장에서 몇 단락까지 다양한 글로 이루어지며 각각의 글에는 번호가 매겨져 있습니다. 무작위로 어떤 글이나 선택해서 읽어도 도움이 됩니다. 제가 개인적인 조언을 드리자면, 이 책을 펼치고 읽을 때마다 읽은 글 앞에 표식을 해두십시오. 이런 식으로

하면 언젠가 모든 글을 읽게 될 것입니다.

안녕히 계십시오.
얀 마텔 드림

마르쿠스 아우렐리우스(Marcus Aurelius, 121-180)는 170년부터 180년까지 군사 원정을 나간 동안 그리스어로 『명상록』을 썼다. 이 책에서 아우렐리우스는 공직과 의무, 인내와 금욕, 하느님에의 순종, 유혹을 견디는 객관성의 중요성을 역설했다.

Book 23

『예술가와 모델』

아나이스 닌
2008년 2월 18일

*

캐나다 수상 스티븐 하퍼 님께,
선정적인 소설을
캐나다 작가 얀 마텔이 보냅니다.

하퍼 수상님께,

발렌타인데이가 며칠 전에 지나갔고, 서스캐처원의 이곳에는 여전히 강추위가 기승을 부리고 있습니다. 수상님께 뜨끈뜨끈한 것을 보내기에 적합한 두 가지 이유가 되는 셈입니다.

이름마저 사랑스러운 아나이스 닌은 1903년부터 1977년까지 살았습니다. 그녀는 저에게 지금도 생소하지만, 적잖은 소설을 쓴 작가입니다. 특히 『불사다리』(Ladders to Fire) 『알바트로스의 아이들』(Children of the Albatross) 『사실 심장』(The Four-

Chambered Heart)『사랑의 집 안의 스파이』(A Spy in the House of Love)『태양선』(Solar Barque)이라는 다섯 권으로 이루어진 대하소설,『내면의 도시들』(Cities of the Interior)이 눈에 띕니다. 아나이스 닌은『근친상간의 집』(House of Incest)『미노타우로스의 유혹』(Seduction of the Minotaur)『콜라주』(Collages)라는 장편소설들과,『유리 종 아래에서』(Under a Glass Bell)라는 단편소설집도 발표했습니다. 이런 제목들이 저에게 주었던 즐거움은 '대체 무엇을 말하고 싶었던 것일까'라는 궁금증이었습니다.『태양선』이란 소설에서는 어떤 이야기를 했을까? '알바트로스'는 무엇이고, 그 아이들은 누구일까?

닌은 일기집으로 더 많이 알려진 작가입니다. 처음 십 년을 제외하고는 그녀의 삶을 매년 빠짐없이 기록한 일기집입니다(정확히 말하면, 닌이 열한 살일 때부터 일기를 쓰기 시작했기 때문에 십일 년이 빠집니다). 아나이스 닌은 프랑스에서 태어났지만 미국에서 오랫동안 살았습니다. 무척 예뻤고, 국적에 구애받지 않는 세계주의자였습니다. 작가 헨리 밀러를 비롯해 흥미롭고 유명한 사람들을 많이 알게 되었고, 그들 모두가 그녀의 일기에서 분석되고 해부됩니다. 지금도 그렇지만 20세기 전반기에는 여성의 목소리가 묵살되고 무시되어, 여성의 독백마저 무척 드물다는 점에서 그녀의 일기는 중요한 가치가 있습니다.

아나이스 닌은 성애소설도 썼습니다. 선정적이고 변태적입니다. 비가 오지 않는데도 축축이 젖은 여자들, 뜨거운 입김 없이도 단단해진 남자들이 시시때때로 등장합니다. 제가 오늘 수상님께 보내는 『예술가와 모델』에는 그녀의 성애소설집에서 선정한 『델타 오브 비너스』와 『작은 새』가 실려 있습니다. 몽파르나스에서 태어난 자웅동체인 화가 마푸카와 그녀의 레즈비언 룸메이트들, 뉴욕에서 어떤 화가의 모델로 일하며 성에 눈을 뜨는 여성에 대한 이야기에서 수상님께서는 아무런 감흥을 느끼지 않을지도 모르겠습니다. 그러나 우리는 유익한 목적을 위해—때마침 이 글을 쓰는 지금, 밖은 섭씨 영하 이십삼 도입니다—허리 아래와 가슴을 옷으로 덮지만, 옷이 우리에게 지극히 중요한 부분, 또 생각하지 않고 느끼는 부분을 감추고 묻어버리는 위험도 있다는 걸 지적할 필요가 있습니다. 옷은 허영심을 드러내는 가장 보편적인 수단입니다. 발가벗을 때 우리는 정직해집니다. 아나이스 닌의 성애소설이 순전히 상상이고 윤색된 것이더라도 이 소설들의 본질적인 가치는 정직함에 있습니다. 성은 우리의 일부라고들 말합니다. 그렇습니다. 성을 부인하면 우리 자신을 부인하는 것입니다.

안녕히 계십시오.
얀 마텔 드림

아나이스 닌(Anais Nin, 1903-1977)은 파리에서 태어났지만 미국에서 자랐다. 아나이스 닌은 자신을 카탈루냐-쿠바계 프랑스인이라 소개했다. 닌은 장편소설과 단편소설을 가리지 않고 많은 작품을 남겼다. 그러나 『일기』(Diary)로 가장 많이 알려진 작가였다. 그녀는 여성 성애소설계에서 가장 뛰어난 작가로 손꼽히며, 헨리 밀러과 고어 비달을 비롯해 저명인사들과 염문을 뿌린 것으로도 유명하다.

• 원제는 『Artists and Models』이다.

Book 24

『고도를 기다리며』

사뮈엘 베케트
2008년 3월 3일

*

캐나다 수상 스티븐 하퍼 님께,
모더니즘의 걸작을
캐나다 작가 얀 마텔이 보냅니다.

하퍼 수상님께,

이상하게 들리겠지만, 3월 초인 오늘 수상님께 보내는 책은 제가 별로 좋아하지 않는 희곡입니다. 여하튼 제가 수상님께 보내는 두 번째 희곡입니다. 저는 이 희곡을 읽을 때마다 지겹다는 생각이 들었습니다. 그렇다고 좋은 희곡이 아니라는 뜻은 아닙니다. 오히려 위대한 희곡입니다. 어쩌면 저에게 지겹고 지루하게만 느껴진다는 데에서 이 희곡의 위대함이 확인되는 것일지도 모르겠습니다. 만약 제가 수상님께 자신있게 "이 희곡은 걸작입니다"라고 말한다면 제가 이 희곡을 일정한 관점에서 해석하고 이해해서 높은 받침대 위에 굳건히 세워진 동상처럼 생각한다는 뜻일 수 있기 때문입니다. 그러나 사뮈엘 베케트의 『고도를 기다리며』는 결코 그런 동상과 같은 희곡이 아닙니다.

『고도를 기다리며』는 1940년대 말에 쓰였지만 지금 읽어도 옛날 작품이라는 느낌이 전혀 없다는 사실에서도 이 희곡에 대한 저의 선입견이 잘못되었다는 게 입증됩니다. 이것만으로도 엄청납니다. 당연한 말이지만 희곡은 대화로 이루어집니다. 맥락을 설명하는 주변적인 말이 없습니다. 따라서 무대장치가 소설에서 이야기의 배경 묘사에 해당된다고 생각하시겠지만, 『고도를 기다리며』의 경우에는 그렇지 않습니다. 많은 역사극과 오페라는 극작가와 작곡가가 상상조차 못했던 무대에서 공연되지만, 본래의 의미가 사라지지는 않습니다. 셰익스피어의 『맥베스』에서 관객의 이해를 돕기 위해 굳이 배경에 성을 세울 필요는 없습니다. 희곡의 의미와 전개는 전적으로 대화에 달려 있습니다. 그러나 우리가 말하는 방법은 시간과 더불어 변합니다. 극작가가 어떤 희곡을 쓸 때 유행하던 단어와 표현이 다른 시대의 독자에게는 구태의연하게 들릴 수 있습니다.

게다가 희곡은 등장인물들 간의 관계와 감정에 크게 영향을 받습니다. 그런 관계와 감정은 등장인물들이 주고받는 말, 상대를 대하는 태도에서 드러납니다. 또 이야기가 전개되는 동안 몇몇 관계는 변합니다. 끝으로 희곡은 분명히 문학의 한 부분입니다. 그러나 소설에서는 우리가 등장인물들을 상상해야 하는 반면, 희곡에서는 배우들이 의상을 입고 무대 위를 돌아다니기 때문에 우리가 실제로 볼 수 있습니다. 바로 이런 이유에서 대부분의 희곡은 대부분의 산문보다 일찍 소멸됩니다. 옛날 텔레비전 프로그램을 생각해보면 이 말이 쉽게 이해되실 겁니다. 수상님, 1970년대에 방영된 남편 데린과 딸 타비타와 함께 변두리에서 살아가는 사만다라는 마녀의 이야기, 미국 시트콤 〈아내는 요술쟁이〉를 기억하십니까? 저는 어렸을 때 그 시트콤을 무척 재밌게 보았습니다. 그런데 수년 전, 우연히 한 편을 다시 보게 되었습니다. 그야말로 간담이 서늘했습니다. 성차별이 지독했으니까요. 데린은 사만다가 마법을 사용하지 못하게 막으려고 애쓰고, 사만다는 착하고 고분고분한 가정주부여서 남편의 말에 무조건 따르려는 모습을 보고 정말 놀랐습니다. 그들이 입은 옷과 머리 모양도 우스꽝스럽기 그지없었습니다. 제가 무슨 말을 하려는 건지 수상님께서도 짐작하실 겁니다. 과거에는 참신하고 재밌던 것이 이제는 고리타분하고 어색하게 보입니다. 이제 여자들은 훨씬 자유롭게 마법을 사용할 수 있고, 옷 모양도 완전히 달라졌습니다. 많은 희곡이 정확히 한 시대, 한 장소, 한 어법에 집중하기 때문에 일간지처럼 덧없이 가치를 상실합니다.

자신의 시대만이 아니라 후세에게도 설득력 있게 말할 수 있어야 위대한 극작가라 할 수 있습니다. 셰익스피어는 아주 훌륭하게 해냈습니다. '토반'이 무슨 뜻인지 몰라도, 1608년의 통치 방식이 2008년의 그것과 달라도 스코틀랜드를 배경으로 한 희곡의 힘과 의미는 조금도 영향을 받지 않습니다. 적어도 지금까지는, 『고도를 기다리며』도 시대를 초월해서 독자들에게 설득력 있게 다가갑니다. 1953년에 초연된 블라디미르와 에스트라공의 익살스러운 행동과 묵상과 걱정은 수상님에게도 재밌지만 헛갈리고 통찰력 있지만 짜증스럽게 느껴져서 마치 현대의 이야기를 하는 듯한 생각이 들 겁니다.

이 희곡의 주제는 인간 조건이라 할 수 있습니다. 그러나 인간 조건을 단순화한 베케트의 관점에 따르면 이 희곡의 주제는 무(無)입니다. 친밀하게 디디(블라디미르)와 고고(에스트라공)라 불리는 두 남자는 고도라는 사람과 만나기로 약속했다고 믿으며 고도를 기다립니다. 빈둥거리면서요. 그들은 그렇게 시간을 보내며 서로 이야기를 나누다가 절망합니다. 포조와 럭키라는 두 괴짜에게 두 번 방해를 받지만, 그 후에는 다시 빈둥거리며 고도를 기다리고 서로 이야기를 나누다가 체념에 빠져듭니다. 그것이 거의 전부입니다. 줄거리도 없고, 그럴듯한 사건 전개도 없습니다. 대단원도 없습니다. 무대장치도 거의 없습니다. 아, 단 하나, 썰렁한 시골길에 나무 한 그루가 있을 뿐입니다. 중요한 소도구도 목구두, 중산모, 밧줄 하나가 전부입니다.

두 시간의 무는 무척 심원하고, 비관적이며 기묘한 기분을 자아냅니다. 베케트는 우리 존재에서 덧없는 허영을 벗겨내고 기본적인 것을 보여주고 싶었던 것입니다. 바로 여기에 『고도를 기다리며』의 위대함과 경이로움이 있습니다. 어떤 등장인물이 말했는지 기억은 안 나지만 "우리는 무덤에 걸터앉은 채 태어나는 것이다"라는 대사가 있습니다. 맞는 말이라고 생각합니다. 죽음이 삶을 방해한다면 삶이 무슨 가치가 있겠습니까? 우리가 결국 모든 것을 내려놓아야 한다면, 애초부터 뭔가를 가져야 할 이유가 있을까요? 이런 비관주의가 끔찍한 시대를 목격한 사람들을 짓누릅니다(베케트는 독일군이 프랑스를 점령했던 시기에 프랑스에서 살았습니다). 제 수명이 한낱 나무 잎사귀의 수명보다 길지 않다는 걸 알게 됐지만, 나뭇잎이 나무 꼭대기에서 푸른 기운을 자랑하는 때와 누렇게 시들어 시간의 수레바퀴에 휩쓸려 가야 할 때 사이에 좋은 순간들이 있다는 것도 알고 있습니다.

사뮈엘 베케트의 곁에는 데슈보뒤메닐에서 태어난 수잔 베케트란 여자가 함께했습니다. 그것도 사십 년 넘게! 또 베케트는 광적인 테니스 팬이었고 상당히 잘 치기도 했던 모양입니다. 베케트가 이 두 가지를 좋아했다는 사실에서, 그의 글과 삶의 방식은 모순됩니다. 그가 네트 위를 넘나드는 탄탄한 노란 공을 힘차게 때리는 데서 즐거움을 느꼈다면, 또 하루를 끝낼 때마다 누군가 자신을 위해 옆에 있다는 걸 알고 위안과 즐거움을 얻었다면, 그가 대체 무엇에 그렇게 절망했던 것일까요? 부인과 테니스가 곁에 있었는데 말입니다. 그는 삶에서 얼마나 많은 것을 바랐던 것일까요? 죽음을 그저 문지방쯤으로, 즉 삶이란 기차와 영원이란 플랫폼 사이에 있는 틈새쯤으로 치부하는 이들의 머릿속을 세세히 파헤치고 싶지는 않았던 모양입니다.

하지만『고도를 기다리며』가 위대한 희곡이란 걸 저도 인정합니다. 수상님께서도 이 희곡을 읽고 나면 그렇게 생각하실 겁니다. 이 희곡은 걸작입니다. 그 이전의 어떤 희곡도 해내지 못했던 것을 이루어낸 희곡입니다.

안녕히 계십시오.
얀 마텔 드림

사뮈엘 베케트(Samuel Beckett, 1906-1989)는 아일랜드 태생의 작가이자 극작가, 시인이다. 모더니즘의 마지막 세대이자, 포스트모더니즘의 첫 세대로 여겨진다. 베케트의 글은 미니멀리즘과 블랙유머라는 특징을 갖는다. 베케트는 프랑스에서 살았고, 2차 대전 중에는 프랑스 레지스탕스의 밀사로 활동했다. 1969년에 노벨 문학상을 받았다. 가장 많이 알려진 소설로는『몰로이』『말론 죽다』(Malone meurt)『이름붙이기 어려운 것』(L'Innommable)이 있다.

• 우리나라에서는 2000년 11월,『고도를 기다리며』(오증자 옮김/민음사)로 출간되었다.

Book 25

『시쿠티미의 잠자리』

라리 트랑블레
2008년 3월 17일

＊

캐나다 수상 스티븐 하퍼 님께,
침묵을 물리친 희곡을
캐나다 작가 얀 마텔이 보냅니다.

하퍼 수상님께,

이번에는 영어권 캐나다의 쓸쓸한 지역 출신 작가의 작품을
보내드립니다. 이번에도 희곡입니다. 연이어 두 번째 희곡이지
만 전체적으로는 세 번째 희곡입니다. 또 두 번째로 프랑스어
로 쓰인 책을 보내는 셈입니다—첫 번째 책은 『어린 왕자』였
습니다. 뭐랄까, 라리 트랑블레의 『시쿠티미의 잠자리』의 프랑
스어는 약간 특이합니다. '주알'*이나 퀘벡 프랑스어의 어떤 변
이형으로 쓰였기 때문은 아닙니다. 오히려 그랬다면 특이하지

도 않았을 것입니다. 퀘벡 출신의 희곡에서는 얼마든지 예상할 수 있는 것이니까요. 텍스트를 슬쩍 훑어보면 수상님께서는 지극히 단순한 영어로 쓰였다고 생각하실 겁니다. 하지만 그렇지 않습니다. 트랑블레의 희곡은 분명히 프랑스어로 쓰인 희곡입니다. 다시 말하면, 프랑스인의 마음으로 생각하고 느끼고 명령하고 표현한 희곡입니다. 그저 영어 단어를 사용하고 있을 뿐입니다.

그 목적이 무엇인지 궁금하십니까? 약간 일인극 냄새가 나고, 어떤 파티 공연을 희곡으로 옮겨놓은 것처럼 보이십니까? 그렇지 않습니다. 이 책의 겉표지가 수상님께 그런 느낌을 안겨주었을지도 모르겠습니다. 겉표지의 남자를 알아보시겠습니까? 장 루이 밀레트입니다. 그는 여러 해 전에 너무 일찍 세상을 떠난 위대한 배우였습니다. 그가 두 팔을 머리 뒤로 올리고 고뇌에 찬 표정을 짓고 있습니다. 배경은 온통 검은색입니다. 한마디로 이 희곡에는 재밌는 말이 하나도 없다고 말하는 듯한 겉표지입니다. 『시쿠티미의 잠자리』는 거장에 의해 초연되고 재공연된 정말 진지한 예술 작품입니다.

근본적으로는 프랑스어이지만 정치적인 외형에서는 영어인 희곡을 쓰려는 게 목적이었을까요? 이 질문에 굳이 대답하

---

* 교육을 받지 못한 프랑스계 캐나다인이 쓰는 방언.

자면 그렇다고 할 수 있겠지만, 어떤 예술 작품이든지 정치적인 함의를 지닌 것으로 해석될 수 있다는 점에서 별로 의미가 없는 긍정입니다. 이 희곡을 정치적으로 읽게 되면, 제 생각에는 저자가 전달하려는 것들이 크게 줄어들 것 같습니다. 라리 트랑블레의 희곡은 지극히 개인적이기도 하지만—개인적인 문제를 허심탄회하게 털어놓는 한 남자의 독백입니다—, 퀘벡에서 생존한 프랑스어에 대한 정치적인 푸념으로만 축소할 수 없는 무척 보편적인 문제를 다루고 있기 때문입니다.

제 생각에 트랑블레는 가스통 탈보의 입을 빌려 이 희곡의 정치적 중립성을 분명히 전달하고 있습니다. 희곡에서 탈보는 자신의 심정을 허심탄회하게 털어놓으며 이렇게 말합니다.

먼 옛날 커다란 나라 캐나다에서

퀘벡이란 아름다운 주의

시쿠티미에서 태어난 가스통 탈보라는 소년에게는

꿈이 있었습니다……

캐나다와 퀘벡을 묘사할 때 똑같이 진부한 수식어를 사용함으로써—퀘벡은 공식적으로 '아름다운 주'라고 일컬어지므로 진부한 표현이 아닐 수도 있습니다—, 트랑블레는 희곡의 언어적 이중성이 단순히 정치적으로 해석되는 걸 피하려고 했던 게 아닌가 싶습니다. 더구나 여기에서 언급된 꿈은 정치적인 꿈이 아닙니다. 가스통 탈보의 어머니에 대한 꿈입니다. 탈보는 어머니의 사랑을 갈구하고 있으니까요.

그럼, 시쿠티미 출신의 가스통 탈보가 말하려던 것이 무엇이고, 왜 그는 영어로 표현된 프랑스어로 말하는 것일까요?

저는 『시쿠티미의 잠자리』가 고통과 구원에 대한 희곡, 즉 우리가 우리 자신에게 되돌아가기 위해서 반드시 해야 할 일을 역설하는 희곡이라고 조심스레 해석해보려 합니다. 가스통 탈보는 한동안 실어증에 걸렸던 프랑스어권 성인 남자입니다. 그런데 우리 앞에 나타난 탈보는 갑자기 말하기 시작하면서 모국어가 아닌 영어로만 말합니다. 그리고 오래전 열여섯 살 소년이었을 때 피에르 가뇽 코날리라는 열두 살 소년과 사랑에 빠졌고, 둘이 함께 강가에서 놀던 중에 피에르가 가스통에게 말 (horse)이 되어달라고 부탁합니다.

…… 보이지 않은 올가미로
  피에르가 나를 붙잡고
  내 입에 보이지 않는 작은 조각을 밀어 넣고는
  내 등에 훌쩍 올라탑니다
  피에르는 내 머리칼을 손으로 잡고 나를 몰고 다닙니다
  잠시 후 피에르는 내 등에서 뛰어내려
  나를 생면부지인 양 물끄러미 쳐다봅니다
  그리고 나에게 영어로 명령을 내리기 시작합니다

나는 영어를 모릅니다

　하지만 7월의 햇살이 뜨거웠던 그날

　피에르 가뇽 코날리의 입에서

　쏟아져 나온 모든 단어는

　분명하게 알아듣습니다

옷을 벗어

　알겠습니다

　더 빨리 더 빨리

　그리고 어떤 일이 벌어졌습니다. 어떤 일인지 분명하지 않습니다. 사고였는지, 설명할 수 없는 폭력이 있었는지 분명하지 않습니다. 피에르 가뇽 코날리가 죽고, 가스통 탈보는 침묵에 빠집니다.

　이 희곡은 스스로 인정하는 거짓말과 조작된 사건의 연속입니다. 가스통 탈보는 처음에 "나는 여행을 많이 했습니다"라고 말하지만, 나중에는 어디에도 여행한 적이 없다고 인정합니다. 꿈에 대해 이야기할 때는 처음에는 얼굴이 하나, '피카소의 얼굴'밖에 없다고 말하지만, 나중에는 다른 얼굴이 있었다고 인정합니다. 가스통 탈보는 이런 거짓말들을 방패 삼아 진실을 향해 조금씩 다가갑니다. 따라서 영어는 이처럼 진실을 드러내려는 거짓말들 중 하나에 불과합니다. 거짓말을 통해서야 탈보는 자신을 최악의 심연, 즉 침묵에 밀어 넣었던 것에서 벗어날 수 있으니까요.

　제가 수상님께 보낸 네 번째 책, 엘리자베스 스마트의『나는 그랜드센트럴역 옆에 주저앉아 울었다』에서 그랬듯이, 이번에도 수상님께『시쿠티미의 잠자리』를 소리내어 읽어보라고 권하고 싶습니다. 더 나은 방법을 권하자면, 처음에는 희곡이 시작되기 전의 가스통 탈보가 되어 조용히 읽고, 다음으로는 적절한 표현을 찾으려는 가스통 탈보가 되어 소리 내어 읽는다면 더욱 좋을 것입니다.

　물론 이 희곡은 언어와 정체성의 문제를 제기합니다. 경쟁하는 두 언어를 두고 한 언어로 말해야 하는 상황의 문제를 제기합니다. 언어에는 분명히 문화적인 특성이 담겨 있습니다. 그러나 언어는 얼마든지 변할 수 있습니다. 영어 문화권에 있지 않은 사람들도 영어를 말하고 공용어로 받아들이고 있지 않습니까. 그러나 이 희곡은 상대적으로 개인적인 차원에서 문제를 제시합니다. 가스통 탈보는 고통스런 과거를 기억 속에서 돌이켜보며, 이중언어자라는 구실을 앞세워 세상 사람들에게 말해야만 하는 것을 말하고 있습니다. 그것이 이 희곡의 놀라우면서도 감동적인 결론입니다. 요약하자면, 가면 뒤에 감추어진 진실을 보라는 것입니다.

안녕히 계십시오.
얀 마텔 드림

라리 트랑블레(Larry Tremblay, 1954년생)는 퀘벡의 시쿠티미에서 태어났다. 시인이자 소설가이며 논픽션 작가, 극작가, 연극 연출가 겸 배우이자 교사이기도 하다. 그의 희곡은 심리적·사회적 폭력을 주로 다루며, 산뜻하면서도 리드미컬한 문체와 생생한 묘사가 특징이다.

• 원제는 『The Dragonfly of Chicoutimi』이다.

Book 26

『생일편지』

테드 휴즈
2008년 3월 31일

✳

캐나다 수상 스티븐 하퍼 님께,
우리만의 북클럽을 자축하기 위해서
위대한 시집을
캐나다 작가 얀 마텔이 보냅니다.

하퍼 수상님께,

오늘은 수상님과 저, 우리 생일을 자축하고 싶습니다. 오늘 편지에 동봉하는 책은 수상님이 저에게 받는 스물여섯 번째 책입니다. 제가 격주로 수상님께 책과 편지를 선물로 보냈기 때문에, 이번이 우리만의 단란한 북클럽이 맞이하는 첫 번째 생일입니다. 그동안 우리가 어떻게 지냈습니까? 참으로 흥미진진한 오디세이였습니다. 처음 예상보다 많은 시간을 투자해야 했지만, 수상님과 함께 책을 읽는다는 즐거움에 저는 처음에 가졌던 열정과 동기를 유지할 수 있었습니다. 지금까지의 성과라면 저에게는 폴더 안에 정리된 스물여섯 통의 편지일 것이고, 수상님에게는 책꽂이에 꽂힌 스물여섯 권의 얄팍한 책일 것입니다(크리스마스에는 세 권의 책을 보냈기 때문에 약간의 차이는 있을 겁니다). 수상님의 서가에서 조금씩 늘어가는 책들을 정리해보면 다음과 같습니다.

소설 열세 권

시집 세 권

희곡 세 권

논픽션 네 권

아동서적 네 권

그래픽 노블 한 권

작가를 국적별로 구분해보면,

러시아 작가 한 명

영국 작가 다섯 명

캐나다 작가 일곱 명(퀘벡 작가 한 명 포함)

인도 작가 한 명

프랑스 작가 네 명

콜롬비아 작가 한 명

스웨덴 작가 두 명

미국 작가 세 명

독일 작가 한 명

체코 작가 한 명

이탈리아 작가 한 명

아일랜드 작가 한 명

성별로 구분하면,

남성 열여섯 명

여성 아홉 명

남녀 공저 두 권

성이 밝혀지지 않은 책 한 권 (하지만 『바가바드 기타』는 남성이 썼을 가능성이 큽
니다)

소설과 남성 작가가 압도적으로 많고 시집은 많지 않았습니다. 제가 아직 마거릿 애트우드나 앨리스 먼로의 작품을 보내지 않은 이유도 있겠지만, 격주로 한 권씩 보내면서는 대표적인 작가들을 서둘러 선택하기도 힘들고, 모두를 만족시키기도 불가능합니다. 하지만 곧 그들의 작품을 만날 수 있을 것입니다. 언젠가 캐나다 피아니스트 글렌 굴드가 "예술의 목적은 경이로움의 상태를 평생 구축하는 것이다"라고 말했습니다. 우

리에게는 아직 시간이 있습니다.

이번 생일을 맞아, 수상님께 『생일편지』라는 책을 보내는 게 좋겠다는 생각이 들었습니다. 제목에는 생일을 축하하는 단어가 쓰였지만, 책의 전반적인 분위기는 불이 밝혀진 작은 양초가 꽂힌 케이크를 연상시키지 않습니다.

사연은 다음과 같습니다. 1956년 스물여섯 살이던 X라는 영국 청년이 Y라는 스물세 살의 미국 아가씨와 결혼합니다. 그들은 두 아이를 낳습니다. 하지만 그들의 관계는 긴장의 연속이고, X가 Z라는 여자와 바람을 피우면서 더욱 악화됩니다. 결국 1962년 X와 Y는 헤어집니다. 십 대 때부터 정신적으로 불안정하던 Y는 1963년 가스를 마시는 방법으로 자살합니다. 그로부터 육 년 후인 1969년에는 Z도 자살하며, 당시 X와의 사이에서 난 '슈라'라는 애칭의 어린 딸까지 잔인하게 데려갑니다. 그런데 Y가 자살할 때 X는 Y의 법적 남편이었던 덕분에 그녀의 유언 집행자가 됩니다. 또 X는 평생 바람기를 버리지 못하는 남자로 살아갑니다.

이처럼 익명으로 처리된 사실들에 담긴 고통—정신적인 고뇌, 두통과 슬픔, 수치심과 회한—의 크기는 상상하기 힘들 정도입니다. 그런 고통에 압도되지 않고 파괴되지 않을 사람이 있을까요? 그런 고통이 온 세상에 공개되어 사람들이 이러쿵저러쿵 떠들면 더욱 깊어지지 않을까요?

X는 테드 휴즈, Y는 실비아 플래스, Z는 아시아 위빌이었습

니다. 뛰어난 시인이었고 세상에도 널리 알려졌던 휴즈와 플래스가 그 고통을 시로 표현하지 않았더라면, 그들의 고통, 그들의 뒤죽박죽인 삶은 묻히고 잊혔을 것입니다. 이 비극을 두고 사람들의 의견이 양편으로 갈라지기 때문에 이 사건은 더욱 유명해졌습니다. 왜 비극적인 사건에 우리는 흔히 양편으로 갈리는 것일까요? 강렬한 감정이 우리에게 감동을 주고, 우리가 통제력을 잃은 자동차를 피하듯이 어느 쪽으로든 움직이기 때문일 것입니다. 어느 쪽으로도 기울어지지 않고 차분하게 서서 그 슬픔을 돌이켜보기 위해서는 시간이 필요합니다. 시간이 지난 뒤에 기억을 더듬어볼 때나 가능할 것입니다. 여하튼 휴즈가 플래스의 유언 집행자가 되었다는 모순을 간파하는 데는 굳이 변호사가 필요하지 않을 겁니다. 플래스가 남긴 시들과 고통에 찬 일기를 편집할 권리가 그녀에게 가장 큰 고통을 안겨주었던 사람에게 주어졌다면, 누군가의 지적대로 자신의 명성에 흠집이 가지 않을 방향으로 편집할 것이 뻔하지 않습니까. 실제로 휴즈는 플래스의 일기에서 마지막 권을 파기해버렸습니다. 그들의 관계에서 마지막 몇 달을 자세히 기록해서, 그에게 가해지는 비난들에 신빙성을 더해주는 증거였기 때문이었을 겁니다. 그의 끝없는 난봉기를 생각하면 당연하지 않았겠습니까? 수치심과 회한으로 성욕이 조금이나마 억제될 거라고 생각할 사람이 있겠습니까?

플래스를 편드는 사람들의 목소리는 대단했습니다. 플래스를 사랑하는 사람들과 페미니스트들은 휴즈가 죽는 순간까지 그를 비난하고 미워했습니다. 그들의 관계에 대한 논란이 언제쯤이나 공적인 무대에서 사라질지 의심스러울 지경입니다. 누가 휴즈를 옹호하고 나설 수 있을까요? 이 질문에는 쉽게 대답할 수 있습니다. 바로 그의 시입니다.

『생일편지』의 저자가 교만해서 뉘우칠 줄 모르는 무정한 바람둥이로 여겨진다고 해서, 그의 탁월한 시까지 폄하될 수는 없습니다. 위대한 예술은 그 자체로 도덕적인 것이 아니라, 삶이란 정직하게 살아야 한다는 것을, 지극히 고결하면서도 비열한 방법으로 입증하는 증거여야 한다는 사실을 다시 한번 떠올려주는 시집입니다.

위대한 시는 저 같은 소설가의 입을 다물게 만듭니다. 한 편의 소설을 쓰려면 엄청나게 많은 단어, 수많은 문장과 단락이 필요합니다. 그런데 두 페이지가 넘지 않는 한 편의 위대한 시를 읽고 나면, 내가 쓴 모든 문장이 장황하게 늘어놓은 쓸데없는 말처럼 느껴집니다. 수상님께서도 이 시집에 담긴 시들을 읽고 나면 제가 말하려는 의도를 이해하실 겁니다. 이 시들은 이야기 시이며, 대체로 '나'가 '당신'에게 말하는 다정한 어투로 쓰였습니다. 속도감 있게 전개되는 표현과 지극히 간결하고 소박한 단어들이 독창적이면서도 명확하게 배열되어, 시 하나하나가 명확한 이미지를 자아내며 잊기 힘든 인상을 심어줍니다.「백마 샘」「그대가 생각한 파리」「그대가 싫어한 스페인」

「초서」「가자미 낚시」「문인의 삶」「황무지」「탁자」를 읽어보십시오.

『생일편지』에서 보이는 증거는 분명합니다. X는 Y를 진심으로 사랑했습니다. 따라서 예술에 구속(redeem)의 힘이 있다면 X는 이 시집으로 용서받았을 겁니다.

안녕히 계십시오.
얀 마텔 드림

테드 휴즈(Ted Hughes, 1930-1998)는 아동문학가, 극작가, 단편소설 작가, 평론가로 활동했으며, 1984년부터 사망할 때까지 영국 계관시인을 지낸 뛰어난 시인이었다. 첫 시집 『빗속의 매』(The Hawk in the Rain)에서 보듯이 초기 시는 자연의 아름다움과 폭력성을 주로 다루었지만, 『까마귀』(Crow)와 같은 후기 시들은 실존적인 문제를 다루면서 풍자적이고 냉소적인 색채를 띤다. 휴즈는 아흔 권 이상의 책을 썼고, 구겐하임 펠로십, 휘트브레드상, 공로 훈장을 받았다.

• 우리나라에서는 2003년 2월, 『생일편지』(이철 옮김/해냄)로 출간되었다.

Book 27

『등대로』

버지니아 울프

2008년 4월 14일

∗

캐나다 수상 스티븐 하퍼 님께,
캐나다 작가 얀 마텔이 보냅니다.

하퍼 수상님께,

이번 주에 선택한 책은 제가 지금까지 보낸 다른 책들에 비해 읽기가 상당히 어려울 겁니다. 대다수의 책이 정면으로 달려드는 정공법을 택합니다. 따라서 읽는 즉시 독자는 작가가 무엇을 말하려는 건지 어렵지 않게 짐작합니다. 지금 수상님의 책꽂이에 있는 책에서 예를 들면, 우리가 농장에 살아본 적이 없더라도 조지 오웰의 『동물농장』의 배경에 금세 익숙해져서 오웰의 의도를 쉽게 알아차릴 수 있습니다. 따라서 실제 사건,

즉 스탈린 치하의 소비에트에 닥친 비극이 상상의 농장을 무대로 한 우화를 통해 펼쳐질 거라고 정확히 예측하게 됩니다. 이런 추리력으로 무장한 뒤, 약간의 기대감을 안고 우리는 그 소설을 계속 읽어갑니다.

이런 책들, 즉 제가 언급하는 책들의 대다수는 우리에게 익숙한 면과 낯선 면을 정교하게 교차시킨 결과물입니다. 익숙한 부분들이 독자를 끌어당기면, 낯선 부분이 그 독자를 새로운 어딘가로 끌어갑니다. 따라서 소설에서 두 요소는 반드시 필요합니다. 전적으로 익숙한 것들로만 이루어진 책은 지루하고 따분합니다. 픽션에서 가장 정형화된 장르까지도 불확실한 분위기를 전달하려고 애쓰며, 끝에 가서야 소년이 소녀를 차지하거나 탐정이 살인자를 체포하는 식으로 모든 것을 독자가 바라던 대로 끝내며 독자를 안심시킵니다. 어떤 책도 처음부터 끝까지 완전히 낯선 것으로 일관할 수는 없습니다. 그렇지 않으면 독자가 입구를 찾지 못해 허둥대다가 결국에는 포기해버리기 때문입니다.

1927년 출간된 버지니아 울프의 『등대로』는 수상님을 약간 허둥대게 만들 것입니다. 당부하건대, 부디 포기하지 마십시오. 저의 경우에는 이십 쪽(제가 수상님께 보내드리는 판본에서는 이십구 쪽)쯤에서 그런대로 이해되기 시작했습니다. 그 전까지는 수상님께서도 어리둥절하고, 어쩌면 약간 짜증나기도 할 겁니다. 많은 등장인물이 들락거리고, 명확한 줄거리도 눈에 들어오지 않습니다. 이야기를 본격적으로 시작할 듯하다 옆으로 빠지는 경우도 많습니다. 버니지아 울프 문학의 명료성은 어디에 있고, 그녀는 문학계에서 어떤 자리를 차지하는 것일까요? 또 울프는 무슨 말을 하려는 것일까요?

누구나 짐작하듯이, 훌륭한 문학 작품은 해석의 가능성을 무한하게 열어놓습니다. 하지만 제 생각에 울프는 적어도 두 가지를 탐구하는 듯합니다.

1. 울프는 정신을 탐구합니다. 즉 의식이 현실과 어떻게 상호작용하는지를 탐구합니다. 그에 대한 울프의 경험은 수상님께도 낯설지 않을 것이며, 상류로 거슬러 올라가는 연어처럼 온갖 방해와 싸우려고 의도된 것입니다. 울프의 등장인물들은 생각하지만, 그들의 생각은 원인이 외부에 있는 사건들—다른 등장인물이 갑자기 등장하는 경우—로 인해서, 혹은 내면적인 이유로 정신을 딴 데 팔게 되면서 끊임없이 중단됩니다. 수상님께서도 '의식의 흐름'이란 말을 들어보셨을 겁니다. 울프의 서술 기법이 이와 비슷합니다. 울프가 『등대로』에서 탐구하는 것은 시간 순서대로 이어지는 사건들이 아니라 그 사건들을 걸러내는 정신입니다.

2. 울프는 시간을 탐구합니다. 또한 시간의 영향과 경험을 탐구합니다. 따라서 울프의 소설이 시계의 규칙적이고 객관적

인 흐름이 아니라, 시간에 대한 등장인물들의 주관적인 반응에 따라 속도가 달라지는 이유가 설명됩니다. 등장인물들이 뭔가에 몰두할 때는 시간이 느릿하게 흘러가고, 그 후에는 눈 깜짝할 사이에 수년이 훌쩍 지나가는 듯합니다. 우리 모두가 정말로 이렇지 않나요? 어떤 때는 시간이 기어가는 것 같지만, 어떤 때는 개구리가 도약하듯 순식간에 지나가지 않습니까. 수상님이 이 소설을 읽을 때 연어와 개구리, 두 동물의 이미지가 도움이 되리라 생각합니다. 『등대로』에서 연어와 개구리에 해당되는 부분을 찾아내보십시오.

울프의 산문은 난해하고 세세하며 반복적이지만, 우리를 최면 상태로 몰아가듯 매혹적이기도 합니다. 울프의 또 다른 소설에 『파도』란 제목이 붙여진 건 당연한 듯합니다. 그녀의 소설은 파도처럼 신비롭고, 우리 마음을 달래줍니다.

어떤 책의 저자에 대해 알아가는 건 언제나 흥미진진합니다. 버지니아 울프는 영국인이었습니다. 그녀는 1882년에 태어나서, 1941년에 자살로 세상을 등졌습니다. 그녀에겐 광기가 있었습니다. 정확히 말하면, 버지니아 울프는 주기적으로 정신질환에 시달렸고, 여성에게 가해진 제한들에 끊임없이 분노를 터뜨렸습니다. 울프는 대담하고 실험적인 작가였고, 페미니스트들에게 무척 중요한 우상이었습니다.

울프가 '세미콜론'을 즐겨 사용했다는 사실에서 그녀의 성격과 문학에 대한 마음가짐을 짐작해볼 수 있습니다. 마침표는 최종적이고 노골적이어서 남성적이라 할 수 있을 겁니다. 반면에 쉼표는 일부 남성이 여성에서 원하는 모습처럼 연약하고, 명확하지 않으며, 부차적입니다. 그러나 울프는 자신이 작가이며 여성으로 존재하고 싶은 곳에서, 아래위로 여닫는 수문(水門)과 비슷한 구두점, 즉 마침표보다는 열리고 쉼표보다는 통제력을 지닌 구두점, 다시 말해서 '페미니스트의 구두점'을 즐겨 사용했습니다. 울프는『자기만의 방』이란 수필을 훌륭하게 써내기도 했습니다. 이 수필에서 울프는 남성이 지배하는 분야에서 여성 작가가 겪는 어려움을 다루었습니다. 그렇습니다, 울프의 글은 자기만의 방과 비슷합니다. 분명히 서로 관계가 있지만, 억압적인 커다란 방과 같은 하나의 문장에는 어울리지 않은 생각들로 가득합니다. 그녀의 생각들은 세미콜론으로 이어지는 하나의 문장에 수없이 담긴 작은 방들에서 숨쉬고 있습니다.

버지니아 울프의 산문에 담긴 많은 방들에 시간을 두고 조심스럽게, 천천히 들어가시기를 바랍니다.

안녕히 계십시오.

얀 마텔 드림

버지니아 울프(Virginia Woolf, 1882~1941)는 영국 작가로 오백 편 이상의 수필과, 수십 편의 장편소설과 단편소설 및 논픽션을 발표했다. 가장 유명한 논픽션인 『자기만의 방』에서는 남성 지배적인 사회에서 글을 쓰는 여성의 어려움을 다루며, 그 시대에 소설가로 성공한 여성이 극소수에 불과한 이유를 설명했다. 그 밖에 유명한 작품으로는 『등대로』『파도』『올란도』가 있다. 작가 레너드 울프와 결혼했고, 그와 함께 호가스 출판사를 설립해서 운영하며 T. S. 엘리엇, 캐서린 맨스필드, 존 메이너드 케인스의 작품들을 출간하고, 지그문트 프로이트의 정신분석학에 대한 저서를 영국 독자들에게 소개했다. 울프는 쉰아홉의 나이에 자살했는데, 조울증 때문이었던 것으로 추정된다.

• 버지니아 울프는 저작권이 소멸된 작가여서 우리나라에서는 여러 출판사에서 출간되었다.

Book 28

『그것에 관련된 모든 것을 읽어라!』

로라 부시, 제나 부시
2008년 4월 28일

*

캐나다 수상 스티븐 하퍼 님께,
사회의 두 기둥이 쓴 책을
캐나다 작가 얀 마텔이 보냅니다.

하퍼 수상님께,

이번에는 여러 이유에서 좀 색다른 책을 보내려고 합니다.
우선 첫째로는 얼마 전에 출간된 책이기 때문입니다. 저는 이
책을 출간된 날 바로 샀습니다. 옛 친구가 찾아온 것처럼 즐겁
고 편안한 느낌은 없지만, 책등이 갈라지는 산뜻한 소리와 새
것의 싱그러운 냄새가 있지 않습니까. 이 책은 아동서여서, 특
별한 경우가 아니면 제가 어른에게 선물로 보내는 책 종류는
아닙니다.

제가 이 책에 끌린 이유는 책의 주제와, 저자들의 직업입니다. 『그것에 관련된 모든 것을 읽어라!』는 독서의 중요성을 역설하며 독서를 호소하는 책입니다. 주인공 타이론 브라운은 굿데이 초등학교 학생으로 수학과 과학을 잘하고 운동에도 뛰어나지만, 책 읽는 걸 좋아하지 않습니다. 리브로 선생님이 아이들을 학교 도서관으로 데려가 책을 읽어줄 때마다 타이론은 지루해서 죽을 지경입니다. 타이론은 차라리 공상에 잠기고 싶어 합니다. 그런데 어느 날, 리브로 선생님이 우주비행사에 대한 책을 읽어주자 타이론은 귀를 바싹 세우고 푹 빠져듭니다. 그리고 갑자기 타이론의 세계가 달라집니다. 유령과 용과, 벤저민 프랭클린 같은 역사적 인물(이 책은 미국 책입니다)이 출몰하는 세계가 됩니다. 가장 마음에 드는 것은 돼지까지 등장한다는 것입니다. 마침내 타이론은 책이야말로 꿈을 꾸기에 가장 좋은 방법이란 걸 깨닫습니다. 그 이후의 이야기는 말씀드리지 않겠습니다. 수상님이 직접 그에 관한 모든 것을 읽어보십시오.

두 저자, 로라 부시와 제나 부시는 모녀 관계로 둘 모두 교사이며, 책의 뒷날개에 소개된 이력에 따르면 '책 읽기를 무척 좋아하는 사람들'입니다.

교사에 대해서 잠깐 말씀드리고 싶습니다. 저는 교사들을 사랑합니다. 저에게는 언제나 존경할 만한 교사가 있었습니다. 제가 작가가 되지 않았다면 교사가 되었을 겁니다. 개인적으로 저는 그만큼 중요한 직업이 없다고 생각합니다. 그래서 변호사와 의사가 연봉에서도 그렇지만 사회적 지위에서도 지금처럼 높은 대우를 받는 게 이상할 뿐입니다. 정상적이고 건강하게 행복한 삶을 살면 그들에게 도움을 청할 일이 거의 없지 않습니까. 하지만 교사는 우리 모두가 만날 수밖에 없고, 우리에게 반드시 필요한 사람이잖습니까. 교사들이 지금의 우리를 만들었습니다. 교사들이 우리의 어둔 마음에 들어와 밝은 불을 밝혀주었습니다. 교사들은 우리에게 명쾌하게, 또 솔선수범하며 우리를 가르쳤습니다. '가르치다'라는 단어는 숭고하고 사회적인 동사로 다른 누군가의 존재를 전제하는 반면에, '벌다' '사다' '원하다'는 혼자를 암시하는 공허한 동사입니다.

저는 제 삶에 영향을 미친 많은 교사들의 이름을 아직 기억합니다. 미스 프레스턴과 로빈슨 부인은 초등학교 담임 선생님이었습니다. 그랜트 선생님에게서는 생물을 배웠고, 하비 선생님에게서는 라틴어를 배웠습니다. 맥나라마 선생님과 리든 수녀님에게서는 수학을 배웠습니다. 로슨 선생님과 데이비슨 선생님에게서는 영어를 배웠고, 반 후센 선생님과 아처 선생님에게서는 역사를 배웠습니다. 대단한 손더슨 선생님에게서는 지리를 배웠습니다. 이미 삼십 년이 지났지만 저는 아직도 그분들을 기억합니다. 그분들이 없었다면 제가 지금 어디에 있겠습니까? 욕구불만에 싸여 걸핏하면 화내는 못난이가 되지 않았을까요? 물론 우리를 키우는 데 부모만이 할 수 있는 일이 많습니다. 그다음으로 우리 운명은 교사에 의해 좌우됩니다.

성인이 된 지금, 우리는 더 이상 학교에서 하루 종일 뭔가를 배우지는 않지만, 우리에게 더 훌륭하게 행동하고 더 나은 사람이 되는 방향을 알려주는 사람들을 만날 수 있습니다. 어른이든 어린아이이든 남자이든 여자이든 그런 사람들 모두가 우리에게는 교사입니다.

그러나 유감스럽게도 우리는 교사와 학교를 소중하게 생각하지 않는 사회에 살고 있습니다. 하퍼 수상님, 안타깝게도 우리는 사회를 기업처럼 운영해야 한다는 생각이 지배하는 시대에 살고 있습니다. 이윤이 그야말로 절대명령이 되어버렸습니다. 이처럼 기업중심적인 사회관에서, 달러를 만들어내지 못한 사람들은 달갑지 않은 존재로 여겨집니다. 따라서 부유한 사람들이 가난한 사람들을 박정하게 대하는 지경까지 이르렀습니다. 제가 사랑하는 고향, 서스캐처원에서도 이런 천박한 태도가 눈에 띕니다. 제가 들은 말을 그대로 옮기면, 새로 들어선 정부가 '가난한 사람들과의 전쟁'을 벌이고 있습니다. 세계적인 경제 위기에도 불구하고 서스캐처원은 여전히 전례 없는 번영을 누리고 있어, 우리는 '가진' 주입니다. 그들은 가난한 사람들이 철저하게 무시받으면 저절로 사라질 거라고 생각하는 듯합니다. 가난한 사람들이 더 가난해지는 비극적인 결과는 생각하지도 않는 듯합니다. 가난한 사람은 시민도 아니라고 생각하는 듯합니다. 가난한 사람들 중에는 힘없는 아이들도 있다는 걸 모르는 듯합니다.

가난한 사람들이 뒤처질 수밖에 없는 이런 경쟁 사회에서는 학생들도 결국에는 가난의 대열에 끼어들게 됩니다. 학생이 직업을 얻어 세금을 납부할 수 있을 때까지, 즉 십오 년 남짓 후에야 나타날 효과를 기대하며 초등학교의 교육에 투자하는 것은, 하루라도 빨리 돈을 벌고 싶어 하는 사람들에게는 고려할 만한 투자가 아니기 때문입니다. 이런 이유에서 우리는 학교를 최소한으로 지원합니다. 이 때문에 대학생들은 빚더미에 짓눌려서, 부를 창출하는 시민으로 성장할 기회를 빼앗깁니다. 만약 수상님이 엄청난 빚을 지고 있다면 어떻게 자동차를 사고, 어떻게 집을 마련해서 가전제품을 들여놓을 수 있겠습니까? 또 어떻게 우리나라의 경제 발전에 기여할 수 있겠습니까? 결국 기업중심적인 정책 방향은 그 자체의 이데올로기에 의해 실패하고 말 것입니다.

교사들은 이런 부정적인 흐름에 저항하는 최전선에 있습니다. 그들은 자신들에게 주어진 모든 수단을 동원해서 기력이 소진될 때까지, 이성적이고 똑똑하며 남을 배려하는 시민을 양성하기 위한 노력을 계속하고 있습니다. 교사들은 사회를 떠받치는 기둥들입니다.

요즘 대부분의 교사가 여성입니다. 특히 초등학교 수준에서는 더 그렇습니다. 그런데 책을 읽는 독자도 대부분이 여성입니다. 그러므로 로라 부시와 제나 부시는 교사이면서 열렬한 독서가라는 점에서 여성의 전형이라 할 수 있겠습니다. 그럼 이런 궁금증이 남습니다. 아내와 딸은 학교에서 가르치고 책을 읽는 동안, 남편과 아버지는 무엇을 하고 있을까요? 우리 사회에서는 오른손이 하는 일을 왼손이 알고 있을까요?

안녕히 계십시오.
얀 마텔 드림

로라 부시(Laura Bush, 1946년생)는 조지 W. 부시 전 미국 대통령의 부인으로, 초등학교에서 아이들을 가르쳤고, 학교 사서로도 일했다. 로라 부시는 전미 북페스티벌의 창설자이며, 로라부시 미국도서관재단의 명예 회장이다. 남편이 대통령으로 재임하는 동안, 로라 부시는 인류를 위한 엘리위젤재단과 미국도서관협회에서 공로상을 받았다. 제나 부시 헤이거(Jenna Hager, 1981년생)는 로라 부시의 딸로 역시 초등학교 교사이다. 2007년 제나는 유니세프의 일원으로 남아메리카에서 겪은 경험을 일기 형식으로 엮은 『애너의 이야기: 희망의 여행』(Ana's Story: A Journey of Hope)을 발표했다.

• 원제는 『Read All About It!』이다.

Book 29

『드라운』

주노 디아스
2008년 5월 12일

*

캐나다 수상 스티븐 하퍼 님께,
열 명의 요정이 숨은 병을
캐나다 작가 얀 마텔이 보냅니다.

하퍼 수상님께,

이번 편지에 동봉한 책은 한 서점 직원이 저에게 진심을 다
해 추천한 책입니다. 그 전까지 저는 이 책에 대해서, 또 이 책
의 저자에 대해서도 들어본 적이 없었습니다. 그래서 속으로
생각했습니다. 왜 이런 책을 전혀 몰랐을까? 구석진 곳에 있었
더라도 아무튼 한 명의 독자에게 감동을 준 책이었는데 말입니
다. 이런 책도 백만의 독자에게 감동을 준 책만큼 설득력 있을
수 있습니다. 그로부터 얼마 후, 내가 한 친구에게 이 책에 대

해 언급하자, 그 친구는 이렇게 말했습니다. "아, 그 사람, 이틀 전에 퓰리처상을 받았어."

세상에 알려지지 않은 주노 디아스에 대해서는 이쯤에서 그 만두겠습니다. 제가 이번에 수상님께 보내는 책은 그의 첫 단편소설집 『드라운』입니다. 1996년에 처음 출간되었습니다. 그로부터 십일 년 후에야 디아스는 두 번째 책으로 장편소설 『오스카 와오의 짧고 놀라운 삶』을 발표했습니다. 이 소설로 디아스는 한 달 전에 퓰리처상을 받았습니다.

문학상의 좋은 점 중 하나라면, 독자들이 놓칠 수도 있었던 작가나 책에게 관심을 갖게 한다는 것입니다. 문인의 삶은 지표 아래에서 움직이는 용암처럼 거의 보이지 않습니다. 시, 단편소설, 장편소설이 출간되면 여기저기에서 서평을 받습니다. 판매량은 대단하지 않고 세상은 곧 잊지만, 그래도 작가는 계속 글을 씁니다. 따분한 삶처럼 들릴 겁니다. 하기야 대부분의 작가가 금전적으로 가난합니다. 그러나 새로운 것을 창조해내려는 열망, 단어들과의 씨름, 글이 잘 써진 날의 행복감, 반대로 글이 한 줄도 써지지 않는 날의 좌절감 등은 보이지 않는 곳에 감춰져 있습니다. 무엇보다 중요한 것은 리어왕이 틀렸다는 걸 입증해냈다는 기분, 또 무(無)에서 뭔가를 만들어낸다는 기분입니다. 책은 요정이 들어 있는 병입니다. 책을 문지르고 열면, 우리 마음을 빼앗는 요정이 뛰쳐나옵니다. 요정이 있는 병을 갖고 있다고 상상해보십시오. 정말 흥분되지 않습니까.

세상에는 그런 병들이 사방에 널려 있습니다. 하지만 병을 문지르지 않는 사람이 너무나 많습니다. 때로는 당연하게 여겨지지만 때로는 부당한 것 같습니다. 시간이 지나야만 알 수 있을 것입니다. 그사이에도 작가는 쉬지 않고 글을 씁니다.

그리고 어느 날, 다섯 명의 독자가 어떤 책을 좋아한다고 말합니다. 그들은 더할 나위 없는 독자들입니다. 문학상의 심사위원들이니까요. 정확히 말하면, 그들이 문학상을 누군가에게 주겠다고 결정한 것입니다. 그 순간, 책 세계를 뒤덮고 있던 구름들이 사라지고 시끌벅적한 목소리가 들리기 시작합니다. "내가 좋아하는 작가야. 정말 마음에 드는 작가야!" 그리고 그는 무명의 세계에서 유난스럽게 끌려나옵니다. 불쾌한 경험은 아닙니다. 조금도 불쾌하지 않습니다. 그를 향한 모든 고갯짓에 감사할 따름입니다.

그러나 제가 상을 받으면 누군가는 상을 받지 못한다는 뜻이 아닐까요? 이 부분이 찜찜합니다. 제가 경주마가 된 기분이니까요. 저는 경쟁력을 갖추었고, 문학의 세계에도 승자와 패자가 있다는 텁텁한 기분을 떨치기 힘듭니다. 역사는 어디에나 승자와 패자가 있다고 말하는 듯합니다. 그러나 작가는 내면에서 그렇게 생각하지 않습니다. 내면에서 작가는 자신의 작업실에서 요정이 든 병 하나하고만 있을 뿐입니다.

다시 주노 디아스의 이야기로 돌아가겠습니다. 『드라운』은 열 편의 단편소설을 묶은 단편집입니다. 각 단편의 길이가 육

쪽에서 삼십구 쪽까지, 제각각입니다. 제가 수상님께 보내는 첫 번째 단편소설집입니다. 장편을 읽을 때와는 사뭇 다른 느낌일 것입니다. 다시 말하면, 글을 읽는 속도에 더 자주 변화를 주어야 할 것입니다. 디아스는 도미니카계 미국인이어서, 그의 이야기들은 이민자라는 정체성이 무엇을 뜻하는지, 그 정체성이 넘을 수 없는 한계와 압박과 상실이 될 수도 있고, 꿈이 될 수도 있다는 걸 다룹니다. 영어에 스페인어가 자주 끼어들고, 어투는 구어적이고 문법에 얽매이지 않으며, 등장인물들은 비속해서 애처롭기까지 합니다. 돈도 없고 아버지도 없으며, 일자리도 없고 미래도 없이 길거리를 헤매며, 무력한 어머니를 쳐다보며 마약과 변덕스런 인간관계에 시달리는 외톨이가 된 아이들의 세계입니다.

이런 이야기들이 어떻게 수상님의 마음을 차분하게 하고, 삶의 문제를 차분하게 점검토록 하겠느냐고요? 당연한 의문입니다. 그러나 그 의문에 대한 대답은 단편 「남자친구」 속에서 찾아낼 수 있을 겁니다. 결별하는 연인들에 관한 구절로, 남자는 자기 물건을 정리하려고 몇 번이고 여자 집에 갑니다.

여자는 남자가 원할 때마다 섹스를 했는데 그걸로 남자를 잡을 수 있을 거라고 생각했는지 모르지만, 뭐 알다시피 한번 도망이라는 가속도가 붙으면 세상 무슨 짓을 해도 막을 수 없는 법이다. 나는 둘이 그짓거리를 하는 소릴 들으며 생각했다. 빌어먹을, 세상에 이

별 섹스처럼 초라한 것도 없지.

겉으로는 억세고 강하지만, 속으로는 상처를 받고 의문을 품습니다. 어쨌든 인간이어서 그럭저럭 살아가며 세상을 이해하려고 애씁니다. 언어에서든 과시적 행동에서든 차분한 평정함을 향한 열망은 똑같습니다.

안녕히 계십시오.
얀 마텔 드림

주노 디아스(Junot Diaz, 1968년생)는 도미니카계 미국인 작가이다. 그는 여섯 살에 가족을 따라 뉴저지로 이주했다. 그의 첫 장편소설 『오스카 와오의 짧고 놀라운 삶』이 가장 널리 알려진 작품이다. 이 소설로 디아스는 2008년 퓰리처상과 미국 비평가협회상을 비롯해 여러 상을 받았다. 이 소설은 영화화될 예정이기도 하다. 디아스는 현재 MIT에서 창조적 글쓰기를 가르치고 있으며, 《보스턴 리뷰》의 픽션 부문 책임 편집자이기도 하다.

• 우리나라에서는 2010년 5월, 『드라운』(권상미 옮김/문학동네)으로 출간되었다.

Book 30

『크로이체르 소나타』

레프 톨스토이
2008년 5월 26일

*

캐나다 수상 스티븐 하퍼 님께,
아름다우면서도 귀에 거슬리는 음악을
캐나다 작가 얀 마텔이 보냅니다.

하퍼 수상님께,

다시 톨스토이입니다. 기억하시겠지만 육십 주 전에 저는
수상님께 『이반 일리치의 죽음』을 보냈습니다. 이번에는 같은
작가가 삼 년 후인 1889년에 발표한 『크로이체르 소나타』를 선
택했습니다. 아주 다른 작품입니다. 『이반 일리치의 죽음』이
문학의 보석으로 그 안에는 사실주의가 자연스럽게 숨쉬고, 등
장인물들이 무척 구체적이지만 보편성을 띠며, 감정들이 섬세
하게 표현되고, 서정성이 소박하면서도 심원하며, 삶의 무상

함이 섬뜩할 정도로 정확하게 그려져서, 한마디로 『이반 일리치의 죽음』은 완벽하지만, 『크로이체르 소나타』는 불완전합니다. 예컨대 소설의 거의 전부가 주인공 포즈드니셰프의 끝없는 말로 채워져서, 배경 — 두 승객이 기차로 여행하며 나누는 대화 — 이 거의 부각되지 않습니다. 이름조차 밝혀지지 않은 화자는 멍청히 앉아 듣기만 하며, 자신에게 쏟아진 칠십오 쪽의 장광설을 머릿속에 심어 넣습니다. 플라톤의 대화들 중 하나만큼이나 무겁기만 합니다. 더구나 마음에 새길 만한 지혜도 거의 없습니다. 『크로이체르 소나타』는 사랑과 섹스와 결혼에 대한 긴 푸념입니다. 간혹 주제에서 벗어나 의사와 아이들에게 퍼붓는 비판도 있지만, 아내를 살해했다고 주장하는 주인공의 제정신이 아닌 질투심이 생생하게 묘사됩니다. 수상님, 기차에서 맞은편에 앉은 승객이 "내가 집사람을 죽였습니다. 밤새 여행을 해야 하니 그에 대한 얘기를 해드리겠습니다"라고 말한다고 상상해보십시오. 저라도 그 사람의 말을 끊지 못했을 것 같기는 합니다.

그래서 불완전한 작품이라는 겁니다. 그런데 왜 이런 작품에 관심을 가져야 하느냐고요? 그래도 톨스토이이기 때문입니다. 단순한 사람은 단순하게 살고, 복잡한 사람은 복잡한 삶을 삽니다. 이 둘의 차이는 삶을 대하는 자세와 관계가 있습니다. 불운 — 선천적 결함, 잘못된 양육, 기회의 부족, 소심한 성격 — 으로 결정되든 의지 — 예컨대 종교나 이데올로기의 활용이나 오용—로 결정되든 간에 삶을 적절하게 조절해서 바람직한 방향으로 단순하게 꾸려갈 방법은 많습니다. 톨스토이는 그렇지 못했습니다. 그는 고삐 풀린 망아지처럼 제멋대로 살았습니다. 그는 무엇이든 가리지 않고 받아들였습니다. 따라서 극단적으로 복잡한 사람이었습니다. 장수를 누린 그의 삶에는 좋은 삶과 나쁜 삶, 현명한 삶과 어리석은 삶, 행복한 삶과 불행한 삶 등 많은 형태의 삶이 있었습니다. 이런 이유에서 그의 글들은 실존적인 폭이 상당히 넓어 관심을 갖지 않을 수 없습니다. 땅이 기운을 내서 그 위에 있는 모든 것, 남녀노소를 불문하고 모든 인간, 모든 동물과 식물, 모든 산과 계곡, 모든 초원과 바다를 끌어모아 하나의 펜에 밀어 넣고 그 펜으로 글을 쓰기 시작하면, 틀림없이 톨스토이처럼 글을 쏠 것입니다. 톨스토이는 셰익스피어처럼, 단테처럼, 지금까지 살았던 모든 위대한 예술가처럼 그의 삶 자체가 말을 합니다.

그러나 『이반 일리치의 죽음』이 독자에게 협화음을 끌어낸다면 『크로이체르 소나타』는 불협화음을 끌어냅니다. 『크로이체르 소나타』에서 남녀 간의 사랑은 실제로 존재하지 않습니다. 그저 정욕의 완곡한 표현에 불과합니다. 결혼은 계약에 따른 매춘이고, 정욕이 부적절하게 채워지는 감옥입니다. 남자는 도덕적으로 타락한 존재이고 여자는 섹스를 싫어합니다. 자식은 짐이고, 의사들은 사기꾼입니다. 유일한 해결책은 섹스를 완전히 끊는 것입니다. 그 해결책이 인간의 종말을 뜻한다면 더더욱 좋습니다. 그렇지 않으면 남자와 여자가 항상 상대로 인해 불행하고, 일부 남자는 부인을 죽이고 싶은 충동에 빠지기도 하기 때문입니다. 남녀 간의 관계를 암울하게 해석하며 완전히 지워버리고 싶은 심정이 읽히고, 물론 그 시대의 사회적 제약에 대한 톨스토이의 좌절감이 반영된 것이지만, 잘못된 방향으로 지나치게 극단으로 흘러가 불쾌한 기분마저 불러일으킵니다. 따라서 이 소설이 발표되었을 때 독자들이 보인 반감은 오늘날에도 크게 다르지 않습니다. 톨스토이가 『크로이체르 소나타』에서 도를 넘어 극단에 치우친 건 사실이지만, 그럼에도 이 소설에는 20세기의 가장 위대한 혁명—즉 페미니즘의 근저에 있는 모든 요인들, 위선과 폭력, 죄책감과 분노—이 그려집니다.

솔직히 말씀드리면, 톨스토이의 이 두 번째 책은 최후의 선택이었습니다. 세상에는 수상님과 함께 읽을 만한 책이 많습니다. 따라서 저도 독서의 입문을 위해 저자당 한 권의 책이면 충분할 거라고 생각했습니다. 한 권의 책을 읽고 나서 그 저자에 관심이 생기면 수상님이 직접 그 저자의 다른 책을 찾아보면 되지 않겠습니까?

저는 이번 주에 음악과 관련된 책을 선택하고 싶었을 뿐입니다. (이 중편소설의 제목을 설명하는 걸 깜빡 잊었습니다. 주인공 포즈드니셰프의 부인이 아마추어 피아니스트입니다. 그들 부부는 뛰어난 아마추어 바이올리니스트, 트루하체프스키를 만납니다. 부인과

트루하체프스키는 음악을 사랑한다는 공통점 때문에 순수한 마음으로 친구가 됩니다. 그들은 베토벤의 크로이체르 소나타를 피아노와 바이올린으로 협연할 계획을 세웁니다. 그사이에 남편의 분노는 깊어만 갑니다.) 왜 하필이면 음악에 관련된 책이냐고요? 새로운 경향의 음악과 클래식 음악으로 대변되는 진지한 음악이 캐나다인의 삶에서 하루가 다르게 사라지고 있기 때문입니다. 저는 뒤늦게야 이런 변화의 증거에 대해 들었습니다. CBC라디오 오케스트라가 해체될 거라는 소식이었습니다. 캐나다 공영라디오에서 내보내는 음악 프로그램도 이미 크게 줄었습니다. 옛날에 CBC에는 작곡가 겸 트럼펫 연주자인 래리 레이크 진행의 〈투 뉴 아워스〉라는 프로그램이 있었습니다. 새로운 경향의 음악들이 방송되었습니다. 어떤 프로그램이나 피하고 싶었을 시간, 즉 일요일 저녁 열 시부터 자정까지가 방송시간이었습니다. 아침형 인간에게는 너무 늦은 시간이었고, 올빼미형 인간에게는 너무 이른 시간이었습니다. 그런 시간에 방송했으니 그 프로그램의 청취자가 거의 없었다고 해서 놀랄 일은 아니었습니다. 하지만 저는 그 방송을 들을 때마다 정말 고마웠습니다. 새로운 경향의 음악은 저에게 특이한 자극이었습니다. 감히 말씀드리면, 탈출의 음악이었습니다. 규칙과 형식, 전통과 예상을 뒤엎는 음악이었습니다. 미답의 영역을 개척하는 음악이었습니다. 음악의 아나키스트였습니다. 바이올린이 쳇소리를 내고 피아노가 미쳐가며 기묘한 전자음을 만들어냈습니다.

〈투 뉴 아워스〉를 듣던 때가 아직도 기억에 생생합니다. 그 방송을 들을 때면 저는 아무것도 할 수 없었습니다. 하기야 라디오에서 두 트랙터가 짝짓는 것 같은 소리를 내는데 무엇을 할 수 있었겠습니까. 책을 읽는 것도 불가능했습니다. 저는 글을 쓰다가도 간혹 진절머리가 납니다. 지겹고 따분해서, 새로운 음악을 하는 사람들이 부러울 때가 있습니다. 하지만 〈투 뉴 아워스〉는 언제나 흥미진진하게 들었습니다. 정말 놀랐습니다. 우리 세계에 그처럼 참신하면서도 진지하게 반응하는 창조자들이 있다는 것에 감동받았고, 그들이 자랑스러웠습니다. 낯설고 이상하게 들렸지만 진지한 시도라는 걸 분명히 알 수 있었으니까요. 어떻게 가장하더라도 저에게 뭔가를 전달하려고 애쓰는 한 사람의 목소리가 있는 음악이었습니다. 저는 그런 음악에 귀를 기울였고, 그 음악의 신선함에 전율감을 느꼈습니다. 저는 그 프로그램이 종방될 때까지 정말 열심히 들었습니다.

그런데 북아메리카에 유일하게 남아 있던 라디오 방송국 오케스트라, CBC라디오 오케스트라가 비슷한 운명을 맞아 해체된다고 하더군요. "마리오 버나디가 지휘하고 CBC라디오 오케스트라가 연주한 _____이었습니다"라는 말을 저는 수년 동안 들어왔습니다. 이제 누가 우리에게 바흐와 모차르트를, 또 우리 캐나다의 작곡가 R. 머레이 셰이퍼와 크리스토스 하치스를 연주해줄까요?

캐나다가 전례 없는 풍요를 향해 달려가고 있는 시대에, 정

얀 마텔
101통의
문학 편지

부가 거의 모든 부문에서 초과예산의 여유를 누리는 시대에, 생산성도 없이 아주 약간의 예산을 좀먹는다는 이유로 작은 오케스트라를 해체할 거라는 소식에 저는 아연실색할 뿐입니다. 돈이 있을 때도 이런 지경이라면 조금이라도 힘들어지면 대체 어떤 일이 닥칠까요?[+] 얼마나 많은 문화가 사라져야 우리가 생명을 상실한 기업의 수벌들로 전락할까요?

저는 좋은 시절에나 힘든 시절에나 우리에게는 아름다운 음악이 필요하다고 믿습니다.

안녕히 계십시오.
얀 마텔 드림

+ CBC라디오 오케스트라는 2008년 11월 말 결국 해체되었다. 현재 연간 백만 달러의 예산으로 내셔널 브로드캐스트 오케스트라라는 이름으로 부활하기 위해 노력하고 있는 중이다. 백만 달러는 서구 경제가 무능한 은행가와 정치인 덕분에 허공에 날리는 돈에 비하면 그야말로 껌값이다. 우리는 라디오에서 클래식 음악도 옛날만큼 들을 수 없고 주머니에 들어오는 돈도 줄어들어, 모든 면에서 과거보다 더 가난해졌다.

Book 31

『그들의 눈은 신을 보고 있었다』

조라 닐 허스턴
2008년 6월 9일

*

캐나다 수상 스티븐 하퍼 님께,
백열등처럼 빛나는 소설을
캐나다 작가 얀 마텔이 보냅니다.

하퍼 수상님께,

잘 들리지 않는 목소리들이 있습니다. 그 목소리들은 자기들끼리만 이야기를 나눕니다. 세계 속의 세계인 셈입니다. 시간이 지나면, 누군가 그들에게 귀를 기울이고, 그들의 목소리를 예술로 표현합니다. 그때서야 상실감이 조금은 줄어듭니다. 그들의 목소리가 영생을 얻었기 때문입니다. 미국 작가 조라 닐 허스턴이『그들의 눈은 신을 보고 있었다』라는 걸작으로 그런 업적을 남겼습니다. 그녀의 어법은 즉시 눈에 들어옵니다.

소설에는 두 개의 목소리가 있습니다. 하나는 소설의 틀을 잡는 화자의 목소리입니다. 서정적이고 은유로 가득하며 문어적입니다. 소설의 처음 두 단락을 예로 들어보겠습니다.

멀리에서 오가는 배들은 모든 사람의 소원을 싣고 있다. 어떤 사람에게는 그 배가 조수에 밀려들어온다. 그러나 어떤 사람에게 그 배는 바라보는 이의 눈앞에서 결코 사라지는 법이 없으면서도 결코 육지에 와 닿는 일 없이 하염없이 수평선을 떠다닌다. 그가 자기 꿈이 세월에 의해 철저히 조롱당했다고 체념하고 시선을 거둘 때까지. 그것이 남자들의 인생이다.

한편, 여자들은 기억하고 싶지 않은 것은 모두 잊어버리고, 잊고 싶지 않은 모든 것을 기억한다. 꿈은 곧 진리이며, 그들은 그에 따라서 행위하고 일한다.

다른 목소리는 등장인물들의 목소리입니다. 그 목소리는 앞의 목소리와 다릅니다. 아프리카계 미국인의 방언이어서, 영어가 이렇게도 표현될 수 있다는 걸 믿기 힘드실 겁니다. 무작위로 예를 들어보겠습니다.

"좋아, 그렇게. 난 정말이지 당신이랑 같이 가고 싶어. 하지만— 오, 티 케이크, 제발 나에게 마음에 없는 말은 하지 말아줘!"
"재니, 만약 내가 거짓말을 하는 거면 천벌을 받아도 좋아. 이 세상

에서 당신에 비할 사람은 아무도 없어. 당신은 천국문의 열쇠를 갖
고 있는 사람이라구."

매력적이지도 않고 민속적인 맛도 없으며 위압적이지도 않
습니다.* 언어의 생경함으로 인한 효과를 노린 듯합니다. 그래
서 수상님께서는 생전 처음 듣는 말을 읽는 기분, 아니 듣는 기
분이실 겁니다. 수상님께서는 재니 크로포드의 이야기를 듣게
됩니다. 재니는 세 번의 결혼을 통해 자아를 발견해가는 과정
과, 거기서 힘겹게 얻은 교훈을 말하는 흑인 여성입니다.

저자 조라 닐 허스턴은 여성이란 사실을 넘어 진정으로 위
대한 인물입니다. 그녀의 삶에서 무엇보다 중요한 사실은 그녀
가 흑인이었다는 것입니다. 그녀가 백인이었더라면 그녀의 작
품들—네 편의 장편소설, 두 권의 민속서, 한 권의 자서전 그리
고 오십 편이 넘는 단편소설—이 지금과 같았을 거라고 상상
하기는 힘듭니다. 그녀는 이백 년 동안 흑인을 노예로 부렸던
백인 사회에 속한 흑인이었습니다. 잘해야 머릿속으로만 흑인
을 차별하고, 최악으로는 행동에서도 흑인을 차별하던 사회에
서 그녀는 흑인이었습니다. 일상의 삶에서 작은 눈짓, 잠깐 동

---

* 우리말 번역은 반듯하게 되었지만 영어 원문의 철자는 거의 소리 나는 대
로 쓰였다.

안의 대화, 이런저런 한계들이 허스턴에게 자신의 피부색과, 그 피부색이 뜻하는 바를 상기시켜주었을 것입니다.

지금도 우리 정체성에서 특정한 하나를 인식해야 할 때 피부색이든 체형이든 성적 성향이든 인종적 유산이든 그 하나에 매달리며 되씹지 않기가 어렵습니다. 그 결과로 마음이 비뚤어져서 적대감을 품지 않는 것도 여전히 어렵지요. 그러나 허스턴의 문학은 피부색에 매달리며 곱씹지 않고, 마음이 비뚤어져서 적대감을 품지 않는 기적을 이루어냈습니다. 『그들의 눈은 신을 보고 있었다』는 인종차별의 사례를 심심찮게 언급하지만 인종차별적인 미국을 통렬히 비난하는 소설은 아닙니다. 오히려 인간다운 심성과 운명이 철저하게 탐구되는 한 인물을 그려낸 백열등처럼 빛나는 소설입니다. 우연히 그 인물도 흑인입니다.

수상님이 『그들의 눈은 신을 보고 있었다』의 첫 장을 읽고 나면 나머지 열아홉 장을 마저 읽지 않을 수 없을 겁니다. 재니와 티 케이크에 대해서, 사랑과 혼란에 대해서, 행복과 불행에 대해서 읽게 될 것입니다. 소설을 읽는 재미도 있지만, 소설을 읽는 내내 수상님께서는 아프리카계 미국 여성의 삶에 들어가는 뜻깊은 시간을 갖게 될 것입니다. 그리고 다른 곳에서는 결코 듣지 못했을 목소리들을 듣게 될 것입니다.

안녕히 계십시오.
얀 마텔 드림

• 추신: 중고책을 사는 즐거움의 하나는 때때로 그 안에 담겨 있는 뜻밖의 보물입니다. 이번에 수상님께 보내는 『그들의 눈은 신을 보고 있었다』에는 컬러 사진 한 장이 꽂혀 있었습니다. 단체 사진이었습니다. 뒷면에는 아무것도 쓰여 있지 않았습니다. 아홉 사람—여자 다섯, 남자 셋, 구명조끼를 입은 여자아이—이 캠핑하며 찍은 사진인 듯합니다. 별생각 없이 찍은 사진이겠지만, 우연히도 인물들이 미학적으로 배치되어 있습니다. 왼쪽에 앉은 여자부터 오른쪽의 여자아이까지 편안하게 원을 그리고, 전원이 중심에서 약간 벗어나 일부러 꾸미지 않은 듯하며, 주변의 물건들이 쓸데없이 눈길을 사로잡지 않으면서도 확실하게 드러나 상당히 뛰어난 사진이 되었습니다. 저는 이 사진을 보았을 때 사람들이 눈의 모양을 띠고 있다는 생각이 들었습니다. 우리가 그들을 보고 있는 것 같지만, 실제로는 그들이 눈을 깜빡이며 우리를 보고 있습니다. 그래서 그들이 우리를 속였다는 생각에 즐거워

하며 미소를 짓고 있는 것입니다. 다시 말하면 사진을 찍는 사람이 구경거리가 된 것입니다. 저는 이 사람들이 어떤 이야깃거리를 갖고 있는지 궁금합니다. 틀림없이 한 가족이겠지요. 이 책이 그들의 이야기였을까요? 그들 중 누가 이 책을 읽었을까요? 그들에게는 어떤 이야기, 어떤 목소리가 있었을까요?

조라 닐 허스턴(Zora Neale Hurston, 1891-1960)은 1920년대 할렘 르네상스**의 주역이다. 네 편의 장편소설, 두 권의 민속서, 한 권의 자서전 그리고 오십 편이 넘는 수필과 단편소설 및 희곡을 썼다. 『그들의 눈은 신을 보고 있었다』는 유려하고 다채로운 구어체로 쓰였으며, 이는 아프리카계 미국인들의 목소리를 문학으로 대변하려는 대담한 선택이었다. 1975년 앨리스 워커가 페미니스트 잡지 《미즈》에 허스턴에 관한 글을 기고한 후로 허스턴의 작품이 활발하게 재조명되었다.

• 우리나라에서는 2001년 6월, 『그들의 눈은 신을 보고 있었다』(이시영 옮김/문학과지성사)로 출간되었다.

** 1920년대에 뉴욕의 할렘에서 개화한 흑인 문학 및 흑인 음악 문화의 부흥 운동.

Book 32

『레즈 시스터즈』

톰슨 하이웨이
2008년 6월 23일

*

캐나다 수상 스티븐 하퍼 님께,
캐나다 작가 얀 마텔이 보냅니다.

하퍼 수상님께,

지금까지 수상님의 행정부가 했던 많은 일에서 시간의 시련에도 사라지지 않을 것이 하나 있다면, 캐나다 정부가 원주민 지역에 시행한 학교 정책으로 피해를 입은 학생들에게 공식적으로 사과한 사건일 것입니다. 정부 정책은 언제든지 세워졌다 사라지고, 변하고 잊히겠지만 사과는 그렇지 않습니다. 사과가 역사의 흐름을 바꿉니다. 사과야말로 진정한 치유와 화해를 위한 첫걸음이니까요. 저는 수상님께서 그처럼 중요한 상징적 행동을 취하신 것에 깊이 감사드립니다.

수상님께서는 얼마 전까지 캐나다 원주민 문제로 여념이 없으셨을 것이고, 또 이틀 전이 원주민의 날이었기 때문에, 톰슨 하이웨이의 희곡『레즈 시스터즈』를 보내기에 안성맞춤인 듯합니다. 이 희곡도 역사적으로 중요한 의미가 있습니다. 책의 앞부분에서 이례적으로 저자 소개가 길게 이어지며 네 쪽이나 가득 채우고 있어, 이 희곡이 출간된 1988년까지 톰슨 하이웨이의 삶이 어떠했는지 살펴볼 수 있습니다.

저자 소개에서 언급되지 않은 것이 있다면, 1980년대 중반 토론토의 원주민 문화계에서 전개된 공동 작업입니다. 적절한 시기였겠지만, 느닷없이 그때 몇몇 원주민이 모여 당시까지는 거의 볼 수 없었던 행동을 보였습니다. 그들이 목소리를 내기 시작한 것입니다. 공연 제작사 '네이티브 어스'(Native Earth Performing Arts)는 원주민의 연극과 춤, 음악을 바깥세상에 보여주기 위한 목적으로 1982년에 창립되었습니다. 그 전까지 이누이트족의 판화와 조각, 마리아 캠벨의 회고록『혼혈아』(Half-Breed)를 제외하면 캐나다 문화계에서 원주민의 목소리는 거의 없었습니다. 하지만 네이티브 어스가 등장하면서 바뀌기 시작했습니다. 네이티브 어스는 톰슨 하이웨이를 비롯해서 대니얼 데이비드 모지스, 드류 헤이든 테일러 같은 작가들을 키워냈습니다.

『레즈 시스터즈』가 1986년 11월 초연됐을 당시에는 출연 배우들이 길거리에 나와 행인들에게 연극을 보러 와달라고 사정했습니다. 다행히 몇몇 사람이 찾아왔고, 그들의 마음에 들었던지 입소문을 타고 히트작이 되었습니다. 많은 관객이 모였고, 전국을 돌아다니며 순회공연까지 했습니다. 또 스코틀랜드 에든버러 시어터 페스티벌에 초청받아 공연하기도 했습니다.

지난번에 보낸 책, 조라 닐 허스턴의『그들의 눈은 신을 보고 있었다』와 마찬가지로『레즈 시스터즈』의 힘은 등장인물에 있습니다. 일곱 여자—펠라지아 패치노즈, 필로메나 무스테일, 마리 아델 스타블랭킷, 애니 쿡, 에밀리 딕셔너리, 베로니크 세인트 피에르, 자부니간 피터슨—는 매니툴린 섬에 있는 와세이치간 힐 원주민 보호구역에서 살고 있습니다. 모든 곳의 삶이 그렇듯이, 그곳의 삶도 부침이 있습니다. 그런데 어느 날 중요한 소식이 전해집니다. '세계에서 가장 큰 빙고 게임'이 토론토에서 개최될 거라는 소식입니다. '세계에서 가장 큰 빙고 게임'에 어떤 상이 걸렸을지 짐작하시겠습니까? 실로 어마어마하게 큰 상입니다. 상을 타면 이룰 수 있는 꿈들이 이 희곡의 핵심입니다. 물론 희곡이어서 우리를 웃게 만들지만 잔잔한 슬픔도 함께 전합니다. 정형화된 이야기라고 간혹 조롱거리가 되기도 합니다만, 노골적으로 정치적인 희곡은 아닙니다. 따라서 보편적인 공감을 불러일으킵니다. 보호구역에서 살아가는 원주민 여자가 아니더라도, 빙고 게임의 상에 목숨을 거는 사람이 아니더라도 우리 모두에게는 꿈과 걱정거리가 있지 않습니까.

이 희곡에서 반드시 언급해야 할 등장인물은 나나부시입니다. 나나부시는 다양한 모습으로 나타나는 정령으로, 원주민들의 신화에서는 기독교 세계의 그리스도만큼이나 중요한 존재입니다. 그러나 나나부시에게는 그리스도에게는 없는 장난스런 면이 있습니다. 『레즈 시스터즈』에서 나나부시는 갈매기와 쏙독새의 모습으로 나타납니다. 나나부시는 춤을 추고 껑충껑충 뛰어다니며 사람들을 괴롭히기도 합니다. 암에 걸린 마리아델과, 지독한 성폭행을 당한 자부니간만이 나나부시와 명백하게 교감을 나눕니다. 나나부시는 죽음의 천사이지만 생명의 정령이기도 합니다. 나나부시는 이 희곡에서 거의 언제나 등장인물들의 곁을 맴돕니다.

안녕히 계십시오.

얀 마텔 드림

톰슨 하이웨이(Tomson Highway, 1951년생)는 캐나다 중부에 사는 크리족 출신의 작가이다. 도라 메이버 무어상을 받은 희곡 『레즈 시스터즈』와 『마른 입술은 카푸스카싱으로 가야 한다』(Dry Lips Oughta Move to Kapuskasing)로 가장 많이 알려진 극작가이다. 그의 소설 『모피 여왕의 입맞춤』(Kiss of the Fur Queen)은 베스트셀러가 됐다. 하이웨이의 글에서는 보호구역에서 살아가는 원주민들이 주인공이고, 원주민들의 영성이 충실하게 표현된다. 원주민들의 문제를 지속적으로 제기하며, 그들이 캐나다에서 겪는 부당한 대우와 불평등한 현실을 고발하고 있다. 하이웨이는 전문적인 피아니스트이기도 한데, 무대를 흥겹게 끌어가는 능력이 있다. 지금은 세 번째 희곡 『장미』(Rose)를 집필 중이다.

• 원제는 『The Rez Sisters』, 우리나라에서는 2007년 4월, 〈레즈 시스터즈(인디언 보호구역의 자매들)〉란 제목으로 예술의 전당 자유소극장에서 공연되었다.

Book 33

『페르세폴리스』

마르잔 사트라피
2008년 7월 7일

*

캐나다 수상 스티븐 하퍼 님께,
이란이슬람공화국으로 안내하는 책을
캐나다 작가 얀 마텔이 보냅니다.

하퍼 수상님께,

1990년대 중엽 저는 한 젊은 여인과 함께 이란을 여행했습니다. 우리는 두 달 동안 이란에서 지냈지만, 그 기간 동안 서방 여행자를 스무 명 정도밖에 만나지 못했습니다. 게다가 그들 모두는 경유비자만을 받아, 터키 국경을 통해 이란에 들어온 뒤 파키스탄으로 서둘러 떠났습니다. 하지만 우리는 이란에 관심이 많았습니다. 그래서 유럽에서 아시아로 곧장 넘어가고 싶지 않아 우여곡절 끝에 관광비자를 받았습니다. 우리는 이란 전역을 둘러보았습니다. 수상님께서도 자주 들어보았을 도시들, 예컨대 테헤란, 에스파한, 시라즈만이 아니라 타브리즈, 라슈트, 마슈하드, 고르간, 야즈드, 케르만, 반다르아바스, 밤, 아바즈, 호라마바드, 사난다지같이 별로 알려지지 않은 도시들도 찾아갔습니다(도시들을 길게 나열해서 죄송합니다. 이 도시들이 수상님에게는 아무런 의미도 없겠지만 저에게는 도시 하나하나가 한 권의 책을 쓸 만큼의 기억을 남겼습니다). 우리는 사막에 있는 조로아스터교의 불의 신전들도 방문했습니다. 오래된 지구라트에도 올라가보았고, 유람선을 타고 섬에 가보기도 했습니다. 또 오아시스 옆에서 한가로이 휴식을 취하기도 했습니다.

전쟁 지역을 제외하면, 낯선 곳도 멀리에서 생각하는 것처럼 그다지 위험하지 않다는 걸 실감했습니다. 낯선 곳에 가까이 다가갈수록 두려움과 오해에서 비롯된 왜곡이 사라지는 법입니다. 따라서 우리가 이란에 대해 품었던 이미지, 전 세계를 종교적 광기로 몰아넣고, 여자들은 억압받으며 머리부터 발끝까지를 검은 천으로 감춰야 하고, 사람들이 공공장소에서 채찍질당하며, 샘에서는 붉은 핏물이 뿜어져 나온다는 무시무시한 이미지는 우리가 이란에 들어선 순간부터 사라지고, 우리를 호기심어린 눈으로 바라보며 짧은 영어로 어떻게든 친절을 베풀려는 우호적인 사람들의 모습으로 바뀌어갔습니다.

우리가 이란을 도발적인 국가로 여기는 이유는, 이란이 우리가 원하는 대로 행동하지 않기 때문일 것입니다. 우리는 그

얀 마텔
101통의
문학 편지

곳에서 지내는 동안 시골의 가난한 사람부터 도시의 중산층까지, 또 독실한 신자부터 세속인까지 모든 사회계층의 사람들을 만나 자유롭게 이야기를 나누었습니다. 하지만 이슬람공화국에서 살아서 힘들다고 불평하는 사람을 한 명도 만나지 못했습니다. 정부는 국민이 들여다보며 자신의 존재를 알아볼 수 있는 거울이어야 합니다. 우리가 만난 이란 사람들은 이른바 이슬람식 민주주의 안에서 자신의 존재를 알아보고 인정했습니다. 우리가 유일하게, 또 자주 들은 불평이라면 경제 상황이었습니다. 이란 사람들은 돈이 없다고 불평했지, 자유가 없다고 불평하지는 않았습니다.

당시 이란에는 여가 활동이라 할 만한 것이 많지 않았습니다. 서구의 기준에서 보면 지금도 그렇겠지만 이란은 당시에도 척박한 나라였습니다. 영화관, 콘서트홀, 스포츠 종합단지 같은 공간이 별로 없었고, 그런 것에 투자할 돈도 없었습니다. 물론 술집도 없고 디스코장도 없었습니다. 이란은 실제로나 상징적으로나 엄숙한 곳이었습니다. 따라서 이란 사람들이 유일하게 쉽게 할 수 있는 유일한 여가 활동은 '사교'였습니다. 그 때문인지 이란 사람들은 적어도, 제 경험에 따르면, 세계에서 가장 품위 있고 세련된 사교술을 지닌 사람들입니다. 예컨대 수상님을 만나면 수상님에게 관심을 온통 집중하는 사람들입니다. 우리가 만난 이란 사람들은 개방적이고 호기심이 많고, 너그럽고 부담스러울 정도로 친절하며, 끝없이 수다를 떠는 사람들이었습니다.

근본주의가 두렵지 않느냐고요? 살만 루시디에게 사형 선
고를 내린 사람들이라고요? 여성을 억압하는 사람들이라고
요? 맞습니다, 모두 사실입니다. 하지만 비난에서 완전히 자유
로운 국가가 있습니까? 이란 사람들은 여느 곳의 사람들과 다
르지 않습니다. 그들도 행복하기를 원하고 평화롭게 살기를 바
랍니다. 약간의 물질적인 행복도 바랍니다. 그들의 사회를 지
배하는 법칙, 즉 그들의 가치관―사람들이 행복에 다가가는
수단―은 캐나다의 가치관과 다릅니다. 그 차이가 잘못된 것
입니까? 문젯거리는 그들에게도, 우리에게도 있습니다. 우리
가 우리 문제를 어떻게든 해결하려 노력하듯이, 그들의 문제는
그들에게 맡겨두십시오. 진보는 사회 내에서 유기적으로 이루
어져야 하는 것이지, 외부에서 강요할 것은 아닙니다.

저는 운 좋게도 새롭게 눈을 뜨는 여행을 했지만, 그런 여행
이 모두에게 가능한 것은 아닙니다. 일과 가족과 성격이 낯선
곳을 찾아가는 기회를 가로막습니다. 그래서 책이 필요합니다.
적절한 책을 선택해서 읽는다면 거친 산야와 싸워야 하는 배낭
여행족만큼이나 많은 정보를 얻을 수 있습니다. 자기 발로 직
접 여행하든 책을 통해 간접적으로 여행하든 우리는 여행을 통
해 어떤 공간을 자기의 것으로 만들 수 있습니다. 풍자나 비방
과는 상관 없이 인간은 저마다의 개성을 보여줍니다.

이런 이유에서 마르잔 사트라피의 『페르세폴리스』를 수상

님께 보내기로 결정했습니다. 아르트 슈피겔만의『쥐』이후로 수상님께 보내는 두 번째 그래픽 노블입니다. 매력적이고 재치가 넘치며, 때로는 서글프지만 계몽적인 책입니다. 열 살인 소녀 마르잔의 눈에 비친 이란의 모습입니다. 마르잔은 세상 어디에서나 흔히 만날 수 있는 열 살배기 소녀처럼 반쯤은 상상의 세계에 파묻혀 살아갑니다. 하지만 현실은 1979년의 이란입니다. 혁명이 시작됩니다. 마르잔의 가족은 중산층으로, 부패하고 폭력적인 샤 정권이 몰락할 거라 생각하여 처음에는 혁명을 환영하지만, 그 뒤에 닥친 과도한 정책 때문에 혁명을 증오하게 됩니다.『페르세폴리스』는 저자의 눈에 비친 혁명을 숨김없이 털어놓기 때문에 진실이 담겨 있습니다.

수상님이『페르세폴리스』를 통해, 제가 수년 전에 보았던 이란을 조금이라도 엿볼 수 있기를 바랍니다. 이 책이 마음에 드시면, 마르잔의 이야기가 계속되는『페르세폴리스 2』도 읽어보시기 바랍니다. 이 이야기는 영화로도 제작되었습니다.

안녕히 계십시오.
얀 마텔 드림

마르잔 사트라피(Marjane Satrapi, 1969년생)는 다재다능한 이란계 프랑스인 작가이다. 그래픽 노블을 주로 쓰지만, 어린이책을 쓰고 직접 삽화를 그리기도 한다. 자전적인 성격을 띤 그래픽 노블『페르세폴리스』와 그 후속편

『페르세폴리스 2』로 가장 많이 알려진 작가이다. 이 책들에서 그녀는 이란에서 성장하던 어린 시절과, 유럽에서 공부하던 청소년기를 회상한다. 『페르세폴리스』는 앙굴렘 국제 만화페스티벌에서 각본상을 받았고, 나중에는 만화영화로도 제작되어 칸 영화제에서 호평을 받았다.

• 우리나라에서는 각각 2005년 10월, 2008년 4월에 『페르세폴리스』(김대중·최주현 옮김/새만화책) 1, 2권으로 출간되었다.

Book 34

『가장 푸른 눈』

토니 모리슨

2008년 7월 21일

＊

캐나다 수상 스티븐 하퍼 님께,
캐나다 작가 얀 마텔이 보냅니다.

하퍼 수상님께,

가슴을 에는 온갖 혼란스런 사건들, 어떻게 그렇게 많은 사건들이 일어날 수 있었는지 안타까울 따름입니다. 고통과 슬픔과 분노, 잔혹행위, 박살난 희망, 섬세한 묘사, 등장인물과 사건까지 위대한 소설에 필요한 모든 요건을 갖추었지만 『가장 푸른 눈』은 믿기지 않을 정도로 짧아 백육십 쪽에 불과합니다. 제가 지금까지 보낸 대다수의 책이 그렇듯이, 이번에도 수상님께서는 "이 이야기는 나하고는 상관없어"라고 생각하실 것입니다. 1940년대 초 오하이오 로레인이 무대이고, 대부분이 어린아이들의 관점에서 쓰였으니까 그렇게 생각하실 만도 합니다. 게다가 수상님과 저만이 아니라 버림받은 세상에서도 배척받은 가난한 흑인 등장인물들, 본질적으로 페미니스트적인 관점까지, 이 소설에는 수상님과 저와는 출발점부터 다른 부분들이 많습니다.

하지만 이 소설도 수상님께 많은 것을 말해줄 것입니다. 일단 읽어보십시오. 처음 몇 쪽을 끈질기게 읽고, 차가운 호수에 뛰어드는 기분으로 이야기 속에 빠져보십시오. 그럼 수상님께서 처음 생각했던 것보다 물이 꽤 따뜻하고, 더 나아가서는 그 물속이 편안하다는 걸 깨닫게 되실 겁니다. 수상님께서도 한때는 어린아이였기 때문에 등장인물들―클라우디아, 프리다, 피콜라―이 그다지 낯설지 않을 것이고, 우리 모두가 배척하는 쪽으로, 배척받는 쪽으로 잔혹한 인간성을 경험해보았기 때문에 잔혹행위와 인종차별 및 불평등한 현상도 그다지 생경하게 느껴지지 않을 것입니다.

제가 전에도 말씀드렸듯이, 하나의 예술 작품을 탄생시키기 위해서는 많은 노력이 필요합니다. 그러므로 어쨌든 간에 예술 작품은 건설적인 기능을 합니다. 누구도 파괴할 목적으로만 열심히 일하지는 않습니다. 오히려 뭔가를 새롭게 건설해내기를 소망합니다. 어떤 이야기가 잔혹하고 서글픈 사건들로 채워지더라도 그 이야기의 효과는 언제나 정반대의 것입니다. 따라서

얀 마텔
101통의
문학 편지

즐거운 이야기는 즐거운 그대로 받아들이고, 잔혹한 이야기는 반어적으로 받아들이게 됩니다. 동정과 두려움을 느끼면서 잔혹행위를 거부하게 되니까요. 따라서 예술은 내재적으로 개방적입니다. 예술은 우리에게 마음의 문을 열고 관대하게 생각하고 행동하라고 촉구합니다. 예술은 또 닫힌 문을 열려고 합니다. 가난에 찌들고 인종차별에 억압받고, 무차별적인 잔혹행위에 시달리는 많은 삶을 그려낸 『가장 푸른 눈』을 읽고 나면 수상님께서도 마음의 문을 더 넓게 열지 않을 수 없을 것입니다. 얼핏 생각하면 수상님과 너무나 다른 사람들이지만, 그 다른 사람들의 고통을 절실하게 느껴보시기 바랍니다.

안녕히 계십시오.
얀 마텔 드림

토니 모리슨(Toni Morrison, 1931-2019)의 본명은 클로이 앤서니 워퍼드이다. 미국 작가로 장편소설과 단편소설 이외에도 아동서적과 논픽션을 썼다. 대표작으로는 『가장 푸른 눈』『솔로몬의 노래』『빌러비드』가 있다. 미국 문학·예술 아카데미 회원이며 퓰리처상을 비롯해 많은 문학상을 받았다. 1993년에는 노벨 문학상을 받았다. 문학평론가와 강연자 및 편집자로도 활동했고, 몇몇 대학에서 교수와 학과장을 지내기도 했다.

• 우리나라에서는 2003년 7월, 『가장 푸른 눈』(신진범 옮김/들녘)으로 출간되었다.

Book 35

『밀크우드 아래에서』

딜런 토머스
2008년 8월 5일

*

캐나다 수상 스티븐 하퍼 님께,
캐나다 작가 얀 마텔이 보냅니다.

하퍼 수상님께,

이번 책은 좀 늦게 받아보실 겁니다. 먼저 죄송하다는 말씀부터 드리겠습니다. 주말이 길어서 책이 늦어지는 것은 아닙니다. 대부분의 자영업자가 그렇듯이, 저도 주말이나 국경일이라고 해서 특별히 쉬지 않습니다. 제가 일을 하지 않으면 누구도 그 일을 대신 해주지는 않으니까요. 문제는 다른 곳에 있습니다. 이번 편지에서 언급할 책, 웨일스의 시인 딜런 토머스의 『밀크우드 아래에서』는 무척 서정적이어서 읽는 데 그치지 않고 듣기도 해야 합니다. 그래서 저는 수상님께 종이책에 더해서 오디오판까지 보내려고 생각했습니다. 뉴욕에서 녹음된 유명한 오디오판이 있는데, 딜런 토머스가 세상을 떠나기 두 달 전 직접 몇몇 부분을 낭독까지 한 것입니다. 저희 집에는 엘피판이 있지만, 그 오랜 친구와 헤어지고 싶지는 않았습니다. 설령 제가 그 엘피판을 보내더라도 수상님께 전축이 있을 것 같지도 않았고요. 그런데 근래에 BBC에서 시디로 녹음했다는 걸 알아냈습니다. 우편으로 주문한 탓에 늦어지고 있습니다.

오디오북에 대해서 잠깐 말씀드리고 싶습니다. 혹시 오디오북을 들어본 적이 있으십니까? 저는 수년 전에 유콘 강까지 장거리 자동차 여행을 한 적이 있습니다. 여행하는 길에 들어보려고 오디오북 몇 권을 사긴 했지만, 캐나다 북부지역의 웅장한 풍경이 내 눈앞에 펼쳐지는 동안 저에게 어떤 이야기를 집요하게 속닥이는 목소리를 듣는 건 거북할 거라고 생각했었습니다. 삼 분 정도의 팝송이라면 얼마든지 견딜 수 있겠지만 스물네 시간 동안 끝없이 계속되는 이야기를 듣는다는 게 쉽겠습니까? 그래서 오디오북이 저를 미치게 만들 거라고 생각했습니다. 하지만 제 생각이 틀렸습니다. 조심하십시오! 오디오북은 중독성이 있습니다. 하기야 언어의 기원은 말이지 글이 아니잖습니까. 우리 인간은 글을 쓰기 전에 말부터 시작했습니다. 어린아이가 언어를 배울 때도 그렇지 않습니까. 인간도 그랬습니다. 말로 표현될 때 단어는 완전한 힘을 얻습니다. 쓰여진 단어가 조리법이라면, 말해진 단어는 완성된 요리입니다. 음색과 억양, 강세와 감정이 목소리에 더해지기 때문입니다. 수상님께서도 동의하시리라 생각됩니다만, 캐나다와 미국에서는 웅변의 질이 지난 수년 동안 크게 떨어졌습니다. 버락 오바마가 미국 대통령을 거의 거머쥔 이유는 자신의 생각을 고상하고 설득력 있게 전달하며 청중에게 감동을 주는 능력이 큰 몫을 했다고 생각합니다. 오바마의 연설 능력은 탁월합니다. 그러나 요즘 대부분의 대중 연설가는 우리를 지루하게 할 뿐입니다. 배우들은 예외입니다. 그들이 대중을 휘어잡는 능력은 무척 뛰어납니다. 대사를 명확하게 전달하는 방법의 기초가 바로 웅변술이기 때문입니다. 이런 배우들이 오디오북을 제작하는 데 참여합니다. 작가가 신중하게 선택한 단어와 배우가 신중하게 계산한 말투가 결합되어 독자의 마음을 완전히 사로잡는 오디오북이 완성되는 것입니다. 유콘 강까지 운전해서 가는 동안, 저는 한 장이 끝날 때까지 차에서 내리지 않았습니다. 다음 날 아침에 다시 운전하기 위해 잠을 자야 하는 시간이 아까울 지경이었습니다. 한 이야기가 끝나면 곧바로 다음 이야기를 듣기 시작했습니다. 지금도 자동차 여행을 할 때면 반드시 공공도서관에 들러 적당한 오디오북을 빌립니다.

올가을에 있을 선거에 대한 이야기가 요즘 자주 귀에 들립니다. 수상님이 많은 곳을 돌아다녀야 한다는 뜻이겠지요. 그래서 수상님께 장거리 버스를 탈 때나 비행기로 이동할 때 오디오북을 꼭 챙기라고 권해드리고 싶습니다. 굳이 저에게 조언을 구하신다면, 요약본은 피하라고 말씀드리고 싶습니다. 요약본만 아니면 어떤 것이라도 좋습니다. 수상님의 마음에 드는 것으로 고르십시오. 미스터리 소설이라면 재밌게 들으실 수 있을 겁니다. 물론 시도 좋습니다.

다시 『밀크우드 아래에서』로 돌아가겠습니다. 딜런 토머스는 누가 뭐라 해도 세계에서 가장 유명한 시인 중 한 명입니다. 그는 현대 음유시인 중에서도 드문 페르소나를 지닌 사람이었습니다. 그의 시는 뛰어나기도 했지만, 과도한 음주와 생활고에 시달린 작가―게다가 젊어서 요절했습니다. 요절은 불멸성을 얻기 위한 필요조건입니다―라는 점 덕분에 거의 신앙의 경지까지 올라섰습니다. 그의 시는 요즘에도 자주 인용됩니다. "순순히 저 안녕의 밤으로 들지 마십시오"라는 말을 수상님께서도 틀림없이 들어보셨을 겁니다.

『밀크우드 아래에서』는 라디오극입니다. 라디오극이란 말에 수상님께서는 또렷한 목소리들에 명쾌한 음향효과가 더해지고 빠른 속도로 전개되는 오밀조밀한 사건을 떠올릴지도 모르겠습니다. 전혀 그렇지 않습니다. 딱히 언급할 만한 줄거리가 없습니다. 웨일스에 있는 라레거브(Llareggub)라는 마을의 하루에 불과합니다. 마을 이름을 거꾸로 읽어보십시오. 웨일스의 마을에서는 어떤 일을 하는지에 대한 딜런 토머스의 생각을 알아낼 수 있을 것입니다.* 그래도 삶은 즐겁습니다. 『밀크우드 아래에서』가 전하려는 핵심적인 내용은 삶의 찬양입니다. 예순아홉 개의 다른 목소리가 놀랍게 어우러지면서 교향곡의 효과를 자아냅니다. 전체적인 선율에서 딜런 토머스의 언어적 재능이 고스란히 드러납니다. 그가 선택한 단어들은 묘사하고 흉내 내며, 불꽃처럼 번뜩이고, 힘껏 달리다가 멈추고, 우리를 즐겁게 해주다가 놀라게 하며 우리 넋을 빼놓습니다. 이 책에서 수상님께서는 가장 순수한 형태의 언어적 아름다움을 맛보실 수 있을 겁니다.

아름다움, 많은 사람의 입에 자주 오르내리는 단어입니다. 그러나 우리가 시도 때도 없이 사용하는, 예컨대 '좋다' '맑다' '정확하다' 등과 같은 단어들을 조금만 자세히 들여다보면, 상투적인 표현 뒤에는 인간이 생각하기 시작한 때까지 거슬러 올라가는 철학적 오디세이가 감춰져 있다는 걸 깨닫게 됩니다. 아름다움은 우리에게 감동과 동기를 주고, 또 부끄럽게 만들기도 하면서 우리를 인간다운 모습으로 다듬어갑니다. 이 편지에서 아름다움이 무엇인지 정의하고자 하지는 않겠습니다. 수상님께서 직접 생각해보고 스스로 정의하는 편이 가장 좋을 것입니다. 수상님께서 정말로 더 알고 싶다면, 아름다움을 대칭과 관련시킨 피타고라스부터 시작되는 서구 철학의 역사를 공부

---

* 'Llareggub'를 거꾸로 읽으면 'bugger all'(빌어먹을! 아무것도 안 해!)이 된다.

얀 마텔
101통의
문학 편지

해야 할 것입니다. 물론 아름다움과 어떻게든 관련되는 시각예술의 역사도 공부해야 할 것입니다. 공부하려는 사람에게는 평생 공부해야 할 것이 끊이지 않습니다.

저는 논점을 대폭 좁혀서, 산문작가가 아름다움을 표현하려 할 때 직면하는 문제를 말씀드리겠습니다. 작가에게는 어떤 이야기를 전달할 수 있는 도구가 많습니다. 인물 묘사, 줄거리, 배경 묘사가 대표적인 도구들입니다. 설득력 있는 배경에 완전하고 순수한 인물들을 등장시켜 매력적인 이야기를 한다면, 좋은 이야기를 만들어냈다는 평가를 받을 것입니다. 작가에 따라 다르지만, 어떤 요소가 유난히 두드러지게 나타나기도 합니다. 가령 존 그리샴이나 스티븐 킹은 줄거리에 중점을 두고 배경 묘사에 덜 신경 쓰며, 등장인물들은 주로 이야기를 끌어갈 목적에서 존재합니다. 반면에 존 반빌(혹시 이 작가를 아십니까? 탁월한 문장가인 아일랜드 작가입니다)은 줄거리에 상대적으로 덜 끌려다니지만 인물과 배경 묘사는 놀라울 정도로 세밀합니다. 이처럼 모든 작가가 각자의 강점과 관심사에 따라서 이야기를 구성하는 데 필요한 재료들을 다른 비율로 버무립니다.

하지만 모든 작가가 고민하는 문제는 바로 아름다움입니다. 어떤 점에서는 모든 작가가 문학적 아름다움을 열망하고 추구합니다. 그 열망은 단순하면서도 우아하게 줄거리를 끌어가기 위한 아름다운 구성 장치들을 뜻할 수 있습니다. 혹은 독자가 실제로 보는 듯한 느낌을 받을 정도로 인물이나 배경을 생생하게 표현하고 창조해내는 능력, 요컨대 단어로 완벽한 그림을 그려내는 능력을 뜻할 수도 있습니다. 진지한 야망을 지닌 작가가 아름다운 글을 염원하는 것은 당연합니다. 달리 말하면, 상황에 맞아떨어지는 단어, 적절한 문장 구조, 감칠맛 나는 속도로 글을 쓴다면 독자의 감탄사를 끌어낼 수 있을 것입니다. 언젠가 수상님이 작가를 만나 반갑게 인사하고 악수할 때 무슨 말을 해야 할지 모르겠다면, "당신은 아름다운 작가입니다"라고 말씀해보십시오. 그 작가는 어떤 칭찬보다 기쁘게 받아들일 것입니다. 수상님이 무슨 뜻으로 그렇게 말했는지 정확히 알기 때문입니다. 작가의 구두나 넥타이 혹은 얼굴을 아름답다고 말한 것이 아니라, 종이에 표현한 글을 아름답다고 말한 것이라는 걸 알기 때문입니다. 따라서 그 작가는 수상님의 칭찬에 거의 자지러질 것입니다.

그러나 항상 예외가 있는 법입니다. 우리는 아름다운 것에 주의해야 합니다. 그것도 삶의 모든 부분에서! 요즘처럼 지나치게 시각화된 사회에서, 우리는 사람이나 물건이나 심지어 책에서도 아름다운 것에 너무 쉽게 마음을 빼앗기는 경향이 있습니다. 아름다운 사람이 흔히 그렇듯이, 아름답게 쓰인 책에는 가치 있는 말이 많지 않을 수 있습니다. 내면의 아름다움이 외형의 아름다움에 밀려나는 경우가 많습니다. 훌륭한 작가는 아름다운 글보다 정직한 말을 더 중요하게 생각합니다. 형태의 아름다움이 내용의 아름다움에 의해 떠받쳐질 때 가장 아름답습니다.

얀 마텔
101통의
문학 편지

다시 말해서, 아름다움은 공백과, 거짓을 감추고 추한 모습을 가리는 가면일 수 있습니다.

『밀크우드 아래에서』에는 그런 위험이 전혀 없습니다. 삶이 때로는 가혹하더라도 본질적으로는 좋은 것이라는 토머스의 본능적인 직감에 근거한 서정적 언어가 탄탄히 쓰여 있기 때문입니다. 토머스가 히로시마에 원자폭탄이 떨어졌다는 소식을 듣고 『밀크우드 아래에서』를 썼다고 전해집니다만, 저는 잘 모르겠습니다. 너무나 완벽하게 맞아떨어져서 오히려 의심스럽습니다. 그러나 대량학살의 어둠 속에서 교향곡처럼 빛나며 널리 퍼지는 시는 '아름다움은 선(善, goodness)을 향해 되돌아가는 길일 수 있다'라는 숭고한 진리에 귀 기울이게 합니다.

안녕히 계십시오.
얀 마텔 드림

딜런 토머스(Dylan Thomas, 1914-1953)는 웨일스의 시인이자 산문작가, 극작가이다. 그의 시는 난해하고 서정적이며 화려하다는 특징을 띠며, 자연 세계의 조화, 삶과 죽음의 순환이란 주제를 자주 다루었다. 가장 유명한 작품으로는 단편소설 「웨일스 어린이의 크리스마스(A Child's Christmas in Wales)」와 시 「순순히 저 안녕의 밤으로 들지 마십시오」(Do Not Go Gentle into that Good Night)가 있다. 2차 대전 후, 미국으로 건너가 가진 순회 낭송회가 유명하며, 뉴욕에서 체류하는 동안 지나친 폭음으로 죽고 말았다.

• 우리나라에서는 2005년 2월, 극단 적(的)이 〈밀크우드〉라는 제목으로 공연하였다.

Book 36

『오르다 보면 모든 것은 한곳에 모이게 마련』

플래너리 오코너
2008년 8월 18일

＊

캐나다 수상 스티븐 하퍼 님께,
캐나다 작가 얀 마텔이 보냅니다.

하퍼 수상님께,

오늘 수상님의 손에 쥐어진 책은 전형적인 중고책입니다.
겉표지의 상태가 상당히 오래된 것으로 보입니다. 가격도 노골
적으로 겉표지에 쓰여 있습니다. 사 달러 오십 센트라고요. 또
누군가 겉표지가 떨어지는 걸 방지하려고 책등에 테이프를 붙
였던 흔적도 있습니다. 책의 맨 아래에는 검은 매직펜으로 쭉
그은 선이 있습니다. 중고책이란 걸 입증하는 증거입니다. 안
쪽을 보면 앞부분의 왼쪽에 노란 얼룩이 확연히 눈에 띕니다.

어쩌다 책이 물에 빠져서 자국이 남은 것으로 보입니다. 한마디로 오랜 연륜이 묻어나는 책입니다. 이 책은 문고본으로 처음 인쇄된 판본으로서는 사십일 년 전인 1967년에 출간되었습니다. 당시 저는 네 살이었고, 수상님께서는 아홉 살이었습니다. 값싼 종이, 얇은 마분지 등 엉성한 재료로 만든 책치고는 상태가 나쁘지 않습니다.

이 책은 두 가지 이유에서 오랫동안 유지된 듯합니다. 하나는 좋은 책이어서 소중하게 관리된 덕분입니다. 다른 하나는 값은 비싸지 않지만 이 책을 소유했던 모든 사람의 눈에는 그 가치가 빛났을 것이고, 그래서 조심스레 다루었을 것이기 때문입니다. 제가 전에도 말씀드렸듯이, 중고책의 가치는 경제 논리로 설명되지 않습니다. 오래되고 희귀성이 없는데도 중고책은 가치가 떨어지지 않습니다. 오히려 정반대입니다. 만약 수상님이 이 책을 소중하게 보관한다면, 초판본이라는 이유로 수년 후에는 가치가 올라갈 것입니다.

물론 이처럼 가치가 줄어들지 않는 이유는 겉표지 안의 내용, 즉 검은색으로 작게 인쇄된 단어들 때문입니다. 영혼이 우리 몸속에서 살아가듯이 단어들은 책 속에서 살아갑니다. 사람도 그렇지만 책도 재료의 값으로 환원될 수 없습니다. 사람이나 책이나 일단 알게 되면 무엇으로도 대신할 수 없는 소중한 것이 됩니다.

그 문화적 유산, 문고본으로 제본된 중고책이 오코너의 이 책에서 완벽하게 드러납니다. 새것도, 낡은 것도 아니지만 그녀의 책은 중고서점에서 찾을 수 있는 반짝이는 보물로서 영구히 존재합니다. 사 달러 오십 센트로 그녀의 단편집 『오르다 보면 모든 것은 한곳에 모이게 마련』을 구입했다고 생각해보십시오. 가격과 가치 간의 차이가 터무니없을 정도입니다. 다시 말해서, 지금 수상님의 손에 쥐어진 책의 가치는 이루 말할 수 없어서 그 책에 어떤 가격을 매긴다는 사실 자체가 우스꽝스런 짓이기 때문에, 그런 사실을 강조하려는 뜻에서 저는 수상님께 사 달러 오십 센트를 청구할 생각입니다.

오코너는 미국 작가였습니다. 그녀는 1925년 조지아에서 태어나서 1964년 그곳에서 낭창으로 세상을 떠났습니다. 그때 나이가 겨우 서른아홉 살이었습니다. 그녀는 독실한 가톨릭 신자여서 엄격한 삶을 살았지만, 그녀의 신앙은 편협하지 않았습니다. 오히려 성(聖)과 속(俗)의 간격을 명확히 인식하며 하느님의 은총으로 세상을 다독입니다. 저는 오코너가 되풀이해서 쓰고자 했던 것이 인간의 타락이었다고 봅니다. 그녀의 단편소설들은 낙원의 황폐화, 뱀의 말에 속아서 사과를 탐낸 대가를 주로 다루었습니다. 도덕적인 이야기이지만 건방지게 훈계하지는 않습니다. 훌륭한 글쓰기, 섬세한 풍자, 등장인물에 대한 정교한 성격 묘사, 흥미진진하게 전개되는 서술 방식으로 쓰여진 그녀의 도덕적인 이야기들은 삶을 위축시키기는커녕 삶을 통해 우리 마음에 스며듭니다.

그래서 그녀의 단편들은 설득력이 있습니다. 모든 이야기가 참신하면서도 묵직하게 느껴집니다. 결코 단조롭거나 지루하지 않습니다. 수상님께서도 읽고 나면 그렇게 생각하실 겁니다. 순서에 상관없이 어떤 단편부터 읽어도 좋습니다. 등장인물이 곧바로 종이에서 뛰쳐나와 수상님의 팔을 움켜잡고 어디론가 끌고 갈 것입니다. 한결같이 읽는 이의 마음을 사로잡을 만한 이야기들입니다. 어떤 단편을 읽어도 굉장한 경험을 통해 더 현명해진 기분을 느낄 수 있습니다. 이야기들은 어둡기 그지없습니다. 아들이 어머니를 미워하거나, 어머니가 무익한 아들에게 절망하는 이야기입니다. 어떤 이야기에서는 할아버지와 아버지가 절망의 늪에서 허우적댑니다. 결말이 무척 흥미롭긴 하지만 한결같이 비극적입니다. 여기에서 삶의 지혜가 얻어집니다. '독자 + 어리석은 행동에 대한 이야기 = 더 현명해진 독자'라는 수학 방정식과 비슷하다고 하면 아시겠습니까.

수상님께 「그린리프 씨」(Greenleaf) 「숲이 있는 풍경」(A View of the Woods) 「절름발이가 먼저 들어간다」(The Lame Shall Enter First)를 반드시 읽어보시길 권하는 바입니다.

저는 수상님께 또 하나의 문제를 제기하고 싶습니다. 프롬 아트 프로그램*을 중단한다는 발표가 얼마 전에 있었습니다. 외무부 산하의 그 프로그램은 자신들의 작품을 알리려고 해외로 나가는 캐나다 예술가와 문화 단체에게 여행 비용의 일부를 지원해주었습니다. 개인에게 지원되는 보조금이 많지도 않아,

대체로 칠백오십에서 천오백 달러입니다. 프로그램 전체 예산도 고작 사백칠십만 달러입니다. 캐나다 국민이 연간 일인당 십사 센트가량을 부담하는 정도입니다. 그 적은 액수로 캐나다가 해외에 알리고 있는 작품들은 거의가 항구적인 가치를 지닌 것들입니다. 수상님께서도 이미 알고 계시겠지만, 한 나라의 가치가 그 나라에 본사를 둔 기업들에 의해서만 결정되지는 않는다는 걸 말씀드리고 싶습니다. 기업은 상업 논리에 따라 움직입니다. 누구도 기업에 깊은 충성심을 보이지는 않습니다. 주주라고 다를 바가 없습니다. 주주들은 돈의 흐름에 따라 움직입니다. 캐나다인들이 봄바디어와 알칸 등 많은 글로벌 기업에 자부심을 느끼기는 하지만, 그런 기업들을 근거로 우리 정체성을 결정지을 수는 없습니다. 캐나다는 사람이 사는 곳이지 기업이 아닙니다. 우리가 세계 속에서 빛나는 것은 문화적 성취 때문이지, 상업적이고 물질적인 풍요 때문이 아닙니다. 따라서 해외에 우리 예술을 알리기 위한 프로그램을 중단한다는 것은 우리 문화를 어둠에 파묻겠다는 선언이나 다를 바가 없습니다. 그 결과는 불을 보듯 뻔합니다. 외국인들은 캐나다에 아무런 감흥도 느끼지 못할 것이고 어떤 애착도 갖지 않을 것입니다.

---

* 캐나다 문화를 알리기 위해 예술가들을 해외에 파견하던 정부 프로그램.

프롬아트 프로그램은 우리 해외 정책의 요체입니다. 그 프로그램을 중단한다는 결정을 재고해주시기를 간곡히 부탁드립니다. 감히 말씀드리지만, 그 작은 프로그램의 부가가치는 이 무선본의 부가가치와 비슷합니다.

안녕히 계십시오.

얀 마텔 드림

플래너리 오코너(Flannery O'Connor, 1925-1964)는 미국의 수필가이자 소설가이다. 그녀의 작품은 불안감을 자아내고 기괴해서 미국 남부 고딕문학의 전형이라 일컬어진다. 풍자와 비유가 글의 특징이며, 종교와 도덕성이란 문제를 주로 다룬다. 가장 많이 알려진 작품으로는 장편소설인 『현명한 피』(Wise Blood)와 『끝까지 공격하는 자는 그것을 얻는다』(The Violent Bear It Away), 단편소설집인 『오르다 보면 모든 것은 한곳에 모이게 마련』과 『착한 사람은 찾아보기 어렵다』(A Good Man Is Hard To Find)가 있다. 뉴욕 시와 한 예술인촌에서 시간을 보낸 후 낭창이란 진단을 받았고, 가족의 농장으로 돌아가 그곳에서 공작을 키우고 글을 쓰면서 죽기 전까지 마지막 십사 년을 보냈다. 사후에 출간된 『플래너리 오코너의 단편집』(The Complete Stories of Flannery O'Connor)으로 전미 도서상을 받았다.

• 원제는 『Everything That Rises Must Converge』이다.

Book 37

『겸손한 제안』

조너선 스위프트
2008년 9월 1일

✳

캐나다 수상 스티븐 하퍼 님께,
변변찮은 요리책 한 권을
캐나다 작가 얀 마텔이 보냅니다.

하퍼 수상님께,

저런, 예술 지원금이 더 많이 삭감되었습니다. 지난 편지에
서 제가 프롬아트 프로그램만을 언급한 이유는 다른 부문에도
삭감이 있었다는 소식을 듣지 못했기 때문이었습니다. 총액으
로 거의 사천오백만 달러나 삭감되었더군요. 그 결과는 예술을
물어뜯어 상처를 남길 것이고 결국에는 죽일 것입니다. 장래에
예술 활동이 지금보다 줄어들면, 무엇이 더 많아질 거라고 생
각하십니까? 사천오백만 달러로 국민의 문화적 표현보다, 또

국민의 정체성보다 더 가치 있는 어떤 것을 살 수 있습니까?

이 끔찍한 소식을 듣자 수상님께 특별한 책을 추천해야겠다는 생각이 들었습니다. 우리가 어떤 사람을 선출하고, 그들이 어떤 법을 제정하느냐가 예술에 그대로 반영됩니다. 정치도 문화입니다. 아일랜드 작가 조너선 스위프트의 『겸손한 제안』은 정치와 예술의 관계를 설파한 대표적인 글입니다. 간결하면서도 신랄하고 유머러스한 비판으로 칭찬받아 마땅한 풍자수필입니다. 게다가 여덟 쪽에 불과해서 제가 수상님께 보낸 책 중에서 가장 짧습니다.

아일랜드의 가난을 해결하기 위해서 스위프트가 제안한 해결책이 요약된 핵심 구절, 즉 스위프트의 겸손한 제안은 다음과 같습니다.

런던에 사는 내 지인으로 상당히 박식한 미국인에게 들은 바에 따르면, 잘 먹여 키운 건강한 어린아이는 한 살이면 찌거나 튀기거나 굽거나 삶거나 간에 대단히 맛좋고 영양 많고 몸에 좋은 음식이라고 합니다. 그런 어린아이라면 프리카세*나 라구**를 만드는 데 써도 괜찮을 거라고 확신합니다.

---

* 잘게 다진 고기와 야채를 넣어 만든 스튜.
** 고기와 야채에 갖은 양념을 하여 끓인 음식.

하퍼 수상님, 그래서 간단한 질문 하나를 드리겠습니다. 수상님께서도 라구를 만들 재료를 준비하시는 겁니까?

안녕히 계십시오.
얀 마텔 드림

조너선 스위프트(Jonathan Swift, 1667-1745)는 아일랜드의 풍자가이자 수필가로 마르티누스 스크리블레루스 클럽의 창립 회원이었다. 회원으로는 알렉산더 포프, 토머스 파넬이 있었다. 스위프트는 정치 문제에 적극적으로 참여해서 처음에는 휘그당, 나중에는 토리당을 옹호하는 글을 썼지만 결국에는 아일랜드의 문제를 위해 싸웠다. 그는 아일랜드와 잉글랜드에서 공부했고, 옥스퍼드 대학교에서 석사학위를 받았다. 스위프트의 문체는 장난스럽고 유머러스하면서도 신랄한 풍자와 비판을 담고 있다. 가장 널리 알려진 작품으로는 『겸손한 제안』 『걸리버 여행기』 『책들의 전쟁』이 있다.

• 우리나라에서 2011년 2월 출간된 『책들의 전쟁』(최수진 옮김/느낌이있는책)에 수록되어 있다.

Book 38

『성가』

에인 랜드
2008년 9월 15일

*

캐나다 수상 스티븐 하퍼 님께,
에인 랜드는 우리에게 이기적이기를 원하지만
민주주의는 우리에게 너그럽기를 바랍니다.
캐나다 작가 얀 마텔이 보냅니다.

하퍼 수상님께,

수상님께서는 총선을 요구하셨습니다. 그래서 에인 랜드
의 책을 보내기에 더 적절한 때인 듯합니다. 에인 랜드의 책들
은 상당히 정치적이니까요. 작가로나, 글 뒤에 숨은 인간으로
나 에인 랜드를 싫어하기는 무척 쉽습니다. 실제로 많은 독자
와 지식인이 그녀를 지독히 싫어합니다. 하지만 그녀가 세상을
떠나고 사반세기가 지났지만 아직도 에인 랜드를 끈덕지게 추
종하며 거의 신으로 떠받드는 사람들도 적지 않습니다. 따라서

그녀가 남긴 책들은 지금도 상당히 잘 팔립니다. 그녀의 글에는 반감을 불러일으키면서도 독자를 끌어당기는 양면성이 있기 때문입니다. 그녀의 소설 『성가』는 백이십삼 쪽에 불과하지만, 선거의 전후에 논의하기에 적합한 책입니다. 이제부터 제가 에인 랜드를 싫어하는 사람들의 편에 서게 된 이유를 말씀드리겠습니다.

1938년에 처음 출간된 『성가』는 유토피아적 마음을 가진 디스토피아입니다. 말하자면, 모든 것이 잘못된 미래에서 어떻게 해야 올바른 세상이 될 수 있는지를 알려주는 책입니다. 소설은 순조롭게 시작합니다. 어투도 간결하고 절제된 글솜씨도 돋보입니다. 글의 흐름도 매끄럽습니다. 모든 이야기가 주인공의 관점에서 전개됩니다. 주인공의 이름은 평등 7-2521입니다. (에인 랜드는 모든 등장인물에게 자신이 실상을 폭로하려는 개념과 이상을 명확하게 지칭하는 이름을 부여했습니다.) 평등 7-2521이 살고 있는 시대는 바람직하지 않습니다. 일단 그에게는 자유가 별로 없습니다. 사는 곳을 직접 선택할 수도 없고, 직업도 마음대로 선택할 수 없습니다. 가족도, 진정한 친구도 없습니다. 그가 알고 지내는 다른 이들의 상황도 다를 바 없습니다. 모두가 엄격한 원칙에 순응하며 살아갑니다. 사회적으로는 편리할지 모르지만 개인적으로는 힘들고 짜증나는 삶입니다. 에인 랜드의 교묘하고 효과적인 언어적 장치 때문에 독자들은 이런 전제를 기꺼이 받아들입니다. 그러니까, 단수형 인칭대명사가 전혀 사용되지 않습니다. 평등 7-2521은 '나'로 말하지 않습니다. 물론 '나의'와 '나의 것'이란 소유형용사와 소유대명사도 사용하지 않습니다. 이런 개인주의적인 개념들은 평등 7-2521의 사회에서 금기어입니다. 따라서 평등 7-2521은 '우리'이며, 모두가 집단을 위해 봉사합니다. 예컨대 평등 7-2521은 다음과 같이 말합니다.

우리는 우리의 모든 남자 형제처럼 되기 위해 힘쓴다. 모든 남자는 똑같아야 하기 때문이다. 세계협의회 건물의 정문 위 대리석에는 다음과 같이 쓰여 있다. 우리는 유혹을 받을 때마다 이 구절을 스스로 되새겨야 한다.

"우리는 모두에서 하나이고, 하나에서 모두이다.
위대한 '우리' 이외에는 누구도 없다.
나눌 수 없는 영원한 하나이다."

합일 5-3992와 국제 노동자 연맹 4-8818은 도로 청소부로 이런 원칙을 간신히 따릅니다. 하지만,

지혜롭고 인간적인 눈을 가진 우정 2-5503이 있다. 평소에는 조용한 남자이지만 한밤중이나 대낮에 갑자기 아무런 이유도 없이 엉엉 울어댄다. 몸을 심하게 흔들며 흐느끼지만 그 자신도 그 이유를

설명하지 못한다.

연대 9-6347은 밝은 청년이다. 낮에는 무엇도 두려워하지 않지만 수면 중에는 두려움에 질린 듯이 비명을 지른다. 한밤중이면 뼛속까지 한기가 스며드는 목소리를 내지른다. "살려줘! 살려줘!" ……

우정 9-3452, 민주주의 4-6998, 만장일치 7-3304, 국제 노동자 연맹 1-5537, 연대 8-1164, 동맹 6-7349, 유사함 5-0306, 특히 공동체 0-0009에 대해 말하자면, 모두 못된 사람들입니다. 그들은 억압적인 시스템을 앞장서서 옹호하며, 평등 7-2521과 사사건건 충돌합니다. 그들이 뭐라고 유혹하더라도 평등 7-2521은 혼자서 생각하고 자기 생각대로 밀고 나가기 때문입니다.

여자들도 있습니다. 여자들은 따로 삽니다. 남자와 여자는 일 년에 딱 한 번, '짝짓기 시간'에 '우생학 위원회'가 결정한 짝과 함께 하룻밤을 보내기 위해 만납니다. 평등 7-2521과 자유 5-3000은 짝짓기 시간이 아닌, 어느 평일에 도시의 변두리에서 만나 서로 사랑에 빠지면서 선호(preference)라는 중대 범죄를 저지릅니다. 평등 7-2521은 자유 5-3000을 '황금의 여인'이라고 부릅니다.

독자적인 사고에 이런 사랑까지 더해지자 결국 평등 7-2521

얀 마텔
101통의
문학 편지

은 도시를 탈출해서 미답의 숲으로 향합니다. 황금의 여인도 미답의 숲으로 그를 찾아옵니다. 죽을지도 모른다는 예상과 달리 그들은 억압적인 도시의 삶에서 벗어나 목가적인 평온을 만끽합니다. 게다가 숲 너머의 산에서 버려진 집을 우연히 발견합니다. 그리고 그 집에 남겨진 책들, 즉 '위대한 재탄생'이 있기 전의 시대가 남겨놓은 유물 덕분에 행복이 무엇인지도 깨닫습니다. 평등 7-2521은 책을 읽기 시작하는 순간, 한 단어에서 눈을 떼지 못합니다. 그가 머리를 감싸며 간절하게 추구하던 열망을 적절히 표현한 단어였습니다. 바로 '나'라는 단어였습니다.

이런 발견—제가 수상님께 보낸 판본에서는 백팔 쪽, 뒤에서는 열다섯 번째 쪽으로 십일 장을 시작하는 문장, '나는 존재한다. 나는 생각한다. 나는 내 의지대로 살 것이다'를 보십시오—으로부터 『성가』는 영락의 길을 걷습니다. 수상님께서도 파악하셨겠지만, 이 소설에서 에인 랜드의 관점은 집산주의의 비판입니다. 랜드는 자신이 태어난 나라, 러시아에서 스탈린의 공산주의가 공포를 조성하며 최악의 형태로 나타났던 집산주의를 비판하고 싶었던 것입니다(랜드는 1931년에 미국 시민이 되었습니다). 물론 그녀의 생각에 동의하는 독자도 분명히 있을 겁니다. 피에 굶주린 독재정권들은 건전한 사고를 지닌 사람들을 마뜩잖게 생각합니다. 그러나 랜드는 소련의 삶을 풍자하면서 두 가지 실수를 저질렀습니다. 첫째로는 최악의 집산주의만을 생각하고 좋은 면까지 도매금으로 배척한 것입니다. 그녀에게 굴라크*와 사회화된 의료제도는 똑같이 흉악한 것이었습니다. 둘째로는 스탈린과 그의 가증스런 제도를 거부하면서 그에 못지않게 사악한 극단적 자유주의로 치달은 것입니다. 랜드는 인간이 누구에게도 신세지지 않고 누구에게도 구속받지 않으며 자유롭고 자족적인 개인으로 살아갈 때 가장 행복한 거라고 단정합니다. 결국 랜드가 말하고자 하는 것은 이기심의 미덕입니다. 그녀는 자신의 책 하나에 '이기심의 미덕'이란 제목을 붙이기도 했습니다. 따라서 랜드가 주로 겨냥한 독자가 전혀 동질성이 없는 두 집단이라는 게 조금도 놀랍지 않습니다. 하나는 자기만의 개성을 만들어가는 과도기적 갈등을 겪는 청소년들이고, 다른 하나는 더 많은 돈을 버는 데 열중하는 미국의 우익 자본주의자들입니다.

다시 소설로 돌아가겠습니다. 평등 7-2521은 '나'라는 단어 덕분에 자유로워집니다. 그 이후에는 '나'의 광란이 벌어집니다.

나의 손…… 나의 정신…… 나의 하늘…… 나의 숲…… 나의 땅……

---

* 소련의 강제 노동수용소.

누군가 하늘을 자기 것이라고 주장한다면 수상님께서는 어떤 기분이겠습니까? 평등 7-2521이 억압받고 있을 때는 꽤나 매력적으로 보였지만, 자유로워진 순간부터는 짜증스럽고 방자하며 구역질나는 존재로 바뀝니다. '나' 대신 '우리'를 사용하던 도시에서의 이상한 어법은 고매한 주문처럼 들렸지만, 산에서 사용하는 자유로운 어법은 따분하고 거만하게 들립니다. 관습에 반발하는 모습에 우리가 박수를 보냈던 영웅이, 갑자기 모든 것을 안다고 생각하는 독선적이고 횡포한 남자가 되었습니다. 우리는 소설 앞부분에서 그가 처한 곤경을 동정했지만, 이제는 그의 독선에 몸서리칩니다.

나는 모든 것의 의미를 알고 싶었다. 내가 의미다…… 내가 어떤 길을 택해도 길잡이별이 나와 함께한다. 길잡이별과 자철석이 길을 가르쳐준다. 그것들은 오직 한 방향만을 가리킨다. 그것들이 나에게 길을 가르쳐준다…… 나는 내 형제들에게 빚진 것이 없다. 나는 내 형제들에게 빚을 질 이유가 없다. 나는 누구에게도 나를 위해서 살라고 요구하지 않는다. 물론 나도 남들을 위해 살지 않는다…… 이제 나는 신의 얼굴을 본다. 나는 그 신을 지상에서 들어 올린다. 인간이 존재하기 시작한 이후로 찾으려 애쓰던 그 신, 인간에게 기쁨과 평화와 자긍심을 안겨줄 그 신을!

그 신을 한 단어로 표현하면,

'나'이다.

하퍼 수상님, 수상님께서는 신앙인입니다. 따라서 모든 종교, 모든 신의 본질이 에인 랜드가 장황하게 늘어놓은 것과는 정반대라는 걸 아실 겁니다. 우리가 아는 신은 우리에게 자아를 버리라고 말합니다. 결코 자아를 앞세우라고 가르치지 않습니다. 그러나 신에 대한 에인 랜드의 이런 생각도 사소한 문제에 불과합니다. 랜드의 극단적 자유주의에서 비롯되는 주된 문제는 각자가 스스로를 니체의 초인처럼 산꼭대기에 선 영웅이라고 생각하게 된다는 것입니다. 그렇게 되면 사회가 제대로 작동되지 않을 뿐 아니라, 단순한 관계로 전락하고 말 겁니다. 랜드의 소설에서 그런 예를 찾을 수 있습니다. 평등 7-2521은 자신의 유일함에 도취되어 자연스레 자신의 이름까지 싫어집니다. 그래서 황금의 여인에게 이렇게 말합니다.

"수천 년 전에 살았던 한 사람에 대해서 읽었소. 이 책들에 있는 모든 이름들에 대해서도 읽었소. 이제 내가 그 사람의 이름을 갖고 싶소. 그는 신들에게서 빛을 빼앗아 인간에게 가져온 사람이었소. 그는 인간들에게 신이 되는 방법을 가르쳤소. 그리고 빛을 지닌 모든 존재라면 피할 수 없는 고통을 겪었소. 그의 이름은 프로메테우스였소."

전에는 평등 7-2521로 불렸던 멋진 사내가 프로메테우스가 되어 계속 말합니다.

"나는 대지의 어머니였던 여신과 다른 모든 신에 대해서도 읽었소. 그 여신의 이름은 가이아였소. 내 황금의 여인이여, 그 이름을 그대의 이름으로 하구려. 그대가 앞으로 새로이 태어날 신들의 어머니가 되어야 하니까."

황금의 여인이 '리넷'이나 '바비 진' 같은 이름을 갖고 싶었더라면 어떻게 되었을까요? 누가 이 프로메테우스에게 그녀의 이름은 어때야 한다고 말할 수 있었을까요? 그녀가 시끌벅적하게 고함치는 여러 명의 아이들을 갖고 싶어 하지 않았다면요? 그저 아이 한 명, 가능하면 딸 하나만을 원했다면, 어떻게 되었을까요?

자유 5-3000은 도시에 있을 때는 고집불통이었지만, 가이아가 된 뒤로는 수동적이고 순종적으로 변해 평등 7-2521의 말에 순순히 따릅니다. 누구도, 어떤 것도 에인 랜드의 낭만적인 초인에게 반발하지 않기 때문입니다. 더구나 그의 여자가 어떻게 반발할 수 있겠습니까.

프로메테우스는 새롭게 찾은 자유로 무엇을 하려 할까요? 그는 '선택받은 친구들'을 위해 도시를 공격해서 세계를 정복하려 합니다!

여기, 이 산에서 나와 내 아들들 그리고 내가 선택한 친구들은 새로운 땅과 성채를 건설할 것이다…… 그리고 언젠가 내가 지상의 모든 족쇄를 깨뜨리고, 노예들의 도시들을 남김없이 무너뜨리는 날이 올 것이다. 그때 내 고향은 세계의 수도가 될 것이고, 그곳에서 모두가 자신을 위하여 자유롭게 살아갈 것이다.

그는 무엇을 원한 걸까요? 그는 정말 자유롭고 구속받지 않기를 원한 걸까요? 북적이는 도시를 원한 걸까요?
소설은 승리지상주의를 선언하며 다음과 같이 끝납니다.

여기, 내 성채 정문 위의 돌판에는 내 봉화이며 깃발이 될 단어가 새겨질 것이다…… 그 단어는 이 땅에서 영원히 사라지지 않을 것이다. 그 단어가 이 땅의 심장이고 의미이며 영광이기 때문이다.
그 신성한 단어는 이것이다.
'에고'(EGO)

결국 우리 모두가 원하는 이웃은 시끄럽고 거만한 멍텅구리와 그의 가난하고 얌전한 부인이며, 자신의 대문 위에 '에고'라고 새긴 사람인 셈입니다.
이런 이유에서 에인 랜드의 세계관은 모순되고 잘못된 것입니다. 과도한 집산주의에 대한 반발로 그녀는 과도하고 극단적으로 단순화된 이기주의를 내세웁니다. 물론 우리 삶에서 현실적으로 가장 어려운 일은 타자들과 함께하는 주체가 되는 것이고, 자신의 욕구에 세심한 주의를 기울이며 공동체의 요구를 충족시키는 것입니다. 쉬운 일은 아닙니다. 정치도 그렇지만 삶도 타협의 예술입니다.

개인의 욕구와 집단의 욕구가 충돌하며 타협책을 찾는 것이 선거의 핵심입니다. 모든 유권자가 자기이익만을 중심으로 투표한다면 집단, 즉 국가는 불화와 분열로 갈가리 찢기며 붕괴의 위험에 직면할 것입니다. 그러나 집단의 '우리'가 지나치게 독식하면 그 구성원들은 굶주림에 시달리기 마련입니다. 모든 정치인, 무엇보다 수상님부터 사익과 국익 사이에 균형을 찾아야 합니다. 수상님이 말과 행동에 주의하지 않으며 분열을 조장하고 지나치게 많은 부분을 차지한다면, 이 나라는 고통의 수렁에 떨어질 것이며, 수상님의 명성도 훗날의 역사에서 검게 남을 것입니다. 유권자와 정치인 모두에게 세련된 정치력이 필요합니다. 그러나 눈앞의 현재를 걱정하는 유권자들에게 더 나은 미래만을 약속한다는 건 무모한 짓이겠지요. 최선의 선택이 우리 모두에게 요구되지만, 저는 우리가 언젠가 그런 선택을 하리라고 소망할 따름입니다.

총선을 앞두고 있는 지금, 개인적인 요청을 해보려 합니다. 너무 걱정하지 마십시오. 돈이 드는 요구는 아닙니다. 예술 지원금을 요구하거나, 우리 삶에서 예술을 중심에 두어야 한다고 말하려는 건 아닙니다. 치사하게 캐나다 예술 산업의 수익성을 자랑하려는 것도 아닙니다(제가 얼마 전에 읽은 자료에 따르면, 우리 예술 산업은 2007년에만 사백칠십억 달러의 수익을 올렸습니다.

광업보다 더 높은 수익이지 않습니까? 제가 이 자료를 믿기 때문이 아니라, 원래 본질적인 것은 내재적으로 수익성이 있기 마련입니다. 돈을 아무리 많이 가진 사람이어도 예술을 모르는 사람은 가난합니다). 저는 수상님께 기막힌 정책 하나를 제안하고 싶을 뿐입니다. 돈도 들지 않습니다.

언젠가는 캐나다의 수상이 되길 꿈꾸는 유망한 정치인들을 위한 독서 목록을 미리 확보해두면 어떨까요? 그들이 캐나다의 지도자가 되기에 충분한 상상력을 지닐 수 있게 말입니다. 캐나다 국민들은 수상이 캐나다의 역사와 지리를 완벽하게 파악하고, 경제와 행정 및 시사적인 사건과 외교에도 상당한 능력을 지녔기를 바랍니다. 수상의 재산 형성 과정도 국민들이 납득할 수 있게 설명되어야 하겠지요. 그런데 왜 상상력은 검증되지 않는 것일까요?

상상력이야말로 수상님과 제가 나누는 문학적 대화에서 가장 중요한 것이 아니었습니까? 수상님이 제가 추천한 책이나 그와 유사한 책을 지금이나 예전에 전혀 읽지 않았다면, 예컨대 『이반 일리치의 죽음』이나 다른 러시아 소설을 읽지 않았다면, 『줄리 아씨』나 다른 스칸디나비아 희곡을 읽지 않았다면, 『변신』이나 다른 독일계 소설을 읽지 않았다면, 『고도를 기다리며』나 『등대로』 등과 같은 실험적인 희곡이나 소설을 읽지 않았다면, 『예술가와 모델』이나 다른 성애소설을 읽지 않았다면, 마르쿠스 아우엘리우스의 『명상록』이나 『문학의 구조와 상상력』 같은 철학적 탐구서를 읽지 않았다면, 『밀크우드 아래에서』나 다른 시적인 산문을 읽지 않았다면, 『그들의 눈은 신을 보고 있었다』나 『드라운』을 비롯한 미국 소설을 읽지 않았다면, 『사라예보의 첼리스트』와 『섬은 미나고를 뜻한다』와 『시쿠티미의 잠자리』를 비롯해 캐나다 소설이나 시나 희곡을 읽지 않았다면, 지금 수상님의 정신이 무엇으로 이루어졌겠습니까? 수상님이 우리나라를 위해 품은 꿈들을 무엇이 만들어냈겠습니까? 수상님의 상상력은 무슨 색깔이고 어떤 모양을 띠며, 어떤 이유와 까닭이 있겠습니까? 아무에게나 감히 물을 수 없는 질문이지만, 저의 지도자가 되겠다는 사람에게는 어떤 상상력을 지녔는지 캐물을 권리가 있다고 생각합니다. 그 사람의 꿈이 자칫하면 저에게는 악몽이 될 수 있으니까요.

제가 제안한 '수상을 위한 독서 목록'의 작성은 공정한 인물인 하원의장에게 맡기면 될 겁니다.** 하원의장이 국회의원들에게만 아니라 캐나다 시민 모두에게 추천을 받아 독서 목록을 작성하면 어떨까요? 물론 무척 어려운 작업일 겁니다. 영어와 프랑스어를 비롯해 여러 언어로 쓰인 글이 지금까지 우리나라와 해외에서 이루어낸 모든 것을 대변하는 책들을 어떻게 정확히 선정할 수 있겠습니까? '수상을 위한 독서 목록'은 지나치

** 캐나다 하원의장에게는 '공정할 책임'이 법적으로 요구된다.

게 길어서도 안 될 것입니다. 어떤 국민도 수상이 임기 내내 소설을 읽으면서 시간을 보내길 바라지 않을 테니까요. 물론 주기적으로 갱신해야 할 것이고, 시대와 취향의 변화도 고려해야 할 것입니다. 목록을 실제로 시행하는 방법도 쉽지 않은 과제일 것입니다. 일 년에 한 번씩 독서 목록을 수상에게 제시하는 방법이 낫겠습니까, 아니면 임기 초에 한꺼번에 제시하는 방법이 낫겠습니까? 또 수상이 목록의 책들을 실제로 읽었는지 어떻게 점검해야 할까요? 비서에게 책의 내용을 요약해서 보고하라고 지시할 수도 있지 않습니까. 시험을 보거나 독후감을 써야 할까요? 그 문제만을 다루는 위원회를 두고 질의응답 시간을 가져야 할까요?

"나는 그런 말도 안 되는 짓에 할애할 시간이 없습니다!" 수상님께서는 이렇게 소리치고 싶으실 겁니다. 하지만 제가 첫 편지에서 말씀드렸듯이, 모든 침대 옆에는 책을 놓아둘 수 있는 공간이 있습니다. 수상님께 다시 묻습니다. 수상님의 정신이 무엇으로 이루어졌겠습니까?

수상을 위한 독서 목록을 만들자는 것이 단순한 정책 제안에 불과하다고 생각하십니까? 이 중요한 제안에 대한 수상님의 입장은 무엇입니까?

수상님의 대답을 기다리겠습니다.

안녕히 계십시오.

에인 랜드(Ayn Rand, 1905-1982)는 러시아에서 태어난 미국 소설가로 극작가, 시나리오 작가이기도 하다. 가장 널리 알려진 작품은 『파운틴 헤드』와 『아틀라스』이다. 시나리오 작가로 일하기 위해서 할리우드에 도착한 뒤 이 주도 지나지 않아 랜드는 엑스트라 배우가 되었고, 그 후에 영화감독 세실 B. 드밀을 대신해서 시나리오를 판정하는 역할을 맡았다. 그리고 배우 프랭크 오코너를 만나 결혼해서 사십 년을 함께 살았다. 에인 랜드는 정치 활동에도 적극적으로 참여했다. 그녀의 작품에서는 개인주의와 자본주의 및 기본적인 자유에 대한 믿음이 읽혀지는 동시에 집산주의적 정치구조에 대한 혐오감이 짙게 드러난다.

• 원제는 『Anthem』이다.

Book 39

『미스터 핍』

로이드 존스
2008년 9월 29일

*

캐나다 수상 스티븐 하퍼 님께,
오스트레일리아 브리즈번에서
9월 21일
로이드 존스 드림

로이드 존스를 대신해서
수상님께 새로운 세상을 보여줄 책을
캐나다 작가 얀 마텔이 보냅니다.

하퍼 수상님께,

선거운동은 힘들기 마련입니다. 특히 수상님처럼 한 당의
당수라면 더욱 힘들 겁니다. 국무를 게을리하지 않으면서도 전
국을 순회하며 아침, 점심, 저녁으로 국민을 만나 연설하는 가
운데 경계심도 늦출 수가 없을 테니까요. 게다가 누구도 대신

얀 마텔
101통의
문학 편지

해줄 수 없는 일이지 않습니까. 제 개인적인 생각에는 사생활을 완전히 포기해야 한다는 것이 가장 힘들 것 같습니다. 수상님만을 위한 시간까지 공공의 요구에 희생해야 하지 않습니까.

수상님 자신에게 돌아가는 가장 확실한 방법은 책을 읽는 것입니다. 독서는 수상님의 마음과 문자로 쓰인 글 사이의 대화인 동시에 전적으로 수상님만의 개인적인 경험이기 때문에 상당히 만족스런 시간이 될 거라고 믿습니다. 책을 읽을 때는 경계심을 품을 필요도 없습니다. 완전히 수상님 자신이 될 수 있습니다. 더 좋은 게 있다면, 수상님이 철저하게 자유롭다는 것입니다. 천천히 읽을 수도 있고 빨리 읽을 수도 있습니다. 읽었던 부분을 또 읽어도 상관없고, 어떤 부분은 건너뛰어도 괜찮습니다. 심지어 읽던 책을 내려놓고 다른 책을 집을 수도 있습니다. 모든 것을 수상님 마음대로 결정할 수 있습니다. 자유는 이 정도에서 끝나지 않습니다. 책을 읽는 동안 어떤 경험을 하느냐도 전적으로 수상님의 몫입니다. 읽고 있는 책에 완전히 몰두할 수도 있고, 정신을 딴 데 팔 수도 있습니다. 책의 내용에 공감하며 적극적으로 받아들일 수도 있고, 원하시면 반박하는 까다로운 독자가 될 수도 있습니다. 거듭 말씀드리지만, 완전한 자유를 만끽할 수 있습니다. 책을 읽을 때가 아니면 언제 그런 기분을 누릴 수 있겠습니까? 개인적으로든 사회적으로든 거의 모든 행위에서 우리는 법과 규칙에 제한받고, 다른 사람들에게 방해받고 그들의 기대치까지도 고려해야 하지 않습니까?

독서는 생각하는 사람에게 가장 필요한 조건, 즉 제가 수상님께 편지를 보내기 시작하면서부터 언급한 '정적'(stillness)이란 조건을 가장 확실하게 부여하는 방법 중 하나입니다. 책을 읽으며 평정한 마음에 빠져들면 외부세계의 소음과 혼란이 사라지고 차단됩니다. 다시 말하면, 자아와 대화를 시작해서 이런저런 의문을 제기하고 적절한 답을 찾아내고, 객관적인 사실과 주관적인 감정을 차분하게 평가합니다. 따라서 독서는 우리에게 다시 자유롭게 자아에 집중하도록 용기와 기운을 북돋워주고, 마음의 눈을 크게 뜨고 다음에 할 일을 신중하게 생각하도록 도와줍니다.

뉴질랜드 작가, 로이드 존스의 『미스터 핍』만큼 이런 과정을 확실하게 입증해주는 책은 없을 것입니다. 이 소설과 함께 수상님께서는 먼 곳을 여행하게 될 것입니다. 이야기는 태평양의 부건빌 섬에서 시작됩니다. 파푸아뉴기니에 있는 섬입니다. 어떤 면에서는 빅토리아 시대의 잉글랜드도 소설의 한 무대입니다. 시작부터 흥미진진할 것 같지 않습니까? 푸른 바다와 열대의 숲으로 에워싸인 태평양 섬에서 시간을 보내는 꿈을 꾼 적이 단 한 번도 없는 사람이 있겠습니까? 누가 유럽을 여행하고 싶지 않겠습니까?

『미스터 핍』은 소설에 대한 소설입니다. 핍이란 이름은 수상님에게도 귀에 익은 이름일 겁니다. 찰스 디킨스의 소설, 『위대한 유산』의 주인공 이름이기도 하니까요. 이건 우연의 일치

가 아닙니다. 『위대한 유산』이 존스 소설에서 등장인물이라 할
수 있으니까요. 말하자면 『위대한 유산』은 존스의 소설을 있게
한 촉매입니다.

백인 와츠 씨는 부건빌 섬의 흑인 마을에서 살아갑니다. 와
츠 씨가 그 마을의 한 여인과 결혼해서 흑인들이 그를 받아들
인 겁니다. 부인은 점점 미쳐가지만 와츠 씨는 부인을 정성껏
돌봅니다. 폭동이 일어나 지역 광산이 폐쇄되고, 그곳에서 일
하던 모든 흑인이 쫓겨납니다. 결국 백인으로는 와츠 씨만이
유일하게 남습니다. 그와 마을 사람들은 봉쇄로 바깥세상과 단
절됩니다. 와츠 씨는 학교 선생이 되기로 하지만 아는 것이 거
의 없습니다. 화학은 그저 단어일 뿐이고, 역사는 유명한 이름
들의 나열에 불과합니다. 하지만 그가 유일하게 잘 알고 사랑
하는 것이 바로 찰스 디킨스의 위대한 소설입니다. 그는 아이
들에게 그 소설을 소리 내어 읽어줍니다. 아이들은 그 소설에
푹 빠져들고, 핍을 사랑하게 됩니다. 그러나 아이들의 부모와,
마을 사람을 겁주려고 시시때때로 마을에 내려오는 정부군들
은 이런 '미스터 핍'을 의심합니다. 군인들은 "그놈을 어디에
숨겼냐? 그놈을 내놓아라, 그렇지 않으면……"이라고 협박합
니다.

로이드 존스의 소설은 문학이 어떻게 새로운 세상을 만들어
낼 수 있는지 보여줍니다. 또 어떻게 세상이 소설처럼 읽힐 수
있고, 어떻게 소설이 세상처럼 읽힐 수 있는지도 보여줍니다.

감상적인 소설로 느껴지시겠지만, 『미스터 핍』에는 충격적인 비열함과 폭력도 있다는 점에 주의하십시오.

폭력에 동화 같은 요소가 퇴색될까요? '현실' 앞에서는 '픽션'이 얼굴을 들지 못할까요? 그렇지 않습니다. 수상님께서도 직접 읽어보십시오. 이 소설의 주장에 따르면, 종교적인 상상이든 예술적인 상상이든, 세상을 견딜 수 있게 만들어주는 것은 상상입니다.

『위대한 유산』도 함께 보내드립니다. 『미스터 핍』을 이해하기 위해서 굳이 이 소설까지 읽을 필요는 없습니다. 그러나 무척 흥미진진한 걸작이어서 수상님께 또 다른 즐거움을 드리고 싶은 마음에 함께 보내는 것입니다.

저는 지난주에 브리즈번 문학 페스티벌에서 로이드 존스를 만났습니다. 그는 수상님께 보내는 책에 기꺼이 서명해주었습니다.

『미스터 핍』과 『위대한 유산』을 읽는 즐거움을 맛보시기 바랍니다. 두 소설은 수상님을 정적의 세계로 안내할 것입니다.

안녕히 계십시오.

얀 마텔 드림

로이드 존스(Lloyd Jones, 1955년생)는 뉴질랜드 작가이다. 1985년부터 소설을 발표하기 시작했다. 언론인과 여행 작가로도 활동했으며, 당시의 경험이 소설에서 사실적으로 표현된다. 최근작 『미스터 핍』으로 2007년 영연방 작가상을 수상했다. 그 밖의 유명한 작품으로는 『바이오그래피』 (Biografi) 『여기 세상의 끝에서 춤추는 법을 배우다』(Here at the End of the World We Learn to Dance) 『아내의 초상화』(Paint Your Wife) 『명성의 서』(The Book of Fame) 등이 있다. 그의 소설들은 연극으로 각색되어 성공적으로 공연되었다. 존스는 아이들을 위한 책도 썼고, 스포츠에 관련된 글을 편집하기도 했다.

• 우리나라에서는 2007년 9월, 『미스터 핍』(김명신 옮김/북스캔)으로 출간되었다.

Book 40

『시계태엽 오렌지』

앤서니 버지스
2008년 10월 13일

*

캐나다 수상 스티븐 하퍼 님께,
"자, 이제 어떻게 될까?"라는 질문을
캐나다 작가 얀 마텔이 보냅니다.

하퍼 수상님께,

알렉스를 만나보십시오. 알렉스는 시민들에게나 정부에게
나 악몽 같은 비행 청소년입니다. 첫째로는 그들이 알렉스를
무서워하기 때문이고, 둘째로는 그들이 알렉스와 어떻게 지내
야 하는지 모르기 때문입니다. 알렉스(Alex)는 라틴어에서 '법
의 테두리를 넘어서'를 뜻하는 'a-lex'입니다. 알렉스와 그의
친구들은 기습적으로 사람들을 공격하고, 상점을 약탈하며, 가
정집에 난입합니다. 문자 그대로 극단적인 폭력을 휘두르고,

윤간을 밥 먹듯이 합니다. 겨우 열다섯 살인데 말입니다! 경찰에게 붙잡히면 소년원에서 썩을 대로 썩다가 나옵니다. 그 후에는 어떻게 되겠습니까? 수상님이 그런 팔팔한 나이라면 어떻게 하시겠습니까? 알렉스는 다시 재밌는 폭력 세계로 되돌아갑니다. 『시계태엽 오렌지』의 세계에 들어가보십시오. 영국작가 앤서니 버지스가 1962년에 발표한 짤막한 소설입니다.

"자, 이제 어떻게 될까?" 삼 부로 이루어진 소설이 각 부를 시작할 때마다 약간 협박하듯이 던지는 질문입니다. 이야기 속의 등장인물들에게만 던지는 질문이 아닙니다. 우리에게 제기하는 질문이기도 합니다. 알렉스는 앞으로 어떻게 될까요? 우리는 알렉스를 어떻게 처리해야 할까요? 『시계태엽 오렌지』에는 끔찍한 폭력이 난무하지만, 그 때문에 도덕에 천착하는 소설입니다.

알렉스가 폭력 사건에 연루되어 현장에서 붙잡히자, 당국은 색다른 접근법을 시도합니다. 당국은 조건반사 원리에 바탕을 둔 세뇌 훈련을 시도합니다. 개가 종소리를 듣고 반사적으로 침을 흘린다면 한 소년도 그렇게 세뇌시켜 폭력성을 제거하지 못할 이유가 없겠지요. 알렉스는 '루도비코 요법'의 실험 대상이 됩니다. 당국은 알렉스에게 극단적인 폭력 영화를 보여주고는 그때마다 알렉스에게 구역질나는 기분을 유발하는 주사를 주입합니다. 따라서 알렉스는 폭력을 역겹게 받아들이는 방법을 조금씩 터득해갑니다. 그러나 안타깝게도, 알렉스는 억지로

봐야 하는 몇몇 영화 필름의 사운드트랙 때문에 클래식 음악에 혐오감을 느끼는 방향으로 조건화됩니다. 알렉스는 폭력적인 성향에도 불구하고 음악을 사랑하기 때문에(역사적으로 흔히 있던 일이 아닌가요?), 이런 잘못된 조건화로 인해 깊은 고뇌에 빠집니다.

내무부 장관은 알렉스의 그런 변화를 사소한 문제로 넘겨버립니다. 주된 문제는 해결되었습니다. 이제 알렉스는 폭력 장면을 보거나, 폭력을 머릿속에 떠올리기만 해도 배를 움켜잡고 구역질하니까요. 알렉스가 베토벤의 음악을 듣고도 구역질을 한다고 뭐가 대수겠습니까? 작고 부수적인 피해일 뿐입니다.

그러나 선한 행동이 자유의지가 아니라, 구역질을 억누르기 위한 자아 방어기제에 의해 선택된다면, 그것이 도덕적으로 타당한 선택일까요? 어딘가에서 교도소 신부는 "어떤 의미에서는 악을 선택하는 사람이 강요된 선을 받아들여야 하는 사람보다는 낫지 않을까?"라고 묻습니다. 버지스의 대답은 명쾌합니다. 버지스는 자유선택에 따른 선을 최선이라고 말합니다. 이 대답이 맞는 이유는 이 소설의 핵심 문장에서, 정확히 말하면 알렉스가 끝없이 푸념을 늘어놓으며 무심코 내뱉은 말에서 찾을 수 있습니다.

이 수수께끼를 풀려고 하면서 다음 날에는 의자에 묶이기를 거부하고 놈들과 싸워야 할지 곰곰이 생각해보았지. 나도 권리라는 게 있으니까. 그때 처음 보는 어떤 녀석이 날 보러 들어오더군.

"나도 권리라는 게 있으니까." 맞습니다, 우리 모두에게 그렇듯이 알렉스에게도 권리가 있습니다. 그 권리를 무시하면 본질적인 것이 사라집니다. '인간은 선택할 수 없을 때 더는 인간이 아니다.'

정부의 정책에 반대하는 지식인들이 알렉스를 이용하기로 마음먹습니다. 지식인들은 알렉스를 방에 가두고, 그 방 밖에서 클래식 음악을 크게 연주합니다. 알렉스에게 탈출구는 하나뿐입니다. 창문을 열고 탈출하는 수밖에 없습니다. 그런데 그 방은 아파트 서너 층 높이에 있었습니다. 그래서 알렉스는 인도로 곤두박질칩니다. 알렉스가 강제로 받았던 세뇌에 분노하던 시민들 한복판에 곧장 떨어진 겁니다. 선거가 임박한 상황이었고, 정부는 알렉스 사건이 선거에 미칠 영향에 불안해합니다. 병원에 입원해서 상처를 치료받던 알렉스에게 정부는 서둘러 반대방향으로 세뇌 작업에 돌입합니다. 알렉스는 그 작업을 즐겁게 받아들입니다. 소설의 끝에서 두 번째 장 마지막 장면에서, 알렉스는 침대에 느긋하게 누워 베토벤 교향곡 구 번을 즐겁게 듣습니다. 그리고 "난 제대로 치료가 된 거야"라고 말합니다.

그 말이 소설에서 마지막 구절이었다면 정말 아이러니였을 겁니다. 알렉스의 귀가 회복된 것은 다행이지만, 그의 도덕적

잣대도 옛날로 돌아갔을 테니까요. 도덕이란 나침반에서, 바늘이 다시 자유의지로 선을 가리킬 수도 있고 악을 가리킬 수도 있습니다. 그렇다면 우리 시민도 다시 두려움에 떨기 시작해야 한다는 뜻일까요? 버지스는 소설의 마지막 장, 삼 부 칠 장에서 걱정할 것이 없다고 말합니다. 알렉스는 시련의 이 년을 꼬박 지냈습니다. 이제 그는 열여덟 살이고 많이 성숙해졌습니다. 강간과 약탈이 과거만큼 재밌지 않습니다. 알렉스는 '착한 여자'가 된 기분입니다. 그래서 마음을 다잡고 가정을 꾸려야겠다고 생각합니다. 마침내 한층 원숙하고 부드러워진 알렉스가 짝을 그리는 모습으로 소설은 끝납니다.

결말이 싱겁다는 생각마저 듭니다. 버지스는 우리가 개인적인 차원에서 도덕적 선택을 할 때 자유가 중요하다는 걸 훌륭하게 보여주었습니다. 하지만 사회의 차원에게 우리는 어떻게 해야 할까요? 사회는 법을 위반하는 시민들에게 맞서 어떤 선택을 해야 할까요? 당연한 말이지만 우리는 무엇에도 구속받지 않고 자유로워야 합니다. 그러나 어떻게 해야 개인의 자유와 사회의 안전을 동시에 도모할 수 있을까요? 버지스는 알렉스가 가족이란 평화로운 공간의 즐거움을 느닷없이 깨닫게 함으로써 그 까다로운 질문을 피해 갑니다. 결국 버지스는 사회적 문제를 개인이 해결해야 할 문제로 떠넘깁니다. 만약 알렉스가 폭력의 삶을 지속하기로 마음먹었다면 어찌해야 할까요?

미국판 『시계태엽 오렌지』는 원래 마지막 장이 없이 출간되었습니다. 버지스의 반대에도 불구하고 편집부에서 마지막 장을 삭제함으로써 소설의 균형감을 떨어뜨렸습니다. 그렇긴 하지만, 제 생각에는 알렉스가 이십 장* 끝에서 자신은 치료되었다고 불안하게 주장하는 모습이 앞의 내용에 더 어울리는 결말인 듯합니다. 미국 영화감독 스탠드 큐브릭은 동명의 영화를 제작했습니다. 큐브릭도 낙관적이지 않은 결말이 더 마음에 들었던 모양입니다.

제가 지금까지 말한 것 때문에 수상님이 『시계태엽 오렌지』를 김빠진 도덕적 교훈으로 요약되는 경건한 작품으로 생각하실까 두렵습니다. 이 소설은 결코 평범한 작품이 아닙니다. 아이스하키 경기가 최종 점수로 요약될 수 없듯이, 예술 작품도 요약된 줄거리가 전부일 수는 없습니다. 『시계태엽 오렌지』에서 사용되는 언어는 무엇으로도 압축할 수 없습니다. 알렉스와 그 친구들은 무척 특이한 영어를 사용합니다. 무작위로 선택한 예를 들어보겠습니다.

놈이 계산 어쩌고 하는 말이 무슨 소리인지 알아들을 수는 없었어. 왜냐하면 내 생각으로는 사람이 아프다가 나아지는 것은 당사자 자신만의 일이지 계산과는 상관이 없는 일이었거든. 놈은 무슨 좋

---

* 이 소설은 총 이십일 장으로 이루어졌다.

은 친구라도 되는 것처럼 침대 모서리에 앉더니……

영어 속어와 러시아에서 들어온 단어들이 뒤범벅되어**, 때로는 성경을 읽는 듯한 기분이고 때로는 엘리자베스 1세 시대로 되돌아간 기분입니다. '나드사트'(Nadsat)라고 일컬어지는 이런 언어로 인해 『시계태엽 오렌지』가 불후의 문학 작품으로 평가받는 겁니다. 이런 언어야말로 오렌지에 내재된 과즙인 셈입니다. 나드사트 단어들은 대부분 문맥으로 그 뜻을 분명히 짐작할 수 있습니다. 간혹 전혀 짐작되지 않는 경우도 있지만 그다지 기분 나쁘지는 않습니다.

내일 캐나다 국민은 투표장에 갑니다. 나름대로 이유가 있어 투표 하루 전에 『시계태엽 오렌지』를 수상님께 보내는 것입니다. 그 이유는 섬뜩할 정도로 우리에게 익숙한 진실이 소설에 그대로 녹아 있기 때문입니다. 알렉스가 살아가는 나라의 정부도 민주적인 절차에 따라 선택되었지만, 민주주의의 기반을 훼손하는 정책들을 시행합니다. 우리는 지난 팔 년 동안 미국에서 그런 정책을 시행하는 걸 옆에서 지켜보았습니다. 미국은 현 대통령에 의해 어느덧 도덕적으로 파탄 상태에 빠지고 말았습니다. 수상님께서는 알렉스와 같은 사람들을 처리할 해

** 우리말 번역서에는 의미의 전달을 이유로 이런 부분들이 간과되었다.

결책이 있다고 장담하시지만, 전문가들은 수상님의 의견에 반대합니다. 법원과 국민의 뜻도 마찬가지입니다. 더구나 퀘벡 사람들의 반발은 대단하지 않습니까. 물론 수상님께서 더 잘 안다고 생각하실 겁니다.

그런데 하퍼 수상님, 수상님이 비책으로 계획하시는 방법이 루도비코 요법은 아니라고 자신있게 말씀하실 수 있습니까?

안녕히 계십시오.
얀 마텔 드림

• 추신: 큐브릭이 직접 각색하고 감독한 영화 〈시계태엽 오렌지〉를 보셨습니까? 영화가 원작만큼 좋은 드문 경우 중 하나입니다. 지금 영화 디브이디를 구하려고 애쓰고 있습니다. 구하는 즉시 보내드리겠습니다.

앤서니 버지스(Anthony Bugess, 1917-1993)는 영국의 소설가이자 시인으로 극작가, 전기 작가, 문학평론가, 언어학자, 번역가, 작곡가 등 다방면으로 활동했다. 말레이 반도를 무대로 한 삼 부작 『기나긴 날이 저물다』(The Long Day Wanes)처럼 언어적으로 정교한 문학소설부터 제임스 조이스의 작품에 대한 평론까지 무척 다양한 글을 썼고, 교향곡을 작곡하기도 했다. 그는 반유토피아적인 풍자글도 남겼다.

• 우리나라에서는 2005년 1월, 『시계태엽 오렌지』(박시영 옮김/민음사)로 출간되었다.

Book 41

『길가메시』

스티븐 미첼의 번역판

2008년 10월 27일

*

캐나다 수상 스티븐 하퍼 님께,

수상님의 두 번째 임기를 축하하는 뜻에서

세계에서 가장 오래된 이야기를

캐나다 작가 얀 마텔이 보냅니다.

하퍼 수상님께,

먼저 선거에서 승리하신 걸 축하드립니다. 소수 정부에서
벗어나지 못했지만 의석수가 늘어나 기쁘시겠습니다. 수상님
이 연임에 성공했다는 것은 무엇보다 우리 둘만의 북클럽도 존
속하게 되었다는 뜻일 겁니다. 책에 대해 이야기하는 우리 북
클럽이 어느 정도 자리를 잡은 것도 사실입니다. 앞으로 시간
도 넉넉하니, 시계를 거꾸로 돌려보지 못할 이유가 없을 듯합
니다. 책 이야기가 시작된 곳으로 거슬러 올라가 유프라테스

강변까지 되돌아가면 어떻겠습니까. 현재 대서사시 『길가메시』의 표준본으로 알려진 것은 기원전 1600-1300년 사이에 바빌로니아에서 열두 장의 점토판에 아카드어의 문자, 설형문자로 쓰였습니다. 그러나 우루크의 비탄에 잠긴 왕에 대해 수메르어로 기록된 조각들은 더 일찍 기원전 2000년경에 쓰인 것으로 밝혀졌습니다. 역사적인 인물, 길가메시는 기원전 2750년경, 쉽게 말하면, 이백 년이 조금 부족한 오천 년 전에 죽었습니다.

『길가메시』는 호메로스보다 앞서고, 『성서』보다 앞선 이야기입니다. 이 문화적 토양에서 호메로스와 『성서』가 탄생했습니다. 따라서 이 대서사시의 몇몇 내용은 수상님에게도 낯설지 않게 느껴질 것입니다. 『성서』에서 말하는 대홍수가 있기 전에, 『길가메시』에서도 대홍수가 있었습니다. 노아의 방주가 있기 전에 우트나피쉬팀이 큰 배를 건조해서 동물을 태웠습니다. 『오디세우스』가 있기 전에 먼저 『길가메시』에 긴 여정이 있었습니다. 나사렛 예수가 죽음을 극복하기 전에, 먼저 『길가메시』에 죽음을 극복한 사람이 있었습니다. 어마어마한 홍수라는 주제는 비슈누 신의 첫 아바타인 마치야 물고기에 대한 힌두교 신화에도 등장합니다. 또 두려움이란 주제는 제가 작년에 보낸 『바가바드 기타』에서도 반복됩니다. 대전투를 앞둔 아르주나의 두려움을 기억하십니까? 그 두려움은 죽음을 앞둔 길가메시의 두려움과 다르지 않습니다. 수메르 신들의 고약한 심보는 그리스 신들의 심보와 어상반해서, 운명의 냉혹함에서는 고대 그리스인들의 사고방식이 생각나지 않습니까? 『길가메시』는 모든 이야기의 모태입니다. 따라서 문학적 동물인 우리는 당연히 『길가메시』부터 시작해야 합니다.

제가 이렇게 말해서, 이 대서사시를 읽는 게 고고학 박물관의 진열장에 놓인 조악한 돌조각들을 들여다보는 것과 비슷할 거라고 생각하실지도 모르겠습니다. 분명히 말씀드리지만, 그렇지 않습니다. 제가 오늘 수상님께 보내는 『길가메시』는 미국인 번역가 스티븐 미첼의 역작입니다. 미첼은 학문적인 냄새를 지워내고, 앞뒤가 맞지 않는 조각들을 과감하게 배제했습니다 (하지만 충실한 서문과 많은 주석이 있습니다). 미첼은 원본의 정신에 충실하려고 애썼고, 고고학자들의 감수성보다는 영어 독자의 욕구를 더 중요하게 생각했습니다.

그 결과로 흥미진진한 대서사시가 탄생했습니다. 글은 간결하고 활기차고 위풍당당하며, 내용은 손에 땀을 쥐게 할 정도로 극적입니다. 수상님께 이 서사시를 소리 내어 읽어보라고 권하고 싶습니다. 직접 시도해보면 아시겠지만 소리 내어 읽기가 무척 편합니다. 혀가 꼬이지도 않고, 머리가 앞뒤 줄거리를 생각하느라 막히지도 않을 겁니다. 북을 두드리는 것처럼, 율동적인 박자와 똑같은 구절의 반복에 수상님께서는 자신도 의식하지 못하는 사이에 『길가메시』에 푹 빠져들 것입니다.

정신은 이런저런 사상을 통해 죽지 않고 영원히 존속할 수

얀 마텔
101통의
문학 편지

있습니다. 어떤 사상은 수세대 동안 꾸준히 다른 사람에게 전해지며 영원히 죽음을 앞서갈 수 있습니다. 예컨대 플라톤은 한참 전에 죽었지만 그의 정신은 지금도 우리 곁에 있습니다. 그러나 마음은 어떻습니까? 마음은 죽음을 피할 수 없습니다. 모든 마음이 죽습니다. 플라톤의 마음에 대해서, 다시 말해서 플라톤이 어떤 일을 어떻게 느꼈는지에 대해서 우리는 아무것도 모릅니다. 『길가메시』는 한 남자의 마음에 대한 이야기입니다. 죽음을 앞두고 비탄에 싸인 사람의 마음에 대한 이야기입니다. 우루크의 왕, 길가메시가 슬픔에 잠겨 수상님의 귀에 대고 한탄하는 목소리가 결코 사천 년 전의 것으로 느껴지지 않을 것입니다. 역시 죽음을 피할 수 없는 수상님의 마음이 두근대는 소리처럼 들릴 것입니다. 우리에게 유일한 소망이 있다면, 길가메시처럼 진심으로 살아가고, 엔키두처럼 충직하고 충성스런 친구를 갖는 게 아닐까요?

감미로운 구절도 있습니다. '일진광풍이 지나갔다'나, '보슬비가 산에 떨어지기 시작했다'라는 구절을 찾아보십시오. 전후 문맥에서 찬란히 빛나는 구절들입니다. 길가메시를 괴롭히는 뱀도 있습니다. 이 부분도 성경에 능통한 수상님에게는 낯설지 않을 것입니다. 그 뱀은 길가메시를 유혹하진 않지만 영생의 식물을 훔칩니다. 따라서 결과는 똑같습니다. 불쌍한 길가메시는 죽음이란 운명을 받아들여야 하니까요.

안녕히 계십시오.

얀 마텔 드림

스티븐 미첼(Stephen Mitchell, 1943년생)은 여러 언어에 능통한 미국의 번역
가이다. 원문에 충실한 번역보다 자기만의 시적인 번역으로 더 유명하다.
독일어, 히브리어, 그리스어, 라틴어, 프랑스어, 스페인어, 이탈리아어, 중
국어, 산스크리트어, 덴마크어로 쓰인 원전을 번역했다. 힌두교 경전 『바
가바드 기타』와 불교 경전 『도덕경』도 번역했다. 한 권의 시집, 두 편의 장
편소설, 세 권의 논픽션 및 여러 권의 아동물을 출간했다.

Book 42

『길가메시』

데릭 하인스의 번역판
2008년 11월 10일

*

캐나다 수상 스티븐 하퍼 님께,
다시, 그러나 현대식으로 새롭게 번역된,
세계에서 가장 오래된 이야기를
캐나다 작가 얀 마텔이 보냅니다.

하퍼 수상님께,

다시 『길가메시』입니다. 그러나 무척 다른 『길가메시』입니다. 제가 이 주 전에 보낸 번역판은 원본에 충실하지 않았지만 수메르 원전을 더 잘 표현해냈습니다. 그래서 스티븐 미첼이 깨진 점토판들을 취해서 그 조각을 짜 맞추고, 균열로 해독하기 어려운 곳까지 능숙하게 채워 넣었다고 생각하는 사람들이 있습니다. 하지만 오천 년 전 유프라테스 강변에서 있었던 숨막히는 여행으로 우리에게 안내한 사람은 자신에 대해 어떤 흔적도 남기지 않았습니다. 그래서 우리는 스티븐 미첼의 존재조차 의식할 수 없습니다. 심지어 번역가란 존재에 대해 알아볼 생각조차 않았습니다.

캐나다 시인 데릭 하인스가 해석한『길가메시』에서는 시간 여행이 반대 방향으로 진행됩니다. 메소포타미아가 현 시대로 끌어당겨지며, 모든 고고학적 먼지 조각이 흩날리며 사라집니다. 이 번역판은 완전히 원본을 무시해서, 점토판들을 내던져 버렸습니다. 첫 부분을 보십시오. 미첼의 번역판에서는 이렇게 시작됩니다.

모든 왕을 능가하고, 누구보다 키가 크고
힘까지 강하며, 위풍당당한
황소 같은 사내, 패배를 모르는 지도자,
최전선에 서서 부하들에게 사랑받은 영웅—
'요새'라 불렸고, '민중의 보호자',
'모든 방어진을 파괴하는 홍수'로 일컬어졌던 영웅—
삼분의 이는 신, 삼분의 일은 인간이었던……

하인스의 번역판에서는 완전히 다릅니다.

우루크의 왕, 길가메시,
삼분의 이는 신이었던 응석받이 남자.

얀 마텔
101통의
문학 편지

자존심은 강해서 스프링해머처럼 고개를 치켜들고

누구와도 타협하지 않는 오만한 남자.

그림이 그려지십니까? 방향을 잘못 짚은 번역판을 읽고 싶은 사람은 없을 것입니다. 미첼의 번역에서는 고대 서사시의 웅장함과 영원함이 느껴집니다. 하인스의 번역에서는 서사시가 어떻게 진행될지 궁금해집니다. 영웅 길가메시가 '격하'된 것 같지 않습니까? 바로 그것입니다. 격하가 요점입니다. 길가메시에게 거절당한 이슈타르의 분노를 기억해보십시오. 이슈타르가 자기 아버지, 아누 신에게 하늘의 황소를 빌려서 우루크를 쑥대밭으로 만들려던 장면을 기억하십니까? 하인스는 이 장면을 다음과 같이 썼습니다. 여기에서 이슈타르는 이렇게 말합니다.

"하늘의 황소를 데려가든지 지옥문을 열어

완전히 죽지 않은 혼령들을 풀어줘서

살아 있는 것들에게 서리를 밀어 넣게 하겠어요."

그리고 잠시 후, 기분이 바뀌었는지

그녀는 입을 삐죽 내밀며, "아누 아빠,

내가 어떻게 모욕당했는지 아시죠,

하늘의 황소를 빌려주세요.

내 명예를 위해 복수하고 싶어요."

그녀는 완벽한 발을 동동 구르고,
하늘의 바닥 타일들이 그 충격에
루빅큐브처럼 위치를 바꾼다.

『길가메시』에 나오미 캠벨이 등장한 셈입니다. 여하튼 하인
스의 번역에서는 루빅큐브 이외에도 메소포타미아와 관계 없
는 것이 무수히 등장합니다. 원자탄의 폭발, 화가 브뤼헐, 뉴욕
의 건물들, 시티 촬영, 블랙홀의 바깥 경계, 특급열차, 영화배
우 마를렌 디트리히, 산소 마스크, 파파라치, 스위스 은행 계
좌, 엑스레이, 오즈의 마법사 등이 언급됩니다. 하인스의 색다
른 번역판에서는 이처럼 시대를 뒤엎는 즐거움을 만끽할 수 있
습니다.

　모든 것이 만나고, 하나의 정신을 통해 이해됩니다. 그 정신
은 우리 모두에게 있는 것입니다. 자아의 영원성과 초월성 그
리고 덧없음은 모두 부인할 수 없는 사실이지만, 우리가 경험
할 수 있는 것은 아닙니다. 그것들은 길가메시가 느낀 것도 아
니었고, 우리가 느끼는 것도 아닙니다. 이런 점에서 우리 모두
가 하나는 아닙니다. 우리는 각자 하나일 뿐입니다. 수상님과
저, 그와 그녀…… 이렇게 육십억 개의 마음이 있습니다. 우리
각자에게는 죽음의 깜빡 신호가 있습니다. 그 깜빡 신호들이
합쳐질 때, 그때서야 우리는 시간을 초월해서 둥둥거리는 교
향곡을 듣는 기분에 젖어들 수 있습니다. 미첼의 『길가메시』는

그런 교향곡을 연주합니다. 미첼이 새롭게 꾸민, 그 서사시가 먼 옛날의 것이란 걸 우리가 알기 때문에 우리 마음에 와 닿습니다. 반면에 하인스는 대물림된 것을 그대로 옮겨놓기를 거부했습니다. 하인스는 현대인입니다. 그래서 지금 여기에서 깜빡이는 신호는 오천 년 전의 깜빡 신호를 새롭게 해석해서 전할 수 있어야 한다고 생각한 겁니다. 하인스의 번역판에서 수상님께서는 살아 있는 시인이 당연한 권리로서 자신의 생각을 드러내며 "이 사람이 바로 나다. 이것이 우리가 지금 사용하는 어법이다. 이것이 우리가 지금 처한 상황이다. 어떻게 생각하는가?"라고 말하는 독특함을 맛볼 수 있을 겁니다.

저는 하인스의 해석이 무척 훌륭하다고 생각합니다. 물론 미첼의 번역판보다 읽기는 힘드실 겁니다. 때로는 간결하지만 함축적인 의미가 담긴 시적인 표현을 해석하기 위해 분석이 필요합니다. 열심히 분석을 끝내면 다음 시구에서는 의미가 완벽하게 맞아떨어질 겁니다. 이런 이유에서 저는 수상님께 하인스의 번역판을 한 번 이상 읽으라고 조언하고 싶습니다. 육십 쪽에 불과하고, 자간도 적절합니다. 하인스의 표현 방식에 익숙해지면 의미를 이해하기가 훨씬 쉬워질 것이고, 곧이어 수상님의 머릿속에 아름다운 방을 갖게 될 것입니다. 깊은 의미가 담긴 흥미진진한 글이며, 통렬한 아픔을 멋들어지게 표현한 구절에서는 우리 가슴마저 먹먹해집니다. 엔키두의 죽음에 오열하는 길가메시의 한탄을 예로 들어보겠습니다.

죽음을 옆에 둔 순종적인 여인이여

우리가 함께하던 소실점을

옮겨놓고

둘이 함께 그림을 다시 그리려고 고생했건만.

마지막 예입니다. 길가메시는 뱀을 취하게 하고 얻은 영생
초를 잃어버린 후 죽음을 맞으려고 우루크로 돌아갑니다. 그리
고 이렇게 말합니다.

우리는 기적으로 만들어졌고 기적으로 망그러진다.

우리는 영원으로 들어가는 마음의 문을

구경하긴 하지만 보지를 못한다. 세상의 진실한 모습을

우리에게 보지 못하게 하는 생각에

우리 본능을 팔아버린 것처럼.

아주 오래된 진실이지만 지금도 여전히 유효한 진실입니다.

안녕히 계십시오.

얀 마텔 드림

데릭 하인스(Derrek Hines)는 대서사시 『길가메시』를 재해석한 것으로 가
장 널리 알려진 캐나다 시인이다. 하인스는 현대적 이미지들을 더해서 『길

가메시』를 자유롭게 재해석함으로써 수메르 시대와 현대 독자들 간의 시간이란 간격을 크게 줄여 원작의 강렬한 효과를 되살려냈다. 하인스는 두 권의 시집을 발표했다. 남온타리오에서 자랐고, 지금은 영국 콘월 주의 리저드 반도에 살고 있다.

Book 43

『일반적이지 않은 독자』

앨런 베넷
2008년 11월 24일

*

캐나다 수상 스티븐 하퍼 님께,
건전한 중독을 다룬 짤막한 소설을
캐나다 작가 얀 마텔이 보냅니다.

하퍼 수상님께,

앨런 베넷의 짤막한 소설『일반적이지 않은 독자』만큼 유쾌
하게 독자를 문학의 세계로 안내하는 책을 생각해내기는 어렵
습니다. 어느 날, 궁전 정원의 한구석, 주방 쓰레기통들이 놓인
곳 옆에 웨스트민스터 시영 이동도서관이 주차합니다. 개들이
이동도서관을 보고 짖어대는 바람에 여왕도 엉겁결에 그 이동
도서관을 보게 됩니다. 여왕은 이동도서관을 찾아가 개들이 짖
어 미안하다고 사과하고는 정말 책을 읽고 싶은 마음보다는 의

무감에 책 한 권을 빌립니다. 이 간단한 행동 때문에, 어떤 의미에서 여왕의 몰락이 시작됩니다. 이 이야기에서 풍자는 생크림만큼 경쾌하고, 유머는 사탕만큼 유혹적입니다. 또 인물 묘사는 감자칩만큼 아삭거리고 산뜻합니다. 그러나 이 소설의 중심에는 소화하면 아주 좋은 영양 식품이 있습니다. 바로, 책이 우리 삶에 미치는 영향입니다.

소설을 읽고 나면 수상님께서는 영국 여왕과 한층 더 가까워진 기분일 것이고 여왕을 좋아하게 될 수도 있을 겁니다. 베넷이 여왕이란 등장인물을 생생하게 살려낸 덕분이기도 하지만, 책의 속성과도 관계가 있습니다. 문학의 세계에서 모든 독자는 평등합니다. 다른 소매점과 달리, 서점은 고가품과 저가품을 실질적으로 구분하지 않습니다. 서점은 그냥 서점입니다. 물론 전문 서점이 있지만, 그 구분이 책의 종류—예컨대 언어, 예술 등—와만 관계있지, 독자의 계급과는 아무런 관계도 없습니다. 서점에서는 누구나 환영받습니다. 부자와 가난한 사람, 학식이 높은 사람과 독학하는 사람, 늙은 사람과 젊은 사람, 진취적인 사람과 보수적인 사람 등 모두가 똑같습니다. 우리 같은 사람도 서점에서 여왕과 마주칠 수 있습니다.

아, 잊기 전에 말해둘 게 있습니다. 우리 캐나다가 낳은 위대한 작가인 앨리스 먼로가『일반적이지 않은 독자』에 카메오로 등장합니다. 육십칠 쪽을 읽어보십시오.

기왕 서점이 화제에 올랐으니 제가 얼마 전에 들렀던 몇몇 서점의 사진을 동봉합니다.

크로 온 더 힐 서점은 얼마 전에 체류했던 남런던의 크리스털 팰리스에 있습니다. 친절한 서점 주인, 존과 나란히 서서 찍은 사진입니다. 제 손에는 지금 수상님의 손에 쥐어진 책이 들려 있군요. 제가 이 서점에서 산 것입니다. 크로 서점은 면적으로 보면 그다지 큰 서점이 아니지만 몇몇 분야—신간, 픽션, 역사, 철학, 시, 여행—만은 탄탄히 갖춰져 있어, 정신적 공간만은 우주만큼 넓습니다.

다음 사진은 몬트리올 밀턴 가에 있는 작지만 유서 깊은 중고서점입니다. 서점 이름은 더 워드입니다. 그동안 수세대의 학생들에게 도움을 주었던 서점입니다. 저는 영국 작가 아이비

콤프턴 버넷이 자신의 책에서 언급하고 있지만 제가 읽지 못했던 소설, 『가족과 행운』(A Family and a Fortune)을 구하려고 이 서점에 들렀습니다. 결국 1939년에 출간된 그 책을 찾아냈습니다. 책값은 겨우 삼 달러 구십오 센트였습니다.

마지막 사진은 몬트리올에 있는 프랑스어 서점, 광장서점입니다. 사진에 보이는 붉은 포스터는 제 아버지가 테이프로 붙인 것입니다. 표현의 자유와 투옥된 작가들을 지원하기 위해서

국제펜클럽과 국제사면위원회, 퀘벡작가연맹이 주최한 행사를 알리는 포스터입니다.

독립서점들은 이제 사라져가고 있습니다. 특히 북아메리카에서 두드러진 현상입니다. 독립서점이 사라져서 가장 힘든 사람이 반드시 독자라고는 할 수 없습니다. 오히려 그 동네 사람들입니다. 대형서점인 챕터스나 인디고, 반즈앤노블에는 어떤 독자라도 평생 읽을 수 있는 책보다 많은 책이 진열되어 있으니까요. 그러나 대형서점은 수적으로 부족한 데다 자동차를 타고 가야 합니다. 하지만 크로 서점의 주변에는 옷가게, 카페, 붕어를 전문적으로 취급하는 반려동물 가게, 신발가게, 부동산 중개소, 미용실, 신문 가판대, 빵집, 복권 판매점, 식당들 등 작은 상점들이 있습니다. 더 워드와 광장서점도 매일 많은 사람이 오가는 길에 있습니다. 독립서점 하나가 사라질 때마다, 어딘가의 주주는 더 부자가 되겠지만 그 동네는 더 가난해집니다.

편지가 길어져서 죄송하지만, 끝으로 하나만 더 언급하고 싶습니다. 수주 전, 정확히 10월 20일에 저는 《뉴욕타임스》에서 한 기사를 보았습니다. 지난 십 년 동안 당나귀 두 마리—알파와 베토—의 등에 책을 잔뜩 싣고 전쟁으로 폐허가 된 콜롬비아 구석구석을 돌아다닌 남자에 대한 기사였습니다. 그는 외딴 마을에 들어가 아이들에게 책을 읽어주고 빌려주었습니다. 그는 폭력에 찌든 불확실한 환경에서 자라는 학생들에게 책이 미치는 긍정적인 영향을 깨닫고는 '당나귀 도서관'(Biblioburro)을 시작했다고 합니다. 그렇게 십 년을 계속한 그 남자, 루이스 소리아노는 자신의 사업이 의무가 되었고 이제는 관례로 여겨진다고 말했습니다.

웨스터민스터 시영 이동도서관과 당나귀 도서관, 크로 서점과 더 워드가 우리의 정신에 안겨주는 풍요로운 삶이 있을 때, 군주부터 가난한 농부의 자식까지 우리 모두가 평등할 수 있을 겁니다.

안녕히 계십시오.

얀 마텔 드림

앨런 베넷(Alan Bennett, 1934년생)은 영국의 작가이다. 배우, 유머리스트, 극작가로도 활동한다. 공동 집필하고 직접 출연한 시사풍자극 『비욘드 더 프린지』(Beyond the Fringe)로 가장 큰 성공을 거두었다. 그 후 그는 많은 무대와 라디오 및 텔레비전 프로그램에 출연했고, 여러 편의 단편소설과 중편소설, 논픽션과 희곡을 썼다. 특히 『조지 왕의 광기』를 각색해서 아카데미상을 받았으며, 로렌스 올리비에상을 받은 희곡 『히스토리 보이스』는 영화로도 각색되었다.

• 우리나라에서는 2010년 7월, 『일반적이지 않은 독자』(조동섭 옮김/문학동네)로 출간되었다.

Book 44

『대지』

펄 S. 벅
2008년 12월 8일

*

캐나다 수상 스티븐 하퍼 님께,
행운의 부침을 보여준 소설을
캐나다 작가 얀 마텔이 보냅니다.

하퍼 수상님께,

펄 벅의 삶과 작품에서 흥미로운 점 중 하나는 순식간에 명성을 얻었고, 그에 못지않은 빠른 속도로 세상 사람들에게 적잖게 잊혔다는 겁니다. 그녀의 첫 소설은 1930년에 출간되었습니다. 그로부터 팔 년 후, 마흔여섯이라는 상당히 젊은 나이에 노벨 문학상을 받았습니다. 미국인으로는 세 번째 수상자였고, 삼 부작을 이루는 『대지』(이 책으로 퓰리처상을 받았습니다), 『아들들』과 『분열된 집안』을 근거로 받은 것이었습니다. 이번 주에는 수상님께『대지』를 추천하려 합니다.

하지만 이 같은 화려한 출발이 있은 후, 많은 책을 발표하고 대의를 위해 싸웠지만 펄 벅은 문학의 전면에서는 서서히 사라졌습니다. 그 때문인지 1973년 세상을 떠날 쯤에는 거의 잊힌 인물이었습니다. 그 이유는 쉽게 가늠할 수 있을 듯합니다. 그녀는 지나치게 많은 책을 썼습니다. 팔십 권이 넘으니까요. 무척 유능한 작가였지만 경험이 많지는 않았습니다. 따라서 포크너나 헤밍웨이 등 지금도 널리 읽히고 연구되는 동료 미국 작가들처럼 새로운 소설이나 새로운 언어를 시도하지 못했습니다. 그녀의 책들, 적어도 제가 읽은 책들은 '보편적'이라 할 수 없습니다. 어떤 작품이 문학적 불멸성을 얻으려면 보편성은 거의 필수조건이라 할 수 있습니다. 그러나 그녀에게 명성을 안겨준 책들은 지역적인 차원을 벗어나지 못했고, 심지어 한 나라에 뿌리를 두었습니다. 펄 벅은 중국이란 문명국을 서구 독자들에게 처음 알려준 작가 중 하나였습니다. 처음에는 기독교 선교사의 딸로, 나중에는 자신이 선교사와 교사로서 중국에서 많은 시간을 보냈기 때문에 중국을 잘 알았습니다. 당시 그녀는 중국에서 많은 곤란을 겪어야 했지만, 그래도 중국을 사랑했습니다. 그녀는 중국인들을 똑같은 인간으로 보았습니다. 중국인들을 동정어린 시선으로 관찰했고, 그들과 함께 어울렸고, 결국에는 그들에 대한 글을 썼습니다. 그녀는 동서양을 잇는 다리 역할을 한 작가였고, 그 후로 많은 사람이 그녀가 놓은 다리를 건넜습니다.

수상님께서도 『대지』를 읽고 나면 그 이유를 어렵지 않게 짐작하실 수 있을 겁니다. 첫 문장—'왕룽이 결혼하는 날이었다'—에서부터 수상님께서는 공산주의 시대 전에 살았던 중국 농부의 몸에 들어가, 그가 보고 느낀 대로 그의 삶을 살기 시작하게 됩니다. 가난과 기아에 시달리는 애달픈 이야기이며, 그런 삶을 견뎌야 하는 여자들 때문에 더욱 가슴 아픕니다. 그러나 전반적으로는 독자의 마음을 사로잡는 매력적인 이야기입니다. 『대지』는 이런저런 이유로 책을 덮어야 할 때마다 안타까워하며 만사를 제쳐두고 다시 되돌아가고 싶은 소설입니다. 소설을 다 읽고 나면, 중국의 특정 지역에서 특정 시기에 중국인으로서 산다는 게 무슨 뜻이었는지 조금이나마 알게 되실 겁니다. 바로 여기에 펄 벅의 작품들이 단명한 이유가 있습니다. 『대지』가 출간된 이후로 중국은 완전히 변했습니다. 당시에는 새롭고 신선했던 것이 이제는 진부하고 낡은 것입니다. 오늘날 펄 벅의 작품이 갖는 주된 매력은 시대성보다는 이야기를 끌어가는 힘에 있습니다.

지금도 『대지』는 과거의 중국을 훌륭하게 그려낸 입문서이며, 행운의 허무함을 생생하게 보여주는 증거로 여겨집니다. 힘들게 얻은 것도 사라지기 마련이고, 힘들게 세운 것도 쉽게 허물어질 수 있습니다. 지금 수상님이 겪고 있는 정치적 혼란을 고려하면, 이 교훈을 마음 깊이 새겨야 할 겁니다. 정치인의 운명은 불확실하기 이를 데 없습니다. 펄 벅은 모든 중고서점의 안주인입니다. 펄 벅은 지금도 널리 읽히며, 그 이름은 오래된 것에서 느껴지는 좋은 기억들을 떠올리게 합니다. 반면에 정치인들은 무대에 등장했다가 사라질 때, 끝까지 버티려고 발버둥치지만 결국 역사의 뒤안길로 물러서면 곧바로 잊힙니다. 그 후에 사람들은 머리를 긁적이며 그 정치인이 정확히 언제 정권을 쥐었고 어떤 업적을 남겼는지 기억해내려 애써보지만, 어렵기만 합니다.

안녕히 계십시오.
얀 마텔 드림

펄 S. 벅(Pearl S. Buck, 1892-1973)은 퓰리처상을 받은 미국 작가이다. 1938년 노벨 문학상을 수상한 미국 최초의 여성 작가이기도 하다. 펄 벅은 미국에서 태어났지만 중국 전장에서 자란 까닭에 중국 역사와 사회를 열심히 공부하고 연구했다. 이러한 연구는 그녀의 많은 소설에서 생생하고 사실적인 중국인들의 삶을 그리는 데 밑바탕이 되었다. 펄 벅은 많은 글을 쓰는 와중에도 국제입양기구인 '웰컴하우스'를 설립하기도 했다.

• 우리나라에서는 2003년 5월, 『대지』(안정효 옮김/문예출판사)로 출간되었다.

Book 45

『픽션들』

호르헤 루이스 보르헤스
2008년 12월 22일

*

캐나다 수상 스티븐 하퍼 님께,
수상님께서 좋아할 듯하면서도 그렇지 않을 것도 같은 책을
캐나다 작가 얀 마텔이 보냅니다.

하퍼 수상님께,

저는 아르헨티나 작가 호르헤 루이스 보르헤스의 단편소설집 『픽션들』을 이십 년 전에 처음 읽었고, 별로 마음에 들지 않았다고 기억합니다. 그러나 보르헤스는 풍요로운 문학적 전통을 지닌 대륙에서 낳은 무척 저명한 작가입니다. 제가 그분의 작품에 제대로 공감하지 못한 것은 결국 제가 성숙하지 못한 탓이었고, 저의 부족함을 증명할 따름입니다. 이십 년이 지난 지금, 저는 그 작품의 특별함을 군말 없이 인정하고, 보르헤스

를 20세기 최고 작가 중 하나로 손꼽는 독자들의 대열에 합류하려 합니다.

그렇다고 원래의 생각이 달라진 건 아니었습니다.『픽션들』을 다시 읽어보았지만, 이십 년 전의 그때처럼 이번에도 별 감동은 없었습니다.

이 단편집에 담긴 이야기들은 지적인 게임, 즉 문학이란 형태를 띤 체스라 할 수 있습니다. 이야기들은 상당히 간단하게 시작합니다. 정확히 말하면, 다른 세상이나 가공의 책이 존재한다는 전제를 제시하며 이야기가 시작됩니다. 보르헤스는 그 전제를 엄밀하고도 유기적으로 전개하여, 보비 피셔*조차 즐겁게 해줄 정도로 지극히 복잡한 지경까지 치닫습니다. 엄격하게 말해서 체스와 비교하는 것도 완전히 정확하지는 않습니다. 체스의 말들은 무척 자유롭게 움직이며, 수세기 전부터 관습화된 일정한 역할을 지닙니다. 졸과 성장, 기사와 여왕은 정해진 규칙에 따라 움직일 뿐입니다. 보르헤스의 이야기에서 체스의 말들은 사방팔방으로 움직입니다. 성장들은 대각선으로 움직이고, 졸들은 좌우로 움직입니다. 그 결과로 빚어진 이야기들은 기상천외하고 독창적입니다. 그러나 그 안에 담긴 생각들은 진지하게 받아들여지지 않습니다. 저자 자신도 진지하게 내보내

* 세계 체스 챔피언십에서 미국 선수 최초로 우승한 체스의 대가.

지 않기 때문입니다. 저자는 그 생각들을 실제로 중요하지 않은 것처럼 다룹니다. 『픽션들』에서 나열되는, 현란하지만 기만적인 지식들도 마찬가지입니다. 무작위로 선택한 예를 짧게 들어보겠습니다. 무한히 큰 도서관처럼 생긴 우주에 대해 이야기하는 「바벨의 도서관」에서는 그 도서관에 있는 특정한 책에 담긴 구절이 다음과 같이 언급됩니다.

그는 자신이 발견한 것을 어느 떠돌이 암호 해독가에게 보여주었다. 그러자 그 암호 해독가는 그에게 그 행들이 포르투갈어로 적혀 있다고 말했다. 다른 사람들은 그것들이 이디시어라고 말했다. 그렇게 한 세기가 흘러가기 전에 전문가들은 그것이 어떤 언어인지 밝혀냈다. 그것은 고대 아랍어의 어형 변화를 가진 과라니어의 사모예드 리투아니아식 방언이었다.

고대 아랍어의 어형 변화를 가진 과라니어의 사모예드 리투아니아식 방언이라니요? 그야말로 세상물정을 모르는 샌님의 지적인 장난입니다. 이런 말들이 느닷없이 나열된 것을 보고 있으면 은근히 재밌기도 합니다. 머릿속으로 세계 지도 위를 훌쩍훌쩍 뛰어다니게 되니까요. 물론 언어학적으로는 말도 되지 않습니다. 사모예드어와 리투아니아어는 다른 어족에 속합니다. 사모예드어는 우랄어족에 속하고, 리투아니아어는 발트어족에 속하니까요. 따라서 어떻게 생각해도 두 언어가 하나의 방언으로 융합될 가능성은 없습니다. 더구나 남아메리카 토속어인 과라니어가 그런 언어들과 융합될 가능성은 더더욱 없습니다. 게다가 고대 아랍어의 어형 변화가 문화·역사적인 경계를 넘는다는 것도 불가능합니다. 무심코 이런 글을 읽었을 때, 인간의 생각을 조롱하려는 거라고 짐작할 수 있겠습니까? 인간의 생각들이 이처럼 남들에게 과시하고 즐기기 위해 짜 맞추어진 것이라면, 결국 과시하고 즐기기 위한 것으로 환원될 수 있을 것입니다. 한 줄 한 줄, 한 쪽 한 쪽, 보르헤스가 추구한 이런 접근법을 따라가보십시오. 그의 책은 이처럼 풍자적이고 몽환적이며 부조리하고 현학적인 말들로 가득합니다. 『픽션들』에 감춰진 게임 중 하나는 "내가 무슨 말을 하는지 알겠는가?"라는 것입니다. 만약 알겠다면, 수상님께서는 똑똑한 사람이라고 자부할 만합니다. 그렇지 못하더라도 걱정하지 마십시오. 순전히 지어낸 이야기들이기 때문입니다. 이 책에서 언급되는 대부분의 지식은 허구로 지어낸 것입니다. 제가 지적인 자극을 받은 유일한 이야기, 즉 진지하게 생각해볼 만한 점을 지적한 이야기는 「유다에 관한 세 가지 이야기」로, 유다라는 인물과 신학적 의미에 대해 논의한 것입니다. 이 이야기를 읽고 나서 저는 잠시 책에서 눈을 떼고 생각에 잠겼습니다. 이 이야기에는 번뜩이는 말장난을 넘어 깊이가 있었습니다.

보르헤스는 흔히 작가 중의 작가라 일컬어집니다. 달리 말하면, 글쓰기에 필요한 최고의 자질들이 그에게 농축되어 있다는 뜻일 겁니다. 저는 그 말에 선뜻 동의하기 어렵습니다. 제 개인적인 생각이지만, 위대한 책은 독자로 하여금 세상을 더 깊이 생각하게 만들어야 합니다. 책을 읽는 순간에는 겉보기에 세상으로부터 눈을 돌리는 것 같지만, 책을 덮고 나면 세상을 더 명철하게 바라볼 수 있어야 합니다. 요컨대 책은 세상을 더 날카롭게 관찰하는 눈을 독자에게 줄 수 있어야 합니다. 그런데 저의 경우에, 보르헤스를 읽으면 이상하게도 세상이 더 작아지고 멀어졌습니다.

그러나 이번에 다시 읽을 때는 처음에는 의식하지 못했던 특징 하나가 눈에 띄었습니다. 그것은 이야기들에서 언급되는 남성 이름이 의외로 많고, 대부분이 작가라는 것이었습니다. 보르헤스의 픽션 세계는 거의 절대적으로 남성중심적입니다. 여자는 거의 등장하지 않습니다.『픽션들』에서 언급된 여성 작가는 도로시 세이어즈, 애거서 크리스티, 거트루드 스타인이 전부입니다. 더구나「허버트 퀘인의 작품에 대한 연구」에서 부정적인 점을 지적하기 위해 뒤의 두 작가가 언급되고,「피에르 메나르,『돈키호테』의 저자」에서는 바쿠르 남작 부인과 앙리 바슐리에 부인(바슐리에 부인의 이름도 남편의 성에 의해 완전히 감춰진 것에 주목하십시오)이 언급됩니다. 물론 제가 놓친 여자들도 있을 겁니다. 여하튼 독자들은 남성 친구, 남성 작가, 남성 등장인물을 숱하게 만나게 됩니다. 통계적인 페미니스트적 시각을 주장하려는 것만은 아닙니다. 여기에서 보르헤스의 세계관을 엿볼 수 있기 때문입니다. 그의 이야기들에서 여성의 부재는 친밀한 관계의 부재로 이어집니다. 마지막 이야기 「남부」에서만 따뜻한 기운, 정확히 말하면 등장인물들 간에 진정으로 느껴지는 고통이 약간 묘사됩니다. 보르헤스의 작품에서는 누군가의 배우자나 어버이로서 살아가는 삶의 복잡함, 또 어떤 감정적 관계의 복잡성 같은 것이 다루어지지 않습니다. 머리로만 살아가는 고독한 남자, 경쟁에 끼어들기를 거부하고 책에 파묻혀 공상을 좇는 남자만이 있습니다. 따라서 이번에도 보르헤스를 읽은 후에 과거와 똑같이 당혹스런 결론, 즉 어린 애들에게나 알맞은 유치한 책이란 결론을 내릴 수밖에 없었습니다.

근데 제가 좋아하지 않는 책을 수상님께 보내는 이유가 무엇일까요? 한 가지 타당한 이유가 있습니다. 마음에 들지 않는 책까지 폭넓게 읽어야 하기 때문입니다. 폭넓게 읽어야 독학자가 흔히 빠지는 함정에서 벗어날 수 있습니다. 독학자는 자신의 한계에 맞는 책들을 주로 선택해서 그 한계를 굳혀버리는 경향이 있습니다. 연령에 따라 학교를 옮겨가며 받는 체계적인 학습의 이점이라면, 수세기 동안 구축된 사고 체계에 비교해서 자신의 지적 능력을 평가할 수 있다는 데 있습니다. 이런 과정을 거치면서, 우리는 새로운 생각들을 겁먹지 않고 받아들이게 됩니다.

달리 말하면, 우리는 좋아하는 책을 통해서만이 아니라 좋아하지 않은 책을 통해서도 배워야 한다는 뜻입니다.

물론 수상님이 보르헤스를 좋아하실 가능성은 얼마든지 있습니다. 그의 짤막한 소설들을 풍요롭고 독창적이며 재미있다고 여기게 되어, 제가 이십 년 후에 다시 보르헤스를 읽으면 결론이 달라질 거라고 조언하고 싶으실 수도 있습니다. 이십 년 후쯤에는 저도 다시 보르헤스에 도전해볼 생각입니다.

그보다 먼저 수상님과 수상님의 가족이 즐거운 크리스마스를 맞기를 바랍니다.

안녕히 계십시오.

얀 마텔 드림

호르헤 루이스 보르헤스(Jorge Luis Borges, 1899-1986)는 아르헨티나의 작가이다. 시인, 단편소설 작가, 평론가, 수필가로 활동하며 도서관에서도 일했다. 보르헤스는 현실과 철학, 정체성과 시간의 문제를 탐구하며 미로와 거울의 이미지를 자주 활용했다. 1961년에 사뮈엘 베케트와 함께 포르멘토르상을 수상하며 세계적인 명성을 얻었다. 보르헤스는 얄궂게도 시력을 상실한 후에 아르헨티나 도서관 관장이 되었다.

• 우리나라에서는 2011년 10월, 『픽션들』(송병선 옮김/민음사)로 출간되었다.

Book 46

『노래하는 검은 새: 시와 노랫말 1965-1999』

폴 매카트니
2009년 1월 5일

*

캐나다 수상 스티븐 하퍼 님께,
헤이 주드를
캐나다 작가 얀 마텔이 보냅니다.

하퍼 수상님께,

올겨울에는 크리스마스가 저에게는 소리 없이 닥쳤습니다. 어느 날 갑자기 12월 25일이었습니다. 그때서야 제가 생명을 좀먹는 흔한 실수를 저질렀다는 걸 깨달았습니다. 요컨대 시간의 흐름에 전혀 주의를 기울이지 않았던 겁니다. 제가 지난번에 보낸 책에서도 이런 실수가 조금은 읽혀집니다. 보르헤스의 『픽션들』도 독창적이고 대단한 상상력이 발휘된 책이지만, 제가 작년 크리스마스에 보낸 책들과는 전혀 어울리지 않습니다

(시간의 흐름으로 말하자면 이번이 우리가 두 번째로 맞는 크리스마스입니다). 물론 작년에 보낸 책들도 독창적이고 대단한 상상력이 과시된 책들입니다. 기억하시겠지만, 세 권의 아동서, 『사자왕 형제의 모험』과 『상상 속의 하루』와 『해리스 버딕의 미스터리』였습니다. 세 권 모두 크리스마스라는 축제에 어울리는 책이었습니다. 가족들과 함께 재밌게 읽으셨는지요? 빙그레 웃고 소리 내어 웃기도 하셨는지요? 이번 주에는 수상님을 진정으로 즐겁게 해줄 수 있는 책, 말하자면 수상님이 포장을 뜯자마자 탄성을 지르며 반길 만한 책을 보내드리려 합니다. 다시 말하면, 크리스마스를 위한 책입니다.

수상님께서도 비틀스 팬인 걸로 알고 있습니다. 그래서 폴 매카트니의 시와 노랫말을 모은 책으로 준비했습니다. 그가 비틀스의 멤버였을 때 쓴 노랫말에 저는 금세 매료되었습니다. 하지만 나지막하고 건조한 목소리로 「언덕 위의 바보」(The Fool on the Hill) 「엘리너 릭비」(Eleanor Rigby) 「레이디 마돈나」(Lady Madonna) 「맥스웰의 은망치」(Maxwell's Silver Hammer) 「사랑스런 리타」(Lovely Rita) 「로키 래쿤」(Rocky Raccoon) 「내 나이 예순넷이 되었을 때」(When I'm Sixty-Four) 등의 노랫말을 읊조린다는 건 불가능하다는 걸 깨달았습니다. 그래도 저는 머릿속으로 노래를 따라 불렀고, 비틀스가 각자의 몫을 연주할 때는 조용히 듣기만 했습니다. 저는 매카트니가 윙스의 멤버나 솔로로 활동하던 시기에 대해서는 잘 모릅니다. 따라서 당시의

얀 마텔
101통의
문학 편지

노랫말과 시들은 저에게 비틀스 시대의 것보다 큰 감흥이 없습니다. 노랫말과 시를 구별하기는 그다지 어렵지 않습니다. 노랫말은 상대적으로 반복이 잦은 편이고, 문학적인 생명을 부여하기에는 부족한 면이 있으니까요. 또 찾아보기를 참조하면 노랫말이 대체로 윙스 시대의 것이란 것도 알 수 있습니다.

적어도 제가 알기에 노랫말은 멜로디와 불가분의 관계에 있습니다. 멜로디가 우리에게 불신과 냉소를 접어두고 금지된 것을 즐겨도 좋다고 허락해주는 외적인 기능을 띤다면, 노랫말은 우리에게 자신의 경험과 비교해보라고 촉구하거나 더 나아가서는 따라 불러보라고 유혹하는 내적 기능을 갖습니다. 쉽게 알아듣고 따라 부를 수 있어야 듣는 이의 직접적인 참여를 유도할 수 있기 때문에 이 두 조건은 노래의 성공을 위한 필수 조건입니다. 이런 참여, 즉 듣는 이가 자신의 삶과 꿈을 노래에 짜 맞추는 현상에서 짧은 노래가 신속하게 마음에 와 닿는 이유가 설명됩니다—실제로 비틀스의 초기 노래들은 대부분 이 분을 넘지 않습니다. 이런 면이 멋진 노래가 가진 묘한 매력이라 할 수 있을 겁니다. 멋진 노래는 자석처럼 우리를 끌어당기는 목소리로 우리에게 개인적으로 말하는 것 같습니다. 가만히 듣고 있으면 곧바로 꿈의 세계로 끌려 들어갑니다. 비틀스의 노랫말과 선율에 마음이 움직여 눈을 감고 몸을 떨지 않을 사람이 있었을까요? 그런 상태에 빠져들면, 우리가 너무 부끄러워 감히 말하지 못하던 감정—예컨대 원초적인 강렬한 욕정─이나, 깊이는 있지만 너무 세속적이어서 선뜻 내뱉지 못하던 감정들─외로움, 그리움, 애끓는 마음─까지 털어놓기도 합니다.

좋은 노래에 귀를 닫기는 어렵습니다. 클래식 음악가들은 유행가의 정제되지 않은 선율을 조롱하고, 많은 시인이 유행가 노랫말의 진부함에 눈을 부라리지만, 그런 분노에는 약간의 질투도 섞여 있습니다. 어떤 바이올리니스트와 시인이 열광적인 팬들로 가득 채워진 운동장을 원하지 않겠습니까? 여하튼 폴 매카트니는 비틀스라는 놀라울 정도로 창조적인 밴드 내에서, 프로듀서 조지 마틴의 도움을 받아, 호소력 있는 노랫말과 감미로운 선율을 완벽하게 조화시킴으로써, 1960년대 중반 이후의 모든 세대가 그의 노래에 푹 빠져들게 만들었습니다. 수상님께서도 잘 알고 있는 것만을 말씀드린 것 같아 죄송합니다.

안녕히 계십시오.
얀 마텔 드림

폴 매카트니(Paul McCartney, 1942년생)는 거의 반세기 동안 대중음악계의 아이콘이었다. 유행가를 작사·작곡하고, 영화 음악을 제작했으며, 오케스트라 편곡을 하기도 했다. 매카트니는 존 레넌과 함께 주요 히트곡들을 쓴 비틀스의 일원으로 유명하다. 1970년 비틀스가 해체된 후에도 그는 계속 성공의 길을 걸었다. 윙스의 일원으로, 그 후에는 솔로로 활동하며 대중음악 역사에서 가장 재능있고 가장 많은 곡을 쓴 음악인이란 지위를 유지했다. 매카트니는 동물보호운동에도 적극적으로 참여하는 것으로 알려져 있다.

• 원제는 『Blackbird Singing: Poems and Lyrics, 1965-1999』이다.

Book 47

『덜 악한 것: 테러 시대의 정치 윤리』

마이클 이그나티에프
2009년 1월 19일

＊

캐나다 수상 스티븐 하퍼 님께,
리더가 쓴 리더를 위한 책을
캐나다 작가 얀 마텔이 보냅니다.

하퍼 수상님께,

다시 일터로 돌아왔습니다. 수상님에게나 저에게나 다행입니다. 저는 지금 다음 책을 다시 쓰고 있습니다. 벌써 세 번째여서 이번이 마지막이기를 바랄 뿐입니다. 국회도 곧 새 회기가 시작되겠군요. 수상님이나 저나 바쁜 겨울을 앞두고 있습니다.

수상님께서는 얼마 전에 있었던 한 인터뷰에서, 마이클 이그나티에프의 저서를 많이 읽지는 않았다고 말씀하신 걸로 알고 있습니다. 그렇게 말씀하신 것이 확실하지요? 여하튼 올해에는 하원에서 매일 그분을 마주쳐야 하실 것입니다.* 실례되는 말이겠지만 그분이 수상님의 자리를 빼앗을 수도 있지 않습니까. 따라서 그분의 생각을 미리 알아두면 수상님에게 이익일 것입니다. 감히 말씀드리지만 그분의 이력은 대단합니다. 토론토 대학교, 옥스퍼드와 하버드에서 학위를 받았고, 케임브리지와 파리 고등연구원, 하버드에서 교편을 잡기도 했습니다. 방송계와 언론계에서 일한 경력도 있고, 자신의 이름으로 세 편의 장편소설을 포함해서 모두 열여섯 권의 책을 발표했습니다. 캐나다 수상이 되려는 정치인 중에서 그분에게 필적할 만한 이력을 지닌 사람은 없을 것입니다. 물론 지금까지, 교육을 많이 받거나 책을 낸 다른 수상들도 있었지만 이 정도까지는 아니었습니다. 그렇다면 그분의 이 대단한 이력이 뛰어난 수상이 될 거라는 증거일까요? 그렇지는 않습니다. 리더십이 학위증이나 책꽂이의 책으로 결정되는 건 아닙니다. 개성과 비전, 본능과 대인관계, 실용적인 지식, 강인함과 회복력, 연설 능력과 카리스마 그리고 행운 등 '회색 물질'인 두뇌 이외에 정치적 리더를 결정하는 요인들은 많습니다.

그렇긴 해도 뛰어난 지적 능력이 도움이 되기는 합니다. 특히 이그나티에프 씨처럼 지적 능력이 현실에서 검증된 경우에

---

* 마이클 이그나티에프는 당시 야당이던 자유당의 당수였다.

는 더욱 그렇습니다. 그분이 등장하기 수년 전까지만 해도 국회에는 상아탑 출신이 거의 없었습니다. 인권과 민주주의에 대한 그분의 관심은 이론적인 차원을 넘어 현실적인 것입니다. 그분은 전 세계의 많은 분규 지역을 직접 찾아다니며, '사회에서 분쟁을 척결할 수 있는 최적의 방법이 무엇인가?'라는 근본적인 질문의 답을 구하려고 애썼습니다. 이그나티에프 씨가 서식스 드라이브 이십사 번지**에 입성하게 되면 캐나다 국민이 그에게 바라는 목표는 건전하고 문명적인 공공정책일 것입니다. 이그나티에프 씨라면 그 목표를 달성할 수 있을까요? 그분이라면 언제 귀담아 들어야 하고, 언제 타협해야 하며, 언제 단호하게 행동해야 하는지 알까요? 많은 정치인이 어떻게 고쳐야겠다는 확고한 생각을 가지고 정권을 잡지만, 현실은 그들의 예상보다 훨씬 복잡하고 저항적이라는 걸 뒤늦게야 깨닫습니다. 앞으로 이그나티에프씨가 어떤 능력을 발휘할지 두고 보면 알겠지요.

그사이에라도 수상님이 자유당의 새 지도자를 상대하는 데 조금이라도 도움을 주고, 아울러 정책을 결정하는 데도 도움을 주고 싶은 마음에 『덜 악한 것: 테러 시대의 정치 윤리』를 보냅니다. 수상님의 동료 의원, 즉 이그나티에프 씨가 2004년에 발

** 캐나다 수상 집무실 주소.

얀 마텔
101통의
문학 편지

표한 책입니다. 겉표지는 별다른 특징이 없어 밋밋하게 보입니다. 그러나 이 표지가 선택된 데는 그럴 만한 이유가 있습니다. 아우슈비츠 강제수용소에 있던 계단의 사진입니다. 끔찍한 지경으로 치달은 정치 윤리에 휘말린 사람들이 그 계단을 오르내렸습니다. 앞에서도 말씀드렸지만, 인권과 민주주의에 대한 이그나티에프 씨의 관심은 추상적인 것이 아닙니다. 그분은 현실에 내재한 정치적인 난제들을 조사해서, 무엇이 잘못되었고, 그 잘못을 어떻게 해야 바로잡을 수 있는지 찾아내려 합니다.

『덜 악한 것』은 자유민주주의와 테러리즘을 연구한 책입니다. 인간의 자유와 존엄을 소중하게 생각하는 사람들은 자신들에게 무분별한 폭력을 가하는 사람들을 어떻게 대해야 할까요? 권리와 안전에 충돌하는 요구들을 적절하게 균형 잡으려면 어떻게 해야 할까요? 민주 사회는 무엇을 할 수 있으며, 아니, 일단 어떤 사회가 민주 사회일까요? 이그나티에프 씨는 이런 질문들에 대답해보려 합니다. 그분은 러시아, 영국과 미국, 독일과 이탈리아와 스페인, 스리랑카, 칠레와 아르헨티나, 이스라엘과 팔레스타인 등 다양한 국가들의 역사와 현재 상황을 조사해서, 그들이 테러리스트들의 공격을 어떻게 다루었는지 살펴봅니다. 또한 도스토옙스키부터 조지프 콘래드까지, 에우리피데스부터 호메로스까지 많은 문학인들도 언급합니다. 처음부터 끝까지 개방적이고 공정하며 비판적으로 접근합니다. 분석은 엄밀하고 통찰력이 넘칩니다. 그리고 신중하게 결론을 내립니다. 문체도 깔끔해서 읽기에 편합니다. 이그나티에프 씨는 훌륭한 글솜씨를 지녔습니다. 저는 개인적으로 이 책에서 '자유주의 국가는 초식동물로는 지켜지지 않는다'라는 구절이 가장 마음에 들었습니다.

이그나티에프 씨는 자유민주주의를 열정적이지만 영리하게 옹호하는 사람입니다. 그분의 판단에 따르면, 자유민주주의가 언제든지 사용할 수 있는 도구들은 테러리스트들의 위협이 만연한 시대에도 여전히 유효합니다. 따라서 위협에 대한 지나친 과잉반응은 장기적으로 봤을 때, 위협 자체보다 자유민주주의에 해가 될 거라고 주장합니다. 미국의 애국법과 캐나다의 C-36 법안은 테러를 해결하겠다는 선의에서 출발했지만, 불필요하고 미숙한 접근의 대표적인 예라고 이그나티에프 씨는 지적합니다. 그러나 언젠가 현재의 도구들이 효과를 발휘하지 못하게 되면, 자유민주주의가 선택의 어려움에 직면할 거라고 인정합니다. 또한 인간의 자유와 존엄을 소중하게 생각하는 사회가 그 존재 자체를 위협받을 때, 엄격한 도덕적 완벽주의나 철저한 실용주의에서 벗어나 '덜 악한 방향'을 신중하고도 조심스럽게 선택해야 한다는 입장을 취합니다. 다시 말하면, 전체를 구하기 위해서 부분을 희생하는 수밖에 없다는 것입니다. 테러와 싸우는 데 필요한 현실주의와, 민주적 가치의 이상주의를 적절히 조화시켜야 한다는 뜻일 겁니다. 돌고 돌아서 이처럼 기대에 어긋나는 결론에 이르고, 세세한 문제를 따지며 고문과 선제군사행위에 대해 언급하고는 고작해야 두 가지 예만 제시하려면, 모질고 매섭고 대담해야 할 겁니다. 이그나티에프 씨가 그런 사람이란 것을 말씀드리며 편지를 끝내게 되어 다행입니다.

안녕히 계십시오.
얀 마텔 드림

마이클 이그나티에프(Michael Ignatieff, 1947년생)는 2009년부터 2011년까지 캐나다 자유당 당수를 지냈다. 정치계에 입문하기 전에는 학계와 방송계에서 여러 요직을 거쳤다. 옥스퍼드, 케임브리지, 토론토 대학교의 교수를 지냈고, 2000년부터 2005년까지 하버드 대학교의 카 인권정책센터 소장을 역임했다. 영국에서 BBC의 다큐멘터리 제작자 겸 정치 평론가로 일하기도 했다. 이그나티에프는 이사야 벌린의 전기와 세 편의 장편소설을 포함해 열여섯 권의 책을 발표했다.

• 원제는 『The Lesser Evil: Political Ethics in an Age of Terror』이다.

Book 48

『길리아드』

마릴린 로빈슨
2009년 2월 2일

＊

캐나다 수상 스티븐 하퍼 님께,
오바마가 읽은 책을
캐나다 작가 얀 마텔이 보냅니다.

하퍼 수상님께,

이번 예산을 보고 있노라면 수상님이 사회주의자라고 선언하는 편이 낫겠다는 생각이 듭니다. 수상님의 정부가 얼마나 많은 돈을 쓰기로 약속했는가를 보면 놀라울 뿐입니다. 뜨거운 물에 세탁한 모직 스웨터처럼 정부를 오그라뜨리려고 작심했던 급진적인 개혁가로서의 모습은 이제 과거가 된 듯합니다. 수상님의 후원자인 캐나다 시민연맹(National Citizens Coalition)＊은 어떻게 생각할지 궁금합니다. (그런데 이 단체의 이름에는 왜 아포스트로피가 없을까요? 저는 이 단체의 웹사이트를 둘러보았습니다. 정말 아포스트로피가 없었습니다. 자유기업체제를 신봉하고 사회적 책무를 두려워해서 시민이란 단어를 소유격으로 표현하지 않았던 걸까요?)

마이클 이그나티에프 씨가 얼마 전에 있었던 하원 개원식의 연설에서 수상님이 자신의 주장을 똑같이 되풀이하는 걸 듣고 좋아했다고 합니다(《글로브 앤드 메일》에 실린 기사를 동봉합니다). 걱정하지 마십시오. 수상님만 그분의 주장을 앵무새처럼 되풀이한 것은 아닙니다. 오바마 대통령도 관타나모의 임시수용소와 CIA의 해외 비밀 감옥을 폐쇄하고, 조지 W. 부시 전대통령이 취했던 의심스런 반테러 조치들을 폐지하는 이유를 설명할 때, 이그나티에프 씨가 사용한 단어들을 사용했습니다(저는 개인적으로 오바마의 연설 방식을 무척 좋아합니다). 우리 자유민주주의의 이상이 우리 행동에 반영되고, 우리가 과도한 안보 편의주의를 위해서 권리를 경솔하게 희생할 수 없으며, 우리가 우리 이상을 포기하지 않고 굳건히 지킴으로써 적들로부터 승리를 거둘 수 있을 것이란 주장은 우리 도서관의 마흔일곱 번째 책,『덜 악한 것』에 담긴 기본 정신입니다. 이그나티에

---

* 작은 정부와 낮은 세율 및 공공 분야의 노동조합을 반대하는 캐나다의 보수적인 로비단체.

101 Letters to
a Prime Minister

315

프 씨의 의견에 많은 사람이 공감하는 것은 사실입니다. 비록 그분의 의견이 오늘날 폭넓게 받아들여지는 생각의 흐름에 영향을 받은 것은 사실이지만, 그런 흐름에 영향을 주는 것도 사실입니다. 따라서 수상님께서도 그런 흐름에 마음을 터놓는 편이 나을 것입니다.

오바마 대통령에 대해 말하자면, 제가 이번에 미국 작가 마릴린 로빈슨의 소설 『길리아드』를 선택한 이유도 오바마 때문입니다. 이 소설은 오바마가 가장 좋아하는 소설 중 하나입니다. 버락 오바마는 독서가, 대단히 열렬한 독서광입니다. 그는 통치 방법에 관심있는 사람들이 흔히 선호하는 실용서만을 읽고 소중하게 생각하지도 않습니다. 오바마는 시와 픽션, 철학서도 좋아합니다. 성경, 셰익스피어의 비극들, 허먼 멜빌, 토니 모리슨, 도리스 레싱, 시인으로는 엘리자베스 알렉산더와 데릭 월컷, 철학자로는 라인홀트 니부어와 성 아우구스티누스 등을 좋아합니다. 그들이 오바마의 웅변과 생각, 즉 지금의 오바마를 만들어냈습니다. 오바마는 문학으로 만들어진 인물이고, 이제 그 인물이 전 세계를 움직이고 있습니다.

저는 수상님께 2월 19일로 예정된 오바마 대통령과의 회담 전에 『길리아드』를 꼭 읽으라고 진심으로 조언하고 싶습니다. 두 분이 처음 만나시는 것이기 때문에 공통점을 찾아내어 친근감을 갖기 위해서, 요컨대 사소하더라도 효과적으로 상대를 알기 위해서는 두 분 모두가 읽은 책에 대해 이야기하는 것만큼 좋은 방법은 없습니다. 어쨌든 같은 책을 좋아한다는 건 그 책에 대해 감정적으로 비슷하게 반응했다는 뜻입니다. 물론 이 책이 수상님의 마음에 들어야 한다는 전제가 있어야 하지만 말입니다.

그래도 이 책을 좋아하기가 어렵지는 않을 겁니다. 『길리아드』에는 좋아할 만한 것이 많습니다. 약간 느리지만 진솔한 책이며, 경이롭고 놀라운 장면들로 가득합니다('놀랍다'와 '경이롭다'라는 두 단어는 이 책에서 자주 쓰이기도 합니다). 놀랍도록 신앙적이고 지독히 헌신적인 주인공의 이야기입니다. 장으로 구분되지 않고, 공백으로만 구분되어 일기를 읽는 듯한 기분입니다. 에피소드를 중심으로 느긋하게 이야기가 전개되어 한가롭게 산책하는 기분을 안겨주지만, 실제로는 무척 치밀하게 구성되어 이야기가 전개될수록 힘이 더해집니다. 안이한 풍자는 없습니다. 섣부른 우스갯소리로 독자를 재밌게 해주려고도 하지 않습니다. 전반적인 분위기가 엄숙하고 차분하며 이성적입니다. 심장병이 있어 죽음을 눈앞에 둔 노목사, 존 에임스가 차분하게 전하는 이야기입니다. 그는 노년에서야 자신보다 훨씬 젊은 여인을 만나 사랑을 나누고 결혼한 탓에 말년에 얻은 일곱 살 아들이 있습니다. 에임스 목사는 아들에게 자신에 대해서, 또 자신의 아버지와 할아버지와 증조 할아버지—그들 모두가 존 에임스였고 목사였습니다—에 대해서 알려주고 싶은 마음에, 아들이 성년이 되면 읽도록 긴 편지를 쓰기 시작합니다. 시적이고 평이한 문체로 하느님과 하느님의 자녀와 그 의미에 대해서 이야기하며, 간혹 야구를 언급하기도 합니다. 따라서 랠프 월도 에머슨이 소설을 썼더라면 그가 썼을 것이라고 생각할 만큼 무척 미국적인 소설입니다. 『길리아드』는 우아함과 아름다움으로 가득한 작품이며 심원한 내면을 지적으로 풀어냅니다. 조용하고 드문드문 의자가 놓이고 하얀 조명이 밝혀진 교회, 보이지는 않지만 가까이 있다고 느껴지는 영혼으로 채워지고 본질적인 것에 몰두하는 교회가 되기를 열망하는 책입니다. 수상님께 확실하게 정적감을 주는 책이 있다면, 바로 이 책일 것입니다.

이 책이 수상님의 마음에 들기를 바랍니다. 그렇지 않더라도 현 미국 대통령의 마음을 엿볼 수 있는 열쇠의 하나라는 걸 기억하십시오.

안녕히 계십시오.
얀 마텔 드림

마릴린 로빈슨(Marilynne Robinson, 1943년생)은 미국의 작가이다. 첫 소설 『하우스키핑』으로 헤밍웨이 재단/펜클럽상을 받았고, 퓰리처상 픽션 부문 후보로도 올랐다. 두 번째 소설 『길리아드』로는 퓰리처상과 전미도서비평가협회상을 비롯해 여러 상을 받았다. 『모국』(Mother Country)과 『아담의 죽음』(The Death of Adam) 등 논픽션도 썼다. 로빈슨은 워싱턴 대학교에서 박사학위를 받았고, 현재 아이오아 주립대학교의 작가 워크숍에서 글쓰기를 가르치고 있다.

• 우리나라에서는 2006년 9월, 『길리아드: 에임스 목사의 마지막 편지』(공경희 옮김/지식의날개)로 출간되었다.

Book 49

『노인과 바다』

어니스트 헤밍웨이
2009년 2월 16일

*

캐나다 수상 스티븐 하퍼 님께,
캐나다 작가 얀 마텔이 보냅니다.

하퍼 수상님께,

유명한 어니스트 헤밍웨이의『노인과 바다』는 읽지 않았더라도 거의 모두가 한 번쯤은 들어봤을 문학 작품 중 하나입니다. 짧막한 소설─제가 수상님께 보내는 판본으로는 백이십칠 쪽입니다─이지만, 헤밍웨이의 작품들이 대체로 그렇듯이 영문학에 영구적인 영향을 미치는 작품입니다. 제 생각이지만, 단편소설들, 특히『우리들의 시대에』『남자들만의 세계』(Men Without Women)『승자는 허무하다』(Winner Take Nothing)에 수록

된 단편들이 그가 남긴 가장 위대한 업적인 듯합니다. 무엇보다도 「두 개의 심장을 가진 큰 강」은 단편소설의 진수입니다. 하지만 장편소설인 『태양은 다시 떠오른다』와 『무기여 잘 있거라』와 『누구를 위하여 종은 울리나』가 더 널리 읽힙니다.

헤밍웨이의 위대함은 그가 말한 내용보다는 그가 말하는 방법에 있습니다. 그는 그전까지 누구도 시도하지 않은 방법으로 영어를 써냈습니다. 1899년에 태어난 헤밍웨이와, 1916년에 사망한 헨리 제임스를 비교해보면, 십칠 년이란 시간이 겹치지만 둘의 문체는 현격하게 다릅니다. 제임스의 경우에는 정확성, 사실성―뭐라고 불러도 상관없습니다―이 장식적이고 화려한 문체로 완성되었지만, 헤밍웨이의 문체는 정반대입니다. 그는 장식적인 표현을 배제했습니다. 조심스런 의사가 건강 염려증 환자에게 약을 처방하듯이, 그는 산문에서 형용사와 부사를 신중하게 사용했습니다. 그 결과로 혁명적일 만큼 간결하면서도 힘찬 산문, 먼 옛날의 글, 즉 성경을 떠올려주는 근본적으로 단순한 산문이 탄생했습니다.

헤밍웨이의 문체와 성경의 결합이 우연은 아니었습니다. 헤밍웨이는 성경의 어법과 비유적 묘사에 무척 정통했습니다. 『노인과 바다』는 기독교의 우화로 읽혀질 수 있지만, 저는 『노인과 바다』를 종교적인 작품이라 평가할 생각은 추호도 없습니다. 제가 이 주 전에 보낸 책, 『길리아드』가 종교적인 작품이란 점에서도 『노인과 바다』는 종교적인 작품일 수 없습니다.

오히려 헤밍웨이는 그리스도의 행적을 세속적으로 활용해서 인간의 고난을 탐구했습니다. 헤밍웨이는 많은 등장인물의 기개를 묘사할 때 사용한 '근성'(guts)의 뜻에 대한 질문을 받았을 때 정확히 '압중우아'(grace under pressure)*라고 대답했습니다. 달리 말하면, 패배를 통해서 승리를 이루어낸다는 뜻이었습니다. 제 생각에는 소설 속의 노인, 산티아고의 그리스도에 버금가는 긴 여정에 정확히 맞아떨어지는 표현인 듯합니다. 그리스도의 이야기에 빗대면, 하느님의 은총이라 말할 사람도 있겠지만 사도 바울의 중대한 통찰과 같았습니다. 파멸의 한복판에서도 승리와 구원의 가능성을 보았다는 점에서 그렇습니다. 메시지와 믿음은 인간의 경험을 완전히 바꿔놓습니다. 실패한 삶, 가족의 파탄, 사고와 질병, 노화 등 자칫하면 비극일 수 있는 이런 인간의 경험들이 오히려 모든 것을 바꿔놓는 극적인 사건들이 될 수 있습니다.

산티아고와 거대한 청새치의 만남을 생각할 때마다 저는 헤밍웨이의 이야기에 어떤 정치적 함의가 있는지 분석해보았습니다. 결국 아무런 관계도 없다는 결론에 이르렀습니다. 정치에서는 승리가 승리를 낳고 패배는 패배를 낳을 뿐입니다. 가난한 쿠바 어부를 통해 헤밍웨이가 전하려는 메시지는 순전히

---

* 고난하에서도 인간의 존엄성을 지킨다는 뜻.

개인적인 것입니다. 우리 각자에게 내재한 개인성에 대해 초점을 맞춘 것이지, 우리가 맡게 되는 역할에 대해 말하는 것이 아닙니다.『노인과 바다』는 외적으로는 드넓은 배경에서 이야기가 전개되지만 영혼을 내밀하게 들여다본 작품입니다. 제가 우리 모두에게 이루어지기를 바라는 것이 수상님에게서도 이루어지기를 바랍니다. 험난한 바다로부터 돌아오는 우리의 귀환이 산티아고의 귀환만큼이나 장엄하기를…….

안녕히 계십시오.

얀 마텔 드림

어니스트 헤밍웨이(Ernest Hemingway, 1899-1961)는 미국의 언론인이자 작가로 장편과 단편을 두루 썼다.『태양은 다시 떠오른다』『무기여 잘 있거라』『누구를 위하여 종은 울리나』로 세계적인 명성을 얻었고, 중편소설『노인과 바다』로 퓰리처상을 받았다. 헤밍웨이의 문체는 간결하고 직설적이며, 치밀하게 구성된 이야기 구조를 이룬다. 1차 대전에 참전해 구급차를 운전했고, 1920년대에는 파리에 모인 추방된 예술가와 작가의 모임 '잃어버린 세대'의 핵심 인물로 활동했다. 헤밍웨이는 1954년 노벨 문학상을 받았다.

• 어니스트 헤밍웨이는 저작권이 소멸된 작가여서 우리나라에서는 여러 출판사에서 출간되었다.

Book 50

『제인 오스틴: 그녀의 삶』

캐럴 실즈
2009년 3월 2일

· ✳ ·

캐나다 수상 스티븐 하퍼 님께,
우리의 쉰 번째 책을
캐나다 작가 얀 마텔이 보냅니다.

하퍼 수상님께

조심스럽지만 진실을 캐기 위한 의문의 제기, 가벼운 필치,
정확한 서술, 예리한 도덕적 자각, 한결같은 지성…… 결국 캐
럴 실즈가 추적한 제인 오스틴의 삶에 대해 쓴 이 탁월한 책에
서 빠진 것이라곤 제인 오스틴의 반어법뿐입니다. 공정한 시
각에서 쓴 전기는 반어법을 폭넓게 사용하기에는 적절한 공간
이 아니기 때문에, 그런 이유에서 실즈의 전기를 탓할 수는 없
을 것입니다. 여하튼 그 점을 제외하면, 모방이나 흉내의 흔적

을 찾아볼 수 없는 이 책은 논제를 충실히 풀어가며 작가가 된다는 것의 의미를 자세히 다루기 때문에, 마치 제인 오스틴이 쓴『캐럴 실즈: 그녀의 삶』을 읽는 듯한 기분이 들 지경입니다. 캐럴 실즈가 꼴사납게 제멋대로 텍스트에 끼어들기 때문은 아닙니다. 전혀 그렇지 않습니다. 간략한 프롤로그를 제외하면, 전기 작가를 지칭하는 일인칭 대명사 '나'는 한 번도 언급되지 않습니다. 이 책은 전적으로 제인 오스틴의 전기입니다. 그러나 1775년부터 1817년까지 살았던 영국 소설가와, 1935년부터 2003년까지 살았던 캐나다 소설가, 이 둘의 정신은 너무나 유사해서, 이 책에서는 분석보다 우정이 느껴집니다.

둘이 짜고 썼을지도 모른다는 착각은, 제인 오스틴이 영국 문학에서 큰 자리를 차지하는 여섯 편의 위대한 소설을 쓴 작가임에도 정작 그녀 자신에 대해서는 알려진 것이 많지 않다는 사실에서 기인합니다. 오스틴은 시골에 은둔해서『오만과 편견』『이성과 감성』『노생거 수도원』『맨스필드 파크』『에마』『설득』을 끈기 있게 썼습니다. 오스틴은 세상을 떠나기 육 년 전에야 첫 작품을 정식으로 출간했습니다. 생전에 내놓은 네 편의 소설도 익명으로 출간해야 했습니다. 저자의 이름이 그저 '어떤 숙녀'(a Lady)라고 표기되어야 했습니다. 그녀가 세상을 떠난 후 햄프셔의 초턴이란 작은 마을에 살았던 정체불명의 여성이 제인 오스틴이란 게 널리 알려진 뒤에도 후대의 학자들은 그녀에 대해 많은 것을 알아내지 못했습니다. 제인 오스틴은 다른 작가를 만난 적이 없었습니다. 어떤 언론인과도 인터뷰한 적이 없었고, 가족의 울타리를 넘어 문학 동호회에 가입한 적도 없었습니다. 가족들만이 그녀의 작품을 읽어주는 충실한 독자였습니다. 그녀의 편지들도 일부밖에 찾아낼 수 없었습니다. 그녀의 자매 카산드라가 많은 편지를 없애버렸기 때문입니다. 달리 말하면, 제인 오스틴은 자신의 능력을 제대로 평가하지 못했던 사람들과 함께 살았습니다. 문자 그대로 몇몇 가족과 친구를 제외하고는 제인 오스틴의 삶에 대해 기록을 남긴 사람이 거의 없었습니다. 그런 기록들이 있었다면 우리가 제인 오스틴을 좀 더 알 수 있었을 텐데 말입니다. 따라서 그녀처럼 어둠에서 지냈던 사람의 전기는 사실에 기반을 둔 설명보다는 정신세계의 탐구라는 특징을 띠기 마련입니다. 실즈가 쓴 제인 오스틴 전기의 탁월함은 바로 여기에 있습니다. 이런저런 사실들이 어지럽게 널린 전기가 아닙니다. 오히려 문학인, 제인 오스틴이란 존재에 대한 묵상에 가깝습니다. 오늘날 제인 오스틴의 화신으로 여겨질 수 있는 작가보다 그 역할을 잘해낼 수 있는 사람이 있겠습니까? 실즈는 여성의 시각에 대해 제인 오스틴 못지않게 관심을 가졌고, 보편적인 것이 드러날 때까지 가정적이고 개인적인 것을 집요하게 추적한다는 점에서도 제인 오스틴과 비슷합니다. 따라서 실즈의 정확한 직관이 객관적 사실의 부족을 크게 보완하고 있습니다.

제가 수상님께 보낸 열한 번째 책은 제인 오스틴의 소설, 아직 출간되지 않았기 때문에 널리 알려지지 않은『왓슨가 사람들』이었습니다. 수상님이 읽은 오스틴의 소설로 이 소설이 유일하더라도 전기를 어떻게 읽을지 걱정하실 것은 없습니다. 이 책은『제인 오스틴: 그녀의 삶』이지『제인 오스틴: 그녀의 작품 세계』가 아니잖습니까. 물론 오스틴의 작품들이 언급되지만 저자인 제인 오스틴에 대한 수수께끼를 풀기 위한 정도에 불과합니다. 따라서 실즈가 언급하는 내용을 파악하기 위해서 제인 오스틴의 작품들을 정확히 알아야 할 필요는 없습니다.

이 책은 정말 읽는 재미가 있는 책입니다. 저는 이 점을 꼭 강조하고 싶습니다. 우리에게 제인 오스틴에 대해 많은 것을 알려주기도 하지만, 글쓰기라는 연금술적인 과정에 우리를 끌어들인다는 점에서도 흥미로운 책입니다. 제인 오스틴은 제한된 공간이란 한계에 굴복하지 않고, 책 속 인물들과는 완전히 다른 삶을 사는 현대 독자들, 특히 여성 독자들에게도 여전히 설득력 있는 소설들을 써냈습니다. 캐럴 실즈 역시 자료의 부족에 구애받지 않고, 남녀를 불문하고 제인 오스틴의 충실한 독자들, 심지어 제인 오스틴을 모르는 독자들까지 읽어낼 수 있는 전기를 써냈습니다. 수상님께서도 우리가 함께하는 쉰 번째 책인 이 전기를 즐겁게 읽었으면 좋겠습니다.

저는 얼마 전에 제인 오스틴이 수년간 살았던 배스에 다녀왔습니다. 오스틴이 가난한 삶을 보냈던 그곳은 작고 아름다운 도시이더군요. 제가 그곳에서 찍은 사진 한 장을 동봉합니다.

안녕히 계십시오.

얀 마텔 드림

캐럴 실즈(Carol Shields, 1935-2003)는 미국계 캐나다 시인이자 소설가, 교수, 문학평론가이다. 열 편의 장편소설과 두 권의 단편소설집을 발표했다. 소설을 집필하면서도 오타와, 브리티시컬럼비아, 매니토바, 위니펙 대학교에서 교수를 지냈다. 특히 위니펙 대학교에서는 총장으로 봉직했다. 장편소설 『가장 가깝지만 가장 알 수 없는 그녀』로 큰 찬사를 받았고, 퓰리처상과 캐나다 총독 문학상까지 수상했다. 제인 오스틴 전기로는 논픽션 부문 찰스 테일러상을 받았다.

• 원제는 『Jane Austen: A Life』이다.

Book 51

『줄리어스 시저』

윌리엄 셰익스피어
2009년 3월 16일

*

캐나다 수상 스티븐 하퍼 님께,
S. O. S(Save Our Shakespeare)를
캐나다 작가 얀 마텔이 보냅니다.

하퍼 수상님께

어제가 로마력으로 3월 15일, 시저가 암살된 날이었습니다. 그래서 셰익스피어의 『줄리어스 시저』를 준비했습니다. 셰익스피어라고 해서 겁먹을 것은 없습니다. 하지만 우리가 성경을 몰두해 읽은 뒤 자신의 천분을 깨닫듯이 셰익스피어의 작품에 넋을 잃은 후에도 자신의 천분을 찾을 수 있습니다. 하나는 세속의 세계이고 다른 하나는 종교의 세계라는 것이 다를 뿐, 둘 모두 완전한 세계입니다. 또한 둘 모두 탄생한 이후로 줄곧 모

든 세대의 독자와 학자가 즐겨 인용하는 책입니다. 외딴 섬에 있어도 성경이나 셰익스피어 전집만 있다면 심심하지 않을 것입니다. 둘 모두가 있다면 더 좋을 테고요.

셰익스피어에는 모든 것이 있습니다(당연히 역사극의 지루함도 있습니다). 셰익스피어가 살던 1564년부터 1616년까지만 해도 영어와 연극은 대장간의 모루 위에 있었습니다. 따라서 영어와 연극 및 우리의 세계관을 형성하려던 셰익스피어의 망치질은 오늘날까지도 흔적이 남아 있습니다. 짧막하게 두 가지만 예로 들어보겠습니다. 일 막 이 장이 끝날 쯤에, 카시우스가 카스카에게 시저의 혼절에 대해 키케로가 뭐라고 말했느냐고 묻습니다. 키케로가 뭐라고 말하긴 했지만 그리스어로 말했습니다. 그래서 카스카는 무표정한 얼굴로 "나한테는 그리스 말이었다"*라고 대답합니다. 또 삼 막 일 장에서 시저는 자신의 의지는 확고하고 쉽게 물러서지 않겠다는 뜻을 분명히 밝히며, "북극성처럼 변함없을 것"이라고 말합니다. 이것은 셰익스피어가 재료로 삼은 언어, 즉 영어에 가져다준 수많은 표현 중 두 가지 예에 불과합니다. 물론 셰익스피어가 해낸 일이 새로운 표현을 만들어낸 것만 있는 것은 아닙니다. 그의 희곡들은 생동감 넘치고 극적이기도 하지만 인간 조건에 대한 통찰도 뛰

---

* 무슨 말인지 전혀 이해하지 못했다는 뜻.

얀 마텔
101통의
문학 편지

어납니다. 그래서 '셰익스피어적'(Shakespearean)이란 수식어는 광범위하게 쓰입니다. 그 한 사람이 샘이라면, 지금 우리 모두 가 그의 삼각주에서 살고 있다고 말해도 과언이 아닙니다.

『줄리어스 시저』는 정치, 더 정확히 말하면 권력을 주제로 한 희곡입니다. 한 개인의 잠재력, 전통의 힘, 원칙의 힘, 설득 의 힘, 다수의 힘…… 이 모든 것이 충돌하며 치명적인 결과로 치닫습니다. 셰익스피어는 어느 쪽도 편들지 않습니다. 그의 희곡은 비극이지만 시저만의 비극은 아닙니다. 브루투스와 카 시우스, 포르티아와 칼푸르니아, 시인 킨나 그리고 로마의 비 극이기도 합니다.

『줄리어스 시저』는 권력과 정치에 관한 희곡이기 때문에 우 리도 권력과 정치에 대해 잠깐 이야기해보는 것이 좋겠습니다. 수상님의 정부가 최근에 발표한 두 가지 결정에 대한 제 생각 을 말씀드리지요.

첫째는 사회과학·인문학 연구협의회(SSHRC)에 대한 제 의 견입니다. 이 협의회에 새로 할당된 기금이 '기업에 관련된 학 위'에만 전적으로 지원되는 듯합니다. 독립된 기구에게 지원금 을 어떻게 쓰라고 간섭하는 이 행위가 수상님께서 소속된 정당 이 가진 '자유주의적인 작은 정부'라는 이상과 모순된다고 생 각하지 않으십니까? 이 일로 인해 정부의 역할이 점점 더 커지 고 정부의 간섭도 더 잦아진다고 생각하지 않으십니까? 그러 나 이것도 약과입니다. 더 큰 문제는 SSHRC의 역할을 근본부터 바꾸려는 시도입니다. 납세자들에게 지원받는 공립 대학교들에 반드시 경영학과를 두어야 할 이유를 저는 도무지 이해할 수 없습니다. 돈을 버는 방법이 정말로 학문이라 할 수 있습니까? 그렇다고 제 말을 오해하지는 마십시오. 돈이나, 돈을 버는 방법이 부끄러울 것은 없습니다. 하지만 대학이 경영학 석사를 대량으로 찍어내는 곳이라 생각되어버리면, 그것은 대학의 목적을 망각한 것이 아닐까요? 대학은 사회의 보고이고 도가니입니다. 학문을 위한 곳이어야 합니다. 대학은 사회의 두뇌이지 지갑이 아닙니다. 사업은 잠깐이지만, 셰익스피어는 그렇지 않습니다. 대학은 정신과 영혼을 함양하는 곳입니다. 기업은 고용하는 곳이고요. 대학이 경영 기법을 받아들이기보다, 기업이 셰익스피어의 통찰을 받아들인다면 우리 세상이 더 나아질 것입니다. 물론 이런 주장을 수상님이 한두 번 듣지는 않았을 테지요. 어쩌면 제가 수상님의 의도를 곡해했을지도 모르겠습니다. 안토니가 브루투스에게 하는 말을 빌려서 다시 말하자면, 수상님께서는 명예를 중요하게 생각하시는 분입니다. 수상님께서는 지금 무엇을 하고 있는지 잘 알고 계실 겁니다.

둘째는 캐나다 정기간행물 기금에서 오천 부 이상의 발행부수를 지닌 잡지에만 보조금을 지원하겠다는 제임스 무어 문화유산부 장관의 발표입니다. 이 조치는 캐나다에서 한 분야만 전문적으로 다루는 예술 및 문학 잡지의 씨를 말려버릴 것입니다. 혹시 수상님께서는 이렇게 생각할지도 모르겠습니다. "기막힌 생각이군. 그런 잡지들을 원하는 사람은 선민주의에 젖은 허섭스레기들이잖아!" 하지만 그렇지 않습니다. 우리 모두에게는 그런 잡지가 필요합니다. 모든 좋은 것들은 작게 시작하기 때문입니다. 하나의 예만 들어보겠습니다. 제가 관련된 예이기도 합니다. 저는 첫 단편을 브리티시컬럼비아의 빅토리아에서 발간되는 문학 계간지 《말라하트 리뷰》에 발표했습니다. 제가 이십 대였을 때, 그들의 초기 지원은 큰 힘이 되었습니다. 그들의 지원에 힘입어 저는 더 많은 글, 더 나은 글을 쓰겠다는 의욕을 불태울 수 있었습니다. 《말라하트 리뷰》가 제 작품을 실어준 덕분에 저는 첫 문학상을 수상했고, 문학 에이전트를 만나 토론토 출판사들에게 주목받게 되었습니다. 《말라하트 리뷰》는 작가로서의 제 고향인 셈입니다. 이런 잡지들이 존속해야 다음 세대의 작가들과 시인들이 태어날 수 있습니다. 그러나 제가 수상님의 의도를 곡해했을지도 모르겠습니다. 수상님께서는 명예를 중요하게 생각하시는 분이니, 지금 무엇을 하고 있는지 잘 알고 계실 겁니다.

SSHRC를 경영학 석사 양성소로 바꾸고, 예술 및 문학 잡지를 없애려는 조치들을 제 머리로는 도무지 이해할 수 없습니다. 그에 관련된 보조금 액수는 그것이 지향하는 목적에 비하면 상대적으로 적으며, 실로 중요합니다. 캐나다를 전통적인 문학을 거부하는 사회로 바꿔놓을 생각이십니까? 현재 상황을 보면, 많은 젊은이가 역사와 종교를 멀리하는 실정입니다. 글을 읽고 이해하는 능력마저 없어진다면 우리 정체성에서 무엇이 남겠습니까? 그러나 제가 수상님의 의도를 곡해했을지도 모르겠습니다. 수상님께서는 명예를 중요하게 생각하시는 분이니, 지금 무엇을 하고 있는지 잘 알고 계실 겁니다.

『줄리어스 시저』의 삼 막 삼 장에서 수상님께서는 시인 킨나를 만나시게 될 겁니다. 킨나는 시저의 암살에 가담한 공모자였던 또 다른 킨나로 오인받아 폭도들에게 갈기갈기 찢겨 죽습니다. 캐나다의 방식은 이렇지 않습니다. 지금 이곳 캐나다에서 시인 킨나를 공격하는 주체는 바로 캐나다 정부입니다. 그러나 제가 수상님의 의도를 곡해했을지도 모르겠습니다. 수상님께서는 명예를 중요하게 생각하시는 분이니, 지금 무엇을 하고 있는지 잘 알고 계실 겁니다.

안녕히 계십시오.
얀 마텔 드림

답장:

2009년 5월 1일

마텔 씨에게,

스티븐 하퍼 수상님을 대신해서 제가 사회과학·인문학 연구협의회(SSHRC)와 캐나다 정기간행물 기금에 대한 선생의 편지를 받았음을 알려드립니다. 물론 윌리엄 셰익스피어의『줄리어스 시저』를 보내주신 것에도 감사드립니다.

아울러 선생의 의견도 신중하게 고려하고 있음을 알려드립니다. 제가 실례를 무릅쓰고 선생의 편지를 토니 클레멘트 산업부 장관과 제임스 무어 문화유산부 장관에게 전달했습니다. 따라서 두 장관께서도 선생의 우려를 잘 알고 계실 겁니다.

일부러 시간을 내어 편지를 보내주신 것에 거듭 감사드립니다.

안녕히 계십시오.

S. 러셀

문서 담당관

윌리엄 셰익스피어(William Shakespeare, 1564-1616)는 여러 편의 희곡과 시를 썼다.

• 윌러엄 셰익스피어는 저작권이 소멸된 작가여서 우리나라에서는 여러 출판사에서 출간되었다.

Book 52

『불타는 얼음: 예술과 기후변화』

데이비드 버클랜드와 케이프 페어웰 재단
2009년 3월 30일

＊

캐나다 수상 스티븐 하퍼 님께,
뜨거운 주제를 다룬 책을
캐나다 작가 얀 마텔이 보냅니다.

하퍼 수상님께,

케이프 페어웰 재단이 느닷없이 제게 이메일을 보낼 때까지 저는 영국의 비정부기구인 케이프 페어웰 재단에 대해 들어본 적이 없었습니다. 그들은 캐나다 무사게테스 재단에게 후원을 받아 조직한 페루 여행단에 저를 초청했습니다. 또 저에게 그들의 조직과 목적을 설명하는 차원에서 한 권의 책과 디브이디를 보내겠다고 제안했습니다. 저는 호기심을 이기지 못하고 그 제안을 받아들였습니다. 그 제안을 받아들인다고 제가 손해볼 것이 뭐가 있었겠습니까? 며칠 후, 그 책과 디브이디가 우편으로 도착했습니다. 저는 그 책을 읽었고 디브이디를 보았습니다. 또 그들의 웹사이트(www.capefarewell.com)를 둘러보고 초청을 받아들이겠다는 답장을 보냈습니다.

앨 고어의 순회강연을 기초로 제작한 영화 〈불편한 진실〉(An Inconvenient Truth)을 통해 많은 사람이 기후변화에 대해 알게 되었습니다. 케이프 페어웰 재단의 사명은 이런 초기의 자각을 뛰어넘어 기후변화에 대한 문화적 반응을 조직화하는 것입니다. 이런 목적을 위해서 그들은 기후변화의 최전선, 즉 기후변화가 가장 뚜렷하게 나타나는 지역에 탐사단들을 파견합니다. 과학자들이 참여해서 조사를 진행하고, 예술가들은 기후변화의 현장과 그 원인들을 눈에 담습니다. 결국 예술가들이 파견단에 초청되는 이유는 기후변화에 문화적으로 반응해서 기후변화의 위험을 세상에 알리는 주역이 되어달라는 뜻입니다. 디브이디 〈변하는 북극에서 전하는 예술〉(Art from a Changing Arctic)은 케이프 페어웰 재단이 스발바르 군도에 보낸 세 파견단의 활동을 기록한 다큐멘터리이며, 『불타는 얼음: 예술과 기후변화』는 예술가들의 반응을 기록한 책입니다.

수상님께서도 보시면 알겠지만, 이 책은 다채롭게 구성된 책입니다. 사진과 그림, 조각으로 이루어진 시각예술이 있고, 기후변화의 영향을 간략하지만 효과적으로 요약한 과학적인 시론들과 기후변화에 대한 개개인의 소회를 서술한 개인적인 수필들이 있습니다. 『불타는 얼음: 예술과 기후변화』는 2006년에 출간된 까닭에 시대에 뒤떨어진 면이 있습니다. 한 과학자는 2050년쯤이면 여름에 북극에서 얼음을 볼 수 없을 거라고 말합니다. 하지만 요즘 과학자들은 2013년이면 북극의 여름에서 얼음이 사라질 거라고 예측하고 있습니다. 삼 년 만에 상황이 심각하게 악화되었다는 뜻입니다. 기후변화를 생각할 때마다 자칫하면 비관주의에 빠지기 쉽습니다. "그런 전 지구적 재앙 앞에서 내가 무엇을 할 수 있겠어?"라는 비관주의 말입니다. 『불타는 얼음: 예술과 기후변화』는 우리가 비관주의를 털고 일어나 현재 상황을 얼마든지 극복할 수 있다는 걸 보여준다는 점이 큰 장점입니다. 물론 한 장의 그림과 사진, 한마디의 글이 지구를 구할 수는 없습니다. 그러나 상황을 극복하기 위한 첫걸음일 수는 있습니다. 기후변화 자체는 인간 외적인 힘, 즉 자연력이어서 거의 일방적으로 우리로부터 힘을 빼앗아 가지만, 예술행위는 개인적이고 전 인격적인 행위이기 때문에 기후변화에 영감을 받은 예술은 창조자나 관객 모두에게 힘을 북돋워줍니다.

저는 『불타는 얼음: 예술과 기후변화』를 들척이며 사진들과 그림들을 유심히 살펴보았고 수필들도 읽었습니다. 한편으로는 놀랍고 한편으로는 가슴이 아팠습니다. 기묘한 결합이었지만 비통한 마음을 딛고 일어서게 해주었습니다. 케이프 페어웰 재단이 책과 전시회에서 보여주는 예술이 우리 지구와 작별하는 애가인지, 아니면 우리에게 삶의 방식을 바꾸라고 촉구하는 첫걸음인지는 시간만이 답해줄 수 있을 것입니다. 그러나 하나는 분명합니다. 기후변화를 순전히 정치적인 입장에서 대응해서는 안 된다는 것입니다. 탄소를 연료로 사용하는 산업체의 압력 때문에 기후변화에 대한 대응은 지금까지 방해받아 왔습니다. 이제는 시민이 먼저 움직여야 합니다. 예술은 시민들이 먼저 움직이도록 만들기에 가장 효과적인 방법입니다. 예술은 이 중대한 문제와 맞붙어 싸울 겁니다. 성인 남자와 여자, 십 대와 어린이까지 모두가 반응을 보이며 길거리로 쏟아져 나와 참여할 때까지 싸울 겁니다. 시민이 기후변화라는 중대한 쟁점에 개입하기 시작하면 정치인들도 따라오지 않을 수 없을 겁니다.

수상님께서도 이런 변화의 파도에 앞장서는 편이 낫지 않겠습니까.『불타는 얼음: 예술과 기후변화』를 읽고 수상님의 마음이 움직이고 경각심이 일었으면 좋겠습니다.

안녕히 계십시오.
얀 마텔 드림

답장:

2009년 6월 24일
마텔 씨에게,

스티븐 하퍼 수상님을 대신해서 제가 선생이 5월 30일에 『불타는 얼음: 예술과 기후변화』와 함께 보낸 편지를 받았음을 알려드립니다.

수상님께 이 소중한 자료를 보내주셔서 정말 감사드립니다. 이런 정보를 수상님께 전달하려는 선생의 호의에도 감사드립니다.

건강하십시오.

P. 몬테이스

문서 담당관

데이비드 버클랜드(David Buckland)는 영국의 사진작가로, 연극 무대 및 의상 디자이너이기도 하다. 파리의 퐁피두센터, 뉴욕의 메트로폴리탄미술관 등 전 세계의 주요 갤러리에서 작품 전시회를 열었다. 버클랜드는 케이프 페어웰 프로젝트의 창립자이기도 하다. 케이프 페어웰 프로젝트는 기후변화를 예술의 관점에서 대응함으로써 문화적 의식을 고양하려는 예술가, 과학자, 강연자의 공동체이다.

• 원제는 『Burning Ice: Art and Climate Change』이다.

『루이 리엘』

체스터 브라운

『오후의 예항』

미시마 유키오
2009년 4월 13일

*

캐나다 수상 스티븐 하퍼 님께,
캐나다 역사의
중요한 사건을 다룬 그래픽 노블『루이 리엘』을,
다른 유형의 그래픽 노블『오후의 예항』을
캐나다 작가 얀 마텔이 보냅니다.

하퍼 수상님께,

수상님께 책을 보내기 시작하면서 저는 '정적감을 더해주는'(inspire stillness) 책을 보낼 거라고 말씀드렸습니다. 책은 묵상의 깊이를 더해주며 생각하고 느끼는 데 도움을 주는 경이로운 도구, 엄격하게 말하면 유일한 도구입니다. 픽션이든 논픽션이든 좋은 책을 쓰려면 엄청난 노력과 오랜 시간이 필요합니다. 기본적인 자료를 조사하는 데도 많은 노력과 시간이 필요하지만, 어떻게 쓸 것인지 생각하는 데도 몇 주일, 몇 달이 걸립니다. 작가들은 한 권의 책을 쓰는 데 얼마나 오랜 시간이 걸리느냐는 질문을 받으면 흔히 "평생"이라고 대답합니다. 저는 그 말이 무슨 뜻인지 잘 압니다. 그 책을 쓰는 데 그들의 삶 전체를 투자했다는 뜻입니다. 그들이 실제로 글을 쓰는 데 걸린 수년의 시간은 그야말로 빙산의 일각에 불과합니다. 책을 쓰는 그런 긴 과정은 좋은 포도주를 숙성시키는 과정과 비슷해서, 우리가 신중하게 살펴봐야 할 그윽한 결과물을 낳는 것은 당연한 듯합니다.

그러나 책에서 정적감을 얻는다고, 책이 반드시 평온해야 하는 것은 아닙니다. 정적감은 평온함과 같은 것이 아닙니다. 둘의 차이를 수상님께서도 전에 읽은 『줄리어스 시저』에서 느끼셨을 겁니다. 그 연극에는 평화로움이나 평온함이 거의 없습니다. 그렇지만 수상님께 많은 생각을 불러일으키지 않았습니까?

혼란에서 얻는 정적감은 오늘 제가 보내드리는 두 권의 책에서도 계속됩니다. 수상님께서도 루이 리엘의 비극적인 역사를 잘 아실 겁니다. 영국인들은 그를 증오했지만 프랑스인들은 그를 사랑했습니다. 물론 유럽의 영국인과 프랑스인을 뜻하는 것이 아닙니다. 미국의 북쪽 지역을 차지한 나라의 사람들을 뜻합니다. 온타리오에 정착한 영국인과 아일랜드인과 스코틀

얀 마텔
101통의
문학 편지

랜드인은 스스로를 캐나다인이라 칭했지만, 프랑스어를 사용하며 레드 강 식민지에 정착한 메티스*는 그렇지 않았습니다. 새로이 탄생한 국가의 온갖 긴장과 원한이 루이 리엘이란 한 사람으로 상징되었습니다. 그 복잡한 혼돈의 결과가 오늘날까지 계속 이어지고 있습니다. 루이 리엘과 레드 강의 메티스가 오타와에서 더 공정하게 대우받았다면 퀘벡당이 1976년의 선거에서 집권당이 되었을까요? 그랬더라면 온타리오 사람들이 미국과의 합병을 주장하던 '온타리오당'을 선택했을까요? 수상님께서도 정치계에서 잔뼈가 굵어 아시겠지만, 분명한 것은 편견과 불신이 국민들 사이에 자리 잡으면 국민들을 다시 통합하기가 무척 어렵다는 것입니다.

캐나다의 만화가 체스터 브라운의 역작, 『루이 리엘』은 진지한 이야기를 신중하고 사려 깊게 풀어나가는 진지한 작품입니다. 그림은 눈을 떼기 힘들 정도로 강렬하며, 이야기의 전개도 마법처럼 독자를 끌어당깁니다. 루이 리엘이 정말 그랬을 것처럼 그려집니다. 이상하면서도 카리스마 넘치고, 때로는 종교적으로 광적인 모습을 띠지만, 때로는 자신이 속한 메티스의 운명을 진정으로 염려하는 사람으로 그려집니다.

---

* métis, 프랑스계 캐나다인과 아메리카 원주민 사이에서 태어난 혼혈을 말한다. 루이 리엘이 바로 메티스였다.

'이상하면서도 카리스마 넘친다'라는 표현은 일본 작가 미시마 유키오에게도 적용할 수 있습니다. 리엘이 종교적으로 광적이었다면 미시마는 미학적으로 광적이었습니다. 미시마가 어떻게 죽었는지에 대해서는 들으셨을 겁니다. 미시마는 글만이 아니라 충격적인 죽음의 방식으로도 널리 알려져 있습니다. 한 작가의 삶이 자신의 작품과 뒤섞이지 않는 게 일반적이지만, 최고의 명성을 누리던 마흔다섯 살의 건강한 작가가 한 군사기지를 점령하고는 자국의 군대에게 정부를 전복시키라고 촉구한 후에 전통적인 방식—흔히 할복이라 칭하는 방법—에 따라 칼로 자신의 배를 가르고 옆에 서 있던 추종자에게 자신의 목을 베게 함으로써 자살했다면, 그 죽음만으로도 대중의 관심을 끌 수밖에 없을 겁니다. 미시마의 경우에는 삶과 작품 사이에 밀접한 관련성이 있습니다. 미시마의 죽음은 일본의 옛 영광을 부활시키려는 정치적 욕망보다, 그 자신이 죽음과 아름다움에 대해 가졌던 개인적인 신념과 더 밀접한 관계가 있습니다. 그의 소설 『오후의 예항』에 등장하는 인물들—어머니 후사코, 아들 노보루, 옛 항해사 류지—이 그 증거입니다. 그들은 정교하게 묘사됩니다. 독자가 그들의 신체적인 외형에서, 또 내면의 성격에서 그들의 모습을 짐작할 수 있을 정도입니다. 그들은 각자 독특한 방식으로 아름답습니다. 하지만 그들의 이야기는 폭력과 죽음으로 갈가리 찢어집니다.

솔직히 말하면, 『오후의 예항』을 이십 대 초반에 처음 읽었

얀 마텔
101통의
문학 편지

을 때 저는 너무 마음에 들어서 오히려 싫었습니다. 이 소설과 크누트 함순의 『굶주림』은, 제가 유일하게 어쩌면 나도 이런 글을 써낼 수 있겠다는 기분으로 가슴을 졸이며 읽었던 걸작들입니다. 두 소설의 이야기가 이미 제 안에 들어 있는 기분이었지만, 일본 작가와 노르웨이 작가가 저보다 먼저 풀어냈던 것이었지요.

이제 이번 주에 두 권의 책을 보낸 이유를 설명해야겠습니다. 제가 휴가를 떠나기 때문입니다. 먼 곳에 보내는 책이 배달 중에 사라지는 걱정을 덜고 싶었습니다. 그래서 4월의 책으로 두 권을 보내는 것입니다. 『루이 리엘』은 4월 13일, 『오후의 예항』은 4월 27일의 것입니다.

아무런 관련도 없는 듯한 두 책을 한꺼번에 보낸 이유가 궁금하신가요? 저도 미시마가 루이 리엘을 알았으리라고는 생각하지 않습니다. 게다가 『루이 리엘』에 체스터 브라운이 미시마를 동경했을 거라고 생각할 만한 흔적은 전혀 없습니다. 그러나 저는 책꽂이에 꽂힌 책들을 볼 때마다 '완전히 다른 책들이 책꽂이에서 서로 싸우지 않고 나란히 있는 이유가 무엇일까?'라는 생각에 젖습니다. 문학의 희망이 무엇이고 정적을 바라는 마음이 무엇이겠습니까? 전혀 다른 책들이 평화롭게 나란히 놓인 모습을 보고 우리가 달라져서, 우리도 확연히 다른 사람들과 나란히 함께 살 수 있기를 바라는 게 아닐까요?

안녕히 계십시오.

얀 마텔 드림

답장:

2009년 4월 29일

마텔 씨에게,

스티븐 하퍼 수상님을 대신해서 제가 선생의 편지를 받았음을 알려드립니다. 물론 동봉하신 미시마 유키오의 『오후의 예항』과 체스터 브라운의 『루이 리엘: 만화로 읽는 전기』도 잘 받았습니다. 수상님께서는 이 책들을 보내주신 선생에게 감사의 뜻을 전하라고 말씀하셨습니다. 선생의 사려 깊은 행동에 저희 모두가 깊이 감사하고 있다는 말씀을 드립니다.

고맙습니다.

S. 러셀

문서 담당관

체스터 브라운(Chester Brown, 1960년생)은 캐나다의 만화가이다. 대안만화운동에 적극적으로 참여하며, 여러 편의 그래픽 노블과 시리즈 만화책을 발표했다. 그의 만화는 대체로 음울한 편이어서, 장르에서 공포·초현실주의·블랙코미디로 분류된다. 실제로 체스터 브라운은 정신질환과 식인풍습 같은 어두운 주제를 주로 다룬다. 가장 널리 알려진 작품인 『루이 리엘:

만화로 읽는 전기』는 제작하는 데만 오 년이 걸렸다고 한다. 그 밖의 작품으로는 『플레이보이』와 『너 좋아한 적 없어』가 있고, 시리즈 만화로는 『탐스러운 털』(Yummy Fur)과 『언더워터』(Underwater)가 있다. 몬트리올에서 태어나 자랐고, 지금은 토론토에 살고 있다.

미시마 유키오(三島由紀夫, 1925-1970)의 본명은 히라오카 기미타케이다. 일본의 소설가이자 시인이고, 가부키 극작가이기도 하다. 가장 널리 알려진 작품으로는 『가면의 고백』『금각사』『오후의 예항』, 사 부작 『풍요의 바다』(豊饒の海)가 있다. 이 작품들로 미시마는 일본과 전 세계에서 확고한 명성을 얻었다. 미시마는 추종자들과 함께 한 군사기지를 점령한 후에 할복자살했다. 표면적인 이유는 전통적 가치에서 멀어지는 일본 문화에 대한 항의였다.

• 원제는 각각 『Louis Riel』『午後の曳航』이다.

Book 55

『선물』

루이스 하이드
2009년 5월 11일

*

캐나다 수상 스티븐 하퍼 님께,
모든 선물처럼 공유해야 하는 선물을
캐나다 작가 얀 마텔이 보냅니다.

하퍼 수상님께,

논픽션의 강점이라면 주제를 집중적으로 다룬다는 점입니다. 픽션은 인문학만큼 광범위할 수 있지만, 논픽션은 자연과학처럼 한정된 범위에 초점을 맞추는 경우가 많습니다. 따라서 픽션 작가는 편집자들에게 "장황하게 말을 늘어놓지 말고 구체적으로 보여주어야 한다"는 지적을 자주 듣습니다. 그런데 픽션은 묘사하는 데 그치지 않고 마음으로 느껴질 수 있는 새롭고 낯선 세계를 창조해야 하기 때문에 픽션 작가들은 이런저런 말을 늘어놓을 수밖에 없습니다. 반면에 논픽션은 이미 존재하는 세계에 기반을 둡니다. 말하자면, 우리가 살아가는 세계, 진정한 역사, 실제로 존재했던 역사적 인물들을 다룹니다. 물론 그 역사와 그 인물들이 종이 위에서 살아서 숨을 쉬게 만들어야 합니다. 따라서 글솜씨가 필수적입니다. 하지만 실제로 존재했거나 존재하는 세계에 기반을 두기 때문에 논픽션 작가들은 등장인물과 상황을 완전히 창조해내는 힘든 작업에서 자유롭고, 마음 놓고 직설적으로 말할 수 있습니다. 논픽션에서 얻는 것이 하나의 주제를 심도 있게 다루는 능력이라면, 잃는 것은 폭넓은 호소력입니다. 논픽션을 읽어내려면 독자는 다루어지는 주제에 한층 적극적인 관심을 가져야 합니다. 예컨대 독자들은 일본의 봉건시대를 다룬 역사서보다, 그 시대를 배경으로 한 소설에 더 끌리지 않겠습니까. 적어도 제임스 클라벨의 소설 『쇼군』(Shogun)이 그런 경우였습니다. 저는 『쇼군』에 독자들이 관심을 보인 현상이 특이한 경우라고 생각하지 않습니다.

이처럼 주제를 좁히고 한정한 결과로, 논픽션의 세계는 상당히 세분화됐습니다. 따라서 논픽션 작품들보다 픽션 작품들이 서로 더 유사합니다. 이런 증거는 픽션과 논픽션이란 이름에 있습니다. 우리는 픽션이 무엇인지 압니다. 그래서 픽션을 픽션이라 부르며, 세상에 존재하는 희곡과 시, 장편소설과 단편소설을 픽션이란 이름으로 뭉뚱그립니다. 하지만 픽션이 아닌 책들은 어떻습니까? 우리는 그런 책들은 무엇이라 불러야 할지 확실히 모릅니다. 그래서 그런 책들을 부정적으로 정의해서, 그런 책들이 아닌 것으로 정의합니다. 요컨대 픽션이 아니라는 뜻에서 '논'(non)픽션입니다. 뛰어난 논픽션들로 이어지는 전통이 부족한 탓에 논픽션은 상당한 정도의 독창성을 갖추었습니다.

논픽션이 얼마나 독창적일 수 있는가를 보여주는 믿음직한 예가 이번 주에 제가 수상님께 보내는 책입니다.『선물』에서, 루이스 하이드는 선물의 의미와 결과를 추적합니다. 선물은 구체적이고 즉각적인 보상이나 대가를 바라지 않고 거저 주어지는 물건이나 봉사입니다. 이런 생각만을 기준으로, 하이드는 다수의 사람과 장소와 관습을 언급하며, 소설에나 나올 법한 혼란스런 관습을 일관성 있게 짜 맞춥니다. 수상님께서도 직접 확인해보십시오. 미국의 청교도들, 아일랜드와 벵골의 민속, 뉴기니에서 좀 떨어진 트로브리안드 섬사람들, 뉴질랜드의 마오리족, 태평양 연안지역 원주민들의 포틀래치*, 알코올중독자 갱생회, 부처의 가르침, 포드 자동차 회사, 시카고 슬럼가에 쏟아진 돈의 운명, 마틴 루터, 장 칼뱅, 월트 휘트먼과 에즈라 파운드의 삶…… 제 기억에 남아 있는 사례만 언급해도 이

---

* 선물을 나눠주는 축제.

정도입니다. 하이드가 선물 교환과 상품 교환의 차이를 중심으로 자신의 생각을 펼치는 과정에서 이 모든 것이 하나로 엮입니다. 이런 상품 교환에 끼어드는 화폐는 완전히 다릅니다. 선물 교환에서는 감정을 주고받는 반면에, 상품 교환에서는 돈을 주고받습니다. 선물 교환에는 애정이 덤으로 교환되는 반면에 상품 교환에는 무심함이 있습니다. 선물 교환은 공동체를 만들어가는 반면에 상품 교환은 자유를 보장합니다. 선물 교환으로 구축되는 자본은 순환되지 않지만, 상품은 계속 교환되지 않으면 그 가치를 상실합니다. 이 책에서는 인류학적이고 사회학적인 사례에 비추어 이런 생각들을 하나씩 살펴봅니다.

『선물』에서도 예술은 중요한 위치를 차지합니다. 하이드는 예술의 모든 면을 선물로 생각합니다. 예술가는 창조력을 선물로 받아들이고, 예술 작품이 선물로 만들어집니다. 그 후, 경제 체제 위에서 다소 꼴사납게 예술 작품이 선물로 교환됩니다. 저는 저에게 주어진 창조력을 돈으로 생각해본 적이 없습니다. 처음 시작할 때 그랬듯이 지금도 어떤 대가도 바라지 않고 글을 씁니다. 하지만 예술가도 먹고살아야 합니다. 그럼 예술 작품의 가치를 어떻게 계량화해야 할까요? 어떻게 시 한 편의 가치를 돈의 가치로 환산해야 할까요? 그래서 저는 '꼴사납다'라는 단어를 다시 쓸 수밖에 없습니다. 하이드가 상업적 교환보다 선물 교환을 더 높게 평가하는 이유는, 그가 비현실적인 이상주의자이기 때문은 아닙니다. 실제로도 그는 교조적인 이상주의자가 아닙니다. 그러나 그의 생각은 분명합니다. 상업주의에 매몰된 사회에서 우리가 선물의 정신을 잊고 살아간다는 것입니다. 그 대가로 우리 영혼은 메말라버리고 말았습니다.

『선물』은 말라버린 영혼을 되살립니다. 루이스 하이드의 생각에, 선물의 정신은 크리스마스와 생일을 훌쩍 넘어섭니다. 선물의 정신은 그야말로 철학입니다. 세계 방방곡곡에서 선물을 만들고 선물을 주는 풍습을 다룬 수백 쪽의 책을 읽고 나면 선물의 정신을 되살리고 싶은 마음이 간절할 것입니다. 상대에게 대가를 바라지 않고 뭔가를 줄 때 얼마나 기분이 좋은지, 우리에게 주어진 것을 어떻게 남들에게 베풀어야 하는지를 우리는 잊고 사는 듯합니다. 계속 움직여야 생명을 유지할 수 있는 물고기처럼 선물도 인간 공동체 속을 헤엄치고 다녀야 생명을 계속 유지할 수 있습니다. 어쩌면 이런 이유에서, 우리가 과거에 받았던 것을 이제 와서 가장 소중하게 생각하는 것이 아닐까요? 어쩌면 선물이야말로 우리에게 더욱 자연스런 교환 방식일 수 있습니다. 적어도 이 책을 읽고 나면 수상님께서도 '선물'이란 단어를 지금과는 다른 시각에서 생각하지 않을 수 없을 겁니다.

하이드의 책에서 배운 교훈을 받아들여 끝으로 하나만 더 말씀드리겠습니다. 저는 지금까지 수상님께 쉰일곱 권의 책을 보냈습니다. 수상님이 계속 집권하는 한 앞으로 더 많은 책이 보내질 겁니다. 저는 이 책들이 지금은 수상님 집무실의 책꽂이에 꽂혀 있을 거라고 생각합니다. 그러나 그 책들이 영원히 그곳에 있지는 않을 겁니다. 언젠가 수상님께서도 그곳을 떠날 것이고, 그럼 수상으로 일하며 작성한 방대한 문서들과 함께 그 책들도 어딘가로 옮겨질 겁니다. 물론 문서들은 수백 개의 상자에 담겨 국가기록원으로 옮겨지고, 때가 되면 공개되어 학자들에 의해 분석될 겁니다. 그런데 제가 수상님께 보낸 책도 그런 운명을 맞는다면, 저는 서글플 것 같습니다. 소설과 시와 희곡은 상자에서 시간을 죽여야 하는 것이 아닙니다. 모든 선물이 그렇듯이, 선물은 공유되어야 합니다. 따라서 제가 수상님께 보낸 책들을 공유하라고 말씀드리고 싶습니다. 한 권씩, 아니면 통째로, 여하튼 수상님이 원하시는 대로 책들을 나눠주십시오. 하지만 두 가지 조건만 지켜주십시오. 하나는 그 책을 한 사람이 영구히 소장하지 않고, 다 읽은 후에는 적절한 방식으로 다른 사람에게 넘겨줘야 한다는 것입니다. 다른 하나는 절대 돈을 받고 팔아서는 안 된다는 것입니다. 그렇게만 해주시면, 우리 북클럽의 정신은 영원히 보존될 것입니다.

안녕히 계십시오.
얀 마텔 드림

• 추신: 제가 지난번에 보낸 책, 미시마 유키오와 체스터 브라운의 책을 잘 받았다고 수상님을 대신해서 답장해준 S. 러셀 씨에게 고맙다

는 말을 전해주십시오.

답장:

2009년 5월 22일

마텔 씨에게,

스티븐 하퍼 수상님을 대신해서 제가 선생의 편지를 받았음을 알려드립니다.

선생의 생각을 수상님께 전하려고 편지까지 보내주신 것에 깊이 감사드립니다. 아울러 선생의 의견을 신중하게 검토하고 있다는 것도 알려드리고 싶습니다. 정부의 계획을 더 깊이 알고 싶으면 수상님의 웹사이트(www.pm.gc.ca)를 방문해보시기 바랍니다.

감사합니다.

L. A. 라벨

문서 담당관

루이스 하이드(Lewis Hyde, 1945년생)는 미국의 시인이자 번역가, 수필가, 문화평론가이다. 헨리 데이비드 소로의 수필을 묶어 한 권의 책으로 펴냈고, 노벨상을 받은 스페인 시인 비센테 알레익산드레의 시를 번역했다. 문화평론집 『트릭스터가 세상을 바꾼다』(Trickster Makes This World)와 시집 『이런 실수가 사랑의 징후다』(This Error is the Sign of Love)를 썼다. 하버드 대학교에서 전임강사를 지낸 하이드는 현재 케니언 칼리지에서 글쓰기를

가르치고 있으며, 하버드 대학교 산하 버크만센터의 특별 연구원이기도
하다.

• 원제는 『The gift』이다.

Book 56

『지킬 박사와 하이드 씨』

로버트 루이스 스티븐슨
2009년 5월 25일

*

캐나다 수상 스티븐 하퍼 님께,
수상님의 하이드 씨에게 행운을
캐나다 작가 얀 마텔이 보냅니다.

하퍼 수상님께,

다른 방법으로 표현되지 않아 혀끝에서 헛도는 생각을, 어떤 이야기 한 편이 그림처럼 명확하게 표현하는 경우가 적지 않습니다. 수상님께서도 이런 경험을 해본 적이 있을 겁니다. 수상님이 막연하게 생각하던 것을 설득력 있게 표현한 책이나, 기사 혹은 영화를 본 적이 있지 않습니까. 이렇게 그림처럼 명확한 이야기의 완벽한 예가 바로 로버트 루이스 스티븐슨의 『지킬 박사와 하이드 씨』입니다. 이 책은 1886년에 처음 출간되자마자 즉각적인 반응을 얻어 대단한 성공을 거두었습니다. 빅토리아 여왕, 글래드스턴 수상을 비롯해서 글을 꽤나 읽는다는 사람치고 이 소설을 읽지 않은 사람이 없었습니다. 그리고 영문학의 영원한 고전이 되었습니다. 선과 악의 도덕적인 구분은 태초 이후로 계속된 것이어서, 우리 모두가 외적으로는 부모와 교사의 가르침 덕분에, 내적으로는 직접적인 경험을 통하여 선과 악을 구분할 수 있습니다. 그런데 우리 대부분이 오래전에 악을 집에서 쫓아내고 집 열쇠는 선에게 맡겼다고 주장하는 것은 아닌지 의심스럽습니다. 달리 말하면, 우리 자신을 선이라 생각함으로써, 즉 완벽하지는 않지만 이웃보다는 확실히 선하다고 생각함으로써, 선과 악을 동시에 품고 살아간다는 뜻입니다. 또 이런 자아상을 유지하기 위한 합리화도 서슴지 않습니다. 우리는 악을 본질적으로 외부에 존재하는 것이라 생각합니다. 따라서 범죄자, 불량한 경찰, 부패한 정치인, 빈둥거리는 젊은이들 등, 항상 악은 다른 사람입니다. 바깥세상에 존재하는 악에 대해서는 눈을 부릅뜨고 지켜보지만, 정작 우리 안의 악은 보지 못합니다.

이 책의 뛰어난 점은 선과 악의 힘을 묘사하는 방법에 있습니다. 그는 선과 악의 힘을 한 명의 이율배반적인 사람에게 내재시켜, 완전한 두 등장인물로 표현합니다. 수상님이 장편소설치고는 짤막한 이 소설을 읽지 않았더라도 지킬 박사와 하이드 씨가 두 사람이 아니라 한 사람이라는 것 정도는 아실 겁니다.

둘은 각각 한 사람의 몸 안에서 싸우는 도덕적 양극단의 한쪽을 대변하는 존재입니다. 둘은 성격만이 아니라 외모도 다릅니다. 훤칠한 키와 잘생긴 얼굴의 지킬 박사는 평판도 흠잡을 데가 없어, 이 극심한 고통에 시달리는 사람의 좋은 면을 반영합니다. 반면에 무자비하고 흉측한 하이드 씨는 악명이 자자해서 사악한 면을 반영하는 화신입니다. 그런데 둘은 서로 대화를 나눕니다. 이 점이 이 소설의 특징입니다. 두 존재가 한 사람의 영혼에서 살아가기 때문에 서로의 존재를 의식하며 끊임없이 충돌합니다. 지킬 박사가 승리하면, 즉 선이 계속 선을 유지하면, 영감을 북돋워주는 설교의 자료가 되겠지만, 훌륭한 이야깃거리가 되지는 않습니다. 공포소설에서 빠질 수 없는 전율을 느끼려면, 하이드 씨가 승리하는 날도 있어야 합니다. 하지만 걱정하지 마십시오. 승리의 순간은 짧게 끝나니까요.

이 소설은 열 개의 장으로 이루어져 있습니다. 여덟 번째 장까지는 흥미진진하지만 전통적인 틀을 고수합니다. 이상하고 섬뜩한 사건들이 일어나지만, 사건들이 완전히 해결되지 않아 궁금증을 불러일으켜서 긴장감에 책에서 눈을 떼기 힘듭니다. 공포소설의 전형적인 기법이 완벽하게 녹아 있습니다. 그러나 아홉 번째 장에 등장하는 단역, 지킬 박사의 동료 의사를 통해 우리는 악랄하고 사악한 살인자 하이드 씨가 다름 아닌 지킬 박사의 변신이란 걸 알게 됩니다. 이 소설에 대해 아무것도 몰랐던 독자는 놀라지 않을 수 없는 폭로입니다. 그러나 『지킬 박사와 하이드 씨』가 공포소설의 표준을 넘어섰다고 평가하는 이유는 마지막 열 번째 장에서 찾을 수 있습니다. 마지막 장이면서 가장 긴 열 번째 장은 지킬 박사가 고뇌에 찬 목소리로 말하는 최후 진술입니다. 바로 열 번째 장에 이 소설의 위대함이 있습니다. 자기만족에 젖은 미소를 지으며 세상을 나무라듯 손가락을 추켜올린 채 선과 악의 진실을 말한다면 따분하겠지만, 이 소설은 전혀 그렇지 않습니다. 열 번째 장 '헨리 지킬의 최후 진술'에서, 지킬 박사는 자신의 사악한 면을 숨김없이 인정하고 그 사악한 면을 어떻게 해결하려 했는지에 대해 이야기합니다. 그는 선한 면이 사악한 면의 유혹에 흔들리지 않도록, 즉 그 자체로 한층 더 선해지도록, 자신의 사악한 면에 육체를 주기로 했습니다. 달리 말하면, 선한 지킬 박사를 더 선한 존재로 만들기 위해서 하이드 씨가 창조된 것입니다. 그러나 악의 유혹은 생각처럼 약하지 않습니다. 지킬 박사는 또 다른 자아가 범하는 잔혹한 행위들을 무서워하면서도 그 행위들에 매료됩니다. 지킬 박사는 사악한 행위들에 조금씩 마음을 빼앗깁니다. 처음에는 약물을 사용해 쉽게 지킬 박사로 되돌아오지만, 결국 약물의 효력도 떨어집니다. 지킬 박사는 하이드 씨에게 굴복하기 시작하고, 결국에는 그의 본성까지 하이드 씨가 됩니다.

이 전쟁을 내면의 목소리, 즉 고뇌하는 이중인간이 자신의 목소리로 털어놓는 이야기로 읽으면 한층 흥미롭게 읽을 수 있습니다. 우리가 도덕적으로 솔직하다면, 우리 모두가 개인적으로 겪어야만 하는 내면의 투쟁을 간담이 서늘해질 정도까지 극대화해서 읽을 수 있습니다. 이 소설이 지금까지 많은 독자에게 읽히는 이유가 여기에 있습니다. 우리 모두가 지킬 박사이며, 우리 개개인에게 제기되는 도덕적인 질문은 똑같습니다. "당신 안에 도사린 하이드 씨를 어떻게 처리하겠는가?"

제 분석에 따르면, 지킬 박사를 괴롭힌 마성은 성적인 마성입니다. 더 정확히 말하면, 동성애적 욕구에 대한 빅토리아 여왕 시대의 억압입니다. 어떻게 생각하십니까? 수상님께서도 이런 결론을 가리키는 단서들을 찾아내셨는지요. 그러나 여느 위대한 이야기와 마찬가지로, 이 소설도 독자 자신의 됨됨이를 비추어보는 거울이 될 수 있습니다. 예컨대 수상님께서는 정치인이시니, 수상님이 어떻게든 이루어내고 싶은 공익과 수상님이 어쩔 수 없이 받아들여야 하는 사악한 결정이 내면에서 충돌하는 걸 매일 절감하실 겁니다. 지킬 박사와 하이드 씨라는 완전히 다른 존재로 나타나는 대조적인 충동을 인정한다면, 지킬 수상이 되려는 수상님의 노력에 도움이 될 겁니다.

마지막으로 한마디만 더 덧붙이겠습니다. 이 소설만큼 이야기가 제목에 의해 충실하게 뒷받침되는 경우는 무척 드뭅니다. 『지킬 박사와 하이드 씨』(Dr. Jekyll and Mr. Hyde), 모든 단어가 무척 쉽게 발음됩니다. 박사(Dr.)와 씨(Mr.)는 기분 좋게 들리는 반면에, 두 이름은 무척 특이하지만 기억하기 쉽습니다. 이상하게도, 하이드 씨가 어떻게 그런 이름을 갖게 되었는지에 대한 설명이 전혀 없습니다. 지킬 박사는 자신의 실험실에서 약물을 마시고 다른 존재로 변해 거울 앞에 서서 "나는 에드워드 하이드의 모습을 처음 보았다"라고 말합니다. 스티븐슨은 의식적으로 그 이름들을 교묘하게 짜 맞추었습니다. 의사는 좋은 일을 하는 직업으로 여겨지지만, 이 선한 의사의 이름에서 두 번째 음절은 '죽이다'(kill)와 운이 맞습니다. 하이드 씨의 경우에는 지킬 박사가 '감추고'(hide) 싶은 것입니다. 이런 조합 덕분에, 이 소설을 읽은 사람은 제목만 떠올리면 내용까지 완전히 기억할 수 있습니다.

안녕히 계십시오.
얀 마텔 드림

• 추신: 수상님의 문서 담당관인 S. 러셀로부터 다시 답장을 받았습니다. 이번에는 셰익스피어의 『줄리어스 시저』를 선물로 받은 것에 대한 답장이었습니다. 이 년 간의 침묵이 있은 후에 연이어 두 번이나 답장을 받았습니다. 『줄리어스 시저』의 경우에는 답장을 신속하게 보낸 이유를 짐작할 수 있을 듯합니다. 그 책에 동봉한 편지에서 저는 사회과학·인문학 연구협의회와 캐나다 정기간행물 기금의 새로운 정책에 대한 제 의견을 말씀드렸습니다. 그 문제가 정치적인 문제이기도 하지만, 수상님의 문서 보좌관에게는 밥벌이와도 관계있기 때문이겠지요. 하지만 체스터 브라운의 『루이 리엘』(BOOK 53)과 미시마 유

키오의『오후의 예항』(BOOK 54)에 대한 답장은 의외였습니다. 그러
나 리엘과 관련된 것은 여전히 정치와 관련 있기 때문에 간접적으로
라도 수상님께 답장을 받은 게 아닌가 하고 짐작해봅니다. 언젠가는
수상님의 답장을 직접 받을 수 있을지 궁금합니다. 어떤 책을 보내달
라는 내용도 상관없습니다.

답장:

2009년 6월 16일

마텔 씨에게,

2009년 5월 5일 수상실에서 선생의 편지 복사본을 저에게 전
달했습니다. 그 편지에서 선생은 사회과학·인문학 연구협의회
(SSHRC)가 기업에 관련된 학위에 등록한 학생들에게 캐나다 대학
원 장학금(CGS)을 일시적으로 증액해서 할당한 2009년 예산에 관
련해 말씀하셨습니다. 먼저 답장이 늦은 것을 사과드립니다.

캐나다 정부는 국가 경제의 성공을 위해서는 기술과 창의력을 지
닌 유능한 사람이 가장 중요하다고 생각해서, 캐나다의 과학기술
전략위원회는 인적자원의 경쟁력을 강화하는 데 집중해왔습니다.
따라서 우리 정부는 캐나다의 대학생을 위한 연방지원 수준을 유
지하는 데 그치지 않고 꾸준히 증액해왔습니다. 2007년 예산에서
는 CGS프로그램으로 전 학문 분야에서 오천 명의 대학원생을 지
원했습니다. 수령자들 중 이천육백 명은 SSHRC에게 지원받았고,

천육백 명은 캐나다 자연과학공학연구위원회(NSERC)를 통해서, 팔백 명은 캐나다 건강연구원(CIHR)을 통해 지원받았습니다.

2009년 예산에 따르면 CGS 장학금을 받는 수혜자가 일시적으로 증가할 것입니다. 해당 장학금은 2009-2010년과 2010-2011년에 캐나다 경제부흥정책의 일환으로 수여될 것입니다. 장학금의 증액으로 학생들은 악화된 노동시장에 직면해서도 심도 있는 연구를 통해서 능력을 한층 더 개발할 수 있을 것입니다. 2009년의 예산에서 장학금을 추가로 지원받는 이천오백 명 중에서, SSHRC를 통해 지원받는 기업에 관련된 학위에 등록한 학생은 오백 명에 불과합니다.

과학기술전략위원회는 캐나다 경제의 혁신을 도모하고 전반적인 체질을 개선하기 위한 수단으로 첨단경영교육을 지원할 필요성을 건의했습니다. 우리가 기업에 관련된 연구에 초점을 맞추는 이유는 캐나다의 미래 경제에 대단히 중요한 분야에서 첨단교육을 받는 학생들을 추가로 지원하며 격려하기 위함입니다.

이번 정부는 사회과학과 인문학이 경제와 사회의 활성화에 크게 기여하고 있음을 잘 알고 있습니다. 사회과학과 인문학의 연구가 개인과 사회의 지적 수준을 높이고, 그에 대한 이해의 폭도 넓힙니다. 지식과 이해가 겸비될 때 사회·문화·경제·과학기술·복지의 중요한 쟁점에 대한 올바른 토론도 가능합니다. 또한 공동체와 기업과 정부에 활력 있고 건강한 민주주의의 기초를 제공하는 것도 사회과학과 인문학입니다. 따라서 SSHRC는 앞으로도 현재처럼 CGS프로그램을 통해서 사회과학과 인문학의 전 분야에 장학금 지원을 유지할 계획입니다. 삼 년 후에는 SSHRC를 통해 캐나다 대학원 장학금을 받은 수혜자가 오천칠백 명으로 증가할 것으로 예측되며, 구십 퍼센트가 넘는 오천이백 명이 사회과학과 인문학에 관련된 분야를 연구하는 대학원생일 것입니다.

추가되는 장학금은 사회과학과 인문학의 연구와 교육을 지원하기 위한 SSHRC의 권한에 따라 결정될 것입니다. 이처럼 장학금을 확대함으로써 기업에 관련된 분야를 연구하는 똑똑한 대학원생들이 캐나다의 번영을 앞당기는 데 기여할 것이라 확신합니다.

선생의 편지에 다시 한번 감사드리며 건강하십시오.

안녕히 계십시오.

토니 클레멘트

산업부 장관

로버트 루이스 스티븐슨(Robert Louis Stevenson, 1850-1894)은 스코틀랜드의 소설가이자 시인, 여행작가이다. 거의 평생 동안 건강이 좋지 않아 고생했지만 그럼에도 불구하고 널리 여행을 다녔고, 남프랑스와 남태평양을 비롯해 여러 곳에서 살았다. 부인 패니와 함께 사모아 섬에서 살았고, 결국 그곳의 바에아 산에 묻혔다. 다른 유명한 작품으로는 『보물섬』『유괴』『검은 화살』(The Black Arrow)이 있다.

• 우리나라에서는 2011년 5월, 『지킬 박사와 하이드 씨』(조영학 옮김/열린책들)로 출간되었다.

Book 57

『히로시마 내 사랑』

마르그리트 뒤라스
그리고 알랭 레네 감독의 영화
2009년 6월 8일

*

캐나다 수상 스티븐 하퍼 님께,
캐나다 작가 얀 마텔이 보냅니다.

하퍼 수상님께,

처음으로 영화 각본을 보내드립니다. 당연한 말이겠지만, 그 각본으로 제작된 영화도 함께 보냅니다. 『히로시마 내 사랑』의 각본은 마르그리트 뒤라스가 썼고, 영화감독은 알랭 레네가 맡았습니다. 뒤라스는 프랑스에서 누보로망 문학운동과 흔히 관련지어지는 작가이고, 레네 감독은 프랑스 누벨바그 영화운동에 참여한 감독입니다. 누보로망과 누벨바그, 둘 모두에 '새로운'*이란 수식어가 있습니다. 실제로 뒤라스와 레네 및

그들과 뜻을 함께한 동료들은 1950년대와 1960년대에 각자의
분야에서 새로운 것을 시도했습니다. 과거의 관습에서 탈피해
서 현재의 욕구를 더 잘 표현할 수 있는 것이었습니다. 영화가
1959년에 개봉되었으니 벌써 반세기 전의 것이지만, 『히로시
마 내 사랑』의 새로움은 여전히 퇴색되지 않았습니다.

수상님께서도 즉시 알아차릴 수 있을 겁니다. 영화는 불변
의 고전에 필요한 모든 특징을 갖추고 있는 듯합니다. 흑백으
로 찍었고, 등장인물들이 입은 옷의 스타일은 이제 빈티지하게
보이며, 자동차들은 고풍스런 분위기를 풍깁니다. 그러나 영화
는 곧바로 모든 예상을 뒤집어버립니다. 예컨대 제목부터 그렇
습니다. 요즘에는 대다수의 영화가 관객에게 즐거움을 줍니다.
다시 말하면, 관객을 도발하지 않으면서 즐겁게 해주고, 관객
을 애태우지만 화나게 하지는 않습니다. 요컨대 『히로시마 내
사랑』과 같은 면은 전혀 없습니다. 하기야 제목에서도 분명하
게 드러납니다. 히로시마는 우리에게 비극적인 도시, 세계 최
초로 원자폭탄의 표적이 되어 완전히 파괴된 불행한 도시로 알
려져 있습니다. 그런데 그 도시 이름 뒤에 '내 사랑'이란 말이
덧붙여졌습니다. 내 사랑이라니요? 폭탄이 떨어진 즉시 칠만
명이 끔찍하게 죽었고, 그 후로도 십만 명이 방사능 피폭으로

---

* '누보'(nouveau)는 남성형, '누벨'(nouvelle)은 여성형이다.

인한 질환에 시달렸는데, 내 사랑이라니요? 조심하십시오. 이 영화는 팝콘과 어울리는 영화가 아닙니다.

이야기의 진행 방식도 도발적입니다. 특수효과가 거의 없음에도 불구하고 영화적 사실주의와는 거리가 있습니다. 표면적으로는, 히로시마에서 평화에 대한 영화를 촬영하던 프랑스 여배우가 일본인 건축가를 만나 짧은 사랑을 나눕니다. 그러나 이렇게 말하면, 토마스 만의 『베네치아에서의 죽음』이 늙은 동성애자가 베네치아에 가서 죽는 이야기라고 말하는 것과 다를 바가 없습니다. 『베네치아에서의 죽음』이 그렇듯이, 『히로시마 내 사랑』에서 줄거리는 부차적인 것입니다. 실제로 영화의 틀을 결정하는 것은 고통과 갈망, 기억과 시간의 힘입니다. 뒤라스의 각본과 레네의 영화는 오페라와 비슷합니다. 둘 모두에서 중요한 것은 감정입니다. 줄거리는 중요하지 않습니다. 등장인물들은 '그'와 '그녀'로만 언급되며, 사건의 전개는 예측을 허용하지 않습니다. 감정이 반응적인 현상이라면, 『히로시마 내 사랑』은 반응적인 영화입니다. 따라서 강렬한 감정이 연속되는 영화이고, 괴팍하고 고집스러우며 불편하지만, 이상하게 사람의 마음을 끌어당기는 영화입니다. 오늘날의 영화에서 흔히 보이는 상투적이고 정형화된 실수도 이 영화의 옆에서는 반발로 보일 지경입니다.

『히로시마 내 사랑』은 진지하면서도 과격합니다. 아름답고 지적이며 감동적인 경험을 맛볼 수 있는 영화입니다. 이 영화의 도발적인 도전을 과감히 받아들이시길 바랍니다.

안녕히 계십시오.
얀 마텔 드림

• 추신: 다시 답장을 받았습니다. 이번 답장에는 책을 언급하지 않았지만 감사의 뜻을 전한 답장인 것으로 이해하겠습니다. 5월 22일에 쓴 것으로 보아, 루이스 하이드의 『선물』에 대한 감사의 편지인 듯합니다. 수상님의 문서 보좌관 L. A. 라벨 씨는 책에 많은 시간을 할애하지 않는다는 느낌을 받았습니다. 수상님이 저에게 직접 답장을 해주시면 어떻겠습니까?

마르그리트 뒤라스(Marguerite Duras, 1914-1996)는 프랑스 작가이자 영화 감독이다. 2차 대전 동안 프랑스 레지스탕스로 활동했다. 『연인』으로 1984년에 공쿠르상을 수상했다. 뒤라스는 파리 몽파르나스 공동묘지에 묻혀 있다.

알랭 레네(Alain Resnais, 1922-2014)는 프랑스의 영화감독이다. 열네 살 때부터 영화를 찍기 시작했다. 반 고흐의 일생을 추적한 다큐멘터리 〈반 고흐〉(1948)로 아카데미상을 수상했고, 그 밖의 유명한 다큐멘터리로는 〈밤과 안개〉(1955), 〈게르니카〉(1950)가 있다. 알랭 레네는 주로 예술 작품을 각색해 영화로 제작했다.

• 우리나라에서는 2005년 9월, 『히로시마 내 사랑』(이용주 옮김/동문선)으로 출간되었다.

『떠남』   『문』

앨리스 먼로   마거릿 애트우드

「카미노」

올리버 슈뢰어의 음반
2009년 6월 22일

*

『떠남』은
캐나다 수상 스티븐 하퍼 님께,
위대한 캐나다 작가를 공경하는 뜻에서
캐나다 작가 얀 마텔이 보냅니다.

『문』은
캐나다 수상 스티븐 하퍼 님께,
또 한 명의 위대한 캐나다 작가를 소개하기 위해서
캐나다 작가 얀 마텔이 보냅니다.

「카미노」는
캐나다 수상 스티븐 하퍼 님께,
잊혀지지 않는 아름다운 음악이기에
캐나다 작가 얀 마텔이 보냅니다.

하퍼 수상님께,

앨리스 먼로에게 전화하셨습니까? 제가 맨부커상을 받았을 때는 크레티앵 수상에게서 전화를 받았던 걸로 기억합니다.[*] 당시 저는 베를린에 살고 있었는데도 크레티앵 수상이 오타와에서 전화를 걸어왔습니다. 그래서 전화를 받는 데 약간의 절차가 필요했습니다. 저는 보좌관과 먼저 대화를 나누었습니다. 그가 제 사무실 전화번호를 받아 적었고, 우리는 다음 날 약속한 시간에 전화를 하기로 합의를 보았습니다. 그리고 다음 날, 약속한 시간에 사무실의 전화벨이 울렸습니다. 제가 전화를 받았지요. 장 크레티앵 수상이었습니다. 저는 전화기 너머의 사람이 수상일 걸 알고 있었지만, 전화를 받고 놀라지 않을 수 없었습니다. 내가 캐나다 수상과 전화를 하다니! 수상이 나랑 대화를 나누고 싶어 하다니! 우리는 몇 분 동안 이런저런 이야기를 나누었습니다. 크레티앵 수상은 저를 축하해주었습니다. 저도 캐나다에서 세 번째로 맨부커상의 수상자가 되어 기쁘다고 대답했습니다. 그는 책을 쓰는 게 얼마나 어려운 일인지 안다며, 자신의 회고록 『진실로 정직하게』(Straight from the Heart)

---

[*] 얀 마텔은 2002년 『파이 이야기』로 맨부커상을 받았고, 당시 캐나다 수상은 장 크레티앵이었다.

를 언급했습니다. 저도 책을 쓰는 게 어려운 일이지만 노력할 만큼의 보람이 있다고 대답했습니다. 그는 제 말에 수긍했습니다. 우리는 이런 식으로 얼마 동안 대화를 나누었습니다. 생면부지인 두 사람이 정겹게 수다를 늘어놨습니다. 얼마 후, 크레티앙 수상이 그만 전화를 끊어야 하겠다고 말하더군요. 저는 축하 전화를 주셔서 고맙고 영광이었다고 말하고는 건강하게 지내라고 덧붙였습니다. 수상은 고맙다며 저에게도 똑같이 행운을 빌어주었습니다. 그렇게 바쁘고 중요한 사람이 저를 위해서 잠깐이었지만 시간을 할애했다는 사실에 저는 감격했습니다. 그렇게 한다고 해서 그가 무엇을 얻을 수 있었을까요? 그 전화는 한 캐나다인과의 사적인 전화였습니다. 기껏해야 한 표를 얻을 수 있었을 뿐입니다. 그러나 그 한 표 때문에 전화한 것은 아니었습니다. 그는 캐나다 수상이었습니다. 모든 캐나다인의 수상이었습니다. 틀림없이 그는 세계적인 문학상을 받은 캐나다 작가에게 전화하는 것이 자신의 의무라고 생각했을 것입니다. 그 작가가 상을 받은 작품을 읽지 않았더라도 말입니다.

올해 앨리스 먼로는 맨부커 국제상을 수상했습니다. 픽션 부문에서 탁월한 업적을 세운 작가에게 격년제로 시상하는 문학상입니다. 2005년에는 알바니아의 이스마일 카다레, 2007년에는 나이지리아의 치누아 아체베가 수상한 후, 2009년에는 우리 캐나다 출신의 앨리스 먼로가 맨부커 국제상을 수상했습니다. 축하해야 마땅하지 않을까요?

앨리스 먼로에게 경의를 표하는 뜻에서 저는 이번 주에 그녀가 2004년에 발표한 단편집 『떠남』을 수상님께 보냅니다. 배우 킴벌리 데이킨이 녹음한 오디오북도 함께 보내겠습니다. 특별한 이유가 있어 오디오북을 함께 보내는 건 아닙니다. 오디오북이 있다는 걸 우연히 알게 됐고, 수상님이 올여름에 이 오디오북과 함께한다면, 특히 종종 출장 다니실 때 모두 아홉 장인 시디를 하나씩 수상님 자동차의 시디플레이어에 넣고 먼로가 마음속으로부터 전하는 이야기들에 흠뻑 빠지신다면 무척 즐거울 거라는 생각이 들었습니다. 특히 단편집의 두 번째 이야기 「우연」에서는 기막히고 이상한 우연의 일치에 깜짝 놀라실 겁니다. 주인공 줄리엣은 자신과 동료 교사가 재상영되는 영화를 보러 간다고 말합니다. 그 영화가 무엇인지 아십니까? 『히로시마 내 사랑』, 제가 지난번에 보냈던 영화입니다. 어떻게 그럴 수 있을까요?(그런데 영화는 재밌게 보셨습니까?) 앨리스 먼로는 무척 널리 알려지고 존경받는 작가입니다. 따라서 제가 그녀의 작품에 대해 왈가왈부하는 게 주책없는 짓이라 생각되지만, 수상님이 그녀의 작품을 잘 모르실 것 같아 잠깐 말씀드릴까 합니다. 제 작품을 포함해서 많은 픽션이 특별한 상황, 예컨대 독자가 평생 만나지 못할 것 같은 등장인물들이나 평생 경험하지 못할 사건들을 기초로 합니다. 이런 이야기들은 해외여행과 비슷합니다. 우리는 그런 이야기들에 담긴 이상하고 색다른 것에서 신선한 멋을 느낍니다. 하지만 먼로의 이야기들은 다릅니다. 그녀는 바로 우리 이웃 같은 사람들을 이야기하고, 그들에게 일어나는 사건들은 우리에게도 언제든 일어날 것 같습니다. 그렇다고 그녀의 이야기들이 따분하고 재미없고 진부하냐고요? 다른 작가가 그런 소재를 다루었다면 그랬을 수도 있습니다. 그러나 먼로의 손을 거치면 전혀 그렇지 않습니다. 사소한 부분을 세심하게 표현하고 심리적인 면을 꾸밈없이 드러냄으로써, 등장인물들의 삶이 마치 우리 자신의 삶인 것처럼 흥미롭게 와 닿습니다. 먼로가 평범한 것을 특별하게 만드는 것은 아닙니다. 절대 그렇지 않습니다. 먼로는 평범한 것들에서 본연의 생동감을 되살려낼 뿐입니다. 그녀는 삶을 갈가리 찢어놓는 엄청난 격변보다, 우리 삶을 만들어가는 자질구레한 사건들에 대해 주로 이야기합니다. 한마디로, 그녀는 삶의 본질에 대해 이야기합니다. 제가 앨리스 먼로를 좋아하는 이유라면, 저에게 이웃을 더 사랑하도록 이끌기 때문입니다. 그녀의 단편집을 읽고 나면 등장인물들과 내 이웃들이 닮았다는 생각이 듭니다. 그래서 어떤 이에게나 사랑스런 면이 있고, 소설에서만큼이나 소중한 존재라는 걸 깨닫게 됩니다.

종이책과 오디오북을 합해서 『떠남』이 우리의 쉰여덟 번째 책입니다. 제가 지난 쉰두 번째 책 『불타는 얼음: 예술과 기후변화』에 동봉한 편지에서 말씀드렸듯이 그 파견단의 일원으로 곧 출발할 예정입니다. 기후변화가 열대의 환경에 미친 영향을 살펴보기 위해서 삼 주 동안 페루의 산과 숲을 여행하게 될 겁니다. 아마존에서 수상님께 책을 보내기는 힘들 것 같아, 이번 주에 쉰아홉 번째 책까지 함께 보내기로 결정했습니다. 전에도 한 번에 두 주치를 보낸 적이 있지 않습니까. 앨리스 먼로의 책에 마거릿 애트우드의 책만큼 어울리는 책이 있을까요? 이 두 이름은 종종 짝을 이룹니다. 두 사람이 샴쌍둥이라는 생각마저 듭니다. 먼로와 애트우드는 마이클 온다치**와 더불어 세계무대에서 가장 유명한 캐나다 작가입니다. 문학상으로 말하자면, 애트우드는 맨부커상을 캐나다 작가로서는 두 번째로 받았습니다. 온다치가 처음으로 받았고요.

마거릿 애트우드의 책으로 최근에 발표한 시집 『문』을 선택했습니다. 오랜만에 시집을 보냅니다. 애트우드는 다재다능한 작가여서 소설만큼 시를 쓰는 데도 능숙합니다. 이 시집의 위대한 점은 작은 공간에 많은 것을 담아내고 있다는 것입니다. 다시 찾은 인형의 집, 사랑하는 고양이의 죽음, 연로한 부모, 칼리굴라 황제 치하에서의 삶, 전쟁, 옛 사진들 등 많은 소재를 다루었습니다. 하나하나의 시가 그 자체로 하나의 세계이고, 전체 시집은 은하계입니다. 『문』에 실린 시들은 대화 형식을 띠지만, 감상적인 것부터 정치적인 문제까지 통렬하기 그지없게 풀어냅니다. 특별히 수상님께 추천하고 싶은 시는 시인

** 우리나라에서는 『잉글리시 페이션트』의 작가로 알려져 있다.

자신의 삶에 대해 이야기한「올빼미와 고양이, 수년 후」와 시
집의 제목으로 선택한「문」입니다.「문」에서 애트우드는 삶에
대해 이야기하며, 삶의 모든 것, 삶 자체와 삶의 의미를 회전문
에 비유해서 두 쪽에 담아냈습니다. 모든 시를 처음에는 눈으
로 읽으며 음미해보고, 다음에는 소리 내어 읽으면서 완연히
맛보시기 바랍니다.

　같은 나라 출신의 두 작가가 쓴 책들을 보내기로 작정하자,
캐나다에도 국민문학이랄 것이 있는지 궁금해졌습니다. 톨스
토이와 도스토옙스키에 본질적으로 러시아적인 것이 있고, 제
인 오스틴과 찰스 디킨스에 본질적으로 영국적인 것이 있다면,
먼로와 애트우드에 본질적으로 캐나다적인 것이 있는 걸까요?
물론 작품의 언어와 배경이 뭔가를 드러냅니다. 독일이 배경이
고 독일어로 쓰인 이야기는 독일 작가의 작품일 가능성이 큽니
다. 하지만 그렇다고 그 작품이 독일 이야기일까요? 가령 어떤
캐나다 작가가 로힌턴 미스트리의『적절한 균형』처럼 인도를
무대로 한 소설을 쓴다면***, 그 이야기가 온타리오의 시골을
배경으로 한 이야기보다 덜 캐나다적이라 말할 수 있을까요?
수상님께서는 마이클 이그나티에프 씨가 해외에서 오랜 시간
을 보냈기 때문에 정말로 캐나다인인지 의심스럽다고 완곡하

***　로힌턴 미스트리는 인도 태생의 캐나다 작가이다.

게 말씀하셨습니다. 그렇게 의심받는 국민적 정체성이 이야기에도 적용될 수 있을까요? 제 생각에는 사람에 대해서나 이야기에 대해서나 그런 의심은 품을 수 없습니다. 저도 많은 시간을 해외에서 보냈지만 그 때문에 남들보다 덜 캐나다적이라고 생각해본 적이 없습니다. 캐나다적인 이야기에 대해서도 똑같이 말할 수 있을 겁니다. 요제프 슈크보레츠키를 예로 들어보겠습니다. 그는 사십 년 전부터 캐나다에 살고 있지만 주로 체코의 문제를, 체코어로 씁니다. 그렇다고 우리가 그의 캐나다적 정체성을 부정해야 할까요? 부정한다면 그 기준이 무엇일까요? 언어가 기준이라면, 영어와 프랑스어를 사용하는 우리는 어떻게 정의되어야 할까요? 우리 이외에도 영어와 프랑스어를 사용하는 나라는 많습니다. 국민문학이란 문제는 이처럼 흥미진진한 수렁입니다. 국민문학이 존재하더라도 밖에서 많은 것이 스며들어 끊임없이 변하기 마련일 것입니다. 국민문학의 존재를 인정하면 또 다른 문제가 제기됩니다. '국가가 작가의 작품 성격을 결정하는가, 아니면 작가가 국가의 성격을 결정하는가?'라는 문제입니다. 제 생각에는 양쪽의 주장이 모두 가능할 것 같습니다. 카프카가 대표적인 예이지만 결정적인 시대와 장소와 문화에서 탄생하는 작가가 있습니다. 반면에 애트우드와 먼로 같은 작가들은 다소 보편성을 띠기 때문에, 비슷한 개성을 지닌다는 조건에서 다른 환경을 선택할 수 있었다면 영국이나 프랑스 혹은 미국에서 태어나는 편이 나았을 겁니다.

어쩌면 그렇다는 말입니다. 아이쿠, 제가 이 한 단락에서 모순된 말을 몇 번이나 하는지 모르겠습니다. 상관없습니다. 여하튼 저는 미리 답을 정해두지 않고 국민문학에 대한 의문을 품어보았던 겁니다.

끝으로 덧붙이면, 이번 주에 캐나다 바이올리니스트 올리버 슈뢰어의 음반도 함께 보냅니다. 「카미노」라는 음반입니다. 중세시대부터 순례길의 중요한 목적지였던 스페인 북서부에 있는 도시의 이름을 따서 '카미노 데 산티아고데콤포스텔라'(산티아고 순례길)에서 말하는 카미노(순례길)와 같은 뜻입니다. 수세기 전부터 유럽 전역에서 온 많은 사람이 그 길을 걸었습니다. 저도 2001년에 『파이 이야기』를 완성한 직후, 그 순례길을 걸었습니다. 오 주 동안 장장 천육백 킬로미터를 걸었습니다. 슈뢰어도 그 순례길을 걸었고, 이 음반은 그 순례의 결과물입니다. 연주가 잊을 수 없을 정도로 아름답기 때문에, 오직 그 이유만으로 수상님께 권하는 것입니다. 안타깝게도 슈뢰어는 작년 여름에 백혈병으로 사망했습니다. 그 때문인지 그의 연주가 더욱 애절하게 들립니다.

소포 꾸러미가 약간 두툼합니다. 그래도 셋 모두를 즐기시길 바랍니다.

안녕히 계십시오.
얀 마텔 드림

앨리스 먼로(Alice Munro, 1931년생)는 캐나다의 작가이다. 그녀의 단편들은 주로 온타리오 남서부가 배경이며, '평범한' 사람의 일상에 초점을 맞춘다. 소설의 주제로는 체호프에 비교된다. 1960년대 그녀는 첫 남편, 짐 먼로와 함께 브리티시컬럼비아 주의 주도, 빅토리아로 이주해서 먼로 서점을 열었다. 이 서점은 지금도 운영 중이다. 앨리스 먼로는 1968년 첫 단편집 『행복한 그림자의 춤』을 출간했다. 그 단편집이 캐나다 총독 문학상을 수상하면서 순조로운 출발을 했다. 그 후로 모두 열여섯 권의 단편집을 발표했고, 특히 『떠남』으로는 2004년 스코샤뱅크 길러상을 받았다. 지금은 온타리오에서 살고 있다.

마거릿 애트우드(Margaret Atwood, 1939년생)는 캐나다의 시인, 소설가이자 문학평론가, 수필가이다. 정치와 환경문제에 적극적으로 참여하는 것으로도 유명하며, 최근에는 트위터 활동도 활발하다. 최근작 『홍수』를 포함해서 열세 편의 장편소설을 썼고, 스무 권의 시집을 발표했다. 맨부커상, 캐나다 총독 문학상, 트릴리엄 문학상과 캐나다 훈장의 최고 등급인 컴패니언 훈장을 받았다. 지금은 작가 그레엄 깁슨과 함께 토론토에서 살고 있다.

올리버 슈뢰어(Oliver Schroer, 1956-2008)는 캐나다의 바이올리니스트이다. 작곡가, 교육자, 음반 제작자로도 활동했다. 열두 장의 앨범을 녹음했고, 백 편이 넘는 녹음을 기획하거나 제작했다. 앨범 「카미노」로 가장 많이 알려진 음악가이다.

• 우리나라에서는 2006년 1월, 『떠남』(김명주 옮김/따뜻한손)으로 출간되었다. 편지에서 언급된 「우연」은 우리 번역본에서 세 번째 단편으로 실렸다. 「문」의 원제는 「The door」이다.

Book 60

『싸구려 행복』

가브리엘 루아
2009년 7월 20일

∗

캐나다 수상 스티븐 하퍼 님께,
캐나다 작가 얀 마텔이 보냅니다.

하퍼 수상님께,

이번 주에는 가브리엘 루아가 1945년에 발표한 소설, 『싸구려 행복』의 프랑스어판 『보뇌르 도카지옹』(Bonheur d'occasion)과 영어판 『틴 플루트』(The Tin Flute)를 함께 보내드립니다. 수상님께서는 영어판으로 읽고 싶겠지만, 이 소설은 원래 쓰였던 프랑스어에 깊이 뿌리를 두고 있기 때문에, 수상님이 가끔이라도 프랑스어판을 뒤적거리지 않으면 섭섭할 것 같습니다. 조금이라도 그럴 마음이 드신다면, 대화로 쓰인 부분들을 프랑스어로 읽어보라고 권해드리고 싶습니다. 제가 한참 전에 보낸『그들의 눈은 신을 보고 있었다』에서 조라 닐 허스턴이 그랬던 것처럼, 가브리엘 루아도 두 계층의 언어를 사용합니다. 전지전능한 화자로 말할 때는 프랑스어가 문법적으로나 통사적으로 정확하고 일관성 있고 보편적이지만, 등장인물들이 말할 때는 특정한 시대와 장소에서 사용되는 특별한 언어를 떠올려줍니다. 정확히 말하면, 1940년대 몬트리올의 가난한 동네, 세인트 헨리(프랑스어로는 생탕리)에서 사용되던 방언입니다. 지금은 어디에서도 사용되지 않는 프랑스어여서, 수상님이 이 소설에서라도 그 프랑스어를 맛보지 않는다면 그야말로 유감일 것입니다.

프랑스어 제목을 그대로 번역하면, '중고' 혹은 '낡은' 행복입니다. 영어 제목도 비슷한 개념을 표현하고 있지만 소설에 언급되는 작은 물건을 사용했습니다. 라카스 집안의 아들인 다니엘은 병약하고, 양철로 만든 작은 플루트를 사달라고 조릅니다. 플루트만 있으면 너무도 행복할 것 같습니다. 그러나 라카스 집안은 찢어지게 가난해서 다니엘에게 플루트를 사주지 못합니다. 어느 쪽의 제목이든, 어떤 언어로 읽든 간에 소설의 메시지, 즉 소설을 읽으며 머릿속에 그려지는 이미지는 똑같습니다. 황폐한 삶, 거부된 행복, 끝없는 가난이란 이미지입니다. 퀘벡은 1945년 이후로 완전히 달라졌습니다. 프랑스어를 사용하는 퀘벡의 젊은 세대라면, 루아가 그려낸 지역이 정말로 존재했는지조차 의심스러울 것입니다.『싸구려 행복』에서 그려진 퀘벡은 영국계와 프랑스계로 깊이 분열되고, 휴 맥클레넌이 루아와 같은 해에 발표한 소설의 제목으로 택한『두 외톨이』(Two Solitudes)처럼 넘을 수 없는 심연이 깊게 파인 퀘벡입니다. 영국계는 엘리트이고 대체로 부유하고 권력도 있어 웨스트마운트라는 배타적인 지역에 살고, 프랑스계는 서민들이어서 전반적으로 가난하고 힘도 없으며 세인트헨리에 모여 삽니다. 이 소설에서 영국계 퀘벡 사람들은 거의 등장하지 않습니다. 기껏해야 가난한 퀘벡 사람들이 산으로 올라가는 중에 그들의 커다란 집들을 발견하고는 부럽고 놀란 눈빛으로 훔쳐보는 모습으로 언급되는 정도입니다. 퀘벡 사람들은 언젠가 그런 집을 갖겠다는 꿈도 꾸지 않습니다. 영어조차 거의 들리지 않습니다. 간혹 여기저기에서 짤막한 문장으로 언급될 뿐입니다. 그것마저 빼면, 퀘벡 사람들은 언어적으로나 사회적으로나 완전히 고립되어 살아갑니다. 그들의 고립은 언어적 차원을 훨씬 뛰어넘습니다. 소설에서는 언급되지 않지만 라카스 가족은 어느 정도는 종교적인 이유에서 그처럼 가난하게 사는 겁니다. 그들은 가톨릭 신자입니다. 당시의 가톨릭 신자, 특히 상대적으로 가난한 가톨릭 신자의 집안에는 식구가 많았습니다. 이른바 요람의 복수였지요. '영국계가 더 부자이고 영향력도 막강하지만, 우리는 머릿수로 그들을 이기겠다'라는 생각이었습니다. 따라서 자식이 열하나, 열다섯, 심지어 열아홉을 둔 가족들도 많았습니다. 이런 수적 우세를 바탕으로 퀘벡 사람들은 동화의 압력을 이겨내고 물리쳤지만, 많은 입을 먹이고 많은 몸을 입혀야 했기 때문에 가난을 벗어날 수 없었습니다.

소설은 라카스 가족의 식구들, 특히 맏딸인 플로랑틴, 언제나 최선을 다하는 자상한 어머니 로즈안나, 마음씨는 착하지만 팔자가 기구한 남편 아자리우스를 중심으로 전개됩니다. 플로랑틴만이 웨이트리스로 일하며 정기적인 수입을 가져옵니다. 그러나 많지 않은 돈이어서, 가족은 더 싸고 더 엉망인 빈민주택으로 끊임없이 옮겨 다닙니다. 그들의 삶은 초라하다 못해 비참합니다. 낡디낡은 옷을 입고 제대로 먹지도 못합니다. 그들에게는 필요하지도 않은 경제체제의 불쌍한 노예입니다. 그들을 버티게 해주는 것은 각자의 꿈입니다. 플로랑틴은 사랑에서, 아자리우스는 결코 이루지 못할 더 나은 미래라는 고결한 꿈에서 안식을 찾습니다. 반면에 플로랑틴의 여동생 이본느는 종교를 방패막이로 삼습니다. 그들 모두가 한없이 무력하고, 지독한 가난에 비틀거립니다. 힘겹게 산다고 그들이 천사가 되지는 않습니다. 그들의 인간성을 굳혀줄 뿐입니다. 너무도 가혹한 운명에 그들의 궁극적인 위안처는 전쟁터가 됩니다. 군대에 들어가서 지원병에게 주어지는 약간의 돈을 버는 기회가 그들에게는 입에 풀칠하는 유일한 방법입니다. 정작 그들이 죽을지도 모르고 누군가를 죽여야 한다는 걸 뜻할지라도 말입니다.

그런데 이상하게도 이 소설에 등장하지 않는 인물이 있습니다. 신부입니다. 비록 싸구려지만 성상이 라카스 가족의 거실 벽을 장식합니다. 아무리 그들이 불경한 욕설을 내뱉고 고함을 내지른다 해도, 근본적으로 신앙심이 있는 사람들입니다. 그러나 신의 실질적인 종은 소설에 전혀 등장하지 않습니다. 저는 이 점이 이해되지 않습니다. 가난, 특히 영적인 가난에 대한 책임은 가톨릭교회의 탓으로 돌려질 수 있습니다. 다음 세계에서 받을 보상을 위하여 이 세상에서는 고난을 받아들이라는 가톨릭교회의 가르침은, 추종자들이 순종하는 삶에 길들여지는 결과를 낳았습니다. 게다가 가톨릭의 엄격한 도덕률에서도 심각한 문제가 발생했습니다. 미혼의 여자가 임신하면 그 여자의 삶은 파멸의 길로 치달았고, 그 자식은 아버지와 어머니가 있음에도 고아로 취급받고 사회에서 버림받는 결과를 초래했습니다. 지금도 완전히 달라지지 않았지만, 당시 가톨릭교회는 반페미니스트였고 반근대주의였습니다. 한마디로 퇴영적인 '몽매주의자'였습니다. 퀘벡의 가톨릭 신자들은 물질적인 가난에 문드러지고 지적으로 썩어가는데도 가톨릭교회는 그들에게 역겹기 짝이 없는 '영적 플라세보'만을 먹였습니다. 가브리엘 루아가 그런 교회를 왜 비판하지 않았는지 궁금할 따름입니다.

이런 트집은 신경 쓰지 마십시오. 『싸구려 행복』은 픽션이지만 현실에 확고한 기반을 둔 픽션입니다. 기억, 역사의 기록을 소설로 써낸 훌륭한 예입니다. 저도 퀘벡 사람이기에 이 소설을 읽을 때, 수세대 전의 조상들이 그처럼 비참한 상황에 있었다는 것이 부끄럽기도 했지만, 그런 상황에 책임이 있는 사람들에게 분노가 치밀었습니다. 수상님께서도 이 소설을 읽고 나면, 캐나다에서 가장 후진적인 주였던 퀘벡을 가장 진보적인 주로 탈바꿈시킨 '조용한 혁명'을 뒷받침한 힘이 무엇인지 이해하실 겁니다.

이만 편지를 줄여야겠습니다. 제 아내 앨리스가 양수가 터졌다고 합니다. 저희의 첫아들, 테오가 곧 태어날 겁니다. 아이는 최고의 소설입니다. 그 자체가 엄청난 이야깃거리이고 등장인물이 끝없이 변하지 않습니까. 저는 그 아이를 돌봐야 합니다.

안녕히 계십시오.
얀 마텔 드림

• 추신 1: 다시 답장을 두 번 더 받았습니다. 토니 클레멘트 산업부 장관께서 SSHRC의 기금 사용에 대한 제 의혹을 완전히 해소해주는 답장을 보내주셨습니다. 또 P. 몬테이스 문서 담당관은 훨씬 간략했지만, 제가 수상님께 보낸 『불타는 얼음: 예술과 기후변화』를 잘 받았다는 감사의 답장을 보내주셨습니다.

• 추신 2: 프랑스어판 『싸구려 행복』의 상태가 좋지 않아 죄송합니다. 제가 페루 아마존 지역에 머무는 동안 읽는 바람에 습기를 먹어서 그렇습니다.

가브리엘 루아(Gabrielle Roy, 1909-1983)는 퀘벡 출신 작가이다. 첫 소설인 『싸구려 행복』으로 페미나상을 수상했고, 영어로 번역된 판본으로는 캐나다 총독 문학상과 캐나다 학술원의 론 피어스 메달을 받았다. 캐나다 이십 달러 지폐의 뒷면에는 루아의 명문이 인용되어 있다. '예술이 없다면 우리가 조금이라도 서로를 알 수 있을까?'

• 우리나라에서는 2010년 10월, 『싸구려 행복』(이세진 옮김/이상북스)으로 출간되었다.

Book 61

『괴물들이 사는 나라』
『깊은 밤 부엌에서』

모리스 샌닥
2009년 8월 3일

*

캐나다 수상 스티븐 하퍼 님께,
어린 시절의 경이감을 떠올려주는 책을
캐나다 작가 얀 마텔이 보냅니다.

하퍼 수상님께,

세상에 태어난 지 십오 일째가 된 제 아들, 테오의 탄생을 기념하는 뜻에서 이번 주에는 두 권의 그림책을 보내드리려 합니다. 『괴물들이 사는 나라』와 『깊은 밤 부엌에서』는 둘 모두 미국 작가이자 삽화가인 모리스 샌닥의 작품입니다. 샌닥은 1928년에 태어났습니다. 그래서 오래된 그림책이지만 좀처럼 잊을 수 없는 책입니다. 수상님께서도 이 책들을 읽었을 것입니다. 어쩌면 수상님께도 누군가 이 책들을 읽어주었을지 모릅니다.

게다가 지금도 이 책들이 수상님 옆에 있을지도 모르겠습니다. 제가 과장해서 말하는 게 아닙니다. 직접 실험해보십시오. 주변 사람 중 아무에게나 "『괴물들이 사는 나라』를 선물 받았네"라고 말씀해보십시오. 그럼 나이 든 사람들까지 빙그레 웃으며 "그래요, 정말 신나는 책이지요!"라고 소리칠 겁니다.

어린이는 어른의 아버지라는 아름다운 말이 있습니다. 이 말은 성인의 모든 면에 적용되지만, 제 생각에는 특히 상상력에 적용되는 듯합니다. 어린아이가 꿈과 공상에서 상상하는 것이 어른에게는 이상으로 여겨집니다. 이런 이유에서 아동문학이 중요합니다. 아동문학의 근본적인 역할은 아이들에게 상상력을 마음껏 발휘하라고 격려하는 것입니다. 어린아이는 작은 체구와 달리 원대한 것을 상상할 수 있기 때문입니다. 안타깝게도 나이가 들면 정반대의 현상이 벌어집니다. 요컨대 덩치가 커지면서 우리의 상상력은 쪼그라드는 듯합니다. 따라서 상상력을 발휘하지 못하고 무미건조하게 생각하는 사람들, 눈앞에 실제로 존재하는 것에만 매달리는 사람들, 상상력이 완전히 쪼그라들어 상상은 고사하고 실제로 겪었던 어린 시절이 어땠는지조차 기억하지 못하는 사람들이 많습니다. 어린아이였을 때 그들의 정신은 중력이란 걸 몰랐습니다. 머릿속으로는 어디든 날아가고 뛰어갈 수 있었습니다. 나이가 들면서, 어린 시절에는 마음껏 확장되던 상상력이, 더 확장되기커녕 오히려 쪼그라들고 굳어집니다. 그 결과로 상상력을 잃어버린 어른은 따분하고 편협한 마음을 가진 어른보다 더 끔찍합니다. 그런 어른은 사회에 필요한 새로운 생각과 새로운 해결책을 제시할 수 없기 때문에 사회에도 크게 쓸모가 없습니다. 기술은 좁은 범위의 지식입니다. 비유해서 말하면, 테이블 위에 놓인 카드 한 장에 불과합니다. 반면에 창의력은 카드놀이를 하는 손입니다. 이런 이유에서, 즉 어린 시절에 상상력을 북돋워주기 위해서도 아동문학은 중요합니다.

어린 시절에는 어린아이의 눈으로 읽었다면, 이번에는 성인의 입장에서 읽어보십시오. 과거에 우리가 완전히 살아 있는 어린아이였다면 지금은 완전히 살아 있는 성인입니다. 책은 두 상태를 이어주는 중요한 고리입니다. 따라서 두 책이 무척 짧게 느껴지더라도 급히 읽지는 말라고 당부하고 싶습니다. 천천히 읽으면서 그 효과를 만끽해보시기 바랍니다. 『괴물들이 사는 나라』에서는 맥스의 마음이 어떨지 생각해보십시오. 또 왜 맥스가 그런 마음이어야 하고, 그런 마음은 무엇을 뜻하는지 생각해보십시오. 맥스와 괴물들 간의 관계가 어떻게 되리라 생각하십니까? 『깊은 밤 부엌에서』에서는 삽화를 눈여겨보십시오. 콧수염을 짧게 기른 빵가게 아저씨들의 모습에서 수상님께서는 누가 떠오르십니까? 미키가 반죽을 뚫고 나와서 오븐 위를 떠다닐 때 거기에 담긴 뜻은 무엇일까요? 달리 말하면, 이 그림책들을 단지 읽는 데만 만족하시지 말고(소리 내어 읽으면 더 좋습니다) 상상의 나래를 펴보시라는 겁니다.

안녕히 계십시오.

얀 마텔 드림

• 추신:『괴물들이 사는 나라』와『깊은 밤 부엌에서』는 삼 부작 중 처음 두 권입니다. 두 책이 마음에 드시면 마지막 세 번째 책,『잃어버린 동생을 찾아서』를 직접 구해보십시오. 즐겁고 재미있는 책 사냥이 될 겁니다.

모리스 샌닥(Maurice Sendak, 1928-2012)은 아동문학 작가 겸 삽화가이다. 열여섯 권 이상의 책을 썼고, 그보다 훨씬 많은 책의 삽화를 그렸다. 그의 모든 작품은 지금 필라델피아 로젠바흐 박물관 겸 도서관에 소장되어 있다. 로스앤젤레스의 노스할리우드에는 그의 이름을 딴 초등학교가 있다.

• 우리나라에서는 2001년 4월『깊은 밤 부엌에서』가, 2002년 12월『괴물들이 사는 나라』(모두 강무홍 옮김/시공주니어)가 출간되었다.

Book 62

『에브리맨』

필립 로스
2009년 8월 17일

*

캐나다 수상 스티븐 하퍼 님께,
우리 모두가 향하는 곳에 대한 소설을
캐나다 작가 얀 마텔이 보냅니다.

하퍼 수상님께,

새로운 생명이 제 삶에 들어온 지금, 저는 삶의 황혼기에 접어든 생명은 어떻게 끝나는지 연구해보고 싶었습니다. 그래서 이번 주에는 1933년에 태어난 미국 작가, 필립 로스의 소설 『에브리맨』을 보내드립니다. 로스는 오랫동안 글을 썼습니다. 첫 책은 여섯 편의 단편을 묶은 『안녕, 콜럼버스』(Goodbye, Columbus)로 1959년에 출간되었습니다. 당시 로스는 스물여섯 살이었습니다. 그로부터 오십 년 동안, 그는 약 서른 권의 책을 출간했고, 거의 대부분이 장편소설이었습니다. 그의 작품은 대체로 자전적 요소를 지니기 때문에, 이 책에서 로스가 늙어서 죽어가는 과정을 주제로 삼은 건 당연한 듯합니다.

어린아이는 모든 면에서 꾸준히 성장합니다. 몸집도 커지고 힘도 강해집니다. 물론 정신 능력과, 주변 세계를 받아들이는 능력도 향상됩니다. 수상님께서도 기억하시겠지만, 감정도 풍부하고 혼란스러울 정도로 경이로워서 사람과 동물, 사건과 장소, 날씨와 자연 등 온갖 것과 교감하며, 뛸 듯이 좋아하다가도 애처로울 정도로 슬퍼하고, 극단적인 호기심을 보이다가도 지독히 지루해하는 감정의 기복을 보입니다. 이처럼 감정을 탐색하는 시간은 우리 마음에 평생 지워지지 않은 흔적을 남기며, 원숙한 시기에 이른 지금의 우리를 만들고 우리의 행동에 영향을 줍니다.

그 후에 우리는 조금씩 나이 들어갑니다. 늙는다는 것은 쪼그라드는 것입니다. 몸도 점점 작아지고 약해집니다. 또렷한 정신은, 강굽이에서 뿌리가 침식된 커다란 나무처럼 썩어가는 몸을 그저 물끄러미 지켜볼 뿐입니다. 몸의 고통은 늘어만 갑니다. 몸을 회복하려는 끝없는 전투가 벌어지지만 희망은 나날이 줄어듭니다. 정신도 같은 길을 걷기 시작합니다. 이름을 잊고 얼굴을 잊는 건 육체적으로 고통스럽지는 않지만 정신적 고통을 낳습니다. 설상가상으로 말년에는 외롭기도 합니다. 일터에서 쫓겨나고, 친구들도 하나둘씩 떠나고, 가족들은 자기 일로 바쁘기 때문입니다. 세상이 우리를 버리고, 잊은 듯합니다. 이런 육체적, 정신적, 사회적 쇠락에서 비롯되는 필연적인 결과가 이 땅에서 완전히 사라지는 죽음이란 걸 알게 되면, 극심한 두려움과 우울한 기분이 밀려오기 마련입니다. 삶의 시간이 있은 후, 생명을 내려놓아야 하는 것만큼 힘든 일이 있을까요?

『에브리맨』은 이름 없는 남자의 삶에 대해 이야기합니다. 그가 살아온 삶의 편린들은 평범하지도 않고 일반적이지도 않습니다. 요컨대 그는 특정한 도시에서 특정한 일을 하며, 가족과 친구, 연인들과 그만의 고유한 관계를 맺습니다. 그러나 몸이 노화되고 죽음이 다가온다는 점에서는 에브리맨(보통 사람)입니다. 소설은 생물학적이고 신체적인 관점에서 에브리맨의 몸에 닥치는 시련과 고통을 추적하고 있어 많은 점에서 의학적인 이야기입니다. 질병과 응급실, 입원과 요양, 간호사와 노인, 이것이 『에브리맨』의 세계입니다.

음울한 이야기입니다. 결론은 처음부터 정해져 있습니다. 게다가 소설은 에브리맨의 장례식으로 시작합니다. 로스는 독자를 착실하게 끌고 갑니다. 따라서 이반 일리치의 죽음처럼, 에브리맨의 죽음도 무섭지만 매혹적입니다. 저는 이 소설을 읽으면서 저의 늙은 모습을 상상하고 주인공의 모습과 비교해보았습니다. 저도 늙으면 주인공의 심정과 비슷해질까요? 아니면, 척추 탈구로 인해 극심한 고통을 견뎌야 하는 에브리맨의 친구, 밀리센트 크래머의 심정과 비슷해질까요? 지인들과의 관계는 어떻게 될까요? 그들에게 보살핌을 받을까요, 아니면 혼자 동떨어져 외롭게 살게 될까요? 삶에서 닥치는 많은 비극은 이럭저럭 피할 수 있습니다. 보살핌과 배려로 피할 수 있고, 순전히 행운으로도 피할 수 있습니다. 저는 지금까지 비극이나 불행을 용케 겪지 않고 살았습니다. 그러나 죽음, 허물어지는 몸, 흐릿해지는 정신, 이런 비극은 결코 피할 수 없습니다. 우리 모두가 개인적으로 받아들여야 하는 미래입니다.

그렇긴 해도, 죽음의 고통을 바꿀 수는 없더라도 그 의미는 바꿀 수 있습니다. 물론 영적인 접근법이 있다는 것입니다. 죽음을 문턱으로 본다면, 다시 말해서 몸을 남겨두고 떠나야 하는 특별한 형태의 계단이라 생각한다면, 죽음은 끝이 아니라 시작이고 변화가 됩니다. "종교적인 헛소리는 집어치워! 부질없는 소리야!"라고 투덜거릴 사람도 있을 것입니다. 그러나 죽음과, 그 죽음에 의미를 부여할 수 있다는 생각은 남들이 참견할 일이 아닙니다. 순전히 개인적인 문제입니다. 어린아이의 머릿속은 온갖 부질없는 상상으로 채워지지만, 그런 상상이 행복한 어린 시절의 색깔과 질감이 되듯이, 종교적인 헛소리들은 삶을 끝내며 기분 좋게 모든 것을 내려놓는 죽음의 색깔이고 질감일 수 있습니다. 이렇게 생각하기 때문에, 다시 말해서 삶과 죽음에 대한 초월적 관점이 현실적으로 더 나으며 깊은 환희를 준다—어느 정도 진실이기도 합니다—고 생각하기 때문에, 저는 『에브리맨』의 이야기에 동의하지 않습니다. 이 소설은 철저히 세속적입니다. 로스의 소설에는 구원이나 은총이 없습니다. 죽음의 두려움을 이겨낼 수 있는 것이 하나도 없습니다. 암울한 결말과 음산한 죽음이 다가올 뿐입니다. 지독히 세속적인 관점에서 얻을 수 있는 유일한 교훈, 내일 죽더라도 오늘은 즐기자는 '카르페 디엠'만을 부추기는 이야기입니다.

수상님이 필립 로스의 소설을 처음 읽으셨다면, 무엇보다도 꾸밈없이 단순한 문체가 마음에 드실 겁니다. 아무리 많은 소설을 쓰더라도 좋은 이야기를 적절하게 풀어내는 방법을 터득하지 못하면 많은 문학상을 수상할 수가 없습니다. 에브리맨의 특별한 취향들이 수상님의 성미에 맞지 않더라도—예컨대 젊은 여자에 대한 그의 성적인 집착은 저에게 오십 대나 육십 대가 된 이의 따분한 말을 듣는 기분이었습니다—치밀한 심리 묘사 덕분에 그가 바로 수상님 곁에 서 있다는 느낌마저 들 것입니다. 에브리맨의 젊은 시절이 마음에 들지 않고, 그의 오만함과 어리석고 이기적인 행동에 혐오감마저 느끼시겠지만, 느릿하지만 속절없이 맞이하는 죽음 앞에서는 측은하다는 생각이 드실 겁니다. 그 점에서는 수상님과도 비슷하고, 저하고도 비슷하기 때문입니다. 『에브리맨』은 감정이 미세하게 조정되고 완벽하게 짜 맞춰져서, 제가 수상님께 보내는 판본의 겉표지 위에 배치된 상징적인 물건, 즉 시계와 다를 바가 없습니다.

제 아버지 에밀 마텔은 며칠 전에 예순여덟의 나이가 되었습니다. 아버지가 직접 쓴 시 한 편을 받았습니다. 우연의 일치였던지 아버지의 시는 나이 듦의 번민을 다루었습니다. 그 시로 편지를 마무리 지을까 합니다.

한 살을 더 먹고 내 평생 가장 늙은 나이가 되었다.
늙을 수 있을 만큼 늙을 수 있다면
이 강변에 혼자 남겨지고 싶네
저 물결이 오가는 걸 보며
또 과거의 어떤 배들이 지나갈 건지 지켜보면서.
어떤 배가 멈추고는 나를 태우고
과거의 그곳으로 나를 데려가겠지.
지금 내가 있는 이곳에,
지금 나라는 존재 그대로
나를 혼자 있게 내버려두구려.

안녕히 계십시오.
얀 마텔 드림

필립 로스(Philip Roth, 1933-2018)는 미국의 소설가이다. 『포트노이씨의 불만』(Portnoy's Complaint), 전미 도서상을 수상한 『안녕, 콜럼버스』(Goodbye, Columbus), 퓰리처상을 수상한 『미국의 목가』(American Pastoral)

를 비롯해 많은 소설을 썼다. 로스의 작품은 유대인과 미국인의 정체성에 주로 초점을 맞추고, 그의 고향인 뉴저지의 뉴어크가 자주 배경으로 언급된다. 2011년에 맨부커 국제상을 수상했다.

• 우리나라에서는 2009년 10월, 『에브리맨』(정영목 옮김/문학동네)으로 출간되었다.

Book 63

『플로베르의 앵무새』

줄리언 반스
2009년 8월 31일

*

캐나다 수상 스티븐 하퍼 님께,
문학소설의 진수를
캐나다 작가 얀 마텔이 보냅니다.

하퍼 수상님께,

이번 주에 수상님께 보내는 소설은 노골적인 문학소설입니다. 제가 이렇게 말해서 놀라셨는지요? 제가 지금까지 보낸 모든 소설이 문학이지 않았느냐고 묻고 싶으시겠지요? 맞습니다, 모두 문학소설이었습니다. 하지만 지금 수상님 손에 쥐어진 책, 영국 작가 줄리언 반스의 『플로베르의 앵무새』는 지금까지 보낸 다른 책들에 비해 의식적으로 문학적인 냄새를 풍깁니다(예외적인 소설 하나가 번뜩 생각났습니다. 제가 스물일곱 번째로 보낸 소설, 버니지아 울프의 『등대로』입니다). 독자를 흥미로운 이야기와 재밌는 등장인물들로 유혹하려는 노력, 보이지 않는 창유리처럼 작가가 중간에 끼어들지 않더라도 이야기가 직접적으로 보이고 느껴지도록 글을 쓰는 방식 등 이런 점들이 반스의 소설에서는 별로 눈에 띄지 않습니다. 그렇다고 『플로베르의 앵무새』에 이야기나 등장인물이나 명쾌한 글쓰기가 없다는 뜻은 아닙니다. 그런 요소들은 당연히 있습니다. 하지만 비율이 다릅니다. 반스는 자신을 드러내지 않으려고 의식적으로 노력하지 않습니다. 독자를 즐겁게 해주려고 피눈물 나게 노력하는 것 같지도 않습니다.

　문학소설은 개략적이지만 다음과 같이 정의할 수 있을 겁니다. "문학소설은 독자를 연구하게 하는 소설이다." 비문학소설이나 장르소설은 몇 가지 관례에 따라 쓰입니다. 예컨대 미스터리 소설, 스릴러 소설, 로맨스 소설 등에서 독자는 장르에 따라 등장인물들의 성격을 신속하게 포착할 수 있고, 이야기의 전개를 그런대로 예측할 수 있습니다. 따라서 작가는 나름대로 조작을 가해서 독자의 예측을 무너뜨리거나(살인범이 의사가 아니라, 어떤 독자도 고려하지 않았던 왜소한 노부인이라든가), 독자의 예측을 확증해줍니다(예측대로 그 남자가 그 여자를 얻으며 해피엔딩으로 끝난다든가). 반면에 문학소설은 관례에 거의 얽매이지 않습니다. 등장인물들은 무척 복잡하고 양파처럼 몇 겹으로 싸여 있어 어떤 전형으로 쉽게 요약되지 않습니다. 줄거리 구성도 반전을 거듭합니다. 이런 작품을 읽기는 비문학소설보다 훨씬 까다로워서, 독자에게 안락한 좌석도 제공하지 않고 종착역도 가르쳐주지 않는 기차 여행이라 할 수 있습니다.

작가에게는 문학소설이 위험한 도박입니다. 엄청난 실패로 끝날 가능성이 아주 높기 때문입니다. 어떤 장르의 원칙에 따르면 끔찍한 글이 되고, 등장인물도 비닐 랩처럼 얄팍하기 십상이지만, 그래도 재미있을 수 있습니다. 예술적 관점에서 진부하기 짝이 없는 많은 소설이 잘 팔리는 이유는 따지고 보면 재미있기 때문입니다. 반면에 실패한 문학소설은 다른 결점을 보완할 만한 장점이 거의 없습니다. 따분하고 지루한 데다 믿을 만한 구석도 없어, 그야말로 최악의 죄악을 범한 책이 되는 셈입니다.

『플로베르의 앵무새』는 그렇지 않습니다. 이 책을 읽어내기 위해 쏟는 노력만큼의 보람이 있는 작품입니다. 그 이유가 무엇일까요? 이 책을 읽어내기 위해서 독자는 생각해야 하기 때문입니다. 여기에서 문학소설의 두 번째 정의가 유도됩니다. "문학소설은 독자를 생각하게 하는 소설이다." 엄격하게 말하면, 이 정의는 첫 번째 정의에서 비롯됩니다. 독자가 연구한다면, 그 이유는 독자가 생각하기 때문입니다. 여기에 문학 작품의 강점이 있고, 실패의 위험을 무릅써야 하는 이유가 있습니다. 생각이란 행위는 바람직하고 반드시 필요한 행위이기 때문입니다. 그러나 우리는 감정적으로 안정된 것을 선호하고, 익숙한 것을 찾아 함께하고 싶어 합니다. 예컨대 부모의 그늘에서 벗어난 후에도 부모와 꾸준히 연락하고, 죽을 때까지 한 사람과 정착해서 살기를 바라며, 평생 버리지 못할 습관을 만들어갑니다. 이렇게 고착된 삶은 지적 능력의 적입니다. 따라서 우리는 지적인 삶에서 변화와 발전을 모색하며, 끊임없이 배워서 시대에 뒤처지지 않으려고 애씁니다. 정신세계에서의 안락과 과도한 친숙함은 안정이 아니라 정체(stagnation)의 징후입니다. 따라서 끊임없는 사색이 필요합니다. 새로운 아이디어는 생각하는 행위에서만 잉태되기 때문입니다.

제가 하고 싶은 말은 결국 이 한마디입니다. 『플로베르의 앵무새』와 함께 느릿하게 달려가십시오. 이야기가 급행열차처럼 쏜살같이 진행되지는 않습니다. 틀림없이 수상님께서도 "딱 맞는 표현이야" "정말 오랜만에 보는 단어로군"이라고 자주 중얼거리실 겁니다. 또 어떤 역에 내리는 것처럼 규칙적으로 글 읽기를 멈출 겁니다. 소설에서 말하는 것들에 수상님께서도 동의하는지 혹은 이야기의 논점을 이해했는지 생각하고 판단해야 하기에 멈출 수밖에 없을 겁니다. 그러나 기차에 다시 오르면 여행의 보람이 느껴지고, 종착역에 이르면 무척 만족스러우실 겁니다. 종착역이 어디냐고요? 그 질문에 제가 어찌 대답하겠습니까. 하지만 저는 『플로베르의 앵무새』에서 격식에 어긋나지 않은 언어적 표현에 감명받았고, 그 소설에 담긴 지성에 깊은 영향을 받았다는 정도만 말씀드리겠습니다.

정말 저는 추상적 표현들에 넋을 잃고 말았습니다. 구체적으로 말하면,『플로베르의 앵무새』는 19세기 프랑스 소설가 귀스타브 플로베르에게 사로잡힌 은퇴한 홀아비 학자의 이야기입니다. 플로베르는『보바리 부인』을 썼고, 프랑스어를 가장 아름답게 구사한 작가 중 하나였습니다(그렇다고 걱정하실 건 없습니다. 이 책을 즐기기 위해서 플로베르의 작품까지 읽을 필요는 없으니까요). 이 소설에는 플로베르에 관련된 이야기가 많습니다. 이야기의 흐름은 선처럼 이어지지 않습니다. 의견과 관찰이 곳곳에서 끼어듭니다. 그 하나하나에 독자가 반응해야 하는 건 당연합니다. 그 반응이 바로 제가 앞에서 이야기한 '생각하는 행위'입니다. 플로베르라는 작가만큼이나, 걸핏하면 투정을 부리고 오만할 정도로 까다로우며 무척 지적인 소설입니다. 그래도 노력하면 즐겁게 읽을 수 있는 소설입니다.

물론 노력하지 않으면 따분하다는 생각밖에 들지 않아 기존의 생각으로 서둘러 돌아가고 싶을 겁니다. 그래도 처음부터 끝까지 즐겁게 칙칙폭폭거리는 이 이상한 영어 소설에 흠뻑 빠져보시기 바랍니다.

안녕히 계십시오.
얀 마텔 드림

줄리언 반스(Julian Barnes, 1946년생)는 열한 편의 장편소설, 세 권의 단편소설집, 두 권의 수필집을 발표했다. '댄 캐배너'라는 필명으로 범죄소설을 쓰기도 했다. 그의 작품들은 영국과 프랑스의 문화와 정체성을 주로 다루었다. 맨부커상, 서머싯 몸 문학상, 제프리 파버 문학상, 미국 문학·예술 아카데미로부터 E. M. 포스터상을 수상했다. 2004년에는 프랑스 정부로부터 코망되르 문예훈장을 받았다. 현재 런던에서 살고 있다.

• 우리나라에서는 2009년 11월, 『플로베르의 앵무새』(신재실 옮김/열린책들)로 출간되었다.

Book 64

『사내 연애』

캐롤 모티머
2009년 9월 14일

*

캐나다 수상 스티븐 하퍼 님께,
'일억 삼천만 명이 틀릴 수도 있는가?'라는 의문을
캐나다 작가 얀 마텔이 제기합니다.

하퍼 수상님께,

지난 편지에서 장르소설에 대해 잠깐 말씀드렸기 때문에 장르소설을 보내는 것도 괜찮겠다고 생각했습니다. 장르소설이라면 할리퀸 로맨스보다 널리 알려진 것이 있을까요? 할리퀸 로맨스 문고에 대해 잠깐 말씀드리겠습니다. 할리퀸 웹사이트에 따르면, 할리퀸 로맨스 문고는 캐나다 출판사에서 '한 달에 육 대륙 백일곱 곳의 국제시장에서 스물아홉 개 언어로 백이십종이 넘는 책'을 출간하고 있습니다. 2007년에만 할리퀸 문고는 일억 삼천만 부가 팔렸습니다. 이 회사는 창립된 이후로 오십육억 삼천만 부를 팔았습니다. 믿기지 않을 정도로 어마어마한 숫자입니다. 할리퀸 문고는 그런 성공을 자랑스럽게 생각하며, 그럴 자격이 충분합니다. 이 지구에서 살아가는 인구의 수에 버금갈 정도로 많은 책을 판매했다는 것은 출판계에서 유일무이한 업적입니다. 제가 이번 주에 보내는 소설의 속표지를 보면, 수상님께서도 할리퀸 문고의 성공이 얼마나 대단한 것인지 짐작하실 수 있을 겁니다. 출판사 사무실이 어디에 있는지 언급하는 것은 관례입니다. 지금 제 책꽂이에서 아무 책이나 꺼내보았습니다. 제가 좋아하는 작가로 노벨상을 받은 존 쿳시의 소설 『슬로우 맨』이군요. 영국판 하드커버이고, 출판사는 섹커 앤드 워버그입니다. 속표지에는 사무실이 런던에 있다고 쓰여 있습니다. 그것이 전부입니다. 반면에 캐롤 모티머의 『사내 연애』를 발간한 출판사는 세계에서 유명한 도시들을 총망라해놓은 듯 도시 이름들이 줄줄이 쓰여 있습니다. 토론토, 뉴욕, 런던, 암스테르담, 파리, 시드니, 함부르크, 스톡홀름, 아테네, 도쿄, 밀라노, 마드리드, 프라하, 바르샤바, 부다페스트, 오클랜드. 그들의 웹사이트를 보면, 이 많은 도시도 전부가 아닙니다. 할리퀸은 뭄바이, 리우데자네이루, 심지어 그랑주 파코라는 곳(이곳이 어딘지 검색해보았습니다. 스위스에 있더군요)에도 사무실이 있습니다.

그 많은 사람의 머리가 잘못된 것일까요? 『사내 연애』에는 어떤 매력이 있는 걸까요? 물론 그 매력이 정확한 글쓰기에 있는 건 아닙니다. 다음 석 줄만 예로 들어보겠습니다.

"봐, 운 좋지, 나." 그는 점잔을 빼며 느릿하게 말했다.
"복이 터졌구먼." 앤디가 조바심 내며 말했다.
그는 부끄러운 줄도 모르고 으스대며 말했다. "그런 말은 자주 들었어."

부사구의 쓰임새를 보십시오. 도로에 줄줄이 늘어선 신호등처럼 빠짐없이 동사에 달라붙어 있습니다. 그러나 이 부사들이 글을 편하고 쉽게 만들어줍니다. 부사 덕분에 독자가 머리를 감싸고 생각할 필요가 없으니까요. 글의 우아한 멋은 사라질 수 있지만, 글의 의도를 어느 정도 명확히 하려는 목적은 달성됩니다. 글쓰기의 다른 면들에서도 결함이 발견되고, 인물의 묘사와 줄거리의 구성에서도 적잖은 결함이 발견됩니다. 하지만 어마어마한 숫자의 응원군이 있습니다. 일 년에 일억 삼천만 명. 창간 이후로는 오십육억 삼천만 명.

제 생각에 할리퀸 로맨스 문고의 매력은 정확히 그런 신호등에 있는 듯합니다. 신호등이 있는 도로는 안전한 도로, 즉 자동차의 운행이 엄격하게 규제되어 모두가 안전하게 집에 돌아갈 수 있게 해주는 도로입니다. 독자가 이런 안전을 원하는 데는 나름대로 타당한 이유가 있습니다. 늪과 사막과 산길을 지나는 위험한 도로만을 운전하고 싶은 사람은 없을 테니까요.

『사내 연애』에서는 잘생기고 근육질인 데다 충동적인 백만 장자인 라이너스 해리슨과, 그의 아름다운 개인 비서, 앤드리아 버튼필드가 주인공입니다. 스코틀랜드를 여행하던 중에 강인한 유콘 사람마저 얼어붙게 만드는 폭풍―그 폭풍 때문에 라이너스와 앤드리아는 한 여인숙에 묵지만, 그 여인숙에는 방이 하나밖에 없고 침대도 하나밖에 없습니다―을 비롯해 온갖 장애물이 그들의 사랑을 방해하지만, 그들은 완벽한 사랑을 찾아갑니다. 저는 이 소설을 읽다가 인도 영화가 떠올랐습니다. 발리우드 영화는 할리퀸 로맨스 문고만큼 비현실적이고 현실 도피적이지만, 인도의 보통 관객들이 꿈꾸는 것, 즉 현실의 가혹한 삶으로부터 부유하고 아름다운 사람들이 사는 매혹적인 세계로 탈출하는 해피엔딩을 정확히 그려내고 있습니다. 장르 소설의 역할은 위안을 주고 꿈을 재확인해주는 것이지, 독자를 압박하고 괴롭히는 게 아닙니다. 장르소설은 '감정적인 만족감'을 주는 것이 목적입니다.

이런 소설을 나쁘다고 할 수 있을까요? 저는 그렇게 생각하지 않습니다. 수상님께서도 『사내 연애』를 읽고, 수십억 명이 꿈꾸는 세상을 잠깐이라도 살펴보시기 바랍니다.

안녕히 계십시오.
얀 마텔 드림

캐롤 모티머(Carole Mortimer, 1960년생)는 로맨스 소설가이다. 백오십 편 이상의 로맨스 소설을 썼고, 지금은 남편과 여섯 자녀를 데리고 영국에서 살고 있다.

• 우리나라에서는 2010년 9월, 『사내 연애』(박해미 옮김/신영미디어)로 출간되었다.

Book 65

『타타르인의 사막』

디노 부차티
2009년 9월 28일

*

캐나다 수상 스티븐 하퍼 님께,
기다림의 위험을 다룬 소설을
캐나다 작가 얀 마텔이 보냅니다.

하퍼 수상님께,

제 글을 인용하는 걸 좋아하지는 않지만, 이탈리아 작가 디
노 부차티의 소설 『타타르인의 사막』을 소개하기 위해서는 어
쩔 수 없었습니다.

신기루처럼 가물거리며, 우리 꿈의 부침과 시간의 인정사정없는
침식을 날카롭게 조명한 거장의 아름다운 소설. 이 소설은 조반니
드로고의 이야기이지만, 그에게서 우리 자신의 모습을 발견하고

놀라지 않을 수 없을 것이다.

제가 수상님에게 보낸 판본의 뒤표지에 쓰인 글입니다. 짤막한 광고성 추천글은 작가가 예술계의 시민이 되는 한 방법입니다. 작가는 이런 추천글을 통해 자신의 유명세를 신간 서적에 더해줍니다. 따라서 독자는 그 작가의 추천글만이 아니라, 그 작가가 독자들에게 받고 있는 평가에도 영향을 받습니다. 저도 이런 추천글의 수혜자였습니다. 마거릿 애트우드가 제 소설 『파이 이야기』를 읽고 친절하게도 좋게 평가해주었습니다. 애트우드의 호평으로 인해 제 소설에 관심을 갖게 된 독자도 많았을 겁니다. 때로는 언론인이 추천글을 쓰는 경우도 있습니다. 그런 추천글의 영향력은 언론인의 평가가 실린 신문의 권위에 따라 달라집니다. 이런 추천 시스템은 책을 독자에게 알리는 데 무척 효과적이기 때문에, 출판사들은 매번 이 시스템을 이용합니다. 가령 수상님이 아이스하키에 대한 책을 내신다면, 출판사는 웨인 그레츠키에게 그 책을 먼저 읽히고 추천글을 받으려고 할 겁니다. 그래서 그레츠키에게 추천글을 받으면, 모두가 "위대한 전설의 마음에 들었다면 나도 재밌게 읽을 수 있겠군"이라 말하며 그 책을 덥석 집어들 겁니다.

『타타르인의 사막』의 영어판에도 이런 추천 시스템이 완벽하게 적용되었습니다. 앞표지에서는 《선데이타임스》('걸작')와 존 쿳시('색다르고 마음에서 잊히지 않는 소설, 평범을 벗어난 고전')가 독자들에게 이 책을 주의해서 보라고 추천하고, 뒤표지에서는 알베르토 망구엘과 호르헤 루이스 보르헤스 그리고 제가 독자들에게 이 책을 읽어야 하는 이유를 짤막하게 설명하고 있습니다.

그렇습니다, 이 책은 반드시 읽어야 할 책입니다. 1940년에 출간된 『타타르인의 사막』은 걸작임에 틀림없지만, 일반 독자들에게 거의 알려지지 않은 책입니다. 이름이 밝혀지지 않는 나라의 변방, 외딴 요새에 배치된 젊은 장교에 대한 이야기입니다. 그는 타타르인의 습격을 기다리지만, 타타르인들은 좀처럼 나타나지 않습니다. 그는 무려 삼십 년 동안 기다립니다. 온 생애를 그곳에서 기다립니다. 청운의 꿈을 품은 젊은 나이에 요새에 와서, 늙고 지친 몸으로 그곳을 떠납니다. 기다림, 그리고 그 끝에 있을 사건에 대한 두려움은 바로 20세기의 근심거리입니다. 사뮈엘 베케트가 한 세기 전에 글을 썼다면 『고도를 대신해서』를 썼을 것입니다. 그러나 19세기가 신과 조국을 위해 저지른 행동—식민주의와 탐욕스런 제국 건설—의 대가를 20세기가 치러야 했기 때문에, 베케트는 『고도를 기다리며』를 쓸 수밖에 없었습니다. 제가 아무런 이유도 없이 그 희곡(한참 전에 보내드린 것인데, 기억하시지요?)을 들먹이는 것은 아닙니다. 『타타르인의 사막』은 1930년대 말에 쓰였고, 『고도를 기다리며』는 1940년대 말에 쓰여서 약 십 년의 격차가 있지만, 두 책은 똑같은 문제에 대해 말하고 있습니다. 그러나 그 십 년 사이에 세상은 모더니즘에서 포스트모더니즘으로 이동했고, 행동에서 기다림으로, 희망에서 두려움으로 옮겨갔습니다. 이런 변화가 두 작품에서 상징적으로 그려졌습니다. 『타타르인의 사막』에서는 자연스럽게 전개되는 전통적인 미학적 감수성을 거의 찾아보기 힘듭니다. 『고도를 기다리며』에서도 다음 단계가 엉뚱하게 전개되고 신랄한 풍자와 음산한 분위기가 팽배하며, 훨씬 더 의식적입니다.

『타타르인의 사막』은 냉철하고 어둠에서도 빛나는 작품입니다. 요새는 높은 산 한복판에 있어 맑은 빛과 옅은 공기에 감싸여 있다는 점에서 그야말로 발광체입니다. 그러나 이야기는 군사 요새이기에 번지르르한 장식도 없는 무대에서 한 남자의 끝없는 기다림을 추적하고 있어 철학적인 빛까지 띱니다. 이 작품의 분위기를 느끼고 싶다면, 현대 미술관에서 자연광이 쏟아지는 널찍한 전시실에 하나의 커다란 그림, 예컨대 마크 로스코*의 그림만이 썰렁하게 걸려 있다고 상상해보십시오. 무슨 뜻인지 아시겠습니까? 이 소설은 삭막하지만, 아름답게 삭막합니다. 그래서 저는 종종 디노 부차티를 상대적으로 명랑하고 따뜻한 프란츠 카프카라고 생각하곤 했습니다.

조반니 드로고와 함께 바스티아니 요새를 샅샅이 뒤져보십

---

* 추상회화의 본질과 형상에 혁명을 일으킨 미국 화가.

시오. 군인들의 일상적인 삶에 들어가보십시오. 어떤 곤경이라도 이겨내려고 노력하십시오. 가장 중요한 것은 다른 일을 하면서도 적에게서 눈을 떼지 않는 것입니다.

안녕히 계십시오.
얀 마텔 드림

• 추신: 깜빡 잊었습니다. 『타타르인의 사막』은 프랑수아 미테랑이 가장 좋아하는 소설 중 하나였습니다. 프랑스 대통령이 추천글을 써주었더라면 정말 굉장했을 텐데요.

디노 부차티(Dino Buzzati, 1906-1972)는 이탈리아 소설가이자 언론인, 극작가, 단편소설가, 시인, 화가다. 2차 대전 중에는 아프리카에서 기자로 활동했고, 그 후에도 밀라노의 일간지 《코리에레 델라 세라》를 떠나지 않았다.

• 우리나라에서는 2021년 2월, 『타타르인의 사막』(한리나 옮김/문학동네)으로 출간되었다.

Book 66

『스티븐 하퍼는 어떤 책을 읽고 있을까?』

수십 명의 위대한 작가들
2009년 10월 12일

✳

캐나다 수상 스티븐 하퍼 님께,
책을 사랑하는 사람들을 위한 책을
캐나다 작가 얀 마텔이 보냅니다.

하퍼 수상님께,

이 책은 수상님께서 이미 읽었기를 바라 마지않는 책입니다. 책의 형태로 출판되면 안전합니다. 제가 수상님께 보낸 편지들에 어떤 사고가 닥칠지 모르잖습니까. 저는 수상님께 편지를 보내기 전에 복사를 해둡니다. 원본들은 수상님의 문서 상자에 잘 보관되어 있겠지요? 그렇기를 바랍니다. 그러나 이런 물리적 물건들은 시간의 침식을 견디지 못하는 법이고 때론 행방불명되기도 합니다. 우리의 북클럽을 대중에게 공개하는 웹사이트에 대해 말하자면, 누구나 컴퓨터를 이용해서 쉽게 접근할 수 있습니다. 하지만 웹사이트 역시 수명이 짧습니다. 하나의 웹사이트가 동일한 순간에 거의 무한수의 모니터에 띄워질 수 있지만, 그 기본적인 토대는 훨씬 제한적입니다. 백신을 깔고 백업을 해두더라도 어딘가에 있는 가상 기억에 불과해서 내용이 손상되고, 사라질 수 있습니다. 간단히 말하면, 우리의 웹사이트는 유지되어야 하고, 구독 신청도 계속 받아야 합니다. 그러나 수상님께서 현직에서 물러나시면, 웹사이트(www. whatisstephenharperreading.ca)를 계속 유지할 이유가 있을지 의문입니다.

이런 이유에서 편지들—영어판에서는 처음에 보낸 쉰다섯 통의 편지(퀘벡판에서는 예순 통)—이 책으로 출간되어야 좋다는 것입니다. 책은 오랫동안 존속됩니다. 무엇보다 책은 정교하게 만들어지기 때문이지요. 제가 너무 당연한 말을 하는 것 같지만, 책의 겉표지는 내용을 시각적으로 압축한 장식일 뿐만 아니라 보호장치이기도 합니다. 수상님께서도 기억하시겠지만 제가 서른여섯 번째 책으로 보낸 플래너리 오코너의 『오르다 보면 모든 것은 한곳에 모이게 마련』의 판본은 사십 년이 넘은 것입니다. 게다가 겉표지도 얇디얇은, 평범한 문고본이었습니다. 그렇다면 단단한 양장본의 내구성은 어떨지 상상해보십시오. 양장으로 제본된 책은 수백 년, 아니 수천 년까지 견딜 수 있습니다. 그러나 책은 다른 형태로도 오랫동안 존속합니다. 단어들은 원래 화자의 입에서 청자의 귀로 전해지다가, 해안을 때리는 파도처럼 듣는 순간에 사라지고 마는, 구술되는 인공물입니다. 놀랍게도 문명은 책을 만들어내는 혜안을 발휘했고, 책은 냉장고처럼 단어들을 신선하게 보존했습니다. 그 결과로, 단어들은 말로 표현되지 않고도 시력이란 매개체를 통하여 작가의 머리에서 독자의 머리로 전달될 수 있습니다. 그러나 책의 가치는 책이라는 물리적 형체에 있는 것이 아니라, 그 안에 쓰인 것에 있습니다. 물론 그 자체로 가치 있는 책들이 있습니다. 현재 오십 부도 남아 있지 않은 『구텐베르크 성서』가 대표적인 예입니다. 그러나 대부분의 책은 글을 보고, 읽고 싶어 하는 사람이면 누구에게나 어떤 메시지를 전달하는 전달자에 불과합니다. 수백만 명이 읽고 싶어 하기 때문에 수백만 권의 책이 제작됩니다. 따라서 『스티븐 하퍼는 어떤 책을 읽고 있을까?』가 책으로 발간되면, 가정과 도서관에서 어떤 형태로든 보호될 것이기 때문에 오랫동안 보존될 것입니다.

이 책에 대해서 말하자면 다음과 같은 점을 빼놓을 수 없을 것입니다. 수상님의 성함이 책 제목에서는 물론이고 각 편지의 첫 줄에서 반복해서 언급되겠지만, 실질적인 주인공은 수상님이 아니라 제가 소개하는 책들입니다. 『스티븐 하퍼는 어떤 책을 읽고 있을까?』는 책에 대한 책입니다. 언젠가는 완전한 판본이 출간될 것입니다. 그 책에 몇 통의 편지가 들어가느냐는 전적으로 수상님에게 달려 있습니다.

며칠 전, 이 책을 판촉하려고 몬트리올에서 라디오 인터뷰를 하던 중이었습니다. 질문자는 저에게, 퀘벡의 언론인 샹탈 에베르가 경제학자 브라이언 리 크롤리의 『두려운 대칭: 캐나다 건국 가치의 흥망성쇠』(Fearful Symmetry: The Fall and Rise of Canada's Founding Values)를 수상님께 보냈는데, 수상님이 기자에게 책을 보내줘서 고맙다면서 '……잘 읽었습니다!'라는 답장을 보냈다고 말하더군요. 저와 그 여기자의 차이가 무엇인지 묻지는 않겠습니다. 저도 그 답을 잘 알고 있으니까요. 하기야 저는 수상님께 경제이론이나 정치이론에 관련된 책을 한 권도 보내지 않았습니다. 수상님께서 『두려운 대칭』을 읽으셨다니 다행입니다. 저는 그 책을 잘 모릅니다. 그 책이 수상님의 마음에 드셨기를 바랍니다. 하지만 수상님의 독서 목록에 소설이나 희곡, 시가 들어갈 공간은 있는지요? 지난주, 수상님께서는 캐나다 국민에게 시 한 편을 노래해주셨습니다. 누구도 수상님이 「친구에게 작은 도움을 받아」(With a Little Help from My Friends)를 부를 거라고는 생각하지 못했을 겁니다.* 수상님이 어떤 영향을 미쳤는지 보십시오. 국민 모두가 놀랐습니다. 수상님께서는 모든 신문의 일 면을 장식하셨습니다. 피아노 앞에 앉은 커다란 사진을 함께 실은 신문도 많았습니다. 예술이 국민에게

---

* 비틀스가 1967년에 발표한 노래로 1986년 조 카커가 편곡해 다시 불렀다.

경이감을 안겨주며 하나로 결속시켜준다는 증거일 겁니다.

안녕히 계십시오.

얀 마텔 드림

Book 67

『야만인을 기다리며』

존 쿳시

2009년 10월 26일

∗

캐나다 수상 스티븐 하퍼 님께,
교훈적인 이야기를
캐나다 작가 얀 마텔이 보냅니다.

하퍼 수상님께,

얼마 전, 정확히 말하면 캐롤 모티머의 소설 『사내 연애』에 동봉한 예순네 번째 편지에서, 지나가는 말로 제가 존 쿳시를 좋아한다고 말했습니다. 그다음 편지, 즉 추천글을 언급한 편지에서도 부차티의 『타타르인의 사막』을 추천한 작가로 쿳시라는 이름을 또 언급했습니다. 따라서 이 최고 작가의 소설을 수상님께 보내는 건 당연하다고 생각합니다. 존 맥스웰 쿳시는 1940년 남아프리카공화국에서 태어났습니다(지금은 오스트레일리아 시민입니다). 그는 많은 문학상을 받았지만, 무엇보다 두 번의 맨부커상과 2003년에 수상한 노벨 문학상이 눈에 띕니다. 그가 그런 명예를 누린 데는 충분한 이유가 있습니다. 그는 성글지만 무척 암시적인 문체와 정교한 구성으로 윤리적인 문제를 제기하여 독자가 최면에 걸린 듯 빠져들게 만드는 소설로 최고의 반열에 오른 소설가입니다. 그의 진수를 수상님께 보여주려고 저는 그가 1980년에 발표한 세 번째 소설 『야만인을 기다리며』를 골랐습니다. 이름이 밝혀지지 않은 치안판사가 소설의 주인공입니다. 그는 역시 이름이 밝혀지지 않은 제국의 변방에 있는 국경 도시에 살고 있습니다. 변방 너머에는 결코 야만적이지 않은 야만인들이 살고 있습니다. 그들은 대부분 평화를 사랑하며 도시 사람들과 정기적으로 물물교환을 하는 유목민이고 어부들입니다. 야만인들과 도시 사람들의 관계는 좋습니다. 그들의 삶은 대체로 평온하고 고요합니다. 그러나 제삼 국의 졸 대령이 찾아와서 치안판사에게 야만인들이 들썩이고 있으며 조만간 대대적인 공격을 감행할 거라고 알립니다. 선제공격을 해야 한다는 뜻이지요. 마침 두 야만인—병든 소년과 그의 늙수한 삼촌—이 가축을 훔치려 했다는 죄목으로 얼마 전에 붙잡혀 있었습니다. 그들은 졸의 감독하에 고문을 받고, 그 후유증으로 삼촌이 죽습니다. 소년만 살아남아, 졸과 그의 부하들을 사막으로 안내해서 더 많은 야만인들을 생포합니다. 야만인들은 도시로 끌려가서 고문을 받습니다. 마침내 졸이 보고서를 작성하려고 수도로 돌아갑니다. 치안판사는 길에서 구걸하는 야만인 소녀와 우연히 마주칩니다. 발목이 부러지고 시력마저 부분적으로 상실한 소녀입니다. 소녀는 아버지가 고문당해 죽는 걸 지켜봐야 했습니다. 죄수들이 모두 풀려나고 혼자만 덩그러니 남겨진 신세였던 것입니다. 치안판사는 소녀를 자기 집으로 데려갑니다. 그러나 졸 대령이 새로운 군대와 함께 돌아왔고, 치안판사는 도덕적으로나 육체적으로 딜레마가 가득한 지옥으로 떨어지게 됩니다…….

그 이후의 이야기는 수상님이 직접 확인해보십시오. 그러나 이 정도만 하더라도 수상님의 귀에 익은 부분들이 있지 않습니까? 국경 도시, 야만인, 예상된 침략의 기다림…… 그렇습니다. 『타타르인의 사막』의 전제와 무척 유사합니다. 우연의 일치는 아닙니다. 쿳시는 부차티의 소설에서 영감을 받았습니다. 이런 이유에서 그 이탈리아 소설을 '색다르고 마음에서 잊히지 않는 소설, 평범을 벗어난 고전'이라고 칭찬하며 추천했던 것입니다. 물론 두 소설은 완전히 다릅니다. 『타타르인의 사막』은 햇살과 침묵과 고독에 젖은 철학적인 소설인 반면에, 『야만인을 기다리며』는 몸에 뿌리를 두고, 사람과 정치와 고통이 뒤범벅된 사회적 소설입니다. 쿳시는 부차티에게 영향을 받아 자신의 창의적인 여행을 시작하긴 했지만, 자기만의 고유한 종착역에 도착했습니다.

여기에서 우리는 '작가들은 어디에서 아이디어를 얻는가'

라는 문제를 생각하게 됩니다. 쿳시처럼 저도 다른 책에서 영감을 얻는 경우가 많습니다. 예컨대 저는 브라질 작가 모아시르 스클리아르의 『막스와 고양이』(Max and the Cats)에 대한 서평에서 영감을 받아 『파이 이야기』를 썼습니다. 그 후로 종교, 야생 상태와 울타리에 갇힌 동물들의 행태, 바다에서의 생존을 다룬 책들에서 더 많은 아이디어를 얻어서 그 소설을 써낼 수 있었습니다. 작가 자신의 삶이 중요한 영감원이 되는 것도 사실입니다. 그러나 약간만 풀어놓아도 소설만큼 흥미진진할 만한 삶을 살아온 작가라도, 픽션에는 자서전보다 더 원대한 것이 계획됩니다. 픽션, 더 나아가 예술은 모든 가능성이 춤추는 광장이며, 온갖 유형의 생각이 모이는 집회장입니다. 따라서 생각하는 사람에게서는 예술에 깊이 파고들려는 기본적인 욕구가 정기적으로 드러납니다. 예술에서는 삶의 가장 진부한 형태부터 지독히 가증스러운 형태와 이상적인 형태까지 온갖 삶이 논의되고 펼쳐지니까요. 삶이 당위적으로 어떠해야 하며, 현재의 삶이 어떠한지를 다양하게 보여주는 예술과 함께하는 삶은 지혜의 씨앗을 뿌리는 것과 같습니다. 따라서 예술을 멀리하는 것은 자기만의 경험이란 편협한 틀 안에서 사는 것과 다를 바 없습니다. 예술에 빠져들면 다양한 삶을 살 수 있습니다. 예술은 다른 현실, 다른 세계, 다른 선택을 우리에게 더욱 명확하고, 보다 밝게, 더 가까이 보여준다는 점에서 현미경인 동시에 망원경입니다. 예술은 현실이 잉태되는 풍요로운 꿈입니다.

영감과 창의력의 본질은 노력과 떼어놓고 생각할 수 없습니다. 창의력에 부여되는 가치는 분야마다 다릅니다. 예술과 과학과 사업에서는 창의력이 무척 중요하지만, 감히 말씀드리지만 정치 분야에서 창의력의 가치는 상대적으로 낮은 편입니다. 정치인은 독창적인 아이디어까지는 아니어도 멋진 아이디어를 가졌다고 주장하고 싶어 합니다. 실제로 훌륭하면서도 독창적인 아이디어를 제시하는 정치인들—토미 더글러스*가 제안한 포괄적 공중의료제도는 독창적인 공공정책의 명백한 사례입니다—도 있지만, 일반적인 관측에 따르면 정치에 있어서 지나친 독창성은 위험합니다. 여하튼 정치, 특히 민주 정치는 가장 사회적인 행위입니다. 정치는 근본적으로 모임과 위원회를 통해서 움직여야 합니다. 다시 말하면, 여러 사람이 머리를 모아서 정책을 짜내야 합니다. 독창적인 머리를 지닌 사람이 혼자서 생각해낸 의견은 비현실적이고 무모하며 위험하기 십상입니다. 제가 지금 말한 것이 맞다는 게 수상님의 이력에서 입증되지 않습니까? 개혁당에서 일하던 때와 지금의 수상님을 비교해보십시오. 개혁당의 혁신적인 제안들, 즉 개혁당이 캐나다의 문제를 해결하겠다고 내놓았던 새로운 해결책들과 새로

* 캐나다 정치인.

운 접근법들이 어떻게 되었습니까? 그 방법들은 하수구에 버려지고 잊혔습니다. 당연한 결과입니다. 이제 수상님께서는 한 나라의 수반으로서, 오랜 시간을 두고 구축되고 독창적이지는 않지만 확실히 믿을 수 있는 의견들을 받아들이며 중도를 향해 신중하게 다가가고 있습니다.

소설의 가치는, 수상님이 그 소설을 읽고는 뒤늦게야 깨달았다는 듯 이마를 치고 하원에 제안할 새로운 법안을 끼적대게 하는 것이 아닙니다. 결코 그런 것이 아닙니다. 소설의 독창성은 그 소설을 읽는 독자의 개별적인 특성에 호소합니다. 그 소설을 읽고 난 후 그 독자가 관습과 다른 사람의 감성을 배려하며 다른 사람들과 함께 행동한다면, 다시 말해서 정치적이 된다면, 소설의 독창성이 희석되는 것이지만 괜찮습니다. 우리는 어차피 다른 사람들과 함께 살아야 하니까요. 그러나 예술이 없는 삶은 독창성을 공급받지 못하기 때문에 우리 각자의 개성이 약화되기 마련입니다. 이런 결과는 서글프기도 하지만 위험하기도 합니다. 자신의 소중한 개성을 살리지 못하는 시민은 선동가와 독재자의 주장에 쉽게 휩쓸리기 때문입니다.

다시 존 쿳시의 『야만인을 기다리며』로 돌아가겠습니다. 정말 훌륭한 소설입니다. 윤리적이지만, 독자에게 설교하려 들지 않습니다. 읽기 힘들고, 법의 이름으로 제멋대로 농단하는 사악한 국가 관리들에게 분노를 억누르기 힘듭니다. 정치인들에게 안성맞춤인 교훈적인 이야기입니다.

안녕히 계십시오.

얀 마텔 드림

존 맥스웰 쿳시(J. M. Coetzee, 1940년생)는 남아프리카공화국의 소설가이자 문학평론가, 학자, 번역가이다. 지금은 오스트레일리아에 살고 있다. 『마이클 K의 삶과 시대』와 『추락』으로 맨부커상을 두 번 수상했고, 2003년에는 노벨 문학상을 받았다. 동물의 권리를 옹호하는 작가로도 유명하다.

• 우리나라에서는 2003년 9월, 『야만인을 기다리며』(왕은철 옮김/들녘)로 출간되었다.

Book 68

『A 세대』

더글러스 코플런드
2009년 11월 9일

∗

캐나다 수상 스티븐 하퍼 님께,
타임캡슐을
캐나다 작가 얀 마텔이 보냅니다.

하퍼 수상님께,

이따금 책은 특정한 시대의 지적이고 도덕적인 상황, 그 시대의 즐거움과 걱정, 취향과 동향을 담고 있기 때문에 타임캡슐이라고 할 수 있습니다. 더글러스 코플런드는 이런 유형의 책을 쓰는 데 탁월한 능력을 지닌 듯합니다. 그래서 이번 주에 읽을 책으로 그의 최근작 『A세대』를 선택했습니다. 처음부터 확연히 타임캡슐임이 드러납니다. 언어적 표현, 열중하는 관심사, 정치와 과학기술에 대한 언급, 유머 등 모든 것이 지금 이 시대와 관련된 것입니다. 이 소설과 톨스토이의 『이반 일리치의 죽음』을 비교해보십시오. 수상님께서도 기억하시겠지만, 톨스토이의 소설에서 맥락은 중요하지 않습니다. 배경, 등장인물들의 이름, 그들의 계급과 의상, 그들이 즐기는 놀이…… 이런 모든 것은 독자에게 큰 관심사가 아닙니다. 1950년대의 미국 작가(말하자면 윌리엄 포크너), 1960년대의 일본 작가(미시마 유키오), 1970년대의 아프리카 작가(예컨대 월레 소잉카)라도 똑같은 이야기를 그대로 해낼 수 있었을 겁니다. 물론 지엽적인 사소한 부분들은 달라지겠지만 중심적인 줄거리는 같았을 겁니다. 이런 유형의 위대한 소설들은 시간의 제약에서 벗어나고 나이를 먹지도 않는 듯하기에 흔히 시간을 초월한다고 평가됩니다. 물론 시간의 초월이 위대한 걸작의 가장 보편적인 속성입니다. 오래되고 위대한 소설은 시간을 초월하는 소설입니다. 그렇다고 시대에 맞춘다고 잘못된 것일까요? 모든 작가가 영원한 불멸성을 추구하며, 지엽적이고 시사적이며 유행하는 현상, 즉 지금 이곳을 멀리해야만 하는 걸까요? 그런 것은 문학에서는 고려할 가치가 없는 고고학의 대상에 불과한 것일까요?

물론 그렇지 않습니다. 더글러스 코플런드의 『A세대』가 그 확실한 증거입니다. 솔직히 말하면, 저는 이 소설을 질투하며 읽었습니다. 이렇게 영리하고 재밌게, 진심을 담아서 독창적으로 쓸 수 있다니! 소설은 무척 가까운 미래가 무대이고, 차례로 미국과 뉴질랜드, 프랑스와 캐나다와 스리랑카가 고향인 잭과

안 마텔
101통의
문학 편지

서맨사, 쥘리앙과 다이애나와 하르지가 이야기보따리를 풀어놓습니다. 그들의 공통점은 벌에게 쏘인 적이 있다는 겁니다. 벌이 사라졌다고 여겨지는 세상에서 무척 예외적인 공통점입니다. 그들은 프랑스 과학자, 세르주의 주선으로 한자리에 모입니다. 그리고…… 수상님이 직접 읽어보십시오. 이야기는 겹겹이 중첩되면서 전개되고, 웃음보를 터뜨릴 수밖에 없는 재밌는 구절도 많지만, 지혜가 번뜩이는 구절도 있습니다. 언어적 표현은 생동감이 넘칩니다. 독서와 이야기하기, 정확히 말하면 개인적인 교양을 함양하는 독서의 힘과, 집단을 하나로 묶어주는 이야기하기의 힘에 대한 소설입니다.

『A세대』는 특정한 시대를 그리고 있습니다. 따라서 맥락이 중요합니다. 어떤 의미에서는 맥락이 이 소설의 특징입니다. 만약 미래의 누군가가 우리 시대, 즉 21세기 초반에는 어떻게 살았는지 알고 싶다면, 더글러스 코플런드를 읽으면 될 겁니다.

안녕히 계십시오.
얀 마텔 드림

더글러스 코플런드(Douglas Coupland)는 1961년 독일의 나토 군사기지에서 태어났다. 세계적인 베스트셀러 『제이포드』(JPod) 이외에 열세 편의 장편소설을 발표했다. 그중에는 매시 강의를 소설로 쓴 『플레이 원』(Player One) 『고무 도둑』(The Gum Thief) 『헤이, 노스트라다무스!』(Hey Nostradamus!) 『모든 가족은 정신병자들이다』(All Families Are Psychotic) 『X

세대』(Generation X)가 있다. 시각예술가, 조각가, 가구 디자이너, 의상 디자이너(루츠 캐나다)로도 활동하며, 시나리오 작가이기도 하다. 최근작은 『어린아이들에게는 부적절한 이야기들』(Highly Inappropriate Tales for Young People)이며, 삽화는 그레이엄 루미외가 그렸다.

· 원제는 『Generation A』이다.

Book 69

『재산』

발레리 마틴
2009년 11월 23일

∗

캐나다 수상 스티븐 하퍼 님께,
부패를 다룬 소설을
캐나다 작가 얀 마텔이 보냅니다.

하퍼 수상님께,

이번에는 부담스런 편지가 될까 걱정입니다. 무엇보다 책 때문입니다. 미국 작가 발레리 마틴의 『재산』은 제가 얼마 전에 강력하게 추천받은 소설입니다. 결국 지난주에 짬을 내어 이 소설을 읽었고, 보람 있는 시간을 보냈습니다. 최면에 걸린 듯 단숨에 읽어내려 갔습니다. 첫 단락부터 저는 마농 고데의 도덕적으로 타락한 삶에 푹 빠져들었습니다. 마농은 1810년쯤 미국 남부에서 살던 여자로, 가증스런 남편과 함께 적잖은 노예를 소유하고 있습니다. 하지만 노예제도가 노예들을 소유했다고도 말할 수 있습니다. 『재산』에서는 불의(injustice)가 서서히 은밀하게 확산되는 것과, 부패한 체제가 희생자만 파괴하는 데 그치지 않고, 불의가 불의인 줄 모르고 행하는 가해자까지 망가뜨린다는 걸 보여줍니다. 여하튼 마농은 예쁜 사라를 노예로 소유합니다. 사라는 남편의 정부이기도 합니다. 그러나 마농은 사라를 소유하지 못하지만 자신의 삶을 즐겁게 살아갑니다. 어떤 의미에서, 마농은 사라를 소유할 수 없기 때문에 때 묻지 않은 도덕적인 삶을 삽니다. 노예들은 마농의 남편과 남북전쟁 전 남부에 살던 모든 백인에게 그랬듯이, 마농을 타락과 집착의 늪으로 몰아갑니다. 남북전쟁 전만이 아니라 남북전쟁 후에도 마찬가지입니다. 미국의 남부는 아직까지 노예제도의 상흔에서 완전히 벗어나지 못했습니다. 이런 의미에서 소설의 제목은 무척 적절합니다. 노예 사라는 마농의 재산이지만, 마농도 남편의 재산에 불과합니다. 당시는 가부장적 사회였으니까요. 따라서 두 여자 모두 노예제도라는 끔찍한 체제 속 '재산'입니다.

이 소설은 화자의 지적인 목소리 때문에 더욱 설득력 있게 와 닿습니다. 마농은 위선을 끔찍하게 혐오합니다. 자신의 위선은 물론이고 주변 사람의 위선에도 치를 떨지만, 정작 자신도 전혀 나아지지 않습니다. 마농은 잘못된 풍습에 마음이 물들어 부도덕하고, 그녀의 삶도 쓸쓸합니다. 여기에서 매혹적인 이야기, 다시 말해서 지금 이 시대, 심지어 미래에도 영원히 적용되는 이야기가 탄생합니다. 체제의 성격이 좋은 방향으로나 나쁜 방향으로 은밀한 힘을 행사하기 때문입니다. 예컨대 교육제도는 우리의 의식을 개선할 수 있지만, 경제체제는 우리를 타락의 늪으로 몰아갈 수 있지 않습니까.

저는 수상님께 보낸 편지를 묶은 신간을 판촉하기 위해서 얼마 전에 오타와에 다녀왔습니다. 오타와에서 머무는 동안, 엘름 가에 있는 패트릭 고든 프레이밍이란 곳에서 낭독회를 열었습니다. 그곳에 도착해서 저는 깜짝 놀랐습니다. 수상님과 저만의 작은 북클럽을 주제로 한 그림들이 전시되어 있었거든요. 스물다섯 명이 넘는 화가들이 제가 수상님에게 보낸 책들을 소재로 그림을 그렸습니다. 대단한 전시회였습니다. 개막식 초대장을 동봉합니다. 전시회는 12월 19일까지 계속됩니다. 더 자세한 정보는 웹사이트(www.patrickgordonframing.ca)에서 보실 수 있습니다.

특히 제 눈에 띈 그림 하나가 있었습니다. 화가 미셸 프로보스트는 제가 수상님께 보낸 첫 책(『이반 일리치의 죽음』)의 첫 줄, 두 번째 책(『동물농장』)의 두 번째 줄, 세 번째 책(『애크로이드 살인사건』)의 세 번째 줄, 네 번째 책(『나는 그랜드센트럴역 옆에 주저앉아 울었다』)의 네 번째 줄을 취했습니다. 이런 식으로 예순다섯 번째 책까지 한 줄씩 취하고, 그 문장들을 연결해서 「서머리 경」(A Right Honourable Summary)이라는 작품을 창조

해냈습니다. 이처럼 단어나 문장을 무작위로 배열해서 새로운 뜻을 지닌 텍스트를 만들어내는 방법은 프랑스 초현실주의자들이 고안해낸 일종의 유희였습니다. 프랑스 초현실주의자들은 이런 유희를 '우미한 시체'(cadavre exquis)라 칭했습니다. 그들이 그 놀이를 처음 시도했을 때 만들어진 문장에서 따온 신조어입니다. '우미한 시체' 놀이의 결과물은 순전히 우연한 배치에서 비롯되기 때문에 더욱 재밌습니다. 프로보스트의 '우미한 시체'는 상당한 호응을 얻었습니다. 게다가 그녀는 오타와의 낭독회에도 참석해서, 손수 제작한 아름다운 「서머리 경」 오디오북 두 부를 선물로 주었습니다. 한 부(열두 권 중 첫 번째 권)는 수상님을 위한 것이고, 한 부(열두 권 중 여섯 번째 권)는

얀 마텔
101통의
문학 편지

432

저에게 개인적으로 준 것입니다. 오디오북에 딸려 있는 작은 팸플릿의 뒤쪽에는 모든 책의 겉표지가 축소되어 본래의 색으로 실려 있습니다. 겉표지들이 그처럼 배열된 결과는 눈을 떼기 힘들 정도로 매혹적입니다. 게다가 오디오북에 실린 구절들의 원전을 알아내는 데도 큰 도움이 됩니다. 그렇게 창조된 텍스트를 린다 크로닌이 그럴듯하게 읽어가며, 레프 톨스토이, 조지 오웰, 애거서 크리스티, 엘리자베스 스마트 등 제가 수상님께 보낸 다른 모든 저자들이 상상조차 못 했을 이야기를 또렷한 목소리로 엮어냅니다. 수상님의 관심을 자극하고 싶은 생각에 첫 부분을 인용해보려 합니다.

법정이 있는 커다란 건물에서 멜빈스키 재판이 잠시 중단된 동안, 위원들과 검사들이 이반 에고로비치 셰베크의 개인 사무실에서 만났다. 그들의 대화는 유명한 크라소프스키 사건으로 넘어갔다. 그의 랜턴에서 흘러나온 빛이 이리저리 춤을 추었고, 그는 비틀거리며 마당을 지나갔다. 그는 장화를 신은 발로 뒷문을 걷어차고 들어가, 식기실에 있는 맥주통을 탈탈 털어 맥주잔을 채웠다. 그리고 침실로 올라갔다. 침대에서는 존스 씨가 어느새 코를 골며 자고 있었다. 집은 엉망진창이었다. 나는 잠시 그 모습을 물끄러미 쳐다보았다. 나는 내 미래를 앞서가고, 기적이 뒤늦게라도 일어나는 걸 무한정하게 미루어서 행복하다. "오 선생님, 판두의 아들들이 가담한 위대한 군대를 보십시오. 선생님의 총명한 제자, 드루파다의 아들이 능수능란하게 지휘하는 군대입니다."

그때, 내 아버지와 아버지의 애인 엘자는 '다른 모든 사람'이었다. 체중이 백육십 킬로그램이나 나가는 나의 남작 부인은 결국 조금도 중요하지 않은 사람이었다. 그 후, 그녀는 누구에게나 존경받는 권위로 그 집에 경의를 표했다.

어떻습니까? 정말 재밌고 유쾌한 이야기이지 않습니까?

안녕히 계십시오.

얀 마텔 드림

발레리 마틴(Valerie Martin, 1948년생)은 아홉 편의 장편소설, 세 권의 단편소설집을 발표했고, 아시시의 성 프란체스코의 전기를 썼다. 뉴올리언스에서 자랐고, 지금은 업스테이트 뉴욕에 살고 있다. 소설 『메리 라일리』로 카프카상을 수상했고, 이 소설은 영화로도 제작되었다. 『재산』으로는 2003년 오렌지상을 받았다.

• 원제는 『Property』이다.

Book 70

『아이스하키를 찾아서』

데이브 비디니
2009년 12월 7일

*

캐나다 수상 스티븐 하퍼 님께,
아이스하키 팬을 위한 책을
캐나다 작가 얀 마텔이 보냅니다.

하퍼 수상님께,

이 편지에 동봉된 책을 수상님께서는 벌써 읽으셨는지도 모르겠습니다. 저보다 먼저 이 책을 수상님께 선물하겠다고 생각한 사람들이 숱하게 많았을 겁니다. 수상님께서는 아이스하키의 열혈팬이고, 데이브 비디니의 『아이스하키를 찾아서』는 아이스하키에 대한 모든 것이 담긴 책이니까요. 그러나 제 생각에 비디니의 책은 대부분의 아이스하키 책보다 훨씬 낫습니다. 첫째로는 핏줄에 아이스하키의 피가 흐르는 사람이 썼기에, 둘째로는 글을 쓸 줄 아는 사람이 쓴 책이기 때문입니다. 아이스하키에 대한 지식은 당연히 언급됩니다. 아이스하키의 역사에 관련된 일화와 소문과 사건으로 가득하고, 수상님에게는 친숙하겠지만 저에게는 그저 무명에 불과한 선수들도 자주 거론됩니다. 아이스하키에 대한 지식 수준은 점점 깊어져갑니다. 그렇지만 이 책은 학술서적도 아니고, 기자가 쓴 기사도 아닙니다. 비디니는 아이스하키 광입니다. 이 책에서 말하고 있듯이, 그는 십 대 때 아이스하키 선수였지만 압박감이 점점 심해져서 포기하고 말았습니다. 성인이 된 후에 토론토의 동호회에 가입해서 다시 아이스하키를 시작했고, 그 후로 아이스하키는 그의 삶에서 중심이 되었습니다. 따라서 이 책은 아이스하키에 대한 풍부한 지식을 전달하면서도 개인적인 면이 담긴 책입니다.

무엇보다 비디니는 글을 쓸 줄 압니다. 다음 구절을 예로 들어보겠습니다. 비디니와 그의 부인이 기차로 홍콩을 출발해서 베이징으로 가는 장면입니다.

도심을 벗어나서 두 시간쯤 지나자 홍콩의 광채와 활기가 사라지고, 오랜 문명의 증거들을 지워버린 지우개의 부스러기처럼 방치된 나라, 삶을 위한 몸부림과 돌과 먼지로 뒤덮인 나라가 나타났다.

그야말로 홍콩의 역동성과 공산주의 중국의 실패에서 비롯되는 차이를 극명하게 보여주는 이미지이지 않습니까? 비디니가 세계 최초의 수단 출신 아이스하키 선수로 아랍에미리트연방의 알아인 팰컨스에서 활약하는 카림의 특별한 재능을 묘사한 대목을 보십시오. 그는 글을 무척 재밌게 쓰는 재주도 있습니다.

알아인 팰컨스의 선수들 중에서 카림의 슬랩 샷이 가장 강했다. 그의 와인드업이 머리 뒤에서부터 시작하기 때문이었다. 카림의 샷에서 유일한 문제가 있다면, 카림 자신도 퍽이 어디로 날아갈지 모른다는 것이었다. 그래서 카림이 오펜스 존에서 와인드업 자세를 취하면, 카림이 자기들에게 접시라도 던지는 것처럼 팰컨스 선수들은 모두 쪼그려 앉아 고개를 숙이고 두 손으로 머리를 감쌌다. 그때마다 곰(코치)은 카림에게 애닲게 소리쳐야 했다. "카림, 제발 골리에게 퍽을 날려, 골리에게!"

『아이스하키를 찾아서』는 아이스하키를 향한 한 남자의 사랑, 아이스하키의 영혼을 찾아 나선 한 남자의 여행입니다. 따라서 수상님이 아이스하키라는 운동이 있을 거라고 예상조차 못했을 곳들까지 비디니는 찾아갑니다. 아이스하키는 무척 다양한 곳에서 행해지지만, 비디니의 생각에 아이스하키의 정신은 어디에서나 똑같이 뜨겁게 타오릅니다. 그는 중국 북부의 하얼빈에서, 두바이에서, 루마니아 트란실바니아의 미에르쿠레아치우크에서 아이스하키의 순수함을 재발견합니다. 그곳의 아이스하키는 순전히 기분전환을 위한 스포츠인 동시에 만남을 위한 수단입니다. 다시 말해서, 그곳의 아이스하키는 문화이지 비즈니스가 아닙니다. 그의 표현을 빌리면, '스포츠의 영성, 삶으로서의 스포츠'가 살아 있는 곳입니다. 비디니는 이런 아이스하키와, 요즘 북미 프로 아이스하키 리그(NHL)가 제공하는 패키지 상품을 비교합니다.

사랑하는 것은 어떤 것도 순전한 오락거리로만 단순화될 수 없습니다. 더 나아가 어떤 하나로도 단순화될 수 없습니다. 따라서 제가 문학을 숭고한 것이라 생각하며 예술을 그저 오락거리로 생각하는 관점에 발끈하는 것과 마찬가지로, 또 책을 읽지 않는 사람은 결코 바람직한 삶을 살 수 없다고 단언하는 것처럼, 데이브 비디니도 아이스하키를 칭송하며 똑같은 식으로 생각합니다. 누구나 자신이 사랑하는 것을 중요하게 생각하고 옹호하며 정당화하기 마련입니다. 이런 모든 열정을 하나로 결합시킬 수 있다면, 수상님께서는 사회와 문화와 국가를 하나로 융합시킬 수 있을 겁니다. 『아이스하키를 찾아서』에 대해 한마디 덧붙이며 편지를 마무리 짓겠습니다. 이 책은 제가 수상님께 보낸 가장 캐나다적인 책입니다.

안녕히 계십시오.
얀 마텔 드림

데이브 비디니(Dave Bidini, 1963년생)는 연주자로 캐나다 록밴드 리어스

태틱스의 창립 멤버였고, 현재는 비디니밴드의 리더이다. 작가로도 유명해서 『아이스하키를 찾아서』『우리가 선정하는 최고의 게임들』(The Best Game You Can Name)『베이스볼리시모』(Baseballissimo)로 성공을 거두었다. 비디니는 『아이스하키를 찾아서』를 텔레비전 프로그램으로 직접 각색해서 진행까지 맡았다. 〈아이스하키 노마드〉라고 제목이 붙여진 이 프로그램은 제미니상을 수상했다. 최근작은 캐나다의 전설적인 싱어송라이터, 고든 라이트풋과 1972년 마리포사 포크 페스티벌에 관한 책이다. 지금은 부인과 두 자녀와 함께 토론토에서 살고 있다.

• 원제는 『Tropic of Hockey』이다.

Book 71

『금융 전문가』

R. K. 나라얀
2009년 12월 21일

*

캐나다 수상 스티븐 하퍼 님께,
우리가 정말로 전문가라면 좋았을 거라는 소망을
캐나다 작가 얀 마텔이 보냅니다.
크리스마스와 신년을 즐겁게 보내시기 바랍니다.

하퍼 수상님께,

R. K. 나라얀은 '라시푸람 크리슈나스와미 이에르 나라야나스와미'라는 긴 이름을 자비롭게도 짧게 줄인 필명입니다. 나라얀은 인도 소설가로 1906년부터 2001년까지 살았습니다. 나라얀이란 이름을 들어본 적이 없다면, 제가 이번 주에 보내는 책『금융 전문가』의 뒤표지에 실린 추천글을 읽어보십시오. 그럼 나라얀이 톨스토이, 헨리 제임스, 체호프, 투르게네프, 조지프 콘래드, 니콜라이 고골, 제인 오스틴 등과 동급으로 분류되

는 작가란 걸 아시게 될 겁니다. 한 추천자는 노벨상까지 거론했지만, 나라얀은 노벨상을 받지 못했습니다. 그러나 노벨상을 받을 만한 자격은 충분했습니다. 저는 인도를 두 번째 여행할 때 한 인도 신문에 실린 나라얀의 인터뷰 기사를 읽고, 그가 살아 있을 때 그 나라에 머물렀다는 게 자랑스럽게 느껴질 정도였습니다. 영문학계에서 나라얀은 온화한 거인이었습니다.

윌리엄 포크너가 정체불명의 요크나파토파 카운티라는 공간을 만들어내고, 토머스 하디가 반(半)허구인 웨식스를 만들어냈듯이, 나라얀은 말구디라는 도시를 창조해내고 그 도시에 대한 허구적 이야기를 풀어냈습니다. 그러나 따지고 보면, 그가 현실 세계에 대해 말하고 싶었던 것이었습니다. 등장인물들은 지극히 평범합니다. 안정되지도 않고 그렇다고 심하게 삐걱거리지도 않으며 부침을 거듭하는, 길고도 고된 삶의 행진이 그의 소설에서 펼쳐집니다. 『금융 전문가』에서는 언어적 표현을 눈여겨보십시오. 이상한 단어와 문장—도티*, 신성한 끈, 구장 나뭇잎, 라크**—을 제외하면 사용된 영어의 느낌은 상당히 단아합니다. 나라얀은 인도의 모습을 민속적이지도 않고 과장되지도 않게 묘사합니다. 그는 특정한 인도가 아니라 보편적

---

* 인도 남자의 전통의상.
** 숫자 단위 '십만'.

인 인도에 대해 써내려갑니다.

『금융 전문가』는 마르가야의 이야기입니다. 마르가야는 제목처럼 금융 전문가로 말구디라는 금융 세계의 변방에서 살면서 농부들이 담보대출을 받기 위한 서류들을 작성하는 걸 돕습니다. 보리수 그늘 아래의 잔디밭이 그의 사무실이고, 그가 밥벌이를 하는 데 필요한 도구들은 전부 작은 상자 안에 들어 있습니다. 마르가야에게는 원대한 꿈이 있지만, 그 꿈을 실현할 방법이 없습니다. 그는 사십 일 동안 금식하며 부의 여신, 라크슈미에게 기도합니다. 라크슈미 여신이 그의 기도에 감동한 덕분인지 마르가야는 성공해서 부자가 됩니다. 하지만 대가를 치러야 합니다. 그는 부자가 되지만, 부인과 아들 및 다른 사람들과의 관계는 메말라갑니다. 짐작하시겠지만, 이 대가는 피해갈 수 없습니다.

마르가야의 부는 로또 복권처럼 예측할 수 없는 운명의 수레바퀴에 의해 결정됩니다. 예컨대 부의 첫 물결은 책의 출판으로 시작됩니다. 마르가야가 그 책을 쓴 건 아닙니다. 닥터 팔이란 사람이 느닷없이 마르가야에게 끈으로 묶지도 않은 원고를 줍니다. 얼마 후, 마르가야와 그의 부인은 멀리 떨어져 살던 아들 발루가 죽었다는 편지를 받습니다. 그 소식은 거짓인 것으로 판명됩니다. 어떤 미친 사람이 비극적인 이야기를 써재긴 엽서를 무작위로 선택한 사람들에게 보내 거짓된 소식을 전한 겁니다. 제 생각에는 운명의 임의성이 『금융 전문가』의 주제입니다. 따라서 제목이 얄궂습니다. 우리는 어떤 것에 대해서도 전문가가 아니라는 뜻을 함의하고 있으니까요. 나라얀은 우리가 신들 앞에서 속수무책이라고 말합니다. 우리가 뭔가를 마음대로 지배할 수 있다는 생각은 착각에 불과합니다. 수상님께서는 어떻게 생각하십니까?

크리스마스가 코앞까지 왔습니다. 그리고 곧 신년입니다. 수상님과 수상님 가족 모두에게 건강과 행복이 함께하고, 2010년을 편안히 맞이하길 바랍니다.

안녕히 계십시오.
얀 마텔 드림

• 추신: 코펜하겐, 엉망진창이었습니다! 지구를 구하겠다더니 구속력 있는 조치를 끌어내는 데 실패한 국제회의에 비추어, 기후변화가 인지되기 훨씬 전인 1952년에 출간된 『금융 전문가』를 읽는다면 더 재밌을 겁니다.[***]

R. K. 나라얀(R. K. Narayan, 1906-2001)은 인도의 소설가다. 그의 소설들은 인도 남부 말구디라는 가상 도시가 배경이다. 많은 장편소설과 단편소설

*** 2009년 1월 7일-18일까지 지구온난화 해결방안 모색을 위한 세계 정상회의가 코펜하겐에서 열렸다.

집을 발표했고, 신화와 관련된 논픽션도 많이 썼다.

• 원제는 『The Financial Expert』이다.

Book 72

『책들: 회고록』

래리 맥머트리
2010년 1월 4일

*

캐나다 수상 스티븐 하퍼 님께,
책과 함께한 삶을
캐나다 작가 얀 마텔이 보냅니다.

하퍼 수상님께,

우리 둘만의 작은 북클럽을 시작한 이후로 논픽션을 거의
보내지 않았습니다. 그러나 지난주에 맥널리 로빈슨을 둘러보
던 중에 『책들: 회고록』이란 책을 보고 눈을 뗄 수 없었습니다.
(수상님께서도 아시겠지만, 체인 독립서점인 맥널리 로빈슨은 얼마
전에 채무이행 조정신청을 했습니다. 들리는 소식에 따르면, 위니펙
에 있는 본점과 이곳 새스커툰의 지점은 존속하겠지만, 토론토 교외
에서 작년에 시작한 지점 때문에 큰 홍역을 치르게 된 모양입니다. 독

립서점의 운영이 어렵다는 건 다른 이야기이지만 이번 선물과 무관하지는 않습니다.)『책들』은 책과 함께한 삶에 대한 이야기이고, 저자는 래리 맥머트리입니다. 맥머트리라는 이름은 생소하게 들리더라도, 그의 작품에 대해서는 한두 번쯤 들으셨을 겁니다. 맥머트리는 대단한 절제력을 가진 작가여서 오랫동안 매일 아침 열 쪽의 글을 써서 많은 책을 발표했습니다. 수상님께서도 『책들』의 두 번째 페이지에 길게 정리된 그의 저서 목록을 보면 직접 확인하실 수 있을 겁니다. 지금까지 맥머트리는 자신의 이름으로 서른여섯 편의 장편소설, 한 권의 단편소설집, 세 권의 수필집을 발표했습니다. 제 기억이 맞다면 1986년 맥머트리에게 퓰리처상을 안겨주었던 『외로운 비둘기』(Lonesome Dove)를 제외하면, 저에게는 모든 책이 생소했습니다. 더 정확히 말하면, 영화로 각색된 책들을 제외하면 그렇다는 겁니다. 폴 뉴먼이 출연한 영화 〈허드〉(Hud)를 기억하십니까? 이 영화는 맥머트리의 첫 소설 『말 탄 자여, 지나가라!』(Horseman, Pass By)를 원작으로 삼은 것입니다. 『마지막 영화상영』(The Last Picture Show)과 『애정의 조건』(Terms of Endearment)도 할리우드에서 영화로 제작되어 성공을 거두었습니다. 게다가 그 후에는 애니 프루의 중편소설 『브로크백 마운틴』을 발군의 솜씨로 공동 각색했습니다.

따라서 래리 맥머트리는 할리우드에서 성공한 소설가입니다. 그러나 지금 수상님의 손에 쥐어진 책은 『책들』이지 영화가 아닙니다. 맥머트리는 책과 함께, 책을 위해서, 책에 의해서 살았습니다. 평생 책을 쓰고 책을 읽고 책을 팔았습니다. 그의 회고록에서 자주 언급되는 단어를 사용하면, 그는 '북맨'(bookman)입니다. 그의 개인 서고에는 약 이만 팔천 권의 장서가 있습니다. 그가 텍사스의 아처시티에서 운영하는 중고서점, 북트업에도 삼십만 권이 넘는 책이 있습니다. 그는 오십 년 넘게 중고책 거래에 열중해왔습니다. 북스카우트로 시작해서 희귀본을 찾아다녔고, 결국에는 중고서점까지 열었습니다. 처음에는 워싱턴DC의 조지타운에서 시작했지만 지금은 텍사스로 옮겼습니다. 책을 찾아내고 책을 팔기 위한 구실이기도 했지만 그는 평생 수많은 책을 읽고 또 읽었습니다.『책들』에서 맥머트리는 제임스 리스 밀른(이 이름을 열 번쯤 발음해보십시오)이라는 '이름이 거의 알려지지 않은 영국 문인'에 대해 언급합니다. 리스 밀른은 '건축과 관련해서 특별히 뛰어나지 않은 몇 권의 책, 적잖이 나쁜 소설들, 서너 권의 읽을 만한 전기, 열두 권으로 꾸며진 눈부시게 찬란한 일기'를 쓴 작가였습니다. 맥머트리는 "나는 열두 권의 일기를 빠짐없이 서너 번씩 읽었다. 그리고 평생 옆에 두고 끊임없이 다시 읽어야겠다고 다짐했다"라고 말합니다. 이 땅에 제임스 리스 밀른의 일기 열두 권을 서너 번이나 읽었다고 자신 있게 말할 수 있는 사람이 또 있을까요? 리스 밀른의 다른 책들에 대한 맥머트리의 판단, 즉 특별히 뛰어나지 않은 책, 나쁜 책, 그저 읽을 만한 책이란 평가는 하나하나를 읽은 후에 내린 평가인 게 분명합니다. 다른 곳에서 맥머트리는 20세기의 세계전쟁에 관심이 있다면서 윈스턴 처칠이 쓴 2차 대전의 역사를 읽고 있다고 말한 적이 있습니다. 무려 오백만 단어가 넘는 책입니다. 저명한 저자이든 무명의 저자이든, 또 단권으로 이루어진 저작이든 여러 권으로 이루어진 저작이든 가리지 않고 맥머트리는 글로 쓰인 세계를 열린 마음으로 받아들였습니다.

이런 정신의 소유자라면 얼마나 지적인 자서전을 써냈을까요? 제임스 리스 밀른의 작품은 고사하고 그의 이름조차 들어본 적이 없는 평범한 독자들은 스스로 무지하거나 반쯤 문맹인 듯한 느낌을 받고 좌절감을 느끼게 되진 않을까요? 그렇지는 않습니다. 수상님께서도 책을 펼치는 즉시 확인할 수 있을 겁니다. 책은 제대로 읽으면 우리에게 교만을 더해주는 것이 아니라 겸손해야 할 이유를 깨닫게 해줍니다. 책은 삶을 다룬 것이고 삶은 겸손함을 배우는 과정이기 때문입니다. 나이가 지긋한 분에게 물어보십시오.

『책들』은 맥머트리의 책과 함께한 삶에 대해서 말합니다. 따라서 그가 읽고 거래한 책들, 또 오래된 책을 거래하는 사람들의 문화도 당연히 언급됩니다. 여기에 담긴 지혜 또한 자연스럽고 쉽게 와 닿습니다. 각 장은 무척 짧습니다. 한 쪽을 완전히 채우지 못한 장도 있고, 세 쪽이 넘는 장은 거의 없습니다. 저는 이런 구분이 무척 마음에 들었습니다. 맥머트리는 자신이 읽은 수많은 책을 짧게 요약해서 멋들어지게 써냈습니다. 논조도 이해하기 쉽습니다. 맥머트리는 텍사스 어딘가의 목장에서 태어났습니다. 그의 부모 집에는 책이 한 권도 없었습니다. 그의 회고록을 근거로 짐작해보면, 이곳 서스캐처원의 대초원에서 가장 뛰어난 사람, 영리하지만 겸손한 사람이 그와 같은 느낌일 것 같습니다.

어떤 책이든 거기에 쓰인 내용을 기준으로 우리 자신을 평가해보라고 요구합니다. 비교하고 대조하는 과정이 필요하다는 뜻입니다. 정직하게 해낸다면, 자기검열의 과정이 되어 자신에 대해 좀 더 많이 알게 되고, 따라서 좀 더 현명해질 겁니다.『책들』을 읽으면서 배운 것이 있다면, 제가 래리 맥머트리와 같은 방식의 책벌레는 아니라는 것입니다. 그는 책에 담긴 메시지만이 아니라, 책을 독자에게 이어주는 매개체, 잉크와 종이와 표지를 만드는 과정과 그 기나긴 역사 및 관련된 전문 용어까지 사랑합니다. 저도 한곳에 죽치고 있는 걸 싫어하는 노마드 기질이 다분하지만 그런 식으로 책을 사랑하지는 않습니다. 또 맥머트리는 전자책을 약간 멀리하지만 저는 그렇지 않습니다. 맥머트리는 오래되고 희귀한 책을 소유하는 걸 좋아하지만 저는 그렇지 않습니다. 저에게 책은 일관된 속삭임입니다. 그 속삭임이 값싼 무선본으로 전달되든 초기 간행본으로 전달되든 저에게는 똑같습니다. 책은 예술 작품이어서 때로는 문학 이상의 가치를 갖습니다. 따라서 도서관이 아니라 박물관에 있는 것이 더 어울립니다. 그렇긴 해도 저는 맥머트리의 개인 서고와 중고서점을 둘러보고 싶습니다. 저는 서스캐처원 대학교 도서관의 서가들 사이를 돌아다니는 걸 좋아합니다. 책은 소유한 것이든 빌린 것이든 오래된 것이든 새 것이든 영혼을 살찌우고 지탱해줍니다. 래리 맥머트리도 이 점에서는 저와 같은 생각일 것입니다.

2010년 새해를 맞아 책의 문화를 찬양하는 이 책을 즐겁게 읽으시길 바랍니다.

안녕히 계십시오.

얀 마텔 드림

래리 맥머트리(Larry McMurtry, 1936년생)는 미국의 소설가이자 수필가, 시나리오 작가이다. 고향인 텍사스의 아처시티에서 고서와 학술서를 전문적으로 취급하는 중고서점, 북크업을 운영하고 있다. 오십 권 이상의 책을 발표했다.

• 원제는 『Books: A Memoir』이다.

Book 73

『모든 것이 산산이 부서지다』

치누아 아체베
2010년 1월 18일

*

캐나다 수상 스티븐 하퍼 님께,
아프리카 작가의 위대한 소설을
캐나다 작가 얀 마텔이 보냅니다.

하퍼 수상님께,

국회와 달리, 저에게는 정회(prorogation)라는 것이 없습니다. 예술과 정치의 가장 큰 차이 중 하나라면, 정치는 잠깐이라도 멈출 수 있지만 예술의 삶은 멈추지 않는다는 것입니다.

제가 수상님을 위해 이번 주에 준비한 책은 나이지리아 작가 치누아 아체베의 『모든 것이 산산이 부서지다』입니다. 수상님이 이 작가를 잘 모르실지도 몰라 잠깐 소개드리겠습니다. 아체베는 1930년 나이지리아 동부의 이보족 마을에서 태어났습니다. 당시에는 이보족이라 불렸지만 요즘에는 이그보족이라 불립니다. 아체베는 토속어인 이보어와 영어를 사용하며 자랐고, 영어로 글을 썼습니다. 『모든 것이 산산이 부서지다』는 그의 첫 소설로 1958년에 출간되었습니다. 곧바로 성공을 거두었고, 지금도 많은 독자에게 사랑받고 있습니다. 제가수상님께 보낸 판본의 겉표지를 보십시오. 1986년의 것인데도이 소설이 당시에 벌써 이백만 부가 팔렸다고 광고하고 있습니다. 물론 이 판매부수는 먼 옛날의 것입니다. 지금은 팔백만 부가 넘게 팔렸습니다. 아프리카 태생의 작가가 영어로 쓴 최초의 고전으로 세계 전역의 학교와 대학교에서 읽히고 있습니다. 『모든 것이 산산이 부서지다』는 탁월한 소설입니다. 간결하게서술된 장면들에 근거하고 있어 상당히 단순할 듯하지만, 이소설이 그려내는 전반적인 그림은 숨 막히게 방대하고 복잡합니다. 이 소설은 19세기 말에 아프리카 사회와 영국 사회의 충돌, 식민주의에 따른 폐해를 치밀하게 그려낸 대서사시입니다. 이런 설명 때문에 『모든 것이 산산이 부서지다』가 노골적인 정치 소설로, 저자가 손에 든 도끼가 독자의 귓전에서 서걱대는 쇳소리를 낼 거라는 생각이 들지도 모르겠습니다만, 그렇지 않습니다. 오히려 인류학 책처럼 느껴집니다. 특히 처음 삼분의이는 더 그렇습니다. 아체베는 우무오피아 마을 사람들이 살아가는 방식, 또 그들의 종교적 믿음과 관습, 그들의 농경 생활, 사회적 관계 등을 잔잔하게 써내려갑니다. 오콩코가 소설의 주

452

얀 마텔
101통의
문학 편지

인공입니다. 독자는 오콩코를 쫓아다니며 그의 삶에 흔적을 남기고 현재의 그를 만들어낸 크고 작은 사건들에 대해 듣습니다. 오콩코는 성공한 농부로 자부심이 강하고, 가족과 이웃과의 거래에서 전반적으로 공정하며, 필요할 때면 언제라도 용맹한 전사가 됩니다. 그가 속한 사회가 이상향과 거리가 멀듯이 그도 결코 완벽한 존재가 아니지만, 그와 사회는 서로 영향을 주고받으며 그럭저럭 살아갑니다.

그런데 백인들이 선교사 자격으로 그의 마을에 들어옵니다. 선교사들이 본질적으로 나쁜 사람들은 아니지만 그래도 낯선 사람들입니다. 첫 선교사인 브라운 씨는 다소 상징적인 등장인물입니다. 그가 열렬한 기독교인인 것은 확실하지만 맹목적인 기독교인은 아닙니다. 그는 주변의 아프리카 이교도들을 개종시키고 싶어 하지만, 이교도들의 감정을 무시하지는 않습니다. 따라서 진정으로 마음을 열고 대화를 시도합니다. 안타깝게도 그의 후임자, 스미스 씨는 그렇게 속이 트인 사람이 아닙니다. 한편, 종교의 설교 뒤에 숨어 식민정부의 힘을 과시하고자 그곳에 있는 행정관은 훨씬 편협하고 옹졸합니다. 백인은 아프리카 사람을 이해하지 못하고, 아프리카 사람은 백인을 이해하지 못하는 몰이해만이 있습니다. 그리고 모든 것이 산산이 부서집니다.

이 소설은 공정한 시각에서 쓰인 경이로운 작품입니다. 백인들이 도래하기 전까지 아프리카의 생활방식이 에덴이었다고 말하지 않습니다. 오히려 그 점을 명확히 밝힙니다. 아프리카 사람들의 일부 종교적 관습들은 야만적이라 지적합니다. 예컨대 갓 난 쌍둥이는 불길한 징조라 생각하여 숲에 방치해 죽게 내버려둡니다. 아체베는 우무오피아 마을에 사는 고통스런 삶을 솔직하게 털어놓습니다. 그래도 마을 사람들은 그럭저럭 살아갑니다. 삶이 때로는 가혹하지만, 그들은 자신들이 누구이고 어디에 속해 있는지 압니다. 그들은 하나의 종족이고 하나의 문명입니다. 백인으로만 이루어진 종족 또는 문명과 크게 다르지 않습니다. 이 점이 소설에서 말하려는 핵심입니다. 아프리카인과 유럽인의 만남이 불행한 방향으로 흘러간 이유는 어느 한쪽이 열등했기 때문이 아니라, 둘 모두가 상대를 제대로 이해하지 못한 탓이라고, 따라서 서로 상대를 존중하지 않은 탓이라는 겁니다. 예컨대 마을 사람들은 가부장적입니다. 오콩코와 그의 세 부인이 대표적인 예입니다. 잔혹행위도 있습니다. 그러나 빅토리아 시대의 영국인들이 그보다 덜 가부장적이었을까요? 우무오피아 마을의 종교가 주술적이고 미신적인 건 사실이지만, 백인의 주술적이고 미신적인 믿음과 다를 것이 뭐가 있습니까? 마을 사람들이 선교사들에게 토속신들의 가르침을 업신여긴 죄로 불행한 일이 닥칠 거라고 말하는 것이나, 선교사들이 마을 사람들에게 새로운 신을 따르지 않으면 불행한 일이 닥칠 거라고 협박하는 것이 뭐가 다릅니까? 이런 예를 들자면 한도 끝도 없습니다. 우무오피아 마을 사람들이 때로는 대범하게 때로는 옹졸하게 그려지듯이, 백인들도 때로는 대범하게 때로는 옹졸하게 그려집니다. 왜 그들은 예의를 지키며 만나서, 천천히 부드럽게 융화되지 못한 걸까요? 그들은 원만하게 융화되지 못했습니다. 이런 이유에서 마음을 쥐어짜는 비극이 야기된 것입니다. 모든 것이 산산이 부서질 필요가 없었습니다. 더 나은 선교사와 행정관이 파견되어 아프리카 사람들에게 천천히 다가가려고 노력했다면 아프리카는 그처럼 만신창이가 되지 않았을 것이고, 유럽도 그처럼 더럽혀지지 않을 것입니다.

이처럼 통찰과 이해와 분노를 적절하게 결합하여 외국의 실상을 정교하게 그려낸 소설은 손가락으로 꼽을 정도입니다. 『모든 것이 산산이 부서지다』는 보석처럼 반짝이는 소설입니다. 정말 온 마음을 담아 이 소설을 수상님께 추천합니다.

저는 이 편지를 평소와는 다른 곳에서 쓰고 있습니다. 평소에 저는 집에 마련한 서재에서 조용히 앉아 수상님께 편지를 씁니다. 하지만 오늘밤은 그렇지 않습니다. 오늘밤, 저는 지금 새스커툰의 멘델미술관 한복판에 앉아 있습니다. 약간 올라간 연단 위에 앉아, 사람들이 보는 앞에서 편지를 쓰고 있습니다. 이곳에서 무용가, 음악가, 배우 등 예술인들이 한자리에 모이는 '루고'라는 카니발 같은 행사가 있어, 저도 참석해서 수상님께 추천할 만한 책을 제안받고 있습니다. 잔뜩 쌓인 추천서들 때문에 책상이 주저앉기 전에 지금까지 추천받은 책들을 알려드려야겠습니다. 지금 저를 둘러싼 관객들에게 받은 것이지만, 캐나다 독자들이 수상님에게 추천하는 책이라고 생각해주시기 바랍니다.

『에필로그』칼 세이건.

『고릴라 이스마엘』다니엘 퀸.

『미군과 CIA의 잊혀진 역사』윌리엄 브럼.

• 『내가 여자이기 때문에』(because i am a woman) 준 조던.

『스톤 엔젤』마가렛 로렌스.

『눈의 여왕(스텔라 이야기 겨울 편)』마리 루이스 개이(이 책을 추천하신 분은 추천의 이유까지 밝혀주셨습니다. "우리가 삶에서 다급하게 해결해야 할 문제들에 답을 제시해주며 수상님의 얼굴에 미소를 짓게 할 겁니다").

• 『두 외톨이』(Two Solitudes) 휴 맥클레넌.

『여자들에 관한 마지막 진실』애니타 다이아먼트.

• 『저항을 기대하라』(Expect Resistance) 노동자 공동체 '크라임싱크'(CrimethInc).

• 『사흘간의 여정』(Three Day Road)과 『검은 가문비나무 사이로』(Through Black Spruce) 조지프 보이든.

• 『흑인들의 책』(The Book of Negroes) 로렌스 힐.

『만델라 자서전: 자유를 향한 머나먼 길』넬슨 만델라(저는 수상님께 짧은 책을 주로 보냈습니다. 이 책은 두툼하지만, 시간적 여유가 있을 때

만델라의 자서전을 꼭 읽어보길 권하고 싶습니다).

- 『거룩한 열망』(The Holy Longing) 로널드 롤하이저.

- 『살아 있으라』(Staying Alive) 닐 애스틀리가 편집한 시집.

- 『너희 가족은 모두 고기로 만들어졌다』(Your Whole Family Is Made Out of Meat) 라이언 노스(제목 좀 보십시오. 마음에 들지 않습니까?).

- 『여자 카우보이도 우울증에 걸린다』(Even Cowgirls Get the Blues) 톰 로빈스.

- 『비밀의 강』(The Secret River) 케이트 그렌빌.

　『작은 마을의 화목한 이야기』 스테판 리코크.

- 『헛된 돈』(Money for Nothing) P. G. 우드하우스.

　『체 게바라』 저자의 이름을 밝히지 않았습니다. 스티븐 소더버그 가 영화로 만든 책이지 않을까요?

　『연금술사』 파울로 코엘료.

　『추락』 존 쿳시(강력하게 추천합니다. 수상님께서도 기억하시겠지만 쿳시의 또 다른 소설 『야만인을 기다리며』를 이미 보내드렸습니다).

- 『길거리의 사자』(Lion in the Streets) 주디스 톰슨의 희곡.

　에밀리 디킨슨의 시집들(이 추천 덕분에 생각났습니다. 제가 오래된 시 집을 한 번도 보내지 않았더군요).

- 『불안한 상황』(Nervous Conditions) 치치 단가렘브가(저는 인터넷으 로 보았습니다. 상당히 깔끔합니다. 1960년대와 1970년대의 로디지아를 무대로, 성인이 되기까지의 반자서전적인 이야기입니다).

　『제5도살장』 커트 보니것.

『선의 탄생: 나쁜 놈들은 모르는 착한 마음의 비밀』 대커 켈트너.

- 『중용』(The Golden Mean) 애너벨 라이언.

- 『엑소시스트』(The Exorcist) 윌리엄 피터 블래티.

『이름 없는 자들의 도시』 주제 사라마구.

『권력의 조건』 도리스 컨스 굿윈.

『착한 여신들』 조나탕 리텔.

- 『여자 동서들』(Les Belles-sœurs) 미셸 트랑블레.

『백 년 동안의 고독』 가브리엘 가르시아 마르케스.

- 『남자다움을 위한 입문서』(The Alphabet of Manliness) 매덕스.

『신들의 전쟁』 닐 게이먼.

『푸우의 도와 피그렛의 덕』 벤저민 호프(이 책을 추천하신 분은 이렇게 덧붙였습니다. "이 멋진 책에서 열린 마음의 중요성과, 우리 공동체와 땅에 사는 모든 사람을 존중하는 법을 배울 수 있을 겁니다. 토끼와 피그렛을 닮지 말고 푸우를 닮으십시오!").

『칠레의 밤』 로베르토 볼라뇨.

『태양은 노랗게 타오른다』 치마만다 응고지 아디치에.

『세 잔의 차』 그레그 모텐슨.

- 『볼테르의 서자들』(Voltaire's Bastards) 존 랠스톤 소울.

『작은 것들의 신』과 『아룬다티 로이, 우리가 모르는 인도 그리고 세계』 아룬다티 로이.

『거장과 마르가리타』 미하일 불가코프.

『티가나』 가이 가브리엘 케이("독재자의 통치를 고발하기 위해서 때로는 애끓는 가슴으로 먼 길을 가야 할 때가 있습니다.").

• 『**필요 이상의 자격**』(Overqualified) 조이 코모.

 『**한밤의 아이들**』 살만 루시디.

• 『**유지**』(The Maintains) 클라크 쿨리지의 시집.

 『**전쟁과 평화**』 레프 톨스토이(정말 긴 장편소설입니다. 저는 이미 톨
스토이의 소설 두 편을 보내드렸습니다. 하지만 『전쟁과 평화』는 죽기 전
에 반드시 읽어야 할 소설 중 하나입니다).

• 『**이름 없는 거리**』(A Street Without a Name) 저자 이름이 없습니다.

• 『**도깨비불**』(Foxfire) 조이스 캐럴 오츠("제가 왜 글을 쓰는지 기억하
고 싶을 때 다시 읽는 책입니다.").

• 『**잠재적으로 위험한 방법을 사용하는 다음 단계의 광고 돌파구를
예측하며**』(Predicting the Next Big Advertising Breakthrough Using a
Potentially Dangerous Method) 대니얼 스콧 티스달의 시집.

• 『**오후의 죽음**』(Death in the Afternoon) 어니스트 헤밍웨이.

 『**소립자**』 미셸 우엘벡.

• 『**꿈꾸는 소년**』(Dream Boy) 짐 그림슬리.

• 『**삼켜진 것**』(L'Avalée des avalés) 레장 뒤샤름.

• 『**한 원주민의 삶**』(One Native Life) 리처드 바가메세.

• 『**어제, 호텔 클라렌던에서**』(Yesterday, at the Hotel Clarendon) 니콜 브
로사르.

• 『**열 개의 작은 손가락과 열 개의 작은 발가락**』(Ten Little Fingers and
Ten Little Toes) 멤 폭스.

『전 세계 환경 경영의 첫 번째 이름, 인터페이스』레이 C. 앤더슨.

• 『이야기의 종말』(The End of the Story) 리디아 데이비스.

『눈 이야기』조르주 바타유.

• 『레이크랜드: 캐나다 영혼을 찾아서』(Lakeland: Journeys into the Soul of Canada) 앨런 케이지.

• 『두 얼굴을 가진 거울』(The Mirror Has Two Faces) C. S. 루이스(루이스의 전작에서 이 책을 찾을 수 없었습니다. 1958년 동명의 프랑스 영화를 리메이크해서, 바브라 스트라이샌드가 1996년에 제작하고 출연한 미국 영화밖에 찾을 수 없었습니다. 추천하신 분이 어떤 책을 염두에 두었는지 모르겠습니다).

『싯다르타』헤르만 헤세.

『트레인스포팅』어빈 웰시.

• 『일본 신체결박의 기술』(The Art of Japanese Bondage) 저자를 밝히지 않았습니다(!).

『캐벌리어와 클레이의 놀라운 모험』마이클 셰이본.

『벨 자』실비아 플래스.

• 『진실』(The Truth) 테리 프래쳇.

『베를린의 한 여인』익명의 여인.

• 『재수 옴 붙은 자』(The Crackwalker) 주디스 톰슨(이곳 새스커툰에서 3월 4일부터 7일까지, 다시 11일부터 14일까지 공연될 예정입니다. 이 편지로 초대장을 대신하겠습니다).

『피노키오』카를로 콜로디.

『**적절한 균형**』 로힌턴 미스트리.

『**프래니와 주이**』 제롬 데이비드 샐린저.

(• 표식은 우리나라에서 번역되지 않은 책들로 원제를 병기했다.)

상당히 긴 도서목록입니다. 국적을 초월하고 온갖 장르가 망라된 데다 새스커툰 시민들의 참신한 시각이 더해져서 나무랄 데 없이 훌륭한 목록입니다.

안녕히 계십시오.

얀 마텔 드림

치누아 아체베(Chinua Achebe, 1930–2013)는 소설가이자 시인, 문학평론가로 브라운 대학교에서 아프리카학을 가르쳤다. 다섯 편의 장편소설, 네 권의 단편소설집, 여섯 권의 시집을 발표했고, 그 밖에 많은 책을 썼다. 아체베는 2007년 맨부커 국제상을 수상했다.

• 우리나라에서는 2008년 2월, 『모든 것이 산산이 부서지다』(조규형 옮김/민음사)로 출간되었다.

Book 74

『아름다운 생각』

크리스티안 북
2010년 2월 1일

*

캐나다 수상 스티븐 하퍼 님께,
한계의 초월을 찬양하는 책을
캐나다 작가 얀 마텔이 보냅니다.

하퍼 수상님께,

수상님께서는 언어의 한계를 느껴본 적이 있으십니까? 틀림없이 있을 겁니다. 누군가와 대화를 나눌 때 순간적으로 잊어버린 단어가 혀끝에만 맴돌아, 애초에 말하고자 했던 것을 힘겹게 꺼내놓는 경우가 가장 흔한 예입니다. 언어의 한계를 흔히 느끼는 또 다른 경우는 외국어로 말할 때입니다. 예컨대 수상님께서는 지금까지 프랑스어를 배우려고 무진 노력하신 걸로 알고 있습니다. 그러나 수상님께서는 아직 프랑스어를 영어처럼 편하게 말할 수 있는 단계가 아닙니다. 따라서 프랑스어로 연설할 때는 원어민이 검토한 원고를 그대로 보고 읽는 편이 편하실 겁니다. 또 즉흥적으로 말해야 할 때에도 머릿속에 암기해둔 관용구와 표현을 사용해서 안전을 도모하려 하실 겁니다. 그렇지 않은 경우에는 프랑스어에 대한 제한된 지식 때문에 수상님의 생각과 의도를 표현하려면 식은땀을 적잖게 흘리실 거고요. 반면에 영어를 사용할 때는 어떤 한계도 느끼지 않으실 겁니다. 수상님의 의도를 힘들이지 않고 수월하게, 또 적절한 단어를 찾아 머뭇거리지 않고 표현할 수 있다고 느끼실 겁니다.

물론 이런 해방감, 즉 생각과 표현의 완벽한 일치는 편안함과 익숙함에서 비롯되는 착각에 불과합니다. 좋은 방향으로든 나쁜 방향으로든 완전히 새로운 현상에 부딪히면 우리는 말문이 막혀서 말을 못 하는 경우가 많습니다. 표현은 단순히 어휘의 문제가 아닙니다. 감정을 압도하지는 않지만 지적으로 무척 복잡한 현상을 경험하게 되면, 그 현상을 효과적으로 표현하기 힘듭니다. 이런 상황에서 우리를 곤혹스럽게 하는 것은 단어가 아니라, 적절한 단어의 선택을 가능하게 해주는 이해력입니다. 이런 경우엔 혀가 굳어버린 듯 말이 잘 나오지를 않고, 가슴이 답답합니다. 그래서 우리는 표현력을 높이 평가합니다. '에—, 음—,' 같이 쓸데없는 말을 중얼거리면서, 자신만의 의견이나 경험을 적절히 표현할 만한 단어를 찾아낼 때까지 진땀을 흘립니다.

제가 이번에 보내드리는 책은 캐나다 작가, 크리스티안 북의 시집 『아름다운 생각』입니다. 저자의 열정적인 낭송을 녹음한 시디도 함께 보냅니다. 언어의 한계와, 그 한계의 초월에 관련된 모든 것이 담긴 시집입니다. 북은 프랑스 실험 작가들의 작업장인 '울리포'를 열렬하게 동경하는 시인으로, 그들이 즐겨 사용하던 기법 중 하나, 즉 리포그램을 지극히 높은 수준까지 끌어올렸습니다. 리포그램은 처음부터 끝까지 특정한 문자를 사용하지 않으면서 글을 쓰는 기법입니다. 리포그램의 좋은 예는 조르주 페렉의 소설 『실종』(La Disparition)입니다. 페렉은 프랑스어에서 가장 자주 사용되는 모음 'e'를 전혀 사용하지 않고 이 소설을 썼습니다. 리포그램이 속임수로 들리십니까? 다시 생각해보십시오. 프랑스어에서 'e'는 '그들'을 뜻하는 단어 'eux'와 발음이 거의 같습니다. 『실종』은 문자의 실종을 가리킬 뿐 아니라 '그들'의 실종까지 뜻합니다. 그들이 누구일까요? 첫째로는 페렉의 부모입니다. 페렉의 부모는 유대인이었고 홀로코스트로 세상에서 지워졌습니다. 『실종』은 유럽에서 유대인 문화의 말살을 뜻하는 은유이기도 합니다. 알파벳에서 중요한 문자 하나가 사라진 경우와 거의 비슷하지 않습니까? 리포그램은 속임수가 아닙니다.

크리스티안 북은 몇 걸음을 더 나아갔습니다. 『아름다운 생각』에서 그는 하나의 문자만이 아니라 여러 문자를 생략한 채 일련의 시를 썼습니다. 게다가 한 편의 시에서 자음까지는 아니어도 모음, 그것도 하나만이 아니라 두세 모음, 심지어 네 모음을 생략한 채 쓰기도 했습니다. 네 모음을 생략하면, 한 편의 시에 모음이 하나밖에 남지 않는 셈입니다. 시집의 첫 문장에서부터 독자들이 맞게 될 상황을 예고합니다.

명장은 거추장스런 문법을 마뜩잖게 생각한다. 트리스탕 차라만큼 열정적인 다다이스트 시인은 정체된 예술을 저주한다……
Awkward grammar appals a craftsman. A Dada bard as daft as Tzara damns stagnant art……[*]

모음 'A'의 주인공은 아랍인 하산 압드 알하사드(Arab Hassan Abd al-Hassad)이고, 모음 'E'는 그리스인 헬레네(Greek Helene)입니다. 헬레네는,

그녀는 잠을 이루지 못하고 양털 침대를 떠난다. 그 침대에는 증오하는 그녀와 결혼한 섭정이 잠자고 있기 때문이다. 그녀가 떠나온 땅, 그리스가 기억에 떠오를 때마다 그녀는 마음이 비통하고 혼자 남겨지고 모든 것을 빼앗긴 기분이어서 욕구가 전혀 채워지지 않는다.

[*] 모음으로 'a'만이 사용되었음을 눈여겨보시라.

Restless, she deserts her fleece bed where, detested, her wedded regent sleeps. When she remembers Greece, her seceded demesne, she feels wretched, left here, bereft, her needs never met.

또 누가 모음 하나만을 사용해서 호메로스의 『일리아스』를 다시 풀어쓸 수 있을 거라고 생각했겠습니까? 크리스티안 북은 모음 'I'만을 사용하겠다는 계획을 밝히며 그 계획을 변호합니다.

속물근성으로 시시덕대며 남의 흠을 잡아내는 비판을 나는 무시한다. 나도 투덜거리고 주제넘게 참견하기는 한다. 하지만 얼간이들을 혹평하면서 불평하고, 멍청이들을 나무라면서 공격하는 것이다. 또 지나치게 단순화한 생각을 무시하는 것이다. 그런 생각에 담긴 비난에 가까운 재담은 여전히 사회적 통념에 어긋나기 때문이다.

I dismiss nitpicking criticism which flirts with philistinism. I bitch; I kibitz-griping whilst criticizing dimwits, sniping whilst indicting nitwits, dismissing simplistic thinking, in which philippic wit is still illicit.

모음 'O'에서는,

포르노는 사람들에게 지저분한 그림을 보여준다. 비에른 보리의 엉덩이나 스눕 독의 가랑이를 확대해서 보여준다. 펠라티오를 위해 콘돔을 끼운 존스는 저급한 포르노—남근, 밑천, 음경 및 유방의 컬러 사진에 침을 질질 흘리고 싶어 하는 천박한 사람들을 위한 음탕한 포르노—를 많이 파는 곳으로 알려진 포르노 상점을 찾아 시내 소호를 찾아간다.

Porno shows folks lots of sordor—zoom-shots of Björn Borg's bottom or Snoop Dogg's crotch. Johns who don condoms for blowjobs go downtown to Soho to look for pornshops known to stock lots of lowbrow schlock—off-color porn for old boors who long to drool onto color photos of cocks, boobs, dorks or dongs.

모음 'O'만이 사용된 글에서는 제가 수상님께 한참 전에 보낸 앤서니 버지스의 소설 『시계태엽 오렌지』를 읽는 기분이 들기도 합니다.

워크부츠를 신은 갱들이 뜨내기 일꾼들을 사정없이 짓밟고, 계속해서 노인들을 강탈한다. 대부분의 노인이 호화로운 콘도를 소유하고 있기 때문이다.

Crowds of droogs, who don workboots to stomp on downtrod hobos, go on to rob old folks, most of whom own posh co-op condos.

심지어 크리스티안 북은 스크래블 게임을 하는 사람들의 심장을 털컥 내려앉게 만드는 모음 'U'만을 사용해서도 그럴듯한 글을 만들어냅니다.

문화는 위뷔 왕을 경멸한다. 따라서 위뷔 왕은 계책을 쓴다.[**]
Kultur spurns Ubu — thus Ubu pulls stunts.

이런 식으로 계속됩니다. 종이 위에는 재치와 창의력이 춤추고, 영어에서 하나의 모음만으로 이루어진 단어들을 쏟아내며 외설적인 주제부터 서정적인 주제까지, 목가적인 주제부터 역사적인 주제까지 놀랍도록 다양한 주제들을 표현해냅니다.

왜 그렇게 하느냐고요? 수상님에게는 단순한 장난으로 보일지도 모르겠습니다. 그것도 진지함이라고는 없는 장난쯤으로 말입니다. 이 질문에는 두 가지로 답할 수 있습니다. 하나는 장난을 통해서 혹은 그저 장난삼아 생각해보는 것만으로도 새로운 것을 발견할 수 있기 때문입니다. 우연한 병렬에서 비롯되는 산물이 있습니다. 둘째로, 언어는 언어 자체로만 존재하는 것이 아니기 때문입니다. 모음이 한 개이든 다섯 개이든 모든 단어는 궁극적으로 구체적인 현실과 관련지어지기 때문에

[**] 위비 왕은 프랑스의 극작가 알프레드 자리의 산문극에 등장한 왕이다.

크리스티안 북이 우리를 즐겁게 해준 언어 놀이도 우리 세계에 대한 의견 제시입니다. 따라서 북은 하나의 모음으로만 이루어진 단어로 말하면서도 많은 것을 시사합니다. 시집의 원제 『에우노이아』(Eunoia)는 '아름다운 생각'이란 뜻이면서 영어의 다섯 모음을 모두 지닌 가장 짧은 단어입니다. 이런 의미에서 『아름다운 생각』은 짧지만 완벽한 작품입니다. 언어 세계를 마음껏 뛰어다니는 작품입니다. 이런 작품을 단순히 허튼소리(facetious) ─ 아, 이 단어에는 다섯 모음이 차례로 나타나는군요! ─ 로 폄하한다면 서글픈 오해일 것입니다. 이런 재밌는 말장난이 있은 후에는 혀가 입안에서 더 잘 구르고, 머릿속의 생각을 표현하기가 한결 쉬워질 것입니다.

안녕히 계십시오.

얀 마텔 드림

크리스티안 북(Christian Bök, 1966년생)은 실험 시인이다. 캘거리 대학교에서 영문학을 가르치고 있다. 지금까지 세 권의 책을 썼다.

• 원제는 『Eunoia』이다.

Book 75

『저지대』

헤르타 뮐러
2010년 2월 15일

*

캐나다 수상 스티븐 하퍼 님께,
먼 곳에서 온 책을
캐나다 작가 얀 마텔이 보냅니다.

하퍼 수상님께,

매년마다 노벨 문학상 수상자의 발표는 문학계를 깜짝 놀라게 합니다. 거의 세계 전역에서 짧게 한숨을 내쉬며 "누구라고?!"라고 되묻는 소리가 들리는 듯할 정도입니다. 저도 2004년에 정확히 그렇게 반응했었습니다. 그해 노벨상을 수상한 오스트리아 작가, 엘프리데 옐리네크라는 이름을 들어본 적도 없었기 때문입니다. 물론 독일어권 독자들은 그녀에 대해서 틀림없이 알았을 것이고 그녀의 수상 소식에 박수를 보냈을 겁니다. 노벨 위원회는 그물을 넓게 던집니다. 세상에 별로 알려지지 않았거나, 영미권이 문학계를 주도하는 가운데 세계의 변방에서 글을 쓰는 작가들 중에서 합당한 수상자를 찾아내는 안목을 지녔습니다. 1981년에도 많은 작가로 하여금 "누구라고?!"를 외치게 했던 엘리아스 카네티가 대표적인 예입니다.

스톡홀름이 이번에 다시 많은 작가에게 놀라움을 안겨주었습니다. 몇 달 전, 2009년 노벨 문학상 수상자가 발표되었습니다. 엘프리데 엘리네크에 이어, 다시 '무명' 작가가 선정되었습니다. 독일어로 글을 쓰는 헤르타 뮐러였습니다. 동계 올림픽이 지금 밴쿠버에서 열리고 있어 많은 외국 선수들이 우리나라를 방문하고 있지 않습니까. 그래서 저는 노벨 위원회의 추천 이유를 유심히 살펴보고, 수상님께 헤르타 뮐러에 대한 정보를 제공해야겠다고 생각했습니다. 그녀의 첫 소설 『저지대』는 단편집으로, 제가 맥널리 로빈슨 서점에서 찾아낼 수 있었던 유일한 작품입니다. 흥미가 당기는 책입니다. 무엇보다 이질적인 냄새가 물씬 풍깁니다. 영어권 작가들은 이런 식으로 글을 쓰지 않습니다. 번역의 문제가 아닙니다. 제가 독일어를 모르니 원작과 비교할 수 없어 정확히 알 수는 없지만 서툴게 번역되지 않았을까 싶습니다. 느낌이 그렇다는 겁니다. 글에서 인간적인 냄새가 거의 풍기지 않고 기계적인 느낌까지 듭니다. 이 극단적으로 간결한 글에서는, 아름답게 묘사하려는 노력의 흔적도 거의 보이지 않습니다. 간혹 일화가 눈에 띄지만 줄거리라고 할 것이 없습니다. 사소한 사건들로 채워지지만 대대수의 사건이 비현실적인 꿈, 악몽 같습니다.

그래도 헤르타 뮐러에 대해 약간이나마 파악하는 데 도움이 됩니다. 그녀는 루마니아에서 독일어를 사용하는 지역인 바나트에서 태어났습니다. 가난한 나라에서도 소수 언어를 사용하는 사람이었던 셈입니다. 이런 차이에서 저와는 무척 다른 감수성을 지닌 이유가 설명되는 듯합니다. 동유럽의 생소한 삶의 현실에 저는 가슴이 뭉클했습니다. 변방의 세계에서 전해지는 이야기는 저에게 이질적으로 느껴져야 마땅하지만 전혀 그렇게 느껴지지 않는 책들이 많습니다. 한 달 전에 수상님께 보낸 책으로, 나이지리아의 모습을 그린 『모든 것이 산산이 부서지다』가 대표적인 예입니다. 오콩코의 아프리카가 제 피부에 편안하게 스며드는 기분이었지요. 우리의 조상들이 살았던 대륙, 또 제가 십 년가량 살았던 대륙, 사람들이 저와 외모도 비슷하고 옷도 비슷하게 입는 대륙, 대대수가 저와 같은 종교를 믿는 대륙, 바로 그 유럽에서 창조된 이야기인데도 저는 곤혹스러울 따름입니다. 더구나 저는 유럽에서 사용되는 언어 중 세 개나 말할 수 있는데도 말입니다. 아마, 유럽에 문화적 다양성과 경제적 혼란과 정치적 고난이 복잡하게 뒤얽힌 결과가 아닐까 싶습니다. 여하튼 저는 『저지대』를 읽었습니다. 그리고 "저런, 여기 독일계 사람들은 재밌게 사는 게 뭔지 모르는 게 분명해"라는 결론을 내렸습니다.

그럼에도 불구하고 가치 있는 책입니다. 위대한 문학은 우리를 낯선 세계로 안내해서 마음의 폭을 조금이라고 넓혀준다는 사실을 깨닫게 해주는 책입니다.

안녕히 계십시오.
얀 마텔 드림

헤르타 뮐러(Herta Muller, 1953년생)는 소설가이자 시인이고 편집자이다. 장편과 단편을 두루 쓰고 수필도 썼다. 루마니아에서 태어났고 지금은 베를린에서 살고 있다. 2009년 노벨 문학상을 수상했다.

• 우리나라에서는 2010년 4월, 『저지대』(김인순 옮김/문학동네)로 출간되었다.

Book 76

『이반 데니소비치, 수용소의 하루』

알렉산드르 솔제니친
2010년 3월 1일

∗

캐나다 수상 스티븐 하퍼 님께,
야만적인 지배를 고발한 소설을
캐나다 작가 얀 마텔이 보냅니다.

하퍼 수상님께,

지난주에 저에게는 정말 신나는 일이 있었습니다. 편지함에
중간 크기의 **빳빳한** 봉투가 있었습니다. 수상님만큼 많은 우편
물을 받지는 않지만 저도 웬만큼은 받습니다(그렇다고 우편물을
전담할 직원을 두어야 할 만큼 많지는 않습니다만). 여하튼 무슨 우
편물인지 궁금했습니다. 발송지가 미국이더군요. 봉투를 열었
습니다. 두 장의 판지 사이에서 작은 봉투 하나가 빠져나왔습
니다. 앞면 왼쪽 위에 발신인 발송지가 있었습니다. 백악관, 워

싱턴 DC 20500. 저는 어리둥절하면서도 호기심에 가슴이 두
근대기 시작했습니다. 그 백악관인가? 작은 봉투를 열었습니
다. 백악관 인장이 선명한 편지지에 오바마 대통령이 육필로
쓴 편지가 있었습니다.

저는 순간, 심장이 멎을 것만 같았습니다. 일주일이 지났지
만 지금도 그 편지를 꺼내 보면 가슴이 두근거립니다. 미국 대
통령이 저에게 편지를 보냈습니다. 저에게! 이 편지지를 액자
에 넣어 보관해야겠습니다. 제 등에 이 편지를 문신으로 새길
수만 있다면 기꺼이 그렇게 하고 싶습니다. 저는 무엇보다 오
바마 대통령의 너른 마음에 놀랐습니다. 수상님께서도 아시겠
지만, 공인들은 뭔가를 할 때 많은 계산을 합니다. 하지만 이
편지로 오바마 대통령이 어떤 이익을 얻을까요? 더구나 저는

미국 시민도 아닙니다. 제가 오바마 대통령을 도울 방법은 전혀 없습니다. 오바마 대통령은 순전히 개인적인 이유로, 다시 말해서 독자이자 아버지로서 편지를 쓴 게 분명합니다. 단 두 줄로, 『파이 이야기』를 통찰력 있게 분석해냈습니다. 친절하게도. 자상하게도.

모든 정부의 수반이 자상하고 인자한 것은 아닙니다. 제가 이번 주에 보내는 책, 러시아 작가 알렉산드르 솔제니친의 『이반 데니소비치, 수용소의 하루』가 그 증거입니다. 이오시프 스탈린은 1922년부터 1953년까지 소비에트연방의 지도자로 군림하면서 그 기간 내내 국민들을 비참하게 만들었습니다. 더 정확히 말하면, 스탈린이 어떤 선한 정책을 시행했는지 모르지만 그런 정책마저도 그에 동반된 어마어마한 악행들로 인해 지워져버렸습니다. 어쨌든 20세기에 가장 극악무도한 독재자라는 타이틀은 아돌프 히틀러의 차지이겠지만, 히틀러는 십이 년을 넘기지 못한 채 빠르게 사라졌고 독일 지도자로서는 돌연변이였습니다. 그러나 스탈린은 오랫동안 독재자로 군림했습니다. 늙어서 죽을 때까지 권력을 장악했고, 끝없는 악의 상징이 되었습니다. 그의 죄상—사회적 파동, 경제의 재앙, 조직적인 엄청난 인권 침해, 만연한 기아와 빈곤—은 전임자나 후임자보다 훨씬 악랄했습니다. 여하튼 러시아 사람들은 스탈린 전에는 황제의 치하에서 고되게 살았고, 스탈린 이후에는 그에게 정권을 물려받은 지도자들의 등쌀에 편히 살 수 없었습니다.

얀 마텔
101통의
문학 편지

지금도 권위적인 독재정권하에 힘들게 살고 있습니다. '인간에 대한 인간의 비인간적 행위'라는 격언이 생각나지만, 러시아의 경우에는 '러시아인에 대한 러시아인의 비인간적 행위'라고 바꿔 말하고 싶을 지경입니다. 러시아라는 땅은 예술과 과학 분야에서는 그토록 찬란한 천재들을 낳았으면서 다른 분야에서는 왜 그런 재앙을 스스로에게 (또 러시아 제국의 그늘에서 살아야 하는 불운을 겪은 유럽인들에게) 초래했는지, 그 이유가 궁금할 따름입니다. 다른 어떤 나라가 자국으로부터 국민을 해방시킨 공로로 노벨 평화상을 수상한 지도자—미하일 고르바초프—를 낳은 적이 있습니까? 더구나 러시아는 한 번도 식민 지배를 받은 적이 없어 자신들의 병폐를 남의 탓으로 돌릴 수도 없습니다.

『이반 데니소비치, 수용소의 하루』의 백사 쪽에 있는 한 단락이 제 생각을 함축적으로 요약해주는 듯합니다.

그는 더는 서 있지도 못했다. 하지만 어떻게 해서든지 계속 일해야 했다. 슈호프(이반 데니소비치)에게 옛날에 그런 말이 있었다. 그는 그 말을 소중하게 생각했지만 죽을 때까지 몰고 다녔다. 그리고 그들은 그 말의 껍질을 벗겨냈다.

'그는 그 말을 소중하게 생각했지만 죽을 때까지 몰고 다녔다.' 그 이유에 대해서는 어떤 설명도 없습니다. 수상님이 직접 알아내셔야 합니다. 처음에 언급된 '그'는 다른 말이 아니라 사람, 다른 죄수입니다. 이반 데니소비치도 그를 높이 평가하지만 일하다 죽어도 무덤덤하게 쳐다볼 뿐입니다. "인간애라는 게 어딨어? 자비심이 어딨고 동정심이 어딨어?"라고 소리치고 싶은 심정입니다. 그렇습니다. 『이반 데니소비치, 수용소의 하루』에서 그처럼 소중한 것은 없습니다. 장편소설이라기엔 짤막한 이 소설은 굴라크에서 평범한 죄수가 맞는 평범한 하루에 대한 이야기입니다. 굴라크는 공산주의 러시아와 거의 똑같다고 할 수 있는 거대한 강제 노동수용소입니다. 공포와 결핍감이 잠시나마 약해지는 순간에 형제애가 잠깐 표현되지만 그마저도 거칠기 짝이 없습니다. 그 외의 경우에는 모든 죄수가 자신을 지키는 데 여념이 없습니다. 따라서 간담이 서늘할 정도로 무시무시한 삶이 계속되고, 솔제니친은 그런 삶을 냉정하게 기록했습니다. 스탈린이 자국의 국민에게 저질렀던 만행에 대한 신랄한 고발입니다.

거의 삼 년 전에, 저는 영국 작가 조지 오웰의 『동물농장』을 수상님께 보냈습니다. 그 소설과 『이반 데니소비치, 수용소의 하루』를 비교해가며 읽으시면 재미있을 겁니다. 두 작품이 같은 세계를 다루고 있지만 무척 다릅니다. 『동물농장』은 우화적인 수법으로 스탈린의 악행을 그렸지만, 솔제니친의 소설은 사실적인 수법으로 스탈린의 악행을 폭로하고 있습니다. 어느 쪽이 더 마음에 드십니까?

우리의 작은 북클럽에 일시적으로 변화가 있을 거라는 걸 알려드립니다. 지금까지는 수상님과 저만의 북클럽이었습니다. 그러나 제가 곧 사 개월 예정으로 여행을 떠나야 합니다. 어느 정도는 다음 소설을 홍보하기 위한 목적도 있습니다. 여행을 하면서 이 주마다 책을 구하고 수상님께 편지를 쓰는 것이 큰 부담이 될 것 같아 걱정이었습니다. 그래서 다른 캐나다 작가들에게 우리의 문학 여정에 동참해달라고 부탁하기로 결정했습니다. 그렇게 결정하고 나니 마음이 한결 가벼워졌습니다. 부득이하게 해야 하는 일이라면 서로에게 도움이 되는 편이 낫지 않겠습니까. 하기야 저 혼자만 수상님께 책을 제안할 이유가 어디에 있습니까? 책의 세계에 대한 제 지식은 무척 제한적인데 다른 작가들의 문학적 깊이를 빌리지 못할 이유가 없지 않습니까?

따라서 앞으로 정확히 이 주 후, 즉 3월 15일 월요일에 수상님 집무실로 배달될 예정인 책과 편지는 다른 캐나다 작가가 보낸 것이 될 겁니다. 그분이 누구인지 미리 말씀드리지는 않겠습니다. 깜짝 놀랄 만한 작가라는 것만 알려드리겠습니다. 게다가 저도 다음 책이 무엇인지 모릅니다. 그 책도 깜짝 놀랄 만한 책이 될 겁니다.

안녕히 계십시오.
얀 마텔 드림

알렉산드르 솔제니친(Alexander Solzhenitsyn, 1918-2008)은 소설가이자 극작가이며 역사가이기도 하다. 팔 년간의 굴라크 복역에 영감을 받아 쓴 『수용소 군도』과 『이반 데니소비치, 수용소의 하루』가 가장 유명하며, 반소비에트 프로파간다로 여겨졌다. 솔제니친은 1970년 노벨 문학상을 수상했다. 1974년 소련에서 추방당했지만 1994년 러시아로 돌아갔다.

• 우리나라에서는 2000년 4월, 『이반 데니소비치, 수용소의 하루』(이영의 옮김/민음사)로 출간되었다.

Book 77

『킹 리어리』

폴 쿼링턴
2010년 3월 15일

*

캐나다 수상 스티븐 하퍼 님께,
이 책을 읽고 수상님께서
웃으며 과거를 기억하고 앞날을
기대하기를 바라며
캐나다 작가 스티븐 갤러웨이가 보냅니다.

하퍼 수상님께,

부디 실망하지 마십시오. 수상님이 한동안 얀 마텔에게 우편으로 책을 받으셨다는 걸 알고 있습니다. 그러니 지금쯤은 책을 선물 받는 것에 익숙해지셨으리라 생각합니다. 아직 얀이 수상님의 개인적인 답장을 받지 못했더라도 저는 수상님이 잠옷과 슬리퍼 차림으로 커피를 마시며 그 편지들을 읽었으리라 생각하고 싶습니다. 한 국가의 수반을 그런 모습으로 상상하는 게 상식에 어긋나는 짓일까요? 그럴 수도 있겠습니다. 그렇게 생각하신다면 사과드리겠습니다. 하지만 수상님께서는 한 나라의 지도자이고, 지도자들은 물리적으로도 존재하지만 우리 상상 속에서도 존재합니다.

이미 짐작하셨겠지만 저는 얀이 아닙니다. 제 이름은 스티븐이고, 밴쿠버 출신의 작가입니다. 얀이 제 소설 『사라예보의 첼리스트』를 수상님께 보낸 걸로 알고 있습니다. 마음에 드셨기를 바랍니다. 설령 마음에 들지 않으셨더라도, 그 불만을 누구에게도 말하지 않아주셨으면 고맙겠습니다. 우리 친구 얀은 지금 신작 『20세기의 셔츠』의 홍보를 위해 여행 중입니다. 얀은 떠나기 전 저에게 자기의 역할을 대신해달라고 부탁했습니다. 그 역할을 대신할 수 있어 즐겁습니다. 얀이 수상님께 책을 보내는 게 풍차를 공격하며 소중한 에너지를 낭비하는 짓이라 생각하는 작가들이 많지만, 저는 수상님이 적어도 몇 권은 보았고 지금도 읽고 있거나 벌써 읽었을 거라고 생각하기 때문입니다. 또 제가 누군가에게 도움을 줄 수 있는 사람이라는 자부심이 생깁니다. 게다가 세계적으로 알려진 작가에게 편지와 함께 일흔다섯 권의 책을 받은 게 잘못된 일이라고 생각할 사람은 어디에도 없을 것이기 때문입니다. 어떤 면에서는 약간 짜증스럽기도 하겠지만, 어쨌거나 수상님께서는 세계에서 가장 특권적인 북클럽의 일원이십니다.

위니펙 출신으로 '위커댄스'라는 록밴드가 있습니다. 제가 정말 좋아하는 록밴드입니다. 그들은 존 K. 샘슨이 작사한 「나이트 윈도우스」(Night Windows)라는 노래를 불렀습니다. 이미 죽은 사람을 보게 되면 어떨 것 같습니까? 그가 더는 살아 있지 않다는 걸 깨닫기 전까지, 그가 살아 있었을 때 우리가 느꼈던 것처럼 그를 느끼고, 그가 아직도 살아 있는 것처럼 그를 바라보게 되지 않을까요? 그 짧은 순간 동안 그는 결코 죽은 사람처럼 보이지 않을 겁니다. 「나이트 윈도우스」는 바로 이런 느낌을 노래한 것입니다. 이런 느낌은 극히 드물고 경이로우며 때로는 서글프지만, 저는 바로 이런 느낌 때문에 책 읽는 걸 좋아합니다. 이런 이유에서 저는 수상님께 보낼 책으로 폴 쿼링턴의 『킹 리어리』를 선택했습니다.

아이스하키를 소재로 한 소설입니다. 우리 캐나다 작가가 쓴 최고의 소설 중 하나입니다. 수상님이 아이스하키를 좋아하신다는 걸 어딘가에서 읽었고, 얼마 전에는 금메달 결정전을 중계하는 텔레비전에서 수상님이 웨인 그레츠키 옆에 앉아 있는 것도 보았습니다. 무척 즐거운 시간을 보내셨을 겁니다. 저는 숙모님과 제이라는 남자와 함께 집에서 중계를 보았는데도 무척 즐거웠으니까요. 여하튼 소설에서 퍼시벌 '킹' 리어리는 한때 NHL에서 최고의 선수였습니다. 그는 1919년에 뉴지 랄론드를 제친 후에 뱅글 돌면서 결승점을 득점해서 우승컵을 차지했습니다. 우승한 후에 마신 샴페인을 제외하면 그는 평생 술을 입에 댄 적이 없습니다. 그가 즐겨 마시는 음료는 진저에일*입니다. 게다가 그는 진저에일이 어떤 음료보다 자기를 취하게 만든다고 주장하기까지 합니다. 소설은 리어리가 어느덧 노인이 되어 친구이며 신문기자이던 블루 허먼과 함께 요양소에 있는 모습으로 시작합니다. 한 진저에일 회사가 리어리에게 토론토에 와서 광고에 출연해달라며 엄청난 액수의 돈을 제안합니다. 이야기는 거기에서부터 본격적으로 전개됩니다. 수상님의 즐거움을 위해 미리 결말을 말씀드리지는 않겠습니다. 하지만 우리의 리어리는 건강이 좋지 않습니다. 또 평생 피하려고 애썼지만 끈덕지게 따라붙은 악령들도 곁에 있습니다. 그래서 지금도 그의 눈에는 종종 죽은 사람들이 보입니다. 그때마다 죽은 사람들은 리어리에게 어떻게 살아야 하는지에 대해 많은 말을 해줍니다. 재밌으면서도 슬픈 소설입니다. 캐나다 작가만이 써낼 수 있는 소설이지요.

폴 쿼링턴은 얼마 전에 암으로 세상을 떠났습니다. 그때 나이가 쉰여섯이었습니다. 멋진 남자였습니다. 지금도 저는 간혹 그의 소설을 읽을 때면, 잠깐 동안이지만 그가 아직 살아 있다는 기분이 듭니다. 대부분의 사람은 폴이 누구인지 모릅니다. 아니, 살아 있는 작가이든 죽은 작가이든 작가에 대해 아는 사람은 무척 드뭅니다. 그러나 책을 읽을 때 우리는 존 K. 샘슨이 노랫말에서 묘사한 순간—제 생각이지만 독일인들은 이 순간

---

* 생강 맛을 첨가한 탄산음료로 알코올 성분이 없음.

을 적절한 단어로 표현할 수 있을 겁니다—을 종종 경험합니다. 물론 냉소적인 사람은 이런 순간을 일종의 '향수'(nostalgia)라고 말하겠지만, 저는 그 순간을 '다시 생각하게 해주는 것'이라고 생각하고 싶습니다. 세상이 과거에는 어땠고, 지금은 어떠하며, 미래에는 어떻게 변할 수 있다는 걸 다시 생각하게 해주는 것입니다.

이처럼 다시 생각하게 해주는 것들이 때때로 수십억 달러의 돈을 쓰게 만듭니다. 올림픽이 그런 예입니다. 제가 올림픽 경기에 수반되는 편파성을 좋아하지는 않지만, 올림픽 경기들이 만들어내는 이야기들, 우리 캐나다인들을 하나로 묶어주는 사례들을 보면 그 돈이 결코 헛되게 쓴 것은 아니라고 생각합니다. 그러나 다른 방법으로, 예컨대 시드니 크로스비**가 연장전에서 득점하지 못했다고 한숨을 내쉬지 않아도 되는 방법으로도 똑같은 효과를 낼 수 있습니다. 책이 그 방법 중 하나입니다. 책은 훨씬 적은 비용이 듭니다. 때로는 공짜입니다. 『킹 리어』가 수상님의 마음에 들었으면 좋겠습니다.

고맙습니다.
스티븐 갤러웨이 드림

** 캐나다 아이스하키 선수.

폴 쿼링턴(Paul Quarrington, 1953-2010)은 『킹 리어리』『고래의 노래』(Whale Music) 『갤버스턴』(Galveston) 『협곡』(The Ravine)을 비롯해 열 편의 장편소설을 썼다. 록밴드 포크벨리 퓨처스의 멤버로 활동했고, 시나리오 작가와 영화제작자로도 일했다. 논픽션 작가로도 호평을 받았다.

• 원제는 『King Leary』이다.

Book 78

『센추리』

레이 스미스
2010년 3월 29일

∗

캐나다 수상 스티븐 하퍼 님께,
아직도 독자를 끈기 있게 기다리는 책을
캐나다 작가 찰스 포란이 보냅니다.

하퍼 수상님께,

사람과 마찬가지로 책도 진가를 인정받지 못하고 간과되는 경우가 많습니다. 저는 얀이 너그럽게 제공해준 이번 기회를 이용해서, 수상님께 아직도 진가를 인정받기를 기다리는 캐나다 작가의 경이로운 픽션 작품 한 권을 알려드리고 싶습니다. 레이 스미스의 『센추리』는 1986년에 첫선을 보였지만 큰 관심을 불러일으키지 못했습니다. 출판사가 별로였던 것도 아닙니다. 더구나 스미스는 그 전에 두 편의 소설, 『넬슨 태번 경』(Lord Nelson Tavern)과 겸손하게 제목을 붙인『케이프브 레턴은 캐나다의 생각을 통제하는 중심이다』(Cape Breton Is the Thought-Control Centre of Canada)를 발표해서 수는 적지만 목소리는 떠들썩한 열광적인 팬들을 얻은 터였습니다. 이 두 권은, 당시 미국의 해안지역에서 캐나다로 들어온 장난꾸러기들이 등장하는 이야기로, 흔치 않은 매력을 지닌 소설이었습니다. 스미스 자신이 몬트리올로 쫓겨난 케이프브레턴 출신이기 때문에 그에게도 해안지역 분위기가 물씬 풍겼습니다. 하지만 돌을 던진다거나 서핑을 즐겼다는 건 아닙니다. 야밤에 FM라디오를 들었고, 인습을 타파하려는 냉담한 면을 보였으며, 악의는 없지만 따끔한 주류 취향의 농담을 즐겼습니다.

그런데 두 번째 소설을 출간하고 십이 년이 지난 후에야『센추리』가 발표되었습니다. 레이 스미스가 그 소설을 완성하는 데 그만큼 오랜 시간이 걸렸다는 뜻입니다. 이 소설은 문학적인 면에서 이전에 그가 썼던 소설들만큼 쉽지 않았습니다. 더 침울하고 불안한 분위기를 띠었고, 빛이 어둠에 승리한다는 낙천적인 내용이 아니었습니다. 게다가 대부분의 무대가 유럽이었고, 글자가 깨알 같은 크기로 빡빡하게 인쇄된 백육십오 쪽에 거의 한 세기의 시간이 그려졌습니다. 그사이에 캐나다 문화와 문학에서 많은 변화가 있었습니다. 이런 변화에 스미스는 고향인 섬을 넘어 해외까지 나가는 식으로 대응했던 것입니다 (그런데 그는 지금 은퇴해서 고향에 돌아가 살고 있습니다). 여하튼

『센추리』는 캐나다 문학이 아니었습니다.

제가 이 소설을 '픽션 작품'이라고 부르는 데는 그럴 만한 이유가 있습니다. 이 소설은 한 명의 등장인물과 일정한 어투의 일치로 연결되는 여섯 부로 구성되어, 포스트모더니즘 계열의 소설로 분류될 수 있습니다. 그러나 건조한 학문적 수사법은 전혀 찾아볼 수 없으며, 하나하나의 이야기가 그 자체로 완성되어 단편소설집으로 착각할 정도입니다. 스미스가 말하려는 듯한 주제―예술은 부패한 세상에서 거의 사라진 도덕성을 어떻게 구체적으로 표현해야 하는가―조차 독자가 금방 알아볼 수 있도록 또박또박 쓰이지 않습니다. 『센추리』는 분류를 거부하고 예상을 무시합니다. 그리고 저런, 이것은 삶이 아니라고 말합니다. 물론 이것은 책일 뿐입니다. 이렇게 정교하게 짜인 단어들이 결혼식의 색종이 조각들처럼 흩날려 수상님 위로 떨어지도록 두십시오. 그리고 결혼이라는 게 어떻게 이루어지는지 생각해보십시오.

얼마 전에 스미스의 열렬한 독자가 이런 평을 남겼습니다. "실은 산문의 짜임새가 의미일 수 있다. 스미스는, 어법은 지나칠 정도로 소중하게 생각하는 반면에 주제를 말할 때는 인내심을 조금도 보여주지 않아, 세련되고 빈틈없는 단어들에 쏟은 어마어마한 관심을 겉으로 드러내지 않는다. 때때로 그는 음악성을 매개물과 메시지로 사용하는 듯도 하다." 사실, 이 글은 제가 2009년에 개정된 『센추리』를 추천하는 글로 쓴 것입니다. 남온타리오에 있는 비블리오아시스 출판사의 편집자 댄 웰스는 레이 스미스의 과거 소설들을 재발간하는 동시에, 그 이후에 쓴 책들도 지원해왔습니다. 그렇다고 비블리오아시스 출판사도 지금까지 간과되던 출판사라는 뜻은 아닙니다. 스미스와 웰스는 문학적으로 독창적이고 대담하지만, 수상님께서 굳이 문화의 지도를 유명세로 판단하신다면 변방에서 활동하는 사람들입니다. 그러나 다른 시각에서 보면, 예술가와 출판인으로서 그들의 시대, 혹은 그들의 삶이 함께하는 일에서 보람을 찾으며 그들이 있어야 할 곳에 있는 사람들입니다. 이 편지와 함께 제가 소장하고 있던 비블리오아시스 출판사의 『센추리』를 보냅니다.

안녕히 계십시오.
찰스 포란 드림

레이 스미스(Ray Smith, 1941년생)는 소설가로 장편과 단편을 두루 썼다. 노바스코샤의 케이프브레턴에서 태어났고, 몬트리올에서 영어를 가르쳤다. 스미스의 작품으로는 이 밖에도 『넬슨 태번 경』『케이프브레턴은 캐나다의 생각을 통제하는 중심이다』『제인 오스틴을 사랑한 남자』(The Man Who Loved Jane Austen)가 있다.

찰스 포란(Charles Foran, 1960년생)은 소설가다. 장편소설 『캐롤란의 작별』(Carolan's Farewell)과 『화염에 싸인 집』(House on Fire) 및 테일러상을 수상한 모르드카이 리슐레르의 전기, 모리스 리샤르의 전기, 논픽션인 『얼스터

의 마지막 집』(The Last House of Ulster) 등을 썼다. 토론토에서 태어나 자랐
고, 토론토 대학교와 더블린 유니버시티 칼리지에서 학위를 받은 후에 중
국과 홍콩과 캐나다에서 가르쳤다. 한때 몬트리올에서 거주했지만 지금은
온타리오의 피터버러에서 가족과 함께 살고 있다.

• 원제는 『The Century』이다.

Book 79

『샬롯의 거미줄』

엘윈 브룩스 화이트
2010년 4월 12일

*

캐나다 수상 스티븐 하퍼 님께,
수상님께 삶의 즐거움을 다시 일깨워줄 책을
캐나다 작가 앨리스 카이퍼즈가 보냅니다.

하퍼 수상님께,

얀이 수상님께 격주로 책 한 권을 보내야겠다는 생각을 해
낸 건 거의 삼 년 전입니다. 저는 얀이 그런 생각을 해낸 순간
을 기억합니다. 그때 우리는 새스커툰에서 함께 강변을 걷고
있었습니다. 얀은 오타와를 방문하고 막 돌아와서는 캐나다 예
술위원회의 기념일이 캐나다 정치인들에게 홀대받았다고 무
척 심란해했습니다. 대부분의 작가가 그렇듯이 얀은 책과 함께
호흡하며 살아갑니다. 그는 이런 열정을 수상님과 함께 공유하

기를 바랐습니다.

우리는 강변을 따라 걸었습니다. 서스캐처원에서는 거의 언제나 그렇듯이 그날도 햇살이 화창했습니다. 그리고 얀은 수상님께 격주로 한 권의 책을 보낸다면 수상님이 적어도 한두 권쯤은 읽지 않겠느냐는 생각을 하면서 들떴지만, 저는 별로 탐탁지 않았습니다. 얀이 너무 많은 시간을 쓸데없는 일에 쓰게 될 거라고 생각했습니다. 그래도 얀은 수상님께서 바쁠 것을 배려해서 짧은 책을 선택하고, 그 책을 선택한 이유를 설명하는 편지를 동봉하기로 결정했습니다. 얀은 수상님께 보내는 책들을 빠짐없이 읽고 정성껏 편지를 씁니다.

그 과정에서 얀은 폭넓게 책을 읽는 즐거움을 다시 발견했을 겁니다. 얀은 이미 성공한 작가이기 때문에 그 전까지는 자료 조사를 위해 책을 읽는 정도였습니다. 그러나 요즘에는 그가 밤늦게까지 책상에 앉아 책장을 넘기며, 펄 벅에게 유괴되고 조라 닐 허스턴에게 현혹되는 모습을 자주 목격하게 됩니다. 얀이 얼마 전에 제가 개인적으로 좋아하는 소설, 발레리 마틴의 『재산』을 수상님께 보냈을 겁니다. 얀의 고약한 책 사냥으로 인해 제 책꽂이에는 조금씩 구멍이 생기고 있습니다.

수상님께 보낼 책을 선택하는 데 꽤 많은 시간이 걸렸습니다. 제가 얀과 상의했던 이백 쪽 이하의 책들은 대부분 오래전에 우리 집을 떠나 오타와에, 수상님 곁에 가 있기 때문입니다. 그러나 얀이 수상님께 아동문학을 별로 보내지 않았다는 것에 주목해서, 엘윈 브룩스 화이트의『샬롯의 거미줄』이면 수상님이 흥미롭게 읽을 것 같다는 생각이 들었습니다. 수상님께서 이미 이 책을 읽었을지도 모르지만, 다시 읽어도 괜찮을 겁니다. 감히 말씀드리지만, 엘윈 브룩스 화이트의 글들은 다시 읽을 만한 가치가 있습니다.

엘윈 브룩스 화이트는 19세기가 끝나던 해에 태어났습니다. 피아노 제작자의 아들로 태어난 그는 코넬 대학교에 입학해서 윌리엄 S. 스트렁크 2세 교수에게 배웠습니다. 수년 후, 화이트는 스트렁크 교수의『영어 글쓰기의 기본』을 편집하고 수정하고 덧붙였습니다. 이 책은 작가라면 누구나 항상 옆에 두어야 할 고전입니다. 글을 잘 쓰는 법에 대한 주옥같은 비결들로 가득한 책입니다. 저는 운 좋게 삽화까지 더해진 판본을 갖고 있습니다.『영어 글쓰기의 기본』은 오래전부터 제 책꽂이에서 한 자리를 차지하고 있습니다. 수상님께 편지를 쓰려고 하자 그 책을 다시 읽고 싶다는 생각이 들었습니다. 책을 읽는 즐거움의 하나라면, 어떤 책이든 우리를 또 다른 책으로 안내해준다는 것입니다. 책은 여행에 나선 사람에게 지도와도 같습니다.『샬롯의 거미줄』이 저를『영어 글쓰기의 기본』으로 인도했듯이 수상님께서도 다른 책으로 인도되기를 바라는 마음이 간절합니다.

화이트가 언제 작가가 되기로 결심했는지는 분명하지 않지만 이십 대 초반에 받은 미네소타 대학교의 강의 요청을 작가가 되기 위해서 거절한 걸로 알려져 있습니다. 1927년 화이트는 《뉴요커》의 편집기자가 되었고, 그 후로 죽기 전까지 그 잡지와 인연을 이어갔습니다. 그의 부인도 그곳의 편집자였습니다. 화이트는 발군의 수필을 많이 썼고(그 수필들을 엮은 수필집이 지금도 제 침대 옆 탁자 위에 있습니다), 그 후에도 『샬롯의 거미줄』을 비롯해 많은 작품을 연이어 발표했습니다. 달리 말하면, 글쓰기가 그의 삶이 되었다는 뜻입니다. 화이트의 가족과 작품, 그의 생각을 보면 알 수 있습니다. 때론 이렇게 글쓰기가 누군가의 삶이 되곤 합니다. 화이트는 "내가 말하고 싶은 것은 세상을 사랑한다는 것이 전부이다. 내 책들을 깊이 읽으면 세상을 향한 내 사랑을 확인할 수 있을 것이다"라고 말하기도 했습니다.

저는 화이트의 이 말이 마음에 듭니다. 수상님께서 『샬롯의 거미줄』에서 얻을 즐거움을 직설적으로 알려주고 있기 때문입니다. 화이트는 이 책이 농장의 삶(그리고 죽음)에 대해 단순하면서도 즐거운 기억을 지닌 아이들에게 너무 어둡게 여겨지지 않을까 걱정했습니다. 하지만 스트렁크 2세가 『영어 글쓰기의 기본』에서 역설한 대로 '불필요한 단어를 빼라!'는 교훈을 지키며 한 단어도 허투루 쓰이지 않아, 모든 문장이 아직도 화이트가 살아서 즐겁게 콧노래를 부르는 듯합니다.

윌버라는 돼지와 여덟 살 난 여자아이 펀 및 다른 동물 친구들—템플턴이란 쥐, 거위, 양, 무엇보다 샬롯이란 거미—에 대한 이야기입니다. 윌버는 사랑스럽고 순박한 돼지입니다. 그런데 결국에는 도살장에 끌려가기 위해서 살찌워진다는 걸 알아차립니다. 죽고 싶어 하지 않는 윌버는 "난 여기 헛간에 있는 게 정말 좋아. 이곳에 있는 모든 게 좋아"라고 말합니다. 그래서 샬롯은 윌버를 구해낼 방법을 찾아내려고 합니다. 샬롯은 거미줄을 이용해서 글씨를 씁니다. 윌버의 목줄을 쥔 사람들에게 보일 요량이었지요. '멋진 돼지' '대단한 돼지' 등과 같은 단어였습니다. 거미줄로 만들어진 단어가 윌버의 운명을 결정하는 사람의 의식에 새겨진 것처럼, 돼지 밥을 주려고 와서 이슬에 젖은 거미줄에 '멋진 돼지'라고 쓰인 걸 보고는 듯 믿을 수 없어하며 일손을 멈춘 농장 일꾼의 모습이 아직도 제 뇌리에 아로새겨져 있습니다.

그러나 착각하면 안 됩니다. 간결한 언어, 목가적인 배경, 흔한 동물들, 이 모든 것이 샬롯의 최후의 작품이 됩니다. 돼지 친구를 위해 샬롯이 빚어내는 최후의 작품인 동시에, 화이트가 삶의 방식에 대해 가장 우아한 언어로 써낸 최후의 작품입니다. 샬롯이 온 힘을 다해 거미줄로 글씨를 쓰는 행위에서 저는 언어가 얼마나 중요한 것인가를 다시금 깨닫습니다. 『샬롯의 거미줄』은 이야기 자체로 보나 이야기를 하는 방법으로 보나 언어의 힘을 보여주는 증거물과도 같습니다.

이런 이유에서 얀이 수상님께 편지를 쓰는 것입니다. 거미 샬롯처럼 얀은 글이 삶을 결정지을 수 있고 삶을 구원할 수 있다고 믿습니다. 수상님이 엘윈 브룩스 화이트에 대해 읽음으로써, 더 확실하게는 그의 책들을 읽음으로써 우리에게 정치인과 수상이 필요한 것처럼 책과 작가도 필요하다는 사실을 깨달았으면 좋겠습니다.

『샬롯의 거미줄』을 읽고 그런 깨달음을 얻지 못하시더라도 수상님 자신이 언제 어디에 있어야 하는가를 깨닫는 기회가 되기를 간절히 바랍니다. 윌버가 터무니없이 거미줄을 치려고 애쓸 때는 윌버와 함께하시고, 샬롯이 자신을 희생할 때는 샬롯과 함께하시고, 펀이 아버지의 손에서 도끼를 빼앗으려 할 때는 펀과 함께하십시오. 또 엘윈 브룩스 화이트가 우리에게 윌버를 처음 소개할 때는 화이트와 함께하십시오.

거기, 그 안에서, 갓 태어난 새끼돼지가 펀을 올려다보고 있었다. 아주 하얀 돼지였다. 아침 햇살이 귀에 닿자 두 귀가 분홍빛으로 변했다.

애러블 씨가 말했다. "네 거다." ……

이제 이 책은 수상님의 것입니다.
수상님의 마음에 들면 좋겠습니다.

안녕히 계십시오.
앨리스 카이퍼즈 드림

엘윈 브룩스 화이트(E. B. White, 1899-1985)는 미국의 작가로, 《뉴요커》에 많은 글을 기고했다. 『샬롯의 거미줄』과 『스튜어트 리틀』을 썼고, 스승인 윌리엄 S. 스트렁크 2세와 함께 『영어 글쓰기의 기본』을 썼다.

엘리스 카이퍼즈(Alice Kuipers, 1979년생)는 청소년을 위한 소설 세 편 『포스트잇 라이프』『그 여자가 저지른 가장 못된 짓』(The Worst Thing She Ever Did) 『너에게 말하고 싶은 40가지』(40 Things I Want to Tell You)를 썼다. 첫 그림책인 『바이올렛과 빅터 스몰의 책벌레책』(제목 미정)이 2013년에 출간될 예정이다. 현재 새스커툰에서 살고 있다.

• 우리나라에서는 2000년 12월, 『샬롯의 거미줄』(김화곤 옮김/시공주니어)로 출간되었다.

Book 80

『부상자들을 끝까지 추적하는 사람들을 위하여』

데이비드 애덤스 리처즈
2010년 4월 26일

✳

캐나다 수상 스티븐 하퍼 님께,
위대한 캐나다 소설을
캐나다 작가 스티븐 갤러웨이가 보냅니다.

하퍼 수상님께,

또 접니다. 제가 수상님께 보낸 책,『킹 리어리』를 재밌게 읽으셨는지요? 설령 아직 읽지 않으셨고 앞으로도 읽을 생각이 없으시더라도 즐겁게 받으셨기를 바라 마지않습니다. 산타클로스의 비밀이 밝혀지고 부활절 토끼의 가면이 벗겨진 세상에서, 우편함에 느닷없이 공짜로 놓이는 책들은 제게 몇 안 되는 즐거운 선물 중 하나입니다.

제가 수상님을 위해 준비한 또 한 권의 책도 제가 좋아하는 책 중 하나입니다. 제가 대학생일 때 처음 읽었던 책이며, 제가 작가가 되겠다고 마음을 굳히게 만든 책이기도 합니다. 데이비드 애덤스 러처즈의 소설 『부상자들을 끝까지 추적하는 사람들을 위하여』는 캐나다 소설, 아니 세계 모든 소설 중 가장 함축적인 제목을 단 소설이기도 합니다.

제가 수상님께 이 소설을 보내는 데는 적잖은 이유가 있습니다. 첫째로는 경이로운 책이기 때문입니다. 러처즈만큼 노동자 계급의 삶을 정확하게 포착해내는 작가는 거의 없으며, 평범해 보이는 삶을 특별하게 써낼 수 있는 작가도 손가락을 꼽을 정도입니다. 러처즈는 지금까지 열세 편의 장편소설을 썼으며, 배경은 대부분 뉴브런즈윅입니다. 최근에는 삼등급 캐나다 훈장을 받았습니다. 게다가 문학으로 받을 수 있는 거의 모든 문학상을 수상했습니다.

제 생각에 캐나다는 서로 다른 의견을 가지고 생산적으로 토론하는 걸 두려워하지 않는 듯합니다. 저는 내일 해가 뜨기 전에 일어나 밴쿠버에서 비행기를 타고 뉴브런즈윅으로 날아가야 합니다. 멍크턴에서 열리는 프라이 페스티벌에 참석해야 하거든요. 캐나다 전역에서 열리는 문학 페스티벌들은 돈을 거의 벌지 못하는 사람들이 주최하고, 정치적 이데올로기를 초월해 많은 이들이 참가합니다. 그들은 책과 책에 담긴 생각을 가지고 토론하고 고민하며 오후와 저녁 시간을 보내기 위해서, 힘들게 번 돈의 일부를 아낌없이 씁니다. 마음에 드는 책에 대해서만 토론하는 것도 아닙니다. 무스조, 캠벨리버, 시셸트 같은 도시에서 열리는 문학 페스티벌이 가장 활성화되었고, 그쪽 참가자들은 무척 역동적입니다. 이런 페스티벌들은 연방정부로부터 약간의 지원을 받습니다. 페스티벌 주최 측을 대신해서 제가 감사드리겠습니다. 이런 작은 지원으로도 우리나라가 더 좋은 나라가 되는 겁니다.

문학 페스티벌에 참가하는 이유는 다른 작가를 만나기 위한 목적만은 아닙니다. 물론 그런 사람들도 있겠지만, 작가와의 만남은 끔찍하게 실망스러운 경우가 많습니다. 책만 보고 막연히 상상하던 작가의 모습이 아니기 일쑤이고, 작가들이 책만큼 똑똑하지도 않으며, 딱히 귀가 번쩍 뜨이는 말을 하는 것도 아니기 때문입니다. 게다가 문학 페스티벌에 참가하는 사람이 작가를 만나 실수하는 경우도 있습니다. 수년 전, 저는 이런저런 이유로 토론토에 있는 출판사 사무실에 들렀는데 때마침 데이비드 애덤스 리처즈가 그 건물에 있다는 말을 들었습니다. 누군가 제게 리처즈를 만나고 싶으냐고 묻더군요. 저는 당연히 만나고 싶다고 대답했습니다. 저는 간이식당에서 나오는 리처즈를 만났습니다. 그의 손에는 커피 잔이 들려 있었습니다. 저는 너무도 반가운 마음에 그의 다른 손을 잡고 악수하며 힘차게 흔들었습니다. 그 바람에 커피가 넘쳐 그의 구두에 떨어졌습니다. 전적으로 제 실수여서, 저는 멍청이가 된 기분이었습니다. 그때 이후로 저는 그를 슬금슬금 피했습니다. 그가 내 이름을 보지 않았기를 바라고, 그가 나를 알아보지 못할 정도로 내가 늙은 후에야 다시 만나기를 바라면서 말입니다.

우리나라 국민이 선거로 뽑은 지도자에게 보내는 편지에 제가 이런 말을 하는 이유가 뭐라고 생각하십니까? 작가가 대단한 사람이 아니라는 걸 수상님께 에둘러서 말하려는 겁니다. 우리 작가도 대부분의 경우에는 본래의 모습으로 살아갑니다. 때로는 실수도 합니다. 만약 수상님께서 대부분의 시간을 혼자 방에서 보낸다면 수상님을 둘러싸고 오해가 불거지기 마련일 것입니다. 그러나 우리 작가들은 근본적으로 평범한 사람이고, 그저 이야기를 쓰는 데 능숙한 재주를 지닌 사람들일 뿐입니다. 저는 작가가 창조해내는 이야기들이 우리나라에서 큰 몫을 차지한다고 믿습니다. 수상님께서도 멍크턴이든 어디든 문학 페스티벌이 열리는 곳에 가보시면, 저처럼 생각하는 많은 사람을 만나실 수 있을 겁니다.

안녕히 계십시오.
스티븐 갤러웨이 드림

데이비드 애덤스 리처즈(David Adams Richards, 1950년생)는 캐나다 작가로 소설, 시, 논픽션, 시나리오를 썼다. 대표적인 소설로는 미라미시 삼부작과, 2001년 마이클 온다치와 함께 스코샤뱅크 길러상을 공동수상한 『아이들 간의 인정』(Mercy among the Children)이 있다. 미라미시만의 어업을 다룬 『물 위의 선단들』(Lines on the Water)은 논픽션 부문 캐나다 총독상을 받왔다. 최근작으로는 소설 『마르쿠스 폴의 생애에 일어난 사건들』(Incidents in the Life of Markus Paul)이 있다.

• 원제는 『For Those Who Hunt the Wounded Down』이다.

Book 81

『광인일기』

루쉰

2010년 5월 10일

∗

캐나다 수상 스티븐 하퍼 님께,
중국의 톨스토이, 중국의 위고를
캐나다 작가 찰스 포란이 보냅니다.

하퍼 수상님께,

중국에서 가장 큰 온라인 매체가 실시한 여론조사에 관련한 신문기사를 읽었습니다. 중국 국민이 선정한 '20세기 중국에서 가장 중요한 문화 아이콘 십 인'을 조사한 여론조사였습니다. 다섯 명은 작가였고, 세 명은 가수 혹은 배우였습니다. 한 명은 흥미롭게도 로켓 과학자였고, 나머지 한 명은 프로파간다의 주역이 되었던 무명의 군인이었습니다.

중국에 관련된 글을 읽고 쓴 지 벌써 십오 년째이고, 베이징과 홍콩에서 오 년을 살았던 저에게 그 명단은 낯설 것이 없었습니다. 특히 세 명, 작가인 김용, 가수이며 배우인 장국영과 왕페이는 여론조사를 실시하기 직전까지 살아 있었습니다. 한편 작가 루쉰과 오페라 가수 매란방은 세상을 떠난 지 수십 년이 지났지만 여전히 많은 영향을 끼치고 있습니다. 저는 이런 조사 결과를 눈여겨보았고, 그들의 삶이 얼마나 치열했고 남달랐는지를 전하는 글도 썼습니다. 또한 최종적이지는 않더라도 이 명단이 상당히 합리적이며, 중국인들의 가치관과 감성을 엿볼 수 있는 창이라고 결론을 내렸습니다.

또한 이런 생각도 해보았습니다. 이 명단에 오른 이름들에 상응하는 서구의 인물로는 누가 있을까요? 왕페이는 마돈나, 장국영은 트위스트의 대명사인 엘비스 프레슬리가 될 겁니다. 매란방은 중국의 폴 로브슨이라 불렸습니다. 과학자 전학삼이 미친 영향은 로버트 오펜하이머의 영향에 비견됩니다. 한편 작가 라오서의 소설 『낙타샹즈』는 존 스타인벡의 『분노의 포도』만큼 도덕적인 영향력을 떨쳤고, 전종서의 『위성』*은 F. 스콧 피츠제럴드의 『위대한 개츠비』의 상하이판이라 할 수 있습니다. 김용의 이른바 '무협소설'은 제인 그레이의 모험소설과 존 포드 감독의 서부영화에 비교됩니다. 루쉰은 열 명의 문화 아

---

* 우리나라에서는 『위성』과 『포위된 성』, 두 가지 제목으로 번역되었다.

이콘 중에서 나이도 가장 많지만 가장 존경받는 인물로, 서구 문화에는 정확히 비교될 만한 인물이 없습니다. 그가 지닌 의미를 정확히 평가하기 위해서는 19세기 러시아에서 톨스토이가 차지하던 위치나, 빅토르 위고가 그 시대의 유럽에서 가졌던 의미에 눈길을 돌려야 합니다.

이 문제를 생각하면서 저는 우리가 중국을 정말로 어느 정도나 알고 있을까, 라는 의문을 떨칠 수 없었습니다. 서부영화를 보지 않고, 『분노의 포도』를 읽지 않고, 미국을 안다고 주장할 수 있을까요? 엘비스 프레슬리와 마돈나가 팝음악계를 어떻게 바꿔놓았는지 모르면서 미국을 안다고 자신 있게 말할 수 있을까요? 중국에 대해 지금 우리가 알고 있는 것은 눈에 띄는 표식들, 정확히 말하면 탐욕적인 경제와 억압적인 정치체제, 혼비백산할 정도로 많은 인구 수가 전부인 듯합니다. 하지만 어떤 나라를 정확히 이해하는 데 가장 중요한 것은 문화입니다. 문화는 가치관과 노력, 꿈과 열망 그리고 그 땅에서 살아가는 사람들의 총체이기 때문입니다. 한 나라를 이해하려면 그 나라의 꿈과, 그 나라에서 꿈꾸는 사람들에 대해 먼저 알아야 합니다.

공교롭게도, 제가 처음 중국에 대해 생각하기 시작한 이후로 루쉰은 저에게 시금석이었습니다. 이 인물은 서구 세계에 단편소설로 많이 알려져 있습니다. 그의 단편소설들은 1920년대 현대 중국문학을, 문자 그대로 '탄생시켰'고 지금도 붕괴되는 사회와 그 안에서 참고 견디는 국민들의 심리세계를 생생하게 그려낸 작품들이라 평가받고 있습니다. 루쉰의 가장 대표적인 작품이 수상님의 마음에 들기를 바랍니다.

안녕히 계십시오.

찰스 포란 드림

답장:

2010년 5월 20일

포란 씨에게,

스티븐 하퍼 수상님을 대신해서 제가 선생이 최근에 보낸 편지들과, 동봉하신 레이 스미스의 『센추리』와 루쉰의 『광인일기』를 받았음을 알려드립니다.

수상님께서는 제게 이 책들을 보내주신 선생에게 감사의 뜻을 전하라고 말씀하셨습니다. 아울러 선생의 사려 깊은 행동에 저희 모두가 깊이 감사하고 있다는 것도 알려드리고 싶습니다.

고맙습니다.

S. 러셀

문서 담당관

루쉰(Lu Xun, 1881-1936)은 중국의 작가로 수필과 시, 단편소설 등을 썼고, 교사이자 편집자, 번역가로도 활동했다. 그의 작품들은 공산당 정부에서도 승인받았지만 루쉰은 공산당에 입당하지 않았다. 루쉰은 20세기 중국 문학을 대표하는 작가 중 하나로 평가된다.

• 루쉰은 저작권이 소멸된 작가여서 우리나라에서는 여러 출판사에서 출간되었다.

Book 82

『그레이 군도』

존 스테플러
2010년 5월 24일

＊

돈 맥케이가 보냅니다.

하퍼 수상님께,

지금쯤은 이 지구에서 숨 쉬는 모두가 알고 있겠지만, 얀 마텔은 신작 소설의 홍보를 위해 무척 바쁩니다. 그래서 얀은 자신이 자리를 비운 동안 다른 작가들에게 수상님께 편지를 쓰는 역할을 맡아달라고 부탁했습니다. 덕분에 오늘은 제가 수상님과 얀 마텔의 웹사이트 독자들에게 캐나다 문학계의 고전, 존 스테플러의『그레이 군도』를 선물하는 즐거운 의무를 짊어지게 되었습니다.

제가 '고전'이라 말한 이유는 『그레이 군도』가 헨리 데이비드 소로의 『월든』, 알도 레오폴드의 『모래 군의 열두 달』, 게리 스나이더의 『야생의 실천』과 같은 환경 서적의 걸작들에 견줄 수 있기 때문입니다. 한마디로 『그레이 군도』는 미개척지를 인식하는 관점을 완전히 바꿔놓을 만한 책입니다. 그러나 다른 환경 서적과 달리, 『그레이 군도』는 전문적인 관점에서는 픽션입니다. 존 스테플러는 뉴펀들랜드 섬의 그레이트노던 반도에서 좀 떨어진 무인도, 그레이 군도에서 실제로 혼자 생활하며 겪은 경험을 바탕으로 이 책을 썼습니다. 산문과 서정적인 시(그곳의 단면들을 확대하여 섬세하게 보여줍니다), 믿기지 않을 정도로 과장된 이야기, 유령 이야기, 수필, 이어지는 꿈들, 지도, 인구조사표, 노랫말 등 다양한 글들이 생생하게 펼쳐지는 책입니다. 황무지를 힘겹게 지나며, 강한 바람이 휘몰아치는 이 외딴 섬을 뇌리에서 잊히지 않게 만드는 한 남자의 기록입니다. 그러나 과거에 그 섬에 살았던 사람들과 지금도 그 섬을 들락거리는 어부들에 초점을 맞추어, 그들의 목소리를 가감 없이 씨실과 날실로 엮어낸 이야기입니다.

제가 이 책을 좋아하는 이유가 이 책에 담긴 핵심적인 이야기(도시계획자에서 순례자로 변한 주인공) 때문인지, 아니면 그 섬의 아늑하고 조용한 구석들 때문인지 확실하게 말하기는 어렵습니다. 언어적 표현이 절제되고 스테플러의 귀에 음악적 감각이 있었던지, 뉴펀들랜드 어부들의 목소리이든 화자인 시인의 목소리이든 하나하나의 구절이 힘에 넘칩니다. 1980년대로 기억합니다만 제가 이 책을 처음 읽었을 때는 스테플러가 이런 책을 써냈다는 게 믿기지 않았습니다. 요컨대 한 권의 책을 이처럼 다채롭게, 그러나 하나의 유기적인 조직처럼 써냈다는 걸 믿기 힘들었습니다. 지금 생각해도 불가능한 일, 예컨대 다양성에 그 신비로운 힘이 있는 또 하나의 조직체인 캐나다 연방을 완벽하게 분석하는 작업만큼 불가능한 일을 이루어낸 듯합니다. 지금도 캐나다 사람들은 우리 연방의 신비로운 힘을 꾸준히 찾아내고 있지 않습니까.

존 스테플러는 수년 전에 의회에서 계관시인으로 선정됐기 때문에, 이미 수상님께서 이 책을 갖고 계시지 않을까 걱정입니다(그렇다면, 이 책을 다른 의원에게 선물하셔도 상관없습니다).『월든』이 국경 남쪽 사람들에게 벗어날 수 없는 책이듯이『그레이 군도』도 우리 캐나다 사람들에게 그런 책이 되어야 합니다. 황무지와의 명상적이면서도 즐거운 만남, 힘들고 본질적인 만남, 지극히 복잡한 만남을 우리에게 전해주고 있다는 점에서, 극적으로 우리 앞에 놓인 아이콘과도 같은 책이어야 합니다.

덤으로, 래틀링 북스의 자넷 러셀이 발간한 오디오북도 함께 보냅니다. 래틀링 북스는 메리 돌턴의『메리비갓』(Merrybegot)과 마이클 크러미의『하드 라이트』(Hard Light)—둘 모두 캐나다인의 필독서 목록에 포함되어야 마땅한 책—를 발간한 뉴펀들랜드의 출판사입니다. 존 스테플러가 직접 녹음에 참가한 이 시디에서, 수상님께서는 프랭크 홀던의 목소리를 들으실 수 있습니다. 섬에 살다가 세상을 떠난 주민, 그래서 미친 사람이라 여겨졌던 캄 데니의 역할을 홀던이 맡았습니다. 한 구절도 놓쳐서는 안 됩니다. 어디에나 멋진 목욕 장면이 있습니다. 할리우드가 무색할 정도입니다. 제 생각에, 수상님의 스케줄은 매우 빡빡할 테니 지금 당장은 시디를 듣고, 책은 좀 더 여유가 있을 때 펴보는 게 나을 듯합니다.

설득력 있는 글을 읽을 때 우리는 현실적으로도 살 수 있지만 상상의 나래도 활짝 펴고 살아갈 수 있습니다. 설득력 있는 글은 삶의 지평을 넓혀주기 때문입니다. 황무지를 주제로 삼은 그런 글을 읽을 때 우리는 세계의 시민으로서, 물론 이 나라의 시민으로서 우리 자신에 대한 이해의 폭과 깊이도 고양할 수 있습니다. 우리 자신을 올바로 이해하기 위해서는 용기와 대담함이 있어야 할 것이고, 황무지의 가치에 대한 부끄러운 무지까지도 솔직히 인정해야 할 것입니다. 그런 무지함이 식민 시대의 잔재인 건 분명하지만, 지금도 여전히 팽배한 사고방식, 정부 정책에서 흔히 엿보이는 사고방식의 안타까운 특징이기도 합니다. 결국, 『그레이 군도』와 같은 책을 읽어야 우리는 지금보다 사려 깊고 진일보한 지구의 시민이 될 수 있을 것입니다.

이미 폭넓은 주제의 책들로 채워져 매력이 넘칠 수상님의 서고가 이 책으로 인해 더욱 환히 빛나기를 바랍니다.

건강하십시오.

돈 맥케이 드림

존 스테플러(John Steffler, 1947년생)는 캐나다 온타리오에서 자랐고, 지금은 뉴펀들랜드에서 살고 있다. 목수, 갑판원, 제화공 등 다양한 직업을 거친 후에 영어 교수가 되었다. 『그레이 군도』『그날 밤 우리는 굶주렸다』(That Night We Were Ravenous) 이외에도 여러 시집을 발표했고, 장편소설 『조지 카트라이트의 사후 세계』(The Afterlife of George Cartwright)로 토머스 헤드 래딜 애틀랜틱 문학상을 수상하고 캐나다 총독 문학상 최종 후보에도 올랐다. 스테플러는 2006년부터 2008년까지 캐나다 의회에서 선정한 계관시인이었다.

돈 맥케이(Don McKay, 1942년생)는 캐나다의 시인이자 교수, 편집자이다. 그의 시집은 주로 생태학을 다루며, 『나이트 필드』(Night Field)로 1991년에, 『또 하나의 중력』(Another Gravity)으로 2001년에 캐나다 총독 문학상을 수상했다. 『스트라이크/슬립』(Strike/Slip)으로는 2007년 그리핀 시문학상을 수상했다. 맥케이는 캐나다에서 손꼽히는 시 전문 출판사인 브릭북스의 공동 창립자이고, 삼등급 캐나다 훈장 수훈자이며, 조류 관찰자이기도 하다.

• 원제는 『The Grey Islands』이다.

Book 83

『칼리굴라』

알베르 카뮈
2010년 6월 7일

✳

캐나다 수상 스티븐 하퍼 님께,
고통, 권력의 추구, 인간적 척도에 대한
탁월한 희곡 『칼리굴라』를
캐나다 작가 르네 다니엘 뒤부아가 보냅니다.

하퍼 수상님께,

제가 수상님께 알베르 카뮈의 『칼리굴라』를 보내게 되다니, 감개무량합니다.

수상님께서도 확인하셨겠지만 저는 두 종류의 판본을 보냈습니다. 하나는 원어인 프랑스어 판본이고, 다른 하나는 스튜어트 길버트가 유려하게 번역한 영어 판본입니다. 제 생각이지만—혹시 제 생각이 틀렸다면 저를 나무라십시오—, 수상님이 아직 알베르 카뮈를 잘 모르시더라도 원본과 번역본의 형식과 내용을 비교해보면 많은 깨달음을 얻는 기회가 될 것입니다.

제가 이 작품을 선택한 데는 많은 이유가 있습니다.

그러나 두 가지만 말씀드리겠습니다. 2010년은 20세기 문학계에서 가장 중요한 작가 중 하나로 평가되는 알베르 카뮈가 세상을 떠난 지 오십 주년이 되는 해입니다.

저는 작가들을 '중요한 작가'나 '중요하지 않은 작가'로 분류하는 걸 좋아하지 않습니다. 문학 작품은 하나하나가 뭔가에 기여하는 보물이라는 게 평소 저의 생각입니다. 이런 생각은 나이가 들어갈수록 더욱 명확해졌습니다. 고유한 문체, 고유한 목소리가 있느냐 없느냐가 중요할 뿐입니다. 고유한 목소리가 있다면 문학이 있는 것이고, 없다면 문학도 없는 것입니다.

하지만 카뮈는 예외입니다. 물론 이런 예외적인 작가는 손가락으로 꼽을 정도지만요. 카뮈는 글로 표현하는 데 그치지 않고, 인간의 영혼과 반항심 간의 관련성에 깊이 파고들어 그 둘의 관계를 치밀하게 엮어냈습니다. 이런 몰입의 결과로 카뮈는 발군의 작품들을 연이어 발표했습니다. 반항의 기원과 역사에 대한 감동적이고 열정적인 시론인 『반항하는 인간』, 그리고 『반항하는 인간』을 희곡의 형태로 옮겨놓은 『칼리굴라』가 대표적인 예입니다. 그렇다고 『칼리굴라』가 『반항하는 인간』을 단순히 뼈대만 옮겨놓거나 대화의 형태로 바꿔놓기만 한 것은 아닙니다. 완전히 새로운 작품입니다.

예컨대 『반항하는 인간』이 기관차의 설계도라면, 『칼리굴라』는 기관차 자체입니다. 궤도에서 일탈하지 않고 앞에 있는 모든 것을 뭉개버리며 앞으로 나아가는 기관차입니다.

이제 제가 『칼리굴라』를 선택한 두 번째 이유를 말씀드립니다. 칼리굴라 황제*라는 인물이 카뮈에게는 그 시대—2차 대전 직전—의 사건들을 통해 끓어오르던 신화를 가장 적절하게 보여주는 예로 여겨졌을 수 있지만, 우리 시대에는 그런 신화가 공공연히 행해지고 어디에나 존재하는 현상이 되었다는 사실과 관계가 있습니다. 적어도 서구 세계의 공론에서는 그 신화에 모순되는 경향을 띠는 것이면 무엇이든 억압하기도 했습니다. 삶에 대한 원망과 그에 따른 필연적 결과, 맹목적인 힘의 맹신은 오늘날 어디에서든 나타나는 현상입니다.

알베르 카뮈는 우리에게 영감을 주는 뛰어난 작품들을 남겼습니다. 그리고 그의 작품을 통해 우리는 우리가 누구이며, 무엇이 우리를 조종하는지 더 깊이 이해하고, 우리 시대까지도 더 깊이 이해할 수 있습니다.

그 작품들 중에서도 핵심적인 것이 『칼리굴라』입니다.

지그문트 프로이트가 오이디푸스로 이루어낸 업적을 알베르 카뮈는 칼리굴라로 이루어냈습니다. 수상님께서도 아시겠

---

* 로마 3대 황제. 즉위 후에는 민심 수습으로 환영받았지만, 점차 독재자로 군림하여 자신을 신격화할 것을 원로원에 요구하다가 암살당했다.

지만, 프로이트는 모든 시대의 모든 인간에 적용되는 근본적인 신화를 끌어내 그 신화에 이름까지 붙였습니다.

『칼리굴라』의 줄거리요? 무척 단순합니다.

로마 황제, 칼리굴라는 모두에게 사랑받는 황제였지만, 연인이자 누이이던 드루실라를 잃은 후에 괴물로 변합니다. 그 이유가 무엇일까요? 누이를 상실한 충격으로 칼리굴라는, 간단히 말해서, '인간들은 죽는다. 그래서 그들은 행복하지 못하다'라는 결론을 얻기 때문입니다.

드루실라의 죽음을 계기로 칼리굴라는 불가능한 것을 열망하기 시작합니다. 불가능한 것을 추구한 까닭에 그는 무자비하게 변할 수밖에 없었습니다.

수상님, 간담이 서늘해지지만 비할 데 없이 훌륭한 이 희곡이 저에게 그랬듯이 수상님에게도 어둠 속에서 빛나는 영감의 원천이 되기를 바랍니다.

안녕히 계십시오.

르네 다니엘 뒤부아 드림

알베르 카뮈(Albert Camus, 1913-1960)는 프랑스의 작가이자 언론인이었다. 주로 부조리 이론을 설파한 작품들로 20세기를 대표하는 철학자로 여겨진다. 프랑스령 알제리에서 태어났고, 2차 대전 중에는 프랑스 레지스탕스로도 활동했다. 1957년 노벨 문학상을 수상했다.

르네 다니엘 뒤부아(René-Daniel Dubois, 1955년생)는 퀘벡 출신의 극작가이자 배우, 연출가이다. 『베두인들을 욕하지 마라』(Ne blâmez jamais les bédouins)로 1984년 캐나다 총독 문학상을 수상했고, 『클로드와 함께 집에서』(Being at Home with Claude)는 영화로도 제작되었다.

• 우리나라에서는 1999년 9월, 『칼리굴라』(김화영 옮김/책세상)로 출간되었다.

Book 84

『니콜스키』

니콜라 디크네
2010년 6월 21일

*

캐나다 수상 스티븐 하퍼 님께,
흥미진진한 퀘벡 소설을
탁월하게 번역한 책을
캐나다 시인이자 번역가인 에밀 마텔이 보냅니다.

하퍼 수상님께,

자기 나라의 지도자에게 직접 의견을 제시하는 것은 민주주의 국가에 사는 시민의 소중한 특권입니다. 또한 이런 노력들에 응답하는 것이 지도자의 의무라는 것도 우리 모두가 마음속으로는 알고 있습니다. 시민의 걱정거리나 관심사는 국가 지도자에게 전달될 수 있어야 하고, 적절한 응답은 시민에게 약간이나마 마음의 안정을 줍니다. 그리고 이런 대화에서 지도자는 시민들의 마음을 조금이나마 짐작할 단서를 얻습니다.

얀이 저에게 '스티븐 하퍼 수상은 어떤 책을 읽고 있을까?'
에 참여해달라고 부탁했을 때 저는 마냥 들떴습니다. 시인이자
번역가인 저도 그 북클럽에서 한 역할을 맡은 셈이었으니까요.
수상님께서도 아시겠지만, 이 북클럽은 이제 많은 나라에 알려
져서 부러움을 사고 있으며, 제가 국제문화 관계에서 소중하게
생각하는 믿음과도 일치합니다. 수상님 정부가 어처구니없이
중단한 대외정책은 캐나다 예술가에게도 큰 손실이 되었지만,
캐나다의 대외적 이미지에도 큰 타격을 안겼습니다.

제가 오늘 수상님께 보내는 소설은 2007년 몬트리올에서
프랑스어로 출간되었고, 2009년 영어로 번역되어 캐나다 총독
문학상을 수상한 작품입니다. 따라서 특별하고 탁월한 재능을
지닌 두 예술가, 즉 소설가와 번역가가 빚어낸 두 권의 책을 받
으시는 겁니다. 니콜라 디크네의 소설 『니콜스키』는 퀘벡은 물
론 프랑스에서도 호평을 받았고 많은 상을 수상했으며, 레이저
레더헨들러에 의해 영어로 아름답게 번역되었습니다.

번역가라는 직업은 조심스럽고 변변찮은 직업입니다. 우리
번역가들은 좀처럼 주목받지 못하고, 우리 역할을 제대로 해냈
다고 믿는 사람도 거의 없습니다. 미묘한 차이, 감정의 여운을
놓쳤고, 분위기와 풍미를 과장하거나 축소해서 표현했다는 지
적이 항상 뒤따릅니다. 우리가 어떻게 번역하더라도 수년 후에
다른 번역가가 다른 식으로 번역하고, 두 언어에 정통한 독자
나 작가가 원본이 번역본보다 훨씬, 훨씬 낫다고 말할 가능성

도 많습니다. 심지어 훨씬 더 멋지게 번역할 수도 있다는 것도 알고 있습니다. 물론 원본이 낫습니다! 대부분의 경우에.

그러나 번역가도 때로는 일종의 복수를 할 수 있습니다. 일화 하나를 말씀드리지요. 셰익스피어는 16세기 말에 『햄릿』을 썼습니다. 그로부터 백 년쯤 지난 후, 볼테르가 프랑스에서 태어났습니다. 그들은 유럽은 물론, 세계 문화의 두 기둥입니다. 당연히 볼테르는 셰익스피어에 대해 알았고 그의 작품들을 읽었습니다. 어느 날, 볼테르는 햄릿의 가장 유명한 대사를 자신의 독자들과 함께 공유하고 싶었습니다.

To be or not to be, that is the question.

(죽느냐 사느냐, 그것이 문제로다.)

원전인 영어에 담긴 절망적인 감정을 그대로 살려내는 동시에, 당시 프랑스 시에서 흔히 쓰이던 형태, 즉 열두 음절의 시구를 사용하려면 이 열 개의 단어를 어떻게 번역해야 했을까요? 볼테르는 다음과 같이 번역했습니다.

Demeure, il faut choisir, et passer à l'instant

de la vie à la mort, et de l'être au néant.

(선택해야만 한다. 계속 살 것인지, 순식간에 넘어갈 것인지를.

삶에서 죽음으로, 존재에서 무(無)로.)

셰익스피어의 원전을 모른 채 볼테르의 두 시행을 취해서 다시 영어로 번역한다면 흥미로운 과제가 될 겁니다. 번역은 원저자조차 알지 못했던 아름다움을 드러내는 마법의 통로일 수 있습니다.

다시 『니콜스키』로 돌아가도록 하지요. 수상님께서 프랑스어 원전과 영어 번역본 중 어떤 판본을 먼저 읽든지 겉표지의 그림에 눈길이 끌리실 겁니다. 두 표지 모두 세 마리의 물고기가 그려져 있지만, 헤엄치는 방향이 다릅니다. 영어 판본에서는 수평으로, 프랑스어 판본에서는 수직으로 헤엄치고 있습니다. 저는 여기에 약간 다른 메시지가 함축되어 있는 게 아닐까 싶지만, 그 메시지가 무엇인지는 정확히 모르겠습니다. 수상님 생각은 어떻습니까?

『니콜스키』는 모험적이고 뒤틀린 삶들이 훌륭하게 짜 맞추어진 소설입니다. 다양한 등장인물들이 서로의 주위를 맴돌면서 우연과 행운을 실험합니다. 주 무대는 몬트리올의 장탈롱 시장이지만, 캐나다의 다른 곳들—예컨대 대초원 지역과 세인트로렌스 만의 북쪽 해안—과 멀리 떨어진 카리브해 연안 국가들에서도 사건들이 벌어집니다. 이 소설에서 해적질과 항해는 중요한 위치를 차지합니다. 생선장수, 그리고…… 여하튼 수상님께서도 노아와 조이스, 생로랑 가에서 중고책을 파는 화자를 알게 되면 모든 등장인물들을 사랑하게 되실 겁니다.

프랑스어 판본은 저자인 니콜라 디크네가 우리 손녀인 카트린에게 헌정하며 "소설로 돌아가라"고 권한 것입니다. 손녀가 한동안 소설을 읽지 않았다고 말했거든요. 여하튼 카트린은 이 소설을 이미 갖고 있었습니다. 그래서 수상님께 소설로 돌아가라고 권하는 것으로 니콜라 디크네의 바람을 이루고자 합니다.

안녕히 계십시오.

에밀 마텔 드림

니콜라 디크네(Nicolas Dickner, 1972년생)는 퀘벡 리비에르뒤루에서 태어나 퀘벡에서 자랐다. 대학에서는 시각예술과 문학을 공부했다. 대학을 졸업한 후 유럽과 라틴아메리카를 두루 여행했고 몬트리올에 정착했다. 첫 소설 『니콜스키』로 퀘벡에서 세 개의 문학상, 프랑스에서 하나의 문학상을 받았고, 2010년에는 캐나다 독서상을 수상했다. 현재는 퀘벡에서 발간되는 주간지 《부아르》에 정기적으로 칼럼을 쓰고 있으며, 최근작으로는 『초보자를 위한 종말』(Apocalypse for Beginners)이 있다.

에밀 마텔(Émile Martel, 1941년생)은 작가이자 번역가다. 1967년부터 1999년까지 외교관으로 일했고, 파리 주재 캐나다 대사관에서만 십이 년을 근무하며 사 년은 문화 담당 공사를 지냈다. 지금까지 열일곱 권의 시집과 소설을 냈고, 삼십 권의 스페인어 번역서, 니콜 마텔과 함께 열세 권의 영어 번역서를 출간했다. 1995년 『오케스트라와 시인을 위하여』(Pour orchestre et poète seul)로 캐나다 총독 문학상을 수상했다. 현재는 국제펜클럽 퀘벡 지부장이다.

• 원제는 『Nikolski』이다.

Book 85

『내가 사는 이유』

멕 로소프

2010년 7월 5일

＊

캐나다 수상 스티븐 하퍼 님께,
수상님의 상상에 색을 더해줄 책을
캐나다 작가 앨리스 카이퍼즈가 보냅니다.

하퍼 수상님께,

책은 간혹 때맞춰 우리를 찾아옵니다. 저는 멕 로소프의 『내
가 사는 이유』를 영국의 어느 시골에서 서너 주를 보내고 있을
때 읽었습니다. 멋진 소설이었습니다. 소설은 열다섯 살 소녀
데이지가 사촌들과 함께 지내려고 영국에 도착하면서 시작됩
니다. 그리고 데이지의 이모가 평화 회의에 참석하려고 노르웨
이로 출장을 간 사이, 전쟁이 시작됩니다. 로소프는 전쟁의 원
인에 대해서는 말하지 않습니다. 데이지도 전쟁의 원인에는 관

심이 없고요. 매력적인 사촌, 에드먼드와 사랑에 빠져 딴 데 정신을 팔 틈이 없습니다. 그러나 전쟁으로 인해 그들은 헤어지고, 데이지는 변합니다.

이번 부활절, 영국에서는 이상한 일이 벌어졌습니다. 아이슬란드 화산이 폭발해서 생긴 거대한 화산재 구름 때문에 하늘이 닫혔습니다. 항공기 운항도 중단되었습니다. 당시 저는 다트무어 데번의 오두막에 있었습니다. 항공기 운항이 중단된 지 이틀 후부터 저는 하늘이 을씨년스러울 정도로 조용하다는 걸 의식하기 시작했습니다. 저는 꽃들이 만발한 정원을 거닐거나 저 멀리 펼쳐진 황무지를 바라보며 시간을 죽였습니다. 때로는 손에 쥔 책에서 눈을 떼고 텅 빈 하늘을 바라보기도 했습니다. 데이지와 사촌들이 배급과 폭력으로 파괴된 시골 풍경을 배회하는 멋진 이야기가 종이에서 배어나오며 제 상상에 색을 입혔습니다. 섬뜩한 침묵에 빠진 하늘은 소설 속 항공기 운항이 금지된 상황과 딱 맞아떨어졌습니다. 그 때문인지 정원을 거닐 때마다 제 뒤에서 데이지의 사촌들이 헛간으로 부리나케 달려가는 게 느껴졌고, 잠자리에서 일어나 황무지를 걸을 때는 데이지가 에드먼드를 간절하게 찾는 모습이 보이는 듯했습니다.

멕 로소프는 2004년에 『내가 사는 이유』를 발표했고, 그 직후 다니던 홍보회사를 그만두었습니다. 이 소설은 그녀의 첫 소설이며, 그 이후로도 많은 소설을 발표했습니다(아직 읽을 수 있는 그녀의 소설이 남아 있다고 생각하니 황홀하기 그지없습니다).

그녀는 자신의 블로그(www.megrosoff.co.uk)를 정기적으로 업데이트합니다. 얼마 전에는 최근에 발표한 소설에 대해 다음과 같이 밝혔습니다.

지난 이 년 동안 이 소설은 내 주변을 떠난 적이 거의 없었다. 끊임없이 징징대고 방해하며 좀처럼 협조적이지 않았다. 나는 이 소설을 증오했고 사랑했으며 무시했다. 때로는 협박하고 때로는 구슬렸으며, 때로는 애원하기도 했다. 어떤 때는 목욕물과 함께 버렸다가 서둘러 되찾기도 했다. 엄하게 혼내기도 했고 달콤한 말로 달래면서 함께 자동차 놀이를 하자고 제안하기도 했다.

멕 로소프는 자신의 책이 살아 있는 생명체라고 생각하는 모양입니다. 『내가 사는 이유』를 쓸 때도 똑같이 생각했을지 궁금합니다. 저는 감히 그랬을 거라고 추측해봅니다. 작가들이 자신의 등장인물과 이야기를 이렇게 여기는 건 사실입니다. 게다가 로소프처럼 재능 있는 작가의 글을 읽을 때 독자들은 종이에서 생명이 고동치는 걸 느끼기도 합니다.

로소프의 글에는 심금을 울리는 대담함이 있습니다. 소설의 주인공은 감정적으로나 신체적으로나 자신을 파괴하는 성향을 띠는 바람에 영국으로 보내진 십 대 소녀입니다. 전쟁으로 인한 고통에 신음하는 시골에서 지내는 동안, 데이지는 자신이 생각보다 훨씬 나은 존재라는 걸 깨닫습니다. 너무 늦었을 수도 있지만 말입니다. 시련과 구원이 있는 고전적인 이야기이며, 사랑 이야기이기도 합니다. 생존과 열망의 이야기이기도 하고요. 이 소설은 살아 있는 생명체와도 같습니다. 종이에 남겨진 이야기는 물에 떨어진 푸른 염료 방울처럼 수상님의 상상에 색을 더해줄 것입니다.

올해 하늘에는 비행기가 없었고, 제 눈앞의 황무지는 온통 데이지의 이야기로 채워졌습니다. 삶의 역동성이 로소프의 소설에서 흘러나왔고, 덕분에 저도 생동감을 느꼈습니다.

이 소설이 수상님에게도 때맞춰 찾아온 책이었으면 좋겠습니다(우리나라에는 온 하늘이 폐쇄돼버리는 비극이 없어야 하겠지만!). 이 소설이 수상님의 상상을 푸른색으로 물들였으면 합니다.

안녕히 계십시오.
앨리스 카이퍼즈 드림

답장:

2010년 9월 3일
카이퍼즈 씨에게,

스티븐 하퍼 수상님을 대신해서 제가 선생의 편지와 동봉하신 『내가 사는 이유』라는 책을 받았음을 알려드립니다.

수상님께 이 책을 보내주셔서 진심으로 감사드립니다. 선생의 사려 깊은 행동에도 깊이 감사드립니다.

건강하십시오.

T. 레프코비치

문서 담당관

맥 로소프(Meg Rosoff, 1956년생)는 미국의 작가다. 1980년대에 뉴욕에서 출판계와 광고업계에서 일한 후, 런던으로 이주해서 지금까지 살고 있다. 아동소설과 청소년소설을 주로 썼지만 성인소설도 썼다.

• 우리나라에서는 2009년 2월, 『내가 사는 이유』(김희정 옮김/미래인)로 출간되었다.

Book 86

『사랑의 아픔: 시와 단편(斷片)』

사포(애런 푸치기언 번역)

2010년 7월 19일

*

캐나다 수상 스티븐 하퍼 님께,
시간이란 사막을 가로지른 시를
캐나다 작가 얀 마텔이 보냅니다.

하퍼 수상님께,

저는 긴 여행에서 무사히 돌아왔습니다. 수상님께서는 여전히 그 자리에서 건재하시군요. 저는 열심히 읽고 생각한 끝에 편지를 쓰고 우편물을 부치지만, 수상님께서는 아무런 대꾸도 않고 반응도 않는 일방적인 짝사랑을 다시 시작해볼까 합니다. 수상님께서 침묵하신다고 해도 저는 별로 짜증이 나지 않습니다. 미래 세대가 수상님을 비난하겠지요. 어쩌면 수상님을 조롱할 가능성이 더 큽니다. 저요? 저는 무시무시한 사막을 가로

질러야 하는 서부영화 속 카우보이가 된 것 같습니다. 두려움
을 가라앉히려고 소리를 크게 질러봅니다. 말이 제게 대답하느
냐고요? 그렇지는 않습니다. 말은 입도 뻥긋하지 않습니다. 그
래서 제가 말을 두고 혼자 사막을 건너려고 할까요? 천만에요.
말이 없으면 저를 카우보이로 정의해주는 근거를 상실하지 않
습니까. 게다가 사막을 걸어서 건너야 할 것이고요. 수상님께
서는 저에게 민주적인 말이고, 저는 그 말에 올라타야 할 민주
적인 카우보이입니다. 독재자에게 짓밟히는 것보다는 무뚝뚝
하더라도 수상님의 등에 올라타는 게 더 낫지 않겠습니까. 지
금처럼 뒤숭숭한 시대야말로 우리 앞에 닥친 사막이 아닐까
요? 저는 우리가 어떻게든 이 난관을 이겨낼 거라고 믿습니다.
제가 읽는 책들, 제가 만나는 사람들이 저에게 길을 밝혀줄 거
라고 믿습니다. 수상님, 우리의 지도자는 누구에게 도움을 받
아야 할까요? 모르겠습니다. 여하튼 눈먼 말들이 사막을 건널
수 있을까요? 혹여 모래에 삼켜지지는 않을까요?

제 이야기를 계속하기 전에 먼저 묻고 싶은 게 있습니다. 제
가 신작 소설의 홍보를 위해 자리를 비운 동안 저를 대신한 캐
나다 작가들이 수상님께 보낸 책들이 마음에 드셨습니까? 스
티븐 갤러웨이, 찰스 포란, 앨리스 카이퍼즈, 돈 맥케이, 르네
다니엘 뒤부아, 에밀 마텔이 수상님의 급증하는 책 보유량에
기여한 것에 대해 제가 대신해서 고맙다는 말을 전하겠습니다.
제가 보기에 그들이 수상님께 보낸 책들은 하나같이 흥미진진

한 것들입니다.

안타까운 그리스! 그리스는 지난 수개월 동안 엄청난 타격을 입었습니다. 잘못된 재정 관리로 그리스는 물론이고 상당수의 유럽 은행들이 호된 대가를 치르고 있습니다. 저는 그들의 통곡에 전적으로 동정적이지는 않습니다. 항간에 도는 이야기처럼, 그리스인들의 문제는 그리스인들이 짊어져야 할 것입니다. 하지만 그리스인들이 탐욕스런 은행들의 먹잇감이었던 것은 사실입니다. 은행들은 그리스인들에게 쉽게 돈을 빌려주고 이익을 취해왔으니까요. 지급불능이란 혼돈 상태가 앞으로도 수년 동안 그리스를 괴롭힐 것입니다.

하지만 주머니가 깊든, 구멍이 숭숭 뚫렸든 간에 한 국가가 주머니 사정으로만 정의될 수는 없습니다. 가난한 그리스, 부유한 그리스, 잘못 관리된 그리스, 다시 일어서는 그리스……거대한 돌기둥과도 같은 이 고유명사에 덧붙여지는 수식어는 잔가지에 불과합니다. 그리스는 누가 뭐라 해도 그리스입니다. 많은 것을 지닌 나라지요. 무엇보다 언어와 문자가 매력적이고 아름답습니다. 제 생각에, 그리스어는 인간이 생각해낸 가장 듣기 좋은 발성 수단 중 하나입니다. 얼핏 옆 나라의 이탈리아어가 더 나긋나긋하고 감미로운 형태를 띤 것 같지만, 그리스어에는 '내용'을 확실하게 전해주는 강렬함이 있습니다. 서구 철학, 결국 서구 문명—행동하기 전에 생각하는 게 원칙이기 때문에—은 그리스에서 시작되었습니다. 구체적으로 말하면, 오늘날에는 터키가 된 소아시아의 이오니아에 살던 그리스인들로부터 시작되었습니다. 그들이 자신의 이름을 부여받을 만큼 영향력이 없었다기보다는 그들 이후에 등장한 저명한 철학자, 소크라테스에 의해 주로 정의되기 때문에 소크라테스 이전 사람들로 알려지게 되었습니다. 하지만 소크라테스 이전의 철학자들—탈레스, 아낙시만드로스, 아낙시메네스, 엘레아의 파르메니데스 등—은 신화보다 이성에 근거해서 세상을 이해하려 한 최초의 인물들이란 점에서 중요합니다. 그들은 세상을 '관찰'했습니다. 그들 이전에는 서구 세계에서 행해지지 않았던 방법이었습니다. 이런 지적인 접근 방법이 남긴 실로 엄청난 업적은 그리스에 빛나는 명성을 안겨주었습니다. 그로부터 이천 년 후, 이탈리아 사람들이 플라톤과 아리스토텔레스 같은 그리스 철학자를 재발견한 덕분에 과거와 같은 성과를 거두게 됩니다. 그리고 그들은 고대 그리스인들이 이룩한 첫 '탄생'(naissance)의 성과를 이었다는 의미에서 '르네상스'(renaissance, 재탄생)라 이름 붙였습니다.

그리스인들이 이성적인 생각에만 몰두한 것은 아닙니다. 사포처럼 감성적으로 발달한 사람들도 있었습니다. 그러고 보니 제가 한동안 수상님께 시집을 보내지 않았군요. 사포는 대략 기원전 630년부터 570년 사이에 레스보스 섬에서 살았던 여자입니다. 사포는 문학사에서 최초의 여성 시인으로 여겨집니다. 사포 이전에 존재했을지도 모를 여성 시인은 시간의 덫에 걸려 사라졌습니다. 사포의 시―전부 구천 행 정도였던 것으로 추정됩니다―는 시간의 약탈을 견디지 못하고, 조각조각으로만 전해집니다. 19세기 말, 이집트 옥시링쿠스의 옛 쓰레기더미에서 다량의 파피루스가 발견되었습니다. 대부분 고대 이집트인들이 관과 미라의 빈 공간을 채우려고 사용한 것이었습니다. 그런데 미라가 된 악어의 배 속에서 조각난 사포의 시들이 발견되었습니다(사포의 시를 오랫동안 품고 있었으니 행복한 악어였을 겁니다).

사포는 다양한 주제로 시를 썼지만, 우리에게는 사랑의 시로 가장 많이 알려져 있습니다. 간결하면서도 가슴이 뭉클해지는 시입니다. 하나를 예로 들어볼까요.

사랑하는 어머니, 저는 더 이상 베를 짤 수 없어요.
저 소년에 대한 사랑으로
정신을 차릴 수 없으니까요.
인자한 아프로디테가 계획했던 것처럼.

베짜기는 여성의 일이었습니다. 순결한 소녀는 결혼한 후에도 가장으로서 베짜기를 계속했을 겁니다. 하지만 유혹을 받아 잘못된 길로 빠졌다면…… 여기서는 여성의 권한에 주목하면 흥미롭습니다. 소녀는 자신에게 선택권이 있다는 걸 알고 있습니다. 베틀을 다시 잡고 베짜기에 열중하느냐, 아니면 소년에게 눈길을 돌리느냐는 전적으로 소녀의 선택에 달려 있습니다.
또 하나의 단편에서 소녀가 어떤 선택을 했는지 가늠해볼 수
있습니다.

> 황금 왕관을 쓴 아프로디테여, 내 운명의 주사위를
> 던졌으니 내가 이 싸움에서 승리하게 해주소서.

이천육백 년 전의 세계에서 들려오는 또 하나의 진심 어린
절규도 있습니다.

> 도무지 이길 수 없는 약탈자,
> 팔다리에 힘을 빼놓고
> 내 육신을 다시 달곰씁쓸하게
> 물어뜯는 에로스여,

> 산세가 험한 지역에서
> 떡갈나무를 휘몰아치는 돌풍처럼
> 내 머리를 때리며
> 뒤흔드는 에로스여,

> 그러나 야릇한 열망이 스쳐 지나가며
> 내 마음을 사로잡아, 이슬에 젖은

아케론 강변에 핀 연꽃을 보게 하는구나.

아케론 강은 지하세계를 흐르는 강이었고, 그 강둑에 핀 연꽃은 망각과 관계가 있었습니다. 사포는 상사병에 걸려 아예 죽기를 바라고, 기억상실과 관련된 꽃을 먹으려 합니다.

몇몇 시는 놀라울 정도로 구체적입니다.

때때로 우리가 풍성한 꽃들을 꺾어,
줄기마다 물을 뿌리고 또 뿌려서 단단히 묶은 후에
그대의 보드라운 목에 두르면 그대의 얼굴에 향내가 가득했지요.

몰약을 아낌없이 발라 반질거리는
곱실한 머리카락, 그리고 양털 같은 이불과
보드라운 쿠션이 준비된 침대가

그대의 열망을 채워주었네…….

'보드라운 쿠션'이란 표현에서는 이 시가 에로틱하게 느껴지기까지 합니다. 사포는 가차 없이 다가오는 나이 듦을 안타까워하기도 합니다.

그대가 나에게 소중한 존재이기에 더 젊은

잠자리 연인을 그대의 당연한 권리로 주장하오.

나는 더 이상 늙은 몸을 견딜 수가 없소.

그대와 함께 사는 것도.

사포는 시야를 넓혀 정치적인 문제까지 거론합니다. 그녀의 따끔한 충고는 오늘날에도 여전히 유효합니다.

진정한 가치가 없는 부는

이웃에게 아무런 도움도 되지 않으리라.

둘이 적절히 결합되어야

더없는 행복의 극치이리라.

마지막으로 혜안이 담긴 단편을 인용해보렵니다.

내가 분명히 말하노니

먼 훗날

우리와 다른 시대에서도

누군가 우리가 어떤 사람이었는지 기억할 것이다.

정확히 맞았습니다. 사포는 대부분이 글을 모르는 문맹이던 시대에 살았습니다. 시가 큰 소리로 낭송되고 그녀의 시는 사람들의 기억에서만 보존되었는데 일부라도 지금까지 전해진다는 게 놀랍지 않습니까? 다시 말하지만, 그녀의 시들은 거의 전부가 부분적인 단편들입니다. 보물이었던 것들이 시간에 의해 지워졌다는 뜻입니다(어쩌면 이집트의 모래 아래에 묻혀 미라가 된 동물의 몸속에서 잠자고 있을지도 모릅니다). 그러나 살아남은 것들에 그녀의 목소리가 남아 있습니다. 시에서 그 외에 무엇을 또 요구할 수 있겠습니까? 사포의 시에 담긴 열정은 그 자체로 화산 같은 면이 있습니다. 인쇄된 문자는 가늘고 검은색이지만 그 안에서는 뜨거운 마그마가 흐릅니다.

수상님께서는 당연히 그리스로 인해 골머리를 썩고 계시겠지만, 그리스를 마음에 두고 계신다면 긴 안목으로 계획을 세우십시오. 경제는 단기적인 근심거리이지만, 예술은 오랫동안 지속됩니다. 악어에게 사막에서 살아남는 법을 묻는다면 악어는 이렇게 대답할 것입니다. 당신의 머릿속을 숫자로 채우는 것보다 당신의 배 속에 시를 품는 편이 낫다!

안녕히 계십시오.
얀 마텔 드림

사포(Sappho, 기원전 630경-570경)는 고대 그리스의 서정 시인으로 레스보스 섬에서 태어났다. 주로 사랑과 우정을 주제로 삼은 그녀의 시는 대부분 질그릇 조각이나 파피루스에 단편적으로만 남아 있다.

• 원제는 『Stung with Love: Poems and Fragments』이다.

Book 87

『정다운 고향 시카고』

애슈턴 그레이
2010년 8월 2일

*

캐나다 수상 스티븐 하퍼 님께,
병에서 탈출한 요정을
캐나다 작가 얀 마텔이 보냅니다.

하퍼 수상님께,

얼마 전, 저는 서스캐처원의 워드 페스티벌에 참석했습니다. 대초원 지역에 위치한 무스조라는 쾌적한 도시에서 매년 열리는 '문학 친화적인' 페스티벌입니다. 수상님께서도 다녀오셨을 것입니다(물론 그 도시에 말입니다). 저는 그곳에서 며칠을 보냈습니다. 어느 날, 페스티벌이 열리는 공공도서관에서 나오자, 공원 벤치에 앉아 있던 한 남자가 제 이름을 반갑게 불렀습니다. 그는 품에 아기를 안고 다른 어떤 남자와 함께 앉아 있었습니다. 저는 그저 손만 흔들어주고 지나가려 했지만 아기가 마음에 걸렸습니다. 저에게도 어린 아기가 있지 않습니까. 그래서 두 남자에게 다가갔습니다. 다른 남자가 아기의 아버지였고, 아기를 안고 내 이름을 불렀던 상냥한 남자는 그의 친구였습니다. 우리 셋은 한동안 이런저런 이야기를 나누었습니다. 내가 그만 가야겠다고 하자, 아기를 안고 있던 남자가 저에게 자기의 책을 사겠느냐고 물었습니다. 그의 앞에는 얄팍한 책들이 반원형으로 바닥에 놓여 있었습니다. 그가 말했습니다. "페스티벌을 맞아 특별 할인 가격으로 드리겠습니다. 칠 달러." 저는 그에게 십 달러를 주었고, 그는 제가 산 책에 서명을 해주었습니다. 그렇게 저는 애슈턴 그레이의 『정다운 고향 시카고』를 갖게 되었습니다. 저는 그다음 날에도 그레이 씨를 만났습니다. 이번에는 메이윌슨 극장 근처의 메인 가에서 자신의 책을 바닥에 펼쳐놓고 팔고 있었습니다. 누군가의 말에 따르면, 삼십 대로 보이는 그레이 씨는 버스비도 없어 위니펙에서 무스조까지 히치하이크로 와서는 워드 페스티벌 행사장에서 자신의 책을 팔고 있다는 것이었습니다. 대단한 집념이지 않습니까? 또한 그는 전날 아기를 안은 모습에서 제가 느꼈듯이 선한 분위기를 풍겼습니다.

저는 그의 소설을 읽었고, 수상님께 그 책을 넘겨주기로 마음먹었습니다. 『정다운 고향 시카고』는 사십구 쪽에 불과합니다. 하지만 그레이 씨는 이 소설을 중편소설로 분류하고 싶지 않다고 말했습니다. 그에게 그런 분류를 마뜩잖게 생각하는 이유를 묻지는 않았지만, 그의 바람을 존중하는 뜻에서 이 소설을 '긴 단편소설'이라 칭하겠습니다. 저작권 면을 보면, 2009년에 '초판'이 인쇄되었고, 그 후 온타리오 해밀턴에 있는 빈들스틱 출판사가 다시 2010년에 인쇄했다는 걸 확인할 수 있을 겁니다. 그런 정보 아래에 '3'이란 숫자가 있습니다. 제 추측이지만, 『다정한 고향 시카고』가 삼 쇄를 찍었다는 뜻일 겁니다. 빈들스틱 출판사가 그레이 씨의 자가 출판사이고, 그가 온타리오의 해밀턴에 사는지(어떤 이유인지 몰라도 그는 해밀턴에서 위니펙으로 갔습니다), 아니면 그레이 씨가 위니펙에 살지만 온타리오의 작은 자비 출판 전문 출판사인 빈들스틱과 거래를 맺었는지, 여하튼 이런 모든 의문에 대해 답을 모르기는 수상님이나 저나 똑같습니다.

『다정한 고향 시카고』에는 많은 결함이 있습니다. 무엇보다 철자의 실수가 자주 눈에 띕니다. 첫 장에 '그는 카운터 위로 손을 뻗어 로널드의 코트를 '그만두며' 그를 흔들어 깨우려 했다'라는 문장이 있습니다. 제 생각에는 '그만두며'(ceased)가 아니라 '잡으며'(seized)여야 맞습니다. 대화에서도 구두점의 실수가 번질나게 눈에 띕니다.

"경찰을 불러야 했어." 그는 누구도 흉내 낼 수 없을 정도로 슬픈 목소리로 말했다.

"I guess you should call the police." He said with a voice that expressed his sorrow that nothing else could be done.

'경찰' 뒤의 구두점은 쉼표여야 합니다. 또 전체가 한 문장이기 때문에 뒤의 인칭대명사는 소문자로 시작해야 합니다. 글쓰기도 부분적으로 어색합니다. 지엽적인 설명들이 쓸데없이 더해졌습니다. 또 정확히 무엇을 말하려고 하는지도 불분명합니다. 하지만 이야기를 끌어가는 힘이 있고, 등장인물들도 매력적입니다. 재밌는 부분들도 있고, 냉소적이지 않은 유연함이 저변에 흐릅니다. 술을 진탕 마시고 흥에 겨워 쓴 듯한 이야기입니다. 따라서 이런 이야기에서 결함을 찾는 것은 괜히 멀쩡한 정신으로 핵심을 놓치는 셈입니다. 『다정한 고향 시카고』는 약간 취해 멍한 상태에서 기분 좋게 읽는 것이 가장 좋습니다. 줄거리는 익명의 주인공이 술집에서 불행하게도 죽어가는 사람의 옆에 있었다는 이유만으로 겪는 수난입니다. 우리 주인공은 그야말로 술에 절인 피클과도 같은 사람입니다.

이 이야기는 『화산 아래서』가 아닙니다(그런데 수상님께서는 이 소설을 아십니까? 이 소설을 쓴 맬컴 라우리를 아십니까? 그는 캐나다에서 살았습니다. 술을 무진장 마신 덕분에 이 위대한 문학 작품을 완성해냈습니다). 물론 다른 책이지요. 제가 수상님께 『다정한 고향 시카고』를 보내는 이유는 이 작품의 질에 있는 것이 아닙니다. 저자의 의도와 관계가 있습니다. 저는 자신의 생각을 표현하려는 애슈턴 그레이의 강렬한 열망에 감동받았습니다. 자비로 책을 출판하고, 위니펙에서 무스조까지 히치하이크로 와서는 그 책을 혼자 홍보하는 그 열정에 어떻게 감동받지 않을 수 있겠습니까. 평론가에게 호평을 받거나 상업적인 성공을 전혀 기대할 수 없는 상황에서 말입니다. 하지만 그런 것이야말로 이야기가 한 사람, 집단적으로는 한 국민에게 미치는 영향입니다. 이야기는 요정과도 같습니다. 요정이 병에서 탈출하기를 바라듯이, 이야기는 자신을 꾸며낸 사람에게서 벗어나기를 바랍니다. 공유된 이야기만이 살아 있는 이야기입니다. 이야기는 가족들을 통해서, 또 역사를 통해서 후대에 전해집니다. 이야기를 꾸며낸 사람은 결국 죽지만, 이야기 자체는 오랫동안 존재합니다. 애슈턴 그레이가 자신의 이야기를 책으로 만들었기 때문에 그 이야기는 계속 살아 있을 것입니다. 그래서 이야기는 좋은 것입니다. 우리에게는 이야기, 온갖 종류의 이야기가 필요합니다. 이야기가 없으면 우리의 상상력이 죽고, 상상력이 없으면 삶의 진정한 공감도 없을 것이기 때문입니다. 수상님께서는 희귀본인 『다정한 고향 시카고』를 소유하는 행운을 누리시게 되었습니다. 그런 특권의 뜻이 무엇인지 헤아려주시기 바랍니다.

안녕히 계십시오.
얀 마텔 드림

애슈턴 그레이(Ashton Grey, 1983-2011)는 캐나다 작가다. 중편소설 『다정한 고향 시카고』를 썼고, 잡지 《영광을 향하여》에 꾸준히 글을 기고했다. 2011년 브리티시컬럼비아의 올리버에서 캠핑하던 중에 급사했다.

• 원제는 『Sweet Home Chicago』이다.

Book 88

『빨강의 자서전』

앤 카슨

2010년 8월 16일

*

캐나다 수상 스티븐 하퍼 님께,
수상님을 생각하고 느끼게 만들 시를
캐나다 작가 얀 마텔이 보냅니다.

하퍼 수상님께,

"예술은 마음이다." 사진작가인 빈스 삼촌이 언젠가 그렇게
말했습니다. 감정에 뿌리를 두지 않은 표현, 혹은 감정을 불러
일으키지 않은 표현은 예술이 아니라는 뜻입니다. 물론 예술
은 우리를 생각하게 만들기도 합니다. 지속적인 생명력을 목표
로 하는 예술이라면 적어도 어느 정도는 독자를 생각하게 만
들어야 합니다. 감정은 순간적으로 강렬하게 치솟지만 곧 시들
해지는 반면에, 생각은 오랫동안 차분하게 머릿속에 머물기 때

문입니다. 생각은 생각하는 행위만으로 완전히 되살릴 수 있지만, 기억 속의 감정은 그 감정을 느꼈던 때에 비하면 훨씬 무미건조합니다. 온통 감정뿐인 이야기, 예컨대 로맨스는 일시적인 감동을 줄 수는 있지만, 머릿속으로 궁리할 것을 남기지 못해 금세 잊힙니다. 감정은 금세 사라지고, 생각은 냉정한 불멸성을 지녔습니다. 그러나 우리에게 더 많은 흔적을 남기는 건 감정입니다. 감정보다 우리 마음에 깊이 파고드는 것은 없습니다. 감정의 파도를 겪은 후에 우리는 더 얕은 차원에서 생각합니다. 중대한 생각은 감정을 촉발할 수 있습니다. 아르키메데스가 물에 잠긴 물체는 같은 부피만큼의 물을 밀어낸다는 사실을 깨달았던 순간, 즉 위대한 생각을 떠올린 순간, "유레카!"(감정의 폭발)라고 소리쳤던 걸 기억해보십시오. 어느 쪽을 우리가 더 잘 기억하고 있습니까? 제 생각에는 '유레카'라는 외침과, 욕조에서 뛰쳐나와 발가벗은 채로 시라쿠사의 거리를 달리는 한 남자의 모습입니다.

이제 앤 카슨의 『빨강의 자서전』에 대해 말씀드리겠습니다. 앤 카슨은 캐나다의 학자입니다. 그녀는 토론토 대학교에서 박사학위를 받았고, 버클리, 프린스턴, 맥길 대학교 등에서 가르쳤던 고전학자입니다. 무척 인상적인 이력이지만, 제 개인적인 생각에는 시인이 되기에 이상적인 배경은 아닙니다. 대학은 죽은 시인들을 위한 곳입니다. 그래서 죽은 시인들에 대해 가르치며 그들을 계속 살아 있게 하지만, 살아 있는 시인들은 생명력을 빼앗기는 치명적인 곳입니다. 그런데 시인 노릇만으로 생계를 꾸리는 건 거의 불가능합니다. 그래서 많은 시인이 대학에서 피신처를 찾아 학위를 얻고 그곳에서 가르치려 합니다. 저는 이유를 모르겠습니다. 왜 시인들은 배관공사나 농장에서 피신처를 찾지 않는 걸까요? 시인들은 노동으로 단련되지 않은 보드라운 손을 지녀야 한다는 법칙이 어디에라도 쓰여 있던가요? 대학이 시에 미친 폐해는 그런 제도적 교육기관을 지배하는 사고방식에서 기인합니다. 물론 그런 엄격하고 체계적이며 객관적인 사고방식은 양질의 학문적 성과를 내놓기 위해서 반드시 필요합니다. 하지만 객관화된 생각은 시적 본능인 자발성과 생동감을 억누르기도 합니다. 지금 많은 대학에서 미국 시인 월트 휘트먼에 대해 가르치지만, 월트 휘트먼 본인이 살아 있다면 절대 대학에서 밥벌이를 하지 않았을 겁니다.

어쨌든 카슨의 학문적 역량이 『빨강의 자서전』에서 유감없이 과시됩니다. 처음의 다섯 장—'빨강 고기: 스테시코로스는 어떤 변화를 가져왔는가?', '빨강 고기: 스테시코로스의 단편들' 그리고 세 장의 부록—과 마지막 장 '인터뷰'는 흥미롭지만 곤혹스럽고 냉정하게, 또 지식을 자랑하며 능글맞을 정도로 익살스럽게 쓰였습니다. 무엇보다 스테시코로스가 누구인지 알아야 합니다. 저는 스테시코로스라는 이름조차 들어본 적이 없었습니다. 따라서 수상님께서도 신경 쓰일 겁니다. 하지만 저는 별로 신경 쓰지 않았습니다. 제가 수상님께 보낸 다른 시집들―테드 휴즈의 『생일편지』와 『길가메시』―에 비교하면, 기억할 만한 것이 없습니다. 그나마 짧은 것이 다행입니다.

그러나 이 책, 『빨강의 자서전』의 진짜 알맹이는 다른 장에 비해서 훨씬 긴 장 하나에 담겨 있습니다. 정말 감탄사가 절로 나오는 장입니다. 붉은 괴물 게리온의 슬픈 이야기와, 게리온 과 헤라클레스의 불운한 관계를 운문으로 쓴 소설입니다. 게리 온은 헤라클레스를 사랑하고, 헤라클레스도 게리온을 사랑하 지만 변덕을 부립니다. 요컨대 게리온의 사랑을 순순히 받아들 이지 않는다는 겁니다. 따라서 게리온은 헤라클레스를 향한 사 랑으로 괴로워하지만, 헤라클레스는 앙카시와 사랑하며 즐겁 게 뛰어놉니다. 앙카시는 헤라클레스를 사랑하는 페루 여자로 게리온만큼이나 헤라클레스 때문에 고통을 받습니다. 등장인 물들의 이름은 고전적이지만, 배경과 언어와 이미지는 모두 현 대적입니다. 온갖 감정들이 복합적으로 표현됩니다. 게리온과 헤라클레스가 나란히 누워 있는 장면을 묘사한 구절을 예로 들 어보겠습니다.

똑같은 살덩이인 두 고깃덩어리가 나란히 눕자
애처롭기는커녕
놀랍게도 하나가 된다.

그리고 이야기는 수상님의 뇌리에서 좀처럼 사라지지 않을 놀라운 장면으로 끝납니다. 제가 전후관계를 무시하고 그 장면을 인용하며 수상님이 글을 읽는 재미를 망치고 싶지는 않습니다. 직접 읽어보시고 그 장면을 머릿속에 그려보십시오. 그럼 그 장면이 수상님의 심금을 울릴 것이고, 그로 인해 수상님께서는 깊은 생각에 잠기게 될 것입니다.

안녕히 계십시오.
얀 마텔 드림

앤 카슨(Anne Carson, 1950년생)은 캐나다의 시인이자 고전문학을 가르치는 교수다. 카슨은 장르와 형식을 넘나드는 글솜씨로 시와 번역, 수필과 소설을 쓰며 문학평론가로도 활동하고 있다. 대부분의 작품이 고대 그리스 문학에서 영감을 얻은 것이다. 지금까지 열다섯 권의 책을 발표했고, 그리핀 시문학상과 구겐하임 펠로십으로 시문학의 발전에 기여한 공로를 인정받았다.

• 우리나라에서는 2016년 1월, 『빨강의 자서전』(민승남 옮김/한겨레출판)으로 출간되었다.

Book 89

『팔로마르』

이탈로 칼비노
(그리고 거트루드 스타인의 『세 명의 삶』)
2010년 8월 30일

*

캐나다 수상 스티븐 하퍼 님께,
『팔로마르』는
정적을 위한 책으로,

『세 명의 삶』은
제가 읽은 최악의 책 중 하나이기에,
캐나다 작가 얀 마텔이 보냅니다.

하퍼 수상님께,

제가 지난번에 보낸 책, 앤 카슨의 『빨강의 자서전』이 거트루드 스타인을 인용한 구절로 시작하는 걸 수상님께서도 보셨을 거라 생각합니다. 그런 인용에 저는 이런저런 생각을 해보았습니다. 글을 웬만큼 읽는 사람이라면 거트루드 스타인에 대해 들어봤을 겁니다. 사십 년 동안 붙박이처럼 파리에서 살았고, 어니스트 헤밍웨이와 셔우드 앤더슨, 파블로 피카소와 앙리 마티스의 친구였으며, '잃어버린 세대'(the lost generation)란 개념어를 만들어 1차 대전 후에 닥친 환멸 속에 태어난 미국 작가들을 지칭한 걸로 알려진 미국 작가입니다. 또 '장미는 장미일 뿐이다'라는 뜻에서 "A rose is a rose is a rose"라고 말하며 문학의 허식과 가식을 폭로한 작가로도 유명합니다. 이렇게 거트루드 스타인은 지금도 문학계에서 꾸준히 거론되는 이름입니다. 제게 스타인은 모든 것의 중심에 있기를 좋아하는, 영리하고 싹싹하며 포용력 있는 여인과 같은 이미지가 떠올려집니다. 모든 예술가에게는 후원자와 지지자가 필요합니다. 거트루드 스타인이 조국을 등진 젊고 가난한 작가나 화가에게 그런 역할을 자임하며, 그 당시를 대표하던 멋진 그림들로 가득한 그녀의 집에 초대해서 먹고 마실 것만이 아니라 대화의 공간까지 제공했다는 것은 정말 칭찬받아 마땅한 일입니다. 헤밍웨이의 표현대로 파리가 움직이는 연회장이었다면, 제 머릿속에서는 그런 연회의 주최자로 거트루드 스타인이 그려집니다.

그러나 거트루드 스타인을 누가 읽었을까요? 그녀의 작품으로 가장 널리 알려진 『길 잃은 세대를 위하여』는 그녀의 평생지기였던 인물에 대한 이야기로 알려져 있지만, 실제로는 두 사람의 흥미진진한 파리 생활에 대한 이야기입니다. 사실들이 독선적인 저자에 의해 대폭 걸러져서 전기치고는 허구적인 면이 많지만, 그래도 이 책을 픽션이라 할 수는 없습니다. 그럼 스타인의 진짜 픽션은 어떨까요? 저는 스타인의 작품을 하나도 읽지 않았습니다. 제목조차도 기억할 수 없었습니다. 그래서 스타인의 책을 찾아보기로 했습니다.

저는 『세 명의 삶』을 찾아냈습니다. 세 편의 긴 이야기를 모은 소설집으로 1909년에 처음 출간되었고, 그 후에 펭귄 클래식 시리즈의 하나로 재출간되었습니다. 미국 학자가 펭귄 클래식판에 덧붙인 서문이 제 호기심을 자극했습니다. 세 이야기의 문체가 각기 다른 현대 화가에게 크게 영향을 받았다는 것입니다. 예컨대 「착한 애나」는 폴 세잔, 「멜란차」는 피카소, 「상냥한 레나」는 마티스에서 영향을 받았다는 겁니다. 뜻밖의 해석이어서 호기심이 동했습니다. 어떻게 붓질이 글쓰기에 영향을 미칠 수 있을까요? 이차원적인 표면에 그려지는 그림이 어떻게 이야기의 구성에 영향을 미칠 수 있을까요? 저는 모더니스트의 짜릿짜릿한 실험에 이미 적응한 터였습니다. 게다가 지난 세기에 1차 대전과 2차 대전 사이에 적극적으로 활동한 작가들만큼 영어를 밀고 당긴 작가는 없다고도 종종 생각했습니다. 헤밍웨이, 윌리엄 포크너, 제임스 조이스, 버니지아 울프, 존 더스 패서스, E. E. 커밍스…… 언뜻 떠오르는 이름만 언급해도 이 정도입니다. 그들은 영어로 새로운 것을, 새로운 방식으로 표현했습니다. 그래서 『세 명의 삶』에서도 그런 실험을 엿볼 수 있으리라 생각했습니다.

하지만 실망하고 말았습니다. 실망하다 못해 화가 났습니다. 고유한 견해를 가지고 이론을 세우는 것까지는 좋습니다. 과학과 마찬가지로 예술에도 실험이 필요하니까요. 또 위험을 무릅쓰는 사람에게는 아량을 베풀어야 합니다. 그러나 맙소사, 지독히 지루한 책이었습니다! 「착한 애나」를 어렵사리 끝내고 「멜란차」를 읽기 시작했습니다. 그러나 사십 쪽을 넘기지 못하고 멈추고 말았습니다. 그리고 포기해버렸습니다. 다 읽지도 않았지만 제가 읽은 것만으로도 이렇게 말할 수 있습니다. 배경과 심리를 사실적으로 치밀하게 묘사하려는 노력의 흔적이 보이지 않습니다. 미세한 것을 관찰하는 눈도 없고 대화를 듣는 귀도 없습니다. 거의 모든 것이 말해질 뿐이지 이미지로 그려지지 않습니다. 등장인물들이 그럴듯하게 여겨지는 것은 잠깐일 뿐입니다. 줄거리의 흐름도 들쑥날쑥합니다. 언어적 표현도 단조롭고 호소력이 없습니다. 다만, 스타인의 뛰어난 수법이라 평가되는 '반복'은 물감이 마르는 걸 지켜보는 것처럼 흥미롭기는 합니다. 그것이 제가 『세 명의 삶』을 세잔과 피카소와 마티스의 수법과 연결시킬 수 있는 유일한 고리였습니다. 기지가 넘치는 발언으로 저를 자극했던 미국 학자에 대해 가장 놀랐던 점은 거트루드 스타인의 글쓰기 방식을 전혀 모른다는 것이었습니다. 아, 인종차별이 있군요. 그 지적도 놀랍기는 했습니다. 서문의 미국 학자가 그 부분을 설명하려고 앙앙대기는 했지만 저는 그 말에 거의 신경 쓰지 않았습니다. 헤밍웨이의 『태양은 다시 떠오른다』에도 로버트 콘이란 등장인물이 '비열한 유대인 기질'을 가졌다고 말하는 구절이 있으니까요. 요즘이면 '유대인'이란 수식어는 편집자의 검열에 통과하지 못할 겁니다. 그러나 단한 줄입니다. 헤밍웨이의 그 위대한 작품에서는 단한 줄만이 유대인에 대한 편견으로 귀에 거슬릴 뿐이며, 그 시대의 편견에 갇힌 채 성장한 인물이 써낸 영원불멸한 예술 작품에 묻은 얼룩일 뿐입니다. 더 중요한 것은, 『태양은 다시 떠오른다』는 『시온 장로 의정서』(The Protocols of the Elders of Zion)가 아니라는 것입니다. 로버트 콘에 대한 언급은 무심결에 내뱉은 구절입니다. 달리 말하면, 지나가는 말로 툭 내뱉은 구절일 뿐, 소설의 핵심과는 아무런 관계도 없습니다. 그러나 거트루드 스타인의 『세명의 삶』은 완전히 다릅니다. 수상님께서는 다음 내용에 대해 어떻게 생각하십니까?

로즈 존슨은 조심성도 없었고 무척 게을렀다. 그러나 그녀는 백인에 의해 키워졌기 때문에 편하고 안락하게 지내고 싶어 했다. 백인에게 배운 삶의 방식은 그녀에게 습관이었지 본성은 아니었다. 로즈는 흑인의 단순하고 문란한 부도덕성을 떨치지 못했다.

주인공 멜란차에 대해서도 이렇게 말합니다.

멜란차 허버트는 얌전하고 영리한 데다 옅은 노란빛을 띤 피부를 지닌 매력적인 흑인이었다. 그녀는 로즈처럼 백인의 품에서 키워지지는 않았지만, 진짜 백인의 피가 절반쯤 섞인 여자였다.

그래도 로즈 존슨은 자부심이 대단합니다.

로즈 존슨이 말했다. "난 주변에 널린 깜둥이들과 달라. 백인들의 손에서 자랐거든. 멜란차, 그 계집애도 학교에서 많이 배워서 흔한 깜둥이는 아니지만, 내가 샘 존슨이랑 결혼한 것처럼 결혼을 잘 하지는 못할 거야."

샘과 로즈는 궁합이 맞는 부부입니다.

건강하게 태어난 것 같던 아기는 오래 살지 못했다. 로즈 존슨은 주의력이 부족한 데다 게을렀고 이기적이었다. 그래서 멜란차가 며칠 동안 집을 비워야 했을 때 아기가 죽었다. 로즈 존슨은 아기를 꽤나 예뻐했고, 아마도 잠시 아기를 잊고 지냈을 뿐인 모양이었다. 여하튼 아기는 죽었고, 로즈와 그녀의 남편 샘은 무척 가슴 아파했다. 하지만 그런 일은 브리지포인트의 흑인 세계에 흔히 닥치는 일이어서, 그들 중 누구도 아기의 죽음을 아주 오랫동안 생각하지 않았다.

'아마도 잠시 아기를 잊고 지냈을 뿐인 모양이었다'라는 표현은 마음에 들었습니다. 그리고 왜 그런 분란을 일으켰냐고 발끈 성을 내며 덧붙인 '여하튼'도 그런대로 마음에 들었습니다. 하지만 아기의 죽음을 '아주 오랫동안 생각하지는 않았다'는 구절을 보았을 때는, 아프리카 초원에서 사자에게 어린 새끼를 잃은 암컷 영양도 그렇게 행동하지는 않을 텐데, 하물며 두 인간이 그렇게 행동했다는 표현은 흑인에 대한 지독한 편견에서 비롯된 것이란 생각을 떨칠 수 없었습니다. 위의 헛소리들은 겨우 처음 두 쪽에서만 찾아낸 것입니다. 그 이후에도 전혀 나아지지 않습니다. 똑같은 논조가 계속될 뿐입니다. 한마디로, 「멜란차」는 거트루드 스타인의 머릿속에 존재하는 흑인에 대한 모든 것이 집약된 소설입니다.

이쯤이면 제가 스타인의 소설을 읽다가 포기한 이유를 수상님께서도 짐작하실 겁니다. 거트루드 스타인이 문학적 글쓰기의 어떤 이론을 보여주고 싶어 했는지 모르겠지만, 그 의도는 두껍게 쌓인 인종차별적인 유독성 폐기물에 덮여버리고 말았습니다. 예술 작품이 지고한 목표를 지향한다면, 뜻하지 않은 실수쯤은 저도 기꺼이 눈감아줄 수 있습니다. 그러나 그 실수가 중심적인 위치를 차지하며 어디에서나 눈에 띈다면 지고한 목표도 상실되기 마련입니다. 거트루드 스타인이 레즈비언인 데다 유대인이었다는 사실, 따라서 레즈비언이나 유대인이 아닌 이들에 비해 조금이라도 더 사회적 편견에 민감하게 반응했을 거라는 사실을 고려하면 그녀의 소설은 더욱 짜증스럽게 다가웁니다. 하지만 거트루드 스타인은 그저 어리석은 여자에 불과합니다. 그녀가 젊고 유능한 예술가들의 후원자로만 독자들에게 기억되는 이유를 이제야 알 것 같습니다.

그런데 제가 그토록 싫어하는 책을 수상님께 보내는 이유가 무엇일까요? 어쩌면 제가 핵심을 놓쳤을지도 모르기 때문입니다. 어떤 독자에게는 한계가 있습니다. 저는 펭귄 클래식의 수준에 미치지 못합니다. 수상님의 의견도 다를 수 있습니다. 따라서 수상님께서는 『세 명의 삶』에서 소중한 교훈을 얻을 수도 있습니다.

그러나 새로운 것을 시도하는 작가의 세계에는 거트루드 스타인보다 훨씬 나은 작가가 많습니다. 1923년부터 1985년까지 살았던 이탈리아 작가 이탈로 칼비노가 대표적인 예입니다. 수상님을 위해 그의 『팔로마르』를 선택했습니다. 줄거리는 없지만 무척 매력적인 책, 실험적이지만 보람 있는 결실을 맺어낸 책, 색다르지만 지루하지 않은 책, 한곳에 뿌리를 두지만 어디에서도 구속받지 않는 책, 고전적이지 않으면서도 아름다운 책입니다. 『팔로마르』는 우리 마음을 홀리고 자극하는 소설입니다. 이 소설을 통해서 수상님께서는 언어와 세상을 약간 다른 눈으로 보시게 될 겁니다.

짧은 말로 평가하기 어려운 책입니다. 단편소설집이라고 말할 수도 있을 겁니다. 그러나 정확히 말하면 단편소설집도 아닙니다. 여러 꼭지로 구분되어 있고, 일반적인 단편소설집처럼 어떤 순서로 읽어도 괜찮습니다. 그러나 정확히 말하면 이야기들을 모아놓은 책도 아닙니다. 오히려 소설 형태를 띤 명상록이라 평가하는 편이 나을 수도 있습니다. 각각의 꼭지에서, 신중하고 세심한 팔로마르는 이런저런 사람을 만나고 경험하면서, 그런 만남을 곱씹으며 깊이 생각합니다. 팔로마르라는 이름은 캘리포니아에 있는 유명한 천문대의 이름과 똑같습니다. 이런 일치에서 우리는 팔로마르의 사고 범위를 나름대로 짐작하지만, 그의 범위는 무척 좁기도 합니다. 따라서 그의 망원경적 시계(視界)가 때로는 현미경적으로 변합니다. 아주 작은 분자의 세계가 아주 큰 우주의 세계와 똑같은 방식으로 배치되기 때문에 흥미로운 조화가 있습니다. 또한 머릿속에서는 둘 모두가 아찔할 정도로 방대합니다. 제 능력으로는 이 이상 구체적으로 말하기 어렵습니다. 그냥 예를 하나 들어보겠습니다. 「벗은 가슴」에서, 팔로마르는 해변을 거닐다가 저 앞의 모래사장에 상반신을 훤히 드러낸 채 누워 있는 한 여인을 발견합니다. 어떻게 해야 그 쑥스런 상황을 벗어날 수 있을까요? 시선을 어떻게 처리해야 할까요? 세 쪽 반 정도의 길이인 이 꼭지에서는 팔로마르의 머리에 떠오른 선택들과, 그 선택들이 분화되는 과정이 묘사됩니다. 「테라스에서」는 팔로마르가 로마를 내려다보며, 새의 시각에서 파노라마처럼 펼쳐진 얼룩덜룩한 지붕들의 의미를 깊이 생각합니다. 「알비노 고릴라」에서 팔로마르는 낡은 타이어에 매달린 고릴라의 의미에 대해 파고듭니다. 「뱀목」에서는 파충동물의 다양성과 살아가는 방식을 생각하고, 「뱀과 해골」에서는 콜럼버스 이전 시대에 세워진 멕시코 건축물이 지닌 의미 혹은 의미의 부재가 논의됩니다. 배경은 다양합니다(로마, 파리, 바르셀로나, 일본, 멕시코). 때로는 어마어마하게 큰 것을 관찰하고(밤하늘, 행성들, 바다), 때로는 무척 작은 것을 관찰합니다(도마뱀붙이, 일본 모래정원). 언어적 표현은 어디에서나 적절해서 관련된 이미지를 강렬하게 떠올려줍니다. 또한 사물의 의미를 파헤치려는 노력, 다시 말해서 이것은 어떻게 저것과 관련되는가를 분석하려는 치밀함이 어디에서나 엿보입니다. 이탈로 칼비노는 거미 같은 작가입니다. 그는 전혀 앞뒤가 맞지 않은 요소들까지도 단어들로 연결시켜, 결국에는 모든 것이 가느다란 거미줄로 이어집니다. 따라서 그가 이루어낸 우주에는 질서와 조화가 있습니다. 『팔로마르』는 기발하면서도 철학적이며, 이 둘이 절묘하게 혼합된 결과물입니다. 독자에게 세상을 바라보는 자신만의 시선이 중요하고 필수적이라는 확신을 안겨주는 소설입니다. 치밀하게 관찰하면, 그렇게만 하면 보이지 않는 것이 없기 때문입니다.

그런 요점이 거트루드 스타인에게는 없지만, 어차피 스타인에 대해서는 다시 언급하지 않을 겁니다. 『팔로마르』를 읽으십시오. 저에는 일종의 선(禪, Zen), 제가 오래전에 말씀드렸던 평온한 정적감을 안겨준 책이었습니다.

안녕히 계십시오.

얀 마텔 드림

이탈로 칼비노(Italo Calvino, 1923-1985)는 이탈리아의 언론인이자 편집자이고, 장편과 단편을 두루 쓴 소설가이기도 하다. 대표작으로는 『보이지 않는 도시들』『존재하지 않는 기사』 등이 있다. 소비에트 연방이 1956년 헝가리를 침략한 후, 이탈리아 공산당을 탈당했다.

거트루드 스타인(Gertrude Stein, 1874-1946)은 미국의 작가다. 예술품 수집가이기도 하며, 젊고 유능한 예술가들의 후원자였다. 가장 널리 알려진 책은 1932년에 출간한 『길 잃은 세대를 위하여』이다. 스타인은 '잃어버린 세대'라는 말을 만든 작가로 알려져 있다. 그녀는 파리에 있는 페르 라셰즈 공동묘지에 묻혀 있다.

• 우리나라에서는 2016년 9월 『팔로마르』(김운찬 옮김/민음사)가, 2021년 6월 『세 명의 삶\ Q. E. D.』(이성옥 옮김/큐큐)가 출간되었다.

Book 90

『시 선집』

앨 퍼디

2010년 9월 13일

＊

캐나다 수상 스티븐 하퍼 님께,
수상님의 손에 불덩어리들을
캐나다 작가 얀 마텔이 보냅니다.

하퍼 수상님께,

저는 앨 퍼디를 한 번 만났습니다. 더 정확히 말하면, 온타리
오의 에덴밀스에서 열린 문학 페스티벌의 한 작은 파티장에서
그가 제 눈에 띄었습니다. 그는 앉아 있었고 저는 서 있었습니
다. 연로한 퍼디는 존경받는 작가였고, 저는 젊은 애송이 작가
에 불과했습니다. 당시 저는 그의 시를 읽어본 적이 없어서 그
런 만남의 의미를 전혀 이해하지 못했습니다. 앨 퍼디라는 이
름은 그저 하나의 이름에 불과했습니다. 지금 생각하면, 그에

게 다가가 인사를 건네고 짧게라도 이야기를 나누지 않은 게 아쉽기 그지없습니다. 우리가 어떤 작가의 작품을 읽기 전까지는 그가 작가라도 여느 사람과 다를 바가 없습니다. 그의 작품을 읽고 난 후에야 그에게서 더 큰 인상을 받기 마련입니다. 그 파티가 있기 전에 퍼디의 작품을 읽었더라면 저는 후들후들 떨면서 그에게 다가갔을 것입니다. 하지만 그는 작가들, 특히 젊은 작가들에게 무척 너그러웠습니다. 제가 퍼디에 대해 좀 더 알았더라면, 우리는 좀 더 멋진 대화를 나누었을 것입니다.

이제 저는 앨 퍼디를 읽었고, 그가 존경받았던 이유를 짐작할 수 있습니다. 그는 캐나다의 열정적인 시인이었습니다. 여기에서 '캐나다의'는 단순한 수식어가 아닙니다. 물론 모든 시인이 어딘가의 출신이지만, 자신의 특별한 문화적 기원이 시에 은밀하게만 흔적을 남겨, 보편성을 띤다고 여겨지는 시인들이 있습니다. 앨 퍼디는 그렇지 않았습니다. 그는 처음부터 끝까지 캐나다적인 시인이었습니다. 그의 시에 영감을 준 장소들을 보십시오. 제가 오늘 보내는 시집에서 첫머리에 놓인 시는 「뉴펀들랜드로 가는 길」입니다. 그 밖에 밴쿠버와 브리티시컬럼비아를 언급하는 시, 캐나다 북극해를 언급하는 시도 있습니다. 시에서 언급된 지리적 장소들의 중심, 요컨대 컴퍼스의 고정점처럼 모든 장소를 하나로 묶어주는 곳은 온타리오 주 프린스에드워드 카운티의 아멜리아스버그라는 작은 마을 근처에 있는 로블린 호수입니다. 적잖은 시가 그 호수를 떠올리게 하기 때문에, 퍼디가 그곳에 A형으로 지었다는 집이 그의 시 세계에서는 수도였다는 걸 눈치챌 수 있습니다(A형 집에 대해서는 뒤에서 더 자세히 말씀드리겠습니다). 쿠바 같은 다른 지역들도 언급되지만, 어쨌거나 감성은 전적으로 캐나다적입니다. 여기에서 '캐나다적'이라 함은, 퍼디의 시를 읽는 캐나다 독자는 그 시에서 우리나라를 인식하는 반면에 해외의 독자는 우리나라에 대해 알게 된다는 뜻입니다. 그러나 다른 식으로 말하면, 퍼디의 작품에는 지역색에 갇힌 편협함이 전혀 없다는 뜻입니다. 시집 곳곳에서 역사와 문학과 정치가 언급된다는 점에서 그렇습니다. 앨 퍼디는 폭넓게 읽고 자유롭게 생각한 사람이었습니다.

일상적인 어조를 띱니다. 따라서 퍼디의 시는 간결합니다. 한 남자만이 말하고, 행갈이가 무척 재밌습니다. 어떤 이미지가 머릿속에 선명하게 그려지며 "와!" 하고 감탄사가 절로 나옵니다. 앞에서 언급한 첫 번째 시를 예로 들어보겠습니다. 이 시는 이렇게 시작합니다.

내 앞의 불꽃을 발로 밀어냈다

수천 킬로미터나

내 두 팔은 언덕과 돌무더기에 응답하며

초록의 곡선들을 평행하게 그렸다

내 미지의 나라에 깊숙이

자갈이 펜더에 부딪치며 달가닥거리는 소리는

피아니스트 유령이

내 머릿속에서 귀에 거슬리는 음악을 연주하는 듯하다

나는 현실감을 상실했지만

핸들을 사분의 일 인치만큼 돌린다

길 위의 벌레를 피하려고……

'내 앞의 불꽃을 발로 밀어냈다/수천 킬로미터나'…… 이 표현에서 자동차를 떠올리셨습니까? 저는 앞으로 이 표현을 절대 잊지 못할 것 같습니다. 내연기관이 장착된 자동차를 운전하는 현대적 이미지가, 이끼를 깐 바구니에 소중한 불을 담아 이곳에서 저곳으로 옮겨 다니던 시절의 이미지로 그려졌습니다. 여기에서 퍼디가 어떻게 힘들이지 않고 역사와 지리를 그처럼 치밀하게 이어놓는지 어렴풋이 눈치챌 수 있습니다. 이런 점이 퍼디의 강점입니다. 많은 시가 실려 있어 하나하나 다 룰 수는 없지만, 시의 참맛을 느끼고 싶다면 시간이 없으시더라도 「캐리부 도로를 달리는 말」「로블린 호수에서 늦게 일어나서」「시골의 겨울」「중단」「유부남의 노래」「혁명 광장의 피델 카스트로」「남자」「북극권의 나무들」「도시인들을 위한 애가」「유숙객」「로블린 호수에서」「시」「고딕풍의 황무지」「로블린의 물레방아(2)」를 읽어보십시오. 그럼 뭔가 머릿속에 그려지실 겁니다. 하지만 서둘러 읽지는 마십시오. 시는 그렇게 읽는 게 아닙니다. 시는 소설처럼 순서대로 또박또박 읽을 필요가 없습니다. 그런 식으로 읽으면, 스무 번의 성찬을 연이어서 우걱우걱대며 먹는 것과 다를 바가 없습니다. 가을날 창문을 열어 잠깐 동안 맑은 공기를 마시고 기운을 차린 뒤 다시 창문을 닫는 것처럼, 한 번에 서너 편의 시만을 읽는 게 좋습니다. 그래야 시가 점점 친숙하게 다가옵니다. 반복해서 읽으면 시의 독특한 운율이 한결 편안하게 느껴질 것이고, 심상을 펼치는 데도 도움이 될 겁니다. 제가 선택한 책은 1972년 맥크렐랜드 앤드 스튜어트 출판사에서 발간한 『시 선집』입니다. 조지 우드콕*의 박력 있는 서문이 더해졌습니다.

「남자」라는 시에 대해 잠깐 덧붙이고 싶습니다. 퍼디가 아바나에서 체 게바라를 만난 때를 회상하는 시입니다. 퍼디는 정말로 체를 만나서 악수까지 나누었습니다. 놀랍지 않습니까? 신화적인, 바로 그 체를! 언제부터 시인들과 정치인들이 만나서 악수를 나누었을까요? 수상님께서도 시인을 만나 악수를 나눈 적이 있습니까? 혁명을 꿈꾸는 정치인들, 예컨대 꿈의 실현을 위해 죽음을 마다하지 않으며 기꺼이 볼리비아 정글로 달려가는 정치인들의 특권일 겁니다. 퍼디는 1964년 쿠바에서 체를 만났습니다. 아르헨티나 출신의 카리스마 넘치는 의사가 쿠바의 산업부 장관으로 일할 때였습니다. 시인 퍼디는 혁명

---

* 캐나다 작가로 문학평론가이기도 하다.

가 체에게 경외감을 품었을까요? 그렇지 않았습니다. 퍼디는 민중의 사람이었고 민주주의자였습니다. 쿠바 방문에서 영감을 얻어 쓴 다른 시들에서도 그렇듯이, 이 시에서도 민중을 위한다는 카스트로와 체의 꿈이 실제로 민중이 원하는 것과 다를 수 있다는 의혹이 보입니다. 따라서 여기에서도 퍼디는 반항적인 이상주의에서 비롯되는 웅대한 비전보다 사소하면서도 상식적인 질서를 더 소중하게 생각하는 캐나다적 기질을 유감없이 드러냅니다.

시인과 정치인의 이런 만남은 로블린 호숫가에 지은 A형 집을 저에게 떠올려주었습니다. 그 집에서 퍼디는 많은 시를 썼고, 문학을 사랑하는 사람들이 그 집을 자주 방문했습니다. 그 A형 집은 캐나다 시의 주춧돌인 동시에 교차로입니다. 퍼디는 2000년에 여든하나의 나이로 세상을 떠났습니다. 그 후, 그 집을 구입해서 A형 집의 전속작가 프로그램을 시도하려는 모금 운동이 시작되었습니다. 멋진 생각이었습니다. 물론 문학의 문화는 책을 출간하고 읽는 행위로 생명이 유지되지만, 작품에 영향을 준 장소들도 중요합니다. 그 장소의 정령이 어떤 작가에게 영감을 주었다면 다른 작가들에게도 영감을 줄 수 있지 않겠습니까. 저는 지금 당장이라도 아멜리아스버그를 방문하고 싶습니다. 문화의 기억은 오랫동안 지속됩니다. 기업의 생명은 잠깐이지만, 위대한 시인의 집은 기념관과 박물관으로 영원히 남을 수 있습니다. 그러나 '앨 퍼디 A형 집 보존위원회'는 고인의 집을 기념관으로 뒤덮거나 박물관으로 만들려고 하지 않습니다. 그들의 바람은 앨 퍼디의 너그러운 심성을 그대로 유지하는 것입니다. 한 시인이 살면서 작업했던 곳에서 다른 시인도 살면서 작업할 수 있도록 하자는 것입니다. 그것이 그들의 사명입니다. 2009년 하버 출판사가 『앨 퍼디 A형 집 명시 선집』(The Al Purdy A-Frame Anthology)을 발간했습니다(하버 출판사는 앨 퍼디 유산을 지키는 출판사입니다. 얼마 전에는 1962년부터 1996년까지의 작품을 모아 『시 선집』을 발간했고, 그 전에는 『기억을 넘어: 앨 퍼디의 명시 모음』(Beyond Remembering: The Collected Poems of Al Purdy)을 발간했습니다). 『앨 퍼디 A형 집 명시 선집』의 판매 수익금은 전액 보존위원회에 기부됩니다. 저는 처음에 제가 소장한 이 책을 수상님께 보낼 생각이었습니다. 하지만 제 손에서 떠나보내기엔 너무나도 아름다운 책입니다. 추억담과 시와 사진이 기막히게 배치됐습니다. 수상님과 마찬가지로 저도 앨 퍼디에 대해 잘 몰랐습니다. 하지만 이 책을 통해서 저는 A형 집에 담긴 창조적인 에너지를 느낄 수 있었습니다. 퍼디와 그를 사랑한 사람들이 그곳에서 느낀 창조적 에너지까지도요. 보존위원회는 모금의 목표액에 아직 도달하지 못했습니다. 수상님께서도 그들을 도와주고 싶으시다면, 그들의 웹사이트(www.alpurdy.ca)를 방문해보십시오. 그럼 약간의 돈을 기부하고, 『앨 퍼디 A형 집 명시 선집』도 주문할 수 있을 겁니다.

수상님께서도 언젠가 로블린 호숫가를 찾아가 시인과 악수하는 행운을 누리시기를 바랍니다.

안녕히 계십시오.
얀 마텔 드림

앨 퍼디(Al Purdy, 1918-2000)는 캐나다의 작가이자 시인이다. 편집자로 일하기도 했으며, 대부분의 삶을 온타리오 아멜리아스버그에 지은 A형 집에서 부인과 함께 살았다. 캐나다의 비공식적인 계관시인이며, 서른 권이 넘는 시집을 발표했다. 대표작으로는 『오언 로블린을 찾아서』(In Search of Owen Roblin)와 2006년 캐나다 독서상의 최종 후보에 올랐던 『외계 행성의 셋집』(Rooms for Rent in the Outer Planets)이 있다.

Book 91

『니벨룽겐의 노래』

중세 독일의 장편 영웅 서사시(시릴 에드워즈 번역)

2010년 9월 27일

*

캐나다 수상 스티븐 하퍼 님께,

캐나다 작가 얀 마텔이 보냅니다.

하퍼 수상님께,

지난주에 저는 신작 소설의 홍보를 위해 독일에 갔습니다. 그곳에 머무는 동안 수상님을 위해 독일을 대표하는 문학 작품을 찾아내고 싶었습니다. 처음에는 단편소설의 걸작, 토마스 만의 『베네치아에서의 죽음』을 생각했습니다. 그러나 프랑크푸르트의 한 서점에서 외국문학 코너를 둘러보던 중, 제 눈이 『니벨룽겐의 노래』에 꽂혔습니다. 바로 이번 주에 수상님께 보내는 책입니다. 특히 겉표지의 중세 도판이 제 눈길을 사로잡았습니다. 제목 아래에 쓰인 발행처, '옥스퍼드 월드 클래식'이란 이름에도 마음이 끌렸습니다. 제가 전혀 듣지 못했던 세계 고전문학 전집이었습니다. 이것만으로도 그 책을 읽어야 할 충분한 이유가 되지 않을까요? 제목은 다소 밋밋하지만, 자신 있게 말씀드릴 수 있습니다. 이 책은 고전이라 부르기에 손색이 없는 책입니다.

『니벨룽겐의 노래』는 구전으로 전해지다가 1200년경에야 익명의 시인에 의해 글로 쓰였습니다. 구전되는 내용을 정확히 옮겨 썼는지 창의력을 마음껏 발휘했는지는 알 수 없습니다. 번역가 시릴 에드워즈는 서문에서, 이 대서사시를 '호메로스에 비견되는 중세 독일의 가장 뛰어난 영웅시, 혹은 대서사시적 규모의 복수 이야기'라고 평가했습니다. 물론 서문은 유익하지만 반드시 읽을 필요는 없습니다. 곧바로 대서사시에 뛰어들어도 상관없습니다. 당시와 지금 사이에 엄청난 시간적 간극이 있고, 그로 인해 사고방식과 도덕관도 크게 바뀌었지만, 이 작품에 담긴 감정적 호소력은 시대를 초월합니다. 당시의 기사들과 여인들은 이제 없지만, 사랑과 헌신, 영웅적인 행위, 질투와 배신, 복수심은 지금의 우리도 여전히 느끼는 감정입니다. 그리고 우리는 그런 감정에 휩싸여 행동합니다. 또한 이런 감정들은 지금도 문학적 픽션부터 로맨스와 스릴러까지 온갖 장르에서 다루어집니다.

화자 역할을 하는 음유시인과 다양한 등장인물들의 목소리는 우아하고 정중하며, 화려한 감언으로 가득합니다. 모든 기사가 한결같이 눈부신 용모를 지닌 영웅이며, 세상에서 가장 아름다운 옷을 입고, 삼손이나 아널드 슈워제네거보다 힘이 세며, 크로이소스나 빌 게이츠보다 부자입니다. 귀부인의 경우도 마찬가지입니다. 그러나 그들의 행동은 말과 다릅니다. 달콤한 말이 오간 뒤에 배신이 뒤따릅니다. 왕비들은 서로를 음탕한 여자나 매춘부라 부릅니다. 어떤 기사는 다른 기사에게 영원한 충성을 맹세한 후에 뒤에서 그의 등을 칼로 찌릅니다. 이 모든 것이 장엄한 글을 읽는 데 도움이 됩니다.

『니벨룽겐의 노래』가 수천 년 전의 중앙유럽 귀족사회를 인류학적으로 정확히 기술한 것인지는 의심스럽습니다. 하기야 역사책이 아니라 문학 작품이니까요. 그러나 현대 독자들도 얻을 것이 분명히 있습니다. 당시의 풍습이 사실적으로 기술된 것이 아니라면, 이상으로 그렸던 풍습이 기술된 것일 테니까요. 프룬힐트와 군터의 배신, 특히 하겐의 배신—신의라고는 눈을 씻고 찾아도 없는 세 인물입니다—은, 그들이 배신한 지그프리트와 크림힐트의 선하고 명예로운 행동과 뚜렷이 대조됩니다. 그들의 선하고 명예로운 행동에서 그 시대의 사고방식이 더욱 매력적으로 보입니다.

예컨대 코즈모폴리터니즘, 즉 세계주의를 엿볼 수 있습니다. 『니벨룽겐의 노래』의 등장인물들은 부르고뉴, 네덜란드, 아이슬란드, 헝가리, 오스트리아, 덴마크 등 출신지가 무척 다양합니다. (독일이란 이름은 한 번도 언급되지 않습니다. 당시 독일은 하나의 국가로 존재하지 않았기 때문입니다. 바이에른이 가볍게 언급되지만 위험한 도둑 소굴로 언급될 뿐입니다.) 하지만 이 모든 등장인물이 언어적 마찰이나 문화적 충돌 없이 뒤섞입니다. 좋은 관계는 언어의 차이를 초월합니다. 에첼 왕을 필두로 한 헝가리의 등장인물들은 훈족이며, 따라서 이교도들입니다. 하지만 그들은 기독교를 믿는 등장인물들과 원만하게 지냅니다. 한 걸음 더 나아가 훈족의 왕, 에첼(역사적으로는 훈족의 아틸라)이 독실한 기독교 신자이며 살해당한 지그프리트의 아내인 크림힐트와 결혼합니다.

귀족들의 관계에서 저를 더 놀라게 한 것은 그들끼리 가진 것을 아낌없이 나누었다는 것입니다. 저는 왕과 왕비, 영주와 영주 부인이 자신들의 재산을 쥐고 놓지 않을 거라고 생각했습니다. 중세 계급 피라미드의 꼭대기에 있었기 때문에 그들은 신하들이 생산한 물건들의 대부분을 받아들이는 위치였습니다. 그런데 보통 부자들은 자신들의 재산에 집착하는 경향을 보이지 않나요? 성경에 기록된 가난한 과부의 우화에서 보듯이, 부자들은 자신들의 재산이 줄어들지 않을 만큼만 자비를 베풀면서 재산을 축적하지 않나요? 하지만 『니벨룽겐의 노래』에서는 그렇지 않습니다. 크림힐트가 새 남편, 에첼 왕의 궁전에 들어와서 어떻게 하는지 보여주는 구절을 예로 들어보겠습니다.

왕비는 황금과 옷, 은과 귀금속을 나눠주었다. 그녀가 라인 강을 넘어 훈족에게 가져온 모든 것을 하나도 남기지 않고 나눠주었다.

하나도 남기지 않았습니다. 위의 예는 나눔의 한 예에 불과합니다. 『니벨룽겐의 노래』에서는 이런 너그러운 나눔이 끊임없이 되풀이됩니다. 등장인물들은 주고, 또 주고, 또 줍니다. 자기이익을 위하여 동맹을 맺은 사람에게만 주는 것도 아닙니다. 생면부지인 손님들에게도 아낌없이 줍니다. 이런 끝없는 선물에서 저는 전에 수상님께 보낸 책이 생각났습니다. 루이스 하이드의 『선물』이란 책을 기억하십니까? 이 책도 부를 축적하는 데 그치지 않고 부를 나누는 사회에 대해 언급합니다. 다시 말해서, 재물이 끊임없이 움직이면 부가 증가하는 것으로 인식하고, 재물이 한곳에 머물면 부가 줄어드는 것으로 인식한 사회들에 대한 이야기였습니다. 저는 13세기 중앙유럽에서 이런 역동성을 발견하리라곤 전혀 기대하지 않았습니다. 물론 이처럼 끊임없는 나눔이 일반적인 규범은 아니었을 겁니다. 많은 영주가 황금으로 채워진 보따리를 깔고 앉아 낯선 사람들을 째려보았을 겁니다. 하지만 『니벨룽겐의 노래』에서 넉넉한 나눔이 이상적인 모습으로 그려졌다는 게 흥미롭습니다. 이상적인 귀족은 자신의 부를 어떤 제약도 두지 않고 베푼다는 뜻으로 귀족이라 불린 것이 아닐까요?

등장인물들―왕, 영주와 기사, 남편과 부인―이 서로에게 묻고 조언을 구하는 모습도 제게는 충격이었습니다. 그 시대는 권위주의적인 체제였을 거라는 제 편견이 와르르 무너졌습니다. 게다가 여자들도 강합니다. 프룬힐트는 문자 그대로 강한 여자입니다. 새 남편이 딴 여자와 바람을 피우자, 프룬힐트는 남편을 꽁꽁 묶어 밤새 매달아둡니다. 그리고 정신적으로도 강합니다. 대표적인 예가 크림힐트지요.

끝으로 하나만 덧붙이자면, 『니벨룽겐의 노래』는 세속적인 냄새가 물씬 풍기는 작품입니다. 기독교가 여기저기에서 언급되고 예수라는 이름도 가끔 거론되지만, 전반적으로 묘사된 세계는 쾌락과 고통이 끊이지 않는 세속적인 세계입니다. 이 부분에서도 중세 유럽은 기독교에 짓눌려 살았을 거라는 제 편견이 무너졌습니다.

흥미로운 서술 장치가 종종 눈에 띕니다. 저자가 괄호 속에 일종의 해설을 덧붙여 끝내는 단락들이 적지 않습니다. 이 해설들은 종종 미래에 일어날 사건을 예고하며, 그 사건들은 거의 언제나 비극적입니다. 이 서술 장치로 인해 이야기에서 긴장감이 떨어질 수 있지만, 불길한 예감을 독자에게 안겨주는 효과가 있습니다. 이 이야기는 원래 말로 전해졌기 때문에, 괄호 속의 내용은 어떤 방식으로 전달되었을지 궁금합니다. 이 부분들이 우리에게 지적인 고민을 요구하지만, 『니벨룽겐의 노래』는 대체로 재밌게 읽히는 책입니다.

마지막으로 서글픈 이야기를 언급하지 않을 수 없습니다.

『니벨룽겐의 노래』는 16세기에 우리 시야에서 사라졌습니다. 그리고 이백 년 후 다시 발견되었고, 19세기에는 독일 민족주의의 고전 중 하나가 되었습니다. 바그너가 이 서사시를 이용해서 작곡한 오페라 「니벨룽겐의 반지」가 대표적인 예입니다. 그러나 그 후, 안타깝게도 나치스가 지그프리트의 운명을, 아리안족이 '열등한 인간들'의 배신을 경계하지 않을 때 닥칠 비극의 문학적인 경고로 악용했습니다. 때로는 정치인들이 이런 식으로 문학을 왜곡합니다.

안녕히 계십시오.

얀 마텔 드림

시릴 에드워즈(Cyril Edwards, 1947-2019)는 옥스퍼드 대학교에서 중세 독일문화와 철학을 가르쳤다. 『독일문학 입문』(The Beginnings of German Literature)과 『수프와 스튜의 작은 책』(The Little Book of Soups & Stews)을 썼고, 볼프람 폰 에셴바흐의 『파르치팔과 티투렐』(Parzival and Titurel)과 하르트만 폰 아우에의 『이바인, 혹은 사자 기사』(Iwein, or the Knight with the Lion)를 번역했다. 중편소설과 시를 묶은 『분배/흑과 녹』(The Allotment/The Black and the Green)이 곧 출간될 예정이다.

Book 92

『체스 이야기』

슈테판 츠바이크
2010년 10월 11일

∗

캐나다 수상 스티븐 하퍼 님께,
수상님의 한 수를 기대하며
캐나다 작가 얀 마텔이 보냅니다.

하퍼 수상님께,

체스를 둘 줄 아십니까? 당연히 아실 겁니다. 체스에는 특별한 매력이 있습니다. 슈테판 츠바이크는 체스를 다음과 같이 멋들어지게 묘사했습니다.

태곳적인 것이면서도 영원히 새로운 것이요, 그 구도가 메커니즘적이면서도 판타지를 통해서만 작동하며, 기하학적으로 일정 공간에 제한되어 있으면서도 그 조합에서는 무제한적이고 항상 자기 발전적이며 번식력이 없다. 무(無)로 이끄는 생각, 무에 이르는 수학, 작품 없는 예술, 실체 없는 건축, 그럼에도 명백하게 그 존재 자체가 어떤 책이나 작품보다 영속적이며, 모든 민족과 모든 시대에 속하는 유일한 게임이면서도 지루함을 죽이고 감각들을 예리하게 하며 영혼에 긴장감을 주기 위해 신이 이 땅에 가져온 게임이라는 것을 아무도 모른다. 이 게임에서 어디가 시작이고 어디가 끝인가?

(슈테판의 이런 생각이 번식력의 부재를 언급한 부분만 제외하면 섹스에 그대로 적용될 수 있다는 생각이 들었습니다만 그런 차이쯤이야 문제될 것은 없지 않겠습니까.) 체스는 복잡성에 도전하는 게임입니다. 바둑을 제외하면, 체스만큼 무궁무진한 판의 가능성을 지닌 게임은 없을 겁니다. 그런데 체스에는 운을 완전히 배제한다는 또 다른 매력이 있습니다. 체스는 '운수소관'이 없는 철저히 논리적인 게임입니다. 우리가 체스판에 쏟는 정신력에 의해서만 승패가 결정됩니다. 따라서 역사적으로 위대한 체스 선수들에게는 천재의 기운이 느껴집니다. 그러나 천재적 재능이어도 아주 특별한, 즉 체스판 위 말의 움직임에 국한된 깊으면서도 무척 좁은 재능입니다. 보비 피셔는 언젠가 "체스는 삶이다"라고 말했습니다. 하지만 꼭 그렇지는 않습니다. 삶에는 행운이란 요소가 흔히 개입됩니다. 어디에서, 누구의 자식으로 태어나느냐에도 운이 개입되고, 유전적 요인과 환경적 요인에

도 운이 작용합니다. 게다가 삶은 결코 논리적이지 않습니다. 실제로 많은 사상가와 작가들도 삶이 이치에 맞는다고 단언할 수는 없다고 했습니다. 그러나 단순한 규칙들로 짜인 체스는 무한히 복잡한 게임을 만들어냅니다. 삶도 단순한 규칙들로 이루어지지만 무한히 복잡한 사건들을 만들어낸다는 점에서 체스와 같다고 말할 수는 있을 겁니다. 또 우리가 삶에서 벽에 부딪치듯이, 체스에서도 흑과 백이 대립합니다. 따라서 삶과 체스가 완전히 같다고 말할 수는 없지만, 운명은 전적으로 각자의 손에 달려 있다고 삶을 단순화하는 게 불만스럽지만은 않습니다. 체스판을 보며 전투 현장, 아니면 열띤 질의응답 시간을 떠올리는 것도 무리는 아닙니다.

슈테판 츠바이크의 『체스 이야기』는 저자가 1942년 브라질에서 자살로 삶을 마감한 후에 출간되었습니다. 츠바이크는 나치스의 치하에서 벗어나려고 부인과 함께 브라질로 피신했습니다. 츠바이크는 1, 2차 세계대전 사이에 활동한 작가로 뼛속까지 유럽 대륙인이었고, 두 번의 대량학살극으로 점점 미쳐가는 세상을 이해해보려 애쓰던 작가입니다. 그는 전기를 연이어 발표하며 '현실' 세계에 몰두하고, 『체스 이야기』와 같은 작품들에서는 현실 세계에서 '탈출'하는 방식으로 세상을 이해해보려 했습니다. 그러나 탈출은 불가능했습니다. 츠바이크의 삶 자체가 그의 소설에 스며들었습니다. 『체스 이야기』에서도 그런 면이 확인됩니다. 이야기는 뉴욕에서 부에노스아이레스로

가는 여객선에서 며칠간 일어나는 사건에 대한 것입니다. 여객선에는 세계 체스 챔피언인 미르코 첸토비치가 타고 있습니다. 몇몇 체스 애호가들이 그에게 자기들 전부를 상대로 한 게임을 해보자고 꼬드깁니다. 첸토비치는 그들을 쉽게 물리칩니다. 그들은 한 판을 더 둡니다. 이번에도 애호가들은 궁지에 몰려 패배할 처지에 몰립니다. 그러나 그때 구경꾼들 사이에서 기막힌 다음 수를 훈수하는 목소리가 들립니다. 애호가들은 그 훈수를 받아들이고, 그 후에도 그 낯선 사람이 가르쳐주는 대로 말을 놓습니다. 놀랍게도 그 게임은 무승부로 끝납니다. 낯선 남자는 다음 날 단둘이 맞붙자는 세계 챔피언의 요청을 마지못해 허락합니다. 그런데 그 낯선 남자는 누구일까요? 그는 어디에서, 어떻게 그런 실력을 쌓았을까요? 『체스 이야기』는 아리스토텔레스가 좋은 이야기의 핵심적인 특징이라 말했던 시간과 행동과 장소가 완벽한 조화를 이룹니다. 실제로 『체스 이야기』는 훌륭한 이야기입니다. 우리를 그야말로 빨아들입니다. 독자는 머릿속에서 그 배에 올라타고, 체스 애호가들과 함께 게임이 벌어지는 흡연실로 서둘러 달려갑니다. 그러나 그처럼 역사의 소용돌이에서 벗어난 소설의 매혹적인 배경에도 불구하고 세계와 세계의 분규는 쉽게 잊을 수 없습니다. 나치스에 대한 슈테판 츠바이크의 경험이 이 중편소설의 중간쯤에서 확연히 읽혀집니다. 예컨대 체스는 불가피한 도피의 수단으로 등장인물이 온전한 정신을 유지하기 위해서 매달리는 도피처로 그려집니다.

체스는 철저히 논리적인 게임이어서 격한 감정이 끼어들 여지가 없고 분별력을 엄격하게 유지할 때 승리할 수 있습니다. 이성을 잠시라도 잃는 순간에는 패배가 닥치기 때문에, 점점 미쳐가는 세상에서 체스는 위안거리가 될 법도 합니다.

수상님, 수상님께서도 팔러먼트 힐에서 종일 시달리고 나면 곧바로 집무실로 돌아가 체스를 두고 싶을 때가 있을 겁니다. 어쨌든 수상님께서는 소수 정부의 수반이십니다. 따라서 국회의 정회에 대한 거센 비판, 아프가니스탄 억류자들에 관련된 논쟁, 수십억 달러가 걸린 정상회담, 법적으로 규정된 인구조사를 생략한 결정에 대한 분노, 총기 등록을 약화하려던 노력의 무산, 참전용사들로 구성된 옴부즈맨들의 격분 등으로 수상님께서는 하루도 편할 날이 없을 겁니다. 모든 것을 장악해서 뜻대로 밀고 나가고 싶으시겠지요. 정책을 어떻게 꾸려가야 한다는 생각은 있겠지만 뜻대로 되는 것이 하나도 없을 겁니다. 게다가 뜻하지 않은 사건이 끊임없이 터질 테고요. 정말로 정치가 체스 게임이어서, 수상님께서는 가만히 앉아서 상대가 수상님의 뜻대로 움직이도록 윽박지를 수 있다면 참 좋겠지요?

안타깝게도 캐나다의 정치제도는 그렇게 논리적이지 않습니다. 어쩌면 국민의 입장에서는 그게 다행일지도 모르겠습니다. 여하튼 지금 수상님의 게임은 많은 졸을 잃었습니다. 이 게임이 어떻게 끝날지 궁금합니다.

안녕히 계십시오.

얀 마텔 드림

슈테판 츠바이크(Stefan Zweig, 1881-1942)는 소설가이자 극작가, 언론인이
다. 츠바이크는 나치스의 억압을 피해서 1930년대 오스트리아를 떠나 영
국으로 이주했다. 그 후에 미국을 거쳐 1940년 브라질로 망명했고, 그곳에
서 부인과 함께 자살했다. 대표적인 작품으로는 『체스 이야기』 이외에 『아
모크』(Amok)와, 연극과 영화로도 각색된 『낯선 여인의 편지』가 있다.

• 우리나라에서는 2010년 3월, 『체스 이야기·낯선 여인의 편지』(김연수 옮김/문학동네)로 출간
되었다.

Book 93

『시 선집』

예브게니 옙투셴코
2010년 10월 25일

*

캐나다 수상 스티븐 하퍼 님께,
수상님께서도 실수하신 적이 있습니까?
캐나다 작가 얀 마텔이 보냅니다.

하퍼 수상님께,

정치는 타협의 예술이라고 말합니다. 워싱턴이나 중동, 다른 어디에서든 두 정치인이 악수를 나누며 환히 웃는 사진이 신문에 실리면, 대립하던 양쪽이 조금씩 양보해서 합의에 이르는 돌파구를 마련하고는 서로 자축하는 모습일 가능성이 큽니다. 경쟁하던 집단들이나 개인들이 서로 이야기를 나눈 끝에 효과적인 타협을 끄집어내면 사회적 평화를 이루어낼 수 있습니다. 완강히 버티면서 어떤 식으로도 상대와 협상하지 않는 사람들은 끝없는 사회적 마찰의 원흉이 되고, 그들이 바랐던 평화마저 얻기 힘듭니다. 타협은 일반적으로 열린 대화의 결실이고 그로 인해 상대와 더욱 가까워지기 때문에 사회적 화합만이 아니라 인간관계를 구축하는 데도 도움이 됩니다. 이런 관계의 향상은 타협의 가능성을 높여주기도 하지만 애초에 적대감을 자극했던 차이까지 줄여줄 수 있습니다. 정치에서 생산적인 타협은 부수적인 문제들을 동시에 해결해주기도 합니다. 북아일랜드를 예로 들어보겠습니다. 이른바 '북아일랜드 문제'*는 1960년대 말에 시작되어, 삼십 년 동안 신교도 통합론자들과 구교도 민족주의자들이 서로 치열하게 싸우며 남녀노소를 가리지 않고 상대를 죽였습니다. 일부는 적대 행위에 적극적으로 가담했고 일부는 방관자였을 뿐입니다. 상대를 향한 증오심은 극한으로 치달았습니다. 그러나 분쟁 당사자들은 느리지만 부단한 노력으로 1998년 '굿프라이데이 협정'(Good Friday Agreement)을 맺었고, 북아일랜드는 평화를 되찾았습니다. 타협으로 북아일랜드 문제가 종식되었고. 시간이 지나면서 이제는 평화가 사회구조의 일부가 되어 문제의 근원이 사라지기를 바라는 수준에 이르렀습니다. 굿프라이데이 협정이란 타협으

* 영국으로부터의 독립 문제를 두고 구교도와 신교도 사이에서 벌어진 갈등 및 폭력 사태.

로 인해 부수적인 문제들까지 하나둘 사라지고 있는 것입니다. 좋은 정책이란 그런 것입니다.

그런데 타협은 수상님의 방식이 아닌 듯합니다. 하기야 수상님께서는 일찌감치 정치에 입문했기 때문에, 기업가로 일하며 양보의 가치가 무엇인지 터득할 만한 중요한 경험을 얻지 못했지요. 수상님께서는 캐나다 시민연맹 회장을 수년간 지냈지만, 그곳은 보수적인 시민단체에 불과합니다. 따라서 대화의 중요성을 배우기에 적합한 단체가 아닙니다. 자신의 원칙과 이데올로기를 고수하며, 국가가 수상님의 의견을 받아들이기만을 기대하며 마냥 기다리십니다. 하지만 솔직히 말해서, 수상님의 바람대로 될지 의심스럽습니다. 사 년째 수상직에 계시지만, 야당이 분열되고 자유당이 국민에게 신뢰를 얻지 못한 덕분입니다. 더구나 수상님께서는 연속해서 두 번이나 소수 정부를 힘겹게 끌어가고 있으며, 여론조사에 따르면 수상님의 장래는 그다지 밝지 않습니다.

이런 이유에서 수상님께 예브게니 옙투셴코를 소개하려 합니다. 옙투셴코는 1933년에 태어난 러시아 시인입니다. 그리고 스탈린이 세상을 떠난 1953년, 옙투셴코는 스무 살이었고 시인으로서 성년을 맞았습니다. 옙투셴코는 니키타 흐루쇼프의 체제 아래 억압이 완화된 데서 혜택을 누리며, 더 큰 자유를 열망하는 스탈린 이후 세대를 대표하는 시인이 되었습니다. (제가 한참 전에 보낸 『이반 데니소비치, 수용소의 하루』가 출간된 때가 이

시기입니다.) 옙투셴코는 스탈린 체제하에서 살던 시인들이 목숨을 부지하려면 쓸 엄두조차 내지 못하던 시를 썼습니다. 제가 이번 주에 보내는 시집에 포함된 「바비 야르」가 대표적인 예입니다. 바비 야르는 우크라이나 키예프의 북쪽 끝에 있는 협곡입니다. 그곳에서 남녀노소를 불문하고 약 십만 명의 무고한 시민이 나치스에 의해 살해되었습니다. 집시들과 전쟁포로들도 있었지만, 희생자의 대부분은 유대인이었습니다. 옙투셴코는 유대인이 아니었지만 대학살의 현장에 소비에트 당국이 운동장을 건설하려는 계획을 반대하는 시를 썼습니다. 유대인들의 죽음을 애도하는 시이지만, 유대인을 향한 러시아인들의 증오심을 비난하는 시이기도 합니다. 유대인도 자신과 똑같은 인간이므로 유대인의 희생을 자신의 희생으로 명백하게 받아들이겠다는 감동적인 시이며, 그가 유대인을 지독히 적대시하는 땅의 시민이었다는 점에서 대담한 시이기도 합니다.

옙투셴코는 1950년대와 1960년대에 동서유럽에서 큰 명성을 얻었습니다. 그는 서구 세계를 두루 여행했습니다. 위키피디아에서 그를 검색해보면, 1972년 리처드 닉슨 대통령과 담소하는 사진이 나옵니다(그 사진을 보면 오바마 대통령이 저에게 보낸 편지가 생각납니다. 미국 대통령들이 꾸준히 작가들에게 관심을 가졌다는 사실을 얼마나 많은 사람이 알고 있을까요?). 여하튼 옙투셴코를 두고 소비에트 당국은 이렇게 말하고 싶었을 겁니다. "봐라, 소련이 억압적인 사회가 아니라는 증거가 바로 옙투셴코다. 우리 땅에서도 우리를 비판하는 위대한 시가 발표된다. 옙투셴코는 우리 사회를 대표하는 전형적인 인물이다."

그의 시는 소련 당국의 그런 바람을 얼마나 충족시킬까요? 이 얄팍한 책에서는 그런대로 만족시키고 있는 듯합니다. 「바비 야르」를 제외하면 정치적인 문제를 다룬 시는 거의 없으니까요. 미국이나 캐나다에서 발간된 시집에서도 정치적인 문제는 거의 거론하지 않습니다. 오히려 전반적으로 목가적인 분위기를 띠어, 위성국가들 없이도 세계에서 가장 큰 국가인 러시아의 대부분이 실제로는 농촌이라는 걸 떠올리게 합니다. 대다수의 시가 상식과 실현 가능한 인간성을 노래해서, 미국 시인 로버트 프로스트를 읽는 듯한 기분입니다.

옙투셴코가 자신과 타협을 한 것일까요? 소비에트 연방은 처음부터 끝까지 억압적인 국가여서, 모든 자유가 무지막지하게 박탈당하지는 않았더라도 끊임없이 감시를 받을 겁니다. 이런 국가에서 자유로운 시인이 탄생할 수 있었겠습니까? 옙투셴코는 많은 사람에게 비난을 받았습니다. 특히 러시아계 미국 시인이며 평론가인 조지프 브로드스키(혹시 이 이름을 들어보셨습니까?)에게서는 불량한 사기꾼이며 크렘린이 쥔 가죽 끈에 목이 매인 채 크렘린이 허락하는 정도까지만 짖고 으르렁대는 시인이라는 비난을 받았습니다.

물론 자신이 쓴 글 때문에 상대적으로 호된 대가를 치러야 했던 작가들이 있었습니다. 솔제니친이나 브로드스키처럼 강제로 추방당한 작가들이 있었고, 더 심하게는 소련의 감옥에 투옥된 작가들도 있었습니다. 옙투셴코도 자신의 조국이 시민들에게 더 많은 자유를 허락하는 방향으로 변하기를 바라지 않았을까요? 그는 자신의 조국을 사랑했고, 조국이 지향하는 공산주의 이상까지도 사랑했을지 모릅니다. 또 영구 추방을 당해서 언어와 풍습과 음식이 다른 나라에서 평생을 지내야 한다는 생각에 그의 영혼이 오싹했을지도 모릅니다. 달리 말하면, 옙투셴코는 솔제니친이나 브로드스키와는 다른 방식으로 자신의 조국을 믿었던 것이 아닐까요?

제가 이런 의문에 대해 왈가왈부할 위치에 있지는 않습니다. 옙투셴코는 물론, 소비에트 역사에 대해서도 깊이 알지 못해 확실한 판단을 내릴 수는 없습니다. 그의 시를 즐겁게 읽을 수는 있지만, 그가 어떤 정치적 이념을 지녔는지에 대해서는 쉽게 단정 짓기 어렵습니다. 그러나 옙투셴코가 소비에트 연방과 거래하며 타협했다는 이유로 비난받는 것만은 분명합니다. 그는 그런 타협의 대가를 치르고 있습니다. 수상님께서도 아시겠지만, 예술과 정치에서 타협의 가치가 같을 수는 없습니다. 타협한 예술가는 실패자로 낙인 찍힐 수 있지만, 타협하는 정치인은 성공한 정치인으로 평가받습니다. 정치가 타협의 예술이라면, 예술은 타협이 허용되지 않는 정치입니다. 예술은 그런 자유로움에서, 그런 개별성에서 샘솟기 때문입니다. 타협하고 순응하며 쉽게 굴복하는 마음가짐은 창조적인 충동을 억누릅니다. 진정한

얀 마텔
101통의
문학 편지

예술은 타협하지 않습니다. 위대한 예술가는 자신의 길을 고집하며, "내가 있어야 할 곳은 여기다. 이게 내 지향점이다. 받아들이든지 말든지, 맘대로 해라. 타협은 없다!"라고 소리칩니다. 예술의 세계에는 예술가들이 자신의 입장을 설명해야 할 의회가 없고, 반드시 참석해야 할 질의응답 시간도 없습니다. 예술은 타협을 인정하지 않는 사람들의 공간입니다.

따라서 수상님께 이런 질문을 드리고 싶습니다. 혹시 직업을 잘못 선택하신 게 아닙니까? 혹시 수상님께서는 예술가가 되려다가 좌절하신 게 아닙니까?

안녕히 계십시오.
얀 마텔 드림

예브게니 옙투셴코(Yevgeny Yevtushenko, 1933-2017)는 시인, 수필가, 소설가, 영화감독, 시나리오 작가, 배우 등으로 활약한 다재다능한 인물이다. 스탈린 이후의 세대에서 가장 널리 알려진 시인이며, 1962년에는 《타임》 표지 모델로 선정되기도 했다. 털사 대학교와 뉴욕 시립대학교에서 러시아 및 유럽의 시와 영화를 가르쳤다. 미국 자유훈장과 오비드 문학상을 수상했다.

Book 94

『짝퉁 인디언의 생짜 일기』

셔먼 알렉시
2010년 11월 8일

*

캐나다 수상 스티븐 하퍼 님께,
캐나다 작가 얀 마텔이 보냅니다.

하퍼 수상님께,

삼 년 전(예, 꽤 오래전입니다), 저는 수상님께 영국 작가 지닛 윈터슨의 『오렌지만이 과일은 아니다』를 보냈습니다. 기억하시겠지만, 또 바라건대 즐겁게 읽으셨겠지만, 복음주의적 기독교 세계와 원초적인 레즈비언적 성징의 세계, 요컨대 대립되는 두 세계에 사로잡힌 지닛이란 여자에 대한 이야기였습니다. 지닛은 두 세계 중 하나를 선택해야 합니다. 기독교인이면서 레즈비언일 수는 없었으니까요. 당시에는 그랬습니다. 그녀가 속한 세계에서는 말입니다.

제가 이번 주에 보내는 소설, 미국 작가 셔먼 알렉시의 『짝퉁 인디언의 생짜 일기』에도 다소 비슷한 갈등이 나옵니다. 주인공인 십 대 인디언 소년 주니어는 워싱턴 주의 인디언 보호구역에 살고 있습니다. 더럽기 이를 데 없는 곳입니다. 대부분의 주민이 가난하고 비참하며 알코올중독자여서, 대부분의 아이들도 가난하고 비참하게 살아가며 알코올중독자가 되어갑니다. 어느 날 주니어는 다른 학교로 전학 가기로 결심합니다. 보호구역에 있는 학교를 떠나, 조그만 농촌 마을인 리어단에 있는 고등학교에 가기로 합니다. 그런데 문제가 있습니다. 리어단 고등학교는 백인들만 다니는 학교입니다. 유일하게 인디언이 있다면, 학교의 마스코트뿐입니다. 게다가 보호구역의 많은 학생이 주니어를 배신자로 여기게 되지요. 그러나 주니어는 보호구역에서 계속 지내면 자신의 일부가 죽어버릴 거라고 생각합니다. 그래서 주니어는 마음을 굳게 먹고 리어단 고등학교에 다니기 시작합니다.

『짝퉁 인디언의 생짜 일기』는 슬프면서도 무척 재밌는 소설입니다. 간결하고 분명한 문체는 십 대 독자를 겨냥하고 있지만, 줄거리는 십 대와 성인 모두에게 설득력이 있습니다. 현재의 삶이 구렁텅이에 빠져 허우적대고 있을 때, 수상님이라면 어떻게 극복하시겠습니까? 알렉시는 이 땅에서의 구원은 각자의 정신, 또 역경을 견디고 이겨내기 위한 내적인 역량을 찾아내는 능력에 달려있다고 답합니다. 하지만 어떤 투쟁에나 희생이 뒤따릅니다. 심지어 승리한 투쟁에도 희생이 뒤따릅니다. 따라서 주니어는 리어딘 고등학교에서 잘 지내게 되지만, 백인 세계에 사는 대신에 자신에게 익숙했던 인디언이란 자아를 버려야 합니다. 『오렌지만이 과일은 아니다』에서는 지닛에게 배타적인 선택을 강요하지만, 주니어의 경우는 그처럼 극단적이지는 않습니다. 어떤 정체성을 선택하겠느냐는 양자택일의 문제가 아니라, 거북하지만 그런대로 융합될 수 있는 두 정체성, 즉 백인과 인디언의 문제입니다. 여기에서 '짝퉁 인디언'(Part-Time Indian)이란 제목이 탄생한 것입니다. 보호구역에서 죽어가던 자신의 일부는 구해냈지만, 주니어의 다른 일부는 백인 세계에서 죽어가지 않을까요?

그래도 어느 날 주니어가 이처럼 대립된 정체성 때문에 고민하는 걸 끝내고, 인디언적 자아가 약간은 백인이 됨으로써 더 풍요로워지고, 자신이 선택한 백인 세계가 약간은 인디언이 됨으로써 더 나아질 거라고 생각한다면, 그래서 두 세계가 더 이상 부정적인 방향으로 충돌하지 않는다면 정말 멋지지 않겠습니까. 그렇게 된다면 짝퉁에 불과한 것도 나쁘지는 않습니다. 짝퉁 인디언, 짝퉁 백인, 짝퉁 작가, 짝퉁 아버지, 짝퉁 이것, 짝퉁 저것…… 결국 '짝퉁'은 주니어가 21세기에는 지극히 보편적인 '하이브리드 인간', 다양하고 복잡하지만 여전히 온전하고 독자적인 인간으로 성장해간다는 걸 다른 방식으로 표현한 것에 불과하지 않을까요?

안녕히 계십시오.

얀 마텔 드림

셔먼 알렉시(Sherman Alkexie, 1966년생)는 소설가이자 시인이며 영화제작자, 희극인으로도 활동한다. 첫 단편집 『외로운 방랑자 그리고 톤토 인디언 전사』(The Lone Ranger and Tonto Fistfight in Heaven)에 수록된 동명의 단편을 원작으로 하여 많은 상을 수상한 영화 〈스모크 시그널스〉의 각색을 맡기도 했다. 알렉시는 농구에 관련한 글로도 유명하며, 지금은 시애틀에서 부인과 두 아들과 함께 살고 있다.

• 우리나라에서는 2008년 10월, 『짝퉁 인디언의 생짜 일기』(김선희 옮김/다른)로 출간되었다.

Book 95

『과자와 맥주』

W. 서머싯 몸
2010년 11월 22일

*

캐나다 수상 스티븐 하퍼 님께,
토머스 하디와 한담을 나눈 후에
로지처럼 되기 위해서
캐나다 작가 얀 마텔이 보냅니다.

하퍼 수상님께,

겉표지는 끔찍하지만 좋은 책입니다. 『과자와 맥주』는 제가 수상님께 처음 보내는 서머싯 몸의 작품입니다. 1874년부터 1965년까지 살았던 영국 작가, 몸은 장편소설과 단편소설, 희곡과 여행기 등 다양한 글을 발표한 작가였습니다. 몸의 대표작이라면 『인간의 굴레』입니다. 사랑에 애태우는 영혼이 감수해야 하는 인간의 굴레! 수상님에게 시간적인 여유가 있다면, 밀드레드에게 집착하며 힘겨워하는 필립 캐리의 고뇌를 그린

『인간의 굴레』를 꼭 한번 읽어보시길 권합니다. 이 소설은 거의 칠백 쪽에 달하지만, 이번 주에 보내는『과자와 맥주』는 백구십 쪽에 불과합니다.

일반적으로 몸은 영국 문학에서 중심적인 위치에 놓이지 않습니다. 서술 기법이 무척 낡았고, 참신함과 실험정신도 부족했습니다. 그와 같은 시대에 활동한 헤밍웨이와 포크너, 조이스와 울프 같은 모더니스트들이 새로운 방식으로 소설을 쓰고 있던 때 그는 여전히 과거의 형식에 따라 소설을 썼습니다. 하지만 상관할 게 뭐 있겠습니까? 소설을 쓴다는 건 경쟁하는 것도 아닌데요. 재밌는 소설은 꾸준히 읽히는 법입니다. 몸은 좋은 이야기의 골격―등장인물, 줄거리, 감정―을 충실히 지켰고 훌륭한 소설을 써냈습니다.

『과자와 맥주』에는 저와 같은 직업에 종사하는 인물들이 등장합니다. 따라서 수상님께서 글쟁이들이 어떻게 살아가는지 재밌게 알아가실 수 있을 거라고 생각해서 이 책을 선택했습니다. 중요한 인물들―에드워드 드리필드, 앨로이 키어, 윌리엄 아셴덴―은 모두 작가입니다. 드리필드는 빅토리아 시대가 끝나갈 무렵 문학계의 중심인물로 그려지고, 키어는 재능보다 큰 야망을 지닌 인물로, 아셴덴은 조심스럽지만 성미가 고약한 우리의 화자입니다. 일설에 따르면, 몸은 에드워드 드리필드를 내세워 토머스 하디를 풍자했다고 합니다. 몸은 한 만찬장에서 연로한 하디를 만나서 약 사십오 분 정도 단둘이서 한담을 나누었다고 서문에서 밝히고 있지만(토머스 하디와 한담을 나눈다고 상상해보십시오!), 하디와 드리필드의 관련성을 완강히 부인합니다. 놀랍게도 몸은 토머스 하디를 이렇게 평가합니다. "나는 열여덟 살에 『테스』를 읽었다. 얼마나 몰두해서 읽었던지 젖 짜는 여자와 결혼하고 싶을 정도였다. 하지만 하디의 다른 작품들에는 대부분의 동년배들처럼 빠져들지 못했다. 나는 그의 영어가 썩 좋다고는 생각하지 않았다." 몸이 하디를 이렇게 평가하듯이, 윌리엄 아셴덴도 소설 속의 위대한 작가 에드워드 드리필드를 미적지근하게 평가합니다. 등장인물의 찬란한 명성을 독자들이 느끼게 하는 건 무척 어렵지만, 몸은 드리필드가 그런 인물이란 걸 실감나게 그려냅니다. 여하튼 소설을 읽으면서 수상님이 드리필드를 하디라고 생각하는 편이 편하다면 그렇게 하십시오. 픽션에 픽션을 더한다고 문제가 될 것은 없습니다. 오히려 읽는 재미를 더해주지요.

세 등장인물, 특히 드리필드와 아셴덴을 이어주는 끈은 관능적이고 무사태평하며 아름다운 로지 드리필드입니다. 로지는 에드워드 드리필드의 첫 번째 부인이고, 윌리엄 아셴덴의 옛 연인이며, 앨로이 키어에게는 골칫덩이입니다. 키어는 드리필드의 두 번째 부인에게서 그 위대한 작가의 전기를 써달라는 부탁을 받습니다. 수치심도 없이 마음에 드는 남자라면 누구와도 잠자리를 함께하는 로지는 옛 남편의 전기에서 언급되는 걸 껄끄럽게 생각하지만 피할 수가 없습니다.

이 소설에서는 등장인물들이 어떤 계급에 속하느냐에 따라 그들의 삶이 결정된다는 점이 충격적입니다. 어디서나 흔히 만날 수 있고 언제든지 방문해서 편하게 대할 수 있는 사람들도 있지만, 순전히 직업적인 차원에서 뻣뻣하고 엄격하게 대해야 하는 계급의 사람들도 있습니다. 로지만이 예의범절이란 개념에 구애받지 않고 자신이 원하는 삶을 사는 유일한 등장인물입니다. 달리 말하면, 로지는 감정이 자신을 어디로 끌고 가든지 그 감정에 충실하게 살아간다는 뜻입니다.

서머싯 몸의 작품 중 처음으로 보내는 소설을 한번 읽어보십시오. 마음에 드실지 궁금합니다. 덧붙여, 그의 단편소설들도 무척 훌륭합니다.

안녕히 계십시오.
얀 마텔 드림

W. 서머싯 몸(W. Somerset Maugham, 1874-1965)은 영국의 소설가로, 여행 작가, 극작가이기도 하다. 의사로서 사회에 첫발을 내디뎠지만 항상 작가가 되기를 원했다. 첫 소설 『램버스의 라이자』(Liza of Lambeth)가 성공을 거두면서 의사라는 직업을 그만두었다. 대표작으로 『인간의 굴레』『인생의 베일』『면도날』이 있다. 세 소설 모두 영화로도 제작되었다.

• 우리나라에서는 2012년 5월, 『달과 6펜스/과자와 맥주』(이철범 옮김/동서문화사)로 출간되었다.

Book 96

『작가를 찾는 6인의 등장인물』

루이지 피란델로
2010년 12월 6일

＊

캐나다 수상 스티븐 하퍼 님께,
캐나다 작가 얀 마텔이 보냅니다.

하퍼 수상님께,

20세기 유럽 연극계를 대표하는 위대한 저작들을 꼽을 때 루이지 피란델로의『작가를 찾는 6인의 등장인물』을 빼놓을 수 없습니다. 피란델로를 간략하게 소개하면, 이탈리아 작가로 1867년부터 1936년까지 살았고, 장·단편소설과 희곡을 썼으며 1934년에 노벨 문학상을 수상했습니다.

『작가를 찾는 6인의 등장인물』은 1921년에 초연되었습니다. 대담한 실험적인 작품이 그렇듯이, 대중에게 인정받기 전에는 평론가들의 의견이 분분했습니다. 그래도 이 작품으로 피란델로는 세계적인 명성을 얻었습니다. 과거의 희곡과는 완전히 다른 희곡이었습니다. 무대장치가 전혀 없는 무대, 따라서 거실인지 정원인지 다른 어떤 곳인지 짐작할 수 없는 공간, 여하튼 빈 무대로 시작합니다. 마침내 몇몇 배우가 어슬렁거리며 들어오고 곧이어 연출가, 프롬프터, 소도구 담당자 및 극단원들이 뒤따라 들어옵니다. 그들은 어떤 연극을 연습하려 합니다. 이런 연극 속의 연극이란 기법은 그다지 혁명적인 것이 아닙니다. 셰익스피어가 『햄릿』에서 이미 사용한 기법입니다. 그러나 『햄릿』의 경우에는 완결된 희곡 속에 완결되는 희곡이 등장합니다. 반면에 『작가를 찾는 6인의 등장인물』은 시작하면서부터 연극이란 예술의 내적인 기법을 그야말로 천둥벌거숭이처럼 드러냅니다. 배우들은 진짜 배우로 무대에 등장해서 여기저기에 서서 잡담을 나누거나 담배를 피우며 신문을 읽고, 일반적으로 모습을 드러내지 않는 연출가와 다른 관련자들도 관객들 앞에 등장합니다. 이 모든 것이 실질적이고 일상적인 삶의 모습을 띱니다. 그 후, 바야흐로 피란델로의 혁명이 시작됩니다. 경비원이 조심스레 연출가의 말을 끊고는 어떤 사람들이 만나고 싶어 한다고 알립니다. 연출가는 짜증을 내며 연습을 중단할 수 없다고 소리칩니다. 경비원은 그 사람들이 고집을 부려서 어쩔 수 없었다고 대답합니다. 그런데 그들은 이미 무대에 들어와 있습니다. 나이 든 남자와 나이 든 여자, 젊은 남자와 젊은 여자 그리고 두 어린아이, 그렇게 여섯 명입니다. 연출가는 짜증스럽게 묻습니다. "당신들은 누구요? 원하는 게 뭐요?"

아버지가 대답합니다. "어떤 작가를 찾아서 왔습니다." 그들, 즉 아버지와 어머니, 며느리와 아들, 소년과 어린이는 어떤 작가에게 버림받은 등장인물들입니다. 연출가에게 그들이 본래의 목적을 성취할 수 있게 해달라고 부탁하고자 무대까지 찾아온 것이라고 덧붙입니다. 연출가와 배우들은 놀라면서도 믿지 못하겠다는 반응을 보입니다. 여하튼 아버지와 그의 가족들은 유령이 아닙니다. 그들은 피와 살을 지닌 정상적인 인간들입니다. 그들이 연극을 방해하게 된 것에 대해 사과를 할까요? 그렇지 않습니다. "삶이란 무한한 부조리로 가득하고, 이상하게도 부조리가 진실이어서 그럴듯하게 보일 필요조차 없다는 걸 여러분도 잘 아시기 때문입니다."

이 희곡에서는 '현실'과 '진실'이란 단어가 자주 쓰입니다. 두 단어가 이 희곡에서 말하고자 하는 것의 핵심입니다. 현실의 삶에 존재하는 등장인물들의 도무지 믿기지 않는 말을 『작가를 찾는 6인의 등장인물』에서는 전혀 내버리지 않습니다. 오히려 시종일관 주장됩니다. 결국 피란델로의 목표는 현실과 진실, 구체적인 것과 상상한 것 간의 경계를 허무는 것입니다. 현실적인 것에는 저급하고 물질적인 사실성을 초월하는 어떤 진실이 전혀 담겨 있지 않을 수 있고, 정말로 진실인 것은 진실이란 것을 확인받기 위해서 굳이 현실적이란 딱지가 필요하지 않다는 것입니다. 이런 주장은 문학의 감상적인 공상이 아닙니다. 삶의 대부분이 환상입니다. 하퍼 수상님, 수상님께서 개혁당의 대변혁을 원했던 청년이던 때의 모습은 이제 사라졌습니다. 한때 그 모습은 현실이었지만 지금은 사라지고 없습니다. 수상님께서 내일의 수상님이 되더라도 수상님의 오늘 모습이 안갯속으로 사라지지 않을 거라고 말할 수 있겠습니까? 이 지구에서 살아가는 수십억 인구가 그런 식으로 사라졌고, 그들의 현실이 소멸되었습니다. 처음에는 인간의 형태를 띠어갈 때, 그 후에는 성장하고 나이가 들어갈 때 조금씩 사라졌고, 죽음의 망각에 삼켜진 때는 완전히 사라졌습니다. 인간을 문학의 등장인물에 비교해볼까요? 등장인물은 언제나 똑같습니다. 결코 변하지 않고 영원히 존재하며, 죽지도 않습니다. 『햄릿』을 관람한 관객들은 결국 죽게 되거나 이미 죽었지만, 햄릿은 희곡의 대본 속에 여전히 살아 있고 변하지도 않습니다. 『작가를 찾는 6인의 등장인물』에서 아버지의 말을 빌리자면, 등장인물은 "언제나 '아무개'입니다". 그러나 인간은…… 결국 '무명인'이 됩니다.

더 감상적인 해석으로 들린다고 수상님이 발끈하실지도 모르겠습니다. 하지만 이렇게 생각해보십시오. 예술은 삶의 본질입니다. 예술은 단조롭고 평범하며 일상적인 부분이 빠진 삶입니다. 소설에서 등장인물은 슈퍼마켓에 가거나, 칫솔질을 하면서 독자의 시간을 낭비하게 만들지 않습니다. 연극에서는 우리의 일상 대화에서 거의 빠지지 않는 인사말을 관객에게 건네지 않습니다. 소설과 희곡은 본질적인 것만을 말하기 때문에 그런 것들이 생략되는 것입니다. 이런 이유에서 소설과 희곡이 대체로 따분하고 무의미한 현실보다도 오히려 진실에 더 가깝다고 말할 수 있습니다. 그럼에도 불구하고 수상님께서 소설과 희곡에는 현실성이 없다고 계속 주장하신다면, 오만보다는 연민으로 그렇게 주장하시는 게 아닐까요? 우리는 삶이 예술을 더 닮아가기를 원하는 게 아닐까요? 제 추측이지만, 많은 사람이 그렇게 되기를 바랄 겁니다. 그런 삶을 실제로 살아가는 사람도 적지 않습니다. 우리에게 강렬한 인상을 주는 사람에 대해서 '현실의 등장인물'이라고 말하는 게 일반적인 표현이 아닐까요? 그런 등장인물을 피란델로가 창조해냈습니다!

제 생각에 피란델로의 지적은 현실의 겉모습과 내용물 모두에 의문을 제기하는 것입니다. 현실은 겉으로 보이는 것만큼 진짜가 아닙니다. 또한 진실은 보는 것도 어렵지만 받아들이기는 더더욱 어렵습니다. 달리 말하면, 삶은 우리가 생각하는 수준 이상으로 상상의 산물이란 뜻입니다. 따라서 때로는 우리 자신도 작가와 방향과 의미를 찾는 등장인물이고, 때로는 우리 역할을 의식적으로, 혹은 무의식적으로 해내는 배우입니다.

수상님께서 언젠가 무대를 통해 『작가를 찾는 6인의 등장인물』을 보셨으면 좋겠습니다. 저는 이 년 전에 현대판으로 해석

얀 마텔
101통의
문학 편지

된 연극을 보았습니다. 새로운 활력을 주는 상쾌한 공연이었습니다.

유감스럽게도 제가 수상님께 보내는 번역판은 그다지 훌륭하지 않습니다. 거의 육십 년 전에 번역된 것이어서 따분한 냄새가 물씬 풍기는 영국식 영어입니다. 심지어 한 등장인물은 "에구머니나!"라고 소리칩니다. 이런 표현이 짜증스럽기는 하지만, 다행히 제가 급히 훑어보며 찾아낼 수 있었던 유일한 옛날식 표현이었습니다. 게다가 책마저 너덜너덜합니다. 하지만 이것도 다른 부분에서는 진실한 예술 작품의 덧없는 현실에 불과합니다.

안녕히 계십시오.

얀 마텔 드림

루이지 피란델로(Luigi Pirandello, 1867~1936)는 이탈리아의 소설가이자 시인이며 희곡을 쓰기도 했다. 1934년 노벨 문학상을 받았다.

• 우리나라에서는 2012년 1월, 『작가를 찾는 6인의 등장인물』(장지연 옮김/아트누리)로 출간되었다.

Book 97

『실수 대장』

앙드레 프랑캥

『땡땡의 모험 5 : 푸른 연꽃』

에르제

『퀘벡의 폴』

미셸 라바글리아티
2010년 12월 20일

*

캐나다 수상 스티븐 하퍼 님께,
세 권의 프랑스어 교재와
세 개의 크리스마스 선물을
캐나다 작가 얀 마텔이 보냅니다.

하퍼 수상님께,

프랑스와 벨기에에서 만화책은 완전히 자리 잡은 전통입니
다. 저는 프랑스에서 사 년 동안 어린 시절을 보냈기 때문에 프

랑스 만화를 보며 자랐습니다. 아스테릭스와 오벨릭스, 땡땡, 럭키 뤼크, 스피루와 팡타지오, 필레몽 등 많은 만화 주인공들을 흠모했습니다. 열두 살에 캐나다에 돌아와 이곳에서 만난 마블 코믹스의 만화책들도 흥미진진했지만, 잔혹하고 유머도 없어 낯설었습니다. 하기야 마블 코믹스는 미국 만화책이니까요.

제가 지난 편지에서 언급했듯이 수상님께서 프랑스어를 공부하는 데 많은 노력을 기울이신 걸로 알고 있습니다. 그래서 이번에는 프랑스어로 쓰인 세 권의 만화책을 보내기로 결정했습니다.

『실수 대장』은 가스통 라가프가 주인공입니다. 가스통은 《스피루》라는 잡지사에서 명목상으로는 독자들의 편지를 관리하는 역할을 맡은 사환입니다. 그는 자신의 관심사에만 몰두할 뿐 어떤 일도 하지 않습니다. 그의 관심사는 예술적인 것부터 기계적인 것까지 무척 다양하지만, 정작 자신의 역할인 독자들의 편지에는 아무런 관심도 없습니다. 그는 걸핏하면 실수를 저지르는 실수 대장입니다. 재밌게도 프랑스어에서 실수를 뜻하는 '가프'(gaffe)는 영어에서도 똑같은 뜻입니다. 그러나 가스통의 실수는 급이 다릅니다. 따라서 그는 동료 직원들에게, 더 나아가 동네 사람들에게 그야말로 공포의 대상입니다. 희한하게도 그는 그처럼 어마어마한 실수를 반복해서 저지르는데도 해고당하지 않습니다.

한 페이지가 독립된 이야기로 완결되기 때문에 이야기가 이어지지는 않습니다. 하지만 동일한 등장인물이 처음부터 끝까지 등장합니다. '가스통 라가프' 시리즈의 기발함은 주로 시각적인 면에 있습니다. 예컨대 팔 쪽을 보십시오. 여기에서 가스통은 상관인 프뤼넬에게 낡은 자동차를 태워주겠다고 말합니다. 최첨단 장치인 안전벨트를 설치했다고 말입니다(만화의 배경은 1977년입니다). 프뤼넬이 불안한 표정을 짓자 가스통은 안전벨트를 직접 설치했으니 걱정하지 말라고 프뤼넬을 안심시킵니다. 아뿔싸! 가스통이 실수로 프뤼넬의 안전벨트를 자동차의 구동축에 연결했던 것입니다. 따라서 시동을 걸자 안전벨트가 구동축에 감기기 시작했고, 프뤼넬이 앉은 조수석이 통째로 자동차 차체 안으로 끌려 들어갑니다. 위에서 세 칸 아래, 중간쯤을 보면 프뤼넬은 조수석에 완전히 짓눌려 있습니다. 들어 올린 한 발, 꽉 쥔 주먹을 보시고, 끼이익! 조수석을 끌어당기는 요란한 소리를 들어보십시오. 말로 표현하기 힘들 정도로 재밌습니다. 더 재밌는 이야기도 있습니다. 이십구 쪽에서는 가스통이 칠리와 후추로 만든 소스를 동료인 르브락에게 맛보게 합니다. 르브락의 표정을 보십시오. 정말 실감나지 않습니까?

반면에 땡땡에는 그런 재미가 없습니다. 재밌는 말이 간혹 튀어나오긴 하지만 포복절도할 정도로 웃기지는 않습니다. 그림도 좀 더 공들여 그렸고요. 그러나 땡땡의 기발함은 다른 곳에, 즉 이야기의 다양한 폭에 있습니다. 긴 시리즈인 땡땡의 모험—제1권인『콩고에 간 땡땡』이 1930년에 출간되었고, 마지막인 제22권『땡땡과 카니발 작전』은 1976년에 출간되었습니다*—은 흥미진진한 내용으로 전 세계에서 수백만 독자의 마음을 사로잡았습니다. 제가 이번 주에 보내는『땡땡의 모험 5: 푸른 연꽃』은 1934년에 출간된 초기 판본(원래의 흑백판)이지만, 그 안에서 펼쳐지는 모험에 수상님께서도 정신없이 빨려들어갈 것입니다. 몇몇 그림은 눈에 휘둥그레질 정도로 멋집니다. 예컨대 육 쪽과 이십육 쪽에 크게 그려진 그림을 보십시오.

땡땡을 창조해낸 에르제는 역사적 맥락에서 살펴봐야 합니다. 에르제는 만화의 문법을 실질적으로 만들어낸 작가입니다. 사각형의 틀 안에서 이야기가 전개되며 명확하고 유연하게 흘러갑니다. 게다가 대상을 클로즈업하기도 하고 원경에 두기도 하며, 소소한 표현을 덧붙여 감정을 전달하기도 합니다. 예컨대 머리를 둥그렇게 감싸는 별들로 고통을 표현하고, 물방울들로는 불안감이나 당혹감을 표현합니다. 이야기 전체를 흥미진진하고 기억할 만한 이야기로 꾸미려는 욕심도 있습니다. 이 모든 것이 조르주 레미(Georges Rémi)로부터 시작되었습니다. 그는 이름의 머리글자들을 뒤집어서 필명, '에르제'(Hergé)를

---

*   1930년에 출간된 1권은『소비에트에 간 땡땡』이다. 얀 마텔이 착각했거나, 에르제가 1권의 재출간을 허락하지 않아서『콩고에 간 땡땡』을 제1권이라 말했을 수도 있다.

만들었습니다.** 제가 주제넘게 만화의 역사학자가 되고 싶은
건 아니지만, 저는 땡땡이 프랑스, 벨기에 만화의 할아버지라
고 굳게 믿습니다. 땡땡은 그 이후의 만화가들에게 큰 디딤돌
이 되었던 거인입니다. 앙드레 프랑캥은 물론이고, 대서양 건
너편에서 『퀘벡의 폴』을 그리고 쓴 미셸 라바글리아티도 땡땡
의 후손들입니다.

　『퀘벡의 폴』은 '폴' 시리즈의 여섯 번째 책입니다. 폴의 장인
이 병에 걸려 죽어가는 슬픈 이야기로, 무척 감동적입니다. 수
상님께서도 눈을 적시지 않고는 끝까지 읽어낼 수 없을 겁니
다. 『퀘벡의 폴』은 만화책도 어느덧 성년이 되어, 글을 사용해
서만 표현되는 진지한 이야기를 해낼 수 있다는 걸 자신 있게
보여줍니다. 그림들도 뛰어난 소설가가 신중하게 선택한 은유
적 표현만큼이나 강렬한 인상을 남깁니다. 『퀘벡의 폴』은 퀘벡
의 언어와 문화에 완전히 뿌리를 두고 있어, 저는 이 만화를 읽
으면서 많은 부분(예컨대 첫 장면에 그려진 몬트리올과 퀘벡 사이
의 이상한 식당)이 눈에 익어 약간의 향수마저 느꼈습니다. 제가
그곳에서 태어난 기분이었습니다. 만화에 등장하는 인물들은
저와 함께하는 사람들이고, 만화 속의 이야기들은 제 이야기이

**　머리글자를 뒤집으면 RG가 된다. 프랑스어에서 R은 '에르'로, G는 '제'
로 발음된다.

기도 합니다.

수상님 가족 모두가 즐거운 크리스마스를 맞이하기를 바랍
니다.

안녕히 계십시오.
얀 마텔 드림

앙드레 프랑캥(André Franquin, 1924-1997)은 벨기에의 만화가다. 1950년대
와 1960년대에 '마르시넬 파'의 일원으로 시리즈 만화 『스피루와 팡타지
오』(Spirou et Fantasio)의 창작에 참여했고, 만화 주간지 《탱탱》에도 그림을
기고했다. 독자적인 작품으로는 '가스통'과 '이자벨'을 주인공으로 한 시리
즈가 있다.

에르제(Hergé, 1907-1983)의 본명은 조르주 레미로, 벨기에의 만화가이자
화가다. '땡땡' 시리즈의 창작자로 널리 알려져 있다. 2차 대전 동안에도
'땡땡의 모험' 시리즈를 꾸준히 출간했다. 벨기에 정부에서 수여하는 공로
훈장을 받았다.

미셸 라바글리아티(Michel Rabagliati, 1961년생)는 캐나다의 만화가다. '폴'
시리즈(『시골에 간 폴』(Paul à la campagne), 『아파트로 이사한 폴』(Paul en
appartement) 등)로 유명하다. 어린 시절부터 만화를 읽고 창작했지만 오랫
동안 그래픽 디자이너와 삽화가로 활동한 후에야 만화계로 다시 돌아왔다.

• 우리나라에서는 2011년 11월, 『땡땡의 모험 5: 푸른 연꽃』(류진현, 이영목 옮김/솔)으로 출간되
었다. 나머지 두 권의 원제는 각각 『Le géant de la gaffe』, 『Paul à Québec』이다.

Book 98

『가윈 경과 녹색기사』

(제임스 위니, 편찬과 번역)
2011년 1월 3일

＊

캐나다 수상 스티븐 하퍼 님께,
2011년 새해 인사를 드리며
캐나다 작가 얀 마텔이 보냅니다.

하퍼 수상님께,

좋은 것이라고 확실히 확인된 과거의 것은 그대로 유지하고 새해에는 모든 것이 더 좋아질 거라는 기대감으로 한 해를 시작하지 못할 이유가 있겠습니까? 며칠 전, 저는 서스캐처원 대학교 영문학과 학과장 더그 소프를 우연히 만났습니다. 그는 월터 스콧 경의 전문가여서, 스콧이 쓴 작품으로 수상님께 추천할 만한 짤막한 작품이 있느냐고 그에게 물었습니다. 소프 교수는 고개를 설레설레 저으며 말했습니다. "월터 스콧 경이 짧게 쓴 작품은 없습니다. 그는 정말 글을 징그럽게 썼지요. 모든 작품이 육백 쪽을 넘습니다." 월터 스콧 경과, 수상님께서 바쁘시기에 짤막한 책밖에 추천할 수 없는 우리 북클럽에 대한 이야기는 거기에서 끝났습니다. 여하튼 저는 소프 교수에게 그럼 추천할 만한 다른 책으로 생각나는 게 없느냐고 물었습니다. 그는 잠시 생각하더니 "『가윈 경과 녹색기사』는 보냈습니까?"라고 물었습니다. 보내지 않았다고 대답하자, 소프 교수는 저를 연구실로 데려가더니 한참 동안 책꽂이를 뒤적거렸습니다. 그러고는 "찾았다!"라며 문제의 책을 저에게 건네주었습니다.

그 책이 지금 수상님의 손에 쥐어져 있습니다. 겉표지에 편찬자이자 번역가로 쓰인 제임스 위니라는 이름 때문에 저는 이 선물에 두 배로 감동받았습니다. 제임스 위니는 온타리오 피터버러의 트렌트 대학교에서 가르쳤습니다. 제가 바로 그 대학교의 철학과를 다녔거든요. 제가 일 학년 때 수강한 영문학 개론의 지도교수가 제임스 위니였습니다. 물론 위니 교수는 저를 전혀 기억하지 못하겠지만 저는 아직도 그분을 똑똑히 기억하고 있습니다. 일주일에 한 번, 여덟 명 정도의 학생이 그분의 연구실을 찾아갔고, 우리는 그분의 지도를 받아가며 문학 작품에 대한 토론을 벌였습니다. 당시 위니 교수는 육십 대였지만 목소리는 낭랑했고, 영어 억양이 무척 우아해서 귀족적인 분위기마저 풍겼습니다. 그분은 냉담하게 보였지만 상당히 자상하셨습니다. 하지만 시대가 달라졌습니다. 이제 캐나다 대학 시스템은 비판적으로 사고하는 시민보다 경제적으로 쓸모 있는 노동자를 양산하는 데 초점을 맞추기 때문에, 여덟 명의 신입생이 정교수를 일주일에 한 시간씩 만난다는 건 상상조차 할 수 없게 됐습니다. 하지만 당시, 1980년대 초 트렌트 대학교에서는 가능했습니다. 이런 지도교수 시스템은 저에게 많은 영향을 주었습니다. 언젠가 위니 교수가 T. S. 엘리엇의 「4개의 4중주」(Four Quartets)를 큰 소리로 낭송해주었습니다. 그분은 다양한 영어 억양에 능숙해서, 우리에게 시의 참맛을 느끼게 해주었습니다. 우리 학생들이 조지프 콘래드의 『비밀요원』에 대해 토론하던 때도 기억나는군요. 위니 교수는 우리에게 대단할 것 없는 의견을 제시하는 척했지만 넘볼 수 없는 권위가 담긴 말로 그 소설을 완벽한 소설이라 평가했습니다. 토론 모임을 가질 때마다, 위니 교수는 우리가 미숙한 머리로 읽어낸 것보다 훨씬 많은 것을 찾아낼 수 있도록 도와주었습니다.

저는 지금도 위니 교수를 똑똑히 기억하지만, 그 오랜 시간동안 그분을 생각해본 적이 없었습니다. 그런데 이십오 년이 지난 후에 그분의 이름과 역작이 느닷없이 제 눈앞에 나타났습니다. 다시 그분의 정신세계로 들어갈 수 있다는 생각에 정말 기뻤습니다. 그분이 『가윈 경과 녹색기사』를 분석하던 그 강의실에 제가 있었다면 얼마나 좋았을까요.

위니 교수의 서문에 따르면, 『가윈 경과 녹색기사』는 14세기 말에 익명의 시인이 '북서 잉글랜드 특유의 방언으로' 쓴 작

얀 마텔
101통의
문학 편지

품입니다. 제가 수상님께 보내는 브로드뷰 출판사의 판본은 왼쪽의 짝수 페이지에는 원전, 오른쪽의 홀수 페이지는 번역이 배치되어 있습니다. 저에게 중세 영어, 그것도 방언은 거의 외국어와 다를 바가 없습니다. 게다가 저에게는 이런 식의 번역을 할 만한 끈기도 없습니다. 제가 모르는 언어에는 인간의 머리로 생각해낼 수 있는 온갖 아름다움과 신비로움이 내재하고, 전시실을 꽉 채운 어떤 박물관보다 문화적 가치가 더 크다는 걸 기꺼이 인정합니다. 그러나 그런 언어를 볼 때마다 저를 가장 먼저 답답하게 만드는 것은 '도무지 이해할 수 없다'는 장벽입니다. 차라리 클라리넷에게 말을 거는 편이 낫겠다는 생각마저 듭니다. 물론 클라리넷은 대부분 아름답다고 여겨지지만, 언어는 일단 의사소통을 위한 것이고 아름다움은 덤이지 않습니까. 제 눈은 왼쪽의 중세 영어를 볼 때마다 이해할 만한 구절이나 단어를 찾아 두리번거리느라 금세 지쳐버리지만, 현대 영어로 쓰인 오른쪽 페이지들은 꽃가루를 뿌려놓은 듯 보이고, 명확하게 이해됩니다. 게다가 단어들을 보는 게 아니라 단어들이 전달하는 이미지를 봅니다. 수상님께서도 직접 실험해보십시오. 어쩌면 수상님께는 중세 영어를 해독하는 게 더 재밌을 수도 있으니까요.

위니 교수가 번역한 『가윈 경과 녹색기사』가 제 마음에 바싹 와 닿아서 정말 놀랐습니다. 시를 반복해서 읽자, 한 가지가 분명하게 머릿속에 그려졌습니다. 인간으로서의 존재였습니다. 그것이 가윈 경이든 녹색기사이든 베르틸락 영주 부부이든 상관없습니다. 이 이야기와, 제가 얼마 전에 보낸 다른 중세 유럽 문학, 『니벨룽겐의 노래』를 비교해보십시오. 저는 지그프리트나 크림힐트, 프룬힐트나 하겐을 살아 있는 인물들이라 상상해본 적이 없었습니다. 그들은 생생한 이야기 속에 존재하는 문학적 상징이었습니다. 물론 가윈 경도 문학적 상징입니다. 요컨대 그리스도의 너그러운 사랑과 당시의 야만적인 사회 현실을 어떻게든 융화시키려 애썼던 중세의 이상으로 여겨질 수 있는 기사도 정신과 궁중의 사랑을 상징하는 인물입니다. 그러나 가윈 경은 정말로 손으로 만질 수 있는 인간의 형체를 지닌 듯한 상징이기도 합니다. 다음 구절을 읽어보십시오.

눈 위에서 빛나는 자신의 피를 본 가윈은
발을 모아 창 길이보다도 멀리 앞으로 뛰쳐나갔고,
이내 재빨리 투구를 붙들어 머리에 썼고,
어깨를 움직여 등 뒤에 매달린 방패를 팔 쪽으로 이동시켰으며,
이어서 빛나는 칼을 꺼내들고 맹렬하게 소리쳤다
세상에 태어난 이래로
지금 느낀 행복의 절반만큼도 그는 행복을 느껴본 적 없었다
"공격을 멈추시오, 기사여, 더는 도끼를 휘두르지 마시오"

앞으로 뛰쳐나가고, 장비를 서둘러 갖추며 깊은 행복감을

느낍니다. 그리고 무섭게 경고합니다. 저는 『니벨룽겐의 노래』에서 지그프리트가 이처럼 인간적인 감정을 드러내는 모습을 찾아내지 못했습니다.

이 구절로도 부족하다면, 삼 장에서 베르틸락 부인이 침대에 누워 휴식하는 가윈 경을 반복해서 유혹하는 구절을 읽어보십시오. 그 구절에서 표현되는 에로티시즘은 종이를 뚫고 나와 저를 유혹하는 기분이었습니다. 가윈 경이 그 인간적인 욕정을 어떻게 억눌렀는지 모르겠습니다.

기사도 정신이 자신에게 요구하는 것에 대해 가윈 경의 마음속에서 일어나는 의식의 흐름이 특히 재밌었습니다. 자신의 이상을 끝까지 지키려고 애쓰지만, 그렇지 못한 때 자신의 나약함을 한탄하는 한 남자가 우리 눈앞에 생생하게 그려집니다. 『가윈 경과 녹색기사』는 재밌을 뿐 아니라 감동적입니다. 수상님과 저, 아니 우리 모두가 자신의 이상에 따라 행동하려고 매일 힘겹게 투쟁하고 있지 않습니까.

『가윈 경과 녹색기사』는 친밀감을 자아내는 작품입니다. 그 친밀감은 많지 않은 등장인물들에 의해서만이 아니라 내밀한 이야기에 의해서도 조성됩니다. 또한 당시에는 드넓었던 영국 섬 거의 전역이 무대이지만, 이야기는 기본적으로 가윈 경을 중심으로 전개됩니다. 따라서 가윈 경이 돈키호테라면 독자는 산초 판사입니다.

계절, 특히 겨울에 대한 묘사는 숨 막히게 아름답습니다. 사냥 장면은 손에 땀을 쥐게 만듭니다. 모든 이야기가 독자에게 명쾌하고 박력에 넘치며 진실한 시적 언어로 전달됩니다. 진실성은 언어가 현실을 분류하고 이해하는 기준입니다. 이처럼 진실한 언어는 위대한 작가에게나 기대할 수 있는 것입니다. 따라서 잉글랜드 북서지역에서 살았던 그 익명의 시인은 위대한 작가였던 게 분명합니다.

아직 줄거리에 대해서는 전혀 말하지 않은 듯합니다. 가원 경은 카멜롯 궁정에서 아서 왕과 다른 원탁의 기사들과 함께 있습니다. 때는 크리스마스 철이어서 많은 게임이 벌어지고, 모두가 즐거운 시간을 보냅니다. 그런데 모두에게 낯선 기사가 궁중에 들어옵니다. 거인이지만 다른 이유로도 사람들을 놀라게 합니다. 그와 그의 말이 온통 녹색, 그것도 에메랄드처럼 반짝거리는 녹색입니다. 그는 말에서 내리더니, 잔치를 벌이던 사람들에게 크리스마스 게임을 하고 싶다고 말합니다. 일 년하고도 하루 후에 자신의 일격을 받겠다고 하면, 누구에게라도 지금 당장 무방비 상태로 일격을 받겠다는 것입니다. 녹색기사가 계속 궁중의 기사들을 상대로 비아냥대자 결국 가원 경이 앞으로 나섭니다. 가원 경은 도끼를 힘껏 움켜잡습니다. 녹색기사는 조금도 움츠리지 않고 꼿꼿하게 서 있습니다. 결국 가원 경이 녹색기사의 목을 베어냅니다. 녹색기사는 죽어서 쓰러지기는커녕 허리를 굽혀 자신의 머리를 주워 높이 치켜듭니다. 몸뚱이에서 잘려나간 얼굴이 말을 합니다. "가원 경, 일 년하고도 하루 후에 보겠소!" 그리고 녹색기사는 말에 올라타고는 카멜롯을 떠납니다. 얼굴을 손에 쥔 채.

시간이 쏜살같이 흐르며 겁나는 결말의 시간이 다가옵니다. 가을이 되자, 가윈 경은 그 끔찍한 약속을 지키기 위해서 녹색기사를 찾아 나섭니다…….

『가윈 경과 녹색기사』는 인간의 유약함을 깨닫고 신중하게 처신하라는 기독교 우화로도 읽을 수 있지만 단순히 좋은 이야기로도 읽혀질 수 있습니다. 어느 쪽으로 읽든 간에 수상님이 2011년의 난제와 유혹과 응보에 철저히 대비하기를 바랍니다.

새해 복 많이 받으십시오.

안녕히 계십시오.
얀 마텔 드림

제임스 위니(James Winny)는 캐나다 트렌트 대학교, 영국의 케임브리지와 레스터 대학교에서 가르쳤다. 『가윈 경과 녹색기사』만이 아니라 제프리 초서의 작품들을 편찬하고 번역하기도 했다. 또한 존 던과 셰익스피어 등의 문학을 입문자들에게 소개하는 대학 교재를 썼다.

• 우리나라에서는 2010년 2월, 『가윈 경과 녹색기사』(이동일 옮김/문학과지성사)로 출간되었다.

Book 99

『독서의 역사』

알베르토 망구엘
2011년 1월 17일

＊

캐나다 수상 스티븐 하퍼 님께,
독서의 역사, 존재의 역사에 관한 책을
캐나다 작가(이자 독자) 얀 마텔이 보냅니다.

하퍼 수상님께,

제가 논픽션은 가뭄에 콩 나듯 보냈지만, 알베르토 망구엘의 『독서의 역사』는 우리 둘만의 대화에 완벽하게 어울리는 책이기 때문에 이 주의 책으로 선택했습니다. 박학한 지식을 매력적으로 드러내는 세계주의적인 이 책은 역사와 국경을 힘들이지 않고 넘나듭니다. 망구엘은 지구가 한 권의 책인 것처럼, 또 자신이 그 책을 치밀하게 읽어낸 것처럼 독서와 관련된 개인적인 경험과 일화 및 역사·문학·종교·철학·심리학·고고학·사회학·지리학에 관련된 문헌들만이 아니라 상업적이고 과학기술적인 관련 자료까지 빠짐없이 거론합니다. 이 책의 결론에 따르면, 독서가 만사(everything)입니다. 모두가 책을 읽는 독자이기 때문은 아닙니다. 더구나 그렇지도 않잖습니까. 오히려 세계, 또 그 안에 존재하는 모든 것이 일종의 책이기 때문입니다. 이런 이유에서 망구엘은 월트 휘트먼의 「풀잎」을 인용합니다.

> 모든 대상에는, 산, 나무 그리고 별 — 이 모든 생성과
> 죽음에는
> 서로 의미의 한 부분으로서 — 서로에서 진화한 존재로—
> 각각의 표면
> 뒤에는
> 비밀의 신비한 암호가 고스란히 오므린 채 기다리고 있구려.

(휘트먼, 정말 멋진 사람입니다. 휘트먼은 우리가 가진 오감을 짜릿하게 해주는 시인입니다. 다시 말하면, 시로써 독자에게 삶의 활력을 더해주는 시인입니다.) 세상은 책처럼 해석이 필요합니다. 따라서 독자가 탐정소설을 읽듯이 고생물학자는 화석을 읽으며 '여기에서 무슨 일이 벌어졌을까?' 하고 생각합니다. 독자가 로맨스 소설을 읽듯이 사랑에 빠진 사람은 사랑하는 사람의 얼굴을 읽으며, 그의 표정에서 위안과 안정을 얻습니다. 또 신자

가 경전을 읽듯이 정치인들은 여론조사를 읽으며 '내 운명은 어떻게 될까?'라고 고민합니다. 독자가 소중한 시간을 투자해서 어떤 책을 끝까지 읽을 가치가 없다고 생각하며 다른 책, 또 다른 책을 찾다가 결국에는 '독서 장애'가 오는 안타까운 사태가 벌어지듯이, 남자이든 여자이든 심지어 어린아이라도 세상을 읽을 가치가 없다고 외면하는 안타까운 사태가 벌어집니다. 책과 세계, 둘 모두에는 미스터리가 있습니다. 요컨대 '오므린…… 암호'가 있습니다. 그런 미스터리에 푹 빠져서 헤엄치고 거의 익사할 지경이 된다면 얼마나 재밌겠습니까! 망구엘의 책에는 많은 장점이 있지만, 특이하고 흥미로운 사실을 대거 인용함으로써 우리가 특이하고 흥미로운 종이라는 걸 흥겹게 입증해준다는 점이 특히 눈에 띕니다.

좋은 소설은 처음부터 끝까지는 아니어도 주기적으로 독자에게 집중할 것을 요구하기 때문에 팽팽한 긴장도를 유지하는 긴 실에 비유됩니다. 그러나 소설과 달리 『독서의 역사』는 다채로운 색깔의 짧은 실들로 구성되어 간헐적인 독서로도 충분한 혜택을 누릴 수 있습니다. 망구엘의 문체는 느긋하고 유려해서 많은 소재들을 무리 없이 연결시킵니다. 『독서의 역사』는 시간과 공간의 한계를 넘나들지만 순전히 개인적인 작품입니다. '나'를 앞세운 망구엘의 매력적이고 도시적인 목소리가 은밀하게 끼어들며 독자로서의 길고 만족스러운 삶에서 얻은 경험이나 일화를 전해주기도 하지만, 어쨌든 독서 자체는 순전히 개인적인 작업이기 때문입니다. 제목에 쓰인 관사를 눈여겨보십시오. 부정관사가 쓰였습니다. 따라서 정확히 해석하면 '독서의 모든 역사'(The History of Reading)가 아니라 '독서의 한 역사'(A History of Reading)입니다. 이처럼 부정관사를 선택함으로써 망구엘은 독자라면 누구나 누릴 수 있는 즐거움의 하나, 즉 자기 마음대로 선택하고 해석하는 즐거움을 보여주고 있을 뿐입니다. 따라서 망구엘이 말하는 독서의 역사는 수상님이나 제가 생각하는 독서의 역사와 완전히 다를 수 있습니다. 다만 그가 말하는 독서의 역사는 풍요롭고 다양하며 재밌습니다. 수상님께서 생각하는 독서의 역사는 어떤 모습일까요?

제가 다음에 보내는 편지와 책이 어쩌면 마지막이 될지도 모르겠습니다.

안녕히 계십시오.

얀 마텔 드림

알베르토 망구엘(Alberto Manguel, 1948년생)은 편집자, 번역가이면서 소설가, 수필가이다. 여러 상을 수상한 베스트셀러 작가이며, 대표작으로 『독서의 역사』『상상의 장소에 대한 사전』(The Dictionary of Imaginary Places)이 있다. 부에노스아이레스에서 태어나 십 대 후반에 호르헤 루이스 보르헤스에게 책 읽어주는 일을 했으며, 1982년 캐나다로 이주했고 지금은 프랑스에서 살고 있다. 2004년 프랑스 정부로부터 예술문화훈장을 받았다.

• 우리나라에서는 2000년 1월, 『독서의 역사』(정명진 옮김/세종서적)로 출간되었다.

Book 100

『그을린 사랑』

와즈디 무아와드
2011년 1월 31일

*

캐나다 수상 스티븐 하퍼 님께,
세상에서 지워지는 걸 거부하며 드높인 목소리에 대한 희곡을
캐나다 작가 얀 마텔이 보냅니다.

하퍼 수상님께,

오늘 편지가 수상님께 보내는 마지막 편지일 것입니다. 수
상님이 집권하는 한 우리 둘만의 북클럽은 계속될 거라고 저
는 거듭해서 말씀드렸었습니다. 그러나 수상님을 위해 책을 선
정하고, 그 책을 읽거나 다시 읽으며 그 책에 대해 생각하고 거
기에 걸맞은 편지를 쓰는 일, 또 그 편지의 번역을 제 부모님께
부탁하고 그 번역에 대해 두 분과 의논하는 과정, 책의 겉표지
를 스캔하고 영어와 프랑스어 편지들을 관련된 웹사이트에 업

로드하는 작업, 끝으로 격주로 월요일에 정확히 수상님께 도착하도록 책과 편지를 부치는 일에는 시간과 노력이 필연적으로 들어갑니다. 수상님께서는 어땠을지 모르지만 저에게는 이 과정이 큰 즐거움이었습니다. 따라서 거의 사 년 동안 이 일을 끈질기게 해왔고 앞으로도 계속하고 싶습니다. 그런데 요즘 저는 두 가지 임신과 함께하는 행운을 누리고 있습니다. 하나는 제 부인인 앨리스의 임신입니다. 우리의 둘째 아이인 딸이 5월 말에 태어날 예정입니다. 다른 하나는 저의 임신입니다. 다시 말하면, 지금 새로운 소설이 제 머릿속에 잉태되었습니다. 그래서 앨리스와 제가 새로 태어날 아기를 돌봐야 하는 곳에서 멀지 않은 곳에 소설을 집필할 공간을 마련하려고 우리집 뒷마당에 자그마한 작업실을 짓고 있습니다. 새로운 소설의 집필을 앞두고 마음이 무척 설렙니다. 제목은 『포르투갈의 높은 산』으로 일단 정했습니다. 지금 제 머릿속에서는 그 산이 햇살을 가득 머금고 눈에 덮인 산처럼 반짝거립니다. 이미 상당한 양의 원고를 썼고, 조사를 위해 읽어야 할 자료들도 수집하고 있습니다. 이야기가 제 머릿속에서 터져 나올 것만 같습니다. 곧바로 시작해야지, 더는 기다릴 수 없습니다. 물론 곧 태어날 아기 때문에도 흥분됩니다. 두 아이를 위해서라도 즐거운 작업을 더 많이 해야 할 처지입니다.

우연히도 이번 편지가 수상님께 보내는 백 번째 편지입니다. 100! 일, 영, 영. 1 + 1 + 1 + 1 + 1 + 1 + 1 + 1 + 1 + 1 +

1 + 1 + 1 + 1 + 1 + 1 + 1 + 1 + 1 + 1 + 1 + 1 + 1 + 1 +

1 + 1 + 1 + 1 + 1 + 1 + 1 + 1 + 1 + 1 + 1 + 1 + 1 + 1 +

1 + 1 + 1 + 1 + 1 + 1 + 1 + 1 + 1 + 1 + 1 + 1 + 1 + 1 +

1 + 1 + 1 + 1 + 1 + 1 + 1 + 1 + 1 + 1 + 1 + 1 + 1 + 1 +

1 + 1 + 1 + 1 + 1 + 1 + 1 + 1 + 1 + 1 + 1 + 1 + 1 + 1 +

1 + 1 + 1 + 1 + 1 + 1 + 1 + 1과 같습니다. 정말 많은 편지
와 책을 보냈습니다. 그러고 보니 100이란 숫자는 제 소설『파
이 이야기』의 장수(number of chapters)와 같군요. 100은 어떤 우
수리도 남지 않아, 뭔가를 끝내기에 좋은 수입니다. (수상님이
제게 답장한 횟수도 우수리가 남지 않는 깔끔한 수로군요. 0이니까요.
제로, 영, 무, 공, 빵.)

제가 책을 정치적인 탄환과 수류탄으로 사용하는 것에 싫증
난 것도 사실입니다. 책은 오랫동안 이런 목적으로 사용하기엔
너무 소중하고 아름다운 것입니다.

수상님과 작별하는 책으로는 어떤 책이 좋을까, 하는 문제
로 한참 동안 고심했습니다. 강렬한 메시지를 지닌 책—기억
하시겠지만 2007년 4월 16일에 레프 톨스토이의『이반 일리치
의 죽음』—으로 시작했으니, 역시 강렬한 메시지를 지닌 책으
로 끝내고 싶었습니다. 오타와의 수상님 집무실에서 걸어서 일
분 거리에 있는 국립미술관 내의 프랑스 극단 예술감독에게 초
대를 받았을 때 어떤 책이어야 할지가 자연스레 결정되었습니
다. 저는 '그래서 스티븐 하퍼는 어떤 책을 읽고 있는가?'라는

저녁 행사에 참가해달라는 초대를 받았습니다. 책과 독서의 중요성을 세상에 알리려는 행사였습니다. 저는 기꺼이 그 초대를 받아들였습니다. 수상님께서도 참석하시면 좋겠습니다. 이 편지를 초대장이라 생각해주십시오. 행사는 2월 25일 금요일 저녁 일곱 시 삼십 분, 구백 석 규모의 오타와 국립미술관 시어터 홀에서 열립니다. 입장권이 이미 매진되었지만, 원하신다면 수상님 부부를 위한 표 두 장은 얼마든지 구할 수 있을 겁니다.

정확히 말하면, 저는 와즈디 무아와드에게 초대를 받았습니다. 그에게 초대를 받는 순간, 저는 우리의 백 번째 책으로 어떤 책을 보내야 할지 깨달았습니다. 와즈디 무아와드는 국립미술관의 프랑스 극단 예술감독이기도 하지만, 뛰어난 극작가이기도 합니다. 그의 희곡으로 우리 북클럽을 끝낸다는 생각이 여러 이유에서 저에게는 흡족했습니다. 첫째로는 수상님께 희곡(과 시집)을 충분히 보내지 않았기 때문입니다. 둘째로, 예술의 의미는 끊임없이 변하고 진화하는 것이기 때문에 예술이 불완전하고 미완성된 것이고, 예술은 독자와 관람자에게 끊임없이 새로운 자세로서의 참여를 요구하며, 예술이 창조자와 수혜자에게는 평생의 작업이고 즐거움이라는 걸 수상님께 알리는 데 연극 대본, 더구나 무대에서 공연된 적이 없어 불완전하고 미완성인 희곡, 즉 종이에만 쓰인 희곡을 보내는 방법보다 더 나은 방법이 있을까요? 이렇게 함으로써 저는 우리 북클럽을 마침표로 완전히 끝내지 않고, 미래를 기약하는 생략부호로 끝내려 합니다. 셋째로는 무아와드가 레바논계 퀘벡 사람으로 여러 언어를 구사하는 전형적인 하이브리드 캐나다인이기 때문에, 그리고 저는 캐나다 작가의 작품으로 우리 북클럽을 끝내고 싶었기 때문에, 그의 희곡은 우리의 마지막 책으로 탁월한 선택이라 생각합니다. 넷째로 제가『그을린 사랑』(Incendies) ― 원제는 직역하면 '대화재(Scorched)'이며, 린다 가보리오가 영어로 번역했습니다 ―을 수상님께 보내는 이유는, 수상님께서도 이미 아시겠지만 퀘벡의 영화감독 드니 빌뇌브가 이 희곡을 바탕으로 제작한 영화가 얼마 전에 아카데미 외국어 영화상의 후보로 선정되며 호평을 받았기 때문입니다. 캐나다의 예술작품이 또다시 국제적으로 찬사를 받았다는 증거입니다. 제가 무아와드의 희곡을 수상님께 보내는 다섯째이자 마지막 이유는, 이미 말씀드렸듯이 무아와드가 뛰어난 극작가이기 때문입니다. 그는 뱃속에 불을 품고, 혀에 쓸개즙을 묻힌 사람입니다. 그는 '성난 젊은이'(Angry Young Man)입니다(수상님께서는 이 단체를 아십니까? 영국의 전후세대 젊은 작가들은 당시의 현상에 불만을 품고 목소리를 높였습니다. 언젠가 저는 그들의 의도를 표상하는 희곡, 존 오즈번의『성난 얼굴로 돌아보라』를 보았습니다. 또 오래전 멕시코시티에 살 때 성난 젊은이들을 대표하는 또 한 명의 인물, 아널드 웨스커를 만나고 그의 낭송을 듣는 특권을 누렸습니다).

『그을린 사랑』이란 제목은 희곡의 내용과 맞아떨어집니다. 희곡의 일부 배경은 전쟁으로 피폐해진 나라입니다. 그 나라의 이름이 언급되지는 않지만 레바논인 게 분명합니다. 레바논은 뜨거운 햇볕에 누구나 검게 그을리는 뜨거운 나라입니다. 그러나 희곡이 영혼을 그슬린다는 게 더 중요합니다. 쌍둥이 남매인 시몽과 자넌, 그들의 어머니 나왈의 이야기입니다. 나왈이 철저히 침묵하던 이유가 그녀의 유언장을 통해서야 자식들에게 알려집니다. 희곡에서 유언장을 통해 폭로한 사실은 실로 충격적입니다. 저는 그 부분을 읽고 머리를 세게 얻어맞은 듯이 멍한 기분이었습니다. 읽기만 했는데도 눈앞이 깜깜해지는 충격을 받았습니다. 만약 무대에서 배우가 실감나게 폭로하는 목소리를 들었다면, 전쟁 신경증에 버금가는 충격을 받았을 겁니다. 그 희곡이 남긴 감정적인 여파가 아직도 제 가슴에 남아 있는 듯합니다. 이 희곡만큼 전쟁의 공포와 광기를 더 설득력 있게 표현한 이야기를 읽은 적이 없었던 것 같습니다. 희곡을 읽기 시작해서 몇 쪽 만에 예술의 위력이 드러납니다. 무대에서는 몇 사람만이 다른 곳에 있는 다른 사람인 척하면서 이야기를 나눕니다. 물론 희곡의 한 '기법'입니다. 하지만 희곡을 덮고 나면, 독자는 자신의 삶을 갈가리 찢어놓은 전쟁을 실제로 겪은 듯한 기분입니다.

이 희곡이 하루라도 빨리 무대에서 공연되면 좋겠습니다. 또 지금이라도 영화를 보고 싶습니다.

이제 우리 둘만의 북클럽을 마감해야 합니다. 수상님께 보내지 못해 아쉬운 책들이 많습니다. 랠프 월도 에머슨, 로렌스

스턴의 『트리스트럼 샌디』, 마틴 부버의 『나와 너』, 단테의 『신곡』, 크누트 함순의 『굶주림』, 존 쿳시의 다른 책들…… 나열하자면 한도 끝도 없습니다. 그 책들은 서점의 책꽂이에서, 또 도서관의 어딘가에서 수상님을 기다리고 있을 겁니다. 책들은 끈기 있게 기다릴 겁니다. 책들에게는 시간이 얼마든지 있습니다. 수상님과 제가 세상을 떠난 후에도 책들은 여전히 그 자리에 있을 겁니다.

제가 마지막 편지를 길게 쓰며 말하려고 했던 것은 단순한 풍자를 넘어 다음과 같은 것입니다. 책은 캐나다 전역의 서점과 도서관에서 구할 수 있고, 전시회는 이 나라 전역에 산재한 화랑과 미술관에서 관람할 수 있으며, 연극과 무용은 무대에서 공연되고, 음악은 술집이나 오케스트라 홀에서 들을 수 있습니다. 또 많은 디자이너가 새로운 형태의 옷을 만들어내고, 최고급 식당에서는 맛있는 요리를 맛볼 수 있습니다. 캐나다의 모든 창조적인 행위가 온갖 곳에서 펼쳐집니다. 이런 모든 문화적 표출들은 돈을 벌기 위한 '진지한' 업무를 끝낸 후에 시간을 보내고 정신적 긴장을 풀기 위해 존재하는 곳, 다시 말해서 단순한 오락거리가 아니라는 점입니다. 절대 아닙니다! 이런 문화적 표출들은 결국 캐나다의 문명을 이루는 다양한 요소들입니다. 이런 것들을 없애면 캐나다의 문명에서 가치 있는 것은 하나도 남지 않을 겁니다. 기업은 유한하고 아무런 흔적도 남기지 않지만 예술은 오랫동안 지속됩니다.

하지만 오늘날 우리의 삶을 좌지우지하는 것은 기업과 기업의 게걸스런 요구이지, 공연장과 서점과 박물관이 아닙니다. 왜 이렇게 되었을까요? 왜 요즘 사람들은 가족과 건강과 행복까지 희생하면서 그처럼 미친 듯이 열심히 일하는 걸까요? 일은 목적을 위한 수단이고, 우리가 살기 위해서 일하는 것이지 그 반대는 아니라는 걸 잊은 것은 아닐까요? 우리는 어느덧 일의 노예가 되었습니다. 그래서 우리가 괭이나 키보드에서 벗어나 삶을 관조하며 우리 자신으로 되돌아가는 자유와 정적의 시간을 즐겨야 한다는 걸 잊어버렸습니다. 우리는 일하고, 일하고, 또 일하지만 대체 어떤 흔적과 영향을 남기고 있을까요? 무엇이 옳다는 걸 증명하고 있는 것일까요? 일에 지나치게 몰두하는 사람들은 지우개와 비슷해집니다. 앞으로 끝없이 나아가지만 그들이 지나온 길에 아무런 흔적도 남기지 못합니다. 결국에는 제가 수상님께 책을 보낸 것처럼 아무런 결실도 얻지 못한 지경에 이르고 말 것입니다. 그래서 지우개의 나라로 전락해가는 캐나다를 거부하며 제 목소리를 높였던 것입니다.

안녕히 계십시오.
얀 마텔 드림

와즈디 무아와드(Wajdi Mouawad, 1968년생)는 레바논계 캐나다 배우이며 극작가, 연출가로도 활동한다. 희곡『연안지역』(Littoral)으로 희곡 부문 캐나다 총독상을 수상했고, 『그을린 사랑』은 영화로도 제작되어 아카데미상 후보에 올랐다. 2002년 프랑스 정부로부터 예술문화훈장을 받았고, 2009년에는 캐나다 정부로부터 이등급 공로훈장을 받았다.

• 우리나라에서 희곡은 번역되지 않았고, 희곡을 각색한 영화 『그을린 사랑』이 2011년 7월에 상영되었다.

Book 101

『잃어버린 시간을 찾아서』

마르셀 프루스트
2011년 2월 28일

＊

캐나다 수상 스티븐 하퍼 님께,
우리는 시간을 되찾아야 하기에
캐나다 작가 얀 마텔이 보냅니다.

하퍼 수상님께,

수상님께 마지막으로 한 권만 더 보내겠다고 말씀드리고 싶었습니다. 제가 전에 보낸 책들은 모두 상대적으로 짧아서 대체로 이백 쪽을 넘지 않았습니다. 그러나 이번 책은 무척, 무척 깁니다. 총 여섯 권으로 구성된 마르셀 프루스트의 『잃어버린 시간을 찾아서』의 완역판입니다. 무려 사천삼백사십칠 쪽에 달하는 역설의 몽둥이로, 수상님의 기를 꺾어놓으려는 게 아니라 제가 오래전부터 읽으려고 계획했던 소설이었기 때문에 이 책을 선택한 것입니다. 저 자신이 생각해도 제가 『잃어버린 시간을 찾아서』를 읽지 않았다는 게 놀랍습니다. 어쨌거나 프랑스어는 제 모국어이고, 저는 십 년이나 프랑스에서 살았고, 더구나 처음 사 년은 프루스트가 태어난 제육 구에서 살았는데 말입니다. 도스토옙스키의 『카라마조프 가의 형제들』과 레프 톨스토이의 『전쟁과 평화』처럼 엄청나게 긴 소설은 읽었으면서도 프루스트의 대표작에는 도전조차 하지 않았던 이유가 무엇일까요? 아마 똑같은 이유에서 읽지 않은 다른 책도 많을 겁니다. 요컨대 두려움과 나태함, 즉 그 작품을 이해하지 못할 거라는 두려움과 그 방대한 책을 읽으면서 지적인 에너지를 지나치게 쏟지 않으려는 나태함이 섞인 이유일 겁니다. 그러나 수상님과 저, 아니 우리 모두가 알고 있듯이, 두려움과 나태함으로는 어떤 결실도 얻지 못합니다. 용기와 근면을 통해서만 위대한 성취를 이룰 수 있습니다. 프루스트의 기념비적인 대작을 수상님께 보내며, 저 자신도 이 책을 반드시 읽어야겠다고 다짐합니다. 처음부터 끝까지 죽기 전에 반드시 읽어낼 겁니다. 수상님께서도 저와 함께 이 도전을 시작해보시겠습니까.

무려 열 쪽이나 이어지는 마들렌을 먹는 장면의 묘사는 유명합니다. 예술적 기교가 넘치고 감동적이며 난해하고 우리 삶을 바꿔놓을 만한 작품인 건 분명합니다. 『잃어버린 시간을 찾아서』를 완독하는 경험 자체가 삶을 바꿔놓는다고도 말합니다. 저는 제 삶을 바꿀 필요가 없지만, 향수에 대한 프루스트의 걸작에 대해 사람들이 말하는 것들이 무슨 뜻인지 알고 싶습니다. 또 작은 과자를 먹는 장면을 묘사하는 데 어떻게 열 쪽이나 할애할 수 있고, 그 작품을 읽은 후에 제 삶이 어떻게 달라질 수 있는지도 알아보고 싶습니다. 수상님께서도 한가할 때 이 거대한 소설을 읽어보시기 바랍니다. 틀림없이 우리 영혼을 차분하게 달래줄 것이라 믿습니다.

이제 우리의 작은 북클럽이 정말로 끝났습니다. 이 프로젝트는 수상님께나 저에게나 많은 부분에서 소중한 선물이었습니다. 이 프로젝트 덕분에 저는 백 권 이상의 책을 새로 읽거나, 다시 읽었습니다. 수상님을 위해서 격주로 새로운 책을 찾아내던 일이 그리울 겁니다. 그러나 이 일을 그만두기 전에 저에게 필요했던, 제가 잃어버린 시간을 찾아서 마르셀 프루스트를 읽어보려 합니다. 수상님께서도 그 시간을 찾을 수 있기를 바랍니다.

안녕히 계십시오.
얀 마텔 드림

마르셀 프루스트(Marcel Proust, 1871-1922)는 프랑스의 소설가이자 수필가로, 평론가이기도 하다. 프루스트는 파리의 페르 라셰즈 공동묘지에 묻혀 있다.

• 마르셀 프루스트는 저작권이 소멸된 작가여서 우리나라에서는 여러 출판사에서 출간되었다.

참고 도서

199-200 주노 디아스. 『드라운』 문학동네, 2010.

209-210 조라 닐 허스턴. 『그들의 눈은 신을 보고 있었다』 문학과지성사, 2001.

268-269, 271-272 앤서니 버지스. 『시계태엽 오렌지』 민음사, 2005.

298 호르헤 루이스 보르헤스. 『픽션들』 민음사, 2011.

405 캐롤 모티머. 『사내 연애』 신영미디어, 2010.

477 알렉산드르 솔제니친. 『이반 데니소비치, 수용소의 하루』 민음사, 2000.

497 엘윈 브룩스 화이트. 『샬롯의 거미줄』 시공주니어, 2000.

575-576 슈테판 츠바이크. 『체스 이야기』 문학동네, 2010.

612 작자 미상. 『가윈 경과 녹색기사』 문학과지성사, 2010.

617 알베르토 망구엘. 『독서의 역사』 세종서적, 2000.

옮긴이 강주헌

한국외국어대학교 불어과를 졸업하고, 동대학원에서 석사 및 박사학위를 받았다. 프랑스 브장송대학교에서 수학한 후 한국외국어대학교와 건국대학교 등에서 언어학을 강의했으며, 2003년 '올해의 출판인 특별상'을 수상했다. 현재 전문 번역가로 활동하는 한편 '펍헙 번역 그룹'을 설립해 후진 양성에도 힘쓰고 있다. 옮긴 책으로『20세기의 셔츠』『아프리카 방랑』『키스 해링 저널』『숫자는 어떻게 진실을 말하는가』『대변동』『12가지 인생의 법칙』『촘스키, 누가 무엇으로 세상을 지배하는가』『습관의 힘』『문명의 붕괴』등 100여 권이 있으며, 지은 책으로『기획에는 국경도 없다』『번역은 내 운명』(공저) 등이 있다.

얀 마텔
101통의
문학 편지

초판 1쇄 2013년 5월 1일
개정판 1쇄 2022년 7월 22일
개정판 2쇄 2022년 9월 27일

지은이 얀 마텔
옮긴이 강주헌
펴낸이 박진숙 | **펴낸곳** 작가정신
편집 황민지 | **디자인** 나영선 | **마케팅** 김미숙
홍보 조윤선 | **디지털콘텐츠** 김영란 | **재무** 이수연
표지 및 본문 디자인 석윤이
인쇄 및 제본 영림인쇄

주소 (10881) 경기도 파주시 회동길 216 2층
대표전화 031-955-6230 | **팩스** 031-955-6294
이메일 editor@jakka.co.kr | **블로그** blog.naver.com/jakkapub
페이스북 facebook.com/jakkajungsin
인스타그램 instagram.com/jakkajungsin
출판 등록 제406-2012-000021호

ISBN 979-11-6026-286-5 03840